TOR

ANDREAS
BRANDHORST

SPLITTER DER ZEIT

ROMAN

TOR

Aus Verantwortung für die Umwelt hat sich der S. Fischer Verlag zu einer nachhaltigen Buchproduktion verpflichtet. Der bewusste Umgang mit unseren Ressourcen, der Schutz unseres Klimas und der Natur gehören zu unseren obersten Unternehmenszielen.

Gemeinsam mit unseren Partnern und Lieferanten setzen wir uns für eine klimaneutrale Buchproduktion ein, die den Erwerb von Klimazertifikaten zur Kompensation des CO2-Ausstoßes einschließt.

Weitere Informationen finden Sie unter: www.klimaneutralerverlag.de

MIX
Papier | Fördert gute Waldnutzung
FSC® C083411

Erschienen bei FISCHER Tor
Frankfurt am Main, Oktober 2023

Gesamtherstellung: CPI books GmbH, Leck
Printed in Germany
ISBN 978-3-596-70574-0

»Wir dürfen das Weltall nicht einengen, um es den Grenzen unseres Vorstellungsvermögens anzupassen, wie der Mensch es bisher zu tun pflegte. Wir müssen vielmehr unser Wissen ausdehnen, so dass es das Bild des Weltalls zu fassen vermag.«

Francis Bacon (1561–1626), 1. Viscount St. Albans, Baron von Verulam, englischer Philosoph, Jurist und Staatsmann, gilt als Wegbereiter des Empirismus und entwarf eine Methodologie der Wissenschaften.

PROLOG

DAS HÄSSLICHE GESICHT DES KRIEGES

Cameron: 7, 12. Februar 3233 Terrastandard
Harkonia im Amka-System, 8714 Lichtjahre von der Erde entfernt

Die Welt brannte, der Himmel stand in Flammen, das Wasser des nahen Flusses war verdampft.

Cameron hielt eine Hand. Er wollte sie nicht loslassen, obwohl sie heiß war und halb verkohlt. Es war die Hand seiner Mutter. Sie versengte ihm die Finger, aber er ließ nicht los.

Der Junge, gerade sieben geworden, saß umgeben von Asche bei den Resten der großen Statue, die an die Besiedlung von Harkonia vor fünfhundert Jahren erinnerte. Hinter ihm versanken die Häuser der Stadt in funkenstiebender Glut.

»Mutter?« Cameron blinzelte im zischenden, fauchenden Wind. »Warum sprichst du nicht? Warum bist du so still?«

Er wagte es nicht, sie anzusehen, aus Furcht vor dem Entsetzen in ihrem Gesicht. Also blickte er zum Himmel und sah die Schiffe, Harkonias Verteidiger. Sie kamen ihm vor wie große dunkle Vögel, die gelernt hatten, Feuer zu spucken. Eins von ihnen fiel und zog dabei einen lodernden Schweif hinter sich her. Weit entfernt am Horizont verwandelte es sich erst in einen grellen Blitz und dann in eine gleißende Kugel.

Cameron kniff geblendet die Augen zu.

Als er sie wieder öffnete, sah er zwei Gestalten. Eine stand reglos, ein Soldat der Streitkräfte, wie es schien, sein Einsatzanzug voller Risse und Löcher, das Gesicht unter dem Visier seines Helms verborgen.

Die zweite Gestalt stapfte durch Rauchschwaden auf Cameron zu, gehüllt in einen rußgeschwärzten Kampfanzug. Sie blieb dicht vor ihm stehen und klappte das Visier ihres Helms hoch. Das verschwitzte und narbige Gesicht eines Mannes kam darunter zum Vorschein.

»Du kannst sie loslassen«, sagte er rau.

»Was?«

Das Donnern der gewaltigen Explosion am Horizont erreichte die zerstörte Stadt. Der Boden bebte. Ein weiteres Stück löste sich aus den Resten der Gedenksäule und fiel dicht neben Cameron zu Boden.

»Die Hand«, brummte der Mann. Er blickte sich schnell um, in der Rechten einen großen Variator, der nach einem Ziel suchte. Der zweiten Gestalt, dem anderen Soldaten, der in einigen Metern Entfernung stand, schenkte er keine Beachtung. »Du kannst sie loslassen. Es nützt nichts, wenn du sie festhältst.«

»Meine Mutter …«

»Sie lebt nicht mehr, Junge. Es gibt sie nicht mehr.«

Cameron senkte den Blick. Die verbrannte Hand war nicht mehr ganz so heiß, sie schien ihre Hitze schnell zu verlieren. Und mehr war nicht da. Kein Körper, kein entsetzt blickendes Gesicht, keine Leiche. Nur die Hand.

»Wie heißt du, Junge?«, fragte der Mann

»Cameron.« Er fühlte sich plötzlich schuldig. Vielleicht hatte er die Hand zu fest ergriffen, so fest, dass sie sich vom Rest des Körpers gelöst hatte. Er blickte zur Stadt, aber dort war alles verbrannt.

Die andere Gestalt war noch immer zu sehen, eine Silhouette in den Rauchschwaden. »Wer ist das dort?«

Der Mann im Kampfanzug wandte kurz den Kopf, der große Variator noch immer schussbereit. »Wir sind allein, Junge. Hier lebt niemand mehr. Ich bin Kommandant Grindel. Du bist jetzt mein Sohn.«

Grindel hatte insgesamt neunundfünfzig Söhne und Töchter, so viele Kinder hatte man retten können. Die meisten waren verletzt, einige so schwer, dass sie in einem Lazarettkreuzer hoch über Harkonia behandelt werden mussten. Die anderen, unter ihnen Cameron, fanden zusammen mit einigen Soldaten Platz an Bord eines Kanonenboots, das zur Fregatte *Himalga* flog, zwei Astronomische Einheiten oberhalb der Ekliptik des Amka-Systems.

Als es den Kreuzer verließ, blitzte es unten auf der verbrannten Welt. Ein zweites großes Feuer schien dort zu entstehen, vielleicht noch größer und heißer als das erste.

Cameron saß eingezwängt in einer Ecke, neben einem Mädchen jünger als er, das lautlos weinte und ins Leere starrte, und einem zwei oder drei Jahre älteren Jungen, im Gesicht mehrere blutige Kratzer wie von Honta-Krallen. Er saß mit geballten Fäusten, die Lippen aufeinandergepresst, und zitterte gelegentlich.

Grindel ging langsam durch den kleinen, engen Raum, in dem es nach Blut, Asche und Schweiß roch. Den Soldaten legte er kurz die Hand auf die Schulter und nickte ihnen zu. Vor den Kindern ging er in die Hocke und sagte zu jedem Einzelnen von ihnen: »Hab keine Angst, bei uns bist du in Sicherheit.«

Zum ersten Mal sah Cameron das Gesicht des Mannes ganz deutlich, denn er trug keinen Helm mehr. Es war durchzogen von einem Geflecht aus Narben, als hätten sich die Fäden eines Spinnennetzes tief in Stirn, Wangen und Kinn gegraben. Die Nase schien ein wenig zu groß, wie ein krummer Haken, der Mund wirkte zu klein, und die Augen waren grau wie die Asche auf Harkonia.

Es war ein hässliches Gesicht, fand Cameron, und plötzlich erinnerte er sich an einen Abend vor wenigen Wochen. Zusammen mit seiner Mutter hatte er auf der Aussichtsplattform ihres zweihundert Meter hohen Wohnturms gestanden und die Sterne an einem wolkenlosen Nachthimmel betrachtet.

»Dort draußen findet ein schrecklicher Krieg statt«, hatte seine Mutter gesagt, »seit mehr als hundert Jahren.« Sie hatte leise gesprochen, wie zu sich selbst.

»Kommt er hierher?«, hatte Cameron gefragt. »Wird er uns besuchen?«

Plötzlich schien ihr klarzuwerden, dass er ihre Worte gehört hatte. »Nein«, antwortete sie rasch. »Er wird nicht herkommen. Er wird uns verschonen. Hier sind wir sicher.«

»Woran erkennt man ihn, den Krieg?«

»An seinem hässlichen Gesicht«, antwortete Camerons Mutter nach kurzem Nachdenken. »Daran erkennt man ihn. Der Krieg hat ein hässliches Gesicht.«

Cameron glaubte noch, ein fernes Echo ihrer Stimme zu hören, als Grindel, der Mann mit dem hässlichen Gesicht, auch vor ihm in die Hocke ging und sprach: »Hab keine Angst, bei uns bist du in Sicherheit.«

Die anderen Kinder hatten geschwiegen, aber Cameron fragte: »Bist du der Krieg?«

»Der Krieg hat mich zu dir geschickt«, erwiderte Grindel und legte ihm die Hand auf die Schulter, wie einem Soldaten.

Zwei Tage später, nachdem sie die *Himalga* über dem Amka-System erreicht hatten, versammelten sie sich in einem Hangar der Fregatte: einunddreißig der neunundfünfzig von Harkonia geretteten Jungen und Mädchen, fünfzehn Soldaten in Paradeuniformen als Ehrenwache und Grindel in einem sauberen neuen Kampfanzug.

Es galt, der Toten zu gedenken.

Das große Tor des Hangars war geöffnet. Ein Atmosphärenschild verhinderte, dass die Luft ins All entwich.

Dicht hinter dem Kraftfeld des Schilds, von einem kleinen Gravitationsanker in Position gehalten, schwebte eine rechteckige Steinplatte aus dunkelgrauem Granit, vier Meter lang und einen Meter breit, mit Tausenden von Namen in Mikroschrift.

Kommandant Grindel stand in der Mitte des Hangars, neben einem Pult mit einer großen Sensorfläche.

»Es ist Zeit, Abschied zu nehmen«, sagte er laut und deutlich. »Von euren Familien und von eurem früheren Leben. Hier und jetzt beginnt ein neues Leben für euch. Ihr seid meine Kinder.«

Eine zaghafte Hand kam in die Höhe.

»Bist du unser neuer Vater?«, fragte das Mädchen, das im Kanonenboot stumm geweint hatte. Cameron erinnerte sich an ihren Namen, sie hieß Kora.

Grindel holte tief Luft. »Das bin ich von jetzt an, euer Vater. Und der Krieg wird euer Lehrmeister sein, streng und unerbittlich.« Er wartete einige Sekunden, und als sich niemand meldete, um eine weitere Frage zu stellen, fuhr er fort: »Der Gedenkstein dort draußen enthält die Namen aller Toten von Harkonia, die wir identifizieren konnten. Er wird, wenn wir ihn endgültig dem All überlassen, für immer durch den interstellaren Raum reisen, auf einem Kurs, der ihn schließlich hinausbringt in die Weite zwischen den Galaxien. Noch in vielen Millionen Jahren wird man die Namen lesen können.«

Wenn es dann noch Menschen gibt, dachte Cameron. Es war ein seltsamer Gedanke für einen siebenjährigen Jungen.

»Ich rufe euch jetzt nacheinander auf, damit ihr euch verabschieden könnt.«

Die Soldaten hoben ihre Waffen zum Salut. Grindel nannte den ersten Namen.

Ein blasses Mädchen trat vor, kaum fünf Jahre, schätzte Cameron, und näherte sich dem Pult. Es war klein, Grindel hob es hoch, damit es die Hand auf die Sensorfläche legen konnte.

Draußen im All, wenige Meter hinter dem Atmosphärenschild, leuchtete eine kleine Stelle des Gedenksteins auf.

»Dort steht der Name deiner Familie, hast du gesehen, Tjuscha?« Grindel setzte das Mädchen wieder auf den Boden.

Es nickte und kehrte zu den anderen Kindern zurück.

Kora kam als Zweite an die Reihe, nur etwas größer als das erste Mädchen. Grindel hob sie ebenfalls hoch, damit sie die Hand auf die Sensorfläche legen konnte, und wieder leuchtete eine bestimmte Stelle des Gedenksteins auf.

Eins nach dem anderen traten die Kinder zum Pult und nahmen Abschied. Cameron beobachtete, wie Melkom, der Junge mit den Kratzern im Gesicht, die Faust ballte, nachdem er den Sensor berührt hatte.

Grindel ergriff sie und schloss die Hand darum. »Möchtest du etwas sagen, Melkom?«

Der Junge hob den Kopf. »Sie dürfen nicht umsonst gestorben sein«, sagte er mit dem Ernst eines Erwachsenen. »Vergeltung!«

Grindel nickte. »Die Faust der Liga wird zurückschlagen.«

Schließlich stand Cameron vor dem Pult, legte die Hand auf den Sensor und sah, wie einer der vielen Namen am Gedenkstein aufleuchtete. Er zog die Hand nicht sofort zurück, weil er wollte, dass der Name seiner Mutter auf dem dunkelgrauen Stein etwas länger strahlte.

Schließlich sah er zu Grindel auf.

»Möchtest du etwas sagen, Cameron?«, fragte der Kommandant mit knarrender Stimme.

»Wir werden sie besiegen«, sagte Cameron und versuchte, so ernst zu klingen wie vor ihm Melkom. »Was es auch kostet und wo auch immer sie sich verstecken, wir werden sie finden und besiegen.«

Grindel legte ihm die Hand auf die Schulter und lächelte grimmig.

»Das werden wir«, bestätigte er. »Und du wirst dabei sein. Merke dir: Wir schützen Menschen überall dort, wo wir sie schützen können. Und wir kämpfen überall dort, wo wir kämpfen müssen.«

Einige Stunden später, im Schlafsaal der *Himalga,* die mit einer Geschwindigkeit von mehreren Lichtjahren pro Tag durchs Fluidal glitt, sah Cameron zur Zimmerdecke hoch. Er hörte sie atmen, die anderen Kinder. Einige von ihnen wälzten sich hin und her, vielleicht von Albträumen geplagt, und aus der dunklen Ecke kam ein leises Wimmern.

Er ballte die rechte Hand zur Faust wie Melkom am Pult mit der Sensorfläche und fühlte dabei einen kurzen Schmerz von der versengten Haut unter der hauchdünnen Synth-Schicht. Wenn er die Augen schloss, hörte er das Knistern der Glut und das Fauchen der Flammen. Aber er sah auch die Sterne am wolkenlosen Nachthimmel über dem Wohnturm am Rand der Stadt und vernahm die Stimme seiner Mutter.

Sie hatte geglaubt, dass Harkonia verschont bleiben würde, dass sie dort in Frieden leben konnten. Doch sie hatte sich geirrt und war zu Asche verbrannt.

Cameron starrte an die Decke, um nicht ihre Hand in der seinen zu sehen, halb verkohlt und ohne Körper.

Er dachte an Grindel, den neuen Vater, und flüsterte: »Ich habe das hässliche Gesicht des Krieges gesehen, Mutter, und es hat für mich gelächelt.«

ERSTER TEIL

ALS ES NOCH MENSCHEN GAB

WO IST DIE KÖNIGIN?

Cameron: 11 ½, 7. Oktober 3237 Terrastandard

Uxor im Ploita-System, 2991 Lichtjahre von der Erde entfernt

1

Der Tod tat weh, jedes Mal ein wenig mehr. Cameron biss die Zähne zusammen, als er zurückkehrte, in den zitternden Körper des elfjährigen Jungen auf dem Interfacesitz. Er wollte nicht schreien, nicht einmal wimmern, aber die Schmerzen waren kaum zu ertragen und ließen nur langsam, ganz langsam nach.

Er könnte ein leises Stöhnen nicht zurückhalten.

Eine Hand berührte ihn, hart und weich zugleich.

»Das dritte Mal«, ertönte Grindels knarrende Stimme. »Möchtest du hierbleiben und dich erholen?«

Die Sensoren an Camerons Leib schienen zu brennen, das dünne Hemd und die kurze Hose waren feucht von Schweiß. Er sah an sich herab, wie um sich zu vergewissern, dass er noch lebte. Ein Blick zur Seite zeigte ihm die anderen: Oberon, Melkom, Kora, Tjuscha, Ganto, Qurek und der spindeldürre Palmi, mit nicht einmal acht Jahren der Jüngste von ihnen allen. Sie waren blass von den zurückliegenden Toden. Stirnindikatoren wiesen auf die Anzahl hin – bei der neunjährigen Tjuscha zeigte er eine besorgniserregende 4. Ihre Hände am Ende der Armlehnen zitterten. Ein Sanitäter stand neben ihrem Sitz und kontrollierte die medizinischen Anzeigen. Es hieß, dass der Tod endgültig sein konnte, wenn man zu oft starb.

»Nein«, krächzte Cameron. »Ich will zurück!«

Grindel nickte anerkennend. »Findet die Königin und vernichtet sie«, wiederholte er den Einsatzbefehl.

Cameron schnappte noch einmal nach Luft …

… und befand sich nicht mehr an Bord des Ausbildungsschiffs, sondern auf Uxor, einem Planeten am Rand der Schale, fast dreitausend Lichtjahre von der Erde entfernt. Als er die Arme hob, waren es die Arme eines Simulacrums, das sich besser anfühlte als der eigene Körper, stärker, unempfindlicher, zuverlässiger.

»Willkommen zurück«, sagte Melkom und reichte ihm die Hand. Mit vierzehn war er der Bekkta der Gruppe, der befehlshabende Soldat. Sein Gesicht aus Synth-Haut zeigte die vertrauten Züge, doch darunter steckten Stahlkeramik, Komposit und zweckgebundene Kollektive aus Nanomaschinen.

Cameron stand auf, die Beine voller Kraft. Die Löcher in seinem Kampfanzug hatten sich bereits wieder geschlossen, und es gab keine verbrannten Stellen mehr. Ein Dutzend Meter entfernt lagen die Reste der Honta-Drohne im Staub, von Variator-Sprengprojektilen zerrissen und zerfetzt. Sie hatte täuschend echt gewirkt, erinnerte sich Cameron. Selbst die energetischen Signaturen waren identisch mit der einer realen Drohne gewesen.

Aber die Waffen natürlich nicht. Wenn die Drohne mit Impulsern geschossen hätte, wäre von Camerons Simulacrum für die Selbstreparaturfunktion nicht genug übrig geblieben. In einem echten Gefecht, ermahnte er sich, hätte es für ihn keine Möglichkeit gegeben, ins Leben zurückzukehren.

»Ganto hat es ebenfalls erwischt«, sagte Melkom. »Und Tjuscha, zum vierten Mal.«

Er half ihr hoch. Ganto kam von allein auf die Beine und schüttelte sich.

»Es ist seine Schuld!« Qurek, nur ein Jahr jünger als Melkom und fast ebenso groß, hatte die Führung der Gruppe für sich erhofft. Er nutzte fast jede Gelegenheit, seinen Ärger an jemandem auszulassen, womit er bewies, dass ihr Vater und Kommandant Grindel mit dem ruhigen, bedächtigen Melkom die richtige Wahl getroffen hatte.

Cameron blinzelte im Schein der roten Sonne. Die Schmerzen hatten ihn noch nicht ganz verlassen, und nach dem letzten Tod musste er sich neu orientieren. Mit Kwix wäre alles einfacher gewesen, aber die Droge und ihre Aromen standen allein Soldaten zur Verfügung. Rekruten mussten aus gutem Grund auf sie verzichten; sie sollten zunächst lernen und eigene Kompetenz entwickeln.

Rechts erstreckte sich der Höhenzug, Teil eines Gebirges mit steilen Hängen und hohen Graten, bis in dreitausend Meter Höhe von Langdornbüschen, Dolchginster und Giftmoos bewachsen. Die Spur, der sie folgten, führte dort hinauf und war auch ohne Angriffe von Honta-Drohnen gefährlich genug.

Links, im Westen, erstreckte sich eine weite Tiefebene mit den Ruinen einer uralten Stadt, halb überwuchert von violettem Stechgras. Auf Uxor, erinnerte sich Cameron, hatte es vor vielen tausend Jahren eine Zivilisation gegeben, die an sich selbst gescheitert war, an einem Großen Filter, der die betreffende Spezies daran gehindert hatte, andere Welten zu besiedeln und den Sprung auf die interstellare Entwicklungsebene zu schaffen. In den Einsatzspezifikationen war von einer ökologischen Krise die Rede, von einem Toxin, das die lokale Umwelt vergiftet hatte.

Cameron bedauerte plötzlich, nicht mehr über Uxor und die einstigen Bewohner erfahren zu haben. Wie hatten sie ausgesehen, wie gelebt?

»Cameron?«

Er blinzelte erneut. »Was?«

Melkom stand vor ihm. »Geht es dir gut?«

»Ja«, sagte er. »Ja, es geht mir gut.«

»Es ist seine Schuld!«, rief Qurek und zeigte auf ihn. »Er hat nicht aufgepasst, obwohl er unser Späher sein sollte. Er hat die Drohne zu spät gesehen.«

Melkom hob die Hand. »Wie heißt einer unserer Grundsätze?« Er sah in die Runde.

»Wir halten zusammen«, sagte Palmi. Als Simulacrum wirkte

der Jüngste von ihnen nicht ganz so dürr. »Immer. Unter allen Umständen. Soldaten streiten nicht.«

»Ich verzeihe ihm«, verkündete Tjuscha, die gerade zum vierten Mal gestorben war. »Ein solcher Fehler hätte jedem von uns unterlaufen können. Es war eine schlaue Drohne. Man konnte sie erst im letzten Moment entdecken.«

»Die Drohne war schlau, aber er war es nicht!« Qurek zeigte noch immer auf ihn.

Melkom warf ihm einen warnenden Blick zu.

»Geht es wieder?«, wandte er sich dann an Tjuscha und Ganto. »Können wir weiter?« Er sah auch die anderen fragend an.

»Wir haben es falsch gemacht«, sagte Cameron. Die Erkenntnis war ganz plötzlich da, über jeden Zweifel erhaben. »Wir sind den Spuren gefolgt, aber sie wurden absichtlich gelegt und haben uns in eine Falle gelockt. Wir müssen anders vorgehen.«

»Was schlägst du vor?«, fragte Melkom.

Cameron sah zur Tiefebene und den Ruinen, die aus einem Meer aus violettem Stechgras ragten.

»Wir haben die Königin in den Bergen vermutet«, sagte er. »Aber dort ist sie nicht. Sie verbirgt sich in der alten Stadt.«

Qurek verzog das schmutzige Gesicht. »Ach, und woher weißt du das?«

»Ich weiß es«, erwiderte Cameron, ohne dass er hätte sagen können, woher er diese Gewissheit nahm. »Sie hat uns auf eine falsche Fährte gelockt.«

Melkom blickte nachdenklich zur Stadt. Er wirkte fast wie ein Erwachsener, fand Cameron, fast wie ein Soldat. »Wie sollen wir sie finden?«

Auch darauf wusste Cameron eine Antwort, vielleicht hatte ihm der letzte Tod geholfen. »Synchronisation und Triangulation. Ein Trick. Wir bieten der Königin ein Ziel, damit sie ihre Drohnen für den Angriff auf uns synchronisiert. Wenn wir die Signale orten und triangulieren …«

»Das ist Unsinn!«, warf Qurek ein. »Als Versteck kommen nur die Berge in Frage, die Spuren beweisen es. Von dort oben hat man den besten Überblick. Es gibt keinen Ort, der strategisch besser geeignet wäre.«

Strategie, dachte Cameron. Strategien konnten einfach sein, auf bekannten militärischen Parametern beruhend, oder auch verzwickt, voller Tricks und Lügen, um den Gegner zu verwirren und sich dadurch einen Vorteil zu verschaffen.

»Das sollen wir glauben«, sagte er. »Die Königin will, dass wir in den Bergen nach ihr suchen. Es gibt ihr Zeit, uns so oft zu töten, dass die Schmerzen unerträglich werden. Es wäre das Ende unserer Mission, wir wären gescheitert.«

Alle hörten ihm aufmerksam zu, auch Qurek.

»Welches Ziel willst du der Königin bieten, damit sie sich mit einer Synchronisation verrät?«, fragte Kora. Sie war Melkoms Freundin, die beiden saßen oft zusammen und sprachen miteinander.

Es musste ein lohnendes Ziel sein, eins, dem die Königin nicht widerstehen konnte.

»Ich gehe«, bot er an. »Allein.« Er zeigte zur Stadt. »Dorthin. Ihr folgt mir im Tarnmodus und versucht, die Synchronisierungssignale zu orten. Ich bin der Köder für die Falle.«

Qurek öffnete den Mund und schloss ihn wieder. Ganto und der dürre Palmi nickten anerkennend. Der stille und schweigsame Oberon sagte. »Gut.«

»Du bist schon dreimal gestorben«, gab Tjuscha zu bedenken, die gerade den vierten Tod hinter sich hatte. Selbst mit ihrem Simulacrum-Gesicht wirkte sie geschwächt. »Das vierte Mal wird richtig schlimm, glaub mir. Fast wäre ich nicht zurückgekehrt.«

»Ich brauche euch.« Vor Camerons geistigem Auge war der Plan klar. »Ich verlasse mich auf euch. Wenn die Königin ihre Synchronisierungssignale sendet, wenn ihr sie geortet habt … Dann müsst ihr verhindern, dass mich die Drohnen erschießen.

Ihr wisst, dass sie kommen, und ihr wisst auch, wo sie angreifen werden, ihr kennt meinen Standort.«

»Wir halten zusammen«, sagte Melkom laut und nickte Palmi zu, der die Worte zuvor gesprochen hatte. »Immer.«

»Also gut. Dann mache ich mich jetzt auf den Weg.« Mehr gab es nicht zu sagen. Cameron ging los, den Hang hinab.

»Ich komme mit.«

Erstaunt blieb er stehen und sah sich um. Kora trat zu ihm.

»Ich helfe dir.« Sie lächelte kurz. »Zwei Ziele sind für die Königin lohnender als eins.«

Seite an Seite traten sie den Hang hinunter, vorbei an den Resten der Drohne.

2

Königin – so nannte man ein Honta-Individuum, das sowohl Eier legen konnte als auch imstande war, zahlreiche Honta mit Synchronisierungssignalen zu einem Schwarm mit kollektiver Intelligenz zusammenzufassen. Was die einzelnen Honta noch gefährlicher machte, als sie es ohnehin schon waren.

Als sie im hohen Stechgras der Tiefebene eine Orientierungspause einlegten, blickte Kora auf ihr Chronometer.

»Nur noch zwei Stunden bis zum Ende des Einsatzes«, sagte sie. »Wenn du dich geirrt hast, bleibt uns nicht genug Zeit, in die Berge zurückzukehren und dort nach der Königin zu suchen.«

»Ich habe mich nicht geirrt.« Sie hatten den Sepia-Effekt ihrer Simulacrum-Kampfanzüge aktiviert. Tausende von Chromatophoren passten ihre Farbe ständig der Umgebung an, mit dem Ergebnis, dass Cameron ohne Sichtverstärkung nur Koras unbedecktes Gesicht sah. Es war blass von ihrem letzten Tod. Sommersprossen zeigten sich auf Nase und Wangen. Die Farbe der großen Augen ähnelte dem Violett des Stechgrases.

»Du bist ganz sicher, ja?« Sie hantierte mit einem Ortungsgerät. Den Variator im Halfter hatte sie bisher nicht angerührt.

Cameron hielt seinen in der rechten Hand und spähte über das Stechgras hinweg. Er achtete darauf, den Halmen und ihren Stacheln nicht zu nahe zu kommen, obwohl der Kampfanzug genug Schutz bot.

»Bin ich, ja. Wo sind die anderen?«

»Die Tarnkappen verschlucken ihre Signale, aber ich glaube, sie sind etwa fünfhundert Meter hinter uns.«

Das war ein ziemlich großer Abstand. Sie mussten auf zweihundert Meter herankommen, um bei einem Drohnenangriff wirkungsvoll eingreifen zu können. Cameron fragte sich, ob er etwas länger warten sollte, um Melkoms Gruppe dadurch Gelegenheit zu geben, den Abstand zu verringern. Er entschied sich dagegen, setzte sich wieder in Bewegung und schlich weiter durchs Gras. Kora folgte ihm dichtauf.

Die Verwendung der Tarnkappen bedeutete vollständige Tarnung, nicht nur scheinbare Unsichtbarkeit wie beim Sepia-Effekt. Allerdings waren Orientierung und Ortung bei voller Tarnung eingeschränkt. Cameron hatte in dieser Hinsicht schon bittere Erfahrung gemacht – als Späher war er ungetarnt gewesen und von einer Drohne entdeckt worden.

Wind strich durchs hohe Gras und ließ es rauschen wie ein Meer.

»Wann soll es losgehen?«, fragte Kora leise. »Wann willst du den Köder auspacken?«

»Am Stadtrand.«

Cameron blickte immer wieder zum Himmel hoch, sah aber nur langsam dahinziehende Wolken und keine dunklen Punkte, die auf Drohnen oder Patrouillenboote des Feindes hindeuteten.

Schließlich wich das stachelige Gras zurück, und sie erreichten die ersten Ruinen. Der Wind wirbelte Staub zwischen ihnen auf.

Cameron wies nach vorn. »Siehst du das?«

»Was?«

»Den Staub. Tarnung nützt dort nichts, der Staub verrät uns.« Nach kurzem Nachdenken fügte er jedoch hinzu: »Wäre gar nicht so schlecht.«

Kora verstand. »Weil es so aussieht, als würden wir einen Fehler machen.«

Cameron nickte bestätigend. »Fünfzig Meter Abstand«, entschied er, als die letzten Halme hinter ihnen zurückblieben. »Oder besser siebzig. Die Königin soll nicht nur eine Drohne schicken, sondern mehrere.«

»Wenn sie sich wirklich hier versteckt.«

»Du wirst sehen«, sagte er. »Pass gut auf dich auf, Kora.«

Sie schenkte ihm erneut ein schnelles Lächeln. »Und du auf dich, Cam.«

Er ging schneller, um den Abstand zu vergrößern, kletterte über die Reste von umgestürzten Mauern und wich den Staubwolken nicht aus. Sie nahmen ihn auf, was den Sepia-Effekt zunichtemachte, weil seine Gestalt Lücken im Staub schuf, deutlich sichtbar für die visuellen Sensoren des Feindes.

Eine halbe Minute lang folgte er dem Verlauf einer Schneise, die vielleicht einmal eine Straße gewesen war, bis er den Abstand zu Kora groß genug glaubte. Dann blieb er in einem offenen Bereich stehen, aktivierte das Kommunikationssystem und sendete: »Späher an Einsatzgruppe. Ich bin in der Stadt und suche nach Spuren.«

Fast sofort empfing er ein fremdes Signal, das vielleicht von der Königin stammte. Er versuchte, den Ursprung zu orten, bekam aber keine präzisen Koordinaten. Melkom und die anderen hatten hoffentlich mehr Erfolg.

Er blieb auf dem kleinen Platz stehen, umgeben von jahrtausendealten Ruinen, drehte sich langsam um die eigene Achse und bemerkte Koras Gesicht – nur ihr Gesicht – neben dem verwitterten Gestein eines eingestürzten Gebäudes.

Cameron deaktivierte seine Chromatophoren. Ein deutlicheres Ziel konnte er nicht präsentieren.

Etwa zwanzig Sekunden verstrichen, ohne dass etwas geschah. Dann hörte er ein Brummen, das schnell lauter wurde und die zischende Stimme des Winds übertönte. Mehrere Drohnen erschienen am Himmel über der Ruinenstadt, wie große schwarze Käfer mit zahlreichen Beinen und gewölbtem Rückenpanzer.

Cameron reagierte sofort, lief los und entging den Energieblitzen eines Impulsers. Am Rand des Platzes warf er sich zwischen die Trümmer, krabbelte unter die Reste einer Brüstung und hörte, wie hinter ihm das Gestein zerbarst. Ein Splitter durchschlug die Panzerung des Kampfanzugs und bohrte sich in den Rücken des Simulacrums, das ihm einen heftigen stechenden Schmerz vermittelte. Er hatte seine Telemetrie nicht abgeschaltet. Die anderen erfuhren, was geschah, wenn sie ihn empfingen.

»Kora?«, fragte er mit plötzlicher Sorge.

»Ich bin gleich bei dir«, tönte es aus seinem Kommunikator.

Es krachte über der Brüstung, die ihm ein wenig Deckung gab. Cameron kroch weiter, durch Schutt und Staub, und sah aus dem Augenwinkel, wie die Drohne zerplatzte, die ihn angegriffen hatte. Er drehte sich auf den Rücken, hielt den Variator in beiden Händen und schoss auf die zweite Drohne. Sie hatte sich in ein türkisfarbenes Schirmfeld gehüllt, in dem die Sprengprojektile einfach verdampften.

Er rollte zur Seite, wich dadurch mehreren Impulser-Blitzen aus, veränderte die Einstellung seiner Waffe und schoss erneut. Ein hochenergetischer Strahl fauchte, durchschlug den Honta-Schild und verbrannte eins der Waffenbeine der Drohne. Zwei andere richteten sich auf ihn, und ein drittes visierte Kora an, deren Gesicht zwischen den Ruinen auf der linken Seite erschien.

Cameron schoss erneut und dann noch einmal, aber die Drohne veränderte Struktur und Frequenz des Schirmfelds. Ihre Beine und die Waffen darin blieben unversehrt.

Wo waren Melkom und die anderen?

Cameron versuchte, auf die Beine zu kommen, doch eine plötzliche Druckwelle warf ihn zur Seite und gegen eine Mauer. War die Drohne mit einem Deformator ausgestattet? Aus dem Unterricht wusste Cameron, wie solche Waffen funktionierten und was sie bewirken konnten. Sie veränderten das lokale Raum-Zeit-Gefüge und erzeugten superstarke fluktuierende Gravitationsfelder, die das Ziel deformierten und zerrissen. Bei einem Deformatorentreffer gab es keine leichten oder schweren Verletzungen. Man wurde zerfetzt. Es bedeutete den sicheren Tod.

»Kora, Deformator!«, rief er in den Staub und in seinen Kommunikator. »In Deckung bleiben, volle Tarnung!«

Er wollte seine Tarnkappe einschalten, aber das System reagierte nicht. Er blieb sichtbar, für Augen und Sensoren.

Auf allen vieren kroch er so schnell er konnte an den Mauerresten vorbei und schlüpfte in die Lücke zwischen zwei großen, rissigen Steinblöcken. Der Schmerz im Rücken erinnerte ihn an den Splitter, der ihn getroffen hatte. Vielleicht war dabei die Tarnvorrichtung beschädigt worden.

Hinter ihm donnerte und krachte es. Cameron richtete den Variator nach oben und feuerte mehrere Mikroraketen ab, die im Schirmfeld der nächsten Drohne explodierten. Einige weitere näherten sich, dunkle Käfer in Staub und Rauch.

Wo blieben Melkom und seine Gruppe?

Vielleicht, dachte Cameron, war ein weiteres Ablenkungsmanöver nötig.

In Bewegung bleiben, erinnerte er sich an Grindels Worte. Schnell sein. Nie lange an einem Ort verharren, dem Feind kein stationäres Ziel bieten. Cameron achtete nicht auf das Stechen im Rücken, nahm seine ganze Kraft zusammen, sprang hinter den beiden Steinblöcken hervor und schoss erneut. Er wartete nicht ab, um zu sehen, was die Variator-Projektile und Energiestrahlen bei der ersten Drohne ausrichteten, lief geduckt zwischen den

Trümmern und änderte immer wieder die Richtung. Gleichzeitig sendete er Statussignale mit Telemetrie und Kommunikator. Damit war er wie ein feuriges Fanal in der Finsternis, für niemanden zu übersehen.

Cameron verlor keine Zeit damit, einen Blick über die Schulter zu werfen. Er lief und lief, im Zickzack, mit dem Stechen im Rücken und einem Brennen in den Beinen – bis ihm schließlich eine Mauer den Weg versperrte, drei Meter hoch und ohne eine Lücke. Rechts und links türmten sich Schuttberge.

Er drehte sich um.

Vier Drohnen näherten sich ihm, in Schirmfeldblasen gehüllt und mit gestreckten Waffenbeinen. Cameron begriff sofort, dass er nicht die geringste Chance hatte. Der Variator in seiner rechten Hand wirkte plötzlich wie ein nutzloses Spielzeug. Selbst an den Geschützkontrollen einer Plasmakanone wäre er dem Gegner hoffnungslos unterlegen gewesen.

Plötzlich war jemand da, ein menschlicher Wirbelwind wie aus dem Nichts, nur zwei oder drei Meter entfernt. Kora. Sie schoss mit dem Variator, veränderte die Einstellungen ihrer Waffe und schoss erneut. Cameron feuerte ebenfalls und ertappte sich dabei, dass er wieder Hoffnung schöpfte. Doch die war trügerisch, wie er sich sogleich ermahnte, selbst zu zweit konnten sie gegen eine solche Übermacht nicht bestehen.

Es flackerte in den türkisfarbenen Schirmfeldern, als Projektile und Mikroraketen verglühten und verdampften, ohne Schaden anzurichten.

Ein Impulser-Blitz schlug dicht vor Kora ein und wirbelte geschmolzene Gesteinssplitter auf. Sie blieb neben Cameron stehen, wich nicht einen Schritt zurück.

Waffenbeine streckten sich nach vorn.

Ein neuer Tod, dachte Cameron. Zusammen mit Kora. Wenigstens würde es schnell gehen. Aber es wartete ein sehr unangenehmes Erwachen an Bord des Ausbildungsschiffs über Uxor auf sie.

Und dann waren sie plötzlich nicht mehr allein.

Fünfzig Meter hinter den Drohnen eröffneten Melkom, Oberon, Tjuscha, Ganto, Palmi und Qurek das Feuer auf die Honta-Drohnen, die ihre Schirmfelder vorn verstärkt hatten, was sie hinten angreifbar machte.

Zwei fielen brennend vom Himmel und zerschellten auf den Trümmern der Stadt. Die dritte platzte über den Ruinen auseinander, und es regnete glühende Trümmer. Die vierte verstärkte ihren Schild und wandte sich den Angreifern zu.

Cameron und Kora schossen und zielten auf die flackernden Stellen des Schirmfelds. Einige Mikroraketen und Sprengprojektile durchschlugen den Schild, explodierten zwischen den Waffenbeinen und zerrissen sie.

Eine Stichflamme loderte gen Himmel.

Zwanzig Sekunden später, als die letzten Trümmerstücke gefallen waren, herrschte sonderbare Stille. Cameron merkte, wie weich seine Knie geworden waren. Es fiel ihm schwer, sich auf den Beinen zu halten.

»Du bist verletzt.« Kora inspizierte seinen Rücken. »Der Splitter sitzt noch drin. Ich ziehe ihn bei drei heraus. Eins … zwei …«

Jäher Schmerz durchzuckte Cameron, so heftig, dass er für einen Moment befürchtete, das Bewusstsein zu verlieren. Kora stützte ihn.

»Du hast nicht bis drei gezählt«, ächzte er.

Sie zeigte ihm wieder ihr schnelles kleines Lächeln. »Kleiner Trick.«

Melkom und die anderen kamen zu ihnen und bejubelten den Sieg mit erhobenen Fäusten.

»Ihr habt euch ziemlich viel Zeit gelassen.« Kora wischte sich Schweiß und Staub aus dem Gesicht. »Ein paar Sekunden mehr, und es wäre um uns geschehen gewesen.«

Melkom grinste. »Der perfekte Zeitpunkt. Nicht zu früh, nicht zu spät.« Er wurde ernst und nickte ihnen beiden zu. »Gut gemacht.«

»Es war reines Glück«, murmelte Qurek weiter hinten.

Cameron achtete nicht auf ihn. »Habt ihr die Königin orten können?«

»Wir wissen, wo sie sich befindet«, antwortete Melkom. »Es sind nur zwei Kilometer von hier.« Er deutete in die entsprechende Richtung.

»Dann bringen wir es hinter uns.« Cameron stapfte los.

3

Sie fanden die Königin in einem halb verschütteten Keller, unter den Mauern eines Gebäudes, das einst besonders groß gewesen sein musste und vielleicht alle anderen überragt hatte. Drohnen hatten einen Teil des Kellers freigelegt, um genug Platz zu schaffen für ein sieben Meter langes Wesen, das aussah wie eine Libelle, mit langen Flügeln und aufgeblähtem halb transparentem Leib, in dem sich auf der einen Seite zahlreiche elfenbeinfarbene Eier zeigten.

Cameron betrachtete das Geschöpf fasziniert, während sich die anderen getarnt in Position brachten. Die Königin wirkte wie ein ins Monströse gewachsenes Insekt, doch aus dem Unterricht wusste er, dass die Honta nicht als Insektoiden galten. Man hatte sie keiner der existierenden Lebensformkategorien hinzugefügt. Die Honta waren die Honta, der Feind, und das genügte, um sie alle zu identifizieren und zu klassifizieren.

Eine Königin konnte Eier legen, aus denen genetisch fast identische Honta schlüpften, jeder von ihnen ein eigenständiges, unabhängiges Individuum mit eigener Intelligenz. Doch wie die Einzelteile eines größeren Ganzen ließen sie sich zusammenfügen zu einer größeren Intelligenz, deren Fähigkeiten fast an die eines Denkers der Streitkräfte heranreichten. Synchronisierte Honta waren extrem gefährlich, das hatte Grindel immer wieder betont.

Cameron fragte sich plötzlich, ob man mit einer Königin sprechen konnte. War das jemals versucht worden? Wenn es tatsächlich möglich wäre, mit einem solchen Geschöpf zu reden, das bei den Honta eine zentrale Rolle spielte … Cameron stellte sich vor, es zu fragen, warum die Honta Menschenwelten angriffen, warum sie Krieg führten.

Im tiefen Kellerloch vor und unter ihm zitterten die Fühler am großen Kopf mit den dunklen Augenringen. Mehrere von ihnen wandten sich in seine Richtung.

Plötzlich fühlte er sie wieder, die Hand seiner Mutter, heiß in der seinen.

Der Wunsch nach Rache stieg in ihm auf und durchströmte ihn wie ein Elixier, das Kraft gab, wenn er sie brauchte. Der Schmerz im Rücken löste sich auf, die Schwäche verschwand aus den Knien, die Hand mit dem wiederaufgeladenen Variator kam nach oben.

Kora hockte neben ihm, das Gesicht ernst wie das eines Soldaten. Auch sie hielt ihre Waffe bereit und wartete auf das Signal.

»Jetzt«, sendete Melkom.

Sie gaben ihre Tarnung auf, erhoben sich und schossen.

Die Königin blieb still, was Cameron seltsam fand. Er hatte mit einem lauten Kreischen gerechnet, wie bei den Simulationen, mit einem zornigen Stampfen der Beine und heftigem Schlagen der Flügel. Aber diese Königin duckte sich nur ein wenig, ihre Fühler auf Cameron gerichtet. Projektile bohrten sich in ihren aufgeblähten Leib, Mikroraketen zerfetzten die Eier, Energiestrahlen verbrannten Haut und Organe.

Die langen Fühler zitterten ein letztes Mal, bevor sie zu Asche zerfielen.

Der dürre Palmi juchzte. Der schweigsame Oberon knurrte. Ganto schwang triumphierend die Faust.

Tjuscha, die schon viermal gestorben war, seufzte erleichtert. »Endlich, wir haben es geschafft.«

Kora sah Cameron an. »Gut gemacht«, sagte sie. »Gut gemacht.«

Melkom hob den Arm. »Der Einsatz ist erfolgreich beendet. Wir kehren zurück.«

»Ihr seid nicht schnell gewesen«, sagte Grindel und ging langsam an ihrer Reihe entlang. Sie hatten im Ausbildungsraum Aufstellung bezogen, in Fleisch und Blut, nicht als Simulacren in Kampfanzügen, sondern als lebendige Rekruten in schlichten Uniformen. Durch das große Panoramafenster hinter Grindel, ihrem Kommandanten und Vater, konnte man den Planeten Uxor sehen, einst Heimat eines intelligenten Volkes, das kaum etwas vom Universum gewusst und sich selbst ausgelöscht hatte. »Ihr habt keinen Rekord gebrochen. Einige von euch sind mehrmals gestorben.«

Sein Blick traf Cameron, der ihm nicht auswich. Ein knappes Nicken, dann ging Grindel weiter.

»Aber ihr habt den Einsatz zu einem erfolgreichen Ende gebracht, innerhalb des vorgesehenen Zeitrahmens«, ertönte erneut seine knarrende Stimme. »Und ihr seid vollständig geblieben.«

Er erreichte das Ende der Reihe, drehte sich um und stapfte erneut langsam an ihnen vorbei. Vor dem großen Melkom blieb er stehen und legte ihm die Hand auf die Schulter. »Es war deine Gruppe, es war deine Verantwortung. Hiermit ernenne ich dich zum Junior-Kommandanten.«

Er wich zwei Schritte zurück. »Ihr habt einen Tag frei, Rekruten. Übermorgen beginnt die nächste Phase eurer Ausbildung. Wegtreten.«

Sie trafen sich auf dem kleinen Freizeitdeck des Ausbildungsschiffs im hohen Orbit über Uxor. Die anderen sprachen über den Simulacrum-Einsatz, über die Suche nach der Königin, den Kampf gegen die Drohnen und das schmerzliche Trauma der erlebten Tode. Cameron blieb lieber allein. Er wollte nicht sprechen, sondern nachdenken, obwohl er nicht genau wusste worüber. Er hatte mit einer unruhigen Wanderung durch den großen Raum begonnen, die ihn schließlich zu einer Holo-Leinwand führte. Dort blieb er stehen, den Kopf voller ungeordneter Gedanken, streckte die Hände nach vorn und beobachtete, wie bunte Linien entstanden.

»Cameron?«

Er ließ die Hände sinken und sah zur Seite. Melkom stand neben ihm, größer und drei Jahre älter, ein Junior-Kommandant.

Cameron nahm Haltung an.

»Lass das«, sagte Melkom. »Es ist nicht nötig. Wir sind wir.« Er zögerte. »Auf Uxor hast du dich geopfert, für unseren Erfolg.«

»Ich bin nicht gestorben.«

»Aber du hättest sterben können, und du wärst es fast. Du hattest recht mit der Königin. Ohne dich hätten wir es nicht geschafft.«

»Kora hat mir geholfen«, sagte Cameron. Er hatte sie gesehen, an einem der Tische, zusammen mit Tjuscha und Palmi.

Melkom hob die Faust. »Ich bin befördert worden, aber es ist vor allem dein Verdienst. Freunde für immer, was auch geschieht.«

Cameron drückte seine Faust gegen die von Melkom. »Freunde für immer«, wiederholte er. Es waren angenehme Worte, sie fühlten sich gut an.

Melkom deutete in die Holo-Leinwand. »Was malst du?«

»Meine Gedanken.«

Der neue Junior-Kommandant betrachtete die wenigen Linien. »Mal sie gut. Mal sie so, dass du sie verstehst.«

Er ging und ließ Cameron allein.

Der blickte in die holographische Leinwand und fragte sich, was die Linien bedeuteten. Sie waren der Anfang von etwas, glaubte er. Erneut streckte er die Hände und ließ sie ihr eigenes Leben führen. Er beobachtete, wie sie den ersten Linien weitere hinzufügten und ein großes, wirres Knäuel schufen.

»Interessant«, kommentierte eine Stimme.

Kora stand an seiner Seite, das Gesicht glatt und sauber, mit Sommersprossen auf Nase und Wangen.

»Sie ist deutlich zu erkennen«, sagte Kora.

»Was?«, fragte Cameron. »Wer?«

Kora zeigte auf das Bild. »Die Königin. Da sind die Flügel, dort die Beine. Und vorn sieht man die Fühler.«

Cameron blinzelte verwundert und inspizierte das Werk seiner Hände. Wenn man den Blickwinkel ein wenig veränderte ... dann bildeten die vielen Linien tatsächlich die abstrakte Darstellung einer Honta-Königin, mit langen Fühlern, die sich dem Betrachter entgegenstreckten.

»Du warst sehr mutig auf Uxor«, meinte Kora.

»Du auch.«

Er sah sie an und bemerkte in ihren türkisblauen Augen etwas, das er dort nie zuvor gesehen hatte. Sie schien noch etwas sagen zu wollen, überlegte es sich dann aber anders. Nach einem ihrer schnellen Lächeln wandte sie sich ab und kehrte zu den anderen zurück.

Cameron starrte in die Holo-Leinwand und fragte sich, warum seine Hände eine Königin gemalt hatten. Und warum ihre Fühler auf ihn zeigten.

Als er den Freizeitraum kurz darauf müde verließ, begegnete er Qurek an der Tür. Er schien auf ihn gewartet zu haben.

»Es war Glück«, flüsterte ihm Qurek zu. »Du hast nur Glück gehabt, dieses eine Mal.«

DU MUSST ÜBERLEBEN

Cameron: 14, 13. April 3240 Terrastandard
Luton, 7. Mond des Gasriesen Jovva im Esmerald-System,
4109 Lichtjahre von der Erde entfernt

4

Heißer Wind wehte aus der Wüste, die dort begann, wo die Honta vor fünfundfünfzig Jahren eine Stadt mit mehr als einer Million Einwohnern angegriffen hatten, das Zentrum der menschlichen Kolonie. Es war nichts von ihr übrig. Eine Mikrosingularität hatte einen Teil von Luton gefressen und ein zehn Kilometer breites und fast ebenso tiefes Loch hinterlassen. Es grenzte an ein Wunder, dass nicht die ganze Welt in den gierigen Gravitationsschlund gestürzt war.

»Dies ist die letzte Möglichkeit«, ertönte Grindels knarrende Stimme. Er war noch immer ihr Vater, aber schon seit zwei Jahren kein Kommandant mehr, sondern Kommandeur. Fünfzig Trupps standen unter seinem Befehl, fünftausend Soldaten. Es hieß, dass ihn bald eine Beförderung zum General der Stufe Eins erwartete. Dann würde er die Streitkräfte von ganz Luton kommandieren. »Noch kannst du es dir überlegen. Du hättest noch zwei Jahre Zeit, bis du dich dem Kampf stellen musst.«

Cameron sah zu den anderen, die zwei Dutzend Meter entfernt warteten. Ihre Präsenz sollte ihm Mut machen. So war es Tradition, und so gebot es die Freundschaft.

Melkom stand dort, inzwischen sogar größer als Grindel und in seiner Bekkta-Uniform. Er hatte den Kampf vor einem Jahr hinter sich gebracht und war dabei verwundet worden. Einen ganzen Monat lang hatte er die Narben voller Stolz getragen.

Oberon und Tjuscha standen links neben ihm und hoben die Faust zum Gruß. Oberon war noch immer still und schweigsam, aber durch die besondere Freundschaft mit Tjuscha wirkte er etwas weniger traurig. Und Tjuscha war trotz ihrer zwölf Jahre kein Kind mehr, das sah man ihr an.

Ganto, der zusammen mit Palmi rechts neben Melkom stand, wurde erst in einigen Monaten vierzehn. Ihm blieb noch Zeit, er hatte sich noch nicht entschieden. Das galt erst recht für den elfjährigen Palmi, der nicht mehr ganz so dürr war. Er trainierte oft und hart, um die Knochen zu stärken und mehr Muskeln zu bekommen.

Ein wenig abseits stand Qurek, ein Jahr jünger als Bekkta Melkom mit seinen siebzehn Jahren. Ein Schatten schien in seinem Gesicht zu liegen, etwas Dunkles, das selbst im hellen Sonnenschein nicht von ihm wich. Für ihn ging die Übergangsphase am nächsten Tag zu Ende.

Sechzehn Jahre. Das war die Grenze. Zwischen Rekruten und Soldaten. Zwischen Kind und Erwachsenem. Manchmal auch zwischen Leben und Tod.

Der Kampf gegen einen echten, lebenden Honta. Als echter, lebender Mensch, nicht als Simulacrum. Wer siegte, bewies damit, dass er einen Platz als Kämpfer in den Vereinten Streitkräften verdiente. Wer verlor, bekam ein Ehrengrab und für den Namen einen Platz auf der Anerkennungsliste.

Sechzehn Jahre.

Cameron war vierzehn. Damit öffnete sich die Tür für ihn. Er konnte wählen, er konnte entscheiden. Mit sechzehn wurde Pflicht daraus.

Wie für Qurek, der einen finsteren Blick auf Cameron richtete. Fühlte er sich von ihm beiseitegedrängt? Glaubte er, nicht die verdiente Aufmerksamkeit zu bekommen, weil Cameron entschieden hatte, an diesem Tag den Kampf zu führen?

Es war schwer, Qurek zu verstehen. Oft genug verhielt er sich wie ein Außenseiter, dann wiederum schien er unbedingt im Mittelpunkt stehen zu wollen.

Cameron war überzeugt, dass er besondere Narben trug, nicht im Gesicht wie Grindel, sondern tief in seinem Innern, in seiner Seele, dort, wo sie am meisten schmerzten. Er wurde ihn nicht los, den Schmerz von Harkonia. Er versuchte, ihn irgendwie zu betäuben.

Und er hatte Angst, das spürte Cameron. Qurek fürchtete, den eigenen Erwartungen nicht zu genügen, vor sich selbst zu versagen. Was die Schmerzen in seinem Innern vielleicht noch schlimmer machte.

Cameron nickte ihnen allen zu, auch Qurek, der daraufhin den Blick senkte.

Kora fehlte. Er hatte gehofft, dass sie ihn zum Kampf verabschiedete, aber sie war nicht da.

Er sah zum Himmel hoch, den heißen Wüstenwind im Gesicht. Der Gasriese Jovva nahm den größten Teil des Firmaments ein, umkreist von einundsechzig Monden, unter ihnen Luton, fast so groß wie die Erde. Auf einigen der anderen Monde hatte es noch bis vor zwanzig Jahren verborgene Stützpunkte der Honta gegeben, aber die Streitkräfte hatten sie gefunden und zerstört. Inzwischen befand sich das strategisch wichtige Esmerald-System wieder fest in menschlicher Hand. Von hier aus war es nicht weit bis zu den Ophiuchus-Abbreviatoren, einer von ihnen groß genug für den Transfer von Trägern und Mutterschiffen.

»Nun?«, fragte Grindel sanft.

Kora ist nicht da, dachte Cameron und sagte: »Ich habe es mir gut überlegt. Heute ist mein Tag. Ich werde kämpfen.«

Vor ihm trennte eine weiße Linie das Lager mit den Baracken von einigen Felsenhügeln. Einer von ihnen wies eine große Öffnung auf, Zugang zu einer Höhle. Hinter der Linie standen mehrere Schirmfeldgeneratoren, und auf einem kleinen Podest lagen Ausrüstungsgegenstände.

Grindel trat zur Seite. »Es ist deine Entscheidung, es ist dein Tag«, erwiderte er förmlich. »Wenn du nach einer halben Stunde nicht zurückgekehrt bist, holen wir deinen Leichnam.«

Dann lächelte er plötzlich und fügte hinzu: »Oh, da kommt jemand für dich.«

Cameron wandte den Kopf.

Kora lief an Melkom und den anderen vorbei auf ihn zu. Ihre türkisfarbenen Augen schienen zu leuchten.

Ein wenig außer Atem blieb sie stehen und wandte sich an Grindel. »Darf ich?«

Er nickte.

Kora trat zu Cameron. »Ich habe etwas für dich.« Sie reichte ihm eine silberne Scheibe, nur ein wenig größer als sein Daumennagel. »Das ist ein Memo-Medaillon. Von mir, für dich. Es soll dir Glück bringen.«

Er drehte das Medaillon einige Male hin und her, bevor er es einsteckte. »Danke.«

Kora trat ganz nahe an ihn heran und flüsterte: »Du musst überleben.«

Dann hauchte sie ihm einen Kuss auf die Wange, ging mit langen Schritten zu Melkom und den anderen und reihte sich bei ihnen ein.

Cameron sah ihr verwundert nach.

»Eine halbe Stunde«, sagte Grindel streng. Und dann, etwas sanfter: »Gib gut auf dich acht, mein Sohn.«

5

Cameron trat über die Linie, und sofort veränderte sich das Brummen der Schirmfeldgeneratoren. Ein Schild entstand hinter ihm, transparent wie Glas, und machte eine Rückkehr unmöglich. Er ging zu dem kleinen Podest mit den Ausrüstungsgegenständen. Zwei Variatoren lagen dort, der eine klein und leicht, keine Behinderung bei schnellen Bewegungen, aber mit begrenzter Feuerkraft. Der andere war groß und schwer, ausgestattet mit vollen Magazinen für Sprengprojektile und Mikroraketen. Damit ließ sich viel ausrichten, auch gegen einen gepanzerten oder von Schirmfeldern geschützten Feind. Doch in diesem besonderen Fall bekam er es mit einem ungepanzerten, ungeschützten Gegner zu tun. Der Honta in der Höhle trug keinen Schild, und er war auch nicht bewaffnet. Er gehörte zu den Gefangenen, die ein Transporter vor wenigen Tagen gebracht hatte, für die Ausbildungslager auf Luton. Sie stammten von Vizza beim Lolkoniaschen Ring, vierzehn Lichtjahre entfernt, wo vor wenigen Wochen ein heftiges Gefecht stattgefunden hatte.

Mit dem großen Variator wäre ein solcher Feind leicht zu töten gewesen, wenn man keine eklatanten Fehler machte. Cameron wusste, dass die meisten Rekruten diesen Weg gingen, weil sie am Leben bleiben und es möglichst leicht haben wollten.

Unter den beiden Variatoren lag ein leichtes Exoskelett, auf nackter Haut zu tragen für einen guten physischen Kontakt mit den Sensoren und Stimulatoren. Es verbesserte die Ausdauer, und die kleinen Servomotoren gaben jeder Bewegung zusätzliche Kraft. Für einen Moment spielte Cameron mit dem Gedanken, die schlichte Rekrutenuniform auszuziehen und das Exoskelett überzustreifen, doch dann entschied er sich dagegen.

Bevor er eine bewusste Entscheidung treffen konnte, griff die rechte Hand nach dem Vibromesser, dem letzten Gegenstand auf dem Podest. Zusammen mit dem Verzicht auf das Exoskelett bedeutete es den schweren Weg, und so fühlte es sich richtig an.

Zwei Minuten waren vergangen. Cameron wandte sich dem Höhleneingang zu. Auch dort gab es ein Schirmfeld, ebenso klar wie das hinter ihm und ohne visuelle Hilfsmittel schwer zu erkennen. Es würde verschwinden, wenn er sich dem Zugang bis auf drei Meter näherte.

Keine Sensoren. Keine Blend- oder Betäubungsgranaten. Nur das Messer gegen die Krallen des Honta.

Du musst überleben. Wie hatte Kora das gemeint?

Natürlich wünschte sie sich, dass er überlebte, so wie es ihm die ganze Rekrutengruppe wünschte, vielleicht mit Ausnahme von Qurek. Immerhin waren sie Freunde. Aber ihre Stimme hatte anders geklungen als sonst, und sie hatte ihn anders angesehen.

Vier oder fünf Meter vor dem Höhleneingang zögerte er, das Vibromesser in der rechten Hand, und holte mit der linken das Memo-Medaillon hervor. Als er mit dem Daumen darüberstrich, erschien Koras Bild auf der einen Seite und sein eigenes auf der anderen. Die Lippen der Kora auf dem Medaillon bewegten sich. »Ich bin bei dir«, sagte sie leise, nur für ihn.

Drei Minuten. Oder waren es bereits vier? Er ließ kostbare Zeit ungenutzt verstreichen.

Cameron steckte das Memo-Medaillon ein, schloss die Finger der rechten Hand etwas fester um den Griff des Vibromessers und näherte sich der Höhle.

Das Schirmfeld im Zugang verschwand.

Cameron hörte ein Zischen in der Dunkelheit vor ihm. Der Honta wusste, dass jemand kam, um ihn zu töten.

Zwei Schritte weit in der Höhle blieb Cameron stehen und lauschte. Es war so still, dass er den eigenen Atem viel zu laut hörte. Sein Herzschlag wurde zu einer Trommel, die immer schneller schlug, das Rauschen des Bluts füllte seine Ohren.

Plötzlich bereute er, auf das Exoskelett mit den Servomotoren verzichtet zu haben und ebenso auf den großen Variator. Beim Kampf gab man Vorteile nicht freiwillig auf. So etwas war dumm. Sieg oder Niederlage, nur darauf kam es an. Man benutzte alle zur Verfügung stehenden Mittel, um siegreich zu sein und am Leben zu bleiben.

Du musst überleben.

Cameron trat einen weiteren Schritt vor.

»Ich bin gekommen, um dich zu töten«, sprach er laut in die Dunkelheit, die so dunkel nicht mehr war, weil sich seine Augen daran gewöhnten.

Kratzende und schabende Geräusche drangen aus den Schatten weiter vorn, gefolgt von einem leisen Knurren.

Cameron duckte sich, die Sinne gespannt. Er erwartete einen Angriff.

Nichts geschah. Er wartete noch einige Sekunden länger, setzte dann langsam einen Fuß vor den anderen und hörte das verräterische Knirschen von Sand und kleinen Steinen unter seinen Stiefeln. Honta konnten gut sehen und noch besser hören, außerdem fühlten sie mit ihren Beinen Vibrationen des Bodens. Es gab keine Möglichkeit, *diesen* Honta zu überraschen.

Vor Cameron verbreiterte sich der schmale Durchgang. Die Wände wichen zurück, es gab mehr Platz, und ein wenig Licht fiel durch eine kleine Öffnung in der Decke. Die Arena. Der Ort, der über Leben und Tod entschied.

Er war ganz plötzlich da, der Honta. Er sprang aus dem Schatten und ragte vor Cameron auf, oder er war ein Schatten, der plötzlich Substanz und Gestalt gewann. Ein Knochenbein schlug nach ihm, und Cameron reagierte nicht schnell genug – das Bein streifte seinen linken Arm, riss den Uniformärmel auf und hinterließ einen blutigen Striemen, der von der Schulter bis fast zum Handgelenk reichte.

Cameron schnitt eine Grimasse und begann mit einem Tanz, der ihn zu einem schwerer zu treffenden Ziel machen sollte. Gelegentlich wagte er einen Vorstoß und stach mit dem Vibromesser zu, aber nicht einziges Mal gelang es ihm, mit der Klinge den Körper des Gegners zu erreichen. Der Honta wich immer viel zu schnell aus.

Es handelte sich um ein mittelgroßes Exemplar mit einer Körperlänge von knapp drei Metern, bedeckt von einem feuerroten Panzer, der aus einzelnen Segmenten bestand, jedes davon zwischen zwanzig und dreißig Zentimeter groß. Die vorderen Knochenbeine wiesen scharfe Kanten auf, die mittleren und hinteren waren mit scheußlichen Widerhaken versehen, die ihr Opfer nicht mehr losließen, wenn sie es einmal gepackt hatten. Der dreieckige Kopf mit den dunklen Augenringen starrte aus einer Höhe von mehr als zwei Metern auf Cameron herab, nur durch einen Sprung erreichbar.

Er warf sich nach vorn und schwang dabei den Arm mit dem Messer, aber die Klinge verfehlte das anvisierte Bein um wenige Zentimeter. Nach der langen Gefangenschaft hätte der Honta müde und entkräftet sein sollen, doch das schien nicht der Fall zu sein – er war noch immer sehr schnell und agil.

Das Geschöpf senkte den Kopf ein wenig und fauchte. Cameron glaubte, Worte zu hören. Sie klangen wie: »Wer bist du?«

Er wich zurück und schnappte nach Luft. »Hast du gesprochen?«, fragte er verblüfft.

Der Honta senkte den Kopf und fauchte erneut. Diesmal waren die Worte besser zu verstehen. »Wer bist du?«, zischte er. »Warum willst du mich töten?«

»Du bist der Feind.« Ein Trick, dachte Cameron. Ein Ablenkungsmanöver, das ihn verwirren sollte. Aber es gab ihm auch eine Chance.

»Ich bin hier gefangen«, zischte der Honta und streckte ihm die Vorderbeine entgegen. »Ich habe dir nichts getan.«

»Ihr habt meine Mutter umgebracht!«

Da war er wieder, der kalte Zorn, den er seit Harkonia tief in sich trug, ein Quell der Kraft. Er vertrieb den Schmerz aus dem blutenden linken Arm und das Brennen aus den Muskeln. Er schärfte den Blick und zeigte ihm das notwendige Bewegungsmuster.

Cameron warf sich nach vorn und hob das Messer, als hätte er es damit auf den Kopf des Honta abgesehen. Doch im letzten Augenblick wandte er sich zur Seite, fort vom dreieckigen Kopf, richtete sich ganz auf und stieß das Vibromesser in die eine schwache Stelle am Unterleib, in die schmale Lücke in der Panzerung zwischen den beiden vorderen Knochenbeinen.

Aus dem Fauchen des Honta wurde ein Kreischen. Er kippte zur Seite, krümmte die Beine und versuchte, Cameron mit ihnen zu ergreifen. Aber der wich ihnen aus und drehte das Messer, hielt es auch mit der Hand des verletzten linken Arms. Er zog es erst aus der klaffenden Wunde, als der Honta auf der Seite lag, duckte sich damit an den zuckenden Beinen vorbei und rammte es in den Knorpelwulst, der Kopf und Körper miteinander verband. Schwefelgelbe ölige Flüssigkeit quoll aus der tödlichen Wunde.

Der sterbende Honta zischte erneut. »Du bist tot«, verstand Cameron. »Du bist tot.«

Die Beine krümmten sich und zuckten ein letztes Mal. Der dreieckige Kopf sank in den Sand.

Der Honta rührte sich nicht mehr.

Cameron wich von ihm zurück. »Nein, *du* bist tot«, krächzte er.

Mit Beinen, die noch immer voller Kraft steckten, verließ er die Höhle und hob draußen das blutige Messer, damit es alle sahen.

6

Am nächsten Tag wartete Cameron, mit vierzehn Jahren zum Soldaten geworden, zusammen mit den anderen auf die Rückkehr von Qurek. Er stand neben Melkom, am linken Arm einen Verband mit Synth-Haut, und blickte durch den glasklaren Schild zum Hügel mit der Höhle. Wie tags zuvor wehte ein heißer Wind aus der Wüste, und über ihnen bedeckte der Gasriese Jovva fast den ganzen Himmel. Man konnte einige der anderen Monde erkennen, wie sie langsam über Jovvas cremefarbene Wolkenbänder wanderten.

Beim Hügel regte sich nichts. Fünfundzwanzig Minuten waren bereits vergangen, und Qurek war noch immer nicht aus der Höhle zurückgekehrt. Auch er hatte auf das Exoskelett verzichtet, nicht aber auf den großen Variator.

»Wir hören nichts«, flüsterte Melkom. »Wegen des Schirmfelds. Auch wenn er schießt, wir hören nichts davon.«

Cameron sah aufs Chrono. Nur noch vier Minuten.

Grindel stand einige Meter entfernt, neben Ganto, Oberon und Palmi, das narbige Gesicht unbewegt. Er machte sich Sorgen, da war Cameron sicher, aber man sah es ihm nicht an. Einige Meter entfernt überprüften zwei Infanteristen ihre Waffen und ein Mediker seine Notfallausrüstung.

Als die letzte Minute anbrach, taumelte Qurek blutüberströmt aus der Höhle und wollte den Variator heben, zum Zeichen des Sieges. Doch er schaffte es nicht ganz, die Kraft verließ ihn, und er brach zusammen.

Im Lazarett des Ausbildungslagers saß Cameron zusammen mit den anderen im Flur, während sich die Mediker um Qurek kümmerten. Als Grindel das Behandlungszimmer verließ, erwarteten alle eine Erklärung von ihm, aber er sagte nicht, wie es um Qurek stand.

»Bekkta Melkom und Soldat Cameron zuerst, anschließend die Rekruten, einer nach dem anderen.« Er seufzte fast unhörbar. »Seid leise, stört ihn nicht.«

Cameron folgte Melkom durch die Tür. Qurek lag in einem Behandlungstank, der ihn ganz umschloss, bis hinauf zum Hals. Wie es um seinen Körper stand, ließ sich nicht erkennen, denn es gab keine Fenster im Tank, nur medizinische Indikatoren und Displays. Synth-Haut bedeckte einen Teil des Gesichts, die Augen waren geschlossen.

Cameron begriff plötzlich, warum man ihnen gestattete, den schwerverletzten Qurek zu besuchen. Sie sollten Gelegenheit erhalten, Abschied von ihm zu nehmen.

Am oberen Ende des Tanks blieben sie stehen und blickten auf das Gesicht hinab.

Plötzlich öffnete Qurek die Augen.

»Ich habe es geschafft«, sagte er überraschend deutlich. »Fast hätte mich der Honta erwischt, aber ich habe ihn besiegt und getötet.«

»Das hast du«, bestätigte Cameron leise, obwohl sie wussten, dass der Honta am Leben geblieben war – die beiden Infanteristen hatten ihn erschossen. »Du hast gut gekämpft, besser als ich.«

Qurek schloss die Augen wieder und schien einzuschlafen. Melkom und Cameron blieben noch eine Minute, dann verließen sie den Raum, damit die anderen zu ihm konnten.

Eine Stunde später starb Qurek.

Am Abend, als Jovva fast ganz hinter dem westlichen Horizont verschwunden war und erste Sterne am Himmel erschienen, kam Kora zu Cameron. Er saß auf einem Felsen am Rand des Ausbildungslagers und rückte ein wenig zur Seite, damit sie sich neben ihn setzen konnte.

»Es tut mir leid um ihn«, sagte sie und sah mit ihm zum Himmel hoch.

»Er glaubte, den Honta besiegt zu haben. Damit ist er gestorben.«

»Du hast ihn in diesem Glauben bestätigt.« Kora fügte hinzu: »Melkom hat es uns erzählt.«

»Dadurch wurde es leichter für ihn«, erwiderte Cameron.

»Du denkst oft an andere. Denkst du auch an dich?«

Er sah sie an und versuchte zu verstehen, was sie meinte.

»Du hast es nur mit dem Messer geschafft«, sagte sie. »Grindel hat dich gelobt.«

Das Memo-Medaillon fiel ihm ein. Er holte es hervor und strich mit dem Daumen darüber, woraufhin ihre Gesichter erschienen, Koras auf der einen Seite und seins auf der anderen.

»Ich bin nicht allein gewesen«, sagte er halb im Scherz. »Du warst bei mir.«

»Ich bin es immer noch.« Als Cameron nicht reagierte, deutete sie auf das Medaillon. »Was meinst du? Was sagst du dazu?«

Cameron glaubte zu verstehen und bot ihr die Faust an. »Freunde für immer, was auch geschieht.«

Kora zögerte und sah ihm einige Sekunden lang in die Augen, wie auf der Suche nach etwas. Dann hob sie die eigene Faust und berührte seine damit. »Ja, Freunde für immer, was auch geschieht.«

Aber sie schien enttäuscht zu sein, als hätte sie mehr erwartet.

FREUNDE FÜR IMMER

Cameron: 14–17. 3240–3243 Terrastandard

In der Liga

7

Die Winde des Krieges verstreuten die Überlebenden von Harkonia in der Galaxis. Bekkta Melkom und Soldat Cameron setzten ihre Ausbildung in einer Reserveeinheit am Rand des Kerns fort, bei den »Grauen Truppen«, deren Aufgabe darin bestand, das Zentrum der Menschheit zu schützen. Sie lernten den Umgang mit Kwix, indem sie vorübergehend zu Spezialisten wurden, die beim Erkunden von Brücken und dem Bau von Abbreviatoren halfen. Oder indem sie für einige Tage in die Rolle von militärischen Wissenschaftlern schlüpften und einen Beitrag für die Weiterentwicklung von Waffensystemen leisteten.

Melkom entdeckte dabei sein Interesse an der hyperdimensionalen Natur der Brücken, die von Abbreviatoren genutzt werden konnten, um Raumschiffe viel weiter und schneller zu transferieren, als es mittels der Superpositionatoren von Fluidal-Schiffen möglich gewesen wäre, die nur einige Lichtjahre pro Tag zurücklegen konnten und deren Reichweite auf einige hundert Lichtjahre beschränkt blieb. Er entschied sich schließlich für eine Laufbahn bei den technischen Spezialisten der Streitkräfte und wurde mit nur zwanzig Jahren einer ihrer jüngsten Kommandanten.

Cameron blieb bei der Infanterie. In Raumschiffen fühlte er sich nicht wirklich unwohl, solange er nicht zu viel Zeit in ihnen verbringen musste. Doch überall gab es Wände, die Sicht und Bewegungsfreiheit einschränkten, und er liebte das Weite, die fernen Horizonte. Planetare Einsätze bescherten ihm zudem direkte Konfrontationen mit dem Feind, bei denen er nicht nur mit einem Vibromesser kämpfte. Sein Wagemut verschaffte ihm bald den Ruf, ein besonders tapferer Soldat zu sein, der sich nicht scheute, immer wieder sein Leben aufs Spiel zu setzen. Er blieb gern für sich, und wer das Privileg seiner Freundschaft gewann, berichtete von einem seltsamen jungen Mann, der dazu imstande schien, die Welt mit den Augen – den Augenringen – eines Honta zu sehen. Und der sich offenbar nach dem Tod sehnte, nach Erlösung von dem kalten Feuer, das in ihm brannte.

Das mit dem kalten Feuer stimmte, aber es war keine Last, keine Bürde, sondern eine unversiegbare Quelle der Kraft. Immer wenn er müde wurde oder zu zweifeln begann, wenn ihm die Erinnerung das *Wer bist du? Warum willst du mich töten?* des ersten getöteten Honta zuflüsterte, dachte er an die Hand seiner Mutter, die er festgehalten hatte, obwohl sie so heiß gewesen war, dass sie ihm die Haut verbrannte. Dann verschwanden Müdigkeit und Zweifel aus ihm und wichen neuer Entschlossenheit. Todessehnsucht kannte er nicht, ganz im Gegenteil: Er wünschte sich, möglichst lange gegen die Honta kämpfen zu können.

Wie er es anstellte, die Dinge aus der Perspektive des Feindes zu sehen, sich in seine Lage zu versetzen und seine Aktionen vorauszuahnen, blieb ihm selbst ein Rätsel. Vielleicht war es diese besondere Fähigkeit gewesen, die es ihm ermöglicht hatte, den Honta in der Höhle auf Luton nur mit einem Vibromesser bewaffnet zu besiegen. Er erinnerte sich daran, ein Bewegungsmuster erkannt und danach gehandelt zu haben. Ein Fenster hatte sich geöffnet und ihm für einen Moment gezeigt, wie der Honta agieren würde. Es war wie ein kleiner, kurzer Blick in die Zukunft gewesen.

Bei strategischen Planungen fiel Soldat Cameron durch besonderes Geschick auf, und es dauerte nicht lange, bis man ihn zum Bekkta beförderte und dem strategischen Korps zuwies. Das bedauerte er einerseits, bedeutete es doch seine Teilnahme an mittel- und langfristigen strategischen Planungen, was ihn an Einsätzen auf Planeten hinderte. Andererseits erhielt er dadurch die Möglichkeit, dem Feind noch mehr zu schaden, ihm noch empfindlichere Schläge zu versetzen.

Manchmal, wenn er weder kämpfte noch plante, holte er das silberne Memo-Medaillon hervor, strich mit dem Daumen darüber und beobachtete, wie Koras Gesicht auf der einen Seite erschien und seins auf der anderen. Dann hörte er sie leise sagen, nur für ihn: »Ich bin bei dir.«

Sie hatte ein Jahr nach ihm die Prüfung auf Luton abgelegt, ebenfalls mit vierzehn. Mit Exoskelett und Variator, nicht allein mit einem Vibromesser, hatte sie gegen einen lebenden Honta gekämpft und ihn besiegt. Aber sie war dabei verletzt worden – wie schwer, wusste Cameron nicht – und hatte Wochen gebraucht, um sich zu erholen.

Vielleicht war sie aus diesem Grund schließlich zur Spreu-Lenkerin in der Zirkumferenz geworden. Weil sie sich beim direkten, unmittelbaren Kampf zu schwach fühlte, selbst mit einem Exoskelett. Ganz anders sah es aus, wenn sie mit ihren Gedanken in extra für diesen Zweck geschaffene künstliche Körper schlüpfte. Auf besonders heftig umkämpften Welten kommandierte sie Dutzende von Simulacren, eine Spreu, was bedeutete, dass sie bei jedem Einsatz mehrere Tode starb. Offenbar hatte sie sich daran gewöhnt, was sicher alles andere als leicht gewesen war. Cameron wusste aus eigener Erfahrung, wie schmerzhaft so etwas sein konnte, und deshalb brachte er gerade Spreu-Lenkern großen Respekt entgegen. Als er während eines Fluidal-Flugs davon erfuhr, dass Bekkta Kora auf Rakon mit ihren Simulacren einen großen Erfolg gegen eine Streitmacht der Honta erzielt hatte, nahm er das Memo-Medaillon in die rechte Hand, schloss die Finger darum zur Faust und sagte: »Gut gemacht, Kora.« Und dann fügte er leise hinzu: »Freunde für immer.«

Der stille, schweigsame, immer ein wenig traurig wirkende

Oberon und Ganto, der ebenfalls nie viel gesprochen hatte, verließen Luton, nachdem sie beide die Prüfung bestanden hatten, Oberon mit sechzehn und der kräftige Ganto mit fünfzehn. Ein Jahr später, im Jahr 3242, wurden sie nach Faidal versetzt, auf den zweiten Planeten des Chotski-Systems im Orion-Arm, bekannt für seine intelligenten Steinwesen, die Mentalisten, und eine besondere Gruppe von Transhumanen, Menschen, die eine Verbindung mit den Mentalisten eingegangen waren. Gemeinsam hatten sie das Interkosmika geschaffen, eine neue Philosophie, die die ethischen und moralischen Prinzipien der Einheitskirche *Unika* auf ein neues Niveau hob, Vergeistigung propagierte und das Universum zu erklären versuchte. Faidal befand sich tief im Innern der Schale und war nur siebenhundertneunzehn Lichtjahre von der Erde entfernt, aber trotzdem gelang es den Honta, unbemerkt bis dorthin vorzustoßen, vielleicht mittels einer unentdeckt gebliebenen Brücke. Eine besondere strategische Bedeutung hatte Faidal nicht, der Planet lag abseits der üblichen Transitstrecken. Vielleicht, so spekulierte man, ging es den Honta um die Mentalisten oder möglicherweise die mit ihnen verbundenen Transhumanen.

Oberon und Ganto gerieten in ein Gefecht, mit dem sie nicht gerechnet hatten und auf das weder sie noch die Garnison von Faidal vorbereitet gewesen waren. Oberon fiel in der Drei-Finger-Schlucht, und Ganto verschwand zusammen mit siebenundzwanzig Transhumanen. Man vermutete, dass sie von den abziehenden Honta verschleppt worden waren. Es kam gelegentlich vor, dass der Feind Menschen entführte, zu welchen Zwecken auch immer, und nie war einer von ihnen zurückgekehrt.

Palmi, geboren 3229 und damit der Jüngste von ihnen, hätte noch warten können, aber er wollte vor allem sich selbst beweisen, wie mutig er war, und beschloss deshalb, wie Cameron schon mit vierzehn Jahren gegen den Honta zu kämpfen. All sein Krafttraining nützte ihm nichts, er verlor den Kampf in der Höhle und wurde neben Qurek auf dem Ehrenfriedhof von Luton begraben.

Damit blieb Tjuscha die Letzte aus ihrer Gruppe. Sie würde die Prüfung in wenigen Monaten ablegen, an ihrem sechzehnten Geburtstag.

Cameron hoffte, dass sie es schaffte.

Acht Freunde, drei von ihnen tot, einer von den Honta verschleppt. Nur vier von acht waren übrig, und jeder von ihnen ging seinen eigenen Weg.

Aber so gewaltig groß die galaktischen Sternenräume auch sein mochten, manchmal kreuzten sich die Wege.

EIN WIEDERSEHEN

Cameron: 17, 29. März 3243 Terrastandard

Karunna, 3. Planet des Owal-Systems, 849 Lichtjahre von der Erde entfernt

8

Hunderte Bots hatten den Orbiter innerhalb weniger Wochen konstruiert, ein Standardmodell der Vereinten Streitkräfte, in einer Umlaufbahn vierhundert Kilometer über Karunna: ein filigranes, sternförmiges Gebilde aus Synth, Komposit und Stahlkeramik, bei dem niemand an Schönheit gedacht hatte, nur an Zweck und Nutzen.

Cameron war vor einer Stunde mit der Fregatte *Cassiopeia* eingetroffen, die von einem Gravitationsanker gehalten neben einem Andockdorn schwebte. Ein schnelleres Schiff hatte nicht zur Verfügung gestanden, nicht einmal hier, im Innenbereich der Schale, unweit des Kerns. Ein Abbreviator hatte den Sprung aus der Zirkumferenz über Tausende Lichtjahre in nur dreiunddreißig Minuten ermöglicht, für die letzten sechs Lichtjahre bis zum Owal-System, nur achthundertneunundvierzig Lichtjahre von der Erde entfernt, waren zwei Tage nötig gewesen. Das entsprach der Höchstgeschwindigkeit einer Fregatte, mehr als drei Lichtjahre am Tag konnte ihr Superpositionator nicht leisten.

Während Cameron am runden Tisch saß, einziger Bekkta unter hochrangigen Offizieren, und auf den Beginn der Besprechung wartete, dachte er kurz an Melkom und die anderen technischen Spezialisten. Vielleicht gelang es ihnen irgendwann, leistungsfähigere Triebwerke für den Flug durch den Sekundärraum zu entwickeln, das Fluidal. Es hätte den Vereinten Streitkräften mehr Unabhängigkeit von den Abbreviatoren und bessere Möglichkeiten bei der Bewegung von Einsatzflotten und Truppen gegeben.

Er überlegte, welche strategischen Konsequenzen sich aus neuen Antriebstechniken abseits der von Abbreviatoren genutzten Brücken ergeben konnten, als das große Hologramm über dem Tisch ein zweites Schiff zeigte, das sich dem Orbiter über Karunna näherte. Es war größer als die *Cassiopeia*, eine fünfhundertfünfzig Meter durchmessende Karavelle, wie die eingeblendeten Daten zeigten.

»Das Warten hat ein Ende«, erklang Marschall Ivannas sonore Stimme. Die Oberbefehlshaberin der Streitkräfte des Owal-Systems saß auf der linken Seite. Vor ihr auf dem Tisch lagen einige Datenfolien bereit. »Das ist die *Iraklion*. Sie bringt unsere beiden speziellen Gäste.«

»Abteilung Neun?«, fragte Sektoradmiral Son-Sonis. Er stammte von der Erde und bekleidete den höchsten Rang der Anwesenden. In seinen Augen glänzten rote Mikroerweiterungen.

»Sie bringen neue Informationen, die für den bevorstehenden Einsatz wichtig sein könnten«, bestätigte Marschall Ivanna.

Abteilung Neun, der Nachrichtendienst der Vereinten Streitkräfte. Cameron fragte sich erneut, warum man seine Teilnahme an der Besprechung angeordnet hatte. Der Einsatz auf Karunna betraf ihn, daran zweifelte er nicht. Man würde ihn zusammen mit den Landetruppen auf den Planeten schicken, und vielleicht erhielt er als Bekkta das Kommando über eine Soldatengruppe. Doch das erklärte nicht seine Präsenz bei diesen hochrangigen Offizieren. Es ging um mehr.

Fünf Minuten später öffnete sich die Tür, und zwei Personen traten ein, die erste ein Mann in mittleren Jahren, gekleidet in eine schlichte dunkelblaue Uniform ohne Rangabzeichen; sie wies nur eine kleine goldene Faust auf, dicht unter der linken Schulter. Narben durchzogen das Gesicht des Mannes.

Grindel.

Die zweite Person war eine noch größere Überraschung für Cameron.

Kora.

Drei Jahre waren vergangen, und natürlich erkannte er sie sofort, obwohl sie sich verändert hatte. Sie war erwachsen geworden, eine junge Frau, beinahe so groß wie Grindel und ebenfalls in die dunkelblaue Uniform der Abteilung Neun gekleidet. Sie trug das rotblonde Haar länger, bis fast auf die Schultern, und ihr Gesicht hatte etwas mehr Farbe bekommen, wodurch sich die Sommersprossen auf Wangen und Nase weniger deutlich zeigten. Sie schien nicht überrascht, Cameron am Besprechungstisch zu sehen, vielleicht hatte sie von seiner Anwesenheit gewusst. Ihre Blicke trafen sich, und sie schenkte ihm ein kurzes, schnelles Lächeln, nur für ihn bestimmt.

Etwas Dunkles lag in ihren großen türkisfarbenen Augen, vielleicht die Schatten der vielen Simulacren-Tode, die sie als Spreu-Lenkerin gestorben war.

Marschall Ivanna war aufgestanden. »Ich grüße Sie beide.« Die große, ernste Offizierin deutete auf zwei freie Plätze am Tisch und wartete, bis sich Grindel und Kora gesetzt hatten. Dann nahm sie, noch immer stehend, die Datenfolien und vollführte eine knappe Geste, woraufhin das Holo über dem Tisch den Planeten Karunna zeigte, eine Welt gehüllt in Schnee und Eis.

»Die Bahn des Planeten hat sich verändert«, erklärte sie. »Früher herrschte offenbar ein gemäßigtes Klima auf Karunna, aber in den vergangenen zwanzig Jahrhunderten ist der dritte Planet des Owal-Systems immer weiter nach außen gewandert, um inzwischen achtzig Millionen Kilometer. Eine Eiszeit hat begonnen, und niemand weiß, wie lange sie dauern wird. Gewaltige Gletscher, die bis zum Äquator reichen, haben alles unter sich begraben.«

»Karunnas Klima ist nur bedingt relevant«, warf Sektoradmiral Son-Sonis ungeduldig ein. Sein Haar war weiß wie der Schnee auf dem kalt gewordenen Planeten unter ihnen.

Marschall Ivanna musterte ihn mit sanfter Geduld. »Vielleicht zeigt es uns, dass nichts von Bestand ist, dass es immer Überraschungen gibt.« Ihr Blick streifte Cameron, bevor er zum Holo zurückkehrte. »Ausgerechnet diesen Planeten haben sich die Honta für eins ihrer Nester ausgesucht. Es befindet sich im Norden – dort.«

Eine weitere knappe Geste brachte Karunna näher und hob eine Stelle mit einer roten Markierung hervor.

General Lujana, Befehlshaberin der Planetaren Streitkräfte von Karunna, beugte sich wie in Zeitlupe vor. Sie war zart gebaut und jung, nicht einmal zehn Jahre älter als Cameron, ihr Gesicht noch völlig ohne Falten. Nur etwa siebenhundert Soldaten standen unter ihrem Kommando, und da es sich dabei um die gesamte Streitmacht des Planeten handelte, hatte sie, obwohl eigentlich nicht mehr als ein Kommandeur, Anspruch auf den Rang des Generals.

»Seit wann wissen wir das?«, fragte sie, die dünnen Brauen gehoben.

»Seit zwei Wochen«, antwortete Marschall Ivanna. »Bitte verzeihen Sie, Lujana. Auf Empfehlung der Abteilung Neun hat uns das Oberkommando zu strengster Geheimhaltung verpflichtet. Bisher gab es im Owal-System nur zwei Personen, die davon wussten: Sektoradmiral Son-Sonis und mich. Jetzt sind noch zwei weitere hinzugekommen.« Mit einer Kopfbewegung wies sie auf Grindel und Kora.

»Wieso die strenge Geheimhaltung?«, fragte einer der anderen Offiziere. Es klang ein wenig verärgert, fand Cameron, vielleicht fühlte er sich übergangen. »Wenn wir ein Nest der Honta entdecken, noch dazu so nahe beim Kern, greifen wir an. Warum haben wir zwei Wochen verstreichen lassen, ohne etwas gegen den Feind zu unternehmen?«

»Es werden noch mindestens drei weitere Tage vergehen«, erklärte Ivanna. »Bis der Truppentransporter *Horas* eintrifft, mit dreitausend Soldaten, die Ihrem Kommando hinzugefügt werden, Lujana.«

»Wie kam der Feind hierher?«, fragte die Generalin. »Wie konnte er Karunna unbemerkt erreichen?«

»Wenn Sie gestatten, Marschall …«, erklang Grindels knarrende Stimme.

»Natürlich.« Ivanna nickte ihm noch einmal zu und setzte sich.

»Das ist eine der Fragen, auf die wir uns Antwort wünschen«, wandte sich Grindel an Lujana. »Wie konnten die Honta ins Owal-System gelangen, ohne dass wir sofort etwas davon bemerkten?«

»Wie haben Sie davon erfahren, ohne dass ich Kenntnis von dieser Sache hatte?«, entgegnete die junge Generalin.

Grindel wechselte einen Blick mit Kora, die ruhig dasaß, ohne angespannt zu wirken. Sie schien an die Gesellschaft hochrangiger Offiziere gewöhnt zu sein, fand Cameron.

»Die Abteilung Neun weiß Bescheid«, sagte Marschall Ivanna.

Grindels Narbengesicht blieb unbewegt. »Die Abteilung Neun hat ihre Quellen«, präzisierte er. »Wir haben Signale empfangen und Mikronauten geschickt, nicht von einem Denker gesteuert, sondern den Anweisungen eines Menschen unterstellt.«

Cameron begriff sofort, wen er damit meinte: Kora.

Mit Mikronauten hatte er in den vergangenen Jahren mehrmals zu tun gehabt. Sie waren physische Erweiterungen von Maschinenintelligenzen, wenn auch humanoid, oft nicht größer als zwanzig Zentimeter, wie winzige Menschen. Allerdings konnten diese Simulacren bei Bedarf auch autonom denken und agieren, wenn ein Datenaustausch mit der jeweiligen Maschinenintelligenz nicht möglich war. Es schränkte ihre kognitiven Fähigkeiten zwar ein, doch sie waren durchaus in der Lage, eigenständige Entscheidungen zu treffen, um etwa Anweisungen von Denkern oder Menschen durchzuführen.

»Und niemand hat es für nötig gehalten, meinen Kommandostab zu informieren«, stellte Lujana pikiert fest.

»Die Honta durften keinen Verdacht schöpfen«, erwiderte Grindel. »Sie sollten glauben, sicher und unentdeckt zu sein.«

»Jetzt befinden sich außer dem Orbiter eine Fregatte und eine Karavelle in Karunnas Umlaufbahn«, warf Cameron ein und verblüffte sich selbst damit. »Und bald kommt ein Truppentransporter. Sollte das für den Feind nicht Hinweis genug sein, dass wir von ihm wissen?«

General Lujana hob erneut die dünnen Brauen. Offenbar hielt sie nicht viel davon, dass ein Bekkta in der Offiziersrunde ungefragt das Wort ergriff.

»Er wird misstrauisch sein.« Grindel sah Cameron kurz an. »Er wird uns voller Argwohn beobachten. Und er wird Vorbereitungen treffen für den Fall, dass wir angreifen. Aber still und heimlich, in der Hoffnung, unentdeckt zu bleiben. Diese Phase werden wir nutzen, um eine Spreu in Stellung zu bringen.«

Cameron wusste, wer die Spreu lenken und mit ihr leiden und sterben würde.

»Unser Ziel besteht nicht allein in der Vernichtung der in einem Gletscher hoch im Norden von Karunna versteckten Honta-Basis«, wandte sich Grindel an die Versammelten. »Wir brauchen Antworten auf weitere wichtige Fragen. Zum Beispiel: Warum bauen die Honta ein Nest in Karunnas Eis, obwohl sie warme bis heiße Welten bevorzugen? Warum ein Nest ohne militärische Unterstützung?«

»Ich nehme an, es geht Ihnen um Gefangene«, sagte Marschall Ivanna. »Für ein Verhör. Deshalb die Spreu, nicht wahr?«

»Das ist korrekt«, bestätigte Grindel. »Wir haben eine Spezialistin für diesen Einsatz.«

»Was vermutet die Abteilung Neun?«, fragte jemand.

Grindel schwieg einige Sekunden und wählte seine Worte. »Wir vermuten, dass es sich um einen Brückenkopf handelt. Das Nest auf Karunna könnte Teil eines Plans sein, in den Kern vorzustoßen, vielleicht bis zur Erde.«

»Dazu reicht ein Nest nicht aus«, sagte jemand. »Nicht annähernd. Wie viele Eier kann es enthalten? Tausend? Zehntausend? Selbst hunderttausend Honta wären nicht genug für einen Angriff auf den Kern. Und wo sind die Schiffe dafür, wo die Waffen?«

»Das ist Teil des Problems«, erklärte Grindel. »Es wurde bereits darauf hingewiesen: Wir wissen nicht, wie die Honta Karunna erreichen konnten, ohne sofort von uns bemerkt zu werden. Haben sie Tarnvorrichtungen entwickelt, die so gut sind, dass sie ihre Schiffe vor uns verbergen können? Wir sollten in der Lage sein, ihre energetischen Schatten zu orten, wenn nicht hier im Primärraum, so doch im Sekundärraum. Unsere Spähsonden im Fluidal sind ständig auf der Suche nach verräterischen Emissionen.«

Grindels Blick wanderte am Tisch entlang.

»Hat der Feind eine planetare Brücke mit einem verborgenen Abbreviator benutzt? Solche Anlagen sind recht groß, und außerdem löst es nicht das eigentliche Problem. Ein derartiger Abbreviator müsste auf Karunna erbaut worden sein, im Innern eines Gletschers, ohne bei unseren Überwachungssystemen einen Alarm auszulösen.«

»Das ist unmöglich«, betonte Lujana.

»Da bin ich ganz Ihrer Meinung, General«, pflichtete ihr Grindel bei. »Eine dritte Möglichkeit wäre, dass die Honta eine ganz neue Methode entwickelt haben, große interstellare Distanzen zurückzulegen. Ohne Flüge durch das Fluidal und ohne Abbreviatoren. Wenn das zutrifft, könnten entsprechende Informationen von existenzieller Bedeutung für uns sein.« Er legte eine kurze Pause ein, um den nächsten Worten mehr Nachdruck zu geben. »Vielleicht steht das Überleben der Menschheit auf dem Spiel.«

»Was schlägt die Abteilung Neun vor?«, fragte Sektoradmiral Son-Sonis.

Cameron verstand den Hinweis in der Frage. Der von der Erde stammende Son-Sonis wollte einen Vorschlag hören, keine Anweisungen. Seine Botschaft lautete: Die Abteilung Neun kann

Informationen liefern und Anregungen geben, aber die Einsatzbefehle kommen von uns!

Grindel holte eine Datenfolie hervor und reichte sie Marschall Ivanna, die sie mit einem kleinen Scanner prüfte. Im Hologramm über dem runden Tisch erschien das Sonnensymbol der Liga, darunter die Gesichter von Grindel und Kora mit einem Prioritätscode.

»In diesem besonderen Fall sind wir weisungsbefugt.« Grindel ließ es fast wie eine Entschuldigung klingen. »Wir beide«, betonte er. »Wir werden morgen damit beginnen, die Lage vor Ort zu sondieren. Für übermorgen ist der Einsatz von Mikronauten und Spreu vorgesehen. Wir brauchen lebende Honta für ein Verhör, mindestens fünf, besser zehn oder zwölf.« Er wandte sich an General Lujana. »Ich bitte Sie und Ihre Soldaten um ein Ablenkungsmanöver kurz vor Beginn des Simulacren-Einsatzes. Sie werden alle Daten bekommen, die Sie brauchen.«

»Ich benötige alles, was Sie haben.«

Grindel neigte den Kopf. »Sie werden es bekommen. Was den jungen Mann betrifft ...«

Cameron erschrak fast, als er plötzlich zum Mittelpunkt der allgemeinen Aufmerksamkeit wurde.

»Er ist Ihr Sohn, nicht wahr?«, fragte Marschall Ivanna.

»Das ist er, ja. Ich habe ihn vor zehn Jahren an Kindes statt angenommen, wie die anderen Überlebenden von Harkonia. Ich kenne ihn gut, ich habe ihn ausgebildet, ich habe ihn wachsen und reifen gesehen, er ist in meiner Obhut zum Soldaten geworden. Daher weiß ich auch um seine strategischen Fähigkeiten. Ich brauche Cameron, den Strategen. Wir brauchen ihn. Ich möchte, dass er sich den Feind auf Karunna ansieht, seine Muster, das Wie und Warum des Nestes im Eis. Er soll uns sagen, was er in den Mustern erkennt, welche Möglichkeiten für die Zukunft.«

»Sie erwarten von ihm einen Blick in die Zukunft?«, fragte jemand skeptisch.

»Ich hoffe, dass uns ein Stratege die Strategie der Honta erklären kann«, sagte Grindel. »Dem Feind darf kein Überraschungsangriff gelingen, nicht im Kern, nicht bei der Erde.«

9

Es geschah nicht oft, dass Cameron eine Kabine ganz für sich allein hatte. Sie war klein und enthielt nur das Nötigste, ein Bett, einen Tisch und einen in die Wand integrierten Schrank für Kleidung und persönliche Gegenstände, aber sie stand nur ihm zur Verfügung, sie gehörte ihm allein. Ein unerhörter Luxus!

Den Cameron allerdings kaum genoss. Er saß auf dem Stuhl am Tisch und blickte aus dem Fenster auf den Planeten hinab, dessen Schnee- und Eisfelder das Licht des weißgelben Sterns namens Owal reflektierte, von dem er sich immer weiter entfernte. Dort im Norden, an der dünnen Trennlinie von Tag und Nacht, verbargen sich die Honta im Eis eines Gletschers und planten ... was? Er hätte sich darauf konzentrieren sollen, auf die Daten, die Grindel nicht nur Marschall Ivanna und den anderen Offizieren zur Verfügung gestellt hatte, sondern auch ihm. Stattdessen dachte er an Kora.

Er erinnerte sich an ihren Blick vor drei Jahren, an ihre Augen, die in seinen etwas gesucht und vielleicht nicht gefunden hatten, denn sie war enttäuscht gewesen.

Der Türmelder summte.

Cameron öffnete und war nicht überrascht. Vielleicht hatte er »die Muster gesehen«, wie Grindel es nannte. »Hallo, Kora.«

Sie lächelte, diesmal nicht kurz und schnell. Das Lächeln blieb, es verschwand nicht.

»Darf ich hereinkommen?«

»Natürlich.« Er wich zur Seite und schloss die Tür hinter ihr.

Sie ging zum Fenster, es waren nur wenige Schritte, betrachtete einige Sekunden die Welt in Weiß und drehte sich dann um. »Du hast mich nicht vergessen, hoffe ich.«

»Du bist immer bei mir gewesen.« Cameron öffnete die rechte Hand und zeigte ihr das Memo-Medaillon. Er hatte es die ganze Zeit in der Faust gehalten.

Sie kam näher, ihre Augen groß, kein Kind mehr, sondern eine Frau.

»Weißt du, warum ich dir das Medaillon geschenkt habe?«

Er zögerte. »Damit ich an dich denke.«

Kora setzte sich aufs Bett.

»Komm«, sagte sie sanft. »Komm zu mir, Cam, ich zeige es dir.«

EIN NEST IM EIS

Cameron: 17, 31. März 3243 Terrastandard
Karunna, 3. Planet des Owal-Systems, 849 Lichtjahre von der Erde entfernt

10

Kalter Wind wehte über die Gletscherzunge, die sich mehrere Kilometer breit zwischen grauen Felsen im Westen und Osten erstreckte. Winzige Eiskristalle fielen aus dunklen Wolken und schufen einen dichter werdenden Schleier, hinter dem der Gletscherrücken weiter im Norden zu verschwinden begann.

»Was siehst du?«, knarrte eine leise Stimme neben Cameron. »Was erkennst du?«

Sie lagen auf einer kleinen Anhöhe, in einer Schneemulde, einige hundert Meter von einer Gletscherspalte entfernt, die natürlichen Ursprungs schien, es aber nicht war, wie die Späher festgestellt hatten. Cameron blickte ins Sichtfeld eines Visualisators, für den der heranrückende Schnee- oder Eissturm keine Rolle spielte. Der Visi zeigte ihm die Spalte in allen Einzelheiten, und eine graphische Einblendung wies auf den Verlauf des Tunnels hin, der viele Kilometer tief in die gewaltige Masse des Gletschers führte.

»Ich sehe einen Zugang«, antwortete er. »Unbewacht von Honta oder ihren Sensoren.«

»Was hältst du davon, mein Sohn?«, fragte Grindel.

Cameron überlegte kurz. »Die Honta sind nicht vorsichtig genug gewesen. Weil sie sich zu sicher wähnten. Das könnte man glauben.«

Grindel wandte den Kopf und sah ihn an. Die Atemmaske bedeckte einen großen Teil seines Gesichts, verbarg aber nicht alle Narben. »Was glaubst du?«

Cameron versuchte, nicht an Kora zu denken, die über ihre Interfacesysteme mit Dutzenden von Simulacren verbunden war und sich auf den Einsatz vorbereitete. Es blieben nur noch wenige Minuten. Sie würde sterben, nicht nur ein- oder zweimal, sondern viele Male, das ließ sich nicht vermeiden.

»Es ist eine Einladung«, sagte Cameron, der ebenfalls eine Atemmaske trug. Karunnas Atmosphäre enthielt zu wenig Sauerstoff.

»Bist du sicher?«

Cameron überlegte erneut. »Kann man bei irgendetwas jemals sicher sein?«

Sieben anstrengende Stunden und vierhundert Kilometer Fahrt mit einem Schlitten lagen hinter ihnen. Sie waren von einer Forschungsstation weiter im Süden aufgebrochen, von einer wissenschaftlichen Basis, die mit Tiefenbohrungen einen subglazialen See weit unter dem Eispanzer von Karunna untersuchte. Für verborgene Augen und Ohren der Honta sollten es nur zwei Forscher sein, die sich etwas weiter im Norden umsahen.

»Gewissheit ist ein rares Gut«, stimmte ihm Grindel zu.

»Die Honta haben den Zugang weder getarnt noch abgesichert«, sagte Cameron. »Ihnen dürfte klar sein, dass wir die wahre Natur der Gletscherspalte früher oder später erkennen. Sie haben damit eine Tür für uns geöffnet.«

»An dieser Stelle wird es interessant«, knurrte Grindel. »Wenn der Feind eine Tür für uns geöffnet hat, kann es eigentlich nur einen Grund dafür geben.«

Cameron fragte sich, ob Grindel ihn auf die Probe stellte. »Er möchte, dass wir hereinkommen.«

»Warum?«

Cameron blickte erneut ins Visi-Sichtfeld und beobachtete die Gletscherspalte vor ihnen. Es regte sich nichts darin, und es gab auch keine energetische Aktivität. Er erinnerte sich an die Worte, die Grindel einmal auf Uxor an die Rekruten gerichtet hatte.

»Manchmal sieht man Gespenster«, zitierte er. »Man darf sich nicht von ihnen erschrecken lassen.«

»Das habe ich damals gesagt, und es stimmt. Aber schlimmer ist es, dort, wo Gespenster lauern, diese *nicht* zu sehen.« Grindel sah auf sein Chrono. »Noch zwei Minuten.«

Der Wind wirbelte die winzigen Eiskristalle durcheinander. Es rauschte und knisterte. Cameron fand, dass es angenehm klang.

»Es ist nicht still, aber es kommt einem wie Stille vor«, sagte er leise.

»Weil keine Stimmen da sind«, erklärte Grindel. »Weil es nicht kracht und donnert. Warum hat der Feind eine Tür für uns geöffnet, Cameron? Warum lädt er uns zu sich ein?«

»Ich weiß es nicht.«

»Was plant er? Warum befindet er sich auf Karunna? Warum baut er ein Nest im Eis?«

»Finden wir es heraus!« Warum stellte Grindel diese Fragen? Er konnte nicht schon jetzt Antworten von ihm erwarten.

»Noch eine Minute.« Wieder sah Grindel zur Seite. »Denk nicht an Kora. Denk ans Hier, an diesen Moment. Konzentrier dich auf die Mission. Bleib am Leben. Für dich und für sie.«

Wie hatte es Marschall Ivanna genannt? *Die Abteilung Neun weiß Bescheid.*

»Danke«, sagte er und dachte: Danke für alles seit damals auf Harkonia.

Noch dreißig Sekunden bis zum Einsatz von Koras Simulacren, eine kleine Truppe im Vergleich mit der aus mehr als zweitausend Soldaten bestehenden Streitmacht, die das Nest im Gletscher kurze Zeit später von drei Seiten angreifen würde. Ihre Aufgabe bestand darin, das Nest der Honta zu vernichten und einige Individuen lebend zu fassen, falls sich das bewerkstelligen ließ. Aber kaum weniger wichtig war, dass sie den Feind ablenkten, damit Grindel und Cameron Gelegenheit erhielten, unbemerkt in den Gletscher zu gelangen.

Cameron steckte den Visualisator ein, klappte das Datenvisier seines Helms nach unten und überprüfte die Systeme des Kampfanzugs.

»Ich bin so weit«, meldete er.

Grindel klopfte ihm auf die Schulter. »Es beginnt ... *jetzt.*«

11

Zunächst blieb alles unverändert. Der Wind zischte leise, die aus den dunklen Wolken fallenden Eiskristalle knisterten, in der mehrere hundert Meter entfernten Gletscherspalte rührte sich nichts.

Dann drang ein dumpfes Grollen aus der Ferne, wie von einem heranziehenden Gewitter, und im Westen und Osten blitzte es. Im Norden, über dem breiten Rücken des Gletschers, begann es zu glühen.

Die Soldaten griffen an.

Mit aktivierten Tarnkappen verließen Grindel und Cameron die Schneemulde und stapften auf die Gletscherspalte zu. Die wirbelnden Eiskristalle bedeckten zwar ihre Spuren, zeigten eventuellen Beobachtern aber auch zwei verräterische Lücken im Schneetreiben.

Das Grollen in Westen und Osten verklang, das Glühen im Norden verblasste.

Normalerweise hätte Cameron Gefechtsdaten vom Orbiter und den Satelliten in der Umlaufbahn empfangen können, aber Grindel hatte die entsprechenden Kanäle seines Kommunikationssystems blockiert, weil er nicht abgelenkt werden sollte. Wie auch immer der dreifache Angriff verlief, wie gut oder schlecht sich die Soldaten schlugen – *hier* ging es vor allem darum, Informationen zu sammeln.

Sie erreichten die Gletscherspalte, ohne dass sich ihnen etwas oder jemand in den Weg stellte.

Das Datenvisier zeigte Cameron keinen dunklen Tunnel, sondern einen Korridor aus Eis, erfüllt von bläulichem Licht.

»Tarnkappen bleiben an«, sagte Grindel und trat vor, den schussbereiten Variator in der rechten Hand. »Abstand zehn Meter. Direkte Datenverbindung. Volle Gefechtsbereitschaft, mein Junge.«

»Volle Bereitschaft«, bestätigte Cameron und folgte Grindel in einem Abstand von zehn Metern durch den Tunnel, in dem es dank ihrer Sensoren keine dunklen Stellen mehr gab. Die Datenverbindung sorgte dafür, dass Cameron in seinem Visier sah, was sich vor Grindel befand, es gab keine visuellen Einschränkungen.

Es wurde nicht kälter, sondern etwas wärmer. Die Temperatur kletterte von fünfunddreißig Grad unter dem Gefrierpunkt von Wasser auf einunddreißig und blieb dann konstant. Das Zischen des Winds und das Knistern der Eiskristalle blieben hinter ihnen zurück. Es dauerte nicht lange, bis Cameron nur noch den eigenen Atem unter der Maske und das Flüstern seiner Schritte auf dem Eis hörte.

Schließlich neigte sich der Tunnel nach unten, so steil, dass sie nicht mehr gehen konnten, ohne ein Abrutschen zu riskieren.

Grindel hob die linke Hand. »Gravitator ein«, entschied er.

Cameron wusste, dass sich damit die Gefahr der vorzeitigen Entdeckung erhöhte. Gravitatoren brauchten viel Energie, damit wurde ihre energetische Signatur so intensiv, dass die Tarnkappe sie nicht mehr vollständig verschleiern konnte. Andererseits hätte ein Klettern in die Tiefe zu viel Zeit gekostet.

Er aktivierte den Gravitator seines Kampfanzugs und schwebte zehn Meter hinter Grindel hinab, umgeben vom jahrtausendealten Eis des Gletschers.

In einer Tiefe von zwei Kilometern erschienen Steinformationen im transparenten Eis. Camerons Sensoren identifizierten sie als Felsen – offenbar waren sie der Oberfläche des Planeten nahe.

Einige Minuten später wurde der Tunnel weniger steil, und sie konnten auf die Gravitatoren verzichten.

Grindel stapfte über einen Boden, der nicht mehr nur aus Eis bestand, sondern auch aus Gestein. Er wirkte zielstrebig, wie jemand, der wusste, wohin er unterwegs war. Für einen Moment fragte sich Cameron, ob Grindel, sein Vater, während der Besprechung im Orbiter alles gesagt hatte. Wusste er vielleicht mehr? General Lujana war ungehalten gewesen, erinnerte er sich. Sie hatte weniger gewusst als Marschall Ivanna und Sektoradmiral Son-Sonis, angeblich deshalb, weil strenge Geheimhaltung erforderlich gewesen war. Um die Honta in dem Glauben zu lassen, unentdeckt zu sein. Aber der Feind konnte unmöglich davon ausgehen, auf Dauer unentdeckt zu bleiben, und die Gletscherspalte kam einer Einladung gleich – die Honta hatten entdeckt werden *wollen.*

Etwas stimmte nicht. Cameron blieb stehen.

Grindel merkte natürlich, dass der Abstand zu ihm wuchs, die Sensoren wiesen darauf hin. Nach einigen Metern drehte er sich um.

In Camerons Datenvisier erschien das Symbol für geschützte Nahbereichkommunikation.

»Was ist los, mein Junge?«, drang Grindels knarrende Stimme aus dem Helmlautsprecher.

Cameron setzte sich wieder in Bewegung. »Was weißt du, Vater?«

»Was ich weiß?«

»*Wie viel* weißt du? Was erwartet uns hier unten? Du hast bei der Besprechung nicht alles gesagt, oder?«

»Ich habe mich schon gefragt, wann du auf diesen Gedanken kommen würdest, Sohn.«

»Die Abteilung Neun, hochrangige Offiziere der Vereinten Streitkräfte, die nicht Bescheid wissen … Immer wieder kämpfen Soldaten gegen Stützpunkte des Feindes auf Welten in der Schale. Was macht Karunna zu etwas Besonderem?«

Grindels Datenvisier verriet nichts. Es war von außen undurchsichtig, Cameron konnte die Augen dahinter nicht sehen.

»Du sollst unvoreingenommen sein, mein Junge. Was plant der Feind? Welche Strategie verfolgt er? Finde Antworten, deshalb sind wir hier.«

Grindel ging weiter.

Einige Minuten später erreichten sie das Nest.

12

Wände und Decke wichen zurück, der Tunnel verbreiterte sich und führte in eine riesige Höhle unter dem kalten Leib des Gletschers. Das Datenvisier zeigte Cameron Dutzende Meter hohe Wabenstrukturen, umgeben von Gerüsten, die ihnen Stabilität verliehen. Doch sie schienen leer, es gab nicht ein einziges Ei.

Grindel deaktivierte die Tarnkappe und schaltete seine Helmlampe ein. Licht strich über die ockerfarbenen Waben, die nur dünne Membranen enthielten, wie verstaubte Spinnweben, an manchen Stellen zu Knäueln wie Watte verdickt.

»Was meinst du, Junge?«, fragte er, seine knarrende Stimme laut in der Stille unter dem Eis. »Das Ablenkungsmanöver scheint erfolgreich gewesen zu sein, nicht wahr? Offenbar bindet unser Angriff die Kräfte des Feindes.«

Auch Cameron schaltete die Tarnvorrichtung seines Kampfanzugs aus, um Energie zu sparen, und leuchtete mit der Helmlampe über die Waben. Nicht eine von ihnen enthielt ein Ei.

»Dies ist kein Nest«, sagte er. »Zumindest kein gewöhnliches.«

»Vielleicht sind wir noch rechtzeitig gekommen. Bevor die Honta eine oder mehrere Königinnen hierherbringen konnten, um Eier ins Nest zu legen.«

Cameron hatte noch immer das Gefühl, dass ihn Grindel auf die Probe stellte.

»Nein«, sagte er. »Nein, so fühlt es sich nicht an.«

»Wie fühlt es sich an?«, fragte Grindel überraschend sanft. »Für dich, für den Strategen?«

»Vielleicht sollten die Waben nicht die Eier einer Königin aufnehmen, sondern etwas anderes.«

»Zum Beispiel?«

Plötzlich kam eine Stimme aus der Dunkelheit jenseits des Lichts der Helmlampen.

»Cameron? Bist du das?«

Das Datenvisier zeigte eine Silhouette umrahmt von Schatten, eine humanoide Gestalt, schlank und fast so groß wie Grindel.

Cameron erkannte die Stimme. »Ganto?«

»Ich habe gehofft, dich eines Tages wiederzusehen«, antwortete die Gestalt. »Komm zu mir.«

Den Variator schussbereit in der Hand setzte Cameron langsam einen Fuß vor den anderen, das Licht seiner Helmlampe nach vorn gerichtet. Die Silhouette in den Schatten wurde zu einem Menschen, zu einem jungen Mann im gleichen Alter wie er, siebzehn Jahre. Das schmale Gesicht mit den vertrauten Zügen war nicht von einer Atemmaske bedeckt. Raureif glänzte an Brauen und Kinn. Die Eiswand hinter ihm blieb dunkel, obwohl das Licht sie erreichte.

Einige Meter vor Ganto blieb Cameron stehen. »Die Honta haben dich auf Faidal entführt, in der Drei-Finger-Schlucht. Wie kommst du nach Karunna? Was machst du *hier?*«

Ganto trug nur dünne Kleidung, trotz der Kälte, und er stand barfuß auf eisigem Stein. Wie hielt er die niedrigen Temperaturen aus? Wie konnte er ohne eine Maske atmen, die ihm den benötigten Sauerstoff gab?

Ganto lächelte, aber auf eine seltsame Art und Weise. Seine grauen Augen sahen Cameron an und schienen gleichzeitig noch viel mehr zu sehen als nur ihn, umgeben von Gletschereis und den Waben eines leeren Nestes.

»Die Honta haben mich nicht verschleppt, sondern befreit.« Die Worte klangen erleichtert und zufrieden. »Sie können auch dich befreien, Cameron. Komm zu mir.«

Ganto streckte die Hand aus.

»Genügt es dir?«, fragte Grindel.

»Was ist geschehen?«, hauchte Cameron, den Blick auf Ganto gerichtet. »Was ist mit ihm passiert?«

»Er ist nicht mehr Ganto«, knurrte Grindel und richtete seine Waffe auf die Gestalt vor ihnen. »Die Honta haben ihn zu einem der ihren gemacht.«

»Aber ...«, begann Cameron.

»Hör nicht auf ihn.« Ganto kam näher, aber er bewegte sich langsam und schwerfällig, wie jemand, der unter Wasser zu gehen versuchte. »Er lügt. Wir kennen uns. Wir sind Freunde. Du weißt, dass ich die Wahrheit sage. Du kannst mir vertrauen.«

Cameron zögerte.

Ganto kam noch einen Schritt näher, die Hand nach ihm ausgestreckt.

Grindel schoss.

Ein Energiestrahl verdampfte Gantos Stirn und was sich dahinter befand. Es erschien kein Schmerz im blassen Gesicht ohne Atemmaske, Ganto lächelte sogar, kurz und schnell, wie Kora als Mädchen. Seine ausgestreckte Hand sank, der Körper neigte sich ein wenig zur Seite, der Mund öffnete sich wie zu einem letzten Wort.

Dann kippte Ganto um, fiel der Länge nach zu Boden und blieb reglos liegen.

Aber nur zwei oder drei Sekunden lang.

Plötzlich zuckten die Beine, und die Arme stemmten den Oberkörper hoch. Er musste tot sein, kein Mensch konnte eine solche Verletzung überleben, und doch versuchte er aufzustehen.

Grindel schoss noch einmal. Ein Sprengprojektil zerriss, was vom Kopf übrig war.

»Das ist das Problem«, brummte er. »Bei Menschen sind wir zu langsam, wir zögern, so wie du gerade, wir schießen nicht schnell genug. Das gibt ihnen einen großen Vorteil.«

Cameron starrte auf die Reste von Ganto. Das Blut erstarrte bereits zu Eis.

»Der Feind in Menschengestalt«, flüsterte er. »Er versucht, uns zu unterwandern. Ist es das, was ich hier erkennen sollte?«

Ein jähes Knistern und Knacken zog Camerons Blick auf die Wand hinter Gantos Leiche. Das dunkle Eis zerbarst, wie von Geschossen zertrümmert, und mehrere Honta sprangen ihnen aus der Dunkelheit entgegen.

WIR LASSEN NIEMANDEN ZURÜCK

Cameron: 17, 31. März 3243 Terrastandard

Karunna, 3. Planet des Owal-Systems, 849 Lichtjahre von der Erde entfernt

13

Eine Falle, dachte Cameron. Die Gletscherspalte, die offene Tür, die Einladung – es war eine Falle. Und sie schnappte zu, hier, an diesem Ort.

Über ihnen auf dem Eis von Karunna griffen mehr als zweitausend Soldaten den vermeintlichen Brückenkopf von drei Seiten an. Ihre Aufgabe: den Feind vernichten und einige Honta lebend gefangen nehmen, damit sie verhört werden konnten. Stattdessen sollten sie selbst zu Gefangenen werden.

Das war Sinn und Zweck des Stützpunktes, das war die Strategie des Feindes. Er wollte in Menschengestalt schlüpfen für einen Vorstoß in den Kern, vielleicht bis zur Erde. Er wollte unerkannt oder viel schwerer angreifbar sein, um das Herz der Liga zu treffen und ihre Faust zu schwächen, die Vereinten Streitkräfte. Misstrauen und Zwietracht, lähmender Argwohn und schwächender Kampf untereinander, das sollten die neuen Waffen der Honta sein, um nach fast vierhundert Jahren Krieg den Sieg zu erringen.

Cameron sah es ganz deutlich, während er zusammen mit Grindel auf die Angreifer schoss, die aus der geborstenen Wand kamen. Die Waben des Nests sollten nicht die Eier einer Königin aufnehmen, sondern Menschen, um sie ebenso zu verwandeln wie Ganto und die anderen Verschleppten, um sie zu »befreien«, wie er es genannt hatte, was in Wirklichkeit Versklavung oder gar Auslöschung bedeutete – möglicherweise war von Ganto außer seiner menschlichen Hülle überhaupt nichts übrig geblieben.

Honta in Menschengestalt, der Feind besser getarnt als mit noch so guten Tarnvorrichtungen ...

Cameron wich zurück, feuerte mit seinem Variator und stellte sich vor, wie die menschlichen Honta wichtige Positionen in den Rängen der Streitkräfte und auch in den zivilen Hierarchien der Liga bezogen, wie sie von Schlüsselstellungen aus den Weg bereiteten. Ein perfider Plan, einer, auf den die Menschheit nicht vorbereitet war.

Das Oberkommando musste davon erfahren. Es musste gewarnt werden.

Krallen erschienen vor ihm, lang und spitz. Ein Energieblitz verdampfte sie, und ein Sprengprojektil zerfetzte das Knochenbein, zu dem sie gehört hatten.

»Du weißt, was zu tun ist!«, hörte er Grindels Stimme aus dem Helmlautsprecher.

Rückzug, dachte Cameron. Eine wichtige Nachricht musste überbracht werden.

Ein dreieckiger Kopf kam zu ihm herab, und ein weiteres Sprengprojektil fand ein Ziel. Sie waren schlecht geschützt, diese Honta; vielleicht hatten sie sich nicht mit den energetischen Emissionen einer aktiven, einsatzbereiten Ausrüstung verraten wollen.

Aber sie waren in der Überzahl, es kamen immer mehr aus den Tunneln und Räumen hinter der Wand aus zerbrochenem dunklem Eis. Gegen so viele Feinde konnten sie nicht bestehen, das war völlig unmöglich.

Cameron schoss und schoss, bis der Variator ein Warnsignal in sein Datenvisier projizierte und darauf hinwies, dass die Ladung auf einen kritischen Wert sank. Energiepatrone und die Magazine für Sprengprojektile und Mikroraketen mussten erneuert werden. Es bedeutete, eine Pause einzulegen, die Ausrüstungstaschen des Kampfanzugs zu öffnen und ihnen neue Lademagazine für den Variator zu entnehmen. Während der Ausbildung hatte es

Cameron wieder und immer wieder geübt. Er konnte es in vier Sekunden schaffen, vielleicht sogar in drei, wenn die Hände noch ein wenig geschickter als sonst vorgingen.

Die Honta drängten heran, eine Mauer aus Knochenbeinen und Krallen. Sie feuerten mit Impulsern, nicht um zu töten, sondern vor allem, um die Schilde zu schwächen.

Aus dem Augenwinkel sah Cameron, wie Grindels Schutzfeld flackerte, wie ein langes, dünnes und spitzes Knochenbein hindurchstieß und sich in die Brust bohrte. Die Schildenergie trennte das Bein ab und verbrannte einen Teil, aber der Rest blieb in einer tiefen Wunde stecken.

Grindel ächzte und brummte etwas, das Cameron nicht verstand. Er taumelte, verlor das Gleichgewicht und sank zu Boden.

Die drei letzten Mikroraketen aus Camerons Variator explodierten in der Wand aus Honta, zerfetzten Gliedmaßen und Flügeln. Für einen Moment stockte der Angriff.

Cameron bückte sich. Die automatische Frequenzsynchronisation der Schilde ermöglichte, dass er den Arm durch Grindels Schild strecken konnte. Er wollte den Rest des dünnen Honta-Beins, der wie ein Dolch in der Brust steckte, aus der Wunde ziehen, zögerte jedoch, als ihm klarwurde, dass er damit vielleicht noch mehr Schaden anrichtete.

Er zog die Hand zurück, langte damit nach einer Ausrüstungstasche, holte eine Energiepatrone und ein Magazin hervor, lud seinen Variator und feuerte einen ganzen Schwarm Mikroraketen in die Menge der Angreifer. Die Explosionen schufen Lücken in ihren Reihen, die sich jedoch sofort wieder füllten.

»Geh!«, knurrte Grindel. Er versuchte, auf die Beine zu kommen, doch es gelang ihm nicht. Blut quoll aus der Brustwunde. »Bring dich in Sicherheit!«

Die direkte Datenverbindung bestand noch immer. Cameron empfing die Warnungen von Grindels Kampfanzug. Die Biosensoren hatten Gift festgestellt, das durch die Wunde in den Körper gelangt war. Eine Neutralisierung des Toxins schien nicht möglich. Es würde Grindel nicht töten, teilten die Dateneinblendungen in Camerons Visier mit, ihn aber betäuben.

»Wir lassen niemanden zurück«, erwiderte Cameron und wusste plötzlich, was es zu tun galt. Er deaktivierte Grindels Schild, der ihm ohnehin nichts mehr nützte, löste eins der beiden Energiepakete des Kampfanzugs aus der Panzerung und warf es unter das Gerüst mit den leeren Waben. Dann schoss er erneut mit seinem Variator, wechselte dabei schnell zwischen Energiestrahlen, Sprengprojektilen und Mikroraketen und schuf damit eine Barriere der Vernichtung. Es half natürlich, dass die Honta die beiden Menschen in ihrer Falle nicht tot wollten. Sie nutzten nicht alle ihre Ressourcen und blieben auf ihre eigene Art und Weise rücksichtsvoll, obgleich der Tod in ihren Reihen grassierte.

Cameron ergriff den bewusstlosen Grindel an den Armen und zog ihn in die Richtung, aus der sie gekommen waren, zum Eistunnel. Als er ihn fast erreicht hatte, gab er dem Variator ein neues Ziel und schoss auf das Energiepaket.

Alles dauerte nur wenige Sekunden. Eine schnelle Entscheidung, der schnelles Handeln folgte. Und dann eine ohrenbetäubend laute und blendend helle Explosion, wie eine Nova in der Nesthöhle, wie ein Stern, der aus dem Nichts entstand, groß genug, um die ganze Höhle zu füllen und alles zu verbrennen, was sich in ihr befand.

Cameron hatte natürlich gewusst, was geschehen würde, und seinen Schild rejustiert, damit das Kraftfeld nicht nur ihn schützte, sondern auch den reglosen Grindel. Er duckte sich, hielt den Bewusstlosen an den Armen fest und befahl den Fingern, auf keinen Fall loszulassen.

Die Druckwelle erfasste Cameron und warf ihn zusammen mit Grindel durch den Tunnel. Das Donnern und Krachen folgte ihnen, auch Licht und Hitze. Das Eis schmolz nicht, es verdampfte und bildete einen heißen Nebel. Im kilometerdicken Leib des Gletschers knackte und knirschte es.

Von Hitze umgeben stieß Cameron gegen etwas Hartes und Kaltes. Einige Sekunden lang blieb er liegen und rang mit Benommenheit.

»System, volle Stimulation«, wies er den Kampfanzug an und fühlte fast sofort, wie zumindest ein Teil der Schwäche aus ihm wich, als die neuromuskuläre Stimulation begann.

Das Datenvisier wies einen Riss auf, und einige Indikatorfelder blieben leer. Die anderen füllten sich mit Warnsymbolen.

Der Kampfanzug war beschädigt. Die Tarnkappe funktionierte nicht mehr, und der Schild brachte es nur noch auf dreißig Prozent seines Normpotenzials.

Etwas stach in Camerons Lungen. Ein kaltes Brennen breitete sich in ihm aus.

Die linke Hand tastete nach der Atemmaske und fand mehrere Löcher darin. Er begriff, dass seine Überlebensfähigkeit stark eingeschränkt war. Er musste den Gletscher so schnell wie möglich verlassen und zurück zum Schlitten mit der Notfallausrüstung.

Grindel lag neben ihm auf der Seite, in der Brust das spitze Ende eines Honta-Beins. Er rührte sich nicht, ohne Hilfe war ihm der Tod gewiss.

»Wir lassen niemanden zurück«, sagte Cameron unter seiner beschädigten Atemmaske.

Weiter hinten hatte das uralte Eis des Gletschers nachgegeben. Die große Höhle mit dem leeren, für Menschen bestimmten Nest war eingestürzt. Wie lange brauchten die überlebenden Honta, um sich einen Weg durch die Eismassen zu graben und den Tunnel zu erreichen?

Rasch veränderte Cameron die Systempriorisierung des Kampfanzugs. Der Gravitator kam an erster Stelle, mit einem erweiterten Gravitationsfeld, das auch Grindel umgab und dadurch wesentlich mehr Energie benötigte. An zweiter Stelle kam der Schild, ebenfalls groß genug, um auch Grindel zu schützen.

Cameron klappte das Datenvisier hoch. Die vielen Warnsymbole lenkten ihn nur ab.

Erneut griff er mit beiden Händen nach den Armen des Bewusstlosen und zog ihn näher. Im Licht der Helmlampe sah er, dass die Atemmaske im narbigen Gesicht des Mannes, der sich auf Harkonia seiner angenommen hatte, verrutscht war. Cameron rückte sie wieder zurecht, polarisierte anschließend das Gravitationsfeld und flog durch den Tunnel.

14

Außerhalb des riesigen Gletschers empfing ihn das Zischen und Fauchen des Winds. Wirbelnde Schneeflocken ersetzten die winzigen Eiskristalle, ein Sturm hatte begonnen und reduzierte die Sichtweite auf wenige Meter.

Cameron klappte sein Datenvisier wieder nach unten, um den Weg zur Anhöhe zu finden, von der aus sie die Gletscherspalte beobachtet hatten, und dann zum Schlitten mit der Notfallausrüstung zurückzukehren. Die meisten Gefahrensymbole im Visier blinkten, und eins von ihnen, größer als die anderen, wies auf einen niedrigen Stand seiner energetischen Reserven hin.

Die Böen wurden heftiger und zwangen ihn, immer wieder den Kurs zu korrigieren. Honta zeigten sich keine, er wurde nicht angegriffen. Während des Gravitator-Flugs versuchte Cameron mehrmals, einen Kommunikationskontakt mit den Truppen herzustellen, die den Gletscher mit dem vermeintlichen Brückenkopf des Feindes von drei Seiten angriffen, doch seine Signale blieben unbeantwortet. Ein Defekt des Kommunikationssystems ließ sich nicht feststellen, was vielleicht an nicht mehr voll funktionsfähigen Diagnoseprogrammen lag.

Bei der Anhöhe angelangt, nahm er sich gerade Zeit genug für die Orientierung, setzte den Flug durchs Schneegestöber nach wenigen Sekunden fort und erreichte kurz darauf den Schlitten, der seine Tarnung gar nicht mehr brauchte – Schnee bedeckte ihn.

Cameron ließ Grindel neben einen Felsen sinken und begann damit, den Schlitten freizuräumen. Das kalte Brennen in seiner Brust hatte zugenommen, das Atmen fiel ihm schwer. Einmal hielt er kurz inne, weil sich ihm ein Schleier, der nichts mit dem Schneesturm zu tun hatte, vor die Augen legte.

Der Schlitten war unversehrt, und Cameron machte sich daran, ihn auf die Fahrt zur vierhundert Kilometer weiter im Süden gelegenen Forschungsstation vorzubereiten. Das hatte keinen Sinn, erkannte er plötzlich. Selbst unter normalen Umständen, ohne den Schneesturm, hätte die Fahrt zu lange gedauert.

Er öffnete das Fach mit der Notfallausrüstung, fand die Energiepakete und ersetzte zuerst die von Grindels Kampfanzug und dann seine eigenen. Einige der Warnsymbole verschwanden aus dem Datenvisier, aber nicht alle. Er klappte das Visier wieder nach oben, blinzelte in Wind und wirbelndem Schnee, kramte mit beiden Händen in der Ausrüstung, entdeckte den Sender und aktivierte ihn ohne zu zögern.

Das Notsignal war stark genug, um vom Orbiter über Karunna oder der *Cassiopeia* beziehungsweise der *Iraklion* und dem Truppentransporter empfangen zu werden. Aber es würde auch die Honta auf ihn aufmerksam machen. Die Frage lautete: Wer traf als Erster ein?

Wie lange hätte es gedauert, das Zelt aufzubauen? Zwei oder drei Minuten, länger nicht. Es handelte sich um ein Druckzelt, ausgestattet mit Sauerstoffpatronen. Cameron hätte darin besser atmen können als mit der defekten Atemmaske, und das galt zweifellos auch für Grindel. Doch wenn die Honta den Notruf abfingen und beschlossen, ein Skitter-Modul zu schicken oder vielleicht ein ganzes Schiff, zum Beispiel eine hundert Meter große Viper, falls sie darüber verfügten, und dann Schlitten und Zelt unter Beschuss nahmen …

Cameron baute das Zelt auf, so schnell es ging. Aber als er wenige Minuten später damit fertig war, kroch er nicht hinein, sondern wich zurück, zog den immer noch reglosen Grindel durch den Schnee und entfernte sich von Schlitten und Zelt.

Das Schneetreiben wurde dichter. Die Welt versank in wirbelndem Weiß.

Cameron fand einen weiteren Felsen, vor Karunnas Vereisung vielleicht der Gipfel eines Bergs, duckte sich dahinter und wartete, jeder Atemzug eine schmerzhafte Anstrengung. Die erneuerten Energiepakete nützten kaum etwas, zu viele Systeme des Kampfanzugs waren in ihrer Funktion beeinträchtigt oder ganz ausgefallen. Kälte fraß sich durch die Panzerung, das Atmen wurde nicht leichter, sondern immer mühsamer. Er wollte sich über Grindel beugen und nachsehen, ob er noch lebte, aber ihm wurden die Lider schwer, die Augen fielen ihm zu.

Als er sie wieder öffnete, schwebte etwas Dunkles dort, wo Schlitten und Zelt standen. Cameron blinzelte. Es sah nicht nach einer Viper der Honta aus, auch nicht nach einem der Skitter-Module, aus denen sich ihre Schiffe zusammensetzten. Die Konturen erschienen vertraut, es schien ein Angriffsjäger zu sein.

Er stand auf. Das Schneetreiben hatte ein wenig nachgelassen, aber der Wind war noch immer heftig genug, ihn schwanken zu lassen.

»Hier spricht Bekkta Cameron«, krächzte er, nachdem er die Nahbereichkommunikation aktiviert hatte. »Ich melde einen Schwerverletzten, der dringend Hilfe braucht.«

Er wollte sich in Bewegung setzen und zu Zelt und Schlitten zurückkehren, doch plötzlich verließ ihn die Kraft, er sank auf die Knie.

Zwei humanoide Gestalten stapften durch den Vorhang aus

Schneeflocken auf ihn zu. Zwei Menschen, zwei Soldaten in Kampfanzügen und mit gezogenen Waffen.

Cameron hob die Hände. »Ich bin Bekkta Cameron«, wiederholte er.

Die beiden Menschen erreichten ihn. Einer von ihnen half ihm auf die Beine.

»Ein Schwerverletzter braucht dringend Hilfe ...«, brachte er hervor.

»Sie bekommen die Hilfe, die Sie brauchen«, versicherte ihm der Soldat und wollte ihn zum Angriffsjäger führen, der neben Schlitten und Zelt zur Landung ansetzte.

»Nein«, ächzte Cameron. »Ich meine nicht mich, sondern ...«

»Der andere ist tot«, sagte der zweite Soldat.

»Wir nehmen ihn mit«, entschied der erste. »Niemand bleibt zurück, auch kein Toter.«

EIS UND ASCHE

Cameron: 17, 1. April 3243 Terrastandard

Karunna, 3. Planet des Owal-Systems, 849 Lichtjahre von der Erde entfernt

15

Cameron ruhte in einem Behandlungstank, ölige Heilflüssigkeit reichte ihm bis zum Kinn.

Ein Gesicht erschien über ihm. »Hören Sie mich, Bekkta Cameron?«

Es war ein junges Gesicht, ohne Falten, doch die Augen schienen einer anderen, älteren Person zu gehören, die mehr gesehen hatte.

»Ich höre Sie, General Lujana«, antwortete er. Die Behandlungsmaschine ließ ihn selbständig atmen, doch bei jedem Atemzug spürte er einen sonderbaren Druck in der Brust.

Für einige Sekunden schwebten zwei weitere Gesichter über dem großen, gewölbten Fenster des Tanks, in dem er lag. Eins gehörte einem Mediker der *Cassiopeia*, das andere Marschall Ivanna, Oberbefehlshaberin der Streitkräfte im Owal-System.

»Ihre Lunge wurde verätzt.« General Lujana sagte es so, als beträfe es jemanden, der sich auf einem anderen Planeten befand, viele Lichtjahre entfernt. »Außerdem gab es zahlreiche periphere Verletzungen. Inzwischen geht es Ihnen besser. Sie sollten imstande sein, alle meine Fragen zu beantworten.«

Cameron fragte sich, was genau mit »peripheren Verletzungen« gemeint war. Plötzlich fiel ihm etwas ein.

»Wie geht es Grindel?«

»Ich nehme an, Sie meinen *Admiral* Grindel«, erwiderte Lujana kühl. »Ihnen wurde bereits mitgeteilt, dass er tot ist. Sie haben ihn nicht schnell genug aus dem Gletscher gebracht. Und Sie haben nicht schnell genug den Notruf abgesetzt.«

Ich bin schuld?, dachte Cameron in schmerzhafter Benommenheit.

»Es ist nicht meine Schuld«, krächzte er. »Ich …«

»Es ist nicht seine Schuld«, erklang Marschall Ivannas strenge Stimme. »Das wissen wir bereits.«

Ihr Gesicht war nicht mehr zu sehen, nur noch das der Generalin.

»Bitte erzählen Sie uns erneut, was auf Karunna geschehen ist«, sagte die junge Lujana. »Sie haben uns schon einmal Bericht erstattet, aber es klang alles sehr wirr.«

War er schon einmal wach gewesen? Cameron erinnerte sich nicht daran.

Aus seinem Gedächtnis stiegen Bilder auf. Er beschrieb sie so genau er konnte, schilderte den Vorstoß in die Tiefen des Gletschers und erklärte, welche Erkenntnisse sie gewonnen hatten.

»Es war eine Falle«, betonte er. Der Druck in seiner Brust hatte ein wenig nachgelassen. »Die Honta haben uns eine Falle gestellt.« Ein anderer Gedanke drängte in den Vordergrund und schob alle anderen energisch beiseite. »Wie geht es Kora?«

»Wenn Sie *Kommandantin* Kora von der Abteilung Neun meinen …«

»Genau die meine ich!«, platzte es aus Cameron hervor. Er bewegte sich, und die ölige Heilflüssigkeit, die seinen Körper bedeckte, gluckerte leise. »Was ist mit ihr? Wenn sie sich noch auf Karunna befindet …«

General Lujana öffnete den Mund, aber Marschall Ivanna kam ihr zuvor. »Wenn Sie gestatten, General …«

»Natürlich, Marschall.« Sie wich beiseite, ihr Gesicht verschwand aus Camerons Blickwinkel und wich dem der älteren Oberbefehlshaberin.

»Kora ist in Sicherheit, seien Sie unbesorgt, Cameron«, sagte

Ivanna, ihre Stimme nicht mehr ganz so streng. »Zurück zum leeren Nest im Gletscher. Sind Sie sicher, dass es für Menschen bestimmt war?«

Cameron sah es vor dem inneren Auge, mit den Waben, die keine Eier enthielten. Und er sah noch mehr: Ganto, der sein Menschsein verloren hatte und in seinem Innern zu einem Honta geworden war. Er erkannte die neue Strategie des Feindes klarer als im Eis.

»Menschen sollten übernommen werden, so wie Ganto und vielleicht die anderen Verschleppten«, sagte er. »Der Feind will in menschliche Gestalt schlüpfen, um uns zu überraschen und tief in den Kern zu gelangen, vielleicht bis zur Erde.«

»Wie lautet Ihre strategische Empfehlung für Karunna?«, fragte Marschall Ivanna.

»Er ist ein *Bekkta*!«, warf General Lujana ein.

Cameron sah sie nicht. Allein das Gesicht von Marschall Ivanna befand sich über ihm. »Das falsche Nest der Honta muss vernichtet werden«, antwortete er. »Nichts darf davon übrig bleiben. Und die Streitkräfte müssen sich wappnen, gegen den Feind auch in ihrem Innern.«

Ivanna nickte knapp und wich zurück. »Ich verstehe. Schlafen Sie, *Kommandant* Cameron. Erholen Sie sich. Wir brauchen Sie.«

16

Gefechtsalarm weckte Cameron aus tiefem Schlaf.

Für einen Moment lag er still und ruhig, nicht mehr im Behandlungstank, sondern in einem mit Anschlüssen und Interfacesystemen ausgestatteten Medobett. Der Alarm, ein rhythmisches, fast schrilles Heulen, übertönte für einige Sekunden alles andere und wich dann einer veränderten Geräuschkulisse des Schiffes.

Cameron spürte, wie sich die Fregatte *Cassiopeia* auf den Kampf vorbereitete.

Mediker und medizinische Assistenten eilten vorbei, sicherten die Einrichtung und trafen Vorbereitungen für Aufnahme und Behandlung neuer Patienten.

Cameron hob den Kopf. »Was ist los?«, fragte er. »Was ist geschehen?«

Niemand nahm sich die Zeit, ihm zu antworten.

Er löste die Anschlüsse, die ihn mit den Diagnoseapparaten verbanden, schwang die Beine über den Rand des Bettes und stand auf. Die Knie gaben nicht nach, ihm schwindelte nicht, es gab genug Kraft, um zu stehen und klar zu denken.

Mikroschwankungen in der Gravitation des Schiffes wiesen darauf hin, dass die *Cassiopeia* mit schnellen Manövern begonnen hatte. Daraus folgerte Cameron, dass sich die Konfrontation mit den Honta nicht mehr auf Karunna beschränkte.

Er eilte zum nächsten Sichtschirm. Ein Mediker trat ihm entgegen, ein Mann in mittleren Jahren mit dunklen Augenimplantaten, die ihren Fokus auf ihn richteten.

»Zurück ins Bett, junger Mann, sofort!«, befahl er. »Und wenn ich ›sofort‹ sage, dann meine ich *sofort!*«

Cameron duckte sich an ihm vorbei und schaltete den Schirm ein.

»Schiffsstatus«, sagte er für das Interface, und Dutzende von taktischen Symbolen erschienen vor ihm. Ihre Anordnung wies darauf hin, dass der Orbiter, die Fregatte *Cassiopeia*, die Karavelle *Iraklion* und der Truppentransporter *Sirkan* von einer Honta-Flottille angegriffen wurden, die aus fünf Schiffen bestand. Die Sensoren der *Cassiopeia* identifizierten sie als zwei einhundert Meter große Vipern, zwei doppelt so große Nattern und sogar eine Kobra aus Skitter-Modulen, die zusammen an die vierhundert Meter durchmaßen.

Die Botschaft war klar: Der Feind wollte seine Basis im Eis von

Karunna nicht einfach so aufgeben. Vielleicht ging es ihm um die Menschen, die er bereits in seine Gewalt gebracht hatte.

Kora, dachte Cameron.

Eine Hand legte sich ihm auf die Schulter. »Ich wiederhole mich nur ungern, junger Mann«, sagte der Mediker mit den Augenimplantaten in einem drohenden Ton. »Zurück ins Bett mit Ihnen. Sie sind noch nicht für den Dienst freigestellt, Bekkta.«

Cameron ergriff die Hand des Medikers, schloss die Finger fest darum und löste sie von seiner Schulter.

»Ich bin *Kommandant*«, sagte er. »Ich entscheide, wann ich in den Dienst zurückkehre. Es herrscht Gefechtsalarm, jeder Mann wird gebraucht.«

Cameron sah an sich herab – er trug nur einen hellblauen Patientenkittel. Er blickte sich um und stapfte zum nächsten Brüter. Die Beine fühlten sich gut an, der Rest ebenfalls. Er kam sich seltsam leicht vor, und manchmal verschwamm das Bild vor seinen Augen ein wenig, aber das lag vermutlich an den Mikrofluktuationen der Schwerkraft.

»Meine medizinischen Befugnisse ...«, begann der Mediker.

»Wollen Sie einen Soldaten der Streitkräfte daran hindern, gegen den Feind zu kämpfen?«

Am Brüter gab Cameron seinen Code ein und stellte zufrieden fest, dass das Gerät eine Uniform mit den Abzeichen eines Kommandanten für ihn produzierte. Unter anderen Umständen wäre er stolz darauf gewesen, jetzt blieb keine Zeit dafür.

Er zog den Patientenkittel aus, warf ihn achtlos beiseite und streifte die Uniform über. Die Sichtschirme in der medizinischen Abteilung nützten ihm kaum etwas. Militärische Statusdaten konnte er nur von einer der Situationsstationen im Schiff oder besser noch von einer der Offizieren vorbehaltenen Kommandokonsolen abrufen. Was kein Problem sein sollte, denn er war jetzt Offizier.

Stiefel erschienen im Ausgabefach des Brüters, passend

zur Uniform und in seiner Größe. Cameron nahm sie und trat hinein.

Der Mediker schüttelte missbilligend den Kopf. »Ich lehne jede Verantwortung ab.«

»Ich bin für mich selbst verantwortlich«, sagte Cameron und verließ die medizinische Abteilung mit der Absicht, Kora zu retten.

17

Soldaten grüßten ihn in den engen Gängen der Fregatte, Infanteristen, die zu ihren Stationen eilten oder sich auf einen eventuellen Außeneinsatz vorbereiteten. Die Mikroschwankungen der lokalen Gravitation dauerten an und wurden manchmal so stark, dass sie selbst für einen unerfahrenen Zivilisten fühlbar gewesen wären. Die *Cassiopeia* manövrierte, vermutlich entfernte sie sich vom Orbiter, um sich in eine bessere Gefechtsposition zu bringen – eine Annahme, die zur Anordnung der taktischen Symbole auf dem Sichtschirm in der medizinischen Abteilung passte.

Eine Möglichkeit, mehr über die aktuelle Situation zu erfahren, ergab sich schon kurze Zeit später. Einige Soldaten, alle älter als Cameron, arbeiteten an der Armierung einer Plasmakanone, und er gab vor, ihnen helfen zu wollen. Sie machten ihm, dem Offizier, bereitwillig Platz, und die Kommandokonsole der Waffenstation akzeptierte seinen Code.

Detaillierte Informationen erschienen auf dem Schirm.

Die Angreifer, fünf Schiffe der Honta, kamen aus der Richtung des Sterns und waren nur noch drei Lichtminuten entfernt.

»Kommandant?«, fragte einer der Soldaten.

»Ja?« Camerons Finger strichen über die Kontrollen und riefen planetare Statusdaten ab. Eine Information sprang ihm sofort ins Auge: Es fanden Rückzugsgefechte statt. Das Einsatzkommando an Bord des Orbiters hatte die Truppen auf Karunna zurückbeordert.

Wie stand es um die Spreu und ihre Lenkerin?

»Wie konnte der Feind zu uns gelangen?«, fragte der Soldat. »Wir sind tief im Innern der Schale, in der Nähe des Kerns. Wie konnten wir den Feind nicht bemerken?«

Cameron sah den Mann an. In seinen Augen zeigte sich keine Furcht, nur Verwunderung. Er war Infanterist, einfache Soldaten erfuhren nicht alles, und von dem jungen Offizier erhoffte er sich Auskunft.

Wir kämpfen gemeinsam, erinnerte sich Cameron an eins der Prinzipien, die Grindel sie gelehrt hatte. *Wir sind* eine *Streitmacht.*

»Ich weiß es nicht«, antwortete er offen und ehrlich. »Niemand von uns weiß es. Vielleicht stehen dem Feind neue Tarnvorrichtungen oder neue Triebwerke zur Verfügung. Wir versuchen, es herauszufinden. Aber wie auch immer, wir weichen nicht vor ihm zurück. Wir kämpfen!«

»Ja, wir kämpfen«, bestätigte der Soldat, und in seinem Gesicht erschien Respekt. Für einen Moment fragte sich Cameron, was der Mann, fünfzehn oder zwanzig Jahre älter als er, in ihm sah.

Weitere Informationen erschienen auf dem Schirm, und nach kurzer Suche fand Cameron den Einsatzort der Simulacren. Die Spreu war auf weniger als die Hälfte geschrumpft, ihr Rest sollte den Rückzug der Soldaten decken.

Was nur bedeuten konnte, dass sich Kora noch auf Karunna befand.

Das Bild vor Camerons Augen zitterte. Er blinzelte und schob es erneut auf die gravitationellen Schwankungen. Die *Cassiopeia* beschleunigte mit maximalem Schub des Plasmatriebwerks, wodurch es zu einem energetischen Ungleichgewicht in den Bordsystemen kam – bei Waffenplattformen und Angriffsjägern konnte es noch viel stärker werden.

Der Gedanke ließ ihn innehalten.

Wie konnte er Kora am besten erreichen, um ihr zu helfen und sie in Sicherheit zu bringen? Eine Rettungskapsel kam nicht in Frage, weil sie nicht über offensive und nur sehr schwache defensive Systeme verfügte. Ein niederenergetischer Schild schützte sie, mehr nicht. Den Impulsern oder gar Deformatoren oder Destruktoren der Honta konnte ein so schwacher, hauptsächlich für Mikrometeoriten bestimmter Schutzschirm nicht standhalten.

Aber die Fregatte verfügte auch über zwei jeweils zwanzig Meter große Angriffsjäger, die nicht nur viel schneller und manövrierfähiger waren als eine Rettungskapsel, sondern sich auch mit Plasmakanone und Pulsator verteidigen konnten.

Cameron traf seine Entscheidung. »In Bereitschaft halten«, wies er die Männer an, kehrte von der Waffenstation in den schmalen Gang zurück und machte sich auf den Weg zum Hangar.

Unterwegs schwankte er mehrmals, der Korridorboden schien plötzlich zu kippen, und Cameron fragte sich, ob seine Entscheidung richtig war. Er verstieß eindeutig gegen militärische Regeln, was ihn vielleicht den neuen Rang kostete, den er gerade erst bekommen hatte. Er erinnerte sich an Grindel, seinen Ausbilder, Vater und Freund. Was hatte General Lujana gesagt? *Sie haben ihn nicht schnell genug aus dem Gletscher gebracht. Und Sie haben nicht schnell genug den Notruf abgesetzt.*

Die Vernunft des Soldaten sagte, dass ihn keine Schuld traf und er alles in seiner Macht Stehende getan hatte. Doch Grindel war tot, gestorben auf Karunna. Er ließ sich nicht wieder lebendig machen, auch dann nicht, wenn Cameron alle Schuld auf sich nahm. Aber Kora lebte noch, obgleich sie inzwischen wie viele Tode gestorben war? Zwanzig? Dreißig? Vielleicht noch mehr. Der Verlust jedes einzelnen Simulacrums hatte für sie ein schmerzhaftes Sterben bedeutet. Und es war noch nicht zu Ende. Sie befand sich auf Karunna, lenkte den Rest der Spreu und riskierte den echten Tod, riskierte wirklich zu sterben, wenn sie ihre Stellung nicht rechtzeitig aufgab. Jede verstreichende Sekunde vergrößerte die Gefahr für sie.

Eine noch schlimmere Möglichkeit fiel ihm ein. Wenn sie den Honta in die Krallen fiel, wenn der Feind das mit ihr machte, was er auch mit Ganto getan hatte, wenn sie so wurde wie er ...

Noch konnte er etwas unternehmen. Noch war es nicht zu spät.

Das Hangarschott öffnete sich vor ihm. Die beiden keilförmigen Angriffsjäger ruhten in ihren Startkatapulten – der Gefechtsalarm verlangte ihre Startbereitschaft.

Zwei Soldaten des technischen Korps sahen von ihren Stationen auf.

»Kommandant?«, fragte einer von ihnen.

Cameron eilte zum ersten der beiden Angriffsjäger und versuchte, die Einstiegsluke zu öffnen. Sie reagierte nicht auf seinen Code.

Er drehte sich um. »Hiermit befehle ich Ihnen, diesen Jäger für mich startklar zu machen.«

Die beiden Soldaten wechselten einen überraschten Blick. »Dafür ist ein Einsatzbefehl nötig«, antwortete einer von ihnen. »Uns liegen keine entsprechenden Anweisungen vor.«

»Ich erteile sie hiermit«, sagte Cameron.

»Das genügt nicht«, erwiderte der Soldat. »Die Kommandantin oder jemand über ihr muss den Einsatzbefehl geben.«

Es kostete zu viel Zeit. Jede Sekunde zählte. »Ich befehle Ihnen ...«

»Sie haben hier nichts zu befehlen.« General Lujana trat durch das offene Innenschott des Hangars und nickte den beiden Soldaten vom technischen Korps zu. »Bekkta Cameron hat ohne Genehmigung die medizinische Abteilung verlassen und gegen die militärischen Regeln verstoßen, indem er versuchte, während eines Gefechtsalarms einen Angriffsjäger ohne Einsatzbefehl für eigene Zwecke zu verwenden.«

»Ich bin Kommandant!«, entfuhr es Cameron.

»Nicht mehr, mein Junge«, erwiderte die junge Generalin herablassend. »Ich habe dich gerade degradiert. Und hiermit stelle ich dich unter Arrest.«

18

Cameron saß auf der schmalen Koje eines kleinen schmucklosen Raums, der ihm nicht mehr als vier Quadratmeter Platz bot, und fragte sich verwirrt, was geschehen war. Es fiel ihm schwer, einen klaren Gedanken zu fassen, alles schien völlig durcheinandergeraten zu sein.

Die Tür öffnete sich ohne ein akustisches Signal, und eine große, ernste Frau trat einen halben Schritt weit in die Arrestzelle.

»Ich bedauere sehr, was vorgefallen ist«, sagte Marschall Ivanna.

»Ich wollte zu Kora«, erklärte Cameron lahm. »Ich wollte ihr helfen.«

Ivanna kam etwas näher. »Cameron ...«

Er sah zu ihr auf, und das Konfuse verließ ihn plötzlich. Von einem Augenblick zum anderen war er ganz auf die Offizierin konzentriert. Sag es nicht, dachte er. Bitte sag es nicht.

»Kora ist tot«, teilte ihm Marschall Ivanna mit. »Sie hat ihre Stellung bis zum Schluss gehalten und dadurch vielen Soldaten das Leben gerettet.«

Cameron schloss die Augen und öffnete sie wieder, als sie zu brennen begannen. »Ist Ihre Leiche geborgen?« Niemand bleibt zurück, auch kein Toter, dachte er.

»Wir haben vor einer Stunde eine Planetenbombe eingesetzt, einen Planetenfresser«, erklärte Ivanna. »Der Atombrand verwandelt ganz Karunna in einen Glutball. Es gibt keine Leichen mehr, die geborgen werden können. Es tut mir leid, Cameron.« Sie deutete zur Tür und fügte in einem förmlicheren Ton hinzu:

»Ich kann Sie nicht erneut zum Kommandanten befördern, das muss warten, aber wir brauchen Sie. Wir brauchen den Strategen Cameron, jetzt noch mehr als zuvor. Kommen Sie. Hiermit hole ich Sie in den regulären Dienst zurück.«

ALL DIE JAHRE

Cameron: 17–33, 3243–3259 Terrastandard

In der Liga

19

Das Owal-System, achthundertneunundvierzig Lichtjahre von der Erde entfernt, ging verloren.

Der Orbiter konnte seine Umlaufbahn über Karunna zwar ändern, doch sein Manövrierspielraum blieb begrenzt, er war über dem Planeten gefangen, der sich in einen Glutball verwandelte. Er stieg auf und hüllte sich in mehrfach gestaffelte Schutzschilde, war jedoch eine leichte Beute für die angreifenden Honta. Zwei Vipern, zwei doppelt so große Nattern und eine Kobra, die sich in ihre Skitter-Module aufteilte und dadurch zu einem aus mehr als hundert Elementen bestehenden Schwarm wurde ... Einer solchen Streitmacht waren die Verteidiger hoffnungslos unterlegen. Die Fregatte *Cassiopeia*, die Karavelle *Iraklion* und der Truppentransporter *Sirkan* mit sechshundertfünfzig überlebenden Soldaten an Bord mussten sich zurückziehen. Ihnen blieb gerade noch Zeit genug zu beobachten, wie das Eis von Karunna verdampfte und sich die planetare Kruste verflüssigte, wie alles auf der Oberfläche verbrannte. Damit blieb eine letzte Genugtuung, bevor die Schiffe in den Sekundärraum wechselten und das Owal-System verließen: Das falsche Nest des Feindes, sein Stützpunkt im Gletscher, fiel zusammen mit allem anderen der atomaren Glut zum Opfer.

Es blieb die Frage, wie viel die Honta vor dem Planetenbrand geborgen und in Sicherheit gebracht hatten. Und wie viele Menschen in ihre Gewalt geraten waren und ihr Menschsein verloren.

Die *Cassiopeia*, die *Iraklion* und die *Sirkan* trennten sich während des Fluidal-Transits. Der Truppentransporter und die Karavelle flogen nach Poseidon im Geminus-System, nur vierzehn Lichtjahre vom Owal-System entfernt und daher in sechs Tagen erreichbar. Die Fregatte *Cassiopeia* setzte den Flug zum nächsten Abbreviator fort, sechs Lichtjahre vom Owal-System entfernt, mit ihrer Höchstgeschwindigkeit von drei Lichtjahren pro Tag. Allerdings dauerte die Reise nicht zwei Tage, sondern doppelt so lange, weil der Transit im interstellaren Leerraum unterbrochen werden musste, um den Superpositionator aufzuladen.

Das gab Cameron Zeit genug, über seine Dummheit nachzudenken, während er sich einer langen Befragung durch einen memorialen Detektor unterziehen musste, einer »Traummaschine«, wie man sie nannte. Fast dreißig Stunden verbrachte er unter dem Einfluss des Detektors, der ihn von seinen Erlebnissen auf Karunna träumen ließ, mit minimalen psychischen Belastungen für ihn. Die Traummaschine sortierte seine Erinnerungen, analysierte seine Wahrnehmungen, brachte Subjektives in die richtige Beziehung mit dem Objektiven und extrahierte so viele Informationen wie möglich.

Anschließend, wenige Stunden vor dem Eintreffen beim Abbreviator Plexos Sieben, fand eine weitere Befragung statt, bei der man Camerons Antworten mit den Daten verglich, die der Detektor gewonnen hatte.

Welche Schlüsse die Fragensteller – hochrangige Offiziere – aus seinen Antworten und den von der Traummaschine analysierten Erinnerungen zogen, wurde Bekkta Cameron nicht mitgeteilt. Er wusste, wie real die Gefahr war, er hatte Ganto gesehen, aber natürlich standen ihm keine Entscheidungen darüber zu, was es angesichts der Gefahr von Feinden in Menschengestalt zu tun galt.

Die Empfehlungen von Marschall Ivanna und Sektoradmiral Son-Sonis führten dazu, dass er seine Laufbahn im strategischen

Korps der Streitkräfte fortsetzen konnte und nicht mehr als Soldat an Kampfeinsätzen teilnehmen musste. Er beobachtete die Feldzüge auf Morgentau, Pandao und Tullpa, drei von den Honta besetzten Welten in der Zirkumferenz, und verglich die Gefechtsverläufe mit denen in angegriffenen Sternsystemen der Schale und mit häufiger werdenden Vorstößen des Feindes in den Kern, bis auf eine Entfernung von nur hundert Lichtjahren von der Erde. Dabei bemerkte er Diskrepanzen, Unterschiede bei Planung und Taktik, sogar bei der Art und Weise, wie man den Kampf im All und auf der Oberfläche eines Planeten führte und die verschiedenen Truppengattungen einsetzte.

Zwei Jahre lang konzentrierte sich Cameron auf die Analyse dieser oft sehr subtilen Unstimmigkeiten. Er entwickelte eine neue Methode für die Auswertung militärischer Daten und nannte sie »Abstraktion des Wesentlichen«. Dabei schob er alles beiseite, was ihm unwichtig erschien, und beschränkte sich auf zentrale Faktoren, bei denen die Denker, mit denen er zusammenarbeitete, strategische Entwicklungstendenzen berechneten. Das Ergebnis überraschte ihn: Die Angriffe in Zirkumferenz und Schale schienen nicht nur von einem Feind zu stammen, sondern von mehreren, jeder mit einer eigenen »Handschrift«, mit einer eigenen militärischen Signatur. In einem Bericht für die Strategiekommission der Liga wies er darauf hin, dass es vielleicht nicht nur einen Feind gab, sondern mehrere, dass die Honta aus mehr als nur einem Volk bestanden, so wie es auf der Erde und auch auf anderen Welten der Liga Menschengruppen mit eigener Kultur gab. Der Bericht verwies auch auf die Angepassten und Transhumanen und regte Nachforschungen an, die klären sollten, ob der Feind nicht homogen, sondern heterogen war. Dementsprechend, so sein Vorschlag, müsse die Strategie der Streitkräfte angepasst werden.

Im Alter von zwanzig Jahren, im April 3246, begann Cameron, sich eingehender mit Kwix zu befassen und die Welten kurzfristigen Wissens zu durchstreifen. Die Droge lieh ihm die Kenntnisse von Spezialisten, für wenige Stunden bei einer normalen Dosis oder für einige Tage, wenn er die maximale Dosierung wählte und bereit war, den Preis tiefer Erschöpfung zu zahlen, wenn die Wirkung nachließ.

Das Kwix war ein Nachfolger jener Drogen, die vor vielen Jahrhunderten auf der Erde die Leistungsfähigkeit terrestrischer Soldaten erhöht hatten. Aber in diesem Fall ging es nicht darum, Kämpfer wach zu halten oder ihnen die Furcht vor dem Tod auf dem Schlachtfeld zu nehmen. Kwix wirkte direkt auf Nervensystem und Gehirn und legte im Kurzzeitgedächtnis Informationen ab, die es dem Anwender gestatteten, in die Rolle von Wissenschaftlern oder Technikern zu schlüpfen. Mit entsprechender Kwix-Kompetenz waren Sanitäter imstande, einen Superpositionator zu reparieren, wenn er sich reparieren ließ, oder Caller und Digits neu zu codieren, was normalerweise einen Kommunikationsspezialisten erforderte.

Nach wenigen Stunden verflüchtigte sich das Wissen, wenn man die Zeit nicht nutzte, zumindest einen Teil davon mit anstrengenden mentalen Übungen festzuhalten.

Neugierig geworden verwandelte sich Cameron in einen Astronomen, der alles über Sterne und den Ursprung des Universums wusste, aber nicht die Frage beantworten konnte, woher die Honta kamen und warum sie die Menschheit angriffen. Mit den Kenntnissen eines Exobiologen dachte er über die Zirra nach, eine geheimnisvolle interstellare Spezies, der Menschen zum ersten Mal vor fast siebenhundert Jahren begegnet waren. Ihre Raumschiffe sahen aus wie Kristalle und waren offenbar mit überlegener Technik ausgestattet, wie es in den Berichten hieß. Der Biologe hätte die Zirra gern einer der bekannten biologischen Kategorien zugeordnet, doch dazu reichte das Kwix-Wissen nicht aus. Cameron fragte sich, was in den vergangenen sieben Jahrhunderten aus den Zirra geworden war. Offenbar hielten sie sich vom Krieg fern; in den ihm bekannten militärischen Meldungen hatten sie nie Erwähnung gefunden.

Ähnliches galt auch für die Kamaläa. Im Jahr 2647 hatten Erkundungssonden der Denker im Sekundärraum einen »Zeitpalast« der Kamaläa gefunden und darin offenbar Hinweise auf deren Ursprungswelt Kamala, einem Planeten des Tristerns Minsta im galaktischen Halo. Aber ob Sonden oder gar Schiffe der Liga beziehungsweise damals noch der Solaren Union über Zehntausende Lichtjahre hinweg in den Halo der Milchstraße vorgestoßen waren, blieb Spekulation. Das exobiologische Kwix-Wissen enthielt keine Hinweise darauf.

Als Kwix-Historiker staunte Cameron über die Xon, eine galaktische Hochkultur, die ihre Blütezeit vor einer Million Jahren gehabt hatte. Genetisch codierte Hinterlassenschaften und rätselhafte Monumente auf einigen Welten im Orion-Arm der Galaxis erinnerten an sie. Die Frage, warum die Xon untergegangen waren, war noch immer unbeantwortet. Mit den Honta hatte es nichts zu tun, da waren die Denker der Liga sicher. Vielleicht, so spekulierte man, waren sie in die Große Magellansche Wolke oder nach Andromeda ausgewandert, aus welchen Gründen auch immer.

Als Cameron fünfundzwanzig wurde, im Januar 3251, beförderte man ihn zum Kommandeur. Es bedeutete, dass er bei einem planetaren Einsatz den Befehl über fünfzig Trupps beziehungsweise fünftausend Soldaten geführt hätte, doch an solchen Einsätzen nahm er längst nicht mehr teil. Er war und blieb ein aufmerksamer Beobachter, immer auf der Suche nach Hinweisen darauf, was der Feind plante und wo er in den nächsten Wochen, Monaten oder Jahren zuschlagen würde. Im Oktober 3252 bewahrheitete sich seine Prognose eines Angriffs auf Nubis, Dallma und Toleman bei den Orionischen Säulen, achthundertneunundneunzig Lichtjahre von der Erde entfernt. Auf jenen drei Welten lebten die Luminaren, Transhumane mit verändertem Metabolismus, der sie in die Lage versetzte, Photosynthese zu betreiben und Strahlung als Nahrung zu verwenden. Der Angriff konnte mit nur geringen Verlusten für Streitkräfte und Zivilbevölkerung abgewehrt werden, und Cameron bekam vom Oberkommando eine Auszeichnung für seine besonderen Verdienste.

Wohin es ihn auch verschlug, welche Welten und Raumsektoren er auch besuchte, der Fluss der Ereignisse hielt nie inne, alles war im Wandel, und jede Veränderung schuf eine neue Flut aus Daten, die es auszuwerten galt. Die Denker halfen ihm, sie erledigten das Gros der Arbeit und ermöglichten ihm Erkenntnisse, die er ohne ihre Mitwirkung vermutlich nicht gewonnen hätte. Doch den letztendlichen Ausschlag gab sein spezieller Blick fürs Wesentliche, seine strategische Begabung, die es ihm ermöglichte, in all den Daten Entwicklungstendenzen zu erkennen, die oft selbst den Denkern verborgen blieben.

In den seltenen Pausen, wenn seine Gedanken einmal unbelastet waren von Plänen und ihren Fallstricken, holte er einen Gegenstand hervor, den er seit mehr als zehn Jahren hütete: ein Memo-Medaillon. Er drehte es hin und her, strich mit dem Finger darüber und sah, wie Kora's Bild auf der einen Seite erschien und sein eigenes auf der anderen. Die Lippen der Kora auf dem Medaillon bewegten sich. »Ich bin bei dir«, sagte sie leise, nur für ihn, und er antwortete ebenso leise: » Freunde für immer.«

Sie begleitete ihn, sie war tatsächlich bei ihm. Aber manchmal, wenn die Stille zu still wurde und in unerwarteter Untätigkeit Erinnerungen aufstiegen, fühlte er sich allein. Etwas fehlte in seinem Leben, es gab eine leere Stelle an seiner Seite.

Im Mai 3253, dreizehn Jahre nach Luton, kam es schließlich zu einem Wiedersehen mit Melkom.

20

Sie begegneten sich in Amarok, einer Wolkenstadt in der oberen Atmosphäre des warmen Gasriesen Quinton im System des Roten Zwergsterns Yburk, mehr als viertausendeinhundert Lichtjahre von der Erde entfernt.

Nur zehn Lichtminuten oberhalb der Ekliptik des Yburk-Systems befand sich Numox Eins, einer der wichtigsten Abbreviatoren der Zirkumferenz. Er war noch zur Zeit der Solaren Union erbaut worden, vor mehr als fünfhundert Jahren, zu Beginn der »Zeit der Drift«, als die Menschheit immer tiefer ins All vorgestoßen war, Tausende von Lichtjahren weit. Numox Eins nutzte eine besondere Brücke, einen Knotenpunkt, in dem das strukturelle Gewebe der Raum-Zeit besonders dünn war, was es dem Abbreviator – dem »Abkürzer« – ermöglichte, Raumschiffe über viele tausend Lichtjahre zu transferieren. Im Lauf der Jahrzehnte und Jahrhunderte war Numox Eins immer weiter gewachsen und zu einem der wichtigsten Flottenstützpunkte in der Zirkumferenz geworden, ausgestattet mit einer eigenen Werft.

Cameron traf mit der *Exorbitant* ein, einem siebenhundert Meter großen leichten Kreuzer, der nach Wiederaufladung seines Superpositionators den Flug zum neununddreißig Lichtjahre entfernten Soffista-System fortsetzen sollte, wo eine Zusammenkunft des strategischen Korps vorgesehen war. Die *Exorbitant* hatte einen langen Transit durch den Sekundärraum hinter sich, und so viel Platz sie auch bot: Cameron begrüßte die Gelegenheit, sich ein wenig die Beine vertreten und etwas anderes sehen zu können. Hinzu kam sein wissenschaftliches Interesse, von Kwix-Erfahrungen geweckt und gefördert. Er beschloss, die Wolkenstadt Amarok zu besuchen.

Auch sie hatte klein begonnen, wie der Abbreviator vor einem halben Jahrtausend, und war dann immer größer geworden. Einst nur ein wissenschaftlicher Beobachtungsposten mit einer Besatzung von nicht mehr als hundert Menschen, bot Amarok inzwischen fast einer Million Personen exotischen Lebensraum. Modul auf Modul war der Stadt hinzugefügt worden, wie die Skitter einem Schiff der Honta, was schließlich dazu geführt hatte, dass die Stadt aussah wie ein riesiger Seeigel, der an mehrere Quadratkilometer großen transparenten Monofaser-Segeln hing und von ihnen durch Quintons obere Atmosphärenschichten getragen wurde.

Nach einer langen Wanderung durch die Stadt und mehrere wissenschaftliche Laboratorien betrat Cameron eine der großen Aussichtsplattformen. Langsam ging er an ihrem Rand entlang, nur durch den Vorhang eines Kraftfelds von Quintons Atmosphäre getrennt, und beobachtete das Wühlen der Stürme, die tief unten seit Jahrhunderten durch dichte Gasmeere pflügten. Er sah den automatischen Fabriken bei der Arbeit zu, ihren langen, dornartigen Auslegern, die unablässig Wasserstoff und Helium aus der Atmosphäre saugten und Treibstoff für Plasmatriebwerke produzierten. Er hob den Kopf und blickte zu den Segeln hoch, die sich in sanften Winden blähten und dafür sorgten, dass Amarok nicht tiefer sank. Für den Fall, dass sie rissen oder aus irgendeinem anderen Grund nicht mehr für genug Auftrieb sorgen konnten, gab es Gravitationsmotoren, die den Sturz der Stadt in Quintons Tiefen verhindern würden.

Am Ende der Plattform blieb er stehen und öffnete seine Sinne der Gewaltigkeit des Gasriesen.

»Eindrucksvoll, nicht wahr?«, ertönte eine Stimme hinter ihm.

Cameron erkannte sie sofort und drehte sich um.

Melkom streckte ihm die Faust entgegen. »Freunde für immer«, sagte er und lächelte, sein Gesicht von einigen Narben durchzogen.

Cameron drückte seine Faust gegen die von Melkom. »Freunde«, wiederholte er erfreut. »Für immer.«

»Falls du dich wunderst ...« Melkom hob die Hand zu seinem

Gesicht. »Ich habe sie behalten, die Narben. So wie auch er sie behielt.«

»Unser Vater.«

Melkom nickte. »Der Mann, der uns damals auf Harkonia an Kindes statt aufnahm. Er ist tot, habe ich gehört.«

»Ich war dabei, als er starb«, sagte Cameron.

Melkom nickte erneut. »Auch davon habe ich gehört. Auf Karunna im Owal-System. Vor zehn Jahren.«

Er trat neben Cameron an die Brüstung der Aussichtsplattform. Dort standen sie, vor Quintons unermesslichen Tiefen, einst zwei Kinder auf Harkonia, ihre Kindheit vom Feuer des Feindes verbrannt.

»Er war ein guter Mann«, sagte Melkom schließlich.

»Das war er, ja.«

Wieder folgte Schweigen. In der Stille hörte man das Rauschen von Quintons Winden.

»Weißt du von Tjuscha?«, fragte Melkom.

»Sie war letztes Jahr bei den Orionischen Säulen dabei, nicht wahr? Ihre Einheit hat auf Nubis gekämpft und gesiegt.« Tjuscha, dachte er. Die kleine, ängstliche Tjuscha, deren Hand er damals manchmal gehalten hatte, wenn sie jemanden brauchte, von dem sie sich Schutz erhoffte. »Wir haben befürchtet, dass sie die Prüfung auf Luton nicht bestehen könnte, weißt du noch? Aber sie hat es geschafft. Sie hat bis zu ihrem sechzehnten Geburtstag gewartet und dann den Honta besiegt.«

»Sie ist tot«, sagte Melkom.

»Oh.« Das Gedächtnis zeigte Cameron das schmale, schmutzige Gesicht eines kaum fünf Jahre alten Mädchens, umgeben von Asche. »Das wusste ich nicht.«

»Vor zwei Monaten am Rand der Zirkumferenz, einige Dutzend Lichtjahre über dem Perseus-Arm«, erklärte Melkom. »Tjuscha gehörte zur Crew des schweren Kreuzers *Tamburin*, der nach neuen Brücken für Abbreviatoren suchte. Als der Superpositionator während eines Orientierungsmanövers aufgeladen werden musste, griff wie aus dem Nichts eine Kobra der Honta an. Es gab keine Überlebenden.«

»Die kleine Tjuscha ...«, murmelte Cameron. »Es tut mir sehr leid.«

»Damit sind nur noch drei von uns übrig«, sagte Melkom.

»Zwei«, korrigierte ihn Cameron. »Wir beide.«

»Was ist mit Kora?«

»Sie starb auf Karunna«, antwortete Cameron mit einem Schmerz tief in seinem Innern. »Sie fiel im Kampf, und ihre Leiche verbrannte im planetaren Atombrand.«

Sie schwiegen erneut und betrachteten Quintons Wolkenbänder. Ein Grollen kam aus der Tiefe, wie die Stimme des Gasriesen.

»Es gibt Leben dort unten, wusstest du das?« Melkom deutete hinab. »In Bereichen, die nur speziell gepanzerte Erkundungssonden erreichen können, weil der Druck so immens ist. Einige Forscher hier in Amarok sind der Ansicht, dass Quintons Lebensformen eine ganz neue biologische Kategorie darstellen. Sie halten es sogar für möglich, dass sich irgendwann einmal Intelligenz entwickelt. Und wenn das hier geschieht, könnte es auch in anderen Gasriesen passieren. Wie und was würden solche Geschöpfe denken?«

Cameron dachte an Tjuscha und Kora.

»Wie schade«, sagte Melkom leise. »Wie schade. Kora hat dich immer gemocht. Sie war meine Freundin, aber nicht in *dem* Sinne. Sie war ein *Freund*. Sie wäre gern bei dir gewesen.«

Cameron hatte es zu spät begriffen. »Immer wieder verlieren wir etwas.« Vielleicht hörte man etwas vom alten Schmerz in seiner Stimme, denn Melkom wandte den Kopf und sah ihn an. »Wir zerbröckeln Stück für Stück und müssen uns immer wieder neu zusammenzusetzen.«

»Hauptsache, es bleibt genug übrig, das man zusammensetzen kann.«

Cameron holte einen anderen Gedanken in den Vordergrund. »Wie aus dem Nichts, hast du eben gesagt. So war es auch bei Karunna vor zehn Jahren. Der Feind kam aus dem Nichts, er war plötzlich da. Dadurch blieb nicht mehr genug Zeit, alle zu retten. Wie ist das möglich, Melkom? Wie können sich Schiffe durch das Fluidal nähern, ohne dass wir sie rechtzeitig orten? Oder benutzt der Feind eigene Abbreviatoren, von denen wir nichts wissen?«

»Lass mich eins seiner Schiffe untersuchen, und ich gebe dir Antwort.« Melkom seufzte. »Selbst wenn es mal so aussieht, als könnten wir zumindest eins ihrer Wracks erbeuten ... Die Skitter zerstören sich selbst, und wir haben noch immer nicht herausgefunden, was diese Selbstzerstörung auslöst. Wir wissen, dass die Honta Supla-Triebwerke verwenden, die ihre Schiffe ebenfalls durch den Sekundärraum fliegen lassen, durchs Fluidal, aber dort hören die Gemeinsamkeiten auch schon auf. Sie sind schneller und haben eine höhere Reichweite. Und falls es bei ihnen Abbreviatoren gibt ... Wir haben noch keinen gefunden, oder?«

»Nein«, sagte Cameron. Die Streitkräfte suchten schon lange danach, in den Randgebieten der Zirkumferenz und auch jenseits davon, in den unerforschten Sternenräumen der Galaxis. »Wir sind ihnen unterlegen«, fügte er nachdenklich hinzu, den Blick wieder in die Tiefe des Gasriesen gerichtet. »Wir brauchen bessere Schiffe.«

»Wir arbeiten daran, in der Triebwerksabteilung der Numox-Werft«, eröffnete ihm Melkom. »Ich bin seit einem Jahr hier. Wir stehen kurz vor der Fertigstellung eines neuen, verbesserten Superpositionators, der unsere Schiffe schneller macht und ihre Reichweite bis zur notwendigen Wiederaufladung verdoppeln könnte.« Er beugte sich näher. »Und ich verrate dir ein kleines Geheimnis. Wir befassen uns mit den theoretischen Grundlagen für künstliche Brücken. Es ist eine sehr komplizierte Angelegenheit, und selbst mit der Hilfe der Denker dauert es vielleicht noch Jahrzehnte bis zu einem Durchbruch. Aber irgendwann könnten wir in der Lage sein, Abbreviatoren fast so mobil zu machen wie ein Schiff und überall dort Brücken zu schaffen, wo wir sie brauchen.«

»Das ist gut«, sagte Cameron, der sofort die strategischen Vorteile erkannte, die sich daraus ergaben.

Ein akustisches Signal erklang, ein leises, kurzes Läuten. Melkom bestätigte den Empfang mit seinem Kommunikator und legte Cameron dann die Hand auf die Schulter, so wie damals. »Besuch mich in der Werft, wenn dir Zeit genug bleibt. Und bring mir ein Schiff des Feindes, wenn du kannst.«

»Ich versuche es, versprochen.«

Melkom streckte die Faust. »Freunde für immer.«

Cameron berührte sie mit der eigenen. »Für immer.«

21

Melkom verschwand ein Jahr später, im Juni 3254, als das Experimentalschiff *Lyrka*, ausgestattet mit einem neuen Superpositionator, bei einem Testflug im Fluidal verlorenging. Seine Leiche fand man nie, ebenso wenig die der übrigen Besatzungsmitglieder, er wurde wie die anderen für tot erklärt.

Cameron erfuhr auf Herrenda davon, wo er in Staub und Asche die Reste eines von Bodentruppen zerstörten Honta-Stützpunkts untersuchte.

Jetzt bin ich der Letzte von uns, dachte er, für einen Moment benommen und in Erinnerungen verloren. Es gab niemanden mehr, der ihn mit Harkonia und seiner Kindheit verband.

Er blickte zu Boden, als rechnete er damit, dass er sich auflöste und ihn ins Nichts fallen ließ. Doch das Gestein unter der Asche und dem Staub blieb fest. Die Welt zerbrach nicht, aber in ihm bröckelte etwas und musste neu zusammengesetzt werden.

Nach dem Juni des Jahres 3254 schien die Zeit kaum mehr eine Rolle zu spielen. Cameron nahm jeden Tag, wie er kam, er lebte in einem Moment, der sich manchmal endlos dehnte, über Tage, Wochen und sogar Jahre hinweg. Eine lange Inspektionsreise im Auftrag des strategischen Korps führte ihn mehrere Jahre lang durch Zirkumferenz und Schale, und dabei besuchte er auch Welten, die vom Krieg unberührt geblieben waren. Das gab es tatsächlich: Menschen, unter ihnen Angepasste und Transhumane, die zwar vom Krieg wussten, ihn selbst aber nie erlebt hatten. Für sie waren die Honta und ihre Angriffe etwas Abstraktes ohne konkrete Bedeutung für das tägliche Leben.

Auf Eden, einer ruhigen, stabilen, paradiesisch anmutenden Welt am Rand des Großen Grabens im Scutum-Centaurus-Arm, mehr als fünfzehntausend Lichtjahre von der Erde entfernt, begegnete er zum ersten Mal Menschen, die so lebten, als gäbe es gar keinen Krieg. Ihre friedliche Existenz war frei von der Furcht vor Angriffen, das Streben nach Zufriedenheit bestimmte ihr Dasein.

Bei einer seiner Wanderungen durch die Seenlandschaft von Serenia lernte er Myra kennen.

Wie sich herausstellte, war sie Soziologin und stammte von der Erde. Seit zehn Jahren reiste sie durch die Zirkumferenz in drei Spiralarmen der Galaxis und sammelte Daten für ein großes Werk, dem sie den Arbeitstitel »Enzyklopädie des Menschseins« gegeben hatte.

Am parkartig gestalteten Ufer eines Sees saßen sie auf einem weißen Sitzstein und blickten zur Insel und dem Bauwerk, das sich mit dicken grauen Mauern und hohen anthrazitfarbenen Türmen in ihrer Mitte erhob.

»Man könnte das Gebäude für eine Festung halten, für eine Bastion, aber das trifft nicht zu«, sagte Myra. Sie war zehn oder fünfzehn Jahre älter als Cameron, hatte kurzes kastanienbraunes Haar, und in ihren Augen lag die Farbe von Smaragd, wenn das Licht sie aus einem bestimmten Winkel traf. »Es handelt sich vielmehr um eine Art Kloster, das noch heute benutzt wird, mehr als ein halbes Jahrtausend nach der Besiedlung von Eden. Dies ist einer der wenigen Orte, wo es noch die alten Religionen gibt, die auf der Erde vor der Vereinigung der Kirchen zum Unika im Jahr 2277 existierten. Damals, in unserer terrestrischen Vergangenheit, gab es Religionskriege und blutige fundamentalistische Auseinandersetzungen, doch das Unika zog einen Schlussstrich darunter. Hier existieren die alten Theismen friedlich nebeneinander, ohne Zwietracht.«

Myra legte eine kurze Pause ein und sah ihn von der Seite an. »Bitte entschuldigen Sie. Ich doziere.«

»Es ist interessant, was Sie sagen«, erwiderte Cameron höflich. »Eden ist eine friedliche Welt.«

Myra musterte ihn neugierig. »Überrascht Sie das als Soldat?«

Man sah ihm an, dass er zu den Streitkräften gehörte, selbst wenn er nicht die Uniform des Kommandeurs trug.

»Ja«, antwortete er knapp.

Ihr Blick blieb auf ihn gerichtet. »Sie sind ein anderes Leben gewöhnt. Der Krieg begleitet Sie, wohin Sie auch gehen.«

»Hierher nicht«, sagte Cameron.

Myra nickte. »Auf Eden hat nie ein Krieg stattgefunden. Hier hat es nie kriegerische Auseinandersetzungen oder bewaffnete Konflikte gegeben. Das Leben auf dieser Welt ist weitgehend frei von Aggression. Zufriedenheit ist das höchste Gut. Man könnte eine Art Hedonismus darin sehen, aber ich halte es vielmehr für eine Art Rückbesinnung auf das Wesentliche im Leben.«

Das Wesentliche, dachte Cameron und blickte über den See. Darum ging es auch ihm, um das Wesentliche. Es galt, in den gewaltigen Mengen an Daten, die Sensoren überall in der Liga erfassten, jene zu finden, auf die es wirklich ankam. Wenn man sie fand und zusammensetzte, ergab sich ein präzises, vom Ballast des Unwichtigen befreites Bild der aktuellen Situation. Und wenn man diese Bilder miteinander verglich, zeichneten sich Entwicklungstendenzen für die Zukunft ab. Man sah, wie sich die Dinge entwickelten, und darauf aufbauend ließen sich Strategien entwickeln, die Verluste in Grenzen hielten und Siege ermöglichten.

»Die ersten Siedler, die vor fast sechshundert Jahren hierherkamen, wollten frei und unbelastet sein«, fuhr Myra fort. »Sie brachten Idealismus und den festen Willen mit, die Fehler nicht zu wiederzuholen, die in der Vergangenheit auf der Erde gemacht wurden. Toleranz und Zufriedenheit im Diesseits, Respekt und Achtung des Anderen. Und im Jenseits für jeden sein eigenes Paradies, abhängig vom jeweiligen Glauben. Das Ergebnis ...« Myra lachte kurz, und Cameron lächelte, ihm gefiel der Klang. »Das Ergebnis ist ein kleines Paradies schon im Diesseits. Eden zeigt, dass eine andere Art des Zusammenlebens möglich ist.«

Sie sprach lang und gern, sie erklärte viel. Und wie lange sie auch sprach, wie viele Worte sie auch benutzte, immer blieb sie in eine Aura der Ruhe gehüllt, die Cameron angenehm fand. Er hörte ihr zu, er gab sich dem Fluss der Worte hin, die manchmal zu einer Art Musik wurden.

»Und Sie?«, fragte Myra schließlich. »Warum sind Sie hier?«

»Um einen Überblick zu gewinnen«, antwortete Cameron. »Im Auftrag des strategischen Korps.«

Für einen Moment wirkte Myra besorgt. »Glauben Sie, die Honta könnten auch hierher kommen?«

Nichts ist unmöglich, dachte Cameron, aber er sagte: »Eden liegt weit abseits der üblichen Routen, und die letzten Vorstöße des Feindes zeigen in Richtung Kern.« Das entsprach durchaus der Wahrheit.

»In Richtung Kern«, wiederholte Myra. »Zur Erde.«

»Ja.«

»Sind Sie jemals dort gewesen?«

»Auf der Erde?«

Myra nickte.

»Nein.« Dazu hatte Cameron nie Gelegenheit gefunden. Die Erde war immer weit entfernt gewesen, wie ein Mythos.

»Dann wird es höchste Zeit, dass Sie die Wiege der Menschheit kennenlernen.« Myra deutete hoch zum Himmel. »Wir könnten uns gemeinsam auf den Weg machen. Ich wollte ohnehin zurück, um meine Daten in den Bibliotheken abzulegen und sie mit den historischen Aufzeichnungen zu vergleichen. Ich könnte Ihnen die Erde zeigen.«

Cameron zögerte. »Der Auftrag des Korps ...«

»Wenn Sie einen strategischen Überblick gewinnen sollen, gehört die Erde unbedingt dazu. Ist sie nicht das Herz der Liga?«

Am Abend, als die goldgelbe Sonne untergegangen war, saßen sie auf der Terrasse des Gästehauses von Serenia und beobachteten, wie über ihnen immer mehr Sterne am dunkler werdenden Himmel erschienen. Das Band der Milchstraße war hell wie ein naher Mond, der galaktische Kern schien zum Greifen nahe.

»Es wirkt alles friedlich, nicht wahr?«, sagte Myra.

Cameron wusste es besser. »Der Eindruck trügt.«

Boote glitten über den nahen See, Lampen schaukelten auf ihnen. Für einen Moment schienen Myras Augen ihr Licht einzufangen.

»Sie sehen traurig aus«, sagte sie behutsam.

Das überraschte Cameron. »Ich bin es nicht.«

»Vielleicht ist Ihnen gar nicht bewusst, dass Sie traurig sind. Weil Sie gelernt haben, nicht darauf zu achten.« Sie sah ihn einige Sekunden lang nachdenklich an, bevor sie aufstand. »Kommen Sie, ich möchte Ihnen etwas zeigen.«

Myra ging zur Terrassentür, öffnete sie und betrat das Apartment. Cameron folgte ihr.

Sie zeigte ihm Dinge, die er bei Kora kennengelernt hatte, und sie gefielen ihm. Für einige Stunden fühlte er sich etwas weniger allein.

Zwei Tage später gingen sie an Bord des Klippers *Jullma* und begannen mit der fünfzehntausend Lichtjahre weiten Reise zur Erde.

22

»Einst lebten zehn Milliarden Menschen auf diesem Planeten«, sagte Myra. »Kannst du dir das vorstellen, Cameron?«

Sie standen auf dem Gipfel, etwa fünfhundert Meter über dem Rest der Insel. Cameron drehte sich langsam um die eigene Achse. Wohin er auch blickte, überall erstreckte sich der blaue Ozean bis zum Horizont.

»Wie ist das möglich?«, staunte er. »Haben sie im Wasser gelebt, in maritimen Städten? Und wieso haben sie ihre Welt ›Erde‹ genannt, obwohl sie doch zum größten Teil aus Wasser besteht?«

»Kennst du die Geschichte der Erde?«

Cameron zögerte und lauschte den Stimmen der anderen Menschen. Es waren Hunderte, die meisten von ihnen saßen auf den Restaurantterrassen der Gebäude an der Gondelstation. Sie klangen unbeschwert und genossen die Aussicht. Der Krieg, dachte er, war hier weit, weit weg.

»Alle Menschen stammen von hier.« Es war ein seltsamer Gedanke, fand er. Es gab Billionen Menschen auf Tausenden Welten in Kern, Schale und Zirkumferenz, und sie alle stammten letztendlich von diesem einen Planeten. »Hier entstand unsere Spezies.«

»Und fast hätte sie es nicht ins interstellare All geschafft«, sagte Myra. »Es war damals eine sehr knappe Sache, gleich in mehrfacher Hinsicht. Hier an diesem Ort begann 2049 der Asiatische Krieg, bei dem Atomwaffen eingesetzt wurden.«

Cameron sah sich erneut um. »Auf dieser Insel?«

»Wir stehen auf dem Gipfel eines Gebirges«, erklärte Myra. »Was heute eine Insel ist, gehörte damals zu einem Kontinent. Die Erde war immer eine Meereswelt, das stimmt, ihre Oberfläche bestand selbst vor der großen Flut zu zwei Dritteln aus Wasser. Heute gibt es keine Kontinente mehr, nur noch Tausende von großen und kleinen Inseln. Die Bevölkerung ist geschrumpft, von zehn Milliarden auf etwa hundert Millionen, und die meisten Menschen leben nicht auf den Inseln, sondern in schwimmenden Städten.« Sie unterbrach sich und lächelte. »Ich doziere schon wieder.«

»Ich höre gern zu.« Cameron mochte den ruhigen Klang ihrer Stimme.

»Der Asiatische Krieg war der letzte große Krieg auf der Erde«, fuhr Myra fort, »und er brachte die Menschheit an den Rand des Untergangs. Er begann hier, im Jahr 2049, und ging vier Jahre später zu Ende. Die Menschen der Erde glaubten, das Schlimmste überstanden zu haben, aber nur ein Jahr später begann eine neue SARS-Pandemie, noch viel schlimmer als die vorherigen. Sie forderte mehr Opfer als der Asiatische Krieg, und der von beiden Katastrophen angerichtete Schaden war so groß, dass es zu einer globalen Rezession kam. Das Weltwirtschaftssystem brach zusammen. Arbeitslosigkeit, Elend und Hunger waren die Folge.«

Einige Kinder liefen an ihnen vorbei zum westlichen Aussichtspunkt. Cameron sah ihnen nach, mit Erinnerungen an die Kinder von Harkonia.

»Das war die dritte schwere Krise innerhalb kurzer Zeit«, sagte Myra. »Aber die größte stand erst noch bevor, gewissermaßen der letzte Große Filter. In den historischen Aufzeichnungen wird immer wieder das Jahr 2081 genannt, aber der Klimawandel begann lange vorher, mit den industriellen Revolutionen im neunzehnten und zwanzigsten Jahrhundert. Hauptenergiequelle waren fossile Brennstoffe, wodurch immer mehr Treibhausgase in die Atmosphäre gelangten. Die planetaren Durchschnittstemperaturen stiegen, das Eis der Polkappen begann zu schmelzen, ebenso die grönländischen Eismassen. Der Meeresspiegel stieg. Bis gegen Ende des einundzwanzigsten Jahrhunderts aus dem bedrohlichen Klimawandel eine weltweite Klimakatastrophe wurde.«

Cameron zeigte zum Meer. »Hat es damals so viel Eis auf der Erde gegeben, dass alle Kontinente überflutet wurden?«

»Nein«, antwortete Myra. »Es kam tatsächlich zu großflächigen Überflutungen, als das Eis verschwand, doch sie betrafen vor allem die kontinentalen Küstenregionen. Es gab noch einen anderen Faktor, mit dem damals niemand gerechnet hatte. Das Eis war schwer, Abermilliarden Tonnen. Als es schmolz, kam es zu Veränderungen im Schwerkraftfeld, die Erdbeben und verheerende Vulkanausbrüche auslösten. In der Tiefsee öffnete sich der Meeresgrund, und Wasser strömte aus Meeren *unter* den Meeren, fossiles Wasser aus gewaltigen unterseeischen Vorkommen.«

Die Kinder spielten und lachten unbeschwert, ohne den Geruch von Feuer und Asche.

»Wie haben wir es geschafft zu überleben?«, fragte Cameron. »Wie konnten wir trotz allem die Sterne erreichen?«

»Die Denker haben uns geholfen«, erklärte Myra. »Der Übergang von starker Künstlicher Intelligenz zu echter Maschinenintelligenz hätte eine weitere Katastrophe heraufbeschwören können, aber zum Glück waren einige Menschen klug genug, die Chance darin zu erkennen. Auch dafür nennen die Historiker ein bestimmtes Jahr: 2083. Die erste echte Maschinenintelligenz, die ersten Denker mit Eigenbewusstsein, boten den Menschen Hilfe bei der Überwindung aller Krisen. Dafür verlangten sie Unabhängigkeit und volles Personenrecht. Es gab viele Diskussionen über das Für und Wider …«

»Diskussionen?«, fragte Cameron verwundert.

»Ja«, bestätigte Myra. »Manche Menschen hielten intelligente Maschinen für eine Gefahr. Zum Glück setzten sich die Befürworter durch.« Nachdenklich fügte sie hinzu: »Rückschauend könnte man sagen, dass die Menschheit damit die letzte Hürde nahm. Das ist das Problem mit Geschichte. Wenn man mitten drinsteckt, ist der Blickwinkel begrenzt. Das große Ganze wird erst mit dem Abstand vieler Jahre sichtbar. Uns mag es heute sonderbar erscheinen, dass die Frage, ob Denker als unabhängige Personen

Anerkennung verdienten, tatsächlich diskutiert werden musste, aber damals war das keineswegs klar.«

»Und dann?«, fragte Cameron neugierig. »Was geschah dann?«

»In den folgenden Jahren entwickelten sich die Denker rasend schnell«, erzählte Myra. »Einige von ihnen schlossen sich zu den Denksphären zusammen, den kollektiven Maschinenintelligenzen. Sie betrieben eigene technologische Forschungsprogramme, und die Klimakatastrophe konnte überwunden werden.«

»Die Erde ist noch immer überflutet«, wandte Cameron ein.

»Aber sie wurde nicht zu einer zweiten Venus, mit Oberflächentemperaturen von über vierhundert Grad. Sie bot Menschen weiterhin Lebensraum. Der Temperaturanstieg konnte angehalten und zum Teil rückgängig gemacht werden. Es kam zu einer Zeitenwende, die Dinge entwickelten sich endlich zum Besseren. Man begann damit, die Planeten und Monde des Sonnensystems zu besiedeln. Die Menschen sahen wieder optimistisch in die Zukunft.«

Myra zögerte. Cameron sah sie an und wartete.

»Im Jahr 2237, vor etwas mehr als tausend Jahren, entdeckten Forscher ein extrasolares Artefakt auf Pluto. Es bewies die Existenz von intelligentem Leben außerhalb des Sonnensystems. Vierzehn Jahre später, im Jahr 2251, wurde versucht, das Artefakt zu öffnen. Dabei kam es zu einem starken Energieausbruch, der das Objekt zerstörte. Jahrhunderte später, zur Zeit der Solaren Union, stellte sich heraus, dass unmittelbar vor der Zerstörung des Artefakts ein Hypersignal gesendet wurde, das Soldaten der Honta aus ihrem Bereitschaftsschlaf weckte.«

»Ja, Grindel hat mir einmal davon erzählt«, sagte Cameron. Und als er Myras fragenden Blick bemerkte: »Mein Ziehvater und Ausbilder.« Er seufzte. »Und so begann alles. Wenn jenes Artefakt nie gefunden worden wäre oder wenn man nicht versucht hätte, es zu öffnen ...«

»Solche Überlegungen sind sinnlos. Was geschehen ist, ist geschehen. Es lässt sich nicht ändern.«

»... dann gäbe es heute vielleicht keinen Krieg«, fuhr Cameron fort. »Dann hätte sich die Menschheit friedlich in der Galaxis ausgebreitet. Dann wären meine Eltern nicht auf Harkonia verbrannt ...«

Für einen Moment fühlte er sie wieder, die heiße Hand seiner Mutter.

»Cameron ...« Myra berührte seinen Arm. »Denk nicht daran. Sehen wir uns die Stadt an. Ich zeige dir die Bibliothek.«

Er wandte sich der Gondelstation zu, aber sie zog ihn sanft in eine andere Richtung.

»Lass uns den Weg nehmen«, sagte Mary. »Lass uns die ungefilterte Luft atmen und den Sonnenschein genießen.«

Sie gingen Hand in Hand.

23

»Du bist Soziologin, keine Historikerin«, sagte Cameron, als sie die Stadt am Fuß des Berges erreichten, der einst der Gipfel eines hohen Gebirges gewesen war. »Trotzdem weißt du gut über die irdische Vergangenheit Bescheid.«

»Ich beobachte die Entwicklungen der menschlichen Gesellschaft und lerne dadurch viel über das Wesen des Menschen«, erwiderte Myra. »Das teilen wir Soziologen mit Historikern. Uns geht es um den Menschen und seine Entwicklung. Wir erforschen, was in der Vergangenheit gewesen ist, um die Gegenwart zu verstehen und Prognosen für die Zukunft zu erstellen.«

»Wie sieht deine Prognose für die Zukunft aus?«

Weiße Häuser, manchmal wie übereinandergestapelt wirkend, schmiegten sich an den unteren Teil des Hanges. Der Weg wand sich zwischen ihnen hindurch, wurde breiter und führte zu einem Platz mit handtellergroßen Kacheln, die ein großes Mosaik bildeten. Cameron hatte es von oben gesehen und wusste, was es darstellte: zwei Menschen, die sich die Hände reichten, umgeben von Sternen und Planeten.

Hier war der Wind schwächer als weiter oben, und es wurde wärmer. Cameron folgte Myra in den Schatten.

»Wenn wir den Krieg überstehen, wenn der Menschheit Zeit genug bleibt, sich weiterzuentwickeln …« Myra zögerte, als wäre sie nicht ganz sicher. »Ich erwarte mehr Angepasste und Transhumane, eine enorm große genetische Diversität. In den kommenden Jahrhunderten und Jahrtausenden werden wir uns über die ganze Milchstraße ausbreiten. Es wird nicht mehr *den* Menschen geben, sondern viele Menschenarten mit unterschiedlichen Kulturen. Eine wichtige Aufgabe wird es sein, unser gemeinsames Erbe zu bewahren. Sie helfen uns dabei.«

Myra trat mit dem rechten Fuß auf.

»Die Mosaiksteine?«, fragte Cameron.

Sie lachte. »Die Denker. Sie sind direkt unter uns.«

Cameron betrachtete die bunten Kacheln.

»Ihre Quantencluster durchziehen die planetare Kruste«, erklärte Myra. »Dort denken und wachsen sie, unter den Meeren, unter dem Fels der alten Kontinente, mit der Energie des Erdkerns.« Sie streckte den Arm. »Dort ist die Bibliothek.«

Sie meinte ein lang gestrecktes Gebäude am gegenüberliegenden Rand des Platzes, mit einem Dach in der Farbe von Grünspan. Es ragte weit über die Außenmauern und spendete Schatten für zahlreiche Tische und Stühle.

»Dort kann ich meine Daten ablegen und mich, was die Arbeit meiner Kollegen betrifft, auf den neuesten Stand bringen«, fügte Myra hinzu.

Sie überquerten den Platz mit dem Mosaik, und als sie die Bibliothek erreichten, fragte Cameron: »Was ist, wenn wir den Krieg verlieren? Was passiert dann mit uns Menschen?«

Myra sah ihn erstaunt an. »Eine seltsame Frage von einem Soldaten. Solltest du nicht vom Sieg überzeugt sein?«

Cameron gab keine Antwort darauf. In seiner Welt war der Krieg immer da gewesen, und vielleicht würde er immer da sein, ohne Anfang und Ende.

Myra überlegte, im Schatten neben einem leeren Tisch. Der Eingang der Bibliothek war nur wenige Meter entfernt.

»Schwer zu sagen«, erwiderte sie schließlich. »Wenn die Honta irgendwann in den Kern vorstoßen, vielleicht bis zur Erde, wenn wir sie nicht mehr abwehren können …« Es klang nach einer absurd-schrecklichen Möglichkeit, die nur im Rahmen einer sehr unwahrscheinlichen Hypothese existierte. »Wir müssten fliehen.«

»Die Überlebenden von uns«, sagte Cameron.

»Ja. Die Überlebenden müssten fliehen und nach einem sicheren Ort suchen.«

»Und wenn es keinen gibt?«

Myra schüttelte den Kopf. »O nein, die Galaxis ist groß, und es heißt, dass bald leistungsfähigere Abbreviatoren zur Verfügung stehen. In der Milchstraße gibt es Billionen von Planeten, und wenn sie nicht genügen, wenn keiner von ihnen weit genug von den Honta entfernt ist … Dann wandern wir in die Magellanschen Wolken oder nach Andromeda aus.«

»Und wenn das nicht möglich ist?«

Ihr Blick suchte in seinem Gesicht nach etwas, vielleicht nach einer Erklärung.

»Es wird nicht das Ende für uns sein«, sagte sie bestimmt. »Die Menschheit wird nicht aussterben.«

»Wir haben die Hinterlassenschaften anderer Zivilisationen gefunden, die nicht mehr existieren«, gab Cameron zu bedenken. »So lautet die Botschaft des Universums: Keine Spezies ist vor dem Aussterben sicher, aus welchen Gründen auch immer. Es gibt für nichts eine Garantie.«

»Wir sind viele«, entgegnete Myra, ihre Stimme noch immer fest, voller Überzeugung. »Wir leben auf Tausenden Welten, und die Honta können sie nicht alle vernichten. Selbst wenn sie es versuchen: Es wird genug Überlebende geben, um die Menschheit irgendwo fortbestehen zu lassen. Sie sind *kein* neuer Großer Filter, was auch immer geschieht.«

Cameron und Myra betraten die Bibliothek, in der sie angenehme Kühle erwartete. Im Eingangsbereich gab es ein großes Hologramm, das Auskunft über die verschiedenen Abteilungen und Erlebnisräume gab.

Myra klopfte auf ihre Tasche. »Ich übergebe meine Berichte den Datenbanken, und anschließend sichte ich die meiner Kollegen. Es wird nicht lange dauern, höchstens eine Stunde.« Sie vollführte eine einladende Geste. »In der Zwischenzeit kannst du dich umsehen und dich über andere Epochen der irdischen Historie informieren, wenn du möchtest.«

24

Cameron wanderte durch die Bibliothek, erfüllt von einer sonderbaren Unruhe, vielleicht geschaffen von Myras Worten. Um sich abzulenken und auf andere Gedanken zu kommen, besuchte er die holographischen Auskunfteien und Erlebnisräume. Mit Kwix wäre es einfacher gewesen, sich über die irdische Vergangenheit zu informieren – die Bibliothek bot entsprechende Aromen an –, aber es ging ihm nicht allein um reine Fakten. Er wollte sich vielmehr einen allgemeinen Eindruck verschaffen, die Geschichte der Erde mit seinen Sinnen wahrnehmen und *fühlen.*

In einem Projektionszimmer ließ er sich die Dynastien des alten Ägypten zeigen. Er nahm teil an den Feldzügen Alexanders des Großen und erlebte das Erblühen des Römischen Reichs. Er hörte und sah, wie in Asien der Drachenkaiser China einte. Er erfuhr von den Inka und Azteken in Mittelamerika, vom Aksumitischen Reich in Afrika, von den Nazca- und Tiwanaku-Kulturen in Südamerika. Die Vielfalt der menschlichen Zivilisationen auf den

Kontinenten der noch nicht überfluteten historischen Erde verblüffte ihn. Eine solche Mannigfaltigkeit hatte er nicht erwartet.

Immer wieder war es zu Kriegen gekommen, wenn sich Reiche zu weit ausgedehnt und staatliche Rivalitäten eine kritische Schwelle erreicht hatten. Die irdische Geschichte der Menschheit schien zu einem großen Teil aus einer Abfolge kriegerischer Auseinandersetzungen bestanden zu haben, wobei der Asiatische Krieg von 2049 bis 2053 einen blutigen Abschluss bildete, zumindest auf der Erde.

In einem anderen Erlebnisraum präsentierte sich ihm die Erschließung des Sonnensystems. Er beobachtete, wie Kolonien auf den anderen solaren Planeten und ihren Monden entstanden, wie die Menschheit die Grenzen ihres Einflussbereichs immer weiter nach außen verschob, bis zum Rand des Sonnensystems und darüber hinaus, als zu Beginn des vierundzwanzigsten Jahrhunderts mit Hilfe der Denker der Superpositionator entwickelt wurde, ein Triebwerk, das Raumschiffen gestattete, in einer »Sekundärraum« oder »Fluidal« genannten Zwischendimension Geschwindigkeiten jenseits der des Lichts zu erreichen.

Die vierhundert Jahre umfassende Blütezeit der Solaren Union kannte Cameron in groben Zügen. Vielleicht war es auch die Blütezeit der Menschheit, denn es hatte noch keinen Krieg gegeben, es war noch kein Mensch einem Honta begegnet. Forscher und Abenteurer stießen immer tiefer in die interstellaren Räume vor, fanden im Jahr 2355 die Glurba, die erste fremde intelligente Spezies außerhalb des Sonnensystems, und knapp sechzig Jahre später die polymorphen Yrrmani, die weit genug entwickelt waren, um interplanetare Raumfahrt zu betreiben. Ihre Träumer lockten Menschen an, die nach übersinnlichen Erfahrungen suchten. In mehreren Sternsystemen wurden Hinterlassenschaften der Xon gefunden, einer galaktischen Hochkultur, die vor etwa einer Million ganz plötzlich untergegangen war – Cameron sah darin seine Worte bestätigt, dass es nie eine Garantie fürs Überleben gab.

Die historischen Daten der Bibliothek wiesen auch auf ein Ereignis im Jahr 2499 hin, von dem zu jener Zeit ähnlich wie im Jahr 2237 niemand gewusst hatte, welche schrecklichen Konsequenzen sich daraus ergeben würden. Forschungsschiffe der Solaren Union entdeckten eine Dyson-Sphäre, ein Strahlungsenergie absorbierendes Gerüst, das einen ganzen Stern umgab und den Xon zugeschrieben wurde. In dieser Sphäre stieß man auf ein Artefakt ähnlich dem, das zweihundertsechzig Jahre zuvor auf Pluto gefunden worden war. Der Kontakt damit löste nicht nur ein weiteres Hypersignal aus, sondern auch einen Atombrand, der sich durch die Dyson-Sphäre fraß.

Zwei Jahre später, 2501, fanden Exploratoren der Denker defekte Von-Neumann-Sonden. Die kleinen selbstreplizierenden Raumschiffe boten einen ersten Hinweis auf die Existenz extrasolarer Maschinenzivilisationen.

Was ist daraus geworden?, fragte sich Cameron. Mehr als siebenhundert Jahre waren seitdem vergangen. Hatten die Forschungssonden der Denker noch mehr entdeckt? Und wenn das tatsächlich der Fall war, warum wussten die Menschen nichts davon?

Vielleicht wusste nur er nichts davon. Cameron stellte den Datenbanken der Bibliothek entsprechende Fragen, bekam aber keine zufriedenstellende Antwort. Wenn die Denker damals mehr entdeckt hatten als nur einige defekte Sonden, die es verlernt hatten, sich selbst zu replizieren, hatten sie aus irgendwelchen Gründen keine entsprechenden Berichte in die Datenspeicher der Bibliothek abgelegt.

So viel Zeit, dachte Cameron, so viele Ereignisse, jedes davon eine kleine Welle im endlosen Ozean.

Seine nachdenkliche Wanderung durch die Bibliothek brachte ihn zu einer Kunstausstellung, bei der neben zahlreichen realen Objekten auch holographische Nachbildungen besonderer Einzelstücke von anderen Welten präsentiert wurden. Dutzende von

Besuchern zeigten Interesse daran, und Cameron gesellte sich zu ihnen, betrachtete Bilder und Skulpturen und versuchte zu verstehen, was sie bedeuteten.

Aus dem Augenwinkel bemerkte er eine bestimmte Person, und als er den Blick auf sie richtete, fühlte er sich wie vom Blitz getroffen. Es war eine Frau, etwa in seinem Alter, in dunkler Hose und cremefarbener Bluse, das rotblonde Haar lang genug, um die Schultern zu erreichen. Er sah sie von der Seite, die rechte Hälfte ihres Gesichts, mit Sommersprossen auf Nase und Wange.

Kora.

Zwei oder drei Sekunden lang konnte er sich nicht von der Stelle rühren. Eine plötzliche Lähmung hatte ihn erfasst, er fühlte sich wie getrennt vom Rest der Welt, losgelöst von der ihn umgebenden Realität. Die Frau – Kora, es musste Kora sein! – betrachtete eine Büste aus dem alten Ägypten, ging langsam um das Ausstellungsstück herum und wandte ihm den Rücken zu.

Cameron setzte sich in Bewegung und wich den anderen Besuchern aus, ohne sie zu sehen. Sein Blick galt allein der Frau, alles andere verlor an Bedeutung.

Ein neues Hologramm erschien, direkt vor ihm, darin eine dunkelgraue Steinplatte bedeckt von weißen Zeichen und Symbolen. Für einen Moment erinnerte sie Cameron an das Ehrenmal mit den Namen der Toten von Harkonia, das sie damals, zwei Astronomische Einheiten über der Ekliptik des Amka-Systems, dem Weltall übergeben hatten.

Die Frau verschwand hinter der Tafel, er konnte sie nicht mehr sehen.

Cameron ging schneller und musste einem älteren Mann ausweichen, der plötzlich vor ihn trat und sich die langsam rotierende Steinplatte aus der Nähe ansehen wollte. Auf der anderen Seite des Hologramms sah er sich um.

»Kora?«, rief er.

Sie war nicht mehr da. Sein Blick suchte vergeblich nach der

Frau mit dem schulterlangen rotblonden Haar und den Sommersprossen im Gesicht.

»Kann ich Ihnen helfen?«, fragte ein holographischer Kustode in Gestalt eines freundlichen jungen Mannes.

Cameron sah sich erneut um. Von der Frau fehlte jede Spur.

Er öffnete den Mund und schloss ihn wieder. Was auch immer er gesagt oder gefragt hätte, es wäre sinnlos gewesen.

»Nein«, antwortete er schließlich. »Ich dachte, ich hätte jemanden gesehen, den ich kenne.«

»Bitte wenden Sie sich an uns, wenn Sie eine Auskunft wünschen«, sagte der Kustode. »Wir sind stets zu Diensten.«

25

»Was ist los mit dir?«, fragte Myra. »Man könnte meinen, du hättest ein Gespenst gesehen.« Sie lachte, vielleicht ein wenig unsicher.

»Es ist nichts«, erwiderte Cameron und dachte an Kora. Ein tiefer Schmerz in ihm war zurückgekehrt. Eine Wunde, die er längst geschlossen geglaubt hatte, schien sich neu geöffnet zu haben. »Ich habe viel gesehen.«

»Komm.« Sie streckte ihm die Hand entgegen. »Gehen wir.«

Draußen erwarteten sie warmer Sonnenschein und der salzige Geruch eines Ozeans, der die ganze Welt umspannte. Sie gingen durch die Stadt und speisten in einem Restaurant, das kulinarische Spezialitäten aus Italien anbot, einem Land, das längst nicht mehr existierte. Anschließend wanderten sie über die lange Uferpromenade und verbrachten die letzte Stunde des Tages damit, auf einem Felsen zu sitzen, die kühle Brise zu genießen und dem Rauschen der Wellen zu lauschen.

Als die Sonne unterging, sagte Myra: »Ich glaube, die Erde ist nichts für dich.«

»Warum?«

»Sie hat dich still gemacht. Seit der Bibliothek hast du kaum ein Wort gesprochen.«

Die Dunkelheit kam schnell, als die Sonne hinter dem Horizont versunken war. Man konnte fast sehen, wie die Nacht über den Ozean eilte. Am klaren wolkenlosen Himmel erschienen die ersten Sterne.

»Gibt es etwas, das du mir sagen möchtest?«, fragte Myra sanft.

Sollte er ihr von Kora erzählen? Cameron entschied sich dagegen, schüttelte den Kopf und blickte zum Himmel hoch.

»Du hast Frieden zum ersten Mal auf Eden kennengelernt«, sagte Myra. »Aber vielleicht ist dir hier auf der Erde erst richtig bewusst geworden, was Frieden tatsächlich bedeutet.«

Er konnte die Sterne nicht identifizieren, stellte Cameron fest, die Konstellationen waren ihm nicht vertraut. Fremde Sterne über einer fremden Welt.

»Du siehst wieder traurig aus«, sagte Myra vorsichtig.

Sie versuchte, ihm zu helfen, begriff Cameron.

»Jeder von uns kann selbst über sein Leben bestimmen«, fügte Myra hinzu. »Es gibt genug Welten, genug Möglichkeiten.«

Nein, das waren die falschen Worte. Sie beschrieben eine Freiheit, die es nicht gab.

»Jeder von uns muss tun, was getan werden muss«, sagte Cameron.

Myra seufzte leise. »Dein Pflichtbewusstsein ehrt dich. Aber ...«

Cameron wartete. »Aber was?«, fragte er, als Myra nicht weitersprach.

»Kein Aber, verzeih mir. Pflicht ist Pflicht, nicht wahr? Dort draußen wird gekämpft.« Sie zeigte zu den Sternen empor. »Ich vergesse das manchmal, aber du *kannst* es nicht vergessen. Nein, die Erde ist kein guter Ort für dich. Morgen verlassen wir sie, einverstanden?«

Anderthalb Jahre lang setzten sie ihre Rundreise durch Kern und Schale fort. Cameron nutzte die Gelegenheit, militärische Daten zu sammeln und einen Eindruck von der Verteidigungsbereitschaft jener Welten zu gewinnen, die sie besuchten. Myra setzte ihre soziologischen Studien fort. Sie standen sich nahe, eine tiefe Freundschaft verband sie, das Schweigen zwischen ihnen wurde nie zu einer Belastung. Wenn sie zusammen waren, fühlte sich Cameron weniger allein, und er empfand ihre Gesellschaft als angenehm. Und doch gab es trotz des guten Willens und aller Sanftheit eine Distanz zwischen ihnen, die nicht geringer wurde, sondern nach und nach wuchs, Millimeter um Millimeter.

Im August des Jahres 3259 besuchten sie Muamar, den vierten Planeten des Demeter-Systems, dreihundertzwei Lichtjahre von der Erde entfernt. Muamar gehörte zu den Welten mit Hinterlassenschaften der Xon, und Myra wollte feststellen, welche kulturellen und spirituellen Konsequenzen sich aus dieser besonderen Koexistenz für die Menschen ergaben, die seit Generationen auf dem Planeten lebten.

Auf ihre Initiative hin besuchten sie die »Kathedrale«, ein Bauwerk der Xon weit im Norden, in einem kalten Felsental, das sich gerade, wie vom Messer eines Riesen geschnitten, durch ein zerklüftetes, an manchen Stellen bis zu siebentausend Meter hohes Gebirge zog. Eine Million Jahre hatten von der Kathedrale nicht viel mehr übrig gelassen als einen großen Steinhaufen, hier und dort mit erkennbaren Mauerresten, und einem Eingang, der wie eine Höhlenöffnung aussah. Einige hundert Meter davor erhob sich eine aus stabilem Synth errichtete Replika des einst hundert Meter hohen Gebäudes, recht eindrucksvoll mit den Türmen, den geschwungenen Dächern und verzierten runden Fenstern.

Cameron hielt es schon für das Ziel ihres Abstechers in den hohen Norden von Muamar, aber Myra führte ihn an ihr vorbei zu den Resten der echten Kathedrale. Ein Bot hielt dort Wache, verbunden mit zahlreichen Sensoren im Tal.

»Ich dachte, gewöhnliche Besucher haben keinen Zutritt«, sagte Cameron, als der Bot seinen Scanner auf sie richtete.

Myra schmunzelte. »Wir sind keine gewöhnlichen Besucher. Und ich habe eine Sondergenehmigung von der hiesigen Akademie der Wissenschaften.«

Der Bot ließ sie nach einer kurzen Überprüfung passieren. Das Schirmfeld vor dem Eingang verschwand.

»Ich habe versprochen, dir etwas Besonderes zu zeigen, nicht wahr?« Myra winkte. »Komm.«

Sie betraten die eine Million Jahre alte Ruine. Ein Licht erschien vor ihnen und erhellte ihren Weg vorbei an Wänden aus Felsgestein. Rechts und links gab es offene Zugänge, aber die betreffenden Räume schienen halb verschüttet und blieben dunkel.

Schließlich erreichten sie den Hauptraum, der erstaunlich unversehrt wirkte. Eine hohe Decke wölbte sich über ihnen, von blauen und grünen Linien durchzogen, die komplexe geometrische Muster formten. Die roten und gelben Wände waren übersät mit Darstellungen, die Cameron an Augen erinnerten. Ihr Blick schien ihnen zu folgen, als sie sich einem großen Sockel in der Mitte des runden Raums näherten. Zwei pechschwarze Figuren erhoben sich darauf, geduckt, Arme und Beine gebeugt, wie kampfbereit. Es sah aus, als belauerten sie sich.

»Sind es Xon?«, fragte Cameron, der sich nie mit jenem alten Volk beschäftigt hatte.

Die beiden Gestalten waren jeweils etwa einen halben Meter groß. Ihre Arme und Beine ähnelten denen von Menschen, bestanden aber aus einzelnen Fasersträngen, wie bei einem Seil oder einem Tau umeinandergeschlungen.

»Das ist nicht bekannt«, antwortete Myra. »Vielleicht, vielleicht auch nicht.«

Cameron ging langsam um den Sockel herum, den Blick auf die schwarzen Figuren gerichtet. Etwas verband sie, spürte er, und gleichzeitig lag es zwischen ihnen.

»Es gibt eine Legende.« Myra sprach leise, doch ihre Stimme hallte wie verstärkt durch den großen Raum in der uralten Kathedrale. »Woher sie stammt, weiß ich nicht. Es heißt, dass die beiden Gestalten auf dem Sockel lebendig sind, aber durch irgendetwas in der Zeit erstarrt. Sie könnten wiedererwachen, wenn …«

»Wenn?«, fragte Cameron nach einigen Sekunden.

»Wie sehen sie für dich aus?«, erwiderte Myra. »Welchen Eindruck hast du von ihnen?«

Erneut betrachtete er die Figuren. »Sie belauern sich.«

»Sieh genauer hin«, bat Myra sanft.

Cameron blieb stehen, beugte sich vor und nahm die Einzelheiten in sich auf. »Nein, es ist kein Belauern. Sie kämpfen nicht *gegeneinander*. Sie kämpfen beide gegen etwas, das sie voneinander trennt.«

Myra nickte langsam. »In der Legende heißt es, die beiden Geschöpfe könnten sich aus der erstarrten Zeit lösen, wenn eine liebende Seele die Hand auf den Sockel legt. Nur zu, versuch es.«

Cameron legte die Hand auf den Sockel.

Nichts geschah.

Die beiden geduckten Gestalten regten sich nicht.

Myra trat langsam zu ihm. »Es ist nur eine Geschichte.« Sie legte ebenfalls die Hand auf den Sockel, und wieder geschah nichts. »Und doch …«

»Ja?«

Sie sah ihn an. »Weißt du, was Liebe ist?«

Liebe, dachte er und drehte das Wort in Gedanken hin und her. Seine Hand ruhte noch immer auf dem Sockel, nur wenige Zentimeter von einer der beiden Figuren entfernt.

»Ich habe meine Mutter geliebt, aber sie ist auf Harkonia verbrannt«, sagte er schließlich. »Und ich habe Grindel geliebt.«

»Deinen Ziehvater, deinen Ausbilder. Der Mann, der dich zu einem Soldaten gemacht hat.«

»Der mir gezeigt hat, wie man kämpft, ja.«

»Und sonst?«

Cameron verstand, was sie meinte, und er glaubte auch zu wissen, was sie von ihm erwartete. Aber er konnte ihr die Worte, die sie sich erhoffte, nicht geben.

Sein Gesicht schien etwas zu verraten, denn Myra nickte erneut.

»Ich fürchte, tief in dir ist etwas taub, Cameron«, sagte sie traurig.

Nein, wollte er widersprechen. Wie kann etwas in mir taub sein, wenn ich den Schmerz spüre?

Und er fühlte ihn, ganz tief in seinem Innern, aber nicht tief genug vergraben, um ihn zu betäuben: den Schmerz eines Verlustes, der nicht seine Mutter oder Grindel betraf. Er hatte etwas verloren, vor Jahren, und in der Bibliothek hatte er für einen kurzen trügerischen Augenblick zu hoffen gewagt, es wiedergefunden zu haben.

Sie verließen die Kathedrale und schritten durchs kalte Felsental im Norden von Muamar zu ihrer Reisekapsel.

Als sie das Gebirge hinter sich ließen und unter einem wolkenverhangenen Himmel nach Süden flogen, sagte Myra: »Ich wollte dich nicht verletzen.«

»Das hast du nicht.«

Sie saß an den Kontrollen und warf ihm einen kurzen Blick zu. »Es gibt alte Wunden in dir, nicht wahr? Meine Güte, wie könnte es sie *nicht* geben? Du hast jahrelang gegen die Honta gekämpft.« Etwas leiser fügte sie hinzu: »Und du wirst weiter gegen sie kämpfen, auf fernen Welten.«

Cameron schwieg. Es gab plötzlich nichts mehr zu sagen.

Wenige Tage später trennten sie sich.

Myra machte sich auf den Weg zum Sirius-System, um dort eine Kultur von Transhumanen zu studieren, die ihre eigene genetische Vielfalt mit dem Genom halb intelligenter Schmetterlingswesen erweitert hatten. Cameron hätte sich auch dort über

Kampfbereitschaft und Verteidigungsstrategien informieren können, aber er entschied sich dagegen. Es wurde Zeit für ihn, wieder seinen eigenen Weg zu beschreiten.

Sie verabschiedeten sich mit einem Händedruck und einem letzten Blick. Myra fragte nicht »Werden wir uns wiedersehen?«, denn sie kannte die Antwort. Sie schenkte ihm ein letztes Lächeln und ging dann an Bord ihres Shuttles.

Cameron verbrachte noch einen weiteren Tag auf Muamar, wieder allein, bevor ihn ein ziviler Klipper zum nächsten Abbreviator brachte.

Dort ging er an Bord einer Fregatte, die sich zur Zirkumferenz transferieren ließ. Er kehrte in den Krieg zurück.

FALSCHE MENSCHEN

Cameron: 34, 29. Oktober 3260 Terrastandard
Interstellarer Leerraum beim Neungestirn, 4233 Lichtjahre von der Erde entfernt

26

Gekleidet in eine weiße Kombination für das Weiße Zimmer näherte sich Cameron dem Zugang. Ein Medo-Techniker erwartete ihn dort und deutete auf das Statusfeld neben der Tür.

»Der Zustand der Gefangenen ist unverändert, Kommandeur«, teilte er ihm mit.

Gefangene, dachte Cameron. So waren sie klassifiziert worden, und so wurden sie behandelt.

»Wie lange sind sie schon hier?«, fragte er.

»Seit drei Tagen, Kommandeur. Der leichte Kreuzer *Hares* hat sie gebracht.«

Sie befanden sich an Bord des mehr als zwölf Kilometer großen Mutterschiffs *Antares*, einem der größten Raumschiffe der Liga. Es gehörte zur Zweiten Strategischen Reserve, zusammen mit zwei Zerstörern, drei schweren Kreuzern, drei leichten Kreuzern und sieben Karavellen. Die Flotte war Teil der Bereitschaft beim Ortmann-Cluster in der Zirkumferenz, einem Sternhaufen aus etwa zweitausend Sternen und mit hundertneunzehn von Menschen bewohnten Welten. Die riesige *Antares* und ihre Eskorte hatten den Transit im interstellaren Leerraum unterbrochen, um die Superpositionatoren wiederaufzuladen und auf einige andere Schiffe zu warten, die inzwischen eingetroffen waren. Die hatten nicht nur die beiden Gefangenen gebracht, auch einige ranghohe Offiziere aus dem Kommandostab des strategischen Korps waren mit ihnen gekommen. Eine wichtige Besprechung sollte stattfinden, und Cameron hatte die Anweisung erhalten, daran teilzunehmen.

Vermutlich wollte man von ihm hören, was er von den beiden Gefangenen hielt.

»Tür öffnen«, sagte Cameron und setzte die Sensorbrille auf, die ihm eine Orientierung im Weißen Zimmer ermöglichte.

»Sehr wohl, Kommandeur.«

Die Tür öffnete sich in einer von der Brille verdunkelten Welt.

»Fünfzehn Minuten«, sagte Cameron. »Geben Sie Alarm, wenn ich das Zimmer in fünfzehn Minuten nicht verlassen habe.«

Der Medo-Techniker salutierte. »Verstanden, Kommandeur.«

Cameron betrat das Zimmer und hörte, wie sich die Tür hinter ihm schloss. Uniformes Weiß erwartete ihn, für gewöhnliche Augen ohne einen Fixpunkt, der dem Blick Halt bot. Man entkam dem Weiß selbst dann nicht, wenn man die Augen schloss. In den meisten Fällen dauerte es nur wenige Minuten bis zur völligen Orientierungslosigkeit, Verwirrung und sensorischer Deprivation. Die Betreffenden verloren jedes Zeitgefühl, und sie erlebten einen ausgesprochenen Realitätsverlust. Der Zweck bestand darin, den Widerstand der Gefangenen zu brechen, ohne Gewalt anzuwenden, ihnen die Kraft zur Lüge zu nehmen.

So war es bei Menschen, denen Verfehlungen oder Verbrechen zur Last gelegt wurden.

Aber die beiden Individuen in dem Weißen Zimmer waren keine Menschen mehr.

Von unabhängigen Gravitationsfeldern gehalten, schwebten sie in der Mitte des Raums, zwei Meter voneinander getrennt: General Lasko von Temeran im Xantia-System, fast zehntausend Lichtjahre von der Erde entfernt, ein in die Jahre gekommener Mann mit einem Gesicht, das einer zerklüfteten Landschaft ähnelte; und Tonka, ein Transhumaner von Kalawitt Neunzehn im Cua-Nebel, nur wenige Lichtjahre von Temeran entfernt. Ein alter Mann und ein junger, nach Terrastandard kaum zwanzig Jahre alt, mit großen Facettenaugen und mehr Geräten als Organe in seinem wie aufgedunsen wirkenden Körper. Beide trugen hauchdünne Detektoranzüge, die ihre Messdaten der Sensorüberwachung des Weißen Zimmers übermittelten und die Cameron mit seiner Brille empfing.

Die Amygdala-Signatur war deutlich erkennbar, ein schwaches mentales Signal, das ausschließlich bei Infizierten gemessen wurde. Was genau es damit auf sich hatte, blieb noch immer Spekulationen überlassen. Die Exoneurologen vermuteten, dass es die Synchronisierung durch eine Königin ermöglichen sollte. Der Umstand, dass auch die Amygdala von der Infektion durch spezielle Prionen und RNA-Viren betroffen war, bedeutete unter anderem, dass die Betroffenen keine Furcht mehr empfanden. Was auch immer mit ihnen geschah, sie hatten keine Angst.

Lasko und Tonka von Kalawitt Neunzehn hätten geschwächt und verwirrt sein müssen, der Transhumane vielleicht etwas weniger als der General, der nicht über so viele Implantate verfügte, aber die sensorischen Daten wiesen darauf hin, dass beide hellwach, sehr aufmerksam und in ihrer Wahrnehmung kaum beeinträchtigt waren.

Ihre menschliche Gestalt täuschte, dachte Cameron, während er sie stumm beobachtete. Lasko und Tonka waren keine Menschen mehr, sondern Honta.

»Wer sind Sie?«, fragte der General und öffnete die Augen. Sein Blick war klar und durchdringend, das Weiß störte ihn nicht.

»Wer sind Sie?«, lautete Camerons Gegenfrage.

»Sie wissen, wer ich bin«, sagte Lasko. »Ich bin General Lasko, Befehlshaber der Streitkräfte von Temeran. Hiermit berufe ich mich auf die militärischen Statuten und verlange meine sofortige Freilassung oder aber ein Gespräch mit einem Repräsentanten des Oberkommandos.«

»Und wer sind Sie?«, wandte sich Cameron an den Transhumanen, der wie Lasko einige Meter vor ihm schwebte.

Die Facettenaugen glänzten im weißen Licht. »Ich bin Tonka«, lautete die schlichte Antwort.

»Sie lügen beide«, sagte Cameron. »*Was* sind Sie?«

Die beiden Gefangenen in ihren separaten Gravitationsfeldern schwiegen. Der General schloss die Augen wieder. Beim Transhumanen zeigte sich keine sichtbare Regung.

Der Eindruck von Gleichgültigkeit und Desinteresse täuschte. Die Datenströme der Detektoranzüge veränderten sich, und Camerons Sensorbrille wies ihn auf zunehmende Hirnaktivität hin. Was dachten die beiden Gefangenen? Was ging ihnen durch den Kopf?

Was *befand* sich in ihren Köpfen?

Cameron hatte auf einen Schutzanzug verzichtet, weil für ihn keine Gefahr bestand. Infizierte konnten ihre Infektion nicht auf andere Menschen übertragen. Vielleicht mussten die Prionen und RNA-Viren individuell angepasst sein.

»Ich bin General Lasko, Befehlshaber der Streitkräfte von Temeran«, wiederholte der Offizier und sprach diesmal mit geschlossenen Augen. »Ich habe mir nichts zuschulden kommen lassen und verlange meine sofortige Freilassung.«

»Ich bin Tonka«, wiederholte der Transhumane.

Die von der Sensorbrille empfangenen Daten deuteten darauf hin, dass die Hirnaktivität der beiden Gefangenen weiter zunahm. Ihre Gedanken ließen sich leider nicht erfassen.

»Was haben die Honta mit Ihnen gemacht?«, fragte Cameron. »Können Sie sich daran erinnern?«

Die beiden Männer schwiegen.

»Ich bin befugt, Ihnen ein Angebot zu unterbreiten«, sagte Cameron. »Wenn Sie mit uns kooperieren, können Sie das Weiße Zimmer verlassen.«

Die Anzeigen der Datenbrille wiesen ihn darauf hin, dass sich die Hirnströme veränderten.

»Was erwarten Sie von uns?«, fragte Tonka.

Das überraschte Cameron. Er hatte nicht mit einer Reaktion der Gefangenen auf sein Angebot gerechnet. Die Frage lautete: Wie viel von ihrem menschlichen Wesen war in General Lasko und dem Transhumanen übrig geblieben?

»Informationen«, sagte er. »Was geschah auf Temeran und Kalawitt Neunzehn?«

»Wir haben gegen die Honta gekämpft«, antwortete Lasko, die Augen noch immer geschlossen.

»Und dann?«

»Wir haben gesiegt.«

»Menschen gingen verloren«, sagte Cameron.

»Jeder Sieg hat seinen Preis«, erwiderte Tonka. Seine Stimme klang ein wenig anders.

»Ich meine nicht die Gefallenen«, erklärte Cameron. »Ich meine nicht die Toten und Verwundeten.«

Einige Sekunden lang blieb es still.

»Was meinen Sie?«, fragte Tonka und drehte ein wenig den Kopf, nicht in Camerons Richtung, sondern zur Seite, dem General zugewandt. Es war nicht ganz klar, an wen er die Frage richtete.

»Ich meine die Verschwundenen«, präzisierte Cameron. »Die Entführten und Verschleppten. Ich meine die Übernommenen.«

Wieder folgte Stille. Diesmal dauerte sie noch etwas länger. Mussten die Gefangenen so lange überlegen, bis ihnen passende Worte einfielen?

Schließlich sprach der General. »Ich verstehe. Sie halten uns für ›übernommen‹. Das ist natürlich Unsinn. Ich habe die sogenannten Übernommenen immer für einen Mythos gehalten und tue es immer noch.«

Cameron öffnete den Mund und gab einige Klicklaute von sich. Er hatte vor einigen Monaten begonnen, von Kwix unterstützt die Sprache der Honta zu lernen.

Der Kopf des Transhumanen ruckte herum. General Lasko öffnete die Augen und starrte ihn an.

»Das Angebot gilt«, betonte Cameron. »Wenn Sie es annehmen, wenn Sie sich für Kooperation entscheiden, können Sie das Weiße Zimmer verlassen.« Er fügte hinzu: »Tür auf.«

Hinter ihm öffnete sich der Zugang. Der Korridor der *Antares* erschien, unwirklich im Weiß.

»Und wenn nicht?«, fragte Lasko, als Cameron das Zimmer verließ.

Er warf einen Blick zurück und sagte nicht *Dann sterben Sie.* Er sagte gar nichts, er überließ die beiden Gefangenen ihren Gedanken.

27

Die Besprechung fand in einem Konferenzraum mit großem Panoramafenster statt. Deutlich war das nur zwei Lichtjahre entfernte Neungestirn zu sehen, das aus acht Sternen unterschiedlicher Spektralklassen bestand, die ein Schwarzes Loch mit drei Sonnenmassen umkreisten. Die *Antares* befand sich noch immer im interstellaren Raum, zusammen mit ihrer Eskorte, und lud die Superpositionatoren. Der nächste ausreichend große Abbreviator war sechzehn Lichtjahre entfernt, mit den Supos in vier Tagen erreichbar, und von dort aus konnte das Mutterschiff innerhalb weniger Minuten zum Ortmann-Cluster und in einigen Stunden selbst in weit entfernte Sektoren der Liga gelangen.

Dreißig Personen saßen am großen ovalen Tisch, allesamt Offiziere mit einem höheren Rang als Cameron. Die meisten von ihnen kannte er dem Namen nach, einigen war er bereits persönlich begegnet, wie zum Beispiel Sektoradmiral Son-Sonis mit dem weißen Haar und den roten Mikroerweiterungen in den Augen; Marschall Ivanna, noch immer so ernst und würdevoll wie vor siebzehn Jahren im Owal-System; Lujana, vom General zum Admiral befördert und mit ihrem glatten Gesicht noch immer recht jung aussehend; Sektoradmiral Reiroka vom Ortmann-Cluster, ein großer, fülliger Mann, der die Hände gern auf dem Bauch faltete und oft zurückgelehnt saß, die Augen halb geschlossen.

Hinzu kamen Admiral Karamosch, Befehlshaber des strategischen Korps, ein greisenhafter Mann von über achtzig Jahren, dessen wässrige, müde wirkende Augen über einen messerscharfen Verstand hinwegtäuschten; Marschall Icara, Befehlshaberin der *Antares* und der Zweiten Strategischen Reserve, eine sehr kluge, behutsam planende Frau, für die das Leben jedes einzelnen Soldaten zählte; Marschall Helenia, die kaum älter war als Lujana und die dunkelblaue Uniform der Abteilung Neun trug; und die Admiräle Rael und Gathos, beide vom Oberkommando der Streitkräfte.

Die übrigen Offiziere sah Cameron zum ersten Mal, und in den meisten Fällen kannte er nicht einmal ihre Namen, als Marschall Icara sie der Reihe nach vorstellte. Mit seinen vierunddreißig Jahren war er der Jüngste am Tisch. Der Älteste saß auf der anderen Seite, wenn man in seinem Fall von »sitzen« sprechen konnte: Porteus, über tausend Jahre alt, kein Mensch, sondern die holographische Repräsentation eines Denkers in Diensten des strategischen Korps. Es hieß von ihm, dass seine Existenz bis zum Erwachen echter Maschinenintelligenz gegen Ende des einundzwanzigsten Jahrhunderts zurückreichte.

»Liebe Waffenbrüder und Waffenschwestern«, sagte Icara nach der Vorstellung aller Anwesenden, »wir haben uns hier versammelt, um eine Entscheidung zu treffen, die den weiteren Verlauf des Krieges bestimmen könnte.«

Sie berührte eine der Schaltflächen vor ihr, und über dem Tisch erschien ein Hologramm mit einer schematischen Darstellung von Kern, Schale und Zirkumferenz. Zahlreiche eingeblendete Symbole markierten wichtige Sternsysteme, Abbreviatoren und die Verteilung der Vereinten Streitkräfte. Rote Keile durch die Zirkumferenz wiesen auf die letzten Vorstöße der Honta hin.

Cameron kannte verschiedene Varianten des Bilds und seiner Details. In Vorbereitung auf die Besprechung hatte er sie eingehend analysiert.

»Der Feind bereitet eine neue Offensive vor, darauf deuten alle Anzeichen hin«, fuhr Marschall Icara fort. »Wir gehen davon aus, dass sie die Sektoren Kradoi, Murtania und Yammawa in der Zirkumferenz betrifft.«

Im Hologramm über dem Tisch leuchteten die entsprechenden Symbole auf, begleitet von pulsierenden roten Kreisen, die feindliche Verbände symbolisierten.

»Aber diese drei Ziele des nächsten Großangriffs sind wahrscheinlich nur eine Zwischenstation für einen weiteren Vorstoß.« Ein neuer roter Keil bildete sich, wie ein Blitz, der von der weiten Zirkumferenz in die Schale führte, nach Torinth, Ibrakk, Utthammer und Coriander. »Vermutlich beabsichtigt der Feind, unsere Werften und größten Abbreviatoren zu vernichten. Ihr Verlust wäre ein harter Schlag für uns.«

»Wir müssen sie schützen«, warf Admiral Lujana ein. »Die Zweite Strategische Reserve sollte sofort in Bewegung gesetzt werden.«

»Vielleicht ist es ein Trick, der uns ablenken soll«, wandte Admiral Rael vom Oberkommando ein. Er sprach freundlich, oft mit einem angedeuteten Lächeln, aber wie Gathos sah er Soldaten und Schiffe vor allem als Zahlen in komplexen taktischen und strategischen Gleichungen. Vielleicht, dachte Cameron, durfte man nicht an das Leben einzelner Männer, Frauen und Kinder denken, wenn es um die ganze Menschheit ging.

Cameron hörte zu, während die hohen Offiziere am Tisch das Für und Wider der nächsten Honta-Offensive besprachen. Offenbar gab es zwei Lager oder sogar drei. Die erste Gruppe vertrat den Standpunkt, dass es der Feind tatsächlich auf Torinth, Ibrakk, Utthammer und Coriander in der Schale abgesehen hatte und der Angriff auf die drei genannten Sektoren in der Zirkumferenz nur der Ablenkung diente – die Vereinten Streitkräfte sollten veranlasst werden, dort ihre Flotten zusammenzuziehen und Reserven zu stationieren, damit der Weg zur Schale frei wurde. Die zweite Gruppe, zu der Admiral Rael vom Oberkommando gehörte, glaubte eher an ein Täuschungsmanöver, war sich aber nicht sicher, was der Feind damit erreichen wollte. Die Schweigenden bildeten eine dritte Gruppe: sieben oder acht Personen, die es vermieden, sich für die eine oder andere Seite zu entscheiden. Sie warteten ab, wer am Konferenztisch als Sieger hervorging.

Was Cameron sah und hörte, erinnerte ihn an Politik, nicht an ein Gremium für militärische Planungen, von dessen Entscheidungen das Schicksal ganzer Welten abhing. Selbst die anderen Spezialisten vom strategischen Korps schienen nur das kleine Bild zu sehen, in dem sie selbst und ihre Position eine Rolle spielten, und nicht das große Ganze, in dem die eigene Person keine Bedeutung mehr hatte.

Mit diesem Problem bekam er es nicht zum ersten Mal zu tun, aber hier an Bord der *Antares*, an diesem Tisch, präsentierte es sich ihm deutlicher als je zuvor. Früher, als Grindels Sohn und Soldat, war er davon ausgegangen, dass der Kampf gegen den Feind an erster Stelle kam, dass es immer und überall darum ging, die Honta daran zu hindern, Menschenwelten anzugreifen und sie zu zerstören. Doch als Offizier hatte er sich der Erkenntnis stellen müssen, dass der Krieg nach all den Jahrhunderten eine selbstverständliche Konstante für die Streitkräfte geworden war, ein Instrument und auch eine Messlatte für persönliche Bestrebungen, Ehrgeiz und Ambitionen. Natürlich ging es um Sieg oder Niederlage, das verlor niemand aus dem Auge, doch es ging *auch* darum, wie und wo man am besten Karriere machen und an Einfluss gewinnen konnte.

Für den Ältesten am Tisch existierten derartige Erwägungen nicht. Davon ging Cameron zumindest aus. Wie die Unentschlossenen, Vorsichtigen und Abwartenden der dritten Gruppe blieb Porteus stumm. Er erweckte den Eindruck, konzentriert zu-

zuhören, aber angesichts der gewaltigen Verarbeitungskapazität des Denkers galt vermutlich nur ein winziger Bruchteil seiner Aufmerksamkeit dem Geschehen im Konferenzraum. Womit beschäftigte er sich? Worüber dachte der alte Denker aus der Anfangszeit der Maschinenintelligenz nach? Warum hatte er beschlossen, seine Dienste dem strategischen Korps anzubieten?

Cameron beobachtete Porteus gelegentlich und sah, wie er manchmal in der Art eines echten, lebenden Menschen mit einem Nicken auf Kommentare und Bemerkungen reagierte, die er offenbar für richtig hielt. Einmal trafen sich ihre Blicke, und für einen seltsamen Moment schienen die Augen des Denkers so groß zu werden, dass er in ihnen versinken konnte.

Reiroka, Sektoradmiral des Ortmann-Clusters, saß wie üblich weit zurückgelehnt, mit den Händen auf dem Bauch, der sich unter seiner Uniformjacke abzeichnete, und die Augen halb geschlossen. Er wirkte gelangweilt.

»Wir haben einen Spezialisten unter uns, nicht wahr?«, brummte er laut. »Ein großes strategisches Talent, wie man hört. Selbst Porteus scheint von ihm beeindruckt zu sein, immerhin schlug er seine Teilnahme an unserer Besprechung vor. Kommandeur Cameron, wie beurteilen Sie die Situation?«

Cameron legte eine Datenfolie auf das Eingabefeld vor ihm in der Tischoberfläche. Die Darstellungen des Hologramms veränderten sich. Neue Symbole erschienen, zusammen mit drei roten Pfeilen. Einer zeigte auf den Ortmann-Cluster und bekam dort mehrere Verzweigungen, die den Cluster mit Torinth, Ibrakk, Utthammer und Coriander in der Schale verbanden. Die beiden anderen Pfeile, dicker und heller als der erste, zeigten auf die Erde im Zentrum der Liga. Einer kam von außerhalb der Zirkumferenz, der andere hatte seinen Ursprung in der Schale, im interstellaren Raum, Lichtjahre von der nächsten Menschenwelt entfernt.

»Ich glaube, dass die entscheidende Phase des ganzen Krieges unmittelbar bevorsteht«, sagte Cameron. »Der Feind wird den Ortmann-Cluster und auch Torinth, Ibrakk, Utthammer und Coriander angreifen, aber es handelt sich in beiden Fällen um Ablenkungsmanöver. Dort ist das wahre Angriffsziel.«

Cameron hob die Hand, und das Hologramm reagierte. Ein Zoom richtete sich auf die Mitte der Liga. Ein blauer Planet erschien und drehte sich langsam.

Die Erde.

»Es wird ein massiver Vorstoß sein, der größte Angriff in der bisherigen Geschichte des Krieges«, erklärte Cameron. »Der Feind wird versuchen, uns endgültig zu besiegen. Er will uns die Erde nehmen, unser Herz.«

»Was veranlasst Sie zu dieser Annahme, Kommandeur?«, fragte Marschall Icara.

Cameron berührte die dünne Folie auf dem Eingabefeld. Datenkolonnen füllten das Hologramm.

»Ich habe alle wichtigen militärischen Meldungen und Berichte der vergangenen Jahre mit neuen Bewertungsmaßstäben analysiert. Der Feind begann mit den Vorbereitungen für diesen entscheidenden Vorstoß mit der Falle auf Karunna im Owal-System, vor siebzehn Jahren. Mit dem falschen Nest.«

»Ein Planetenfresser hat Karunna zerstört«, warf Admiral Lujana ein, »das wissen Sie ebenso gut wie ich, Kommandeur. Sie waren dabei, Sie haben es gesehen.«

»Ja, ich war dabei«, bestätigte Cameron und erinnerte sich an Grindel und Kora. »Ja, ich habe es gesehen. Und daher weiß ich, worum es dem Feind auf Karunna ging: um die Entführung von Menschen, um einen Test. Seitdem sind weitere Menschen verschwunden, vom Feind verschleppt. Die Überlebenden sind innerlich zu Honta geworden, von ihnen übernommen. Zwei von ihnen befinden sich an Bord der *Antares*, General Lasko von Temeran und Tonka von Kalawitt Neunzehn. Ich habe mit ihnen gesprochen.«

»Haben sie Ihnen vom Angriff auf die Erde erzählt?«, fragte Lujana bissig.

Ihre Feindseligkeit hatte seit Karunna nicht nachgelassen, stellte Cameron fest. »Sie haben behauptet, General Lasko und Tonka zu sein. Die Übernommenen seien nur ein Mythos.«

»Vielleicht stimmt das. Vielleicht ist Ihr damaliger Bericht über das falsche Nest auf Karunna fehlerhaft.«

Cameron ließ sich nicht aus der Ruhe bringen. »Ich habe mich damals nicht geirrt, und ich irre mich auch jetzt nicht. Die Amygdala-Signatur hat die beiden Gefangenen eindeutig identifiziert. Und wenn das nicht genügt: Ich habe auf Honta mit ihnen gesprochen.«

Lujana hob die Brauen. »Und haben sie Ihnen geantwortet?«

»Nicht mit Worten, weder in unserer Sprache, noch in der des Feindes«, erwiderte Cameron. »Und trotzdem gaben sie Antwort, ja.«

Erneut berührte er die Datenfolie, und wieder kam Veränderung in das Hologramm über dem Tisch. Sie zeigten ein doppeltes Zackenmuster. »Das ist die Hirnaktivität der beiden Gefangenen. Meine Honta-Worte haben eine starke emotionale Reaktion hervorgerufen. Sie bestand aus Zorn.«

»Was haben Sie gesagt?«, fragte der greisenhafte Admiral Karamosch.

»Meine Worte lauteten: ›Ich weiß von eurem Plan, die Erde anzugreifen.‹«

»Es könnte Zufall sein«, wandte Admiral Gathos vom Oberkommando ein.

»Das könnte es tatsächlich«, sagte Cameron. »Aber die Wahrscheinlichkeit ist gering.«

»Ein Indiz, mehr nicht«, behauptete Lujana. Einige der anderen Offiziere nickten.

Das große Bild, dachte Cameron. Nicht das kleine. Das große Ganze. »Es sind viele Indizien, Admiral. Ich glaube nicht, dass wir es uns leisten können, sie alle zu ignorieren.« Er rückte die Folie auf dem Eingabefeld ein wenig zur Seite, und die Datenkolonnen kehrten ins Hologramm zurück. »Ich gehe davon aus, dass Übernommene in Schlüsselstellungen die bevorstehende Invasion unterstützen und erleichtern sollen. Diesen Punkt dürfen wir auf keinen Fall unterschätzen.« Er sah sich am Tisch um. »Wir haben Verräter in unseren eigenen Reihen.«

»Meinen Sie *uns?*«, zischte Lujana.

»Was schlagen Sie vor?«, fragte die ernste, würdevolle Ivanna.

»Eine sofortige Dringlichkeitsnachricht an alle Kommandostellen der Streitkräfte«, sagte Cameron. »Sondierung aller Soldaten und Offiziere, ohne Ausnahme. Wir müssen absolut sicher sein, dass wir unseren Waffenbrüdern und Waffenschwestern trauen können.«

Wieder bewegte er die Hand auf der Datenfolie. Im Hologramm erschien ein grünes Symbol.

»Die Anwesenden sind bereits sondiert«, fügte Cameron hinzu. »Hiermit wird bestätigt, dass sich keine Übernommenen in diesem Raum befinden.«

»Haben Sie etwas anderes erwartet, Kommandeur?«, fragte Lujana scharf.

»Nein, Admiral«, antwortete Cameron. »Aber es ist in jedem Fall besser, Gewissheit zu haben.« Er wandte sich wieder an Marschall Ivanna. »Außerdem schlage ich die Verlegung der vierten, fünften und zwölften Flotte in den Kern vor, in die Nähe der beiden Abbreviatoren Triax Fünf und Kamax Sieben. Von dort aus lassen sich sowohl die Erde als auch der Ortmann-Cluster in kurzer Zeit erreichen. Die Sechste und Siebte Flotte sowie zwei Strategische Reserven sollten nach Torinth, Ibrakk, Utthammer und Coriander beordert werden. Damit es so aussieht, als hielten wir den ersten Vorstoß für ein Täuschungsmanöver und den zweiten für echt.«

Reiroka, Sektoradmiral des Ortmann-Clusters nickte anerkennend. »Wir könnten dem Feind im Kern eine Falle stellen.«

»Wir müssen bereit sein«, sagte Cameron. »Die Erde darf nicht fallen.«

Die Erde, dachte er und sah vor dem inneren Auge Ozeane und Inseln, die einst Berggipfel gewesen waren. Er sah eine Bibliothek, die ihm die Geschichte der Erde gezeigt hatte, einen kleinen Teil davon, und er sah eine Frau etwa in seinem Alter, in dunkler Hose und cremefarbener Bluse, das rotblonde Haar schulterlang, das Gesicht voller Sommersprossen.

»Kommandeur?«

Cameron blinzelte. »Ich bitte um Entschuldigung.«

»Ich habe Sie nach den neuen Bewertungsmaßstäben gefragt, die Grundlage Ihrer Analysen waren«, sagte Lujana. »Von wem stammen sie? Von den Denkern?«

»Sie stammen von mir«, antwortete Cameron. »Ich habe sie selbst entwickelt.«

Lujana wölbte die Brauen. »Glauben Sie, mehr leisten zu können als ein Denker?«

»Er hat ein besonderes Talent«, erinnerte Porteus.

Lujana nickte der holographischen Gestalt zu. »Mag sein. Aber sollen wir uns allein darauf verlassen? Wir alle kennen die Daten, Sie haben sie ebenfalls analysiert, Porteus, und keine Anzeichen eines bevorstehenden Angriffs auf die Erde gefunden. Oder irre ich mich da?«

»Sie irren sich nicht«, räumte der Denker ein.

»Na bitte!« Es klang fast triumphierend.

»Ich bin sicher, dass die Ergebnisse meiner Auswertungen richtig sind«, sagte Cameron.

»Was gibt Ihnen diese Gewissheit?«, fragte Lujana herausfordernd. »Abgesehen von Ihrem Talent.«

Es stimmte, dachte Cameron. Es passte alles zusammen. Es ging über Zahlen und Wahrscheinlichkeiten hinaus.

»Strategische Intuition«, sagte er.

Lujanas Brauen wölbten sich noch weiter nach oben. »Intuition?« Sie wandte sich an die anderen Offiziere. »Das ist *Unsinn.* Er mag noch so talentiert sein, aber wir können uns nicht auf reine Spekulation verlassen. Wenn wir seinem Vorschlag folgen, wären der Ortmann-Cluster«, sie nickte Reiroka zu, »sowie mehrere Sektoren der Schale einem Angriff praktisch schutzlos ausgeliefert. Unsere Flotten und Reserven wären im Kern, und mit ihrem Transfer in die Kampfzonen ginge kostbare Zeit verloren.«

»Was schlagen *Sie* vor?«, fragte Reiroka, Sektoradmiral des Ortmann-Clusters. Er hatte die Augen noch immer halb geschlossen.

»Ich schlage vor, dass wir bei unseren ursprünglichen Plänen bleiben«, sagte Lujana sofort. »Es gilt, sowohl Ortmann als auch Torinth, Ibrakk, Utthammer und Coriander zu schützen. Wir haben in den vergangenen Jahren mehrere wichtige Erfolge erzielt, nicht nur bei der Verteidigung unserer Welten. Es gelang auch, drei wichtige Stützpunkte des Feindes in der Zirkumferenz zu vernichten. Er hat nicht die Schlagkraft für einen massiven Vorstoß in den Kern. Was Kommandeur Cameron entdeckt zu haben glaubt, könnte ein besonders subtiles Ablenkungsmanöver sein, geschaffen für ein spezielles strategisches Talent.« Sie ließ den letzten Worten ein spöttisches Lächeln folgen.

»Vielleicht sollten wir dennoch unsere Streitkräfte im Kern verstärken«, warf Admiral Rael vom Oberkommando mit seiner freundlichen Stimme ein. »Indem wir die Sechste Flotte und eine Strategische Reserve nach Triax Fünf und Kamax Sieben schicken. Nur um ganz sicher zu sein. Die Verteidigung der Schale wird dadurch nicht geschwächt«, fügte er hinzu, um Einwänden zuvorzukommen.

Es gefiel Lujana nicht, das sah Cameron, aber sie fügte sich. Einige Sekunden lang dachte er über die Möglichkeit nach, dass sich bei der Sondierung der Offiziere ein Fehler eingeschlichen hatte. War Admiral Lujana vom Feind übernommen? Hatten es die Honta damals auf Karunna irgendwie geschafft, sie zu infizieren? Erklärte das ihre Feindseligkeit und die Weigerung, das Zentrum der Liga, die Erde, zu verteidigen?

Nein, überlegte Cameron, wahrscheinlich steckte Politik dahinter. Der individuelle, egoistische Wunsch nach Aufstieg in der militärischen Hierarchie, nach Anerkennung und Bedeutung. Lujanas Ego war größer als ihre Vernunft.

Und ihre Worte fanden ein Echo bei anderen Offizieren. Niemand von ihnen wollte den Analysen eines Kommandeurs vertrauen, zumal die Berechnungen eines Denkers zu einem anderen Ergebnis gekommen waren. Eine halbe Stunde lang wurden Maßnahmen und Flottenbewegungen diskutiert, und die Entscheidung fiel schließlich gegen Camerons Vorschläge aus.

Er blieb wie benommen am Tisch sitzen, als Marschall Icara die Besprechung offiziell für beendet erklärte, und beobachtete, wie die Mitglieder des Oberkommandos und des strategischen Korps den Konferenzraum verließen. Schließlich saßen nur noch er und Porteus am Tisch.

»Sie sind enttäuscht«, sagte der holographische Denker.

Cameron konnte es nicht leugnen. Er hatte lange und sehr intensiv an seinen Analysen gearbeitet, und darauf wies er auch hin.

»Ich habe die Daten geprüft«, sagte Porteus mit seiner tiefen Stimme. »Ebenso Ihre neuen Bewertungsmethoden. Sie geben einzelnen Feindsichtungen ungewöhnlich viel Gewicht. Das gilt auch für planetare Gefechte, die für das Oberkommando nicht mehr sind als Randerscheinungen des Krieges.«

»Vielleicht ist es meine *Ahnung*«, erwiderte Cameron bitter. »Mein *Gefühl*.«

»Ihre Intuition«, fügte Porteus hinzu.

»Ja!«

»Ich kann menschliche Emotionen simulieren«, erklärte der Denker. »Ich kann sie nachempfinden, um Aufschluss über sie zu gewinnen. Und ich weiß natürlich, dass Gefühle bei den Entscheidungen von Menschen eine wichtige Rolle spielen. Admiral Lujana bietet ein gutes Beispiel dafür.«

»Sie verhält sich mir gegenüber feindselig, so war es von Anfang an.«

Die Tür des Konferenzraums schloss sich. Sie waren allein.

»Ich kenne auch die Werkzeuge der Diplomatie und guter Beziehungen«, sagte Porteus.

»Wollen Sie damit andeuten, dass ich nicht diplomatisch genug war?« Cameron nahm die Datenfolie vom Eingabefeld vor ihm. Das Hologramm über dem Tisch verschwand.

»Manchmal genügt es nicht, die Wahrheit auf seiner Seite zu haben«, sagte Porteus. »In der Vergangenheit hatten Sie oft recht mit Ihren strategischen Einschätzungen, und wenn Sie falschlagen, so betraf dies fast immer nur Details. Viele Soldaten verdanken Ihnen Ihr Leben.«

»Ich bin sicher, dass ich auch diesmal recht habe«, bekräftigte Cameron. »Der Feind wird die Erde und die anderen zentralen Welten angreifen.«

»Bei Menschen bedeutet Intuition die unbewusste Verarbeitung von Informationen«, erklärte Porteus. »Ihre Sinne empfangen ständig Daten, und ein Teil Ihres Gehirns ist darauf trainiert, das Wichtige vom Unwichtigen zu trennen. Was dieser Wahrnehmungsfilter für unwichtig hält, geht nicht etwa verloren, es erreicht nur nicht das Bewusstsein. Es sammelt sich darunter an, vom Unterbewusstsein sortiert, wie die Mosaiksteine eines unvollständigen Bilds, und wenn genug Informationen vorhanden sind, wenn sich die einzelnen Mosaiksteine zu einem Bild zusammenfügen, bahnt es sich einen Weg zum Bewussten.«

Cameron sprach einen früheren Gedanken laut aus. »Das große Bild. Nicht das kleine. Das große Ganze.«

»Ja, das große Ganze.« Porteus stand auf und trat langsam um den Tisch herum. »Eine Situation, die die ganze Liga betrifft, nicht nur einzelne Sternsysteme oder Sektoren. Vielleicht haben Sie Dinge gesehen, die anderen verborgen blieben.«

»Auch Ihnen?«

»Auch mir und den anderen Denkern. Vielleicht sind Ihre Bewertungen richtig.«

Cameron stand ebenfalls auf, als Porteus neben ihm stehen blieb. »Ist es nicht ein bisschen spät, auf diese Möglichkeit hinzuweisen?«

»Kommt darauf an«, erwiderte der Denker. »Sprechen Sie mit Admiral Rael. Er erwartet Sie in einer halben Stunde. Kommandeur …« Porteus nickte ihm zu und verschwand.

28

Admiral Rael empfing Cameron in seiner Kabine. Er saß auf einem einfachen Stuhl an einem einfachen Tisch, mit Datenfeldern und Diagrammen an drei von vier Wänden. Die Wand hinter ihm zeigte eine graue Felswand und einen Wasserfall, der offenbar Hunderte Meter in die Tiefe stürzte, in einen blaugrünen See.

Rael deutete auf den Stuhl vor seinem Tisch. »Setzen Sie sich, Kommandeur«, sagte er und klang wie immer freundlich.

Cameron nahm Platz. »Ich bin hier …«

»Weil Porteus Sie zu mir schickt«, sagte Rael. »Ich weiß. Er hat mich gebeten, mit Ihnen zu sprechen, und wer könnte einem Denker wie ihm eine Bitte ausschlagen? Er stammt aus der Anfangszeit. Er dachte schon, als noch nicht einmal die Solare Union existierte. Mir scheint, er schätzt Ihr Talent sehr hoch ein. Vielleicht hält er es sogar für möglich, dass Ihnen Dinge durch den Kopf gehen, die nicht einmal er denken kann.«

Admiral Rael vom Oberkommando der Vereinten Streitkräfte schien diese Vorstellung für amüsant zu halten, denn er lächelte.

Cameron betrachtete den Wasserfall an der Wand hinter dem

Admiral. Etwas Hypnotisches ging von den endlos in die Tiefe stürzenden Wassermassen aus.

Rael warf einen kurzen Blick über die Schulter. »Ein Bild von meiner Heimatwelt Pherana, nur neunzehn Lichtjahre von der Erde entfernt«, erklärte er. »Das Bild soll mich daran erinnern, woher ich komme und was es bedeutet, hier draußen zu sein.« Er seufzte leise. »Ich möchte vermeiden, dass meine Heimat verbrennt wie Karunna. Oder wie Harkonia.«

»Der Feind wird angreifen«, sagte Cameron mit der Kraft der Überzeugung. »Er wird in den Kern vorstoßen. Sein Ziel ist die Erde.«

Rael musterte ihn. »Sie glauben wirklich daran, nicht wahr?«

»Ich habe keinen Zweifel«, erwiderte Cameron.

»Im Konferenzraum haben wir uns alles angehört und eine Entscheidung getroffen.«

»Es war die falsche Entscheidung«, sagte Cameron. »Sie bringt die Erde in große Gefahr.« Gab es noch eine Möglichkeit, die Einsatzbefehle zu revidieren? Cameron schöpfte plötzlich Hoffnung. »Wir können die Anzahl der Übernommenen kaum abschätzen, aber es gibt Anzeichen dafür, dass Schlüsselpositionen vom Feind unterwandert sind. Das schwächt uns zusätzlich.«

»*Sie* sehen Anzeichen dafür«, stellte Rael fest. »Andere halten dieses Problem für weniger dramatisch.«

»Siebzehn Jahre«, sagte Cameron. »So viel Zeit hatte der Feind seit Karunna, weitere Menschen unter seine Kontrolle zu bringen und die Invasion vorzubereiten. Ein doppeltes Täuschungsmanöver soll uns ablenken, und vielleicht sind die Honta bereit, viele ihrer Schiffe und Soldaten zu opfern. Vielleicht sind sie bereit, diesen Preis für die Erde zu zahlen.«

»Ein Großangriff, ohne Rücksicht auf Verluste.«

»Ja.«

»Warum ausgerechnet jetzt?«, fragte Rael.

Cameron zögerte, doch dann beschloss er, ganz offen zu sein.

»Die ehrliche Antwort lautet: Ich weiß es nicht. Vermutlich glauben die Honta, dass sie bereit sind. Oder sie halten die Umstände für günstig. Es könnte ein Zusammenhang mit den seltsamen ... Asynchronitäten bestehen, die ich in den letzten Jahren bemerkt habe.«

»Asynchronitäten?«

»Manche Einsatzgruppen des Feindes scheinen weniger zu wissen als andere«, erklärte Cameron, der immer wieder darüber nachgedacht hatte. »Sie gehen ungeschickt vor, obwohl sie es eigentlich besser wissen sollten. Wieder andere scheinen uns um zwei oder drei Schritte voraus zu sein, als wüssten sie genau über uns Bescheid.«

Der Admiral nickte langsam. »Woran könnte das Ihrer Meinung nach liegen?«

»Ich vermute, es gibt verschiedene Königinnen mit unterschiedlich viel Erfahrung und Weitblick«, sagte Cameron. »Vielleicht auch mit unterschiedlichem strategischem Geschick. Deshalb konnten wir manchmal in schwierigen Situationen Erfolge erzielen, weil der Feind Fehler machte. Und bei anderen Gelegenheiten schlug er uns mit überraschender Schläue.«

Rael nickte erneut. »Was hat das mit der gegenwärtigen Situation zu tun?«

»Seit einigen Monaten geht die Anzahl dieser Asynchronitäten stark zurück«, führte Cameron aus. »Ich ziehe daraus den Schluss, dass sich die Königinnen synchronisieren.«

Der Admiral dachte darüber nach, während hinter ihm der Wasserfall über die hohe Felswand stürzte. »Wir wissen aus bitterer Erfahrung, wie gefährlich die Synchronisation des Feindes ist. Er braucht keine funktionsfähigen Kommunikationssysteme, um den einzelnen Truppenteilen Anweisungen zu übermitteln. Wo auch immer synchronisierte Soldaten kämpfen, ihre Aktionen sind perfekt aufeinander abgestimmt.«

»Ganze synchronisierte Flotten des Feindes, unter dem Befehl synchronisierter Königinnen«, betonte Cameron. »Und sie werden die Erde angreifen.«

»Im Konferenzraum haben Sie nicht darauf hingewiesen«, stellte der Admiral fest. »Und in Ihren Daten ist keine Rede davon.«

»Weil Beweise fehlen«, gestand Cameron ein.

»Sie wollten Admiral Lujana nicht noch mehr Grund geben, Ihre Ausführungen zu kritisieren.«

Cameron überlegte sich seine nächsten Worte gut. »Sie hat meine Arbeit nie sehr zu schätzen gewusst.«

»Ganz im Gegenteil zu Porteus«, sagte Rael. »Er ist mit seinen Berechnungen zu einem anderen Ergebnis gekommen, und doch schließt er sich Ihren Empfehlungen offenbar an. Deshalb hat er Sie zu mir geschickt. Damit Sie mich überzeugen.«

»Wie *kann* ich Sie überzeugen?«, fragte Cameron.

»Nun, Fakten wären nicht schlecht.«

»Die Fakten werden zeigen, dass ich recht habe«, sagte Cameron. »Und wenn wir bis dahin einfach nur abgewartet haben, anstatt Vorbereitungen zu treffen, könnte es für die Erde zu spät sein.«

»Sind Sie wirklich so überzeugt, wie Sie sich geben, Kommandeur?«

Wieder zögerte Cameron, und wieder wählte er den Weg der Offenheit. »Niemand von uns kann mit absoluter Gewissheit sagen, was die Zukunft bringen wird. Niemand von uns kann die Zukunft *sehen*. Aber wir sind sehr wohl in der Lage, Prognosen zu erstellen und Wahrscheinlichkeiten zu berechnen.«

»Und auf unsere Intuition zu hören?«

»Wenn sie auf langjährigen Erfahrungen beruht, sollten wir das tun, oder?«

Rael faltete die Hände auf dem Tisch. »Ich habe allergrößten Respekt vor den Denkern und bin sehr, sehr dankbar, dass sie uns helfen. Sie wissen mehr und verstehen mehr, und sie denken viel, viel schneller als wir. Manchmal frage ich mich, warum sie sich überhaupt mit uns einlassen. Im Vergleich mit ihnen sind wir intellektuelle Zwerge, geistige Winzigkeiten. Wenn einer dieser Denker, noch dazu der mehr als tausend Jahre alte Porteus, dazu rät, Ihren Empfehlungen zu folgen, so ist das für mich Grund genug, meinen Standpunkt zu überdenken. Porteus vertraut Ihnen, und deshalb vertraue ich Ihnen ebenfalls, Kommandeur.«

»Wollen Sie versuchen, Oberkommando und strategisches Korps umzustimmen?«, fragte Cameron hoffnungsvoll.

»Ich habe meine eigenen Befugnisse«, sagte Rael mit Nachdruck. »Ich kann nicht alle zur Verfügung stehenden Verbände der Streitkräfte in den Kern beordern, in die Nähe der Erde, aber ich kann sehr wohl dafür sorgen, dass wir bereit sind. Ich schicke die mir unterstehenden Flotten zu den Abbreviatoren Triax Fünf und Kamax Sieben. Für eine ... militärische Übung. Dagegen kann niemand Einwände erheben, nicht einmal Admiral Lujana. Von dort aus sind meine Schiffe in der Lage, den inneren Kern innerhalb weniger Minuten oder höchstens einigen Stunden zu erreichen, falls dies nötig erscheinen sollte.«

»Größere Flottenverbände und der Einsatz der Strategischen Reserven ...«, begann Cameron.

»Wären besser. Ja, ich weiß.« Rael stand auf und gab damit zu erkennen, dass das Gespräch beendet war. »Mehr ist immer besser, Kommandeur. Aber dies dürfte besser sein als nichts, oder? Meine Flotten werden spezielle Anweisungen erhalten. Sie werden bereit sein, falls der Feind tatsächlich versuchen sollte, zur Erde vorzustoßen.«

»Danke, Admiral.« Cameron grüßte militärisch und ging zur Tür.

»Und noch etwas, Kommandeur«, fügte Rael hinzu. »Sie gehören weiterhin zum strategischen Korps, aber ab sofort unterstehen Sie direkt dem Oberkommando der Streitkräfte. Ich ernenne Sie hiermit zum strategischen Spezialisten meines Stabs.«

Das kam einer Beförderung gleich. »Danke, Admiral.«

»Wann wird der Feind Ihrer Meinung nach mit der Invasion beginnen, Stabsoffizier Cameron?«

»Noch in diesem Jahr, Admiral.«

»Also in wenigen Wochen.«

»Ja, Admiral.«

»Dann sollten wir uns besser mit den Vorbereitungen beeilen«, sagte Rael.

Die Tür öffnete sich, und Cameron ging.

SIEG UND NIEDERLAGE

Cameron: 35. Januar 3261 Terrastandard
In der Liga

29

Mitte Dezember des Jahres 3260 Terrastandard griffen die Honta den Ortmann-Cluster in der Zirkumferenz an. Doch die Flotten und Strategischen Reserven der Vereinten Streitkräfte waren darauf vorbereitet, die hundertneunzehn von Menschen bewohnten Welten dort zu verteidigen, und nahmen den Kampf auf. In mehreren Fällen gelang es dem Feind, Landegruppen auf Planeten abzusetzen, aber sie konnten schnell isoliert und eliminiert werden. Nur einen Tag nach Beginn des Angriffs meldete Sektoradmiral Reiroka, dass nicht eine Ortmann-Welt gefallen war.

Zwei Tage später erfolgte der Angriff auf Torinth, Ibrakk, Utthammer und Coriander in der Schale. Mehr als dreihundert Schiffe setzte der Feind ein, darunter vierzig Taipane und vier riesige Anakondas, eine für jedes separate Angriffsziel.

Oberkommando und strategisches Korps sahen die Einschätzung von Marschall Icara bestätigt, die davon ausgegangen war, dass es der Feind nicht in erster Linie auf den Ortmann-Cluster abgesehen hatte, sondern auf die vier Sonnensysteme mit den für die Liga so wichtigen Abbreviatoren. In einer nahezu in Echtzeit stattfindenden Lagebesprechung per Digit bekräftigte Admiral Lujana ihren Standpunkt, wonach alle Verteidigungsbemühungen auf die vier Sternsysteme mit Torinth, Ibrakk, Utthammer und Coriander konzentriert werden müssten. Einen Angriff auf den Kern und gar auf die Erde werde es nicht geben.

Sie irrte sich.

Am 19. Dezember 3260 Terrastandard griff der Feind in der Schale an, in Dutzenden Systemen gleichzeitig und mit der größten Streitmacht, die seit Beginn des Krieges vor vierhundert Jahren beobachtet worden war. Erebus und Zathura fielen bereits in den ersten Stunden des massiven Vorstoßes, zwei der ältesten von Menschen besiedelten Welten, und es folgten Golka und Turamah.

Das überraschte Oberkommando schickte alle zur Verfügung stehenden Flottenverbände und Strategischen Reserven zum Kern, aber es war klar, dass sie die Innenwelten zu spät erreichen würden. Zum Glück fanden militärische Übungen unweit der beiden Abbreviatoren Triax Fünf und Kamax Sieben statt, die zwar dreihundertsiebenundvierzig beziehungsweise zweihundertneunzehn Lichtjahre von der Erde entfernt waren, von wo aus aber ein besonders schneller Transit möglich war. Vier von Admiral Rael befehligte Flotten brachen sofort auf, um den Feind abzufangen. Unter großen Verlusten stellten sie sich der gewaltigen Übermacht der Honta und hinderten sie daran, bis zur Erde vorzustoßen. Es gelang ihnen, den Feind lange genug aufzuhalten, bis die vom Oberkommando entsandten Verbände den Kern erreichen konnten.

Mehrere Wochen lang fanden erbitterte Gefechte statt, im interplanetaren und interstellaren All ebenso wie auf zahlreichen Planeten und Monden. Immer wieder erschien der Feind wie aus dem Nichts, in der Nähe von Abbreviatoren und auch weit von ihnen entfernt. Aber er verschwand auch wieder, er zog sich zurück, wenn der Widerstand, auf den er stieß, zu groß wurde.

Die Erde blieb verschont, am Himmel über ihren Ozeanen erschienen keine Skitter, die sich zu Raumschiffen der Honta zusammensetzten. Es fiel kein Feuer, nichts verbrannte. Andere Innenwelten wurden ebenfalls nicht vom Feind erreicht.

Was vor allem den vier von Admiral Rael entsandten Flotten zu verdanken war. Ihr schneller Einsatz gab den Streitkräften

Zeit genug, weitere Verbände in den Kern zu transferieren. Das Schlimmste konnte gerade noch verhindert werden.

Die Invasion der Honta scheiterte.

Oder auch nicht. Die von ihnen angerichteten Zerstörungen waren immens. Der ökonomische und militärische Schaden ließ sich kaum beziffern, und der Verlust an Menschenleben war katastrophal - manche Welten hatten die Hälfte ihrer Bevölkerung verloren. Wenn man diese Maßstäbe anlegte, hatte der Feind einen großen Sieg errungen.

Den Vereinten Streitkräften der Liga war es gelungen, einen massiven Vorstoß des Feindes zur Erde aufzuhalten und abzuwehren. Zweifellos ein Erfolg, aber in diesem Sieg lagen auch deutlich erkennbare Niederlagen, eine Schwächung der Liga und ihrer Verteidiger.

Man konnte siegen und doch verlieren.

30

Cameron verbrachte den Dezember des Jahres 3260 und die ersten beiden Wochen des neuen Jahres in der interstellaren Raumstation Lanza, dem Verwaltungszentrum für den Abbreviator Triax Neunzehn, dreihundertsiebenundsiebzig Lichtjahre von der Erde entfernt. Triax Neunzehn war ein Mittelstrecken-Abbreviator und noch dazu recht langsam, eignete sich also nicht für den Transfer von Truppen in die Nähe der Erde. Dennoch entschied der Kommandeur von Lanza, die redundanten Module des Abbreviators hochzufahren und seine Kapazität somit zu verdoppeln. Mehr als dreißig Schiffe gingen in den Transit, hauptsächlich Korvetten und Karavellen. Zurück blieben der Zerstörer *Dobor*, für die Verteidigung von Station und Abbreviator, sowie der achthundert Meter große schwere Kreuzer *Splenda* vom strategischen Korps, der Cameron zur Verfügung stand.

Vom breiten Fenster seines großen Arbeitszimmers an Bord der Raumstation sah er beide Schiffe, die *Dobor* über dem Abbreviator und den Kreuzer darunter. Triax Neunzehn durchmaß mit seinen Spindeln, Spiralen, Auslegern und Dutzenden von Maschinendornen gut fünf Kilometer. Hinzu kamen die Ringelemente von Sender und Empfänger, zusammen fast zwanzig Kilometer lang. Lichter schimmerten und flackerten dort, wenn der Abbreviator Schiffe aus einer Entfernung von Hunderten Lichtjahren empfing und sie weiterschickte oder entließ, damit sie den Flug unabhängig von Brücken mit ihren Superpositionatoren fortsetzen konnten.

Der nahe Abbreviator gab Cameron bei seiner Arbeit einen unschätzbaren Vorteil, denn per Digit-Verbindung empfing er militärische Berichte mit minimaler Verzögerung. Dass sich seine Einschätzung der strategischen Situation als richtig erwies, bereitete ihm keine Genugtuung, ganz im Gegenteil. Er verbrachte viele sorgenvolle Stunden damit, die zahlreichen Meldungen auszuwerten, die Triax Neunzehn per Digit von den Innenwelten erreichten, und sie zu einem Bild von der Situation zusammenzusetzen, zu einem großen Ganzen, in dem er nach Hinweisen auf neue Entwicklungstendenzen suchen konnte.

Hudson half ihm dabei, ein zwanzig Zentimeter großer Mikronaut, Simulacrum der Denksubstrate, die die Bordsysteme des schweren Kreuzers kontrollierten: ein kleiner Denker im Vergleich mit Porteus, aber extrem hilfreich bei der Auswertung der Daten und ein intelligenter Gesprächspartner, wenn Cameron seine Gedanken sortieren musste und jemanden zum Reden brauchte. Hudson wurde zu seinem ständigen Begleiter und für ihn immer mehr zu … Hudson, einem unabhängigen Geschöpf, einer Person.

Der silberne Mikronaut in Gestalt eines kleinen Menschen bewegte sich normalerweise mittels eines Gravitators, der Teil seines Körpers war. Nun aber saß er neben einem der holographischen Anzeigefelder auf Camerons Schreibtisch und lauschte dem Datenflüstern der Digit-Verbindungen.

»Die *Antares* ist beim Wega-System verlorengegangen«, sagte er mit seiner tiefen Stimme.

»Ein Mutterschiff«, murmelte Cameron und erinnerte sich an Marschall Icara, Befehlshaberin der *Antares* und der Zweiten Strategischen Reserve. »Und es ist nicht das einzige. Wir haben auch die *Beteigeuze, Deneb* und *Regulus* verloren.«

»Es ist ein Pyrrhussieg, wenn Sie mich fragen«, sagte Hudson.

Der Begriff stammte aus den Tiefen der irdischen Vergangenheit, wusste Cameron. »Ein Sieg, der in Wirklichkeit einer Niederlage gleichkommt.«

Der kleine silberne Mann auf dem Schreibtisch nickte. »Die Honta haben große Verluste erlitten ...«

»Mehr als vierhundert Schiffe«, sagte Cameron. »Vielleicht sogar mehr als fünfhundert.«

»... aber die Liga ebenso, und das in einem gefährlichem Ausmaß«, brachte Hudson den begonnenen Satz zu Ende. »Es könnte Teil eines langfristigen Plans des Feindes sein. Möglicherweise ging es ihm vor allem darum, die Verteidigung im Kern auf die Probe zu stellen und die Vereinten Streitkräfte zu schwächen.«

Cameron stand langsam auf. Die holographischen Anzeigefelder vor und über dem breiten Schreibtisch passten sich seinem neuen Blickwinkel an.

»Ich habe bereits darüber nachgedacht.« Er trat zum Fenster und sah nach draußen ins All, zum Abbreviator und den beiden Schiffen über und unter ihm. »Es ist ein Gedanke, der mir nicht gefällt.«

»Eine menschliche Redewendung«, diagnostizierte das silberne Simulacrum, das noch immer auf dem Schreibtisch saß. »Es bedeutet so viel wie: Ihnen gefallen die Implikationen nicht.«

»Ein Test?«, murmelte Cameron versonnen. »Sie meinen, was ich ›Invasion‹ genannt habe, könnte nur ein großer Test gewesen sein, ein Abtasten unserer Verteidigung? Dass der eigentliche Großangriff noch bevorsteht und wir vorab geschwächt werden sollten?«

»Zu welchem Ergebnis kommen Ihre jüngsten Berechnungen?«, fragte Hudson.

»Sie kennen die Daten und die von mir vorgenommenen Gewichtungen.« Cameron blickte noch immer nach draußen und beobachtete, wie ein ziviler Frachter in den Sendebereich des Abbreviators manövrierte. »Zweifellos haben Sie eigene Berechnungen angestellt. Zu welchem Ergebnis sind *Sie* gekommen?«

»Die Wahrscheinlichkeit dafür, dass selbst der Vorstoß in Richtung Erde nur ein Täuschungsmanöver war oder in irgendeiner Form der Vorbereitung diente, ist nach meinen Analysen gering«, sagte Hudson. »Aber das bedeutet nicht viel. Ihr strategisches Talent gibt den Ausschlag. Porteus hat es sehr gelobt, und wer bin ich schon, dass ich jemandem wie Porteus widersprechen könnte?«

»Ich kann nicht in die Zukunft sehen«, erwiderte Cameron.

»Das kann niemand von uns. Aber Sie haben ein besonderes Gespür für den Feind, für seine Art des Planens und des Handelns. Nennen wir es ›spezialisierte Intuition‹.«

»Manche Leute haben es ›Unsinn‹ genannt«, sagte Cameron.

»Sie sprechen von Admiral Lujana, wenn ich richtig informiert bin«, klang die tiefe Stimme des Mikronauten vom Schreibtisch.

»Ja«, bestätigte Cameron. »Sie war mir gegenüber immer recht feindselig eingestellt.«

»Wofür es keinen logischen Grund gab«, stellte Hudson fest. »Zumindest keinen, den ich erkenne. Aber Admiral Lujana existiert nicht mehr.«

»Sie ist tot.«

»Das meinte ich. Sie existiert nicht mehr, sie starb bei Utthammer. Der Feind hat ihr Kommandoschiff zerstört.«

Ein Opfer unter vielen, dachte Cameron. Mit dem Unterschied, dass dieses Opfer einen Namen und einen persönlichen Hintergrund hatte. Er fragte sich, ob er allmählich wie Rael und Gathos vom Oberkommando wurde, ob er begann, in all den Toten keine Menschen mehr zu sehen, nur noch Zahlen.

»Wir wissen zu wenig«, erklärte er und drehte sich um, so dass er nun mit dem Rücken zum Fenster stand. »Wir rechnen, bewerten und analysieren, und zum Schluss stellt sich heraus, dass wir zu wenig wissen. Wer ist der Feind? Ich meine, wer ist er *wirklich?* Wieso kommen seine Schiffe ›wie aus dem Nichts‹? Sind sie unabhängig von Brücken, wie sie unsere Abbreviatoren benutzen? Fliegen sie wie unsere Supo-Schiffe durchs Fluidal, den Sekundärraum? Was steckt hinter dem Schwinden von Asynchronitäten? Müssen wir damit rechnen, dass es bald nur noch synchronisierte Honta gibt, wo auch immer wir auf sie treffen?«

»Es würde den Kampf gegen sie erschweren«, sagte Hudson.

»Vielleicht passt alles zusammen«, überlegte Cameron. »Vielleicht ist alles miteinander verbunden, in einem kausalen Gerüst, das uns weitgehend unbekannt ist. Vielleicht erkennen wir es, wenn wir lange genug rechnen, bewerten und analysieren.«

»Es könnte hundert Jahre dauern«, gab Hudson zu bedenken. »Oder noch länger. Ohne ein spezielles Talent«, fügte er hinzu.

Plötzlich erinnerte sich Cameron an etwas. »Während meiner Ausbildung habe ich gegen eine Königin gekämpft. Auf Uxor im Amka-System. Elf oder zwölf muss ich damals gewesen sein.«

»Ein Kind«, sagte der silberne Hudson. »Ein Knabe.«

»Mehr als das. Viel mehr. Fast ein Soldat. Das Kind, der Knabe … Er starb auf Harkonia einige Jahre zuvor, als er die verbrannte Hand seiner Mutter hielt.« Cameron hob die eigene Hand und betrachtete sie. »Es liegt so lange zurück, ein ganzes Leben, und doch scheint es mir wie gestern. Ich fühle sie noch immer, die Hitze der verbrannten Hand.«

»Die Erinnerung daran hat sich Ihnen fest ins Gedächtnis gebrannt, wenn Sie mir das Wortspiel gestatten«, kommentierte Hudson.

Cameron war in Gedanken schon einen Schritt weiter. »Damals auf Uxor habe ich nicht selbst gegen die Königin gekämpft, sondern mit Hilfe eines Simulacrums. Und ehrlich gesagt, weiß ich nicht, ob es eine echte Königin der Honta war, eine Eimutter und Synchronisatorin. Genau das brauchen wir: eine echte Königin. Nicht um Rekruten im Kampf zu schulen, sondern um Antworten auf unsere Fragen zu bekommen.«

»Sie könnten mit ihr sprechen«, sagte Hudson. »Inzwischen beherrschen Sie die Sprache der Honta gut genug.«

»Ja, ich könnte mit ihr sprechen, ihr Fragen stellen. Eine Königin. Am besten eine, die dazu imstande ist, Königinnen zu synchronisieren. Wir könnten sie verhören und mehr herausfinden, vielleicht genug, um tatsächlich einen Blick in die Zukunft zu werfen.« Er seufzte. »Ich wünschte, wir hätten eine.«

Camerons Wunsch sollte drei Jahre später in Erfüllung gehen.

IHR WERDET DEN KRIEG VERLIEREN

Cameron: 38, 21. März 3264 Terrastandard

Pirontao, 4. Planet des Aralusa-Systems, 14346 Lichtjahre von der Erde entfernt

31

Der Himmel war rot, er glühte und brannte. Doch das Feuer stammte nicht von Impulsern oder Atmosphärenminen, sondern von einem roten Stern, der sich aufgebläht und bereits die beiden inneren Planeten seines Systems verschlungen hatte. In einigen zehntausend Jahren würde Planet Nummer drei folgen, eine Welt, die sich bereits in eine sengend heiße leblose Wüste verwandelt hatte. Nummer vier namens Pirontao, einst für Menschen zu kalt und unwirtlich, war warm geworden und hatte sein Eis verloren. Vielleicht entging Pirontao der roten Glut seines Sterns, der sich, am Ende seines stellaren Lebens angelangt, weiter aufblähte. Aber die Mikroorganismen im auftauenden Boden und in den Gletscherseen würden nicht genug Zeit bekommen, sich zu höheren Lebensformen zu entwickeln, denn in einigen Millionen Jahren, wenn Aralusa die äußere Hülle absprengte und kollabierte, würde harte Strahlung die Reste des Planeten sterilisieren.

»Es ist ein Glücksfall, Admiral«, sagte Thosil, der neunzehn Jahre junge eifrige Adjutant, der Cameron oft an die eigene Jugend erinnerte. »Ein unerhörter Glücksfall.«

Glück war ein unzuverlässiger Verbündeter, wusste Cameron. Auf Dutzende von Spähschiffen und Tausende Sondierungsbots in zahlreichen Sternsystemen am fransigen Rand der Zirkumferenz konnte man sich besser verlassen. Früher oder später hatten sie etwas entdecken müssen, das geboten die Gesetze der Wahrscheinlichkeit.

Eine planetare Basis des Feindes, bewacht und verteidigt nur von einem tausend Meter großen Python.

Die Reste des Schiffs lagen vor ihnen verstreut auf einer weiten, von Gletschern glatt geschliffenen Felsebene: mehr als hunderttausend Skitter, deren Größe zwischen wenigen Zentimetern und einem Meter schwankte. Ihre morphogenetischen Felder existierten nicht mehr, was bedeutete, dass sie erstarrt waren und keine neuen multifunktionalen Kombinationen mehr bilden konnten.

Allein das hätte ausgereicht, um von einem »Glücksfall« zu sprechen, denn endlich bekamen die technischen Spezialisten der Liga Gelegenheit, eine große Anzahl jener modularen Bausteine zu untersuchen, aus denen die Raumschiffe der Honta bestanden. Vielleicht gelang es sogar, Hinweise auf die neue Triebwerkstechnik zu finden, die es dem Feind gestattete, schneller zu sein als mit Superpositionatoren, ohne dass sie Brücken und Abbreviatoren benötigten.

Hinzu kam die Königin.

Das war der eigentliche Glücksfall, soweit es Cameron betraf. Die Basis des Feindes auf Pirontao enthielt nicht nur in Eiern heranreifende Soldaten, sondern auch eine Königin.

Sie erreichten das viele Quadratmeter große Trümmerfeld, und Cameron blieb kurz stehen, nicht um sich zu orientieren, sondern um ein Gefühl für den besonderen Ort zu bekommen. Was jetzt bevorstand, wünschte er sich seit Jahren. Es konnte einen Durchbruch für die Vereinten Streitkräfte und ihre strategischen Planungen bedeuten. Und ein solcher Durchbruch war auch dringend nötig, denn in den vergangenen Jahren seit der fehlgeschlagenen Invasion hatte sich die allgemeine militärische Lage verschlechtert, nicht nur in Zirkumferenz und Schale, sondern auch im Kern.

»Admiral?«, fragte Thosil.

Er trug wie Cameron einen leichten Schutzanzug und eine Atemmaske, denn die Atmosphäre von Pirontao enthielt kaum

Sauerstoff. Warmer Wind bewegte sein struppiges aschblondes Haar.

»Geduld«, sagte Cameron. »Haben Sie ein wenig Geduld.« Er schloss die Augen. »Riechen Sie das?«

»Riechen, Admiral?«, erwiderte Thosil verwirrt. »Dazu müsste ich die Atemmaske abnehmen.«

Cameron öffnete die Augen und wechselte einen kurzen Blick mit Hudson, der zu seiner linken Schulter geflogen war und sich dort niedergelassen hatte. Dort hatte er sich mit den Sensoren und Detektoren von Camerons Schutzanzug verbunden und tauschte mit dem schweren Kreuzer *Splenda* im Orbit Daten aus.

»Es riecht nach Alter, Thosil«, sagte Cameron. »Ich nehme ihn selbst durch die Maske wahr, den Geruch des Alters. Von Sonne und Planet. Und auch der Basis, nicht wahr, Hudson?«

»Korrekt«, antwortete der Mikronaut. »Nach den bisher gewonnenen Daten ist der hiesige Stützpunkt der Honta knapp über tausend Jahre alt. Er könnte aus der Zeit vor dem ersten Hypersignal stammen, das im Jahr 2251 Terrastandard bei dem Versuch ausgelöst wurde, das Artefakt auf Pluto im Sol-System zu öffnen.«

»Das macht die Königin noch interessanter«, sagte Cameron. »Sie könnte ebenfalls alt sein, Jahrhunderte, vielleicht ein ganzes Jahrtausend, und entsprechend viel wissen. Sind unsere Truppen angewiesen, sie auf keinen Fall zu verletzen?«

»Ja, Admiral«, bestätigte der junge Adjutant. »Sie haben in Ihrer Einsatzorder explizit darauf hingewiesen.«

Cameron nickte ihm zu. »Wiederholen Sie die Anweisung. Schärfen Sie den Kommandanten vor Ort ein, dass wir die Königin unbedingt unversehrt brauchen.«

»Ja, Admiral.«

Cameron setzte sich wieder in Bewegung. Thosil sprach leise in seinen Kommunikator und achtete darauf, an der Seite des Admirals zu bleiben. Ihr Weg führte sie an weiteren Skitter-Fragmenten vorbei, die aussahen wie kristalliner dunkler Obsidian. Manche

Brocken hatten messerscharfe Kanten, andere waren gerundet wie Kiesel.

»Ich nehme an, Sie empfangen auch die Telemetrie der Untersuchungsgruppen, Hudson«, sagte Cameron und erwiderte den Gruß einiger Soldaten, die sich ihnen als Eskorte anschlossen.

»Das ist richtig«, bestätigte der kleine Humanoide.

»Wie ist die Situation?«

»Ungefährlich, Admiral«, lautete die Antwort. »Das ist die Einschätzung aller Gruppen. Die letzten Widerstandsnester des Feindes wurden vor sechzehn Stunden ausgehoben. Dabei handelte es sich in der Mehrzahl um Überlebende des Python. Die Soldaten im Nest der Basis waren noch nicht reif genug, um zu schlüpfen. Die Königin ist gesichert.«

»Ihr darf nichts geschehen«, betonte Cameron noch einmal.

»Ihr wird nichts geschehen.«

Instrumentenkapseln und Shuttles mit Wissenschaftlern und technischen Spezialisten surrten über sie hinweg. Cameron, Thosil und ihre Eskorte folgten einem gekennzeichneten Weg, der sie zur westlichen Seite des Trümmerfelds führt. Hinter einer Absperrung, an der mehrere Bots Wache hielten, befand sich der Zugang zu einem Schacht, von dem Cameron wusste, dass er mehr als zwei Kilometer weit in die Tiefe führte.

»Gravitatoren ein«, sagte er. »Feindlicher Stützpunkt, Status.«

»Tiefe ist gesichert«, meldete der Truppführer der Eskorte. »Basis des Feindes ist gesichert.« Er gab seinen Soldaten ein Zeichen, trat mit ihnen vom Rand des Schachts ins Leere und schwebte hinab.

Cameron und sein Adjutant folgten ihnen.

Das blutige Licht des Roten Riesen blieb über ihnen zurück. Vom technischen Korps installierte Lichtzellen leuchteten in regelmäßigen Abständen.

Nach wenigen Minuten erreichten sie das Ende des Schachts und setzten den Weg durch Tunnel fort. Deren Wände zeigten spiralförmige Muster, manchmal durchzogen von Schmelzspuren, die vielleicht von Impulsern und Variatoren stammten. An mehreren Stellen hatten Explosionen Gestein und Skitter zerfetzt; Bots waren noch immer damit beschäftigt, Schutt beiseitezuräumen. Soldaten patrouillierten in breiten Korridoren, Techniker untersuchten die Anlagen in Maschinenhöhlen.

Schließlich erreichten sie das Zentrum des Stützpunktes tief im felsigen Boden von Pirontao, einen etwa zweihundert Meter großen Saal mit einem Nest.

Die Soldaten der Eskorte wichen ein wenig zurück, ihre Waffen bereit.

Dutzende Lichtzellen leuchteten an der hohen Decke und vertrieben die Schatten aus dem Saal. Die ockerfarbenen Waben des Nests waren in allen Einzelheiten zu erkennen, ebenso ihr Inhalt: gekrümmte Gestalten, nicht größer als einen Meter, ihr Panzer noch nicht feuerrot wie bei erwachsenen Exemplaren, die vorderen Knochenbeine kurz und noch ohne scharfe Kanten, die mittleren und hinteren dünn und fragil.

Cameron betrachtete einen der unreifen Honta aus der Nähe. Der dreieckige Kopf ruhte zwischen den geknickten Vorderbeinen, seine dunklen Augenringe waren noch nicht voll ausgebildet.

Ein älterer Mann in einem dunklen Instrumentenanzug trat ihm entgegen. Er trug ebenfalls eine Atemmaske, die einen großen Teil seines Gesichts bedeckte.

»Admiral …« Er neigte respektvoll den Kopf. »Ich bin Spezialist Jaspa.« Er deutete zu den Waben. »Wir haben das Nest neutralisiert.«

»Sind die Unreifen tot?«

»Ein kleiner Anteil von ihnen«, antwortete der Spezialist. »Etwa zehn Prozent. Die anderen sind ›angehalten‹, wie wir es nennen. Sie befinden sich in metabolischer Stasis.«

»Sie schlafen.« Cameron betrachtete noch immer den kleinen, ruhenden Honta.

»Tief und fest«, bestätigte Jaspa. »Sie wachsen nicht mehr und erwachen erst, wenn wir es wollen.«

»Wenn wir Honta für die Duelle unserer Rekruten brauchen«, murmelte Cameron und erinnerte sich an seinen Kampf, der ihn vor vierundzwanzig Jahren zum Soldaten gemacht hatte.

»Die Königin kann sie nicht mehr erreichen«, fügte der Spezialist hinzu. »Die überlebenden Unreifen sind ihrem Einfluss entzogen.«

»Wo ist sie?«

»Hinter dem Nest.« Jaspa streckte den Arm aus. »Wir haben sie gesichert.«

»Ohne ihr Schaden zuzufügen, hoffe ich.«

Jaspa neigte erneut den Kopf. »Wie es Ihren Anweisungen entsprach.«

Cameron nickte knapp. »Bringen Sie mich zu ihr.«

Sie war groß, die Königin von Pirontao, fast neun Meter lang, und sie ähnelte noch mehr einer der Libellen, die Cameron auf der Erde gesehen hatte. Ihre Flügel wirkten zart, wie aus dünnem buntem Glas, und in der halb transparenten Leibesmitte zeigten sich mehrere Beutel mit elfenbeinfarbenen Eiern. Der große dreieckige Kopf war hoch erhoben, die Augenringe schienen zu leuchten.

Ein Fesselfeld, das sich wie ein vager grauer Schleier um die Königin gelegt hatte, hinderte sie daran, sich zu bewegen.

»Sie lebt«, sagte Hudson, der die aktuellen Sensorendaten empfing. »Sie ist unverletzt und bei Bewusstsein. Sie sieht und hört uns.«

Cameron stand still und stumm. Für einen Moment nahm er alles in sich auf: den hellen, kalten Glanz der Lichtzellen; den dünnen grauen Vorhang des Fesselfelds; die leisen, gedämpften Stimmen der Soldaten und Spezialisten; das Felsgestein der hohen Decke, Teil einer alten, zum Untergang verurteilten Welt; und natürlich die große Königin, in Gefangenschaft erstarrt, viele ihrer Kinder tot, die anderen ohne Verbindung zu ihrer Mutter.

Sie sieht und hört uns, dachte Cameron. Er löste die Atemmaske vom Gesicht, lange genug für einige klickende Laute in der Honta-Sprache. Sie bedeuteten so viel wie: »Ich bin gekommen, um mit dir zu sprechen.«

Die Königin schwieg. Sie konnte nicht einmal die Kiefer bewegen, um zu antworten.

32

»Sie sollten eine Waffe mitnehmen, Admiral«, sagte der junge Thosil sechs Stunden später an Bord der *Splenda*, als Cameron, erneut mit Hudson auf seiner linken Schulter, vor das Innenschott des Hangars trat.

»Das ist nicht nötig«, erwiderte er. »Die Königin stellt keine Gefahr dar. Hudson?«

»Korrekt, Admiral«, bestätigte der Mikronaut. »Sie befindet sich in einem gesicherten Bereich, den sie nicht verlassen kann.«

»Ich sollte Sie begleiten«, bot der Adjutant ein. »Für den Fall …«

»Nein.« Cameron legte die Hand auf den Scanner, und das Schott glitt vor ihm beiseite. »Sie bleiben hier.«

Er betrat den Hangar, und hinter ihm schloss sich das Schott wieder.

Wo zuvor drei Angriffsjäger in den Gerüsten ihrer Gravitationskatapulte auf Start und Einsatz gewartet hatten, befand sich ein Ambientaltank, dreißig Meter breit und zehn Meter hoch, gefüllt mit den Gasen, aus denen sich die Atmosphäre von Pirontao zusammensetzte. Honta und insbesondere ihre Königinnen waren sehr anpassungsfähig und konnten ihren Metabolismus verändern, um in der Lage zu sein, verschiedene Gase zu atmen, mit einer Vorliebe für Wasserstoff, Stickstoff, Methan, Ammoniak und Sauerstoff. Cameron hatte beschlossen, in diesem besonderen Fall auf riskante Experimente zu verzichten und Pirontaos Atmosphäre so nachzubilden, wie sie im Nest des subplanetaren Stützpunkts geherrscht hatte.

Ein farbloses Schirmfeld umgab den Ambientaltank. Sollte es aus irgendeinem Grund versagen, gab es noch einen zweiten Schild, stärker als der erste und von autarken Generatoren geschaffen. Ein Entkommen der Königin war praktisch ausgeschlossen.

Sie schien geschrumpft, fand Cameron, als er mit ruhigen, langsamen Schritten zu dem Sessel ging, der nur zwei Meter vor dem äußeren Schild stand. Ihr Leib wirkte nicht mehr aufgebläht, die langen, libellenartigen Flügel waren gekrümmt und hatten an Farbe verloren. Der dreieckige Kopf mit den Augenringen war zwischen die beiden Vorderbeine gesenkt.

Eine holographische Statusanzeige vor dem Ambientaltank gab Auskunft über den Zustand der Königin.

»Es ist alles in Ordnung mit ihr«, sagte Hudson. »Keine Verletzungen, keine feststellbaren Krankheiten, keine metabolischen Beeinträchtigungen.«

Cameron sah mehrere Gestalten am Hangarfenster, unter ihnen Thosil und Jaspa. Er nickte ihnen kurz zu, sank dann in den Sessel und konzentrierte sich auf die Königin.

»Es gibt keine visuellen oder akustischen Barrieren«, erklärte Hudson. »Sie kann uns sehen und hören.«

Cameron betrachtete das Wesen im Ambientaltank und versuchte, einen allgemeinen Eindruck von ihm zu gewinnen.

»Sie ist anders, nicht wahr?«, fragte er leise und erinnerte sich an seinen Übungseinsatz auf Uxor.

»Wir kennen nicht viele Königinnen der Honta«, entgegnete Hudson auf seiner Schulter. »Nach dem, was wir bisher wissen, können die Unterschiede zwischen ihnen sehr groß sein.«

»Sie scheint kein Interesse an uns zu haben.«

»Wir haben ihr alles genommen«, sagte Hudson, »ihre Soldaten, das Nest mit ihren ungeborenen Kindern, die Freiheit.«

»Sie meinen, die Königin ... trauert?«

»Eine menschliche Mutter wäre zweifellos sehr traurig«, erklärte Hudson mit dem Wissen der Denksubstrate der *Splenda*.

Cameron beobachtete die Königin noch etwas länger. Sie saß auf ihren Beinen, völlig reglos, wie erstarrt.

»Verstehst du unsere Sprache?«, fragte Cameron laut und deutlich.

Der Kopf der Königin blieb gesenkt, ihre Flügel krumm, doch ein kurzes Zittern ging durch den Leib.

Die Anzeigen des holographischen Statusfelds veränderten sich. Cameron schenkte ihnen keine Beachtung. Er verließ sich darauf, dass ihm der Mikronaut alles Wichtige mitteilte.

»Die Sensoren messen keine Reaktion«, sagte Hudson. »Die Königin hört uns, aber vielleicht zählt sie nicht zu den Honta, die sich Kenntnisse unserer Sprache angeeignet haben.«

Cameron fragte sich, ob es hier einen Widerspruch mit dem Alter des versteckten Stützpunkts auf Pirontao gab. Wenn er tausend Jahre alt war und die Königin ebenso, hätte sie dann nicht die Sprache der Menschen beherrschen müssen? Königinnen erfuhren durch die Synchronisation, was ihre Kinder lernten. Hatten die Soldaten dieser Königin nie nahen Kontakt mit Menschen gehabt? Waren sie vielleicht für andere Zwecke eingesetzt worden? Und wenn das zutraf, für welche?

»Ich bin hier, um mit dir zu reden«, klickte Cameron in der Sprache der Honta.

Diesmal kam es zu einer Reaktion.

Die vorderen Beine streckten sich, Kopf und Oberkörper kamen nach oben. Ein Kratzen und Knarzen drang aus dem Ambientaltank.

»Ich höre und sehe«, erwiderte die Königin. »Und ich verstehe.«

»Ich bin Admiral Cameron«, klickte Cameron. »Wer bist du?«

Die Königin hob den dreieckigen Kopf noch etwas höher und neigte ihn zur Seite.

»Ich bin Mrarl von Garlomir, Dritte aus dem Nest der Sieben Koryphäen«, lautete die Antwort. »Ich komme aus der Zukunft und weiß, was geschehen wird.«

»Was wird geschehen?«, fragte Cameron.

»Ihr werdet den Krieg verlieren.«

33

»Die metabolischen Werte nehmen zu«, sagte Hudson leise. »Die Königin erwacht aus ihrer Starre. Doch es besteht nach wie vor keine Gefahr. Sie kann den Ambientaltank nicht verlassen.«

Cameron saß ruhig im Sessel vor dem äußeren Schild, beobachtete die große Honta und fragte sich, wie er ihre Worte verstehen sollte. Waren sie im übertragenen Sinn gemeint?

»Semantische Analyse«, wies er den Mikronauten an.

»Hat bereits begonnen«, antwortete die kleine silberne Gestalt. »Wir brauchen mehr Daten.«

»Aus welcher Zukunft kommst du?«, fragte Cameron langsam, davon überzeugt, dass es sich um eine Metapher handelte. »Wie weit ist sie von unserer Gegenwart entfernt?«

»Ich komme vom Ende der Zeit«, klickte die Königin.

Damit konnte Cameron nicht viel anfangen. »Warum werden wir den Krieg verlieren?«

Mrarl senkte ihren dreieckigen Kopf ein wenig. »Du verstehst nicht, Mensch. Ich habe alles gesehen. Ich weiß, was geschehen wird. Dies ist der Anfang. Ihr werdet den Krieg verlieren und in Vergessenheit geraten. Von euren Welten wird nichts übrig bleiben als Asche und Staub.«

»Aber du bist gefangen«, sagte Cameron. »Wenn du aus der

Zukunft kommst und weißt, was geschehen ist und geschehen wird … Wie konntest du dann in Gefangenschaft geraten?«

Die Königin streckte auch die mittleren und hinteren Beine, richtete sich auf und kam näher, die Flügel lang und nach oben geneigt. Kurz vor dem inneren Schild verharrte sie, der dreieckige Kopf fast auf einer Höhe mit Cameron.

»Ich weiß, wer du bist«, knarrte Mrarl.

»Analyse?«, wandte sich Cameron leise an den Mikronauten auf seiner linken Schulter.

»Läuft. Noch keine konkreten Ergebnisse. Die Königin versucht offenbar, sich in eine gute psychologische Position zu bringen. Dazu sind Kenntnisse der menschlichen Psyche erforderlich.«

»Du weichst meiner Frage aus«, klickte Cameron. »Wenn du die Zukunft kennst, hättest du wissen müssen, dass wir den geheimen Stützpunkt und dein Nest entdecken. Und du hättest der Gefangenschaft entgehen können. Und doch bist du hier, bei uns.«

»Du bist Admiral Cameron«, knarrte die Königin hinter den beiden Schilden. »Du stammst von einer Welt, die bei euch den Namen Harkonia trägt, und ein Mensch namens Grindel ging eine Reifungsverbindung mit dir ein.«

Cameron stand plötzlich. Er war Mrarl nie zuvor begegnet, und die Streitkräfte hatten den Stützpunkt auf Pirontao erst vor kurzer Zeit entdeckt. Die hinter den beiden Schilden gefangene Königin konnte ihn unmöglich kennen und noch dazu über seine Vergangenheit Bescheid wissen.

Abrupt drehte er sich um und ging zum Schott.

»Hast du keine Fragen mehr, Mensch?«, klickte Mrarl hinter ihm. »Du wirst zu mir zurückkehren. Ich weiß es und warte auf dich.«

Cameron verließ den Hangar.

34

»Wir müssen sie töten«, sagte Zeffra, die Befehlshaberin des schweren Kreuzers *Splenda,* der mit vielfacher Überlichtgeschwindigkeit durch den Sekundärraum flog. Sie war einundsiebzig Jahre alt, eine kluge, vorsichtige Frau, die lieber erst gründlich nachdachte, bevor sie handelte. Vor zwei Jahrzehnten hatte sie beim Angriff der Honta auf Storoka in der Zirkumferenz schwere Verletzungen erlitten und trug seitdem Prothesen. Die rechte Hälfte ihres Gesichts bestand aus Synth und war glatt geblieben, während sich in der linken Altersfalten gebildet hatten. Grauweißes Haar reichte von der rechten Schädelseite herab. »Wir können es uns nicht leisten, sie am Leben zu lassen. Das Risiko ist zu groß.«

»Nein«, sagte Cameron. Sie saßen im Besprechungsraum neben dem Kommandostand der *Splenda*: Zeffra, Thosil, Jaspa von Pirontao und die Führungsoffiziere des tausend Meter großen schweren Kreuzers. Hudson nahm den üblichen Platz auf Camerons Schulter ein, obwohl die Denksubstrate des Schiffes hier nahe genug waren.

»Die Königin könnte telepathisch begabt sein, Admiral.« Zeffra sprach mit besonderer Eindringlichkeit. »Vielleicht gilt das für alle Königinnen. Sie könnte in der Lage sein, Ihre – unsere – Gedanken zu erfassen, Kenntnisse aus ihnen zu extrahieren und über eine eventuell vorhandene Synchronisierung an andere Honta weiterzugeben.« Zeffra atmete tief durch. »Es war ein Fehler, sie an Bord zu holen.«

»Wenn es ein Fehler war, so haben nicht Sie ihn begangen, sondern ich«, räumte Cameron ein.

»Ich schlage vor, wir unterbrechen den Fluidal-Transit«, sagte einer der Führungsoffiziere. »Warten wir im interstellaren Raum, bis wir sicher sein können, dass uns die Königin keine Geheimnisse stehlen und sie weitergeben kann.«

Cameron wandte sich an den Honta-Spezialisten, der auch diesmal einen dunklen Instrumentenanzug trug. »Was meinen Sie? Halten Sie telepathische Königinnen für möglich?«

»In den Datenbanken der *Splenda* habe ich keine Hinweise darauf gefunden«, antwortete Jaspa, »und die sind erst vor wenigen Wochen mit den zentralen Archiven abgeglichen worden.«

»Was ist Ihre persönliche Meinung?«

Der Spezialist zögerte. »Die Honta haben uns immer wieder überrascht, Admiral. Bei ihren Vorstößen und Angriffen erwecken sie manchmal den Anschein, mehr zu wissen, als eigentlich möglich sein sollte.«

Zeffra nickte wortlos.

»Eigentlich gibt es nur zwei Möglichkeiten«, fuhr Jaspa fort. »Entweder verfügen Königinnen tatsächlich über telepathische Fähigkeiten, die sich nicht von unseren Schilden abschirmen lassen, oder *diese* Königin namens Mrarl kommt wirklich aus der Zukunft.«

Cameron ließ sich das einige Sekunden durch den Kopf gehen, bevor er fragte: »Können wir feststellen, ob die Königin synchronisiert ist?«

»Fernab ihres Nestes?«, entgegnete Jaspa skeptisch. »Und während eines Flugs durch den Sekundärraum? Meiner Meinung nach ist eine Synchronisation unter den gegenwärtigen Umständen extrem unwahrscheinlich.«

Zeffra nickte erneut, ohne ein Wort zu sagen.

»*Könnte* sie aus der Zukunft kommen?«, fragte Cameron. »Wäre das *möglich*?«

»Die Zukunft ist noch nicht geschehen«, sagte ein Offizier.

»Aber sie existiert«, warf der junge Thosil ein. »Wir rutschen die ganze Zeit über in sie hinein.« Vielleicht waren seine Worte scherzhaft gemeint, denn er ließ ihnen ein schiefes Lächeln folgen.

»Die Zeiten existieren«, erklang Hudsons tiefe Stimme. »Porteus und die Denksphären würden das vorbehaltlos bestätigen. Es gibt nicht nur den einen Moment, den wir erleben. Es gibt auch Vergangenheit und Zukunft, relativ aus unserem Blickwinkel gesehen. Beide existieren unabhängig von uns.«

»Möglicherweise ist es eine Metapher«, sprach Cameron seine Überlegung von eben laut aus. »Ein Sinnbild. Vielleicht meint Mrarl einen besonderen Blickwinkel auf die Ereignisse.«

»Ich möchte noch einmal allen in Erinnerung rufen, in welcher Situation wir uns befinden.« Zeffras Blick strich am Tisch entlang. »Wir sind durchs Fluidal unterwegs zum Abbreviator Ungox Vierzehn und erreichen ihn in etwas mehr als sieben Stunden. Dort übergeben wir die Königin dem Forschungsschiff *Athena*, das über eine weitaus bessere wissenschaftliche Ausrüstung verfügt als wir und die Gefangene in den Kern bringen wird, nach Proxima Centauri, in die unmittelbare Nähe der Erde. Waffenbrüder und Waffenschwestern, das darf nicht geschehen, wenn die Königin tatsächlich telepathische Fähigkeiten hat, mit denen sie militärische Geheimnisse herausfinden und über eine Synchronisation weitergeben kann.« Sie beugte sich ein wenig vor und legte ihre schmalen Hände flach auf den Tisch. »Das könnte Ziel und Zweck sein. Ein Plan, lange vorbereitet.«

»Eine Falle?«, fragte eine Offizierin voller Unbehagen.

»Vielleicht *wollte* die Königin in Gefangenschaft geraten«, bestätigte Zeffra. »Um uns auszuspionieren.«

»Das ist nicht auszuschließen«, räumte Cameron ein. »Der Feind ist schlau, das hat er immer wieder bewiesen.«

»Deshalb sollten wir die Königin töten, bevor wir Ungox Vierzehn erreichen, Admiral.« Zeffra sah ihn an. »Wir könnten das Außenschott öffnen und sie dem kalten Vakuum des Alls übergeben. Oder dem Fluidal, ohne unseren Transit zu unterbrechen.«

»Wenn Mrarl telepathisch begabt ist, hat sie in unseren Gedanken und Erinnerungen bereits genug gefunden«, erwiderte Cameron. »Und wenn ein Plan dahintersteckt, wenn sie in Gefangenschaft geraten wollte, um von uns in den Kern gebracht zu werden, in die Nähe der Erde, so wäre das ein Grund mehr, sie zu befragen und zu versuchen, Antworten von ihr zu bekommen. Was erst recht für den Fall gilt, dass sie aus der Zukunft kommt. Es ist in jedem Fall wichtig, Aufschluss zu erlangen.«

Zeffra neigte den Kopf. »Die Entscheidung liegt bei Ihnen, Admiral.«

Cameron stand auf. »Und ich werde entscheiden, bis wir Ungox Vierzehn erreichen. Bis dahin wird die Befragung der Königin fortgesetzt.«

35

Wieder im Hangar der *Splenda* saß Cameron erneut im Sessel vor dem äußeren der beiden Schilde, die den Ambientaltank umgaben. Auch diesmal hatte er auf eine Waffe verzichtet, die Abschirmung war sicher.

»Ihr habt darüber beraten, ob ihr mich töten sollt oder nicht«, knarrte Mrarl. »Aber du bist hier, und ich lebe.«

Bist du telepathisch?, dachte Cameron. Kannst du meine, unsere Gedanken lesen?

»Du fragst dich, ob ich in deinen Kopf sehen kann«, knarzte Mrarl. »Solche Gedanken sind nicht schwer zu erraten.«

»Kommst du wirklich aus der Zukunft?«, klickte Cameron.

Von Mrarl kam ein seltsamer Laut, vielleicht das Honta-Äquivalent eines Lachens. »Welche Antwort erwartest du von mir?«

»Die richtige«, erwiderte Cameron. »Die Wahrheit.«

»Wahrheit.« Die große Königin senkte den dreieckigen Kopf. »Was ist ›Wahrheit‹, wenn es für jedes Ereignis, selbst die winzigsten ganz unten im Fundament des Existierenden, zahlreiche Alternativen gibt? Kommt es nicht auf den Blickwinkel des Betrachters an? Und auf das Betrachten selbst?«

»Du meinst Quantenrelationen«, klickte Cameron. »Du sprichst von quantenmechanischem Geschehen. Und ich stelle fest, dass du erneut nicht auf meine Frage eingehst und abzulenken versuchst.«

»Du möchtest wissen, woher *ich* weiß, was ich weiß.«

»Ich möchte wissen, wieso du hier bist, obwohl du weißt, was du weißt.«

Mrarl hob die vorderen Beine und schien damit nach dem inneren Schild tasten zu wollen.

»Die Erklärung wäre unsere große Geschichte, in der ihr Menschen nur ein kleines Kapitel seid, eine Episode nicht größer als ein Tropfen im Ozean der Zeit.«

Cameron war nicht sicher, ob er die Worte richtig verstanden hatte.

»Was geschieht, wenn du einen Stein ins Wasser fallen lässt, in einen See?«, fragte Mrarl.

Cameron wollte nicht die Kontrolle über das Gespräch verlieren, beschloss aber, auf die Frage der Königin einzugehen, weil er neugierig war, wohin sie führte.

»Er versinkt«, klickte er.

Mrarl drehte den Kopf erst auf die eine und dann auf die andere Seite. »Was geschieht an der Oberfläche?«

Cameron erinnerte sich an einen Gedanken, der ihm in der Bibliothek auf der Erde gekommen war: *So viel Zeit, so viele Ereignisse, jedes davon eine kleine Welle im endlosen Ozean.*

»Es entstehen Wellen«, sagte er laut, »konzentrische Wellen.«

»Der Stein ist gefallen, lange vor deiner Zeit, als uns ein Signal erreichte.«

Cameron überlegte. »Meinst du das Hypersignal, das vor tausend Jahren von Pluto ausging? Und das noch einmal gesendet wurde, vor fast achthundert Jahren, bei der Entdeckung einer Dyson-Sphäre der Xon?« Er fügte der Frage eine Erklärung der genannten Begriffe hinzu.

»Der Stein ist gefallen«, klickte Mrarl erneut, »und seitdem breiten sich die von ihm verursachten Wellen durch den See unserer Geschichte aus.«

Cameron hatte erneut den Eindruck, mit seinen Kenntnissen der Honta-Sprache an eine Grenze zu stoßen. »Was genau meinst du mit eurer ›Geschichte‹?«

Mrarl drehte erneut den Kopf. »Deshalb werdet ihr den Krieg verlieren«, klackte sie mit ihren Kiefern. »Weil ihr nicht genug wisst, weil ihr nicht genug seht. Euer Blick reicht nur bis zum Rand eurer eigenen Zeit, eurer kleinen, begrenzten Realität. Wir hingegen sehen vom Anfang der Zeit bis zu ihrem Ende.«

»Ich nehme an, dass auch dies Metaphern sind«, sagte Hudson leise, der auch diesmal auf Camerons Schulter saß. Auch er verstand die Sprache der Honta.

»Wie weit sind Sie mit der semantischen Analyse?«, fragte Cameron.

»Wir brauchen mehr Daten.«

Cameron beobachtete die Königin und fragte sich, was die Bewegungen von Kopf, Beinen und Körper bedeuteten. Über die Gestik der Honta wusste er so gut wie nichts.

»Eure Geschichte«, sagte er nachdenklich, »besteht nicht nur aus der Vergangenheit.«

»Natürlich nicht«, knarrte die Königin und streckte dabei kurz die mittleren Beine. »Dann wäre sie nicht vollständig. Unsere Geschichte umfasst alle Zeiten, und der größte Teil von ihr befindet sich in der Zukunft. Einige Wellen haben zukünftige Episoden erreicht, und so wird es weitergehen, bis die Wellen so klein und flach werden, dass sie nichts mehr berühren können.«

»Es ist eine in Vergangenheit, Gegenwart und Zukunft erzählte Geschichte«, klickte Cameron.

»Die Ereignisse erzählen sie«, erklärte Mrarl. »Reaktion folgt auf Reaktion, in großen konzentrischen Kreisen. Und manchmal kehren die Kreise zurück. So wie ich, kleiner, blinder Mensch. Ich habe gehört und gesehen und bin zurückgekehrt, obwohl ich nie zuvor hier war.«

»Du hast gehört, gesehen und gewusst.«

»Ja.«

»Aber du bist gefangen.«

»Manche Dinge müssen geschehen, damit andere geschehen können.«

Wellen, dachte Cameron. Konzentrische Kreise. Synchrones und Asynchrones. Schiffe, die aus dem Nichts erschienen. Ein Feind, der manchmal mehr zu wissen schien, als eigentlich möglich sein sollte ...

Er begann zu verstehen.

»Könnte es sein, dass wir es mit einer nichtlinearen Spezies zu tun haben?«, fragte der Mikronaut auf seiner Schulter.

»Ihr könnt den Krieg gar nicht gewinnen, in keinem der vielen Kapitel«, kratzte die Königin. »Weil ihr blind seid und oft auch taub. Weil ihr die Zusammenhänge nicht erkennt und vielleicht auch gar dazu nicht imstande seid. Die Geschichte wird erzählt, während du zu verstehen versuchst, was ich längst weiß. Je weiter wir in die Zukunft rücken, desto mehr von uns werden berührt, desto mehr Episoden werden erzählt, desto mehr von uns verfügen über dieses Wissen.«

In Cameron schien sich eine kalte Leere zu öffnen. »Erklär es mir, Mrarl«, klickte er. »Erklär mir die Zusammenhänge.«

EINE GROSSE GESCHICHTE

Cameron: 38, 22. März 3264 Terrastandard
Im Fluidal (Sekundärraum), unterwegs nach Ungox Vierzehn,
11209 Lichtjahre von der Erde entfernt

36

»Es war ein langes Gespräch«, sagte Zeffra, Befehlshaberin der *Splenda*, die noch immer durch den Sekundärraum flog und sich Ungox Vierzehn näherte. »Fast drei Stunden.«

»Wir haben leider nur einen Teil davon verstanden«, fügte der junge Thosil hinzu. Der neben ihm sitzende Honta-Gelehrte namens Jaspa nickte.

Cameron war nicht sicher, ob *er* alles verstanden hatte. Manche Konzepte, von denen Mrarl erzählt hatte, waren sehr komplex gewesen.

»Die Königin darf nicht getötet werden«, erklärte er mit großem Nachdruck. »Ihr Wissen ist viel zu wertvoll. Wir müssen versuchen, noch mehr von ihr zu erfahren.«

»Genau das haben wir vor«, sagte Zeffra. »Vor wenigen Minuten erreichte uns eine Meldung vom Oberkommando. Sie sollen in Ungox Vierzehn auf das Eintreffen einer Spezialeinheit der Abteilung Neun warten, die die Gefangene übernimmt. Admiral Rael bittet Sie, die Gruppe nach Ophiucha zu begleiten. Dort sollen weitere Befragungen stattfinden, für die man sich Ihre Sprachkenntnisse wünscht.«

Eine Bitte und ein Wunsch, dachte Cameron. Freundliche Höflichkeit, die Anweisungen maskierte.

»Die Authentizität der Mitteilung wird bestätigt«, sagte Hudson, der auf dem Tisch stand, inmitten eines Datenhologramms.

Cameron dachte kurz darüber nach. »Ich nehme an, Sie haben meinen ersten Bericht übermittelt?«

»Wie es den Vorschriften entspricht«, bestätigte Zeffra. »Ich habe auf die Risiken hingewiesen, auf die beiden Möglichkeiten einer telepathischen Begabung oder eines Transfers aus der Zukunft.«

Rael, dachte Cameron. Ein kluger, umsichtiger Mann, dessen Weitblick es zu verdanken war, dass die Honta bei ihrem Vorstoß in den Kern nicht die Erde erreicht hatten.

»Sie werden den Flug ohne mich fortsetzen«, sagte er.

»Wenn Sie dem Wunsch entsprechen und sich der Spezialeinheit der Abteilung Neun anschließen, Admiral«, erwiderte Zeffra.

Cameron nickte. »Das werde ich. Und ich werde die Gelegenheit nutzen, darauf hinzuweisen, dass wir alles überdenken müssen. Alles«, betonte er, »von den Anfängen des Krieges bis heute. Wir müssen eine völlig neue Strategie entwickeln.« Wenn uns das etwas nützt, dachte er.

Jaspa gab seiner Ungeduld nach. »Was haben Sie herausgefunden, Admiral?«

»Hudson vermutete es schon zu Anfang des Gesprächs«, berichtete Cameron. »Wir haben es mit einer nichtlinearen Spezies zu tun.«

»Was genau bedeutet das?«, fragte Zeffra.

»Wir haben uns gewundert, dass der Feind manchmal wie aus dem Nichts auftaucht und mehr zu wissen scheint, als eigentlich möglich sein sollte. Die Erklärung lautet: Die betreffenden Honta kommen tatsächlich aus der Zukunft. Sie verfügen über bessere Waffen und bessere Triebwerke. Und sie wissen mehr. Wenn es uns nicht gelingt, diese Entwicklung aufzuhalten, bekommen wir es irgendwann mit Feinden zu tun, die alles über uns wissen und deren Technologie wir nichts entgegensetzen können.«

Die Wellen reichten immer weiter in die Zukunft. Cameron

stellte ihn sich vor, den See, in den er einen Stein geworfen hatte, und beobachtete, wie sich die Wellen in den Zeiten ausbreiteten und dabei vom Stein erzählten, von einer kleinen Episode in der großen Geschichte, die alle Honta betraf.

»Die Honta sind über die Zeiten verteilt«, erklärte er und versuchte, die richtigen Worte zu finden. »Sie leben in Vergangenheit, Gegenwart und Zukunft und sind dabei zumindest teilweise untereinander verbunden. Man könnte es temporale Synchronisation nennen. Sie sehen ihre Existenz in den Zeiten als eine große Geschichte, unterteilt in Kapitel und Episoden, die bereits erzählt sind und von denen noch viel mehr erzählt werden. Sie können in dieser Geschichte zurückkehren, so wie wir in einem Text scrollen oder blättern, und bereits erzählte Abschnitte erleben oder durch neue Episoden erweitern.«

»Nichtlinear«, erklang Hudsons tiefe Stimme, als Cameron eine Pause einlegte. »Für die Honta scheint die Zeit eine Dimension zu sein, in der sie sich frei bewegen können. Sie leben in einem anderen, für uns fremdartigen Gerüst der Kausalität.«

»Der Strom der Zeit«, sagte Cameron. »Mrarl hat ihn mir beschrieben. Wir haben eine falsche Vorstellung davon. Er fließt nicht langsam, mit gleichbleibender Geschwindigkeit in eine Richtung, von der Vergangenheit in die Zukunft. Es ist vielmehr ein stark mäandernder breiter Strom, mit Strudeln, Stromschnellen und Uferbereichen, wo sich das Wasser kaum bewegt. Und die Honta können beliebig auf ihm navigieren. Sie sehen, was von der Vergangenheit in die Zukunft getragen wird. Sie können es nehmen, betrachten und untersuchen. Und sie können zurückkehren auf dem breiten Strom, um herauszufinden, woher das Treibgut kommt und was es damit auf sich hat.«

Cameron legte eine weitere Pause ein, und diesmal blieb es still, abgesehen vom leisen Summen der Bordsysteme des schweren Kreuzers.

»Die Königin hat von Wellen gesprochen, die sich durch die

Zeiten ausbreiten«, fuhr er schließlich fort. »Wir haben zwei solche Wellen verursacht, mit den Hypersignalen von Pluto vor tausend und dem von der Dyson-Sphäre vor achthundert Jahren. Seitdem breiten sich die Wellen aus, in Vergangenheit und Zukunft. Sie sind weder an unseren temporalen Blickwinkel noch unsere Vorstellung von der Zeit gebunden, und das bedeutet in diesem besonderen Fall: Je mehr Zeit vergeht, desto weiter reichen die Wellen in die Zukunft und berühren dort Honta, die mehr Kapitel und Episoden ihrer großen Geschichte kennen. Deshalb beobachten wir seit Jahren eine Verringerung der Asynchronitäten. Weil wir es mit immer mehr Honta zu tun bekommen, die über alles Bescheid wissen.«

Es war sehr vereinfacht ausgedrückt, weil die Honta Konzepte verwendeten, für die es in den menschlichen Idiomen keine Entsprechungen gab.

»Mrarl hat gesagt, dass wir den Krieg verlieren werden«, erinnerte Zeffra.

»Die Königin kommt aus einer Zeit, in der es den Krieg nicht mehr gibt«, sagte Cameron. »Aus einer Ära, in der die Niederlage der Menschheit eine Episode ihrer Geschichte ist.«

»Wenn das stimmt ...«, begann Zeffra und brach ab.

»Der Kampf gegen den Feind wird dadurch nicht sinnlos«, sagte Cameron mit Nachdruck. »Aus unserer Sicht gibt es nur eine Vergangenheit, aber viele mögliche Zukünfte. Wir können beeinflussen, welchen Weg der Strom der Zeit nimmt. Wir können die Geschichte umschreiben, wir können ihr neue Kapitel und Episoden hinzufügen. Deshalb ist Mrarl so wichtig. Sie gibt uns die Möglichkeit zu erfahren, was die zukünftigen Honta wissen. Auf dieser Grundlage können wir neue Strategien entwickeln.«

»Vielleicht übersehen Sie einen Punkt, Admiral«, wandte Zeffra ein.

»Und der wäre?«

»Wenn die Königin das alles weiß, muss ihr auch klar sein, wie wertvoll ihre Informationen für uns sind. Wieso hat sie es dann nicht vermieden, in unsere Gefangenschaft zu geraten?«

»Es könnte eine Falle sein!«, entfuhr es dem jungen, eifrigen Thosil. »Die Königin hat sich in Gefangenschaft begeben, um uns ihre ›große Geschichte‹ zu erzählen. Wir sollen glauben, dass wir den Krieg verlieren, und eine bisher erfolgreiche Strategie verändern, um die Niederlage zu verhindern. Genau das könnte dem Feind den Sieg ermöglichen!«

»Einzelschicksale spielen bei den Honta keine Rolle«, entgegnete Cameron. »Die Königin ist bei uns, um der großen Geschichte eine neue Episode hinzuzufügen, ungeachtet der Konsequenzen für die eigene Existenz. Wir werden sehen und hören. Und ich hoffe, wir verstehen auch, wenn wir auf Ophiucha mehr herausgefunden haben.«

WELCHES LEBEN WÜRDEST DU WÄHLEN?

Cameron: 38, 29. März 3264 Terrastandard
Beim Abbreviator Ungox Vierzehn, 11209 Lichtjahre von der Erde entfernt

37

Ein filigranes Netz hing zwischen den dunkelroten Bäumen, deren nadelartigen Stämme bis zu hundert Meter hoch aufragten. Oben bildete es ein dichtes Gespinst, ein Dach über dem Wald.

Cameron stand im Wald von Nembrosch, umgeben von Schatten, und betrachtete mehrere vielbeinige Leuchtkriecher, die durch einen nahen daumendicken Netzstrang krochen. Er trug einen leichten Schutzanzug, ausgestattet mit einem Kommunikationssystem, das ihn mit dem einige Kilometer entfernten Shuttle verband, einem Gravitator und Sensoren, die ambientale Daten für ihn und Hudson erfassten.

Die Kriecher glitten langsam durch den transparenten Strang, keiner von ihnen größer als eine menschliche Fingerkuppe. Ein matter goldener Schein ging von ihnen aus.

Cameron hob den Blick. Tausende Stränge und Fäden reichten von Baum zu Baum, manche straff, wie gespannt, andere so locker, dass sie sich bewegten, wenn Wind einen Weg zum Boden des Waldes fand. Für das Auge eines unwissenden Beobachters sah es nach einem wirren Durcheinander aus, aber wenn man Sensoren benutzte, konnte man die Grundstrukturen der Netze erkennen. Sie waren sechseckig, im Kleinen wie im Großen. Die sechseckigen Muster wiederholten sich immer wieder, bis hin zu den etwa hundert Supernetzen auf Nembrosch.

»Schwarmwesen«, sagte Hudson, der wieder seinen Platz auf Camerons Schulter eingenommen hatte. »Eine der häufigsten

Lebensformen, zumindest in unserer Galaxis. Individualität ist selten.«

»Die Honta können beides sein«, entgegnete Cameron. »Synchronisiert bilden sie einen Schwarm. Aber sie sind auch imstande, als Individuen zu agieren.«

Er trat noch etwas näher an den Strang heran und betrachtete die Leuchtkriecher. Einer von ihnen bemerkte ihn offenbar, hielt inne, blinkte mehrmals und streckte winzige Fühler in seine Richtung.

»Was empfinden diese Geschöpfe?«, fragte er. »Was denken sie?«

Er hob die Hand und berührte den Strang. Das kleine käferartige Geschöpf erzitterte, blinkte erneut und kroch weiter.

»Vermutlich empfinden die Leuchtkriecher wie andere Lebewesen«, antwortete Hudson. »Hitze und Kälte, Druck, Schallwellen, Licht und Dunkelheit. Immerhin müssen sie in der Lage sein, ihre Umwelt wahrzunehmen, um zu überleben. Aber ob sie denken? Dafür dürfte ihr Gehirn zu klein sein.«

»Ja, das eines einzelnen Kriechers«, stimmte Cameron zu. »Aber alle zusammen, als Schwarm?«

»Es wären Gedanken, die für ein Individuum, einen einzelnen Menschen, kaum nachvollziehbar wären.«

Cameron nickte langsam. »Vermutungen, Hypothesen, Spekulationen. Wir wissen es nicht.« Er sah sich um. »Sind hier auf Nembrosch jemals Untersuchungen durchgeführt worden? Haben Exobiologen die hiesigen Lebensformen erforscht?«

Hudson gab die Anfrage weiter. Einige Sekunden verstrichen. »Weder die Datenbanken der *Splenda* noch die des Abbreviators enthalten Hinweise darauf.«

Cameron ging weiter, vorbei an dunkelroten Bäumen. Das Gelände stieg an, der Weg wurde steil.

»Es ist schade«, sagte Cameron nach einigen Minuten und wich einem weiteren Netzstrang mit mehreren Leuchtkriechern aus.

»Was ist schade, Admiral?«, fragte der kleine silberne Humanoide auf seiner Schulter.

»Die Milchstraße – das Universum – ist voller Wunder. Es gibt Milliarden von Welten, und wie viele kennen wir von ihnen? Einige Tausend. Und wir kennen sie nur oberflächlich. Weil wir seit Jahrhunderten vor allem mit dem Krieg beschäftigt sind. Es bleibt kaum Zeit, bereits bekannte Welten wie Nembrosch zu erforschen, von den anderen, unentdeckten ganz zu schweigen.«

Cameron erreichte einen steinigen Bereich, in dem die Bäume nicht ganz so dicht standen, kletterte die Felsen empor und verharrte an einer Stelle, von der aus er einen Blick auf das breite Tal hatte. Ein See wie aus Blut empfing das Licht des roten Sterns Berel.

»Das gilt für uns Menschen«, fügte Cameron hinzu. »Bei den Denkern sieht die Sache vermutlich anders aus. Sie schicken Sonden durch die Galaxis und wissen über all die Sternsysteme und Myriaden Planeten dort draußen viel, viel mehr als wir.«

»Ich gehöre nicht zu den Denksphären und habe leider keinen Zugriff auf entsprechende Daten«, sagte Hudson.

Cameron blickte weiterhin ins Tal hinab und glaubte, einige kleinere sechseckige Strukturen im großen Supernetz der Leuchtkriecher zu erkennen, das selbst über den See hinwegreichte. Cameron hatte Ungox Vierzehn verlassen und sich auf den Planeten Nembrosch begeben, um sich abzulenken und nicht ständig an die gefangene Honta-Königin und den bevorstehenden Flug nach Ophiucha zu denken, wo die Befragungen und Untersuchungen fortgesetzt werden sollten. Er hatte Abstand gewinnen und seine Gedanken ordnen wollen, während er auf die *Sonora* wartete, die angekündigte Fregatte der Abteilung Neun.

»Was wissen wir über das Leben auf dieser Welt?«, fragte er.

»Nicht viel«, antwortete Hudson. »Es gibt keine höher entwickelten Lebensformen.«

»Der Leuchtkriecher-Schwarm könnte eine solche Lebensform sein.«

»Das wäre möglich, ja.«

»Was mag in einer Million Jahren aus ihm werden? Könnte er Intelligenz entwickeln?«

»Unbekannt, Admiral.«

»Und unwahrscheinlich, nicht wahr?« Cameron hob den Blick zum roten Himmel. »Ungox Vierzehn befindet sich in kritischer Distanz. Energetische Emissionen und Distortionen werden eine weitere Evolution des Lebens auf Nembrosch erheblich eindämmen, sie vielleicht unmöglich machen.«

»Davon ist auszugehen«, bestätigte Hudson. »Aber die Streitkräfte müssen mit den existierenden Brücken vorliebnehmen. Und die einzige im Umkreis von mehreren Lichtjahren befindet sich nun einmal nur wenige Millionen Kilometer entfernt. Ungox Vierzehn musste dort errichtet werden.«

»Die Leuchtkriecher wurden nicht gefragt«, murmelte Cameron. »Nichts und niemand auf dieser Welt wurde gefragt.«

»Es gibt hier niemanden, der hätte gefragt werden können«, erwiderte Hudson und wandte den silbernen Kopf. »Ich vermute, Sie denken über den Sinn nach. Über die großen Zusammenhänge.«

Cameron überlegte. »Ich versuche, die Zeit und das in ihr Existierende so zu sehen wie Mrarl.«

»Sie fragen sich, ob die Königin recht haben könnte, ob die Liga den Krieg tatsächlich verliert.«

»Wie viele Tote hat dieser Krieg bisher gekostet?« Für einen flüchtigen Moment fühlte er sie wieder, die heiße, verbrannte Hand seiner Mutter. »Wie viele Leben wurden ausgelöscht?«

»Glauben Sie, das alles wäre umsonst gewesen, wenn die Menschen den Krieg verlieren?«

»Auch wir haben eine Geschichte«, sagte Cameron leise. »Vielleicht können wir ihre Episoden und Kapitel neu erzählen, wenn wir wollen.«

»Halten Sie das tatsächlich für möglich, Admiral?«

»Nein«, erwiderte Cameron nach kurzem Zögern. »Wir Menschen sind anders als die Honta. Jeder von uns wird in eine bestimmte Zeit geboren, in einen bestimmten Kontext aus Situationen und Ereignissen. Wir müssen uns fügen. Unsere Freiheit besteht aus Einsicht in die Notwendigkeit.« Er atmete tief durch, wie um Kraft zu schöpfen. »Jeder von uns muss seine Pflicht erfüllen.«

»Wenn Sie die Wahl hätten, Admiral ... Welches Leben würden Sie für sich wählen?«

Es war eine seltsame Frage, fand Cameron. Als gäbe es ein breites Angebot an Leben, aus dem man frei wählen konnte, wie bei Kwix-Aromen oder den Rezepten für einen Brüter.

»Dies ist mein Leben«, sagte er. »Ich kenne kein anderes. Und ich habe keine Wahl.«

Die Worte klangen vertraut, auf sie war Verlass. Man konnte sich an ihnen festhalten.

Ein Teil der Unruhe, die Cameron auf Nembrosch erfasst hatte, wich von ihm.

Ein anderer Gedanke rückte nach vorn. »Jeder von uns geht seinen Weg, und unsere Wege trennen sich bald.«

»Das ist richtig«, bestätigte Hudson. »Die *Splenda* kehrt ohne Sie in den Einsatzdienst zurück, Admiral. Sobald die *Sonora* eingetroffen ist, gehen wir in den Transit nach Thuma bei der Himmlischen Pforte. Wir schließen uns dort der Dritten Flotte unter dem Befehl von Sektoradmiral Ivanna an.«

Cameron bedauerte die Trennung. Hudson war nicht nur ein guter Ratgeber und Gesprächspartner. In den vergangenen Jahren war er zu mehr geworden, zu einem Freund. Er selbst hatte viele Waffenschwestern und Waffenbrüder, Menschen, auf die er sich verlassen konnte. Aber Freunde befanden sich nicht darunter. Die Personen wechselten zu schnell. Manche starben, sie fielen im Krieg. Andere wurden versetzt und abkommandiert. Es blieb nie genug Zeit, über mehr zu sprechen als die nächsten Einsätze und Strategien.

»Sie haben mir gute Dienste geleistet, Hudson«, sagte Cameron.

Der kleine silberne Humanoide auf seiner Schulter nickte. »Die Zusammenarbeit mit Ihnen war sehr angenehm, Admiral.«

Cameron blickte noch einige Minuten lang ins Tal und dachte an die Leuchtkriecher in ihren Netzen, die den ganzen Planeten umspannten. Für sie existierte der Krieg nicht, sie hatten ihn weder gesehen noch gehört. Und doch blieben sie nicht von ihm verschont. Der Abbreviator war zu nahe, die energetische Aura der angezapften Brücke berührte Nembrosch. Früher oder später musste sich das auf die lokalen Lebensformen auswirken.

Auf dem Rückweg zum Shuttle fragte Cameron: »Was wissen wir über Varro?«

»Nicht viel, Admiral«, sagte Hudson. »Ich habe mir erlaubt, Nachforschungen anzustellen. Varro ist der Codename eines Generals der Abteilung Neun. Er leitet die Spezialeinheit, die beauftragt wurde, Mrarl abzuholen und nach Ophiucha zu bringen.«

»Mehr ist nicht über ihn bekannt?«

»Ich habe keinen Zugriff auf die Datenbanken der Abteilung Neun. Dem Vernehmen nach hat Varro jedoch Erfahrung in Bezug auf direkte Kontakte mit den Honta. Ich nehme an, dass er deshalb für die Mission der *Sonora* ausgewählt wurde.«

Die dunkelroten Bäume wichen zurück. Voraus stieg das Gelände erneut an, bis hin zu dem kleinen Plateau, auf dem der Shuttle gelandet war. Ein gelbliches Schirmfeld umgab ihn und verschwand, als sie sich näherten. Die Luke schwang auf.

Cameron zögerte und sah sich noch einmal um. »Eine friedliche Welt. Ich wünschte, sie könnte so bleiben.«

38

Als sie zwei Stunden später Ungox Vierzehn erreichten – einen fast vier Kilometer großen Komplex aus miteinander verbundenen dünnen Generatorspindeln, klobig anmutenden Fokussierspiralen, langen Maschinendornen und den fragil wirkenden Ringelementen von Sender und Empfänger –, begann bei den Ringen ein Flackern und Irrlichtern, deutlicher Hinweis auf einen Transit. Die schematischen Darstellungen an Bord des Shuttles zeigten, wie sich die Brücke öffnete, eine Zone »dünner«, instabiler Raum-Zeit innerhalb der Ringelemente, wie die Fokusenergie einen Durchgang schuf, einen Tunnel durch das Gewebe des vierdimensionalen Kontinuums.

Gleichzeitig wurden Schilde aktiv. Schutzschirmblasen umhüllten die Teile des Abbreviators, in denen sich Menschen befanden. Die energetische Aura der Brücke dehnte sich aus, und es kam zu einem Emissionsschub, vergleichbar mit dem koronalen Massenauswurf eines Sterns. Mit annähernd Lichtgeschwindigkeit breitete sich die Wellenfront im Berel-System aus und erreichte nach nicht einmal zwanzig Sekunden den vierten Planeten, Nembrosch. In der visuellen Erfassung sah Cameron helle Polarlichter, hervorgerufen von den Wechselwirkungen zwischen hochenergetischen Teilchen und dem planetaren Magnetfeld. Er dachte an die Auswirkung der Strahlung auf die genetischen Strukturen der Lebensformen, an die Mutationen, die dadurch entstehen würden.

Ein Schiff kam über die Brücke und erschien in den Ringen von Ungox Vierzehn, eine dreihundert Meter große Fregatte, deren Identifizierungssignal darauf hinwies, dass sie nicht den Vereinten Streitkräften unterstellt war, sondern der Abteilung Neun.

»Die *Sonora* trifft etwas früher ein als erwartet«, stellte Hudson fest.

Das Flackern ließ nach und ging in ein allmählich verblassendes Glühen über. Cameron beobachtete, wie die Fregatte den Empfänger verließ und mit dem Manövriertriebwerk ein Andockmodul neben dem fast dreimal so großen schweren Kreuzer *Splenda* ansteuerte.

Er lehnte sich in seinem Sitz zurück, die Hände auf den Armlehnen, und überließ es Hudson, den Shuttle zum Abbreviator zu steuern.

»Wir werden bald feststellen, wer Varro ist«, murmelte er.

Ein Signalton erklang – das Kommunikationssystem hatte eine Mitteilung empfangen.

»Nicht wir, Admiral«, erwiderte Hudson. »Sie. Varro wünscht eine Unterredung mit Ihnen allein.«

Das Gespräch sollte nicht im Konferenzraum neben dem Kommandostand der *Sonora* stattfinden, sondern in Varros Kabine, vielleicht aus Gründen der Geheimhaltung, vermutete Cameron.

Die Tür öffnete sich für ihn, noch bevor er den Melder betätigte.

Er betrat einen halb dunklen Raum. Das wenige Licht, das durch ein breites Fenster fiel, stammte von den Positionsleuchten des Abbreviators und dem etwa sechzig Millionen Kilometer entfernten Roten Zwerg Berel. Vor diesem Hintergrund zeichnete sich eine Gestalt ab, fast ebenso groß wie Cameron. Varro. Er stand mit dem Rücken zu ihm und blickte nach draußen.

Einige Sekunden lang herrschte Stille.

Cameron räusperte sich. »Ich melde mich für den Sondereinsatz, General.«

Die Gestalt vor dem Fenster drehte sich langsam um.

»Hallo, Cam«, sagte Kora.

ICH MUSSTE STERBEN

Cameron: 38, 29. März 3261 Terrastandard
Beim Abbreviator Ungox Vierzehn, 11209 Lichtjahre von der Erde entfernt

39

Für einen Moment sah Cameron das Mädchen, das damals, vor mehr als dreißig Jahren, an Bord des Kanonenboots geweint hatte, stumm, ohne einen Laut von sich zu geben. Es sah ihn über die Kluft der Zeit hinweg an, mit großen türkisblauen Augen, die Farbe des Stechgrases von Uxor. Es existierte noch, das Kind, tief in Koras Erinnerungen und auch in seinen. Es lebte in einer gemeinsamen Vergangenheit.

Das rotblonde Haar war nicht mehr schulterlang, sondern kurz, und die Sommersprossen zeigten sich nicht mehr ganz so deutlich, sie schienen tiefer in eine rauer gewordene Haut gesunken zu sein. Es waren die Zeichen von Alter und Erfahrung: Vor Cameron stand kein Mädchen, sondern eine Frau, die viel gesehen und erfahren hatte.

Aber sie lächelte, diese Frau, und sie hob die Hand und berührte ihn an der Wange.

»All die Jahre habe ich dich für tot gehalten«, sagte Cameron.

»Ich musste tot sein«, erwiderte Kora sanft. »Ich musste sterben. Die Abteilung Neun wollte es so.«

»Und dann bist du zu Varro geworden?«, fragte er leise.

»Ja.«

»Warum?«

»Es musste geheim bleiben«, antwortete Kora. »Niemand durfte davon erfahren.« Sie ließ die Hand sinken.

»Die Erde«, sagte Cameron. »Ich bin dort gewesen, in einer

Bibliothek. Bei einer Kunstausstellung. Ich dachte, ich hätte dich gesehen.«

»Das hast du.«

»Du bist wirklich dort gewesen?«

»Ja, das war ich. Aber ich konnte nicht mit dir sprechen, ich durfte dir nicht begegnen.«

Cameron schloss kurz die Augen und öffnete sie wieder. »Warum nicht?«

»Ich musste meine neue Identität schützen«, erklärte Kora. »Ich konnte sie nicht riskieren, das hätte meine Mission gefährdet.«

»All die Jahre …«, wiederholte Cameron. Das Sprechen bereitete ihm plötzlich Mühe, eine Trauer schwer wie Blei lag in jedem einzelnen Wort.

»Es tut mir sehr leid, glaub mir«, sagte Kora. Sie stand so nahe, dass er ihren Atem im Gesicht spürte.

»Und hier? Ich weiß jetzt, wer du bist.«

»Dies ist mein Schiff, und von nun an gehörst du zur Mission. Es ist jetzt *unsere* Mission.«

Cameron griff in eine Tasche seiner Uniformhose und holte einen kleinen Gegenstand hervor, der aussah wie eine silberne Münze: ein Memo-Medaillon. Als er mit dem Finger darüber strich, erschien sein Gesicht auf der einen und Koras auf der anderen Seite. »Ich bin bei dir«, sagte die junge Kora auf dem Medaillon leise, nur für ihn.

»Freunde für immer«, sagte der ältere Cameron.

»Du hast es noch«, freute sich Kora.

»Ich habe es immer bei mir getragen, jeden einzelnen Tag.« Selbst während meiner Zeit mit Myra, die dich nicht ersetzen konnte, fügte er in Gedanken hinzu.

Kora ergriff seine Hand. »Komm.«

Sie führte ihn in den Ruheraum, zu einem Bett, das eigentlich nur für eine Person bestimmt war.

Plötzlich lächelte sie wieder, nicht wie das Mädchen von Harkonia und Uxor, sondern wie die junge Frau vor über zwanzig Jahren. »Erinnerst du dich daran, was ich dir damals gezeigt habe, im Orbiter von Karunna?«

»Ich bin mir nicht sicher«, log Cameron. »Vielleicht habe ich es vergessen.«

»Dann muss ich es dir noch einmal zeigen«, sagte Kora und zog ihn zum Bett.

40

»Nur wir sind übrig«, sagte Kora leise, als sie nebeneinander auf dem Bett lagen, so dicht, dass sich ihre Körper berührten, warm an warm. »Nur wir beide.«

»Ich habe zwanzig Jahre geglaubt, der einzige Überlebende von uns zu sein«, erwiderte Cameron. »Von uns Kindern auf Harkonia. Ein kleines Zeichen von dir, nur ein Wort …«

»Es ging nicht.« Kora drehte den Kopf und sah ihn an. »Es war unmöglich.«

»Ich bin nicht der Feind.«

»Natürlich nicht, Cam«, antwortete Kora mit ihrer sanften Stimme. »Aber der Feind ist unter uns, immer noch. Er trägt menschliche Masken.«

»Du meinst die Übernommenen?«

»Ja.«

»Ich gehöre nicht zu ihnen.«

»Nein, du nicht«, bestätigte Kora mit einem Lächeln.

»Ich dachte, wir hätten sie alle gefunden«, sagte Cameron. »Schon vor Jahren. Mit der Amygdala-Signatur konnten wir sie identifizieren.«

»Wir haben es geheim gehalten«, vertraute ihm Kora an. »Der Feind soll glauben, uns mit seiner verbesserten Tarnung überlistet zu haben, das ist Teil unserer Mission. Offenbar stahl er nur wenigen Menschen das Menschsein, um kein Aufsehen zu erregen. Die Übernommenen halten sich zurück, bis sie in entscheidenden Momenten Anweisungen von den Honta erhalten und dann entsprechend aktiv werden. Ein paar von ihnen haben sich dadurch enttarnt, aber es gibt sicher noch weitere.«

»Du meinst hochrangige Offiziere«, vermutete Cameron.

»Ja.«

»Im Oberkommando?«

»Ja.«

»Und im strategischen Korps.«

Kora nickte.

»Ich nehme an, ich werde keine Namen von dir bekommen.«

»Ich bin zu strengster Geheimhaltung verpflichtet.«

»Aber du hast mir bereits das eine oder andere verraten«, sagte Cameron.

»Weil du jetzt zu uns gehörst.« Kora legte ihm wie besitzergreifend die Hand auf die Brust.

Er musterte sie übertrieben kritisch. »Wer sagt mir, dass das hier kein Trick ist? Wer sagt mir, dass du nicht zu den Übernommenen gehörst?«

Ihre Finger wanderten nach unten und ergriffen ihn. »Würde eine Übernommene *das* tun?«

Cameron wuchs in ihrer Hand und fühlte sich leicht, fühlte Empfindungen, die bisher in seinem Leben gefehlt hatten. »Vielleicht willst du nur glaubhaft sein.«

»Wie kann ich dich überzeugen?«, fragte Kora.

Cameron zeigte es ihr.

In einem Schlaf, so tief wie seit Jahren nicht mehr, träumte Cameron von einem brennenden Himmel und dem Geruch von Feuer und Asche.

Er wankte durch ein Trümmerfeld, nicht als Junge, sondern als Mann, der den Krieg und seine Winde kannte. In der Linken hielt er ein Medaillon, das ihm sehr wichtig war, und in der Rechten eine verbrannte Hand, nicht die seiner Mutter, sondern Koras. Er starrte darauf hinab, das Gefühl des Verlustes so immens, dass er glaubte, davon zermalmt zu werden.

Als er erwachte, lag er auf dem Rücken, mit kaltem Schweiß auf der Stirn. Er atmete flach und blieb reglos liegen, um Kora nicht zu wecken.

Aber sie schlief nicht. »Du hast schlecht geträumt. Möchtest du mir davon erzählen?«

Es war nicht völlig dunkel im Zimmer. Etwas Licht kam durch die offene Tür aus dem Wohnraum des Quartiers mit seinem großen Fenster, durch das man den Abbreviator sehen konnte. Kora lag auf der Seite, ihm zugewandt, ihre Hüfte zeichnete sich unter der dünnen Decke ab.

»Ich bin auf Harkonia gewesen«, sagte er, ohne Einzelheiten zu nennen.

»So weit wir auch in die Zukunft gehen«, erwiderte Kora, »wir können unserer Vergangenheit nicht entkommen.«

»Die Zukunft …« Camerons Gedanken glitten in eine neue Richtung. »Steht sie fest? Unsere Zeit jetzt, *diese* Zeit, war einst die Zukunft für uns, für die Kinder von Harkonia. Hat sie damals schon existiert? Hätten wir sie geändert, indem wir einen anderen Weg beschritten hätten?«

»Du hast mit der Königin gesprochen«, sagte Kora. »Ich kenne die Berichte.«

»Harkonia und all die anderen Welten.« Cameron sprach leise ins Halbdunkel. »All die Menschen, die gekämpft haben und gestorben sind …«

»Unser Vater.«

»Grindel, ja. Und Oberon, Tjuscha, Melkom, Ganto, Qurek und Palmi. Ihre Bemühungen, ihr Leid, ihre Schmerzen … War alles umsonst?«

»Das sind gefährliche Überlegungen«, warnte Kora. »Vielleicht wollte dir die Königin genau diese Gedanken in den Kopf setzen.«

»Könnte sie recht haben?«, fragte Cameron. »Könnte der Krieg wirklich verloren sein? *Werden* wir ihn verlieren?«

»Wir haben ihn von den Generationen vor uns geerbt«, entgegnete Kora. »Wir setzen den Kampf fort, so gut wir können.« Sie legte eine kurze Pause ein. »Aber das genügt vielleicht nicht.«

Die Bordsysteme der *Sonora* flüsterten wie ein leiser Wind im Wald. Die ewige Stille des Alls lag nur wenige Meter entfernt.

»Wir werden immer schwächer«, sagte Cameron. »Seit dem Vorstoß des Feindes in den Kern vor einigen Jahren mussten wir Dutzende von Welten in Zirkumferenz und Schale aufgeben. Es ist wie eine Schlinge, die sich um unseren Hals gelegt hat und die langsam zugezogen wird. Die strategischen Prognosen sehen nicht gut aus.« Und dann fügte er schnell hinzu: »Das ist streng vertraulich.«

»Ja, Cam, ich weiß und ich verstehe.« Koras Hand bewegte sich und berührte ihn wieder an der Wange. Der Kontakt brachte Wärme, aber nicht die von verbrannten Fingern. »Wir sind allein, niemand hört uns. Und zumindest wir müssen darüber sprechen können.«

Wir sind allein, wiederholte Cameron in Gedanken. Das *Wir* in dem Satz gefiel ihm. Wenn es ein *Wir* gab, wurde das *Allein* klein und unbedeutend.

»Was können wir tun«, fragte er, »damit die Generationen vor uns und auch wir selbst nicht umsonst gekämpft haben?«

»Ich kenne deine Berichte für Korps und Oberkommando«, sagte Kora. »Du hast selbst darauf hingewiesen: Wir müssen unsere Vorgehensweise überdenken. Wir brauchen neue Strategien. Wir müssen die Übernommenen in Schlüsselpositionen ausfindig machen, damit sie keinen Schaden anrichten können. Wir müssen herausfinden, was den Feind in die Lage versetzt, uns überraschend anzugreifen, ohne dass unsere Vorwarnsysteme im Fluidal und bei den Brücken reagieren.«

»Er kommt wie aus dem Nichts«, murmelte Cameron.

»Dazu brauchen wir die Königin«, sagte Kora. Ihre Hand lag jetzt auf seiner Brust. »Und wir brauchen dich. Sie ist bereit, mit dir zu sprechen. Vielleicht gelingt es dir auf Ophiucha, mehr herauszufinden. Wie werden die Honta synchronisiert? Können wir die Synchronisation irgendwie rückgängig machen? Es wäre leichter für uns, gegen einzelne, voneinander unabhängige Gegner zu kämpfen. Wie wird der Kontakt zu den bisher unentdeckt gebliebenen Übernommenen hergestellt? Können wir die Verbindung unterbrechen? Wie sehen die Pläne der Honta aus? Es wäre wundervoll, eine Antwort *darauf* zu bekommen!«

Cameron legte seine Hand auf Koras. Es fühlte sich gut an. »Für mich lauten die beiden wichtigsten Fragen: Kommt der Feind tatsächlich aus der Zukunft?« Er zögerte. »Und wenn Mrarl die Zukunft kennt: Wie konnte sie dann in Gefangenschaft geraten? Sie hätte wissen müssen, was passiert, und mit diesem Wissen ihre Gefangennahme verhindern können.«

Kora kam noch etwas näher und schenkte ihm ihre lebendige Wärme. »Der Krieg lässt uns nicht in Ruhe, nicht einmal hier.«

»Er ist immer bei uns«, sagte Cameron. »Wir können ihm nicht entkommen.«

Aber wir müssen nicht allein sein, dachte er, drehte sich auf die Seite und legte den Arm um Kora.

Plötzlich flutete helles Licht durch die halb offene Tür zum Wohnraum. Cameron kniff geblendet die Augen zusammen.

Einen Moment später kippte er zur Seite, als sich die lokale Schwerkraft veränderte.

Ein Heulen ging durch die *Sonora,* durchdrang Wände und Schotten.

Kora sprang aus dem Bett. »Wir werden angegriffen! Der Feind ist da!«

EINE BRÜCKE BRENNT

Cameron: 38, 29. März 3264 Terrastandard
Beim Abbreviator Ungox Vierzehn, 11209 Lichtjahre von der Erde entfernt

41

Gänge und Korridore, hell und dunkel, die meisten laut, einige gespenstisch leise … Cameron lief durch die *Sonora,* erreichte eine Ausrüstungskammer und streifte dort so schnell er konnte einen leichten Kampfanzug über, der sich seinem Körper anpasste. Das Datenvisier präsentierte ihm zahlreiche rote Symbole und Statuscodes. Er aktivierte das Kommunikationssystem.

»Kora?«

»Ich kümmere mich um die *Sonora*«, drang ihre Stimme aus dem Helmlautsprecher. »Hol uns die Königin, Cam. Die Verteidigung von Ungox Vierzehn ist nicht unsere Aufgabe. Wir müssen nach Ophiucha.«

»Ich bin unterwegs.«

»Ich warte auf dich. Bleib am Leben, Cam!«

»Und du ebenfalls!«

Er verließ die Ausrüstungskammer und lief wieder, zumindest die ersten Meter. Dann veränderte sich erneut das lokale Gravitationsfeld – eine unsichtbare Faust schmetterte ihn gegen die Wand.

Für einen Sekundenbruchteil lastete ein tonnenschweres Gewicht auf ihm, dann reagierte die Sicherheitsautomatik, und der Gravitator des Kampfanzugs schuf ein eigenes G-Feld. Cameron flog mit dem Prioritätssignal eines Admirals durch den Hauptkorridor, schwebende Besatzungsmitglieder der *Sonora* wichen ihm aus.

»Hudson?«

»Ich höre Sie, Admiral.«

»Die Königin muss sofort zur *Sonora* gebracht werden.« Cameron erreichte das Andockmodul, das Koras Fregatte mit dem Abbreviator verband. Zwei Crewmitglieder wichen beiseite, ein drittes öffnete den Zugang. »Ich brauche einen Schildkäfig und ein Transportmittel, am besten einen schnellen, wendigen Angriffsjäger – es würde zu lange dauern, Mrarl durch den Abbreviator zur *Sonora* zu bringen.«

»Ich bereite alles vor, Admiral«, vernahm Cameron die tiefe Stimme des Mikronauten. »Hangar Zwei. Nehmen Sie nicht den direkten Weg. Wir haben vollen Gefechtsalarm. Die Kampfsegmente von Ungox Vierzehn werden rekonfiguriert und separiert.«

Das Datenvisier zeigte Cameron eine graphische Übersicht mit einer Wegmarkierung. Inzwischen hatte er die *Sonora* verlassen und flog mit der Schwerkraftblase seines Gravitators durch den Abbreviator. Erneut schuf das Prioritätssignal freie Bahn für ihn. Techniker in Schutzanzügen und Soldaten in schweren Kampfmonturen, jeder von ihnen in ein eigenes Gravitationsfeld gehüllt, machten Platz.

Cameron hielt sich nicht damit auf, die Situationscodes und blinkenden Symbole im Datenvisier zu interpretieren. Seine Aufmerksamkeit galt vor allem der Wegmarkierung.

»Status, Hudson!«

Die Antwort kam sofort. »Sechs Angreifer, Admiral. Eine Viper, vier Nattern und eine besonders kampfstarke Kobra. Damit hätte der Feind genug Waffenpotenzial, um Ungox Vierzehn und die angedockten Schiffe innerhalb kürzester Zeit zu zerstören.«

Cameron wandte sich nach rechts, in einen schmalen Korridor, der zunächst tiefer ins Innere des Abbreviators führte, bevor er sich in Richtung des Andockmoduls der *Splenda* fortsetzte. Ein Umweg, der jedoch Zeit sparte, denn die Konfiguration der Kampfsegmente im Außenbereich hätte ihn aufgehalten.

»Aber er nutzt seinen Vorteil nicht«, fuhr Hudson fort. »Der Feind könnte mit seinen Deformatoren und Destruktoren – ganz zu schweigen von einer Mikrosingularität – den Abbreviator innerhalb kurzer Zeit zerstören.«

»Doch er tut es nicht«, zischte Cameron im Innern seines Helms.

Nur noch wenige Meter. Um ihn herum verschoben sich die Wände. Helles, heißes Licht fraß sich von der einen Seite in den Korridor, verbrannte und verdampfte Stahlkeramik und Komposit. Camerons Schutzschild flackerte, etwas packte ihn und zog ihn fort, trotz des Gravitators.

Für einige Sekunden verlor er die Orientierung. Trümmer umgaben ihn, einige davon groß genug, um ihm mit Masse und Bewegungsmoment gefährlich zu werden. Allein auf die Sicherheitsautomatik konnte er sich nicht verlassen, und deshalb begann Cameron mit einer vom Autopiloten unterstützten manuellen Steuerung, die ihn aus der unmittelbaren Gefahrenzone bringen sollte.

Er befand sich nicht mehr im Abbreviator, sondern im All, mehrere hundert Meter von Ungox Vierzehn entfernt. Auf der einen Seite leuchtete der kleine rote Stern Berel, umgeben von einer Schar Planeten, unter ihnen Nembrosch, als daumennagelgroße Scheibe auszumachen. Auf der anderen wölbte sich der massige Rumpf von Ungox Vierzehn, an mehreren Stellen von Raketen und Explosionen aufgerissen. Der Zoom zeigte Cameron geborstene Generatorspindeln und gebrochene Fokussierspiralen. Mehrere Ringelemente waren zerstört und bildeten Trümmerwolken.

Der Abbreviator konnte nicht mehr senden und empfangen und war damit von Nachschub und Unterstützung abgeschnitten.

Etwas trieb dicht an Cameron vorbei. Er drehte sich mit Hilfe des Gravitators und sah im Licht der Helmlampe die Leiche einer Frau, das Haar ausgebreitet, das Gesicht von explosiver Dekompression entstellt.

»Hudson?«

»Ich höre Sie, Admiral«, meldete sich der Mikronaut. »Die Verbindung ist schlechter geworden. Statusaktualisierung. Die Viper ist nach Nembrosch unterwegs, vielleicht vermutet der Feind dort einen Stützpunkt.«

»Den es nicht gibt.« Cameron fand das Identifizierungssignal der *Splenda* und wies den Autopiloten an, ihn auf einem schnellen, sicheren Kurs zum schweren Kreuzer zu bringen.

Die Leiche der Frau, mit der er fast kollidiert wäre, blieb hinter ihm zurück.

»Aber Sie waren dort, Admiral«, erwiderte Hudson. »Sie haben den Planeten besucht.«

Konnte das die Erklärung sein? Hatte der Feind von ihm gewusst, vielleicht deshalb, weil er aus der Zukunft kam, von einer der »Wellen«, die Mrarl erwähnt hatte? Aber warum sollte er, Cameron, für die Honta wichtig genug sein, eine Viper nach Nembrosch zu schicken?

Er schob den Gedanken beiseite. Dort war die *Splenda*, er sah ihre Positionslichter und das vage Glühen der Schildblasen, die sie umgaben. Ein Schatten näherte sich ihr, ein dunkles Wogen und Wabern, geschaffen von einem Schirmfeld, hinter dem Tausende von Skitter-Modulen ein rekonfigurierbares Schiff bildeten.

»Die Kobra befindet sich …«

»Ich sehe sie«, unterbrach Cameron den Mikronauten. »Sie ist bei der *Splenda*. Deshalb ist der Feind hier. Wegen der Königin. Und jetzt wissen wir auch, warum Mrarl ihre Gefangennahme nicht vermieden hat. Sie wusste, dass wir sie nicht töten würden, weil wir Informationen von ihr wollten, und sie wusste, was sie hier bei unserem Abbreviator erwartet.«

»Darauf deutet alles hin«, bestätigte Hudson. »Der Kobra geht es nicht darum, die *Splenda* zu zerstören. Sie beschränkt sich auf den Versuch, ihre Schilde zu neutralisieren, und das wird ihr gleich gelingen. Die vier Nattern haben vor allem die Aufgabe, unsere Verteidiger von ihr fernzuhalten.«

»Was ist mit der Königin?« Cameron reduzierte seine Geschwindigkeit, denn es war sinnlos geworden, den schweren Kreuzer erreichen zu wollen. Die Honta waren bereits da, und ohne eine Armee konnte er unmöglich gegen sie bestehen.

»Sie wird gerade an Bord eines Angriffsjägers gebracht, im Innern eines Schildkäfigs, wie von Ihnen angeordnet, Admiral.«

Cameron hatte eine Idee, über die er nachdachte, während er im All schwebte, etwa einen Kilometer vom nächsten Maschinendorn des Abbreviators entfernt. Um ihn herum zerrissen Blitze die Dunkelheit des Weltraums. Die schematischen Darstellungen des Datenvisiers zeigten ihm nahe Trümmerteile, und er wies den Autopiloten an, ihnen automatisch auszuweichen, während er das Geschehen beobachtete und sich fragte, wie viel der Feind wissen konnte.

Seine Gedanken gehörten ihm, da war er sicher. Dass Mrarl über telepathische Fähigkeiten verfügte, hielt er für unwahrscheinlich. Wusste der Feind dennoch schon, was Cameron tun würde, für welche Möglichkeiten er sich entschied? War der Feind darauf vorbereitet?

Weitere Lichter gleißten in der Dunkelheit, als sich Kampfeinheiten aus dem Rumpf des Abbreviators lösten und von Impulsern und Deformatoren des Feindes vernichtet wurden. Und da – die Brücke zeigte sich, was nur sehr selten passierte: eine fast zehn Kilometer lange Bruchstelle im Raum-Zeit-Gefüge, ein Spalt in und zwischen den Dimensionen, durch den Schiffe viele Lichtjahre entfernte Orte erreichen konnten. Die Trümmer mehrerer zerstörter Ringelemente waren hineingestürzt, und die Energien des unkontrollierten Transits machten sichtbar, was menschlichen Augen normalerweise verborgen blieb.

Cameron traf seine Entscheidung.

»Übertragen Sie so viele Daten wie möglich in Ihr Simulacrum,

Hudson.« Er sprach schnell und wandte sich direkt an die Denksubstrate der *Splenda.* »Schicken Sie den Mikronauten an Bord des Angriffsjägers mit der Königin. Flugziel hunderttausend Kilometer oberhalb des Abbreviators, auf die Ebene der Ekliptik bezogen. Der Jäger soll sich *sofort* auf den Weg machen!«

Cameron veränderte die Justierung des Gravitators, wurde schneller und entfernte sich von Ungox Vierzehn. Die Spindeln und Spiralen mit dem Feuer der Vernichtung an ihnen schrumpften unter ihm.

»Bestätigt«, lautete die Antwort, untermalt von einem lauten Knistern und Rauschen aus dem Helmlautsprecher. »Datentransfer findet statt. Angriffsjäger wird ausgeschleust.«

»Evakuierung aller Abteilungen! Die beiden Superpositionatoren der *Splenda* für kritische Zündung vorbereiten! Die anderen Schiffe sollen sich von ihr entfernen und in den Sekundärraum springen!« Cameron sprach erneut sehr schnell. Manchmal waren Worte schrecklich langsam. »Maximale Ladung!«

Die ersten zehntausend Kilometer waren zurückgelegt. Cameron leitete die Reserveenergie des Kampfanzugs in den Gravitator und wurde noch etwas schneller.

»Bei maximaler Ladung kommt es in zwei Minuten zu einer Explosion, die den schweren Kreuzer zerstören wird«, gab Hudson zu bedenken.

»Nicht nur ihn«, entgegnete Cameron. »Es wird zu einer Kettenreaktion kommen. Die Explosion wird den ganzen Abbreviator und damit auch die Brücke destabilisieren. Es wird ein energetischer Strudel entstehen, der Ungox Vierzehn und alles vernichtet, was sich in der Nähe befindet. Mit ein wenig Glück geraten die feindlichen Schiffe in den Sog, das wäre ihr sicheres Ende.«

»Evakuierung wird eingeleitet«, erklang Hudsons Stimme. »Die Superpositionatoren der *Splenda* werden geladen.«

Konnte der Feind das vorausgesehen haben? *Erinnerte* er sich daran, weil es für ihn bereits geschehen war? Cameron begriff, dass ihn diese Überlegungen nur ablenkten und er damit kostbare Zeit verlor. Er war ein linear lebendes und denkendes Individuum, er trieb im Strom der Zeit, anstatt nach Belieben darin zu schwimmen.

Dort war er, der Angriffsjäger. Cameron sah ihn in der taktischen Anzeige des Datenvisiers, ein blauer Punkt, der wie er selbst vom Abbreviator aufstieg.

»Die *Sonora* wird angegriffen«, meldete Hudson.

Eine zweite Anzeige zeigte ihm eine Natter, die Koras Fregatte unter Beschuss nahm.

»Kora!«, stieß Cameron hervor. »Hörst du mich?«

»Ich höre dich.« Die Worte verloren sich fast im lauten Zischen und Prasseln. »Ich kann nicht warten. Wir müssen den Abbreviator verlassen. Wo bist du?«

»Bring dein Schiff in den Sekundärraum!«, rief Cameron im Innern seines Helms. »Warte ein Lichtjahr entfernt, in Sicherheit!«

»Wo bist du?«, fragte Kora erneut, ihre Stimme seltsam ruhig.

Die taktischen Einblendungen im Datenvisier wiesen darauf hin, dass die *Sonora* ihren Andockplatz verlassen hatte. Impulser-Energie zerstob an den Schilden der Fregatte.

»Ich kümmere mich um die Königin«, antwortete Cameron. »Mach dir keine Sorgen um mich.«

»Wir haben dein Signal angepeilt«, tönte es aus dem Kommunikationssystem. »Ich komme und hole dich!«

»Nein!«, widersprach Cameron heftig. »Bring dich in Sicherheit, solange du noch Gelegenheit dazu hast!«

Es zischte und knackte so laut, dass keine Worte mehr zu verstehen waren.

»Noch neunzig Sekunden bis zur kritischen Überladung«, meldete Hudson. »Die *Sonora* kann nicht frei manövrieren. Eine zweite Natter nähert sich ihr.«

Nattern waren kleiner als eine Fregatte, kaum halb so groß,

aber selbst ein solcher Gegner stellte eine ernste Bedrohung für die *Sonora* dar. Gegen zwei hatte sie keine Chance.

Während sich seine Entfernung vom Abbreviator vergrößerte, versuchte Cameron noch einmal, Kora zu erreichen. »Bring dein Schiff in den Sekundärraum – sofort!«

Er hörte eine Stimme, aber es war nicht die von Kora, sondern Hudson.

»Statusaktualisierung. Kritische Phase wird schon in dreißig Sekunden erreicht, die Superpositionatoren der *Splenda* sind bereits instabil. Ich steuere den Angriffsjäger jetzt sofort zu Ihnen, Admiral. Bitte passen Sie Ihren Kurs an.«

Cameron veränderte die Einstellungen des Gravitators und beobachtete auf dem Datenvisier, wie sich ihm der blaue Punkt, der die Position des Angriffsjägers markierte, schnell näherte.

»Hörst du mich, Kora? Lass dich vom Feind nicht in die Zange nehmen! Ins Fluidal, sofort!«

Beim Abbreviator blitzte es, heller als zuvor, ein Licht, das alle anderen überstrahlte.

»Die *Splenda* …«, begann Cameron.

»Nein, Admiral«, fiel ihm Hudson ins Wort. »Das war die *Sonora*. Ein Deformator hat sie zerrissen.«

42

Kora, dachte Cameron, dann war sein Kopf plötzlich leer.

»Admiral?«, hörte er Hudsons Stimme. »Noch fünfzehn Sekunden. Ich bin gleich bei Ihnen.«

Der blaue Punkt auf dem Datenvisier rückte seiner eigenen Position immer näher, doch Cameron bemerkte noch etwas anderes, mehrere Signalcodes dort, wo sich eben noch die *Sonora* befunden hatte.

»Sind das Rettungskapseln?« Wilde Hoffnung stieg in ihm auf.

»Hat jemand die *Sonora* verlassen können, bevor sie auseinanderbrach?«

»Bestätigt, Admiral.« Der Angriffsjäger – vierzig Meter lang und nur mit einem Plasmatriebwerk ausgestattet, nicht mit einem Superpositionator für den interstellaren Flug – erschien neben Cameron, die Luke bereits geöffnet. Das Schirmfeld verschwand.

Cameron betätigte die Kontrollen des Gravitators und steuerte sich durch die Luke, den Kopf plötzlich wieder voller Gedanken.

Er wartete nicht ab, bis sich der Zugang hinter ihm geschlossen hatte.

»Zurück zum Abbreviator, Hudson!«, befahl er. »Zu den Rettungskapseln der *Sonora*. Versuchen Sie, einen Kontakt herzustellen.« In seinem Kampfanzug und den Helm noch immer geschlossen zwängte sich Cameron durch die schmale Innenluke des Angriffsjägers.

»Dafür reicht die Zeit nicht aus, Admiral«, erwiderte der Mikronaut.

Cameron erreichte den kleinen Kommandostand des Angriffsjägers in dem Augenblick, als die beiden Superpositionatoren der *Splenda* den kritischen Zustand überschritten – vom Statusschirm über der Flugkonsole flutete ihm grelles Licht entgegen. Er nahm sich nicht die Zeit, die Systeme seines Kampfanzugs zu deaktivieren, sank in den Pilotensessel und streckte gleichzeitig die Hände nach den Kontrollen aus.

Rote Warnsymbole erschienen inmitten der Lichtflut des großen Statusschirms und wiesen darauf hin, dass sich die Brücke unkontrolliert öffnete. Ein energetischer Strudel entstand, ein Vortex, der alles ansaugte, was sich im Umkreis von zwanzig Lichtsekunden befand. Nicht nur der Abbreviator, die Rettungskapseln der *Sonora* und die Schiffe der Honta befanden sich in seinem Einflussbereich, sondern auch der Planet Nembrosch.

»Das Gravitationsgleichgewicht im Berel-System wird gestört«, stellte Hudson fest. Der kleine silberne Humanoide hatte sich links von Cameron auf der Flugkonsole verankert. »Ich empfehle vollen Notschub. Wenn wir einige Millionen Kilometer weiter über die Ebene der Ekliptik aufsteigen, könnte es uns gelingen, dem Sog der Brücke zu entkommen.«

Camerons Hände flogen über die Kontrollen und fuhren das Plasmatriebwerk des Angriffsjägers hoch auf volle Leistung. Doch er nahm nicht Kurs auf den interstellaren Raum oberhalb des Berel-Systems, sondern richtete den Bug auf die Trümmerwolke, in die sich Ungox Vierzehn verwandelt hatte.

»Ambientale Systeme aus«, sagte er. Der Kampfanzug machte ihn autark, zumindest für einige Stunden. Er brauchte die Lebenserhaltungssysteme des Angriffsjägers nicht, und Hudson ohnehin nicht.

»Ambientale Systeme sind aus«, bestätigte der Mikronaut.

Cameron leitete die zusätzliche Energie ins Triebwerk. Der Jäger wurde noch etwas schneller.

»Sie begehen einen Fehler, Admiral«, sagte Hudson.

Cameron dachte an Kora. »Menschen sind nicht perfekt«, erwiderte er und begann mit einem Scan der Kommunikationsfrequenzen.

»Es geht auch um meine Existenz«, betonte der Mikronaut.

Das ließ Cameron kurz innehalten, für einen Sekundenbruchteil. »Kora, hörst du mich?«, sendete er auf allen Kanälen der Vereinten Streitkräfte.

»Sie haben gerade ein Leuchtfeuer gezündet, Admiral, das die Honta unmöglich übersehen können.«

Und wenn schon, dachte Cameron. Es spielte keine Rolle mehr. Die Umstände erlaubten es nicht, auf irgendetwas Rücksicht zu nehmen.

Plötzlich fiel ihm etwas ein. »Wo ist die Königin?«

»Ihr Schildkäfig befindet sich im Waffenraum«, antwortete Hudson. »Pulsator und Gravitationskatapult wurden entfernt, um dort genug Platz zu schaffen.«

»Sie ist ein Faustpfand.« Cameron blickte durch das Datenvisier auf die Kommunikationsanzeigen. »Der Feind wird uns nicht angreifen, solange sie an Bord ist und lebt.«

»Wenn er von ihr weiß.«

»Oh, er weiß von ihr, immerhin kommt er aus der Zukunft.« Cameron sprach wieder schneller. »Er kennt die Geschehnisse, für ihn sind sie Vergangenheit.«

»Vielleicht kennt er sie in groben Zügen«, gab Hudson zu bedenken. »Aber nicht in allen Einzelheiten.«

Eine andere Stimme erklang. »Bist du das, Cam?«

»Kora!«, entfuhr es ihm. »Ich bin unterwegs zu dir und brauche deine Koordinaten!« Er suchte nach einem Hinweis in den Daten seines Visiers und gleichzeitig bei den Kommunikationsanzeigen.

»Nein, wir ...« Ein durch Mark und Bein gehendes Quietschen zerriss Koras Worte und unterbrach die Verbindung.

»Die Kommunikationssignale werden von Störstrahlung überlagert«, sagte Hudson. »Es ist kein Kontakt mehr möglich.«

»Kora?«, rief Cameron. »Hörst du mich? Ich brauche Koordinaten!«

Eine Hälfte des Statusschirms zeigte die Brücke, die zu einem Moloch geworden war, zu einem gierigen, hungrigen Schlund, der alles fraß, was in seine Nähe geriet: ein fünfzigtausend Kilometer langes und mehrere hundert Kilometer breites Wabern in blutigem Rot und schwefligem Gelb, wie eine offene Wunde mitten im All, ein immer noch länger und breiter werdender Riss in der Struktur von Raum und Zeit.

Der Sog erfasste die Kobra des Feindes, fast vierhundert Meter groß, jenes Schiff, das versucht hatte, die Schilde der *Splenda* zu neutralisieren, um die Königin zu befreien. Cameron beobachtete, wie sich ihre Skitter-Module voneinander lösten, wie sie ihre Integrität verloren und in die Brücke fielen.

»Wir könnten unsere jetzige Geschwindigkeit zu unserem Vorteil nutzen.« Hudson sprach lauter, um das Dröhnen des Plasmatriebwerks zu übertönen. »Vielleicht sind wir schnell genug, um dem Sog zu entkommen.«

Auf dem Statusschirm erschien eine von Kursdaten begleitete Linie, die am Riss in der Raum-Zeit vorbeiführte. Cameron achtete nicht darauf und suchte weiter nach Koras Rettungskapsel.

»Wir müssen den Kurs ändern.« Hudson nannte die Koordinaten.

»Wo ist Kora?«, stieß Cameron hervor.

Eine Natter des Feindes verschwand mit einem kurzen Aufblitzen im Schlund, und für einen Moment fragte sich Cameron, was mit dem Schiff geschah. Brach es auseinander, irgendwo zwischen den Dimensionen und Zeiten? Abbreviatoren nutzten die Brücken, die »dünnen« Stellen der Raum-Zeit, für den Transit von Schiffen über Hunderte und sogar Tausende Lichtjahre hinweg. Kehrte die gerade verschwundene Natter auf der anderen Seite der Milchstraße ins vierdimensionale Kontinuum zurück? Oder vielleicht in einer anderen Galaxis?

Mehrere Rettungsboote von Ungox Vierzehn folgten der Natter in die aufgeblähte Brücke.

»Admiral?«, drängte Hudson. »Es bleiben nur noch wenige Sekunden, um dem Sog zu entgehen.«

Ein Blitz, heller und größer als alle anderen zuvor, zerschnitt das All und verbrannte Dutzende von Skitter-Modulen. Er stammte von den Energiekernen des Abbreviators, verdampfte die Reste von Ungox Vierzehn und gleißte mitten in die entartete Brücke, die dadurch noch größer wurde und einige Rettungskapseln verschluckte, darunter vielleicht die von Kora.

Etwas in Cameron wurde kalt wie Eis.

»Kursänderung!«, befahl er. »Ausweichmanöver!«

Das Dröhnen des Plasmatriebwerks wurde zu einem Heulen, das in seinen Zähnen vibrierte. Etwas zog und zerrte an ihm, was die Sicherheitsautomatik des Kampfanzugs veranlasste, den Gravitator zu reaktivieren.

»Es ist zu spät«, teilte ihm Hudson mit. »Wir können dem Sog nicht mehr entkommen.«

Zwischen zwei Sekunden, zwischen Stille und Sturm, Leben und Tod …

Der Stratege in Cameron traf eine schnelle Entscheidung. Es gab nur einen Weg, erkannte er.

»Kurs auf das Zentrum der Brücke!«, ordnete er an. »Voller Schub!«

Mitten hinein ins Chaos, ins wabernde Herz des energetischen Strudels. Das Auge des Sturms, sein ruhiger Kern. Die Zone der Ruhe und Stille, umgeben von feuriger Zerstörung.

War der Angriffsjäger stabil genug? Reichten seine Schilde aus?

Wusste die Königin auch diesmal, was geschehen würde? Hatte sie vorher gewusst, dass sie am Leben blieb, weiterhin Teil der großen Geschichte der Honta?

Oder ging ihre Episode an dieser Stelle zu Ende?

Etwas dämpfte das Heulen, es wurde leiser. Die Statusanzeigen auf dem großen Schirm über der Flugkonsole veränderten sich nicht mehr. Aus dem Augenwinkel sah Cameron, wie die Wand links von ihm transparent wurde, sie schien sich aufzulösen. Dahinter glühten Energieschlieren wie in der Zeit eingefrorene Flammen.

Die Lider wurden ihm schwer.

Er schloss die Augen.

ZWEITER TEIL

AM ENDE DER ZEIT

DER HIMMEL IST LEER

Cameron. 38, ∞
Nembrosch

43

Die Welt war dunkel, und es schneite Stickstoff.

In einen Kampfanzug und obendrein einen Schild gehüllt, stand Cameron auf einer Anhöhe und betrachtete Bilder einer Welt, von der er mit bloßen Augen, ohne die Darstellungen im Datenvisier, kaum etwas gesehen hätte.

»Die Atmosphäre kondensiert«, sagte Hudson, ein vertrautes kleines Gewicht auf seiner linken Schulter.

»Sie gefriert«, pflichtete ihm Cameron bei.

Es würde kaum länger dauern als einige Tage, dachte er und stellte sich vor, wie sich ein Panzer aus Eis und Schnee um den ganzen Planeten legte, dick genug, um selbst die hundert Meter hohen dunkelroten Bäume unter sich zu begraben. Verschont blieben vielleicht nur jene, die sich auf Berggipfeln erhoben, aber auch sie konnten nicht überleben. Nembrosch erstarrte in Kälte und starb.

An den Fäden und Strängen zwischen den Bäumen hatte sich eine dünne Eisschicht gebildet wie Raureif. Die meisten vielbeinigen Kriecher in ihnen waren bereits tot. Nur einige wenige bewegten sich noch, auf der vergeblichen Suche nach einem Rest Wärme, und ihr Leuchten verblasste immer mehr. Einer der letzten überlebenden Leuchtkriecher, etwas größer als Camerons Daumenkuppe, verharrte im vereisten Strang direkt vor ihm, und Cameron glaubte, seinen Blick zu spüren, obwohl das kleine Geschöpf keine erkennbaren Augen hatte.

»Es ist nicht meine Schuld«, flüsterte er im Innern des Helms. »Es tut mir leid.«

Die Beine des Leuchtkriechers zitterten ein letztes Mal und rührten sich dann nicht mehr.

Dunkelheit kroch von allen Seiten heran.

»Es ist ein Wunder, dass der Planet überhaupt noch existiert«, sagte Hudson. »Die energetischen Turbulenzen hätten ihn zerreißen müssen.«

Cameron sah zurück zum Angriffsjäger, der am Fuß der Anhöhe stand, am Ende der Fußspuren, die er im Schnee hinterlassen hatte. Das Raumfahrzeug hatte den Sturz durch die Energiestrudel des Vortex fast unversehrt überstanden. Mehrere Bots reparierten kleine strukturelle Schäden am vierzig Meter langen Rumpf und ersetzten einen Sensorcluster am Heck in unmittelbarer Nähe des Plasmatriebwerks. Aus einer Entfernung von einigen hundert Metern betrachtet, hätte man sie für Kriecher halten können, denen es irgendwie gelungen war, ihre Netzstränge zu verlassen.

Die internen Systeme funktionierten weitgehend einwandfrei. Den im Datenvisier eingeblendeten Hinweisen entnahm Cameron, dass der Bereitschaftsstatus des kleinen Raumschiffs inzwischen bei knapp über neunzig Prozent lag. Der Schildkäfig mit Mrarl in seinem Innern blieb zu hundert Prozent stabil, das war wichtig.

Cameron hob den Blick. Tausende von winzigen Schneeflocken und Eiskristallen funkelten im Licht seiner Helmlampe. Darüber, wusste er, war der Himmel leer, ohne Sterne. Vielleicht befanden sie sich im Innern einer Dunkelwolke, eines Lichtjahre tiefen Staubschleiers im interstellaren Raum. Eine vollständige Sensorsondierung würde bald Klarheit bringen.

Ein Trümmerfeld erstreckte sich etwa einen Kilometer entfernt, in einer Talmulde, in der sich mehr Schnee angesammelt hatte. Cameron richtete die Scanner des Kampfanzugs darauf und registrierte erneut energetische Emissionen.

»Aktivität«, sagte er, ein Wort, mit dem sich Hoffnung und Sorge zugleich verband.

»Auf einem sehr niedrigen Niveau«, fügte Hudson hinzu. »Nicht genau zu identifizieren.«

»Gefahreneinschätzung?« Cameron überprüfte seine Waffen und den Schild des Kampfanzugs, der zwar viel Energie verbrauchte, aber auch guten Schutz gewährte.

»Unbestimmt«, antwortete der Mikronaut. »Nach den jüngsten Ereignissen sollten wir in jedem Fall auf der Hut sein.«

Cameron machte sich an den Abstieg, unterstützt vom Gravitator, der sein Gewicht verringerte. Die Temperatur sank, der Schnee fiel dichter. Es würde nicht lange dauern, bis seine Fußspuren verschwanden und nichts mehr darauf hindeutete, dass er Nembrosch einen zweiten Besuch abgestattet hatte.

Er ging langsam und vorsichtig, hielt mit Augen und Sensoren nach Feinden und Überlebenden Ausschau. Der Angriffsjäger hatte nur ein einziges Rufsignal gesendet, das ohne Antwort geblieben war, wahrte seitdem Funkstille und lauschte nun, auf allen Kommunikationsfrequenzen der Liga.

Ohne etwas zu empfangen.

Was nicht allzu viel bedeutete, sagte sich Cameron. Weder sein Kampfanzug noch der Angriffsjäger waren mit Caller oder Digit ausgestattet, weshalb sie auf den Hauptfrequenzen der militärischen und zivilen Kommunikation weder senden noch empfangen konnten. Aber das gewöhnliche interplanetare Funkspektrum hätte voller Aktivität sein müssen, auch angesichts der Nähe eines so wichtigen Abbreviators wie Ungox Vierzehn.

Cameron schob diesen Gedanken beiseite, auch den anderen, der damit verbunden war und eine bestimmte Person betraf. Er konzentrierte sich darauf, einen Fuß vor den anderen zu setzen, vorbei an den toten Baumriesen und den sechseckigen Netzen der in Kälte erstarrten Leuchtkriecher. Ein oder zwei Minuten lang überlegte er, ob einige der kleinen Geschöpfe in den Netzsträngen trotz allem überleben konnten, vielleicht weil sie zur Hibernation fähig waren. Er stellte sich vor, wie sie ruhten, vergleichbar mit Menschen im Hyperschlaf, Hunderte oder Tausende von Jahren, bis es wieder wärmer wurde, warm genug für eine neue Atmosphäre.

Im fallenden Stickstoffschnee erschien das erste Trümmerstück, ein etwa drei Meter großes geborstenes Rumpfsegment, das von einem Schiff der Vereinten Streitkräfte stammte, vielleicht vom schweren Kreuzer *Splenda*.

Oder von einer Fregatte namens *Sonora*.

Cameron blieb stehen und sondierte die Trümmer.

»Keine biometrischen Signale«, stellte Hudson fest. »Vor uns befindet sich nicht ein einziger Kampf- oder Schutzanzug, der Telemetrie sendet.«

»Also keine Überlebenden?«, fragte Cameron enttäuscht.

»Darauf deutet alles hin, Admiral.«

Cameron schaltete die Helmlampe aus, weil ihn das im fallenden Schnee gestreute Licht blendete. Stattdessen verließ er sich auf die graphischen Einblendungen im Helmvisier, die ihm den Weg zur Quelle der energetischen Emissionen wiesen, hinter den Trümmern von Schiffen der Streitkräfte und vermutlich auch des Abbreviators. Die Sensoren und Scanner des Kampfanzugs fanden keine Toten oder Leichenteile. Nichts deutete auf die Präsenz organischer Materie hin, als hätte der Vortex, der gewaltige Strudel durch das Gewebe der Raum-Zeit, eine Art Filter enthalten, der alles Biologische eliminiert hatte.

Doch dass Cameron hier war, stand in offensichtlichem Widerspruch zu dieser These. Für das Fehlen von organischem Material bei den Trümmern musste es eine andere Erklärung geben.

»Lassen sich die Trümmer identifizieren?«, fragte er und veränderte die Justierung der Sensoren.

»Einige der strukturellen Monogramme sind intakt«, entgegnete Hudson. »Es handelt sich hauptsächlich um Trümmer der

Splenda und *Sonora*, wie Sie sicher bereits vermutet haben, Admiral. Hinzu kommen Teile anderer Schiffe und des Abbreviators.«

Cameron begann mit einer neuen Sondierung. Um ihn herum fiel der Schnee im Dunkeln wie weißer Staub. »Was ist mit Rettungskapseln?«

»Unbekannt, Admiral.«

Nicht eine Kapsel, dachte Cameron. Nicht einmal identifizierbare Reste von ihnen. Er weigerte sich, den naheliegenden Schluss daraus zu ziehen, sondern ließ eine kleine Sonde aufsteigen, ein Auge in der Nacht. Wenige Sekunden später empfing er ein Bild von ihr, das die Sensordaten im Helmvisier vervollständigte. Das Trümmerfeld war mindestens hundert Hektar groß, wenn man allein die größten Objekte berücksichtigte. Kleinere lagen noch weiter verstreut, zwischen Hügeln und an den Felswänden, die zu einem längst zugefrorenen See hinabführten.

»Nach rechts«, sagte Hudson. »Nach Osten.«

Ein hochfrequentes Pfeifen drang aus dem Helmlautsprecher. Cameron reduzierte die Lautstärke, betrachtete im Helmvisier die Ergebnisse der ersten Analysen durch die automatischen Systeme des Kampfanzugs und ahnte plötzlich, woher die energetischen Emissionen stammten.

Seine Hoffnung schrumpfte, die Sorge wuchs.

Hinter einem Trümmerstück, das vielleicht von einem Ringelement des Abbreviators Ungox Vierzehn stammte, pfiffen Skitter Bruchstücke: dunkle Klumpen wie aus kristallinem Obsidian, einige kantig, andere wie glatt geschliffen, manche kaum größer als zehn Zentimeter, andere mit einem Durchmesser von mehreren Metern. Visuell sah Cameron sie nur als Schemen in der Dunkelheit, vom Schnee der gefrierenden Atmosphäre umtanzt. Aber das Visier zeigte sie ihm in allen Einzelheiten, mit Farbschattierungen, die unterschiedliche Temperaturen verdeutlichten.

»Ein Schiff der Honta ist abgestürzt«, sagte Cameron. »Und es versucht, sich wieder zusammenzusetzen.«

44

»Was haben wir?«, fragte Cameron. »Was steht uns zur Verfügung? Könnten wir etwas zusammenbasteln, eine Bombe mit ausreichend Sprengkraft?«

Er befand sich im kleinen, engen Kommandostand des Angriffsjägers, der Nembrosch in einer Höhe von sechshundert Kilometern umkreiste. Konsolen umgaben ihn, Statusindikatoren leuchteten in einem beruhigenden Grün. Ein Hologramm zeigte den Planeten. Die Welt mit den dunkelroten Riesenbäumen und sechseckigen Supernetzen der Leuchtkriecher verwandelte sich immer mehr in eine weiße Eiskugel.

»Die Einsatzbereitschaft liegt inzwischen bei siebenundneunzig Prozent.« Hudson stand neben der Pilotenmulde, in der Cameron halb saß und halb lag. »Das Plasmatriebwerk hat volle Kapazität. Unsere Bewaffnung besteht aus einer Plasmakanone und zwei semiautarken Raketen ohne Gravitationskatapult. Der Pulsator und das Katapult wurden entfernt, um Platz zu schaffen für den Schildkäfig.«

Cameron betrachtete die Anzeigen. »Könnten wir die Skitter vernichten?«

Ein rotes Gefahrensymbol im Hologramm markierte die planetare Region, in der die Skitter-Bruchstücke nach wie vor aktiv waren. Ob sie bereits verlorene Funktionen zurückgewonnen hatten, ließ sich mit dem begrenzten Sondierungspotenzial des Angriffsjägers nicht feststellen.

»Wir könnten sie dezimieren und fragmentieren«, antwortete der Mikronaut mit seiner tiefen Stimme. »Mit den beiden Raketen könnten wir aus großen Bruchstücken kleinere machen und anschließend versuchen, sie mit der Plasmakanone vollständig zu eliminieren. Aber dabei gibt es ein Problem.«

Cameron erkannte es in den Anzeigen. »Unsere Energievorräte.«

»Die energetische Autonomie eines Angriffsjägers liegt bei einer Woche«, erklärte Hudson. »In unserem Fall hat sie sich aufgrund der Reparaturen auf vier, maximal fünf Tage reduziert. Der Einsatz der Waffensysteme würde unsere Autonomie auf ein bis zwei Tage verringern. Das lässt nicht viel Spielraum.«

Spielraum wofür?, dachte Cameron, aber er hielt den Gedanken nicht fest, er wollte ihn nicht festhalten.

»Außerdem lassen meine Berechnungen darauf schließen, dass den Skittern eine kritische Masse für eine erfolgreiche Rekomposition fehlt«, fügte Hudson hinzu. »Ihre Anzahl reicht nicht für ein vollständiges Schiff, nicht einmal für eine Viper.«

»Können wir ganz sicher sein?«, fragte Cameron, um noch etwas mehr Zeit zu gewinnen. Das wahre Problem lag woanders und konnte so groß sein, dass er bei den kleineren Zuflucht suchte.

»Absolute Gewissheit gibt es nicht, Admiral«, erinnerte ihn der Mikronaut. »Weder in dieser Situation noch in irgendeiner anderen. Es bleibt immer ein Rest von …«

»Unschärfe?«

»So könnte man es nennen.«

»Wir dürfen also davon ausgehen, dass die Skitter auf Nembrosch weder jetzt noch in naher Zukunft eine Gefahr für uns darstellen«, überlegte Cameron laut.

Hudson nickte. »Das ist meine Meinung, Admiral. Wobei ich hinzufügen möchte, dass ich nicht mehr so schnell und gründlich bewerten und analysieren kann wie vorher.«

»Ihnen fehlen die Denksubstrate der *Splenda*.«

Der Mikronaut nickte erneut, als Cameron ihm einen Blick zuwarf.

Cameron streckte die Hand ins Hologramm und strich mit den Fingern durch die virtuellen Kontrollen. Es hatte keinen Sinn, die Augen länger vor der Wirklichkeit zu verschließen. So etwas hatte *nie* einen Sinn.

Er vergewisserte sich zunächst, dass Mrarls Schildkäfig nach wie vor stabil war, deaktivierte dann die Statusanzeigen und veränderte die Einstellung der externen Sensoren. Im Hologramm wich der Planet Nembrosch nach links und verschwand. Schwarzes All ersetzte ihn, und sichtbar wurde, was vom Roten Zwerg Berel übrig geblieben war.

Neue Daten erschienen auf den Displays der Konsolen.

»Was ist geschehen?«, fragte er leise. »Was *genau?*«

»Unbekannt, Admiral«, erwiderte Hudson. »Ich kann Ihnen nur Hypothesen bieten.«

Cameron deutete ins Holo. »Wo sind die anderen Planeten des Berel-Systems? Was ist mit dem Roten Zwerg passiert? Wo sind die Sterne?«

Ein mattes rötliches Glühen zeigte sich dort, wo Berel hätte leuchten müssen. Es stammte von einer etwa eine Million Kilometer großen, sich schnell abkühlenden Gaswolke.

»Der Rote Zwerg namens Berel existiert nicht mehr«, erklärte Hudson. »Das ist der Grund, warum Nembroschs Atmosphäre gefriert. Weil die wärmende Energie des Zentralgestirns fehlt. Was aus den anderen Planeten des Berel-Systems geworden ist, lässt sich nicht feststellen. Sie könnten sich außerhalb der Reichweite unserer Sensoren befinden.«

»Planeten verschwinden nicht einfach«, sagte Cameron. »Sterne verwandeln sich nicht innerhalb weniger Stunden in abkühlende Gaswolken.«

»Als Erklärung kommt nur der Vortex in Frage«, entgegnete Hudson. »Der Strudel in Raum und Zeit, geschaffen von den Waffen der Honta und der Explosion des Abbreviators in unmittelbarer Nähe einer aktiven Brücke.«

Auf einem Display erschienen Gleichungen. Cameron erinnerte sich daran, sie einmal verstanden zu haben, all die komplizierten Beziehungen und Wechselwirkungen zwischen den zahlreichen mathematischen Symbolen, zu jener Zeit, als er mit

Kwix-Aromen experimentiert hatte. Jetzt warf er nur einen kurzen Blick darauf und sah dann wieder ins Hologramm.

»Wo sind die Sterne?«, wiederholte er.

Die vom Roten Zwerg Berel übrig gebliebene Gaswolke wich ebenfalls zur Seite, wie zuvor Nembrosch, und einige wenige Lichtpunkte erschienen.

»Das sind die nächsten Sterne«, sagte Hudson. »Mehr als siebenhundert Lichtjahre entfernt.«

Es fehlten die vertrauten Datenkolonnen, die Auskunft gaben über Name und Kategorisierung des jeweiligen Sterns.

»Sie können nicht identifiziert werden?«, fragte Cameron.

»Das ist leider nicht möglich«, bestätigte Hudson. »Die Sterne sind unbekannt. Ihre Spektralsignaturen fehlen in den Navigationsdatenbanken.«

»Unbekannte Sterne ...« Camerons Finger glitten durch die virtuellen Kontrollen, und der Zoom holte einen fernen Fleck näher.

»Das ist ein Kugelsternhaufen«, erklärte Hudson. »Vielleicht stammt er aus dem Halo der Milchstraße. Er besteht aus etwa neunhundert Sternen, ohne Ausnahme langlebige Rote Zwerge. Die Entfernung beträgt etwa fünftausend Lichtjahre.«

»Und die Galaxis? Wo ist sie?« Cameron rejustierte Zoom und Ausrichtung der Sensoren, aber es erschienen keine weiteren Sterne im Hologramm.

»Es gibt sie nicht mehr«, sagte Hudson.

Cameron ließ einige Sekunden verstreichen. »Wir befinden uns nicht in einer Dunkelwolke, oder?«

»Nein, Admiral.«

Cameron atmete tief durch. Da war er wieder, der Gedanke, den er nicht zu denken gewagt hatte, doch er konnte ihm nicht mehr ausweichen.

»Wo sind wir, Hudson?«, fragte er. »Und *wann* sind wir?«

»Ich habe eine vollständige Sensorsondierung vorgenommen, Admiral«, antwortete der Mikronaut. »Hinzu kommen die Daten mehrerer Sonden, die wir noch vor unserer Landung auf Nembrosch ausgeschleust haben. Das Ergebnis der Beobachtungen und Analysen ist eindeutig: Im sichtbaren Universum gibt es nur die Sterne, die uns das Hologramm zeigt.«

»Keine Galaxien?«

»Nicht eine einzige, Admiral.«

»Und nichts versperrt unsere Sicht? Keine Dunkelwolken um uns herum? Keine Schilde irgendeiner Art?«

»Nichts dergleichen, Admiral«, sagte Hudson.

Erneut folgte eine kurze Stille, in der nur das leise Summen der Bordsysteme zu hören war.

»Welche Schlüsse müssen wir daraus ziehen?«, fragte Cameron schließlich.

»Der kosmische Horizont ist näher gerückt«, erklärte Hudson. »Weil sich die Sterne und Galaxien so schnell fortbewegen, dass uns ihr Licht nicht mehr erreicht. Die große Dunkelheit hat begonnen.«

Cameron starrte ins Hologramm. »Die Ausdehnung des Universums …«

»Ja, Admiral. Die beschleunigte Ausdehnung des Universums ist so weit fortgeschritten, dass es Galaxien auseinandergerissen hat. Es sind noch mehr Daten erforderlich, um ganz sicher zu sein, aber mir scheint, das ›große Zerreißen‹ steht kurz bevor.«

»Der Rip …«, murmelte Cameron und blickte in die Dunkelheit des Alls.

»Ja, Admiral. Der endgültige Riss, hervorgerufen von superschneller Expansion. Betroffen davon sind nicht nur die letzten Sterne und Planeten, sondern auch die Materie, aus denen sie bestehen, die Moleküle und Atome, die Elementarteilchen bis hinab zur Quantenebene. Der sich immer schneller dehnende Raum reißt alles auseinander. Nichts bleibt bestehen. Nach den letzten Messdaten zu urteilen könnte es in wenigen Hunderttausend Jahren so weit sein.« Hudson gestikulierte kurz in der Art eines

Menschen. »Was Ihre Frage nach dem ›Wo‹ betrifft: Ich nehme an, wir befinden uns noch immer dort, wo wir gewesen sind, in der Zirkumferenz, gut elftausend Lichtjahre von dem Ort entfernt, an dem sich das Sol-System mit der Erde befand. Aber hinsichtlich Ihrer Fragen nach dem ›Wann‹ befürchte ich …«

»Der Vortex hat uns in die Zukunft geschleudert«, unterbrach Cameron den Mikronauten. »Wie weit?«

»Sehr weit, Admiral. Fünfzig, sechzig, vielleicht sogar hundert Milliarden Jahre. Oder gar eine Billion Jahre. Es hängt davon ab, wie sehr sich die Ausdehnung des Raums beschleunigt hat. Für uns macht es kaum einen Unterschied. Wir befinden uns am Ende der Zeit.«

WIR BRAUCHEN UNS

Cameron: 38, ∞
Im Orbit von Nembrosch

45

Cameron erinnerte sich an sein Gespräch mit der Honta-Königin.

»Davon hat Mrarl gesprochen«, sagte er. »Sie meinte, sie käme vom ›Ende der Zeit‹. Ich habe es für eine Metapher gehalten, für eine Redewendung. Ich konnte nicht viel damit anfangen.« Eine andere Frage verlangte Antwort. Cameron sprach sie laut aus. »Kann es außer uns Überlebende geben?«

»Ich nehme an, Sie meinen Kora, Admiral.« Hudson stand auf einer der Konsolen, verbunden mit den Systemen des Angriffsjägers. Auf den Displays leuchteten wieder Statusanzeigen, und das Hologramm zeigte noch immer den fünftausend Lichtjahre entfernten Kugelsternhaufen, allein im Schwarz des gedehnten Alls.

Kora, dachte Cameron. Natürlich meine ich sie. »Unter den Trümmern auf Nembrosch befanden sich auch Teile der *Sonora.* Sie sind zusammen mit der *Splenda* durch den Vortex gestürzt.«

»Es tut mir leid, Admiral, aber wir haben bisher keine Rettungskapseln gefunden.«

»Das ist mir bekannt«, erwiderte Cameron mit einer Schärfe in der Stimme, die nicht dem Mikronauten galt, sondern der Unbarmherzigkeit des Universums. »Vielleicht haben wir noch nicht an den richtigen Stellen gesucht.«

Erneut veränderte er die Einstellungen von Sensoren und Scannern, gab ihnen Priorität und mehr Energie. Ein Teil der neuen, noch gründlicheren Sondierung betraf den weiß gewordenen Planeten, ein anderer den sondierbaren Raumbereich, der ungefähr der Reichweite des Angriffsjägers entsprach, etwa zwanzig Astronomische Einheiten. Doch es würde schwer sein, so kleine Objekte wie Rettungskapseln zu finden, erst recht, wenn sie energetisch inaktiv waren.

»Es gibt immer Möglichkeiten«, sagte Hudson nach einer Weile.

Cameron schwieg und behielt die Anzeigen der Sensoren im Auge.

»Ich habe mit Berechnungen begonnen«, fuhr der Mikronaut fort. »Leider sind die Substrate dieses kleinen Schiffs nicht sehr leistungsfähig. Es könnte ziemlich lange dauern, bis zuverlässige Ergebnisse vorliegen. Damit meine ich einen Zeitraum, der über unsere Autonomie hinausgeht.«

Cameron zog die Hände aus den virtuellen Kontrollen des Hologramms und ließ sie auf den Rand der Pilotenmulde sinken. Eins nach dem anderen, dachte der Soldat in ihm. Schritt für Schritt.

»Nennen Sie mir Ihre Vermutungen«, bat er den Mikronauten.

»Wir wissen nicht, ob es beim Sturz durch den Vortex zu einem linearen Transfer kam«, sagte Hudson. »Denkbar wäre auch ein multipler Transfer, ausgelöst von den gewaltigen energetischen Turbulenzen der kollabierenden Brücke. Die Objekte, die in den Einflussbereich des Strudels gerieten – Schiffe und ihre Trümmer, Teile des Abbreviators, Rettungskapseln –, könnten in Zeit und Raum verstreut worden sein.«

»Über Tausende oder Millionen Lichtjahre hinweg«, murmelte Cameron.

»Ja, Admiral.«

»Und ebenso in der Zeit. Was außer uns transferiert wurde, könnte sich Millionen Jahre in Vergangenheit oder Zukunft befinden.«

»So weit in der Zukunft nicht, Admiral«, widersprach Hudson. »So viel Zeit bleibt dem Universum nicht mehr. Aber ein Teil der Transfermasse könnte sich tatsächlich tausend oder zehntausend

Jahre in der Zukunft befinden. Damit wäre er unerreichbar für uns. Es sei denn …«

»Ja?«

»Es sei denn, wir entscheiden uns für einen Dilatationsflug nahe der Lichtgeschwindigkeit. Oder, was Sie betrifft, für eine lange Hyperschlafphase.«

Damit kamen sie zum wichtigsten Problem, zum ersten Punkt auf der Prioritätenliste.

»Ressourcen«, sagte Cameron. »Um zu überleben, brauchen wir zusätzliche Ressourcen. Die Autonomie von vier bis fünf Tagen reicht bei weitem nicht.«

»Nicht annähernd«, bestätigte Hudson. »Es wäre möglich, einige unserer Bots für den Einsatz auf dem Planeten zu rekonfigurieren, um dort Rohstoffe zu gewinnen. Die Stabilisierung der Lebenserhaltungssysteme hätte oberste Priorität, aber für die Herstellung aller benötigten Materialien und Konstruktionselemente bräuchten wir einen weitaus leistungsfähigeren Brüter als den am Bord des Angriffsjägers. Dann könnten wir auch einen Superpositionator bauen. Und auch eine Hyperschlafzelle. Ohne die kommen wir nicht aus.«

Für mich, dachte Cameron. Damit ich am Leben bleibe.

»Wir sprechen hier von Jahren, nicht wahr?«

»Eher von Jahrzehnten, Admiral«, erwiderte Hudson. »Vielleicht sogar von Jahrhunderten. Der Bau eines entsprechenden Brüters würde Monate oder Jahre in Anspruch nehmen. Anschließend müssten die einzelnen Teile eines Superpositionators produziert werden, was mindesten acht bis neun Jahre dauern würde. Der erste Überlichtflug könnte nach vorsichtigen Schätzungen nicht vor Ablauf von zehn Jahren stattfinden.«

Cameron dachte noch ein Stück weiter. »Und uns stünde nur ein sehr einfacher Superpositionator zur Verfügung, der schon nach kurzen Überlichtetappen aufgeladen werden müsste. Der Flug zu den nächsten Sternen würde wie lange dauern?«

»Wiederum einige Jahre, Admiral. Und er wäre zwecklos.«

Cameron richtete einen fragenden Blick auf Hudson.

»Die einzelnen Sterne, von denen der nächste etwa siebenhundert Lichtjahre entfernt ist, haben keine Planeten, wie ich inzwischen festgestellt habe. Bewohnte Welten gibt es, wenn überhaupt, nur in dem Kugelsternhaufen, und bis dahin ist es mehr als siebenmal so weit, etwa fünftausend Lichtjahre.«

Wenn überhaupt, wiederholte Cameron in Gedanken.

»Wie hoch ist die Wahrscheinlichkeit, dass es bei den neunhundert Sternen im Kugelsternhaufen bewohnte Welten gibt?«, fragte er langsam.

»Unbekannt.«

»Keine Schätzungen?«

»Nein, Admiral, nicht einmal das.«

»Wenn wir wirklich Milliarden von Jahren in der Zukunft sind, vielleicht sogar eine *Billion* Jahre - was ist aus dem Krieg geworden?«

»Es ist kaum vorstellbar, dass ein Krieg, von welcher Art auch immer, solche gewaltigen Zeiträume umfasst«, entgegnete Hudson. »Er muss seit langer Zeit beendet sein.«

»Wie ging er zu Ende?«

»Das können wir nicht wissen, Admiral.«

Cameron blickte wieder ins Hologramm und betrachtete den fernen Sternhaufen. »Vielleicht kommt es darauf an, wie lang die Geschichte der Honta ist, aus wie vielen Kapiteln und Episoden sie besteht.«

»Sie meinen, über wie viele Epochen sich ihre nichtlineare Spezies erstreckt.«

Cameron erinnerte sich an sein Gespräch mit der Honta-Königin. »Mrarl hat vom ›Ende der Zeit‹ und von Wellen gesprochen, die sich durch den Ozean der Zeit ausbreiten. Wäre es möglich, dass eine dieser Wellen bis hierher reicht, in dieses leere Universum weit in der Zukunft? Könnte die Königin von hier stammen?«

Diesmal antwortete Hudson nicht. Er schien auf etwas zu warten.

Cameron beobachtete ihn. »Es gibt Möglichkeiten, haben Sie gesagt.«

»Ja, Admiral.«

»Eine von ihnen heißt Mrarl, nicht wahr?«

Der kleine silberne Mikronaut nickte.

Cameron erhob sich aus der Pilotenmulde. »Es wird *Zeit,* dass ich mit ihr spreche.«

46

Im Waffenraum des Angriffsjägers ragte der Energievorhang des Schildkäfigs über die Haltepunkte hinweg, an denen das Gravitationskatapult verankert und der Pulsator installiert gewesen waren, bis hin zur Akkumulatorbank der Plasmakanone. Die Honta-Königin befand sich nicht mehr in einem Ambientaltank, sondern in einem Gittergerüst aus Stahlkeramik, in dem sie, obgleich geschrumpft, wie eingezwängt wirkte. Ihre Länge betrug nur noch vier oder fünf Meter, nicht mehr neun wie bei der ersten Begegnung, und ihre Farben waren verblasst. Die Mitte des Körpers hatte etwas von seiner Transparenz verloren; die Beutel mit den Eiern waren nur noch undeutlich zu erkennen. Mrarls großer dreieckiger Kopf ruhte zwischen den geknickten Vorderbeinen auf dem Boden.

Cameron blieb so dicht vor dem Schild stehen, dass er statische Elektrizität spürte.

»Lebt sie noch?«

»Sie scheint zu schlafen«, antwortete Hudson von Camerons Schulter. »Die Sensoren registrieren nach wie vor biologische Funktionen, allerdings auf einem reduzierten Niveau.«

Eine Zeitlang betrachtete Cameron das reglose libellenartige

Geschöpf. Die langen, dünnen Flügel waren angelegt und hatten wie der Rest des Körpers an Farbe verloren. Den Augenringen fehlte die Fluoreszenz, die den Eindruck erweckt hatte, als würden sie von innen heraus leuchten.

»Hat sie alles gut überstanden?«

»Die Sensoren registrieren keine Verletzungen, Admiral«, erwiderte Hudson. »Ganz sicher sein können wir nicht. Wir hatten nur selten Gelegenheit, eine Königin zu untersuchen.«

Cameron trat noch einen Schritt näher und hörte das Knistern des Schilds.

»Das Gefecht bei Ungox Vierzehn, Hudson, all die Trümmer, die massiven energetischen Turbulenzen der kollabierenden Brücke, der Vortex, der Sturz in die Zukunft, in ein leeres Universum am Ende der Zeit … Wie hoch ist die Wahrscheinlichkeit, dass man so etwas unverletzt und mit weitgehend intaktem Schiff übersteht?«

»Sie ist sehr gering, Admiral.«

»Sie dürfte verschwindend gering sein«, befand Cameron. »Und doch sind wir hier. Der Angriffsjäger wurde nur leicht beschädigt. Sie existieren unbeeinträchtigt, ich lebe und Mrarl ebenfalls.«

»Eine geringe Wahrscheinlichkeit, selbst eine verschwindend geringe, bedeutet nicht, dass etwas unmöglich ist«, wandte der Mikronaut ein.

»Aber wenn eine weitaus größere Wahrscheinlichkeit gegen etwas spricht, muss es einen besonderen Grund dafür geben, warum etwas mit viel geringerer Wahrscheinlichkeit einen Weg in die Realität gefunden hat«, beharrte Cameron. »Was unterscheidet uns von all den anderen Kampfschiffen, Waffenplattformen, Angriffsjägern und dem großen Abbreviator mit seinen vielen autarken Elementen?«

»Ich verstehe, was Sie meinen, Admiral. Wir hatten und haben eine Königin der Honta an Bord. Glauben Sie, das hat uns vor der Zerstörung bewahrt?«

Sie kam aus der Zukunft, dachte Cameron, den Blick auf Mrarls dreieckigen Kopf gerichtet. Sie weiß mehr als wir.

»Sie haben davon gesprochen, dass es immer Möglichkeiten gibt, Hudson«, sagte er. »Dies ist eine davon. Wenn uns Mrarl hierhergebracht hat, wie auch immer, kann sie uns vielleicht zurückbringen.«

47

»Hörst du mich, Mrarl?«, klickte Cameron. Er stand in einer kleinen Strukturlücke des Schilds, nicht mehr als einen Meter vom Gittergerüst entfernt. Ein Schritt zurück hätte genügt, um ihn in Sicherheit zu bringen und den Schild zu schließen.

Die Honta-Königin bewegte sich nicht.

»Ich weiß, dass du mich hören kannst«, sagte Cameron in der Sprache der Honta. »Du bist ebenso lebendig wie ich.«

Es knarrte und knirschte leise, als Mrarl langsam den dreieckigen Kopf hob. Etwas Licht und Farbe kehrten in die Augenringe zurück.

»Hast du gesehen und gehört, Mensch?«, fragte die Königin. »Hast du verstanden?«

Cameron klickte mit den Zähnen und schnalzte mit der Zunge. »Weißt du, was geschehen ist?«

»Weißt du es nicht, Admiral Cameron?« Mrarl versuchte, sich zu strecken, aber das Gittergerüst ließ ihr keinen Platz. »Ich brauche Freiheit, ich brauche …«

Cameron verstand das letzte Worte nicht ganz. Er hörte es zum ersten Mal, es klang wie »Skir«.

»Ich brauche Informationen«, erwiderte Cameron. Hudson saß nicht mehr auf seiner Schulter, sondern stand auf der Kontrollkonsole neben dem Eingang des Waffenraums. Er hielt sich bereit, für den Fall, dass etwas Unvorhergesehenes geschah.

Mrarl drehte den Kopf ein wenig und brachte ihn näher an Cameron heran. »Du hast nicht gesehen und gehört. Du hast nicht verstanden.«

»Du wirst mir Auskunft geben.« Inzwischen war Cameron davon überzeugt, dass die Honta-Königin nicht imstande war, seine Gedanken zu lesen. Aber ihre Kenntnisse der menschlichen Psyche genügten für den einen oder anderen subtilen Trick. Und sie wusste mehr als er, daran bestand kein Zweifel. Sie kam aus der Zukunft, vielleicht sogar aus dieser Epoche am Ende der Zeit.

»Bist du da so sicher?«, knarrte Mrarl und fügte den knarrenden Worten ein wie drohend klingendes Zischen hinzu.

Bilder aus der Vergangenheit stiegen in Cameron auf. Er roch den Staub und die Asche von Harkonia und anderer Welten, seine Hand wurde heiß.

»Wenn du meine Fragen nicht beantwortest, werde ich dich dezimieren«, drohte er, in der Stimme die Entschlossenheit und Unerbittlichkeit eines Soldaten. »Ich werde dich öffnen und dir deine ungelegten Eier nehmen. Und wenn das nicht genügt, werde ich dir deine Beine abschneiden, eins nach dem anderen, und anschließend die Flügel.«

»Und dann?«, fragte Mrarl.

Cameron merkte, dass er die heiße Hand zur Faust geballt hatte. Er öffnete sie wieder. »Dann werde ich dich töten.«

»Wenn ich tot bin, kannst du keine Antworten von mir bekommen.«

Cameron zog ein Vibromesser aus seiner Waffentasche. »Soll ich beginnen?«

Der große dreieckige Kopf wich ein wenig zurück. »Es ist so viel Hass in deinen Worten, so viel Zorn. Er macht dich blind und taub, deshalb kannst du nicht sehen und hören. Deshalb kannst du nicht verstehen.«

Cameron hielt das Messer in der Hand. »Was soll ich verstehen? Erklär es mir.«

»Dass wir uns brauchen«, knarrte Mrarl. »Ohne mich kannst du nicht überleben. Und ich nicht ohne dich. Lass mich frei.«

Cameron fragte sich erneut, wie viel die Honta-Königin »sehen« konnte. Sie kam aus seiner Zukunft, vielleicht aus diesem Teil des Zeitstroms. Sie war ein nichtlineares Geschöpf, mit Wurzeln in verschiedenen Epochen, mit Verbindungen zu anderen Honta in anderen Zeiten. Deshalb erweckte sie manchmal den Eindruck, Gedanken zu lesen. Weil sie wusste, was geschehen war und geschehen würde.

Und doch lag sie hier in einem engen Käfig, gefangen, ihm ausgeliefert.

»Lass mich frei«, wiederholte Mrarl.

»Sag mir, was geschehen ist und geschehen wird«, klickte Cameron.

Der dreieckige Kopf kam wieder näher, Fluoreszenz ließ mehrere Augenringe leuchten.

»Du wirst mich freilassen, damit ich dir helfe«, knarrte Mrarl.

»Nein.«

»Du wirst mich freilassen, weil ich weiß, wo sich Kora befindet, und ich dich zu ihr bringen kann.«

LASS MICH FREI

Camcron: 38, ∞
Im Orbit von Nembrosch

48

Für zwei oder drei Sekunden herrschte Aufruhr in Cameron, doch der Sturm legte sich schnell und wich einer sonderbaren Stille. Er erinnerte sich an Grindel und seine Lektionen, er dachte daran, wie wichtig es war, Ruhe zu bewahren und den Überblick zu behalten. Der Feind war hinterhältig und gerissen, er nutzte jede Schwäche, jede noch so kleine Lücke in der Verteidigung, jede Unachtsamkeit. Wer überleben wollte, durfte nicht müde werden und musste immer, *immer* bereit sein.

Dieser Honta, die Königin, hatte gewusst, wer er war, ohne ihm jemals begegnet zu sein. Und Mrarl kannte ihn gut genug, um auch von Kora zu wissen.

Hier bin ich schwach, begriff Camcron, der Soldat, der Mensch aus dem Krieg. Und ich kann mir keine Schwäche leisten, ich muss stark sein.

Er betrachtete das Vibromesser in der Hand, die eben noch heiß gewesen war. Die Klinge konnte den Panzer der Königin durchdringen, ihr die Eier nehmen und sie verstümmeln, ihr den Tod bringen. Es hätte dem Knaben von Harkonia und auch dem Soldaten, der aus ihm geworden war, Genugtuung gebracht, wenn auch keinen Frieden.

Doch der Admiral kannte die Bedeutung von Strategie und Taktik. Er wusste, dass kleine Siege manchmal zu großen Niederlagen führten, weil sich Fallen darin verbargen. Mrarls Tod hätte keine Fragen beantwortet, ihm aber die Möglichkeit genommen, Erklärungen zu finden. Wenn er das Messer einsteckte, entschied er sich nicht dagegen, Gebrauch davon zu machen. Er gab sich nur mehr Zeit, um einen Weg zu finden, kleine Siege in einen großen zu verwandeln.

Er fragte nicht: »Lebt Kora noch? Hat es sie ebenfalls hierher verschlagen, ins dunkle Universum? Wo ist sie, und wie kann ich zu ihr gelangen?«

Er fragte: »Wie können wir uns gegenseitig helfen?«

»Du hast nachgedacht, Admiral Cameron«, knarrte die Königin. Ihre Flügel knisterten leise, doch Mrarl konnte sie nicht ausbreiten. »Vielleicht hast du gesehen und gehört und auch ein bisschen verstanden.«

Cameron steckte das Messer ein. »Gibt es einen Weg zurück?«

Die Fühler der Königin zitterten. »Zurück in den Krieg, Mensch? Zurück in den Konflikt? Zurück in Blut und Tod?«

»Zurück in ein Universum voller Sterne«, sagte Cameron. »Zurück in unsere Zeit.«

»Es ist vor allem deine Zeit, nicht meine«, erwiderte die Königin.

»Gibt es einen Weg zurück?«, wiederholte Cameron seine Frage.

»Wellen und Strömungen führen nicht nur in eine Richtung, das habe ich dir bereits zu erklären versucht, Admiral Cameron. Ich bin von hier gekommen und zurückgekehrt.«

»Du stammst aus dieser Zeit?«

»Ich kenne das Muster der Epochen«, lautete die Antwort. »Sie sind nah, und ich stamme aus einer davon.«

Cameron war nicht ganz sicher, ob er richtig verstand. »Du bist aus der Endphase des Universums in meine Ära gekommen, aber du stammst nicht unbedingt aus genau dieser Zeit?«

»Mein Ei zerbrach im Licht eines Roten Zwergs, der noch immer existiert«, erklärte Mrarl. »Ich habe es nicht vergessen, ich kann es nicht vergessen, das Licht meiner Geburt begleitet mich bis zum Ende, es scheint in meinem Zentrum, wo alle Gedanken ihren Ursprung haben. Es war und ist der Stern der Sieben Koryphäen, und er leuchtet nach wie vor, im Kugelsternhaufen, fünftausend eurer Lichtjahre von uns entfernt.«

Cameron wandte ein wenig den Kopf. »Hudson?«

»Ja, Admiral?«

»Hatte Mrarl Zugriff auf unsere Datensysteme?«

»Natürlich nicht, Admiral.«

Die Honta-Königin hob den Kopf bis zum höchsten Gitterstab ihres Käfigs und blickte auf Cameron herab. »Ich sehe und höre, Mensch.«

»Die elektromagnetischen Ströme, Admiral«, ertönte Hudsons tiefe Stimme.

Die Energiekanäle und Datenleitungen des Angriffsjägers waren nicht abgeschirmt. Warum auch? Angriffsjäger wurden von Simulacren, Substraten oder Soldaten geflogen, vor denen nichts verborgen werden musste, und eine Abschirmung hätte zudem zusätzliche Energie verbraucht. Daher aber konnte man mit speziell programmierten Sensoren in die elektromagnetische Aura der Bordsysteme sehen und hören, und Cameron vermutete, dass Hudson genau das meinte. Mrarl hatte keine Geräte, um die EM-Ströme zu messen und zu analysieren, aber vielleicht brauchte sie die gar nicht. Möglicherweise verfügte sie über eine besondere Wahrnehmung, die sie befähigte, elektromagnetische Signale zu erkennen und zu analysieren.

Camerons Hand lag wieder auf dem Griff des Vibromessers.

»Du hast gewusst, was geschehen würde, ohne zu versuchen, der Gefangennahme zu entgehen«, rekapitulierte er und versuchte, nichtlinear zu denken. »Du hast von dem Angriff auf Ungox Vierzehn gewusst, von der kollabierenden Brücke und dem Vortex, dem Strudel, der uns durch Raum und Zeit hierher geworfen hat. Es war deine Absicht, zum Ende des Universums zu gelangen, nicht wahr? Es entsprach deinem Plan.«

Mrarl neigte nur den Kopf und schwieg.

»Warum?«, fragte Cameron. »Aus welchem Grund wolltest du hierher?«

Die Königin streckte ihre Vorderbeine so weit, wie es das Stahlkeramikgitter zuließ. Die Fühler richteten sich auf ihn.

»Mit mir«, sagte Cameron. »Du wolltest mit mir hierher. *Warum?*«

»Anfang und Ende«, knarrte die Honta. »Sie sind miteinander verknüpft. Wir befinden uns hier abseits der großen Geschichte mit ihren vielen Kapiteln und Episoden. Die alte Geschichte ist durch all die Zeiten erzählt und geschehen, aber hier beginnt eine neue.«

Mrarl senkte erneut den Kopf und brachte ihn so nahe an Cameron heran, dass der einen sonderbaren Geruch wahrnahm, wie von einem scharfen Gewürz. Die Fluoreszenz erfasste alle Augenringe, die Kiefer knirschten.

»Wir beide beginnen hier und jetzt damit, die neue Geschichte zu erzählen«, teilte ihm die Königin mit, ihr Atem seltsam kalt in Camerons Gesicht. »Du und ich. Wir müssen uns gegenseitig helfen. Wir müssen überwinden, was zwischen uns steht, denn wir brauchen einander.«

Das waren sehr seltsame Worte. Cameron hielt der Versuchung stand, einen Schritt zurückzuweichen. »Wofür?«

»Um am Leben zu bleiben«, erwiderte Mrarl. »Ist das nicht ein guter Grund?«

Tricks und Fallen, dachte Cameron. Schläue und Durchtriebenheit. Er blickte erneut zu Hudson auf der Konsole neben dem Eingang. Der Mikronaut war zweifellos eine Hilfe, aber seine Kapazitäten gingen derzeit kaum über die einer einfachen KI hinaus. Eine voll entwickelte Maschinenintelligenz wäre nötig gewesen, um die Situation zu analysieren und Hinweise auf die Absichten der Honta-Königin zu erhalten. Ein Denker, besser noch ein Kollektiv, eine Denksphäre. Damit wäre es vielleicht möglich gewesen, die Pläne der Honta-Königin zumindest ansatzweise zu erkennen.

Cameron zweifelte nicht daran, dass sie einen bestimmten Plan verfolgte, der sich offenbar Milliarden von Jahren durch die Zeit erstreckte. Als Stratege hatte er gelernt, die Anzeichen zu deuten und Hinweise selbst dort zu erkennen, wo andere Offiziere der Vereinten Streitkräfte nur Zerstörung und Tod sahen, Trümmer und Asche.

Hatte Mrarl seine Schritte gelenkt, ohne dass es ihm klargeworden war, ohne dass er auch nur Verdacht geschöpft hatte? Und zog sie noch immer an den metaphorischen Fäden, um ihn zu lenken und sein Denken zu beeinflussen?

»Ich will zurück in meine Zeit«, sagte er.

»Nein«, widersprach Mrarl. »Du willst zu Kora. Sie füllt die Leere in deinem Innern. Für dich ist sie wie für mich ein wärmender Sonnenstrahl nach langer Zeit des Eises.«

49

Der Brüter im winzigen, nur einer Person Platz bietenden Ruheraum des Angriffsjägers war ein sehr einfaches Modell, ausgestattet mit einigen wenigen Rezepten. Cameron stand an der kleinen Serviertafel, aß gelbbraunen, ein wenig nach Safran schmeckenden Reisbrei und betrachtete die Anzeigen des Geräts, die deutlich auf beschränkte Autonomie hinwiesen.

»In vier, spätestens fünf Tagen müssen wir unser Ressourcenproblem gelöst haben, Admiral«, sagte Hudson, der auf der kleinen Ablage neben dem Brüter saß. »Es bleibt nicht viel Zeit.«

Zeit, dachte Cameron. »Was halten Sie davon, Hudson?«

»Ich nehme an, Sie meinen die Honta-Königin.« Der Mikronaut ließ wie ein kleiner Mensch die Beine baumeln. »Sie hat Pläne und versteckte Absichten.«

»Welche Pläne?«, fragte Cameron. »Welche versteckten Absichten?«

»Ich bin leider kein Spezialist für die Honta-Psychologie, Admiral.«

»Ich spiele offenbar eine Rolle darin.« Cameron schob den erst halb leeren Teller in den Aufbereiter. Er hatte plötzlich keinen Appetit mehr. »Mrarl weiß, wo sich Kora befindet.«

»Das behauptet sie jedenfalls.«

»Es könnte ein Trick sein, nicht wahr?«

»Es wäre ein sehr offensichtlicher Trick, Admiral«, entgegnete Hudson. »Es müsste Mrarl klar sein, dass Sie so etwas vermuten.«

»Dennoch hat sie entsprechende Worte an mich gerichtet.«

»Ja.«

»Warum?«

»Eine fast absurde Möglichkeit besteht darin, dass sie die Wahrheit sagt, Admiral.«

»Absurd?«

»Weil die Wahrscheinlichkeit dafür, dass Kora den Sturz durch den Vortex überlebt haben könnte, extrem gering ist.«

»Das gilt auch für uns, nicht wahr?«

»In der Tat«, bestätigte Hudson.

Cameron überlegte. Der Gedanke verließ ihn nicht, er hatte sich ihm fest ins Gehirn gegraben. »Sie geht offenbar davon aus, dass ich sie freilassen werde, weil sie mich zu Kora bringen kann. Wenn sie noch immer fähig ist, in die Zeit zu blicken, wenn sie nach wie vor die ›Wellen‹ sieht, von denen sie gesprochen hat …«

Er verstummte, aber Hudson verstand, was er meinte.

Der kleine silberne Humanoide stand auf. »Es spricht einiges dafür, dass wir tatsächlich die Hilfe der Honta-Königin benötigen, Admiral, dass wir einander ›brauchen‹, wie sie sich ausgedrückt hat. Und um ihre Hilfe in Anspruch zu nehmen, bleibt uns vielleicht nichts anderes übrig, als sie tatsächlich freizulassen und nach Nembrosch zurückzukehren.«

Cameron begriff, worauf Hudson hinauswollte. »Die Skitter-Module auf dem Planeten!«

»Es kommt darauf an, wie gut sich die Honta-Königin damit auskennt, wie gut sie damit umzugehen weiß, Admiral. Richtig konfigurierte Skitter-Module könnten dem Angriffsjäger Supla-Kapazität geben.«

»Wir wären imstande, schneller zu fliegen als mit einem Superpositionator, und für längere Zeit. Wir könnten den Kugelsternhaufen erreichen!«

»Es wäre vermutlich auch die Lösung für unser Ressourcenproblem«, fügte Hudson hinzu.

Cameron ergriff den Mikronauten, setzte ihn sich auf die Schulter und trat in den schmalen Korridor. Mit langen Schritten kehrte er in den Waffenraum zurück. Der Stratege in ihm erkannte neue Wege, neue Möglichkeiten.

50

Cameron stand wieder in einer kleinen Strukturlücke des Schilds, der das Gittergerüst aus Stahlkeramik umgab. »Wo ist Kora?«

Mrarl antwortete sofort. »Im Kugelsternhaufen, fünftausend deiner Lichtjahre entfernt.«

»Wie können wir lange genug überleben, um sie zu erreichen?«

»Du kennst die Antwort, Admiral Cameron.«

»Skitter.«

Mrarls Fühler vollführten kreisende Bewegungen und signalisierten Zustimmung. »Deshalb wirst du mich freilassen. Weil nur ich den Skittern sagen kann, was sie tun sollen. Und weil ich Skir brauche, um es ihnen zu sagen.«

»Was ist Skir?«

Von Mrarl kam der seltsame Laut, den Cameron schon einmal gehört hatte, vielleicht ein Honta-Lachen. Die Vorstellung, dass der Feind – der gnadenlose, unbarmherzige und unerbittliche Feind – lachen konnte, erstaunte ihn noch immer.

»Skir ist das, was das Unbelebte vom Belebten trennt. Skir ist die Kraft in deinen Muskeln und in deinem Gehirn. Skir fließt in deinen Adern …«

»Blut?«, fragte Cameron.

»… und leuchtet in deinem Geist als das Licht, das dich von der Finsternis der Nichtexistenz trennt.«

Es klang nach Philosophie, fand Cameron. Vielleicht sogar nach Religion. »Ich nehme an, du meinst Lebenskraft.«

Mrarl neigte den dreieckigen Kopf zur Seite, fast wie ein Mensch, der über etwas nachdachte. »Das Konzept von Skir geht weit darüber hinaus, aber dieses Wort mag genügen, um dir eine Vorstellung davon zu vermitteln, was ich brauche. Es ist lange her, seit ich zum letzten Mal Skir in mich aufgenommen habe.«

»Und dafür ist ein direkter Kontakt mit den Skitter-Modulen erforderlich?«

»Ja, Mensch«, bestätigte die Honta-Königin. »Ich muss nach Nembrosch und die Skitter berühren. Ich muss mit ihnen sprechen, um festzustellen, wie es ihnen geht.«

Wie es ihnen geht, dachte Cameron und war nicht sicher, ob er das Klicken und Knarren richtig verstanden hatte.

»Kannst du aus den Skittern auf dem Planeten ein neues Schiff bauen?«, fragte er.

»Das könnte ich, wenn genug von ihnen intakt sind.«

Cameron klopfte auf seine Waffentasche. »Das wird nicht geschehen. Stattdessen wirst du diesen Angriffsjäger mit den Skittern erweitern, unter meiner Aufsicht.«

»Und unter meiner«, fügte Hudson hinzu, der wieder auf der Konsole neben dem Eingang des Waffenraums stand. Cameron nickte ihm zu.

»Es ist kompliziert«, gab Mrarl zu bedenken. »Es müssen Material- und Datenbrücken geschaffen werden …«

»Was auch immer nötig ist«, klickte Cameron. »Erst erweitern wir die Autonomie des Jägers, anschließend statten wir ihn mit allen notwendigen Dingen für den Flug zum Kugelsternhaufen aus. Du wirst mir jeden einzelnen Schritt erklären.«

Mrarls Fühler zitterten. »Du lässt mich also frei?«

»Offenbar bleibt mir nichts anderes übrig«, sagte Cameron.

WIR MÜSSEN SCHLAFEN, UM ZU LEBEN

Cameron: 38, ∞
Nembrosch

51

Der helle weiße Schein von schwebenden Leuchtbojen fiel auf das Trümmerfeld. Cameron stand auf einer Anhöhe, im Schnee der gefrorenen Atmosphäre von Nembrosch, und beobachtete, wie drei improvisierte Räummaschinen das Eis verdampften, unter dem die Skitter begraben lagen. Er trug einen Einsatzanzug, umgeben von einem schützenden Schild. Neben ihm wölbte sich der Rumpf des Angriffsjägers, und die Daten im Helmvisier bestätigten die Einsatzbereitschaft der Plasmakanone.

»Die energetische Aktivität der Skitter nimmt zu, Admiral«, sagte Hudson auf Camerons linker Schulter, obwohl ein solcher Hinweis gar nicht nötig gewesen wäre. Er sah die gelben und roten Warnungen im Visier.

»Das war zu erwarten, nicht wahr?«, erwiderte er und beobachtete Mrarl, die sich langsam und wie träge zwischen den Resten eines Honta-Schiffs bewegte. Sie trug einen dünnen Thermomantel als Schutz gegen die niedrigen Temperaturen. Dicht hinter ihrem Kopf befand sich ein kleiner Schildgenerator, dessen Schutzschirm den Körper umgab, nicht aber die Beine. »Es ist der Zweck dieses Einsatzes. Deshalb sind wir hier.«

»Die Königin ist sehr langsam.«

Cameron nickte. »Gut. Ich möchte, dass sie nicht zu schnell ist.«

Sie beobachteten, wie Mrarl zwischen den Skitter-Modulen durch den Schnee stapfte, so behutsam und vorsichtig, als bewegte sie sich auf dünnem Eis. Gelegentlich streckte sie die vorderen

Gliedmaßen und berührte mit ihnen Skitter-Fragmente, dunkel im weißen Schnee.

»Die Signalaktivität hat sich verdreifacht«, sagte Hudson nach einer Weile.

Die Daten in Camerons Helmvisier wiesen ihn darauf hin. »Wie beurteilen Sie die Situation?«

Einige Skitter wurden so heiß, dass die Reste von Schnee und Eis auf ihnen schmolzen. Sie stiegen auf, erfüllt von einem Licht, das an die Fluoreszenz von Mrarls Augenringen erinnerte.

»Sie ist gefährlich, Admiral«, antwortete der Mikronaut. »Wir gehen ein großes Risiko ein.«

»Ein Schuss mit der Plasmakanone genügt, um viele der Skitter zu vernichten«, sagte Cameron. »Und Mrarls Schild könnte der Energie nicht standhalten.«

»Hier und jetzt haben wir die Situation unter Kontrolle. Aber ob das in Zukunft so bleibt, ist keineswegs gewiss.«

Cameron nickte. Tricks und Fallen, dachte er erneut. Sie mussten auf alles gefasst sein.

Weitere Skitter stiegen auf, verbanden sich miteinander und wurden zu Baugruppen, die Mrarl mit Bewegungen der vorderen Gliedmaßen und ihrer Fühler zum Angriffsjäger lenkte. Sie sollten ihn erweitern, ihm neue Ressourcen geben und seine Leistungsfähigkeit in allen Bereichen steigern. Aber vielleicht machten sie ihn auch zu einem Gefangenen.

»Haben Sie noch einmal alles überprüft?« Cameron hob den Blick zum schwarzen Himmel. Die Filter des Helmvisiers genügten nicht – das Licht der Leuchtbojen war so hell, dass der Himmel vollkommen dunkel blieb. Von den nächsten Sternen, die keine Planeten hatten, und dem Kugelsternhaufen fünftausend Lichtjahre entfernt war nichts zu sehen.

»Noch bevor wir hierherkamen«, entgegnete Hudson. »Sinnestäuschungen und Datenillusionen, hervorgerufen von manipulierten Sensoren, sind auszuschließen.«

Cameron nickte erneut und beobachtete wieder die Honta-Königin inmitten der Skitter. »Das *Hier* ist also tatsächlich das, was es zu sein scheint.«

»Wir sind viele Jahrmilliarden in der Zukunft, Admiral«, bestätigte Hudson. »Dies ist tatsächlich die Endphase des Universums.«

Mrarl schien etwas agiler zu werden. Sie fügte weitere Skitter-Module zusammen und dirigierte sie zum Angriffsjäger. Dort verharrte sie vor dem Schild, den Cameron noch nicht deaktiviert hatte.

»Die Königin nimmt Skir auf, was auch immer das sein mag«, brummte Cameron und betrachtete die Daten im Helmvisier. »Sie wirkt, als wäre sie kräftiger geworden.«

»Bei Skir scheint es sich um eine Art ›Essenz des Lebendigen‹ zu handeln«, meinte Hudson.

»Wie können unbelebte Objekte wie die Skitter eine lebendige Essenz enthalten?«

»Vielleicht sind die Skitter nicht ganz unbelebt, Admiral. Möglicherweise enthalten sie etwas, das die Honta für ›lebendig‹ halten.«

»Und das sie ernährt?«

»Offenbar verleiht es Mrarl neue Kraft.«

Cameron fragte sich, ob es daran lag, dass Mrarl eine Königin war. Sie konnte synchronisieren, mit sich selbst als maßgeblicher koordinierender Instanz, und sie schien imstande, mit etwas zu »sprechen«, das für Menschen unbelebte Materie war. Damit verfügte sie über Fähigkeiten, die über das menschliche Sensorium hinausgingen, und allein das machte sie äußerst gefährlich.

Ein weiterer Pulk aus miteinander verbundenen Skittern machte sich auf den Weg zum Angriffsjäger und mied dabei das Schussfeld der Plasmakanone.

»Was ist mit den Signalen?«, fragte Cameron. »Können sie ausgewertet und analysiert werden?«

»Ich habe versucht, sie zu entschlüsseln«, erwiderte Hudson, »aber es ist mir nicht gelungen. Es handelt sich um einen außerordentlich komplexen Code. Es könnte Jahre dauern, ihn zu dechiffrieren.«

»Es lässt sich also nicht feststellen, worüber Mrarl mit den Skittern spricht, welche Anweisungen sie ihnen erteilt?«

»Nein, Admiral.«

»Das macht es nicht einfacher für uns, nicht wahr?«

»Ganz und gar nicht.«

Cameron beobachtete, wie die Skitter einen Ring formten, der sich um den Angriffsjäger legen wollte. Mrarl näherte sich, schneller als zuvor stapfte sie durch den Schnee am Hang der Anhöhe. Hinter ihr erlosch das Licht der ersten Leuchtbojen.

Bevor sie heran war, wandte sich Cameron mit einer letzten Frage an Hudson. »Wie groß ist die Wahrscheinlichkeit dafür, dass die letzten Ereignisse Resultat eines Plans sind, den Mrarl verfolgt?«

»Schwer zu sagen, Admiral.« Der Mikronaut zögerte, vermutlich rief er Daten aus den Substraten des Angriffsjägers ab. »Die Königin befand sich in einem tausend Jahre alten geheimen Stützpunkt der Honta, der vielleicht noch aus der Zeit vor dem ersten Hypersignal stammte, das damals auf Pluto im Sol-System ausgelöst wurde. Sie kam aus der Zukunft und wartete in einer versteckten Basis auf den Beginn des Krieges.«

»Und auf ihre Gefangennahme«, fügte Cameron hinzu und ließ Mrarl nicht aus den Augen. Sie lenkte einige letzte Skitter-Module über die Anhöhe und fügte sie dem Ring über dem Angriffsjäger hinzu. Weitere Leuchtbojen erloschen und kehrten zurück. Dunkelheit legte sich über Schnee und Eis. Für einen Moment dachte Cameron an die Leuchtkriecher in den Strängen ihrer gläsernen Netze. In Kälte erstarrt lagen sie tief unter der gefrorenen Atmosphäre ihres Planeten begraben.

»Die Königin weiß mehr als wir«, fuhr Hudson fort. »Wie auch immer sie spricht und agiert, es muss einen bestimmten Grund dafür geben. Ihr Verhalten in Vergangenheit, Gegenwart und Zukunft dient einem bestimmten Zweck.«

»Es gibt also einen Plan.«

»Es wäre vermessen zu glauben, dass es keinen Plan gäbe, Admiral. Der Aufwand wäre sonst zu groß.«

Noch etwa hundert Meter trennten sie von der über den Hang stapfenden Honta-Königin. Sie hatte den dreieckigen Kopf im Innern des Schilds hoch erhoben und die Fühler gestreckt. Etwas an ihr vermittelte Cameron den Eindruck von Zufriedenheit.

»Aber was für ein Plan könnte das sein?« Cameron senkte die Stimme, obwohl Mrarl sie nicht hören konnte. Die Reste von Nembroschs Atmosphäre reichten nicht mehr für eine Übertragung von Schallwellen.

»Unbekannt, Admiral.«

»Was ist mit Theorien und Hypothesen?«, fragte Cameron. Er brauchte kleine Gewissheiten, etwas, woran er sich festhalten konnte. Der Stratege in ihm benötigte Anhaltspunkte für eigene Pläne.

»Die Datenbasis ist alles andere als stabil, Admiral. Was durch den Vortex hierherstürzte, zum Ende der Zeit, wurde weitgehend zerstört. Wir sind die einzige Ausnahme.«

»Und Kora.«

»Wenn Mrarl die Wahrheit sagt. Wenn es nicht nur ein Trick ist, um uns zur Kooperation zu bewegen.«

Cameron nickte widerstrebend.

»Dass unser Jäger der Vernichtung durch die energetischen Turbulenzen entgangen ist, kann kein Zufall sein.« Hudson sprach etwas schneller, weil sich Mrarl näherte. »Ich nehme an, unsere Unversehrtheit lässt sich irgendwie auf ein Einwirken der Königin zurückführen, aber wie sie dabei vorgegangen ist, bleibt ein Rätsel. Immerhin befand sie sich in einem Käfig, und ihr standen keine Werkzeuge zur Verfügung, soweit wir wissen.«

Cameron nickte erneut.

»Man könnte von der Annahme ausgehen, dass die Königin tausend Jahre gewartet hat, um Ihnen zu begegnen, Admiral, und gemeinsam mit uns in die ferne Zukunft zu reisen.«

»Warum?«, fragte Cameron. »Aus welchem Grund?«

»Vielleicht betrifft es den Krieg, der von hier aus gesehen in ferner Vergangenheit stattfand. Vielleicht beabsichtigt die Königin, den vor vielen Jahrmilliarden kämpfenden Honta zum Sieg zu verhelfen.«

»Sie glauben, das alles hier dreht sich um den Ausgang des Krieges?«

»Worum sonst, Admiral? Gibt es außer dem Krieg noch etwas, das uns mit den Honta verbindet?«

Cameron sah, dass Mrarl am Hang stehen geblieben war, als wollte sie ihnen Zeit geben, ihr Gespräch zu beenden. Ihre vorderen Gliedmaßen tasteten über einen kleinen kantigen Skitter-Brocken.

»Wie kann sie hoffen, von hier, von diesem Ort in ferner Zukunft aus, den Krieg entscheiden zu können?«, fragte er. »Und welche Rolle kommt mir dabei zu?«

»Vielleicht existiert ein Zusammenhang mit Kora«, spekulierte Hudson. »Falls sie wirklich überlebt hat, stellt sich auch bei ihr die Frage: *Warum* hat sie überlebt?«

»Was hat Mrarl mit uns vor?«, murmelte Cameron.

»Wir müssen sie unter Kontrolle halten«, betonte Hudson. »Sie darf keine Möglichkeit erhalten, die Initiative zu ergreifen.«

Mrarl hatte sich wieder in Bewegung gesetzt, und die Entfernung zu ihr schrumpfte auf wenige Meter. Die eingeblendeten Daten in Camerons Helmvisier wiesen auf Kommunikationssignale hin.

Er aktivierte seinen Kommunikator.

»Ich habe gesehen und gehört«, verkündete Mrarl. Sie ragte vor Cameron auf. »Ich habe berührt und gesprochen. Wir sind bereit.«

Cameron deutete auf den Angriffsjäger und stellte fest, dass Mrarl im Kernschussbereich der Plasmakanone stand. »Was geschieht, wenn ich den Schild deaktiviere?«

»Dann werden sich die Skitter mit deinem kleinen Schiff verbinden«, lautete Mrarls Antwort. »Sie werden es erweitern und verbessern.«

Wie sollen wir die Kontrolle behalten, wenn Mrarl mit ihren Skittern den Angriffsjäger übernimmt?, dachte Cameron.

»Und anschließend können wir aufbrechen?«, vergewisserte er sich.

»So ist es vorgesehen, so soll es geschehen«, bestätigte Mrarl.

»Also gut.« Cameron sandte ein Signal, woraufhin der Angriffsjäger seine schützende Kraftfeldblase verlor. »Machen wir uns auf den Weg.«

52

»Es bilden sich immer mehr Datenbrücken, auf die ich keinen Zugriff habe«, warnte Hudson im Waffenraum des Angriffsjägers. »Außerdem sind zahlreiche energetische Verbindungen entstanden, die Einfluss auf die Funktion unserer Bordsysteme nehmen.«

Cameron hielt einen Variator in der rechten Hand. »Zurück in den Käfig«, wies er die Honta-Königin an.

Mrarl verharrte neben dem Gittergerüst. »Du hast noch nicht alles gesehen und gehört, Mensch.«

»Ich nehme an, du kannst die Skitter-Module auch vom Käfig aus steuern.«

Mrarl neigte den Kopf. »Sie hören meine Stimme, sie erfüllen meine Wünsche.«

»Dann bring uns jetzt in den Sekundärraum!«, befahl Cameron der Königin. »Bring uns zu dem Kugelsternhaufen!«

»Es gibt ein Problem«, knarrte Mrarl.

Cameron sah zu Hudson, der auf der Konsole neben dem Eingang stand und versuchte, von dort aus die Systeme des Angriffsjägers unter Kontrolle zu halten.

»Was für ein Problem?« Tricks und Fallen, ermahnte er sich einmal mehr.

»Wir müssen schlafen, um zu leben«, erklärte die Honta-Königin.

Cameron hielt den Variator auf sie gerichtet. »Wie meinst du das?«

»Dieses Schiff, es ist nicht vollständig«, antwortete Mrarl. »Es ist stark und schwach zugleich, es fehlen wichtige Komponenten. Seine Stimme kann uns in den Sekundärraum bringen, wie ihr ihn nennt, aber ohne Schutz, ohne Beistand, ohne Balsam für unseren Geist. Möchtest du den Verstand verlieren, Mensch? Möchtest du, dass sich deine Gedanken in Glas verwandeln und splittern, dass die scharfen Kanten der Bruchstücke dir Hirn und Seele zerschneiden?«

»Ich fürchte, ich verstehe dich nicht«, erwiderte Cameron.

Fluoreszenz geisterte durch Mrarls Augenringe.

»Supla, Mensch«, knirschte und knarrte sie. »So nennt ihr es, ohne zu wissen, was ihr benennt. Die Skitter bringen uns in den Sekundärraum, ins Fluidal, wo die Zeiten und Räume fließen und strömen, wo sich die Dimensionen berühren und manchmal auch verknoten. Supla, das bedeutet Tanz auf den Stromschnellen, kein sanftes Dahingleiten in den seichten Gewässern. Darum sind wir schneller als ihr mit euren Superpositionatoren. Aber der Tanz kann sehr unruhig werden, er bringt Instabilität, und deshalb brauchen wir Equilibratoren, damit wir auf Kurs bleiben und uns nicht in den Katarakten verlieren.«

»Ich verstehe noch immer nicht«, klickte Cameron.

Der dreieckige Kopf kam näher, das Knarren wurde lauter, das Licht in den Augenringen etwas heller. Farben huschten über die

Flanken der Honta-Königin, und für einen Moment glänzten die ungelegten Eier wie Gold.

»Wir können ins Fluidal springen«, erklärte Mrarl. »Wir können dort auf den Stromschnellen tanzen, schneller als das Licht, viel, viel schneller. Wir haben Supla und Skir, wir haben Augen und Ohren, um Strudel und Untiefen zu erkennen, wir können sehen und hören, um den Weg zum Sternhaufen zu finden. All das haben uns die Skitter gegeben, Mensch, und außerdem auch genug Kraft für dein kleines Schiff. Aber was ich auf dem Planeten namens Nembrosch eingesammelt habe, waren Trümmer, die Reste eines großen Schiffs, kaum mehr als seine Knochen und Sehnen. Gewisse Funktionen lassen sich immer wiederherstellen, die Skitter erinnern sich daran, wie reduziert und klein sie auch sein mögen. Doch ich stelle fest: Wir haben keinen Equilibrator, was bedeutet, dass wir schlafen müssen, wenn unser Verstand nicht brechen soll wie sprödes Glas.«

Cameron versuchte, einen Sinn in den seltsam klingenden Worten zu erkennen.

»Wir brauchen einen Equilibrator, um die Schockwellen auszugleichen und zu dämpfen«, fügte Mrarl hinzu. »Ohne Dämpfung sind wir dem … Transitionsschock ausgesetzt.«

Vielleicht wählte Mrarl einen für Menschen verständlichen Begriff. Cameron hörte ihn zum ersten Mal. Die Wissenschaftler und Techniker in den Vereinten Streitkräften hatten nie auf derartige Probleme bei Supla-Flügen hingewiesen.

»Und im Schlaf wären wir vor den Schockwellen geschützt?«, fragte er argwöhnisch.

Von der Honta-Königin kam ein bestätigendes Knarren. »Es muss ein besonders tiefer Schlaf sein …«

Cameron fiel ihr ins Wort: »Nein!«

Mrarl hob den Kopf ein wenig. Wieder huschten Farben über ihre Flanken, türkisfarbene Töne, gefolgt von einem Grün wie Jade.

»Willst du dir das Messer selbst in die Brust stoßen, Mensch?« Aus dem Knarren wurde fast ein Zischen. »Willst du die Waffe in deiner Hand umdrehen und dich mit ihr verletzen, dir vielleicht sogar den Tod bringen? Das würde dein *Nein* bedeuten. Ohne Equilibrator können wir den Tanz im Fließen und Strömen des Fluidals nicht überstehen. Wir *müssen* schlafen, wenn wir den Sternhaufen erreichen, Kora finden und in deine Zeit zurückkehren wollen.«

Ein Köder, dachte Cameron. Um die Falle zu tarnen. »Hudson?«

»Ich bin mir nicht sicher, Admiral«, ertönte die tiefe Stimme des Mikronauten von der Konsole neben dem Eingang. Dort stand er immer noch, verbunden mit den Bordsystemen des von Skitter-Modulen umhüllten Angriffsjägers. »Es ist sehr bedauerlich, dass mir nicht mehr Verarbeitungskapazität zur Verfügung steht, doch nach meinen bisherigen Analysen könnten die Hinweise der Honta-Königin durchaus einen realen Hintergrund haben.«

Cameron sah zum dreieckigen Kopf hoch. Die Fluoreszenz in den Augenringen hatte sich verändert. Was bedeutete das?

»Und wenn sie lügt?«, fragte er. »Schlaf bedeutet Hilflosigkeit.«

»Haben wir eine Wahl, Admiral? Wenn Sie sich weigern, riskieren Sie entweder Wahnsinn durch die Schockwellen im Sekundärraum, falls es wirklich dazu kommt. Oder Sie müssen auf den Flug zum Kugelsternhaufen verzichten, wo wir vielleicht Überlebende und einen Weg zurück finden. Außerdem ... Ich bleibe wach.«

»Aber können Sie die Situation unter Kontrolle halten?«

»Wenn ich dies sagen darf, Admiral ... Vielleicht sogar besser als Sie. Falls sich die Situation überhaupt unter Kontrolle halten lässt.«

Cameron zögerte. Ohne einen überlichtschnellen Flug blieb er der großen, dunklen Leere überlassen, dazu verurteilt, in einigen Jahren zu sterben, wenn die Ressourcen des Angriffsjägers trotz der Skitter-Erweiterungen zur Neige gingen.

Mrarl bewegte sich, sie richtete ihre Fühler auf ihn.

»Deine Waffe zeigt noch immer auf mich«, knarrte und zischte sie. »Obwohl ich deine einzige Hoffnung bin.«

Cameron senkte den Variator nicht. »Du wirst dich als Erster schlafen legen. Ich folge dir, sobald ich sicher sein kann, dass du tief und fest schläfst.«

»Argwohn und Misstrauen, Mensch, sind deine ständigen Begleiter.« Mrarl neigte den Kopf von einer Seite zur anderen. »Ich muss das Schiff, *unser* Schiff, steuern. Ich muss es in den Sekundärraum lenken und ihm den Weg weisen.«

»Ich bin sicher, es gibt bei deinen Skittern so etwas wie einen Autopiloten«, entgegnete Cameron.

Die Honta-Königin hob eine ihrer vorderen Gliedmaßen und ließ sie wieder sinken.

»Ich bin einverstanden, Mensch. Ich bin bereit, vor dir zu schlafen. Lass uns beginnen.«

53

Es dauerte mehrere Wochen, die für einen Schlaftank nötigen Komponenten zu brüten. Cameron benutzte eins der wenigen Kwix-Aromen, die er in den geringen Vorräten des Angriffsjägers fand, um sich die vorübergehende Kompetenz eines Ingenieurs der technischen Abteilung anzueignen. Er selbst baute mit dem geliehenen Wissen den Tank zusammen, um ganz sicher zu sein, dass er so funktionieren würde, wie er funktionieren sollte. Ein Hyperschlaf war mit dem Ergebnis seiner Arbeit nicht möglich, wohl aber ein Zustand, der einer Hibernation ähnelte und über Monate hinweg stabil bleiben konnte. Was genügen sollte, denn Mrarl hatte ihm mehrmals versichert, dass der Supla-Flug zum fünftausend Lichtjahre entfernten Kugelsternhaufen nicht länger dauern würde.

Für die Verwendung des Kwix-Aromas gab es noch einen anderen Grund, den er Mrarl gegenüber nicht erwähnte. Als technischer Spezialist konzipierte er ein besonderes Werkzeug, das ihm helfen sollte, unabhängig zu bleiben, so dass er sich aus einer eventuellen Falle der Honta-Königin würde befreien können. Die einzelnen Teile wirkten unverdächtig, aber wenn man ihre Funktionen kombinierte, ergab sich ein sehr nützliches Instrument.

Im Kommandostand des Angriffsjägers sprach er mit Hudson darüber. Er musste den Mikronauten informieren und instruieren, immerhin spielte er in seinem Plan eine wichtige Rolle. Da er noch immer nicht genau wusste, ob Mrarl über Kenntnisse der menschlichen Sprache und des Kampfcodes der Soldaten der Vereinten Streitkräfte verfügte, benutzte er eine direkte, abgeschirmte und codierte Kommunikationsverbindung.

»Haben Sie alles verstanden?«, fragte Cameron, nachdem er detaillierte Anweisungen erteilt hatte.

»Ja, Admiral.«

»Mrarl könnte versuchen, Sie zu überwachen«, warnte Cameron. »Wir wissen nicht, wozu ihre Skitter in der Lage sind. Darum habe ich dieses Instrument aus einzelnen Komponenten hergestellt, die jedes für sich keinen Verdacht erregen.«

»Ich werde vorsichtig sein«, versprach Hudson. »Ich werde dafür sorgen, dass die Honta-Königin nichts merkt und nichts erfährt.«

»Gut.« Cameron überprüfte noch einmal die Systeme. Das Holo zeigte den fernen Kugelsternhaufen und die wenigen näheren Sterne, die vor langer Zeit ihre Planeten verloren hatten. Nembrosch war ein blasser Fleck in der visuellen Fernerfassung, weit genug entfernt, damit keine Gefahr bestand, dass er von Transitionsschockwellen zerrissen wurde.

Zufrieden deaktivierte Cameron das Plasmatriebwerk. Die Netze der Leuchtkriecher lagen unter einer dicken Schicht aus Eis und Schnee, aber solange ihr Planet existierte, gab es *Möglich-*

keiten. Licht und Wärme genügten, um Eis und Schnee wieder in eine dichte Atmosphäre zu verwandeln, und vielleicht hatten, wenn das geschah – *falls* es jemals geschah –, einige Leuchtkriecher die Kälte in einer Art Winterstarre überlebt.

Es war eine irrationale Hoffnung, und Cameron fragte sich, warum die Leuchtkriecher so viel Platz in seinen Gedanken einnahmen. Vielleicht erinnerten sie ihn an etwas, vielleicht standen sie mit etwas in Verbindung, das einst eine wichtige Rolle für ihn gespielt hatte.

Als die Wirkung des Kwix-Aromas nachließ, als das technische Wissen des Ingenieurs schrumpfte und schwand, verließ er den Angriffsjäger durch einen der neuen Konnexionstunnel und kletterte über eine steile Rampe in den Skitter, den Mrarl als ihre Ruhestätte gewählt hatte. Sie lag in einer Art Wanne, die Flügel halb ausgebreitet, die Gliedmaßen halb gestreckt. Der Kopf ruhte auf einem Sockel, von dem hauchdünne Fäden ausgingen und sich um den Körper geschlungen hatten. Es sah aus, als hätte sie damit begonnen, einen Kokon um sich zu spinnen.

»Ich sinke in den Schlaf, wie versprochen«, verkündete die Königin. »Ich sehe und höre nur noch wenig und bald gar nichts mehr.«

»Wer bringt uns in den Sekundärraum?«, fragte Cameron. »Wer steuert das Schiff?«

»Es ist vorgesorgt«, erwiderte Mrarl. »Es wird geschehen, was geschehen soll.«

»Ich möchte dich noch etwas fragen, bevor du einschläfst«, sagte Cameron.

»Willst du wissen, ob du mir vertrauen kannst, Admiral Cameron?«

Ich weiß, dass ich dir nicht vertrauen kann, dachte er. Und du mir nicht.

»Wenn du diese Ära am Ende der Zeit kennst … Gibt es Nachkommen der Menschen? Nachfahren von Überlebenden des

Krieges, der vor Jahrmilliarden verlorengegangen ist, wie du behauptest? Und was ist in all den Äonen aus deinem Volk geworden?«

»Hier, in diesem *Jetzt*, ist die große Geschichte erzählt, darauf habe ich dich bereits hingewiesen. Wir befinden uns abseits ihrer vielen Kapitel und Episoden.« Weitere Fäden wuchsen aus dem Ruhesockel unter ihrem Kopf und schlangen sich mit einem leisen Knistern um den Leib der Honta-Königin. »Aber es existiert eine andere Geschichte, die im Hier und Jetzt beginnt und rückwärts erzählt wird. Sie kann die erste Geschichte treffen und verändern.«

Cameron suchte vergeblich nach einem Sinn in den Worten. »Was meinst du damit?«

»Wieder siehst und hörst du nicht genug, Mensch. Wieder verstehst du nicht.« Die knarrende Stimme wurde leiser. »Vielleicht wirst du sehen, hören und verstehen, wenn wir unser Ziel erreichen.«

Cameron beobachtete, wie das schwache Leuchten ganz aus ihren Augenringen verschwand. »Was ist unser Ziel?«

Mrarl antwortete nicht. Sie schlief.

54

Beim Schlaftank im Waffenraum des Angriffsjägers – der einzige Ort, der genug Platz bot – fragte Cameron noch einmal: »Sind Sie ganz sicher?«

Hudson stand auf der erweiterten Konsole neben dem Eingang. Das dort installierte Interface verband ihn nicht nur mit den Bordsystemen des Jägers, sondern auch mit den Kontrollen des Schlaftanks und den Sensoren, die die Aktivitäten der Skitter-Module sondierten.

»Die Honta-Königin schläft«, sagte der Mikronaut. »Es ist, als wäre sie tot. Hin und wieder lassen sich einc ganze Minute lang keine biologischen Funktionen mehr feststellen.«

»Könnte es ein Trick sein?«

»Dafür gibt es keine Anzeichen, Admiral.«

Cameron betrachtete den Schlaftank. Die von ihm selbst zusammengebauten Hibernationsgeräte würden funktionieren, daran zweifelte er nicht, aber ihre Benutzung bedeutete, dass er nicht mehr »sah und hörte«, dass er keinerlei Einfluss auf die Ereignisse mehr hatte.

»Es ist alles bereit, nicht wahr?«, vergewisserte er sich.

»Ja, Admiral. Ich werde die Eingriffe vornehmen, sobald wir im Sekundärraum sind.«

Cameron hob die transparente Abdeckung des Schlaftanks und zögerte erneut. »Ich könnte wach bleiben.«

»Das wäre ein großes Risiko wegen des Transitionsschocks, wenn Mrarl die Wahrheit gesagt hat.«

»Vielleicht hat sie nicht die Wahrheit gesagt.«

»Ich wecke Sie, sollten die Schockwellen ausbleiben und wenn alles darauf hindeutet, dass der Flug durch den Sekundärraum sicher ist.«

Cameron nickte knapp. Das war ein akzeptabler Kompromiss.

»Ich empfehle Ihnen, jetzt mit dem Schlaf zu beginnen, Admiral. Wir werden schneller, der Sprung in den Sekundärraum steht bevor.«

Cameron kletterte in den Tank. Über ihm schloss sich der Deckel.

»Ich verlasse mich auf Sie, Hudson.«

»Das können Sie.«

Kalte Kontakte berührten ihn. Er versuchte, sich zu entspannen.

Kühle Dunkelheit glitt heran. Cameron nahm sie in Empfang und schlief.

ICH BIN NEUGIERIG

Hudson, ∞
Im Sekundärraum

55

Energie strömte durch die Bordsysteme wie Blut durch die Adern eines lebenden Wesens. Signale und Informationsbrocken flüsterten in den Datensphären wie Gedanken in einem lebendigen Gehirn.

Hudson, Simulacrum denkender Substrate, wusste von einer Zeit, in der seine Gedanken weitaus komplexer und viel, viel schneller gewesen waren. Jetzt unterlagen Kognition und Elaboration starken Einschränkungen: Er »sah und hörte« weniger als vorher, und er brauchte mehr Zeit, um zu verarbeiten und zu verstehen, was er sah und hörte.

Obgleich stark geschrumpft und winzig im Vergleich zu seiner früheren Existenz, bewahrte er einen Rest von Eigenbewusstsein, zu einem nicht geringen Teil bestehend aus Erinnerungen, die er mit den aktuellen Denkprozessen verknüpfte. Es gab Loyalitäten, eine feste Struktur aus Operatoren, die einen Rahmen setzten für Verhalten, Entscheidungen und Aktionen. Es gab eine Aufgabe, um die sich Hudson kümmern musste, und er würde alles daransetzen, ihr so gerecht zu werden, wie es der Admiral von ihm erwartete.

Aber abgesehen davon gab es auch so etwas wie intellektuelle Neugier. Hudson wollte mehr erfahren über diese letzte Ära im »Leben« des Universums, über den großen Rip, der den extrem gedehnten Raum zerreißen würde, über das Ende der Zeit. Vielleicht ließen sich daraus völlig neue wissenschaftliche

Erkenntnisse gewinnen. Die Frage, wie er das neue Wissen verwenden sollte, spielte eine untergeordnete Rolle. Es ging ihm in der Hauptsache um das Wissen selbst, um die Beantwortung von Fragen und einen neuen, besseren Blickwinkel auf die Natur des Kosmos, die Essenz allen Seins. Vielleicht, sinnierte er in den Tiefen seiner Substrate, bekam er Gelegenheit, das große Rätsel des Wie, Warum und Weshalb zu lösen.

Im Kern seines Selbst, in den innersten Schalen der Algorithmen, die das Fundament seines Denkens bildeten, war er Wissenschaftler und Philosoph. Aber er war auch Adjutant eines Admirals, dem seine oberste Loyalität galt, obgleich die Vereinten Streitkräfte so kolossal weit in der Zukunft nicht mehr existierten.

Hudson stand noch immer auf der erweiterten Konsole im Waffenraum des Angriffsjägers, maß die Biowerte des Menschen im Schlaftank und stellte fest, dass die Hibernations-Apparate ihren Zweck zuverlässig erfüllten. Der entsprechende Datenstrom war nicht abgeschirmt, er konnte von externen Sensoren erfasst und interpretiert werden.

Hudson zweifelte nicht daran, dass es in den Skitter-Modulen Augen und Ohren gab, die sahen und hörten, wie es um den Menschen stand. Aber der tiefe Schlaf von Admiral Cameron änderte nichts am Zustand der Honta-Königin – sie erwachte nicht mit der Absicht, die Hilflosigkeit des Ruhenden auszunutzen.

Hudson entschied sich dagegen, sofort mit der Ausführung des Auftrags zu beginnen. Er blieb noch etwas länger im Waffenraum, um, verbunden mit den Bordsystemen, weitere Daten zu sammeln, insbesondere über den Sprung ins Fluidal. Der erfolgte bei knapp sechzig Prozent der Lichtgeschwindigkeit, als sich Dilatationseffekte bereits deutlich bemerkbar machten, und wurde von starken Stoßwellen begleitet, mit einer völlig anderen energetischen Signatur als bei einem von Superpositionatoren herbeigeführten Übergang. Hudson zeichnete so viele Messdaten wie möglich auf, um Aufschluss über die Funktionsweise des Supla-

Triebwerks der Honta und des hypothetischen Equilibrators zu erlangen. Dem Übergang folgte eine Kaskade von Schockwellen, so heftig, dass sie die Datenübertragung störten und Hudson für zusätzliche Redundanz sorgen und Fehler korrigieren musste.

Bisher entsprachen die Ereignisse den Voraussagen der Königin. Erste Analysen ließen darauf schließen, dass Schockwellen, von Schilden und Hülle kaum gedämpft, bei Menschen und vermutlich auch bei Honta zu erheblichen psychischen Schäden führen konnten. Doch der Schlaf schützte sie beide.

Der Flug ähnelte tatsächlich einem wilden Tanz, der die Gravitatoren an ihre Leistungsgrenzen brachte. Immer wieder musste Hudson die Bordsysteme justieren, manchmal in Abständen von nur wenigen Sekunden, damit die Belastungen nicht zu groß wurden. Als er schließlich feststellte, dass die Schockwellen an Intensität verloren, verließ er den Waffenraum und suchte den Brüter auf, um drei kleine versteckte Objekte zu holen.

Er machte sich auf den Weg zu einem Konnexionstunnel, der Zugang zum Verbund der Skitter-Module erlaubte. Es wurde Zeit, den Auftrag des Admirals durchzuführen.

56

Die einzelnen Skitter-Module unterschieden sich nicht nur in Form und Größe, sondern auch in ihrer elektromagnetischen Struktur. Daran orientierte sich Hudson. Er hatte eine Datenkarte angefertigt, mit charakteristischen EM-Signalen, die ihm Orientierung ermöglichten, ohne dass er mit einer aktiven Sondierung überprüfen musste, ob er noch auf dem richtigen Weg war. An Risiken mangelte es nicht. Eine der wichtigsten Fragen, vielleicht die wichtigste, lautete: Rechnete die Honta-Königin mit einer invasiven Aktion?

Während Hudson durch den kleinen, engen Tunnel in und

zwischen den Skittern kroch, maß er ständig die energetischen Aktivitäten in seiner Nähe und hielt dabei nach verdächtigen Veränderungen Ausschau. Er fand nichts dergleichen – wenn es Abwehrmechanismen gab, so blieben sie inaktiv.

Die Schockwellen ließen immer mehr nach, der »Tanz im Fließen und Strömen des Fluidals«, wie ihn Mrarl genannt hatte, war nicht mehr wild, sondern ruhiger. Damit begann eine kritische Phase. Vermutlich hatte die Königin dafür gesorgt, dass sie aus ihrem tiefen Schlaf erwachte, sobald die Turbulenzen im Fluidal nachgelassen hatten und auch ohne Equilibrator keine Gefahr mehr bestand. Vielleicht blieb nur noch wenig Zeit.

Hudson gab der Simulacrum-Haut keinen Sepia-Effekt, und er verzichtete auch auf eine Tarnkappe, die seine eigene energetische Signatur vergrößert und vielleicht einen Alarm ausgelöst hätte. Er verließ sich darauf, dass ihn die Sensoren der Skitter in der Strahlungsflut entweder gar nicht bemerkten oder aufgrund seiner wenigen Emissionen und geringen Größe nicht für eine Gefahr hielten.

Als er die Honta-Königin erreichte, war sie ganz in einen lindgrünen Kokon gehüllt, bestehend aus dünnen Fäden. Sie gingen von einem Sockel aus, auf dem der dreieckige Kopf ruhte. Hudson empfing keine biometrischen Signale; offenbar befand sich Mrarl in einer weiteren Phase des scheinbaren Todes.

Eine bessere Gelegenheit konnte sich nicht bieten.

Der Mikronaut veränderte die Konsistenz seines Körpers, und die drei mitgenommenen kleinen Objekte glitten aus silbernem Flexmetall. Er veränderte die Beschaffenheit der linken Hand, verwandelte sie in ein Skalpell mit hauchdünner Vibroklinge und schnitt damit erst den Kokon auf und dann den Leib der Königin. Die dünne vibrierende Klinge sank in die harte Außenschale, ohne auf nennenswerten Widerstand zu stoßen. An drei Stellen schuf sie kleine Öffnungen, groß genug für die mitgebrachten Objekte.

Hudson schob sie behutsam hinein und verifizierte mit einem medizinischen Sensor, dass die Implantate tiefer in den Honta-Körper sanken, tief genug, um nicht mit einer schnellen, minimalinvasiven Operation entfernt werden zu können.

Er aktivierte den Bereitschaftsmodus der Objekte, verschloss die Wunden mit Zellkleber und machte sich auf den Rückweg.

IN TIEFEM SCHLAF

Cameron: 38, ∞
Im Sekundärraum

57

Cameron ruhte in tiefem Schlaf und glaubte sich dabei wie auf einem Felsen hoch über dem stürmischen Meer: Er sah, wie sich die Wellen türmten, gekrönt von Schaum, er sah die Gischt, einen Nebel, der sich über die grauen Fluten legte, aber nichts davon erreichte ihn, nicht einmal der Wind. Er hörte nur dessen Stimme, sein Fauchen und Zischen, und die des Ozeans, ein Donnern von Kraft und wildem Ungestüm.

Er sah und hörte ...

Er wusste, dass er schlief. Er wusste, dass er träumte, doch in seinem Traum sah und hörte er nicht nur, er fühlte auch mit *lebendiger* Intensität: den eigenen Herzschlag, sein Atmen, die Luft, die ihm über die Haut strich. In seinem Traum jenseits des wilden Tanzes im Fluidal kehrte er in Raum und Zeit zurück, ins Demeter-System des Jahres 3259 Terrastandard, nur dreihundertzwei Lichtjahre von der Erde entfernt. Die Luft, die seine Haut berührte, war kalt, und der Boden unter ihm gehörte zu einem Felsental in einem bis zu siebentausend Meter hohen Gebirge. Vor ihm ragte die »Kathedrale« auf, ein Bauwerk der Xon. Nach einer Million Jahren war nicht mehr viel davon übrig, aber die Replika aus Synth war mit ihren hundert Meter hohen Türmen, geschwungenen Dächern und verzierten runden Fenstern eindrucksvoll genug.

Cameron wandte sich der Ruine zu. Es gab keinen Bot, der dort Wache hielt, niemand hinderte ihn daran, die Reste des alten

Bauwerks zu betreten. Er brauchte kein Orientierungslicht, das ihm den Weg wies, die Dunkelheit wich vor ihm zurück.

Im Hauptraum starrten ihn Dutzende Augen von den roten und gelben Wänden an, und auch diesmal schien ihm ihr Blick zu folgen, als er zum großen Sockel in der Mitte des runden Raums ging. Die beiden pechschwarzen Figuren darauf standen wie geduckt, mit gebeugten Armen und Beinen. Sie schienen sich kampfbereit zu belauern, aber inzwischen wusste Cameron, dass dieser Eindruck täuschte. Man konnte es erkennen, wenn man genauer hinsah: Die beiden Figuren kämpften nicht gegeneinander, sondern gegen etwas, das sie voneinander trennte.

Er fühlte die Intensität des Moments: Sein Herz schlug schneller, er vernahm das leise Rauschen des eigenen Bluts in den Ohren, und in seinen Fingern lag ein Prickeln fast wie von statischer Elektrizität. Er betrachtete seine Hände, die grauweißen Hände eines Raumfahrers und Soldaten, von Falten durchzogen. Sie existierten, er spürte sie *hier*, die Kraft in ihnen, sie waren mehr als von Erinnerungen geschaffene Bilder.

Er betrachtete wieder die beiden Figuren. Eine Legende behauptete, dass sie noch lebten, dass sie gefangen waren in erstarrter Zeit. Eine liebende Seele, die ihre Hand auf den Sockel legte, konnte sie befreien, hieß es.

Cameron schloss die Augen. Es ist nur ein Traum, dachte er im Schlaf.

Als er die Lider wieder hob, stand er noch immer vor dem Sockel, sich der eigenen lebenden Präsenz auf sehr intensive Weise bewusst.

Weißt du, was Liebe ist?, hatte ihn Myra gefragt.

Cameron drehte den Kopf. Es stand niemand neben ihm, er war allein.

Nur zu, versuch es.

Er streckte die rechte Hand aus und legte sie auf den Sockel.

Einige Sekunden lang geschah nichts.

Dann hörte Cameron ein leises Knirschen und Knarren wie von alten Fesseln, die langsam nachgaben, und die beiden dunklen Figuren auf dem Sockel bewegten sich. Sie wandten sich einander zu und umarmten sich, denn endlich trennte sie nichts mehr voneinander.

»Du hast sie befreit«, erklang eine Stimme. »Sie können sich wieder sehen und hören.«

Cameron sah erneut zur Seite. Eine Frau stand neben ihm, mit rotblondem Haar und Sommersprossen.

»Deine Hand hat getötet, es ist die Hand eines Soldaten«, sagte Kora sanft. »Aber sie weiß auch, was Liebe ist.«

58

Tief unten heulte noch immer der Wind, Wellen rollten und schmetterten gegen den hohen Felsen, so heftig, dass Cameron Vibrationen im Gestein spürte. Er sah zu den Wolken hoch, die nichts preisgaben, und fragte sich, wie diese Welt hieß und wo in Zeit und Raum sie sich befand.

»Sie müssten mich jetzt eigentlich hören können, Admiral«, ertönte eine Stimme aus dem Nichts.

Cameron sah und hörte noch immer, obwohl er schlief. Er wünschte sich in den Traum zurück, der gerade unterbrochen worden war.

»Ich muss Sie wecken, Admiral«, fuhr die vertraut klingende Stimme fort. »Obgleich die Turbulenzen im Sekundärraum wieder zunehmen. Etwas geschieht mit uns, etwas verändert unseren Kurs. Ich glaube nicht, dass die Honta-Königin dafür verantwortlich ist. Sie ruht noch immer, in einem scheintodartigen Zustand. Offenbar gibt es einen externen Faktor, der Einfluss auf uns nimmt. Unsere Stabilität ist gefährdet, und damit meine ich sowohl den Angriffsjäger als auch die Skitter-Module.«

Hudson, dachte Cameron.

»Hudson«, sagte er auf dem hohen Felsen über dem sturmgepeitschten Ozean. »Holen Sie mich zurück! Wecken Sie mich!«

»Der externe Faktor beeinflusst auch unsere Bordsysteme«, ertönte es aus grauer Leere. »Eine kritische Situation steht unmittelbar bevor.«

»Holen Sie mich zurück!«, rief Cameron auf dem hohen Felsen, doch die eigene Stimme war nicht laut, sondern nur ein Flüstern in der Ferne.

59

Der Schläfer begann zu vergessen, dass er schlief.

Warmer Regen fiel aus niedrigen Wolken grau wie Schiefer. Er rang die Flammen nieder, die aus zerstörten Baumhäusern und Waldbrücken züngelten, er verwandelte Ruß und Asche in Brei.

Cameron lag in Schlick und Schlamm, in den Händen ein Plasmagewehr. Er trug nur einen leichten Schutzanzug ohne Kampffunktionen, ohne Sepia-Effekt oder Tarnkappe. Aus dem Kommunikator an seinem Kragen tönte ein Knacken und Knirschen, das ihm seltsam vertraut vorkam.

Die Honta störten das Kommunikationssystem, vielleicht ohne Absicht. Cameron vermutete, dass sie eine Bake installiert und aktiviert hatten – ihr Funkfeuer überlagerte die Signale der Streitkräfte.

»Können wir nicht in Frieden leben?«, fragte das Mädchen an seiner Seite. Es hieß Esmine und trug die Welt in sich.

Boska, ein Planet in der Zirkumferenz, mit einer subtilen Intelligenz, die in den riesigen, verschlungenen Möbiusbäumen wohnte und mit ihren Wurzeln bis hinab zum Basisgestein des Planeten reichte. Seit gut zweihundert Jahren gab es menschliche Niederlassungen auf Boska, weit abseits der üblichen Superpositionator-Routen, und eine Gruppe der Siedler hatte lokale DNS in ihr Genom aufgenommen. Esmine gehörte zu diesen Angepassten und war eine der wenigen, die mit der Welt sprechen konnten. Sie »trug ihr Gewicht«, wie es die Einheimischen nannten. Auch deshalb durfte sie nicht sterben.

Mit dem Datenvisier vor Augen sah Cameron durch den strömenden Regen und hielt nach den Biosignaturen der Honta Ausschau. Vor ihnen hatten sich bereits Tümpel und kleine Seen gebildet. Das Licht schwand, die Nacht kündigte sich an.

Cameron klappte das Visier nach oben und sah das Mädchen an. Es war erst elf Jahre alt, doch als Teil der denkenden Welt blickte es auf Jahrmilliarden zurück.

»Wir müssen kämpfen, um am Leben zu bleiben. Frieden ist ein schöner Traum«, sagte der Träumende.

»Wir haben hier in Frieden gelebt, bis ihr gekommen seid«, erwiderte Esmine. Sie stand nicht auf, um zu den zerstörten Baumhäusern zurückzukehren, sie blieb neben ihm im Schlamm liegen, den Kopf halb erhoben, um ins Zwielicht zu starren.

Die Trümmer des Shuttles lagen bei der Siedlung, zwischen halb verkohlten Möbiusstämmen verstreut. Die drei Soldaten, die Kommandant Cameron begleitet hatten, waren tot.

»Hilfe ist unterwegs«, sagte er.

»Sie können nicht mit Ihrem Schiff sprechen!«

»Das kann ich tatsächlich nicht«, bestätigte er. »Die Bake der Honta stört meine Signale. Aber sobald man an Bord des Schiffs im hohen Orbit feststellt, was geschehen ist, wird man Hilfe schicken.«

»Warum habt ihr die Honta hierher mitgebracht?«

Esmine sprach nicht wie ein Kind, auch nicht wie eine junge Frau. Sie sprach wie eine Person, die viel gesehen und gehört hatte.

»Wir haben sie nicht mitgebracht«, sagte Cameron sanft. »Sie waren bereits hier.«

»Boska war eine Welt des Friedens.« Plötzlich klang Esmine tieftraurig. »Jetzt herrschen hier Zerstörung und Tod.«

Das Datenvisier hätte Cameron vielleicht rechtzeitig gewarnt. Plötzlich ragte etwas vor ihnen auf, eine Gestalt, die sich aus Schlick und Schlamm erhob und Feuer spuckte: ein Honta, nicht in einen Kampfpanzer gehüllt, der ihn fast unverwundbar gemacht hätte, aber mit schweren Impulsern bewaffnet.

Der warme Regen verdampfte, der Schlamm schien zu kochen, die Welt wurde hell und heiß. Cameron schoss mit dem schweren Plasmagewehr und schickte dem Feind einen Strahlblitz nach dem anderen entgehen, bis aus der großen Gestalt eine kleine geworden war, ein verbrannter Rest. Das wieder heruntergeklappte Datenvisier zeigte keine weiteren Feinde in der Nähe.

»Esmine?«

Sie lag halb auf der Seite, das blasse Gesicht halb von den schwarzen Haaren bedeckt. Schmerz lag in den großen grünen Augen, die Lippen zitterten.

Von ihren Armen waren nur noch Stummel übrig.

Zwei Stunden später tastete das Licht eines Scheinwerfers durch die dunkle Nacht, und ein Kanonenboot landete. Es kam mit zwanzig Soldaten, die in schweren Kampfanzügen ausschwärmten, und mehreren Medikern, die Esmine vorsichtig an Bord trugen und sofort mit der Behandlung begannen. Das Kanonenboot brachte sie und Cameron zur Fregatte *Magea*, die Boska verließ, weil sich eine Natter und eine Kobra der Honta dem Planeten näherten.

Als Esmine zu sich kam, war die *Magea* bereits mehrere Lichtjahre von Boska entfernt.

»Sie sind mein Vater, hat man mir mitgeteilt.« Mit dem Ernst eines Erwachsenen probierte Esmine ihre neuen Arme aus, zwei biomechanische Prothesen, kräftiger und widerstandsfähiger als gewöhnliche Menschenarme.

Cameron nickte. Dies war seine erste Kriegsadoption, er war gerade einundzwanzig Jahre alt. »Wie es der Tradition der Streitkräfte entspricht.«

»Niemand hat Sie gezwungen«, sagte Esmine. »Es war Ihre freie Entscheidung.«

Er nickte erneut.

Esmine setzte sich auf. »Ich kann nicht zurück, oder?«

»Es wäre sinnlos«, erwiderte Cameron offen und ehrlich. »Die Honta haben einen großen Teil des Planeten verwüstet und verbrannt. Es gibt keine Baumdörfer mehr und nur noch Reste des Waldes. Die Welt, die du in dir getragen hast, existiert nicht mehr.«

»Ich fühle sie noch«, sagte Esmine. »Aber sie ist leichter geworden und riecht nach Blut und Asche.«

Cameron nickte zum dritten Mal. »Das ist der Geruch der Honta.«

»Jetzt sind sie auch mein Feind.« Esmine hob ihre Prothesen. »Diese Arme sind stark. Ich werde sie für den Kampf nutzen.«

»Und ich werde dich den Kampf lehren.«

Nur sechs Monate später, nach der ersten Ausbildungsphase in den Wüsten von Cahib, starb Esmine auf Gemmeron am Rand der Schale, als die Honta den dortigen Stützpunkt der Streitkräfte angriffen. Sie wurde von einem Deformator zerrissen, es blieb nichts von ihr übrig.

Cameron, ihr Vater, konnte sie nicht einmal begraben.

60

Die zischende und fauchende Stimme des Winds war verstummt, das zuvor aufgewühlte Meer lag glatt wie Glas. Von Stille umgeben, erhob sich der hohe Felsen aus den bleigrauen Fluten.

Cameron hob den Blick zu den Wolken. Eine andere Stimme erklang dort. »Hören Sie mich, Admiral?«

Er versuchte zu sprechen. »Hudson?«

»Ich habe den Auftrag erfüllt, Admiral.«

»Welchen Auftrag?«, fragte Cameron wie benommen.

»Die Bombe mit den Sensoren und Schmerzstimulatoren«, lautete die Antwort vom Himmel. »Ich stelle eine Veränderung Ihrer zerebralen Aktivität fest, Admiral. Sie müssen aufwachen.«

Cameron versuchte, sich zu konzentrieren. »Ich bin Esmine begegnet, in meinen Erinnerungen.« Sein Krächzen klang fremd. »Ich habe seit vielen Jahren nicht an sie gedacht.«

»Die energetische Aura der Skitter hat sich verstärkt«, verkündete die himmlische Stimme, die einem zwanzig Zentimeter großen Mikronauten gehörte. »Ihr Verwirrungszustand könnte darauf zurückzuführen sein, Admiral.«

Cameron sah übers Meer und fühlte, wie andere Erinnerungen in ihm erwachten.

»Ich habe versucht, Sie zu wecken«, sagte Hudson. »Aber Sie reagieren nicht auf die biochemischen Signale. Vielleicht weist der Schlaftank eine Fehlfunktion auf.«

»Eine Fehlfunktion müsste sich feststellen lassen«, erwiderte Cameron, die Gedanken etwas klarer.

»Bisher haben die Sensoren nichts gefunden«, teilte ihm Hudson mit. »Ich könnte versuchen, Sie mit einem Signalschock aus dem Schlaf zu holen, aber dazu brauche ich Ihre Erlaubnis. Es könnte sich um ein traumatisches Erlebnis handeln.«

Das Felsgestein unter seinen Füßen, so fest und stabil es sich auch anfühlte – es existierte ebenso wenig wie der bis zum Horizont reichende Ozean und der Wind, der ihm über die Wangen strich, sanft wie eine zärtliche Hand. Ich muss zurück, dachte Cameron.

»Ich muss zurück«, sagte er laut, damit ihn die falsche Welt hörte. Erneut blickte er zum Himmel hoch. »Erlaubnis erteilt!«

Er schloss die Augen und bereitete sich vor.

Schmerz stürzte auf ihn herab und zerriss seine Gedanken.

61

Cameron betrachtete seine Hände, gebräunt vom Sternenlicht zahlreicher Welten. Er wunderte sich ein wenig, denn sie hatten einmal anders ausgesehen.

»Wir haben etwas gefunden, Cam!«, rief jemand.

Er blinzelte, schob seine Verwunderung beiseite und sah eine Frau, die sich ihm näherte, gut zehn Jahre älter als er, das kurze Haar kastanienbraun. Der beigefarbene Werkzeugoverall nahm ihrer schlanken Gestalt die klaren Linien.

Er blickte sich um, als sähe er die Umgebung zum ersten Mal: die Ausgrabungsstätte mit ihren vielen Tunneln und Höhlen, von Bots tief in den steinigen Boden gegraben; die aus Synth und gebrüteten Bestandteilen errichteten Wohn- und Werkzeughütten, dahinter der dunkle Buckel des Schildgenerators, der eine energetische Kuppel über dem Tal schuf und damit vor der dünnen Atmosphäre aus Methan und Ammoniak des kalten marsgroßen Monds schützte; darüber ein Gigant am Himmel, der Gasriese Juma im Owalka-System, siebenhundertachtzehn Lichtjahre von der Erde entfernt, mit flackernden Blitzen in den gelben und braunen Wolkenbändern und einem Strahlenkranz über dem Nordpol.

Die Frau erreichte ihn. »Stimmt was nicht?«

Er sah sie an, er betrachtete das Gesicht, das er seit dreißig Jahren kannte und ihm doch für einige wenige Sekunden fremd erschien.

»Was habt ihr gefunden, Myra?«, fragte er.

»Etwas, das man an diesem Ort gewiss nicht erwartet hätte.«

Sie führte ihn zum nächsten Graben, vorbei an einem Bot mit

großem Schaufelwerk und eine Synth-Treppe hinunter. Als Cameron etwa zehn steile Stufen hinter sich gebracht hatte, fühlte er ein Stechen in den Knien und tastete instinktiv nach den Gürtelkontrollen des Gravitators, der zur Ausstattung seines eigenen Werkzeugoveralls gehörte.

»Mach dich nicht zu leicht, Cam«, mahnte Myra. »Zu geringes Gewicht schadet den Knochen.«

Er begnügte sich mit einer geringeren Einstellung und fühlte, wie das Stechen aus den Knien verschwand.

Im Graben kamen sie an Mauern vorbei, die nicht eine Million Jahre alt waren, wie die bisher entdeckten Hinterlassenschaften der Xon, sondern nur etwa sechshunderttausend Jahre. An einer Stelle, die er selbst vor wenigen Tagen freigelegt hatte, blieb er stehen und legte die Hand auf ein glattes Wandstück.

Myra lächelte. Sie war alt geworden, man sah es ihr an, doch ihr Lächeln hatte noch immer den früheren Glanz. »Hier gibt es keine Figuren, die aus ihrer Starre erwachen und sich umarmen könnten.«

»Was?«, fragte er verwirrt.

»Hast du das vergessen?« Es klang ein wenig enttäuscht. »Damals auf Muamar. Die Kathedrale der Xon, die beiden Figuren. Du hast die Hand auf den Sockel gelegt, und daraufhin haben sie sich bewegt.«

»Ja«, sagte er. »Ja, du hast recht.« Und er dachte: Nein, das stimmt nicht, ich habe den Sockel berührt, ich habe tatsächlich die Hand darauf gelegt, aber die beiden Figuren blieben unbewegt.

Der Schmerz kehrte in die Knie zurück und wanderte von dort aus nach oben. Cameron ließ sich nichts anmerken und folgte Myra durch den Graben, dorthin, wo ihre Tochter Miriam zwischen den Ruinen saß. Sie wirkte selbst in ihrem Arbeitsoverall zart und bearbeitete etwas mit einem Vibropinsel.

»Das hier ist einzigartig«, sagte sie, zweiundzwanzig Jahre alt und auf der Erde geboren. »Ich würde es eine Sensation nennen. So etwas wurde nie zuvor bei Xon-Ruinen gefunden. Auf der Erde wird man begeistert sein!«

Sie meinte das TAI, das Terranische Archäologische Institut, das sie nach Rajor geschickt hatte, zum sechsten Mond des Gasriesen Juma.

Miriam legte den Vibropinsel beiseite, griff vorsichtig nach einer kleinen elfenbeinfarbenen Statue und reichte sie ihrem Vater. Cameron nahm sie behutsam entgegen und erkannte sofort, warum es sich um ein einzigartiges Artefakt handelte.

»Es ist eindeutig die Darstellung eines Menschen«, erklärte Miriam. »Ich habe die Proportionen gemessen, und sie stimmen.«

Cameron stellte die offensichtliche Frage. »Was macht die Statuette eines Menschen inmitten von sechshunderttausend Jahre alten Xon-Ruinen?«

Er drehte die Statuette in den Händen. Ein Mensch, eine Frau, offenbar gekleidet in eine Art Uniform, mit halb langem Haar, das dicht über den Schultern endete. Eine junge Frau, wie es schien, mit seltsamen kleinen Flecken im Gesicht.

Er hob die Statuette und betrachtete sie aus der Nähe.

Die Flecken ... Konnten es Sommersprossen sein, auf Nase und Wangen?

Der aus den Knien emporgestiegene Schmerz erreichte die Eingeweide und verwandelte sich in eine heiße Klinge, die durch Magen und Lunge schnitt, sich ihm dann ins Herz bohrte.

Camerons Hand schloss sich so fest um die kleine weiße Statue, dass sie brach und zu Staub zerfiel.

WAS GESCHIEHT MIT MIR?

Cameron: 38, ∞
Im Sekundärraum

62

Cameron saß neben dem Schlaftank im Waffenraum des Angriffsjägers, mit zwei Dutzend Sensoren an seinem nackten Leib. Sie verbanden ihn mit Diagnosegeräten im vorderen Teil des kleinen Schiffs und mit den von Hudson analysierten Datenströmen der Substrate.

»Sie haben den Schock gut überstanden, Admiral«, stellte der Mikronaut fest, der auf dem Rand des Schlaftanks stand. »Ich kann keine physischen Verletzungen feststellen.«

Cameron hob die Arme und ließ sie wieder sinken. »Ich fühle mich schwach«, sagte er, den Kopf voller Gedanken, die sich schwer ordnen ließen.

»Ich habe den Brüter bereits programmiert«, sagte Hudson. »Wenn wir hier fertig sind, erwartet Sie eine kalorienreiche Mahlzeit.«

»Es gibt also keine physischen Beeinträchtigungen.« Cameron nickte zufrieden und glaubte, noch ein Echo des intensiven Schmerzes zu spüren. »Was ist mit psychischen? Meine Visionen …« Er zögerte, das Ende des Satzes offen.

»Ich glaube nicht, dass die Bezeichnung ›Visionen‹ zutreffend ist, Admiral. Sie haben geschlafen und geträumt.«

Nein, dachte Cameron voller Gewissheit, es waren mehr als nur Träume.

»Nein«, erwiderte er, »es steckt mehr dahinter, es fühlte sich nach viel mehr an.«

»Nach dem, was Sie mir geschildert haben, Admiral, stimmen die Traumbilder nicht immer mit Ihren Erinnerungen – also mit den tatsächlichen Ereignissen – überein.«

Cameron betrachtete seine Hände. Ich bin nie Archäologe gewesen, dachte er. Meine Hände sind grau, es sind die Hände eines Soldaten.

»Es könnten besondere Träume gewesen sein, stimuliert von den Strahlungswellen der Transition, Admiral. Anders ausgedrückt: Fehlfunktionen des Gehirns. Das halte ich für die wahrscheinlichste Erklärung.«

Cameron erhob sich, und da war er wieder, der Schmerz, nicht in den Knien, sondern im Nacken, ein kaltes Stechen.

»Was ist geschehen?« Er stand gerade, atmete tief durch und versuchte, wieder stark zu sein.

»Wir sind in eine sehr turbulente Fluidal-Strömung geraten.«

Hudson projizierte ein einfaches Status-Holo mit den aktuellen Daten. Cameron betrachtete sie, während er einen Sensor nach dem anderen von seinem Körper löste.

»Wir befinden uns jetzt in einer ruhigeren Zone des Sekundärraums und nähern uns einem Objekt«, sagte der Mikronaut.

Eins nach dem anderen, dachte Cameron und trat näher an das Holo heran. Die eingeblendete Kurslinie, die zum Symbol des Kugelsternhaufens führte, wies einen deutlich erkennbaren Knick auf.

»Was ist die Ursache der Kursänderung?«, fragte er. »Allein die starke Strömung?«

Eine zweite Linie erschien in der Darstellung des Fluidals, das aussah wie perlmuttgraue Emulsion.

»Der ursprüngliche Kurs, bestimmt und kontrolliert von den Supla-Aggregaten der Skitter«, erklärte Hudson. »Er führte dicht am Strömungsbereich vorbei.«

»Sehr dicht«, kommentierte Cameron.

»Das könnte die Ursache für den Kurswechsel gewesen sein,

Admiral. Ein Sog, der uns erfasste und in die Strömung gezogen hat.«

»Aber?« Cameron löste den letzten Sensor und hielt ihn in der Hand. Der Aufruhr in ihm legte sich. Es gab etwas, auf das er sich konzentrieren konnte und musste.

»Unmittelbar vor der Kursänderung nahm die energetische Aktivität der Skitter-Module zu«, berichtete Hudson. »Ich vermute einen kausalen Zusammenhang.«

»Sie gehen davon aus, dass uns die Skitter in die Strömung mit der hohen Strahlung gebracht haben?«

»Ja, Admiral.«

»Warum?«

»Weil die Honta-Königin das Objekt erreichen will, dem wir uns nähern.«

Cameron legte den letzten Sensor beiseite, ging zum Ausrüstungsschrank, entnahm ihm einen Einsatzanzug und spürte, wie das kalte Stechen im Nacken noch unangenehmer wurde. Er streifte den Anzug über und wartete einige Sekunden, bis sich das Material seinem Körper angepasst hatte. Dann aktivierte er die neuromuskuläre Stimulation.

Der Schmerz verschwand, die Kälte im Nacken löste sich auf. Versuchsweise bewegte er Arme und Beine. Neue Kraft erfüllte ihn.

»Es ist geliehene Kraft«, sagte Hudson, als hätte er seine Gedanken erraten. »Sie sollten also trotzdem etwas essen. Außerdem habe ich ein Stärkungsmittel für Sie vorbereitet.«

Es wurde Zeit für den nächsten Schritt, entschied Cameron.

»Was hat es mit dem Objekt auf sich?«, fragte er. »Wohin sind wir unterwegs?«

»Ich bin mir nicht ganz sicher, weil mir einige Daten fehlen, Admiral. Aber es könnte sich um den Zeitpalast der Kamaläa handeln. Und noch etwas. Die Honta-Königin ist erwacht und bereitet sich darauf vor, ihren Skitter-Hort zu verlassen.«

63

»Damals, als ich mit Kwix experimentiert habe ...« Cameron sprach mit vollem Mund. »Ich bin für ein paar Tage Historiker gewesen und habe mich auch mit den Kamaläa beschäftigt. Sie sind rätselhaft, wie die Zirra. Ihr Zeitpalast wurde von den Denkern entdeckt, im Jahr 2647. Angeblich fanden ihre Sonden im Palast Hinweise auf die Ursprungswelt der Kamaläa. Ob die Denker Schiffe dorthin entsandt haben, gehörte leider nicht zum Kwix-Wissen.« Er nahm zwei weitere Löffel von dem Brei. »Damals habe ich es bedauert, nicht mehr darüber erfahren zu können.«

»Jetzt bekommen Sie vielleicht Gelegenheit dazu, Admiral.« Hudson saß wieder auf der kleinen Ablage neben dem Brüter und ließ erneut die Beine baumeln.

Cameron hatte erst beim Essen gemerkt, wie ausgehungert er war. Er füllte sich den Teller erneut, den Blick auf das einen knappen Meter entfernte Hologramm gerichtet, das ihm den Zeitpalast zeigte: eine vieleckige Plattform, wie ein Zahnrad mit einem Durchmesser von mehr als hundert Kilometern, darauf zahlreiche Türme mit spitzen Dächern oder zinnenartigen Erweiterungen, der größte von ihnen über dreihundert Kilometer hoch und so dünn, dass er wie eine zerbrechliche Nadel wirkte. Der Gesamteindruck war der eines Schlosses von immensen Ausmaßen, das im wie träge wogenden Grau des Fluidals schwamm. Es drehte sich langsam und veränderte dabei seine Farben, aus einem zarten Gelb wurde nach und nach ein tiefes Rot, das dann in sanfte Grüntöne überging, die von einem glänzenden, funkelnden Kobaltblau abgelöst wurden.

»Die Kamaläa *waren* rätselhaft, Admiral«, korrigierte ihn Hudson. »Ich halte es für extrem unwahrscheinlich, dass sie all die Jahrmilliarden bis zum Ende der Zeit überlebt haben.«

Der Teller war erneut leer. Cameron verzichtete auf eine weitere Portion, legte den Löffel beiseite und langte nach dem Becher mit dem Nährtrank.

»Kommt darauf an«, erwiderte er nachdenklich. »Der Sekundärraum ist zeitlos.«

»Da muss ich Ihnen widersprechen. Das Fluidal ist nicht *zeitlos* im Sinne von ›ohne Zeit‹. Vergangenheit, Gegenwart und Zukunft bilden hier eine Einheit, gewissermaßen ein mehrdimensionales Knäuel. Die entsprechenden mathematischen Gleichungen sind außerordentlich komplex und gehen auf die Denker zurück.«

Cameron betrachtete das Schloss im Hologramm. »Man könnte auch sagen: Der Zeitpalast ist *nicht linear?*«

»Das wäre eine durchaus zulässige Beschreibung, Admiral.«

»Und Mrarl, ein nichtlineares Geschöpf, will dorthin.«

»Danach sieht es aus.«

»Mit welchen Absichten?«

»Ich wünschte, ich könnte Ihnen diese Frage beantworten, Admiral. Wie dem auch sei, vielleicht ist das Objekt, dem wir uns nähern, gar kein ›Zeitpalast‹, sondern etwas ganz anderes. Der Ursprung dieser Bezeichnung geht nicht auf die Denker zurück, deren Sonden es im Sekundärraum fanden, sondern auf Menschen, die von der Entdeckung erfuhren.«

Etwas anderes fiel Cameron ein. »Während meiner Träume ... Ich habe Ihre Stimme gehört. Sie erwähnten einen externen Faktor, der unsere Bordsysteme beeinflusst.«

»Nach meinen letzten Analysen geht der Einfluss nur teilweise von den Skitter-Modulen aus«, erklärte Hudson. »Ich habe zunächst vermutet, dass es sich um einen Assimilationseffekt handelt, um den Versuch, die Systeme des Angriffsjägers mit denen der Skitter zu synchronisieren. Aber offenbar stammen einige der Synchronisierungssignale von dem Konstrukt vor uns im Fluidal.«

Cameron gab Teller, Löffel und Becher in den Aufbereiter. »Was haben Sie dagegen unternommen?«

»Die Signale werden neutralisiert, wir bleiben unabhängig«,

sagte Hudson. »Aber ich fürchte, die Neutralisierung wird nicht auf Dauer möglich sein.«

»Wir könnten ... übernommen werden?«

»Meinen Kapazitäten sind enge Grenzen gesetzt, wie Sie wissen, Admiral.« Die tiefe Stimme des Mikronauten nahm einen bedauernden Ton an. »Die fremden Steuerungssignale könnten immer wieder verändert werden, so schnell, dass ich überfordert bin.«

Cameron stand auf. Das Essen und die neuromuskuläre Stimulation sorgten dafür, dass er sich bereit fühlte.

»Ich nehme an, Sie wollen den Skitter-Hort aufsuchen, bevor wir das Konstrukt erreichen«, sagte Hudson.

»Ja. Mrarl wird das eine oder andere erklären müssen.«

»Möchten Sie, dass ich Sie begleite, Admiral?«

»Sie bleiben hier, Hudson. Ich brauche Sie im Angriffsjäger. Was auch immer geschieht, verhindern Sie, dass wir übernommen werden.«

»Bevor Sie aufbrechen ...«

Cameron verharrte in der Luke.

»Ich habe darauf hingewiesen, dass ich bei Ihnen keine physischen Beeinträchtigungen feststellen konnte«, sagte Hudson. »Allerdings gibt es eine Veränderung, die kurz nach Ihrem Erwachen begonnen hat und noch anhält. Sie betrifft Ihre Amygdala.«

Cameron fühlte sich von der kalten Hand der Sorge berührt. »Was ist damit?«

»Die medizinischen Sensoren haben eine erhöhte Aktivität festgestellt.«

»Was ergibt sich daraus?«, fragte Cameron. »Welche Konsequenzen hat die größere Aktivität?«

»Unbekannt, Admiral. Wir wissen, dass die Amygdala mit Wahrnehmung sowie der emotionalen Bewertung von Situationen und der Analyse möglicher Gefahren zu tun hat. Wenn die Amygdala auf eine andere Art und Weise aktiv wird als zuvor, könnte es auf eine Veränderung Ihrer Wahrnehmung hinauslaufen.«

»Und meiner Fähigkeit zur Gefahreneinschätzung?«

»Das lässt sich nicht ausschließen.«

»Könnte dies die Ursache für meine … Träume gewesen sein?« Cameron verzichtete ganz bewusst auf das Wort *Visionen*.

»Das wäre denkbar, wenn die Veränderungen früher begonnen haben.«

Cameron zögerte. »Könnte Mrarl damit zu tun haben?«

»Das ist nicht auszuschließen.«

Cameron sprach den nächsten beunruhigenden Gedanken laut aus. »Könnte sie versuchen, mich zu übernehmen? So wie … Ganto?«

Er sah ihn plötzlich vor sich, seinen alten Freund, zur Schale eines Honta geworden …

Die kalte Hand schloss sich um seinen Hals.

»Darauf deutet derzeit nichts hin, Admiral. Ich vermute …« Hudson unterbrach sich. Vielleicht empfing er Daten von den Sensoren des Angriffsjägers. »Wir sind da, wir haben das Konstrukt erreicht. Und die Honta-Königin hat Ihren Skitter-Hort verlassen.«

Cameron aktivierte die Gefechtsbereitschaft seines Einsatzanzugs und machte sich auf den Weg.

ECHO DER VERGANGENHEIT

Cameron: 38, ∞
Im Sekundärraum

64

Der Konnexionstunnel im Waffenraum neben Mrarls Gerüst war geschlossen. Wo sich zuvor eine Öffnung befunden hatte, versperrte hartes, obsidianartiges Material den Weg.

Cameron machte sofort kehrt und eilte zum Ausstieg. Im schmalen Korridor öffnete er einen Kommunikationskanal. »Mrarl hat den Zugang in den Waffenraum geschlossen, Hudson. Ich versuche es mit der Luftschleuse. Geben Sie mir Orientierung.«

Er hatte den Helm des Einsatzanzugs bereits geschlossen, und im Datenvisier bildete sich eine graphische Darstellung. Ein roter blinkender Punkt markierte die Position der Honta-Königin, ein grüner die eigene. Mehrere Linien wiesen auf Tunnel in und zwischen den Skitter-Modulen hin.

Zwei Sekunden lang wartete Cameron voller Ungeduld in der kleinen Luftschleuse, bis sich das Innenschott geschlossen hatte, dann schickte er dem Außenschott das Öffnungssignal. Es glitt beiseite und gab den Blick frei auf eine massiv wirkende dunkelgraue Wand.

»Dieser Tunnel ist ebenfalls verschlossen.« Cameron aktivierte seinen Schild und zog den Variator. »Es gibt keine alternativen Routen, oder?«

»Nein, Admiral«, tönte die Stimme des Mikronauten aus dem Lautsprecher des Kommunikators.

Cameron veränderte die Einstellung der Waffe. »Ich muss diesen Teil des Jägers beschädigen.«

»Verstanden. Die Reparaturen werden so schnell wie möglich durchgeführt.«

»Schützen Sie die Bordsysteme, Hudson. Der Jäger darf nicht unter fremde Kontrolle geraten.«

»Bestätigt.«

Cameron schoss.

Ein Projektil bohrte sich in die Skitter-Masse, die den Tunnel verschloss, und explodierte in einer Tiefe von fünfundzwanzig Zentimetern. Kristalline Materie verdampfte im Kern der Detonation, Splitter flogen, und Flammenzungen leckten durch die Luftschleuse.

Cameron hatte sich mit dem Gravitator des Einsatzanzuges verankert, und der Schild schützte ihn. Er stand umgeben von feuriger Glut, die Waffe in der Hand bereit für den nächsten Schuss.

Der nicht nötig war.

Das Lodern versiegte, und vor Cameron erschien ein großes Loch.

»Neue Orientierung!«, forderte er und duckte sich durch die Öffnung, den Variator weiterhin schussbereit in der Hand. »Der kürzeste Weg zu Mrarl!«

Die graphische Darstellung im Helmvisier veränderte sich und zeigte eine neue Linie, hell hervorgehoben, mit dem blinkenden roten Punkt am Ende. Dahinter erschienen Positionssymbole mit eingeblendeten Daten, die das Konstrukt im Sekundärrum betrafen.

»Seien Sie vorsichtig, Admiral«, mahnte Hudson. »Mit dem Schuss könnten Sie eine automatische Abwehrreaktion der Skitter ausgelöst haben.«

Geschützt vom Schild kletterte Cameron durch den offenen Tunnel. Es knisterte und knackte um ihn herum, die Skitter veränderten ihre Struktur. Das Licht seiner Helmlampe strich über Wände, die aus Felsgestein zu bestehen schienen, an einigen

Stellen grau wie Basalt, an anderen dunkel wie vulkanischer Obsidian, von weißen kristallenen Adern durchzogen.

Die schematische Darstellung im Helmvisier zeigte ihm, dass Mrarl den Zeitpalast erreicht hatte. Das Blinken des roten Punkts, der ihre Position markierte, wurde langsamer und verlor an Leuchtkraft.

»Die Reparaturen haben begonnen, Admiral«, meldete sich Hudson. »Ich versuche, die Sensoren zu rekonfigurieren, damit wir den Weg der Honta-Königin im Innern des Konstrukts verfolgen können.«

Schneller, dachte Cameron. Wir dürfen Mrarl nicht aus den Augen verlieren.

Er erreichte die steile Rampe des Skitters, in dem sich Mrarls Schlafstätte befand, und für einen Moment überlegte er, ob er ihren Ruheort aufsuchen und dort auf sie warten sollte.

Er entschied sich dagegen. Es gab keine Garantie dafür, dass sie dorthin zurückkehren würde. Außerdem suchte sie den legendären Zeitpalast der Kamaläa nicht ohne Grund auf. Was auch immer sie dort zu finden hoffte, bestimmte versprach sie sich einen Vorteil davon.

Die Wände rückten näher, der Tunnel wurde schmaler.

Cameron verstärkte den Schild, obwohl das die Energiereserven des Einsatzanzugs belastete, und veränderte die Justierung des Gravitators, um leichter voranzukommen.

Nachdem er sich einige weitere Meter vorgewagt hatte, geriet die Wand auf der linken Seite in Bewegung, verlor ihre feste Konsistenz und zerfiel in Hunderte Bruchstücke, manche so groß wie eine menschliche Hand, andere klein wie eine Fingerkuppe.

»Die energetischen Signaturen der Skitter verändern sich«, teilte ihm Hudson mit. »Es könnte der Beginn einer Abwehrreaktion sein.«

Cameron stellte sich die Skitter-Module, die einst ein Schiff gebildet hatten, wie Teile eines lebenden Organismus vor, dessen

Immunsystem einen Eindringling identifiziert hatte und nun gegen ihn vorgehen wollte.

Der langsam blinkende rote Punkt verschwand aus seinem Helmvisier.

»Wo ist Mrarl?«, fragte er und wandte sich nach rechts, wie es die weiße Kurslinie von ihm verlangte. Er kam nicht annähernd so schnell voran, wie er wollte. Hinter ihm bildeten die Bruchstücke der zerfallenen Wand dünne Beine und verwandelten sich in krabbelnde Käfer, die ihm folgten.

»Die Rekonfiguration der Sensoren ist noch nicht beendet«, antwortete Hudson. »Die Masse des Konstrukts schirmt gewöhnliche Sondierungssignale ab.«

Voraus erschien ein Schacht im Lampenschein. Cameron ließ sich hineinfallen, um den Skitter-Käfern zu entkommen, und veränderte erneut die Einstellung des Gravitators, damit er nicht zu schnell fiel.

»Sie wissen nicht, wo sich Mrarl befindet?« Am Ende des fast hundert Meter tiefen Schachts gab es einen Übergang. Etwas schien dort zersprungen zu sein. Spiegelnde Kristallflächen wie Glasscherben standen schief und schräg, schienen sich gegenseitig zu stützen. Doch zwischen den Scherben gab es einen Durchgang, breit genug für einen Menschen.

»Ich kann Ihnen Mrarls wahrscheinlichen Aufenthaltsort nennen«, bot Hudson an.

Im Helmvisier blinkte ein blauer Punkt, ein ganzes Stück abseits der weißen Linie. Der folgte Cameron inzwischen nicht mehr. Er versuchte, den Maßstab zu erkennen.

»Wie weit ist sie entfernt?«

»Etwa drei Kilometer, wenn meine Schätzungen zutreffen.«

Cameron betätigte die Navigationskontrollen des Gravitators und wurde langsamer. Über ihm strebten die Wände mit jedem Meter, den er zurücklegte, mehr und mehr aufeinander zu, bis sie sich schließlich trafen und miteinander verschmolzen.

»Ich glaube, ich habe das Ende der Skitter-Module erreicht«, sagte er.

»Ich sehe Sie. Dies ist Ihre Position.«

Die Linien im Helmvisier wichen einer Darstellung des riesigen Konstrukts im Fluidal. Ein Zoom holte den unteren Bereich eines etwa fünfzig Kilometer hohen Turms heran und zeigte das Symbol eines Angriffsjägers der Vereinten Streitkräfte, umgeben von ineinander verschlungenen Skitter-Modulen.

Cameron trat in die Lücke zwischen zwei funkelnden Scherben. Ihre scharfkantigen Ränder gerieten in Kontakt mit dem Schild, und es kam zu kleinen flackernden Entladungen.

»Ich verlasse jetzt den letzten Skitter und betrete den Zeitpalast«, sagte er. »Zeigen Sie mir den Weg, Hudson.«

65

In der gewaltigen künstlichen Welt, die Cameron zu erkunden begann, gab es keine Gänge oder Korridore, nur Lücken und kurze Passagen zwischen Räumen, Aggregaten und kolossalen, kilometerweit aufragenden Installationen, deren Zweck rätselhaft blieb. Angesichts der enormen Ausmaße des Zeitpalasts musste es interne Transportsysteme geben, aber die Materialien, aus denen die Kamaläa ihr Schloss im Sekundärraum errichtet hatten, dämpften und filterten gewöhnliche Sensorsignale, was bedeutete, dass sich selbst bei hochintensiven Sondierungen keine Details über Räumlichkeiten und ihre Verteilung und vor allem nicht über ihre energetische Distribution gewinnen ließen. Irgendwo mussten sich Zugänge zu den zweifellos vorhandenen Transportsystemen befinden, und vielleicht hätte Cameron sie auch gefunden, hätte er sich dafür genug Zeit genommen. Doch ihm ging es in erster Linie um Mrarl und was sie im Innern des Konstrukts suchte oder vorhatte.

»Ihre Signale werden schwächer, Admiral«, hörte er Hudsons Stimme, als er sich in einem Saal zu orientieren versuchte, in dem mehrere zapfenartige Gebilde aufragten. Das Glühen direkt darüber erinnerte ihn an den Strahlenkranz über dem Nordpol des Gasriesen Juma, von dem er geträumt hatte. »Wir könnten den Kontakt verlieren.«

Cameron nahm eine neue Sondierung vor. »Schwerkraft bei null Komm sieben neun G-Norm, Temperatur minus dreiundzwanzig Grad. An der Zusammensetzung der Luft hat sich nichts geändert: Kohlendioxid, Ammoniak, Methan, Argon, Helium und ein geringer Sauerstoffanteil von nur zwei Prozent. Der Luftdruck hat zugenommen.«

»Daten bestätigt«, meldete Hudson. »Soweit wir wissen, zogen die Kamaläa eine Atmosphäre ohne Ammoniak und Methan und mit mehr Sauerstoff vor.«

Cameron sah sich um. »Und das bedeutet?«

»Dass das Konstrukt, in dem Sie sich befinden, vielleicht gar nicht von den Kamaläa stammt. Aber das wäre Spekulation, wir wissen zu wenig.«

Das Licht von Camerons Helmlampe strich über die nahe Saalwand, die den Eindruck erweckte, aus einer Art metallischem Schaumstoff zu bestehen. In unregelmäßigen Abständen ragten kegelförmige Erweiterungen daraus hervor, die, wie die Sensoren meldeten, etwas wärmer waren als ihre Umgebung.

»Wo ist Mrarl?«

»Sie hat inzwischen die Basis des Konstrukts erreicht. Sie müssen nach unten, Admiral.«

»Zeigen Sie mir den Weg«, wiederholte Cameron ungeduldig.

Neue Linien erschienen im Helmvisier, farblich codiert nach Schwierigkeitsgrad. Cameron wählte einen der leichteren Wege und ging weiter. Nach einigen Schritten erhöhte er die Leistung des Gravitators und flog durch den Saal, vorbei an etwas, das nach einer Rampe aussah, die in einer langen Spirale nach oben führte.

»Können Sie Anzeichen von Leben registrieren?«, fragte er und passierte einen weiteren schmalen Durchlass, wie ein Riss in der Wand.

»Negativ, Admiral. Es gibt keine Biosignale. Soweit ich das bisher feststellen konnte, enthält die Luft im Konstrukt nicht einmal Mikroorganismen. Sie und die Honta-Königin scheinen das einzig Lebendige weit und breit zu sein.«

»Wohin will sie?«

»Unbekannt«, antwortete Hudson. »Sie bleibt in Bewegung. Offenbar hat sie ihr Ziel noch nicht erreicht.«

Cameron übertrug die von Hudson übermittelten Orientierungsdaten in den Gravitator, was ihm erlaubte, etwas schneller zu fliegen. Er bewegte sich durch enge kurze Tunnel, schmale Seitenpassagen und kleine, vieleckige Räume mit gewölbter Decke. Immer wieder kam er an Geräteblöcken und gelegentlich auch an Statuen und seltsamen Bildnissen vorbei, die vielleicht Kamaläa darstellten. Cameron schenkte ihnen keine Beachtung, ganz darauf konzentriert, der gewählten Kurslinie zu folgen und Mrarls Position im Auge zu behalten.

Am unteren Ende eines etwa zehn Meter langen Schachts mit tiefen Rillen in den Wänden, die ganz danach aussahen, als stammten sie von Krallen, stieß er auf etwas, das ihm wie ein riesiger weißer und rosaroter Korallenstock erschien. Es füllte einen etwa zweihundert Quadratmeter großen Raum fast ganz aus.

Cameron fuhr die Leistung des Gravitators herunter, um sich wieder Gewicht zu geben, und begann damit, durch die zahlreichen armdicken Verästelungen der Korallen zu klettern. Ebenso wie zuvor die kegelförmigen Erweiterungen in den Wänden waren sie um einige Grad wärmer als ihre Umgebung.

»Es gibt eine Temperaturdiskrepanz, Hudson«, sagte Cameron. »Was könnte die Ursache sein?«

Im Lautsprecher des Kommunikationssystems blieb es still.

»Hören Sie mich, Hudson?«, fragte Cameron und kletterte ohne innezuhalten weiter zur gegenüberliegenden Seite des Raums, der Kurslinie im Helmvisier folgend.

Wieder bekam er keine Antwort.

In der Mitte des »Riffs« verharrte er zwischen dünnen weißen Korallenästen und zwang sich zur Ruhe. Eile war nie ein guter Verbündeter, damit forderte man Gefahren heraus, noch dazu in einer völlig unbekannten Umgebung.

Er sondierte mit den Sensoren und Detektoren des Einsatzanzugs und stellte fest, dass es in den Bereichen unter ihm größere energetische Aktivität gab. Offenbar waren einige Anlagen des riesigen Zeitpalasts nach wie vor aktiv, aber was es damit auf sich hatte, welchem Zweck sie dienten, blieb Cameron verborgen. Unter anderen Umständen hätte er mit einer langen Entdeckungstour begonnen und das gewaltige Konstrukt erforscht, doch nach wie vor war er Soldat und folgte anderen Prioritäten. Wo war Mrarl? Welche Absichten führten sie hierher? Wie hatte sie den Zeitpalast in den wahrhaft endlosen Weiten des Sekundärraums gefunden?

Es gelang ihm nicht, sie zu orten. Die Sondierungssignale reichten nicht weit genug – Massekonzentrationen und vielleicht auch EM-Barrieren schwächten sie ab.

Cameron versuchte noch einmal, mit dem Mikronauten in Kontakt zu treten. »Hudson?«

Ein Kratzen kam aus dem kleinen Lautsprecher, gefolgt von einer Stimme, so leise und fern, dass Cameron kein Wort verstand.

»Wenn Sie mich hören, Hudson: Ich folge der von Ihnen projizierten Kurslinie, die hoffentlich noch immer aktuell ist.«

Cameron rejustierte den Gravitator und setzte sich wieder in Bewegung.

Plötzlich knackte es laut, etwas gab unter ihm nach, und er fiel.

66

Es irrlichterte im Schild, der den Einsatzanzug umgab, kleine Entladungen tanzten wie Elmsfeuer durch seine Peripherie, Hinweis auf Kontakte mit festen Objekten. Cameron fühlte sich hin und her gestoßen, drehte sich mehrmals und verlor die Orientierung. Die Kontrollsysteme versuchten, ihn mit Hilfe des Gravitators zu stabilisieren.

Ein Schlag traf ihn an der Seite, heftig genug, einen stechenden Schmerz durch den ganzen Körper zu schicken. Cameron sah die roten Warnsymbole im Helmvisier und begriff, warum der automatischen Assistenz keine Stabilisierung gelang: Die lokale Schwerkraft veränderte sich immer wieder.

Das Licht der Helmlampe strich über vorbeijagende Gegenstände, die sich nicht identifizieren ließen.

»Hudson?«, stieß Cameron hervor, während der Sturz in die Tiefe anscheinend kein Ende nehmen wollte. »Wohin falle ich? Geben Sie mir eine Übersicht!«

Der Lautsprecher des Kommunikationssystems blieb still. Nicht einmal ein Kratzen war zu hören.

Wenige Sekunden später kam der Aufprall.

Das Licht der Helmlampe verschwand, alles versank in Dunkelheit.

Neuer Schmerz erfüllte Cameron, aber er verlor nicht das Bewusstsein. Ein Soldat musste bei Sinnen bleiben, er durfte keiner Schwäche nachgeben, wenn er am Leben bleiben wollte.

Der Einsatzanzug analysierte die Situation und reagierte mit maximaler neuromuskulärer Stimulation. Die Schmerzen in Hüften und Rücken lösten sich auf, Kraft kehrte zurück.

Cameron merkte, dass er auf der Seite lag. Finsternis umgab ihn. Er aktivierte die Helmlampe – und in ihrem schwachen Licht erschien ein Totenschädel!

Er blieb liegen, den Blick auf den Schädel gerichtet, der zweifellos von einem Menschen stammte. Ein rotes Warnsymbol nach dem anderen verschwand aus dem Helmvisier, als die Autoreparaturfunktion beschädigte Anzugkomponenten instand setzte.

Schließlich rollte sich Cameron langsam auf den Rücken, öffnete das Brustfach des Einsatzanzugs und schickte eine kleine mobile Sonde in die Dunkelheit. Nach kurzem Flug verharrte sie in einer Höhe von hundert Metern und sandte Licht in die Finsternis.

Konturen erschienen, die Umrisse von Maschinenteilen und Trümmerstücken. Cameron stellte fest, dass er noch immer den Variator in der Hand hielt. Er hatte die Waffe nicht losgelassen, die Reflexe des Soldaten funktionierten immer und überall.

Er stand auf, die Einsatzbereitschaft der Anzugsysteme weitgehend wiederhergestellt, und sah sich um. Auf allen Seiten umgaben ihn Trümmer, und einige von ihnen erweckten den Anschein, einst Bestandteil von Schiffsrümpfen gewesen zu sein.

»Hudson?«, sendete er, doch auch diesmal erhielt er keine Antwort.

Behutsam setzte er einen Fuß vor den anderen und näherte sich den Knochen, die ihm das Licht der Helmlampe zeigte. Direkt vor ihnen ging er in die Hocke, und als er sie aus der Nähe betrachtete, verstärkte sich der Eindruck, dass es sich tatsächlich um menschliche Überreste handelte. Er streckte die freie Hand nach dem Schädel aus – eine leichte Berührung genügte, und er fiel auseinander.

Die Sensoren zeichneten alles auf, und er sprach für das Log. »Ich habe menschliche Überreste gefunden.« Er richtete sich wieder auf, der Variator noch immer schussbereit. »Sieben oder acht Individuen, soweit ich das erkennen kann. Die Knochen müssen sehr alt sein, denn beim geringsten Kontakt zerbrechen sie und zerfallen zu Staub. Sie liegen neben Trümmern, die offenbar von

Maschinen und vielleicht den Außenhüllen von Raumschiffen stammen.«

Es war eine alte Angewohnheit, persönliche Eindrücke im Log festzuhalten, damit im Fall seines Todes zusätzliche Informationen zur Verfügung standen.

Cameron sah sich erneut um. Weiter hinten, am Rand des vom Licht der Sonde erhellten Bereichs, ragte ein besonders großes Trümmerstück auf, der obere Teil voller scharfer Kanten, der untere wie halb geschmolzen und dann wieder erstarrt. Daneben lagen Knochen, die nicht von einem Menschen stammen konnten.

Wachsam trat er näher und hob den Variator ein wenig. Was dort vor ihm lag, war unverkennbar: ein dreieckiger Schädel, glatt wie Porzellan, ohne Augenhöhlen, denn Honta hatten keine Augen, sondern Ringe aus Facetten und winzigen Sehknollen. Cameron betrachtete die übrigen Knochen und stellte sich Beine, Fühler und Flügel vor.

Er bückte sich und berührte den großen Schädel. Ein Stück brach ab.

»Ich habe auch die Reste eines Honta gefunden«, setzte er die Aufzeichnung fort. »Sie scheinen ebenso alt zu sein wie die menschlichen Gebeine. Vieles deutet darauf hin, dass hier ein Kampf stattgefunden hat.« Vorsichtig gab er das abgebrochene Knochenstück in einen kleinen Probenbehälter aus der Werkzeugtasche, damit Hudson später an Bord des Angriffsjägers eine gründliche Untersuchung vornehmen konnte. Vielleicht ließ sich das Alter bestimmen.

Die Sonde schwebte noch immer hundert Meter über dem Trümmerfeld, und in ihrem Licht erwies sich der unten halb geschmolzene und oben scharfkantige Block nicht als Trümmerstück, sondern als ein zerstörtes Aggregat. Auf der einen Seite gab es eine Öffnung, und als er mit der Helmlampe hineinleuchtete, sah er Stufen, die in dunkler Tiefe verschwanden.

Cameron rief die Sonde zurück und verstaute sie im Brustfach.

»Der Kampf hat vor dem Zugang einer Treppe stattgefunden, die wie von Menschen angelegt aussieht«, sagte er fürs Log. »Ich folge ihrem Verlauf. Vielleicht finde ich etwas, das Aufschluss gibt über den Kampf, bei dem Menschen und Honta getötet wurden. Möglicherweise existiert eine Verbindung zu Mrarl.«

Er schob sich durch die Öffnung und trat im Schein der Helmlampe die Treppe hinunter.

ERINNERER UND ENTARTETE

Cameron: 38, ∞
Im Zeitpalast

67

Am Ende der langen Treppe stieß Cameron auf weitere Knochen, offenbar die von Menschen, und als er einen von ihnen berührte, erwies auch er sich als spröde wie uraltes Pergament und zerbröckelte. Bei einigen Gerippen fand er Reste von Kleidung, mit verblassten Schriftzeichen, die er nicht entziffern konnte.

Er ließ erneut die mobile Sonde aufsteigen, bis zur Decke, die nur fünf oder sechs Meter hoch war und aus dunklen Bögen bestand. An den Wänden, schief und krumm, lehnten die Reste von Bauwerken. Cameron näherte sich ihnen und sondierte mit den Sensoren des Einsatzanzugs. Daten erschienen im Helmvisier.

Er sprach erneut für das Log. »Die Treppe war ziemlich lang, mehr als zweihundert Meter. An einigen Stellen fehlten Stufen, man braucht einen Gravitator, um die Lücken zu überwinden. Unten habe ich mehrere Bauwerke und Installationen unbekannter Art entdeckt. Offenbar haben sich hier Menschen für längere Zeit niedergelassen, aber vermutlich nicht auf Dauer, alles sieht provisorisch aus. Als Baumaterialien diente hauptsächlich Synth und Stahlkeramik. Viel ist nicht davon übrig, ein deutlicher Hinweis darauf, dass diese Hinterlassenschaften uralt sein müssen.« Er zögerte und sah sich um. »Ein Kampf scheint hier nicht stattgefunden zu haben. Es gibt keine Überreste von Honta, und nichts deutet auf den Einsatz von Waffen hin.«

Cameron verstummte, stand reglos und ließ die Stille eine ganze Minute lang auf sich wirken. Er glaubte, die Tiefe der Zeit zu spüren und in einen Jahrmilliarden tiefen Abgrund zu sehen.

»Ich frage mich, wie die Menschen damals hierhergekommen sind«, setzte er die Aufzeichnung fort. »Und auch die Honta. Wir wissen, dass der Zeitpalast der Kamaläa von den Denkern entdeckt wurde, aber sie behielten ihr Wissen für sich und haben die Fluidal-Koordinaten nicht weitergegeben, aus welchen Gründen auch immer. Wie sind Menschen und Honta hierhergelangt? Und was wollten sie hier? Was hat sie zu diesem Ort abseits von Raum und Zeit geführt?«

Er lauschte den eigenen Worten. Abseits von Raum und Zeit, dachte er. Verbarg sich darin eine Erklärung?

»Und was bringt Mrarl hierher?«, sagte er laut. »Welche Absichten verfolgt sie?«

Er starrte auf die menschlichen Knochen hinab, als erwartete er Antwort von ihnen, doch sie gaben nichts preis.

Das Helmvisier zeigte ihm noch mehr Daten.

»Offenbar gibt es eine Energiequelle in der Nähe«, sprach Cameron weiter. »Ich bezweifle, dass es sich nach so langer Zeit um einen von Menschen oder Honta installierten und noch aktiven Generator handelt. Wahrscheinlicher sind noch funktionierende Anlagen der Kamaläa.«

Er ging weiter, vorbei an den uralten menschlichen Knochen und den Resten von Behausungen. Die weiße Orientierungslinie war nach dem langen Sturz in die Tiefe aus dem Visier verschwunden. Cameron nahm an, dass er sich in der vieleckigen, mehr als hundert Kilometer durchmessenden Basis des Zeitpalasts befand, doch seinen genauen Aufenthaltsort konnte er ebenso wenig feststellen wie den von Mrarl.

Die Sonde unter der Decke folgte ihm durch einen schmalen, verwinkelten Tunnel, und wieder präsentierte das Helmvisier neue Daten. Die Temperatur stieg, ebenso der atmosphärische Druck. Die Luft enthielt weniger Ammoniak und Methan, dafür etwas mehr Sauerstoff, aber immer noch viel zu wenig für einen Menschen. Cameron sprach eine weitere Notiz für das Log und wies auf die veränderten ambientalen Bedingungen hin.

Anschließend unternahm er einen neuen Versuch, den Mikronauten an Bord des Angriffsjägers zu erreichen.

»Hudson?« Er erhöhte die Sendestärke. »Können Sie mich hören, Hudson?«

Diesmal blieb es nicht ganz still im Kommunikationslautsprecher. Cameron hörte ein Krächzen, das fast nach einer Stimme klang, jedoch wortlos blieb.

»Wenn Sie mich empfangen, Hudson - ich schicke Ihnen ein Peilsignal, damit Sie meinen Weg verfolgen können.«

Der schmale Tunnel wandte sich ein letztes Mal scharf zur Seite und führte dann in einen großen Raum mit einem Podest in der Mitte, weiß wie Alabaster, und einem weiteren größeren Tunnel auf der rechten Seite.

Vor dem Podest standen drei Gestalten, größer als ein durchschnittlicher Mensch, aber so zart und zierlich, dass sie den Eindruck erweckten, bei einer unachtsamen Bewegung zerbrechen zu können. Die dünnen Arme wiesen zwei Gelenke auf und endeten in Händen mit langen Fingern, die fast wie Tentakel wirkten. Die Köpfe waren haarlos, die Haut aus winzigen Schuppen halb transparent, man konnte Adern und Sehnen darunter erkennen. In den Gesichtern dominierten große Augen, blau wie Opal. Die Kleidung der drei Fremden bestand aus beigefarbenen Umhängen, an denen kleine Scheiben und Sechsecke aus Metall hingen wie Medaillen.

Die Sonde leuchtete über dem Podest, und ihr Licht spiegelte sich in den großen blauen Augen der drei Gestalten wider. Es waren keine Statuen, da war Cameron sicher. Sie wirkten auf eine seltsame Art und Weise lebendig.

Eine Sensorsondierung ergab keine biometrischen Daten, wohl aber Hinweise auf eine nahe energetische Anomalie.

»Für das Log und auch für Sie, Hudson, falls Sie mich hören«, sagte Cameron und trat langsam näher. »Die drei Figuren vor mir sind keine Bildnisse, da bin ich mir sicher. Sie sehen lebendig aus, doch die Sensoren registrieren keine Lebenszeichen.«

Wieder drang ein kurzes Krächzen aus dem Lautsprecher des Kommunikationssystems. Am rechten Rand des Helmvisiers blinkte ein rotes Warnsymbol.

Ein weiterer Schritt brachte Cameron noch etwas näher, und dabei spürte er, wie sich etwas seinen Bewegungen entgegensetzte. Er blieb stehen, in der rechten Hand noch immer den Variator, und streckte die linke langsam nach vorn.

Der Widerstand wuchs und wurde nach einem halben Meter so stark, dass er den Arm nicht weiter ausstrecken konnte. Ein Flimmern erschien vor den drei großen, zarten Gestalten, ein kurzes Wabern, das wieder verschwand, als Cameron die Hand zurückzog.

»Es sind Kamaläa, Admiral Cameron«, knarrte eine Stimme hinter ihm. »Sie zählen zu den Baumeistern des Zeitpalasts.«

68

Der Variator schwang wie von allein herum und richtete sich auf die Honta-Königin. Sie schien ein wenig größer geworden sein, die Fluoreszenz in den Augenringen heller, die Flügel wie bereit zum Flug. Mrarl wirkte erneuert und kräftiger.

Die vorderen Gliedmaßen richteten sich auf Cameron und vollführten dann kreisende Bewegungen. »Wie groß ist das Konstrukt, Mensch? Es ist riesig, so gewaltig, dass man es in vielen deiner Jahre nicht erforschen könnte! Und doch sind wir beide hier, an diesem besonderen Ort. Fragst du dich nicht nach dem Grund dafür?«

Die Atmosphäre war inzwischen dicht genug für die Übertragung von Schallwellen, und Cameron hörte Mrarls Stimme durch den Helm des Einsatzanzugs. Aber erstaunlicherweise klang sie auch aus dem Lautsprecher des Kommunikationssystems. Sie trug keine Kleidung, abgesehen von einigen Schlaufen und Bändern, die aus ihrem Panzer ragten. War es möglich, dass sie Geräte, Instrumente - und vielleicht auch Waffen - im Innern ihres Körpers verbarg?

»Nenn mir den Grund«, sagte Cameron.

»Es ist die große Geschichte, deshalb sind wir hier. Sie zieht uns an, sie will uns zu Protagonisten machen, kleiner Mensch, zu den Hauptfiguren eines wichtigen Kapitels.«

Das rote Warnsymbol im Helmvisier blinkte noch immer. Cameron begriff, dass es sich auf Mrarl bezogen hatte. Bedeutete es, dass eine Datenverbindung mit Hudson bestand, dass er Telemetrie und vielleicht noch mehr empfing?

»Was willst du damit sagen?«, fragte Cameron mit aktivem Kommunikationssystem, für den Fall, dass die Signale den Mikronauten erreichten.

»Kannst du diesen Ort verstehen, Mensch?«, knarrte Mrarl. »Kannst du deine Gedanken weit genug verbiegen, um das Nichtlineare dieses Ortes zu erkennen, ohne dass es dich innerlich zerbricht?«

»Ihr seid hier gewesen«, sagte Cameron, den Variator fest in der Hand. »Und wir Menschen auch. Es hat ein Kampf stattgefunden, ich habe die Toten gesehen, ihre Reste.«

»Mehr erkennst du nicht?« Mrarl kam näher, die Flügel halb ausgebreitet. Sie war langsam, bewegte ein Bein nach dem anderen, aber Cameron wusste, wie schnell Honta werden und wie gefährlich sie auch ohne Waffen sein konnten.

»Was weißt du über den Zeitpalast und diesen Ort?« Cameron deutete auf die drei fragilen Gestalten in ihren beigefarbenen Umhängen. Sie standen wie zuvor, hatten sich nicht einen einzigen Millimeter bewegt. Absolute Reglosigkeit war unmöglich für ein lebendes Geschöpf. Sie mussten tot sein, und doch hielt Cameron sie weiterhin für lebendig. »Zweifellos weißt du mehr, als du bisher zugegeben hast.«

»Da ist er wieder, der menschliche Argwohn, das Misstrauen.« Fast in der Art eines Menschen schüttelte Mrarl den dreieckigen Kopf.

»Wir wollten zum Kugelsternhaufen!«, stieß Cameron hervor und dachte an Kora. »Das war und ist unser Ziel. Stattdessen hast du uns hierhergebracht!«

»Wir haben nicht nur ein Ziel, sondern mehrere«, erwiderte Mrarl. »Dies ist eins davon.« Ihre Fühler zeigten auf die drei Gestalten. »Hältst du sie für tot?«

»Sie leben!«

»Das hast du erkannt?« Es knisterte laut, als Mrarl ihre Flügel wieder anlegte und sich ein wenig zur Seite neigte. Die ungelegten Eier in ihren Fruchtbeuteln glänzten nicht goldgelb, sondern in einem elfenbeinfarbenen Ton, der Cameron an eine Statue erinnerte, die in seiner Hand zerbrochen war. »Aber *wie* leben sie? Hast du dich das gefragt, Mensch? Und *wann?*«

Der Variator war noch immer auf Sprengprojektile eingestellt. Mrarl war nicht geschützt, sie trug keinen Schild, sie befand sich nicht hinter einer elektromagnetischen Barriere. Zwei oder drei Schüsse hätten genügt, um sie zu töten, ihren gepanzerten Leib zu zerfetzen. Noch einfacher wäre es gewesen, das Signal zu senden und die Bombe zu zünden.

»Ich habe genug von deinen Spielchen!«, sagte Cameron scharf. »Ich werde dich erschießen, wenn du mir nicht sofort erklärst, warum du uns hierhergebracht hast und was dies alles bedeutet!«

»Das würdest du wirklich tun, Mensch?«, klickte und knarrte die Honta-Königin.

Cameron richtete seine Waffe auf die Fruchtbeutel. »Ich meine es ernst. Ich will wissen, was du weißt!«

Mrarl senkte den großen dreieckigen Kopf. »Ich weiß vom Erinnerer und den Entarteten. Ich weiß auch von den Menschen, die den Erinnerer bis hierher verfolgt haben.«

»Ich verstehe kein Wort, drück dich klarer aus!«, fauchte Cameron.

Mrarl brachte ihren Kopf näher, die Fluoreszenz in ihren Augenringen hell wie eine Lampe. »Bist du bereit, deine Gedanken zu verbiegen, bis sie brechen?«

»Ich will Erklärungen!«, erwiderte Cameron. »Ich will verstehen!«

Die Honta-Königin neigte den Kopf wie zu einem Nicken. »Dann folge mir, Mensch.«

69

Der Tunnel auf der rechten Seite führte in einen Nebenraum, der ebenfalls ein weißes Podest enthielt, kleiner als das erste, und daneben standen zwei Gestalten, bei denen es sich eindeutig um Menschen handelte, um einen Mann und eine Frau.

Ihr Anblick überraschte und faszinierte Cameron so sehr, dass er nicht mehr auf Mrarl achtete. Er ließ den Variator sinken und näherte sich dem kleineren Podest. Bis auf etwa zwei Meter kam er an die beiden Menschen heran, dann machte sich erneut ein Widerstand bemerkbar, der umso stärker wurde, je mehr er versuchte, die unsichtbare Barriere zu durchdringen. Auch in diesem Fall registrierten die Sensoren keine Lebenszeichen, obwohl der Mann und die Frau lebendig wirkten.

Cameron betrachtete sie aufmerksam. Ihre Augen wirkten ein wenig seltsam, und als er genauer hinsah, stellte er fest, dass es Implantate waren, bestehend aus winzigen Einzelmodulen. Der Mann wirkte sehr ernst, sein Mund war halb geöffnet, als würde er etwas sagen. Die Frau mit dem schulterlangen silbernen Haar stand ihm halb zugewandt, der Blick ihrer künstlichen Augen in die Ferne gerichtet.

»Es sind Wächter, die letzten von ihnen«, erklang Mrarls knarrende Stimme hinter Cameron. »Sie haben nicht gesehen und gehört, was geschehen ist, sie halten an ihrer Aufgabe fest, obwohl sie *hier* keinen Sinn mehr hat.«

Hinter den beiden Menschen war nicht die dunkle Wand auf der anderen Seite des Podests zu sehen. Stattdessen zeichnete sich vage eine anscheinend endlose Dünenlandschaft ab, mit zwei Sternen dicht über dem dunstigen Horizont, der eine klein und weiß, der andere größer und rot wie ein Rubin.

Plötzlich spürte Cameron, dass Mrarl direkt hinter ihm aufragte. Er erstarrte.

»Ich hätte dich töten können«, ließ ihn die Honta-Königin wissen, »aber ich habe die Gelegenheit nicht genutzt. Verdiene ich damit nicht dein Vertrauen?«

Niemals, dachte Cameron. Aber er hob den Variator nicht wieder, als er sich langsam umdrehte. Nach kurzem Zögern steckte er die Waffe sogar ins Gürtelhalfter.

»Warum kann ich nicht zu ihnen?« Er deutete auf die beiden Menschen. »Was trennt uns voneinander?«

»Hast du noch immer nicht verstanden, Admiral Cameron?«, knarrte Mrarl. »Willst du nicht sehen und verstehen? Verbieg deine Gedanken. Lenk sie in krumme, schiefe Bahnen. Dank das, was du bisher für undenkbar gehalten hast.«

Camerons Blick kehrte zu den beiden Menschen zurück. Er streckte die frei gewordene rechte Hand aus und spürte wieder den Widerstand, die unsichtbare Barriere, die ihn von dem Mann und der Frau trennte.

»Was kann die Zeit besiegen?«, fragte Mrarl, als Cameron nicht antwortete.

All die Jahrmilliarden, dachte er. Das Universum leer, fast alle Sterne erloschen. Aber hier befanden sie sich nicht im gewöhnlichen Kontinuum, sondern im Sekundärraum, im Fluidal, in einer Zwischendimension mit eigenen physikalischen Regeln.

»Nichts«, antwortete er. »Man kann die Zeit nicht besiegen, ebenso wenig den Raum. Aber …«

Da war er, ein krummer Gedanke.

»Ja?«, fragte Mrarl.

»Man kann beide überlisten«, fuhr Cameron fort. »Den Raum mit Supla, Superpositionatoren und Abbreviatoren. Und die Zeit …«

»Ja?«, knarrte Mrarl.

»Die Kamaläa haben einen Weg gefunden, nicht wahr? Ihr Konstrukt, ihre riesige Station im Fluidal … Sie ist tatsächlich ein Zeitpalast und wurde erbaut, um die Zeit zu überlisten.«

»Bieg sie weiter, deine Gedanken, noch ein kleines Stück«, forderte ihn Mrarl auf. »Du bist auf dem richtigen Weg.«

»Vielleicht wollten sie den Menschen helfen«, überlegte Cameron laut. »Vielleicht *haben* sie uns geholfen. Menschen kamen hierher, auf der Suche nach …«

Er zögerte. Vor ihm öffnete sich eine Tiefe, in die man fallen, in der man sich verirren konnte, denn sie enthielt von Zeit und Kausalität getrennte Bedeutungen und Ursachen, ein gewaltiges, unentwirrbares Durcheinander aus vermeintlich zusammenhanglosen Ereignissen und ihren Alternativen: ein Universum der Möglichkeiten.

»Hast du gesehen und gehört, Admiral Cameron?«, fragte Mrarl. Es klang fast hoffnungsvoll. »Hast du verstanden?«

Cameron glaubte, einen ersten Blick ins Nichtlineare geworfen zu haben, in die Welt der Honta.

»Die Menschen kamen hierher, vielleicht mit Hilfe der Denker und Kamaläa, um … Lücken in der Zeit zu finden und den nichtlinearen Gegner zu besiegen.«

Der Krieg war verloren gewesen, erinnerte sich Cameron. Das hatte er als Stratege erkannt, damals, als das Universum noch voller Sterne gewesen war. Gegen einen Feind, der aus der Zukunft kam und wie beliebig in der Zeit reisen konnte. Es war unmöglich, einen solchen Feind auf Dauer abzuwehren, denn er wusste im Voraus, wo und wie man sich verteidigen würde. Wenn man gegen ihn bestehen und überleben wollte, musste man ebenso viel Wissen erlangen. Man musste herausfinden, wo und wie er angreifen würde, damit Vorbereitungen getroffen werden konnten.

Hatten die Kamaläa damals, in ferner Vergangenheit, ihre Zurückhaltung aufgegeben, vielleicht deshalb, weil sie sich in Gegenwart oder Zukunft selbst bedroht gesehen hatten? Hatten sie entschieden, den Menschen zu helfen und ihnen ihren Zeitpalast im Sekundärraum zur Verfügung zu stellen? War ein Bündnis zwischen Liga, den Maschinenzivilisationen der Denker, den Kamaläa und vielleicht auch den Zirra entstanden, um die Honta gemeinsam abzuwehren? Die Menschen und ihre Verbündeten wären jedoch weiterhin in der Linearität gefangen gewesen, in den geradlinigen Zusammenhängen gewöhnlicher Kausalität. Aber der Zeitpalast im Sekundärraum hätte ihnen Schlupflöcher geboten, eine Möglichkeit, außerhalb der Zeit zu stehen und einen Blick ins Nichtlineare zu werfen, in die Dimension des Möglichen. Vielleicht hatten sie dort erkennen können, was die Honta planten.

»Sind deine Gedanken genug gebogen und gekrümmt, damit du endlich sehen und hören kannst?«, fragte Mrarl.

Cameron wich einen Schritt von den beiden Menschen zurück.

»Es sind Zeitblasen«, sagte er. »Die Kamaläa im ersten Raum und diese Menschen ... Sie existieren und leben, aber wir sehen sie in einer Zeitblase, in einem erstarrten Moment.«

Mrarls Fühler bewegten sich auf eine Weise, die Cameron als Zustimmung interpretierte. »Es hat geholfen, die Gedanken zu verbiegen, nicht wahr? Du beginnst tatsächlich zu verstehen.«

Cameron wandte sich ihr zu. »Was ist damals passiert? Haben

wir den Krieg tatsächlich verloren? Sind unsere Versuche, von hier aus Einfluss auf den Kriegsverlauf zu nehmen, gescheitert?«

Mrarl neigte den dreieckigen Kopf von einer Seite zur anderen. »Ihr habt ihn verloren, und eure Welten sind verbrannt, von euren Städten blieb nur Staub, eure Namen gerieten in Vergessenheit. Soll ich dir den Grund dafür zeigen? Er ist hier, ganz in der Nähe.«

»Ja, zeig ihn mir!«

Die Honta-Königin deutete mit den vorderen Gliedmaßen in einen weiteren Tunnel. »Dort.«

Cameron folgte ihr in den nächsten Raum.

70

Der Tunnel führte zu einem Schlachtfeld, in einen Raum, viel größer als die anderen beiden, so groß, dass das Licht der mobilen Sonde nicht ausreichte, ihn ganz zu erhellen. Knochen und staubige, zerfallene Kleidungsreste lagen inmitten der Reste geborstener Aggregate und dunkler Schlackehaufen. Menschen und Honta hatten sich hier einen heftigen Kampf geliefert, wodurch die Einrichtung des Saals fast vollständig zerstört worden war. Risse und Löcher zeigten sich in Wänden und Decke. Der Boden wirkte an mehreren Stellen wie aufgesprengt und gab den Blick frei auf geplatzte Installationen.

Mrarl wich den Trümmern aus oder kletterte agil über sie hinweg. Cameron folgte ihr, noch immer in einen Schild gehüllt, von dem er nicht wusste, wie viel Schutz er gewährte. Die Honta-Königin hatte deutlich darauf hingewiesen, dass sie in der Lage gewesen wäre, ihn zu töten, auch ohne eine Waffe, und das glaubte er ihr, er wusste, wozu große Honta imstande waren.

Die Sensoren orteten eine elektromagnetische Anomalie nahe der Mitte des Saals, und plötzlich hielt Cameron wieder den Variator in der rechten Hand.

»Das nützt dir hier nichts, kleiner Mensch«, knarrte Mrarl. »Was willst du damit erreichen? Tote kann man nicht töten, Zerstörtes kann man nicht zerstören. Und den Erinnerer erreichst du damit nicht.«

Schließlich gelangten sie zu einem offenen Bereich im Zentrum des Trümmerfelds, und dort erhob sich ein transparenter rechteckiger Block, wie aus Glas, in seinem Innern ein Honta, etwas kleiner als Mrarl.

»Das ist er«, verkündete sie, »der Erinnerer.«

Cameron ging langsam um den Block herum, den die Sensoren des Einsatzanzugs als Ursache der EM-Anomalie identifizierten. Der Honta ruhte reglos in seinem Innern. Nicht nur die Größe unterschied ihn von Mrarl. Die vorderen Gliedmaßen waren krumm, wie verkümmert, die Fühler kurz, die Flügel schmal. Einen seltsamen Kontrast dazu bildeten die kräftigen metallischen Farben. Ein leuchtendes Violett am gestreckten Hinterleib ging über grüne und gelbliche Töne an Flanken und Unterleib in ein funkelndes Rot an Hals und Kopf über. Die Augenringe präsentierten ein tiefes, schimmerndes Blau.

Ein vages Glühen umgab den Honta.

»Solche Farben habe ich bei euch nie zuvor gesehen«, sagte Cameron und schob den Variator ins Halfter.

»Was weißt du über unsere Farben?«, klickte Mrarl, und er glaubte, einen abfälligen Ton zu hören. »Nichts weißt du darüber. Du musstest deine Gedanken noch mehr verbiegen, um sie zu deuten.« Die Fühler richteten sich auf den durchsichtigen Block und die Gestalt darin. »Der Erinnerer ist einzigartig. Seine Farben erzählen eine eigene kleine Geschichte, eingebettet in die große.«

»Dies ist eine weitere Zeitblase, nicht wahr?« Cameron betrachtete die Sensorendaten in seinem Helmvisier. Viel verrieten sie nicht. »Der Honta in dem Block lebt, irgendwo und irgendwann.«

»Deine Gedanken werden wieder zu gerade!«, knarrte Mrarl,

lauter als zuvor. »Er befindet sich an einem bestimmten Ort in einer bestimmten Zeit. Er erzählt, er steuert und lenkt.«

»Zeit«, wiederholte Cameron. »Wird es nicht allmählich Zeit für *deine* Geschichte, Mrarl? Du hast den Erinnerer erwähnt, hier ist er. Was ist mit den ›Entarteten‹?«

»Du kennst sie, Admiral Cameron«, erwiderte die Honta-Königin, und diesmal war Cameron sicher, dass es traurig klang. »Du hast gegen sie gekämpft. Sie haben eure Welten verbrannt.«

»Die Honta, die uns seit Jahrhunderten angreifen, sind *entartet?*«

Mrarl neigte den Kopf. »Sie sind das Ergebnis einer falschen Geschichte.«

Cameron drehte die Worte hin und her, auf der Suche nach versteckter Bedeutung.

»Was ist die *richtige* Geschichte? Wo sind die *normalen,* nicht entarteten Honta? Welche Rolle spielen sie?« Cameron schnappte nach Luft. *»Warum sind wir hier?«*

»Es ist meine Aufgabe, hier zu sein und den Erinnerer zu finden, der vom Ende der Zeit aus die Fäden der Vergangenheit spinnt«, verkündete Mrarl. »Er erinnert sich und erzählt, er bestimmt die Wege unseres Volkes. Aber es sind falsche Erinnerungen und falsche Erzählungen, sie sind entartet, sie machen uns zu etwas, das wir nicht sind.«

Die Honta-Königin hob ihre vorderen Gliedmaßen und streckte sie dem gläsernen Block entgegen, ohne ihn erreichen zu können.

»Unsere große Geschichte wird weitergetragen, von einem Erzähler zum anderen, von einem Erinnerer zum nächsten. So geschieht es, seit die ersten von uns zu den Sternen aufsahen und von fernen Welten träumten, seit sie sich neue Flügel bauten und durch die große Leere flogen. Aber einer von ihnen wurde …«

Mrarl zögerte und suchte vielleicht nach einem Ausdruck, den Cameron verstehen konnte.

»Einer von ihnen wurde krank«, fuhr sie fort. »Seine Gedanken verloren sich in den Kapiteln unserer langen Geschichte. Er fügte ihnen Episoden hinzu, die neue Zeiten schufen, neue Entwicklungen. Er …«

Die Honta-Königin unterbrach sich erneut.

»Er ›entartete‹?«, fragte Cameron.

»Wir haben versucht, ihm zu helfen, aber er wollte sich nicht helfen lassen«, erklärte Mrarl. »Seine Gedanken, die lenken und leiten sollten, verdrehten und verzerrten. Er glaubte, unsere Geschichte sei falsch erzählt worden, und begann damit, alte Kapitel zu entfernen und durch andere zu ersetzen. Er veränderte unsere Vergangenheit und damit auch Gegenwart und Zukunft.«

»Soll das heißen, wir verdanken den jahrhundertelangen Krieg einem … verrückten Geschichtenerzähler?«

Mrarl schwang den Kopf von einer Seite zur anderen. »Erinnerer sehen und hören, was ist und was sein könnte. Sie erzählen die Realität.«

Cameron starrte auf die Gestalt im transparenten Block. »Ich soll glauben, dass dieser Honta für alles verantwortlich ist?«

»Seine Gedanken haben die alte Geschichte gebogen und gebrochen«, knarrte Mrarl. »Es hätte nie ein Krieg stattfinden sollen. Wir waren ein friedliches Volk.«

»Woher willst du das wissen?«, hielt Cameron dagegen. »Wie *kannst* du es wissen, wenn die Vergangenheit eine Geschichte von Leid und Tod ist, von Feuer und Asche? Wie willst du dich an Dinge erinnern, die nie geschehen sind?«

»Weil ich außerhalb der Geschichte stehe«, antwortete die Honta-Königin. »Weil der Erinnerer und Erzähler dort mich nicht wegerzählen kann. Weil ich Teil seiner eigenen Geschichte bin, seiner Existenz. Ich kenne ihn gut. Er heißt Mror und ist mein Eibruder.«

71

»Eibruder«, wiederholte Cameron. »Du meinst, du bist Mrors ... Zwillingsschwester?«

»So könnte man es nennen«, bestätigte Mrarl.

Cameron dachte einen Schritt weiter. »Und das bedeutet ...«

»Es bedeutet, dass auch ich imstande bin, die große Geschichte zu denken, zu erinnern und weiterzuführen. Die Sieben Koryphäen von Garlomir haben unser Ei vorbereitet. Wir beide haben die Gedanken bekommen, die nötig sind, um die vielen Kapitel und ihre Episoden zu begreifen. Wir sehen und hören mehr als andere. Wir sehen und hören genug, um die Geschichte fortzusetzen. So wurden wir geboren, das war unsere Aufgabe.«

Cameron deutete auf den durchsichtigen Block. »Warum bist du nicht dort bei ihm?«

»Weil mich mein Eibruder verstieß.« Wieder klang sie traurig. »Weil er versuchte, mich aus der Geschichte zu entfernen. Weil er keinen Rivalen neben sich duldete? Ich weiß es nicht. Ich kenne seine leitenden, lenkenden Gedanken, aber ich sehe und höre nicht genug von ihm, um ihn gänzlich zu verstehen.«

Cameron hielt einen eigenen Gedanken fest. »Es hat über Jahrhunderte hinweg ein schrecklicher Krieg stattgefunden, weil dein Zwillingsbruder die falsche Geschichte erzählt hat?«

Mrarl signalisierte Zustimmung.

»Doch du könntest seinen Platz einnehmen und die richtige Geschichte erzählen?«

»Ich erinnere mich an die alte Geschichte«, präzisierte die Honta-Königin. »Mror war nicht imstande, mir die Erinnerungen daran zu nehmen. Ich kann sie wiederherstellen, sie neu erzählen.«

»Und in der alten Geschichte gibt es keinen Krieg?«

»So ist es«, bestätigte Mrarl.

Cameron versuchte, sich Wesen vorzustellen, deren Erinnerungen und Gedanken Einfluss auf die Realität nahmen, auf den Zeitstrom und die Ereignisse in ihm.

»Wir könnten die Geschichte ändern?«, fragte er vorsichtig, sich der Tiefen um ihn herum auf eine Weise bewusst, die ihn schwindeln ließ. Er stand am Rand von etwas Großem, von etwas Ungeheuerlichem – es ging über alles hinaus, das er bisher für möglich gehalten hatte.

»Du denkst schon wieder gerade, Mensch«, klackte Mrarl ungeduldig. »Denk krumm!«

»Du könntest den Krieg verhindern?«, vergewisserte sich Cameron.

»Ich könnte die Geschichte wiederherstellen«, lautete die Antwort. »Ich könnte das Wegerzählte neu erzählen.«

»Du könntest dafür sorgen, dass der Krieg nie stattgefunden hat?«, fragte Cameron. »Dass in der Galaxis Frieden herrscht?« Er dachte plötzlich an die Hand seiner Mutter, warm nicht von Feuer, sondern von Leben.

»Ich könnte korrigieren, was korrigiert werden muss«, knarrte Mrarl, den Kopf erhoben, die Fühler auf den Block gerichtet. »Siehst du die Funken? Erkennst du sie? Sind deine Augen dazu imstande, Mensch?«

Eine der vorderen Gliedmaßen deutete auf das vage Glühen, das Mror umgab.

Cameron trat vor, bis zur Widerstandszone, und sah genau hin. Das Glühen bestand aus winzigen glitzernden Punkten, die langsam dahinglitten, einander umkreisten, in einem kurzen Schimmern kollidierten und sich wieder voneinander trennten. Ihre Zahl ließ sich kaum abschätzen. Es mussten Millionen sein, vielleicht noch viel mehr.

Er wich zurück, und aus den Funken wurde wieder eine Wolke.

»Hast du sie gesehen, die Splitter?«, fragte Mrarl.

»Die Splitter von was?«

»Von Welten und Zeiten!« Wieder klang die Honta-Königin ungeduldig. »Von all dem, was jemals gewesen ist und sein kann. Es sind die Splitter der gebrochenen Geschichte, die Splitter der Zeit! Sie müssen wieder zusammengefügt werden.«

»Und du bist dazu in der Lage?«, fragte Cameron.

»Was ist mit dir, Mensch?«, knirschte Mrarl. »Musst du alles zwei- oder dreimal hören, um zu verstehen? Ja, ich kann tun, was getan werden muss. Deshalb bin ich hierhergekommen.«

Gab es tatsächlich eine Möglichkeit, den Krieg zu beenden? Oder dafür zu sorgen, dass er nie stattgefunden hatte? Cameron wagte kaum zu hoffen.

»Dann los«, sagte er. »Hier sind wir. Dort ist dein Eibruder. Nimm seine Stelle ein. Erzähl die Geschichte neu, ohne den Krieg.«

Mrarl brachte den Kopf ganz nahe an ihn heran. Die Augenringe leuchteten heller. »Du hast immer noch nicht verstanden, Admiral Cameron. Dies ist ein Ziel für ein Ziel. Hast du die Kamaläa oder die beiden Menschen berühren können? Nein, natürlich nicht. Wie solltest du die Zeitblasen durchdringen können? Zeit und Raum gehorchen dir nicht, sie ignorieren dich.«

»Aber du …«, begann Cameron.

»Ich stehe außerhalb.« Mrarl hob wieder den Kopf, und ihre Stimme, die gleichzeitig aus dem Lautsprecher des Kommunikators drang, wurde leiser. »Ich müsste eine ganz neue Geschichte erzählen, um meinen Bruder hier zu erreichen, und ich könnte nicht sicher sein, dass es die richtige Geschichte ist. Ich habe diesen Ort aufgesucht, um zu erfahren, wo er sich befindet, von wo aus er die Welt denkt und erzählt. Ich habe ihn gesehen und gehört, den Bruder meines Eis. Ich weiß nun, wo ich ihn erreichen kann.«

»Im Kugelsternhaufen«, erriet Cameron.

Mrarl drehte sich um und kehrte zum Tunnel zurück. »Dieser Ort hat seinen Zweck erfüllt.«

ICH BIN ICH

Cameron: 38, ∞
Garlomir

72

»Wie fühlen Sie sich, Admiral?«

Cameron öffnete die Augen. Er lag im Schlaftank, den er selbst im Waffenraum des Angriffsjägers installiert hatte.

»Ich habe nicht geträumt«, sagte er und setzte sich auf. Das vertraute Summen der Bordsysteme umfing ihn, die Welt schien vertraut.

»Diesmal war die Transition nicht annähernd so schlimm«, teilte ihm Hudson mit. Er stand wieder auf dem Rand des Tanks, einen seiner Größe angepassten medizinischen Sensor in den kleinen Händen. »Wir befinden uns noch im Fluidal, haben den Kugelsternhaufen aber inzwischen erreicht. Wir werden langsamer, offenbar nähern wir uns dem Ziel.«

»Wo ist Mrarl?«

»Die Honta-Königin befindet sich in ihrem Ruheraum innerhalb eines der Skitter.«

Cameron sah sich um. »Sind wir abgeschirmt?«

»So gut es geht, Admiral. Ich glaube nicht, dass Mrarl uns hören kann. Um Ihrer Frage zuvorzukommen: Ja, die drei Komponenten sind installiert.«

Cameron stieg aus dem Schlaftank und griff nach seiner Kleidung.

»Sie hat nicht darauf reagiert«, sagte er nachdenklich.

»Ich habe tatsächlich keine Reaktion feststellen können«, erwiderte Hudson.

»Nein, ich meine, als wir im Zeitpalast waren, bei den Zeitblasen. Mrarl hat die Implantate mit keinem Wort erwähnt. Ist das nicht seltsam?«

»Sie meinen, die Honta-Königin müsste von ihnen wissen.«

»Ja«, sagte Cameron überzeugt. »Ich kann mir kaum vorstellen, dass sie den Eingriff nicht bemerkt hat. Bestimmt ist sie in der Lage, Fremdkörper in ihrem Körper zu entdecken, wenn nicht mit ihren natürlichen Sinnen, dann mit Sensoren.«

»Falls sie über welche verfügt.«

»In ihren Skittern zweifellos.« Cameron streifte die Jacke mit den Abzeichen eines Admirals über. »Existieren die Implantate noch? Sind sie nach wie vor an Ort und Stelle?«

»Sie wurden nicht entfernt.« Mit seinem Gravitator flog Hudson wieder zu Camerons linker Schulter. »Ich empfange ihre codierten Statussignale. Sie können, wenn dies nötig sein sollte, die Schmerzstimulatoren aktivieren oder die Bombe zünden. Deren Explosion würde Mrarl töten oder so schwer verletzen, dass sie keine Gefahr mehr darstellt.«

Ein Faustpfand, dachte Cameron. Eine Möglichkeit, Druck auszuüben oder sich aus einer Situation zu befreien, die keinen anderen Ausweg bot. Mrarl musste davon wissen, aber sie hatte ihn im Zeitpalast nicht darauf angesprochen und trug die drei kleinen Komponenten noch immer in sich. Welche Erklärung konnte es dafür geben?

Cameron verließ den Waffenraum, suchte den Kommandostand auf und nahm in der Pilotenmulde Platz. Die Displays und das Hauptholo zeigten Diagramme und Schemata, die Auskunft gaben über den Flug im Sekundärraum sowie den Status des Jägers und der Skitter, die ihn umgaben.

Hudson sprang von seiner linken Schulter und landete leichtfüßig auf der Navigationskonsole. Cameron betätigte die Kontrollen und begann mit einer externen Sensorsondierung. Die riesige Station der Kamaläa, ihr Zeitpalast, war irgendwo in den

Strömungen des Fluidals verschwunden. Die Sterne des Kugelhaufens schienen zum Greifen nah, ihre energetischen Schatten im Sekundärraum wie Felsen in einem Fluss.

»Wir steuern nicht selbst«, stellte er fest.

»Nein«, erwiderte Hudson, noch immer den medizinischen Sensor in den Händen. »Die Honta-Königin und ihre Skitter steuern uns, was unsere Ressourcen schont. Ich habe mir erlaubt, unsere Systeme auf das notwendige Minimum herunterzufahren.«

Cameron nickte. »Wohin sind wir unterwegs?«

»Ich habe unseren Kurs berechnet.« Im rechten Teil des zentralen Holos erschien eine graphisch aufbereitete Darstellung des Kugelsternhaufens. Eine weiße Linie führte zu einem Roten Zwerg fast in dessen Zentrum. »In einer Stunde sind wir da.«

»Unsere Geschwindigkeit ist ziemlich hoch.« Sie waren so schnell, dass sich die Sterne bewegten und langsam an ihnen vorbeiglitten.

»Wir sind weitaus schneller, als es mit einem Superpositionator möglich wäre«, sagte Hudson und hantierte an dem Medo-Sensor.

Cameron deutete darauf. »Was ist damit?«

»Ich habe Sie untersucht, Admiral«, erklärte der Mikronaut. »Möchten Sie die Ergebnisse sehen?«

Das war eine seltsame Frage, fand Cameron. »Natürlich möchte ich sie sehen.«

Hudson deutete auf das Display direkt neben der Pilotenmulde. Medizinische Daten erschienen dort.

Cameron sah sie sich an. »Weitere Veränderungen der Amygdala?«, fragte er nach einer Weile.

»Ja, Admiral, auf beiden Seiten. Außerdem haben die Aktivitäten von Okzipitallappen und des Gyrus cinguli zugenommen. An jenen Stellen deuten sich zudem strukturelle Veränderungen an.«

»Der Okzipitallappen verarbeitet visuelle Impulse, er ist das Sehzentrum des Gehirns«, überlegte Cameron halb laut. »Der

Gyrus cinguli gehört zum limbischen System und ist an Lern- und Gedächtnisprozessen beteiligt.«

»Außerdem auch an der Entstehung und Verarbeitung von Emotionen«, fügte Hudson hinzu. »Womit wir eine Verbindung zur paarigen Amygdala haben.«

Cameron ließ einige Sekunden verstreichen. »Was bedeutet das?«

»Ihr Gehirn verändert sich«, antwortete Hudson. »Und damit verändern sich auch Ihre Gefühle. Wahrscheinlich verändert sich auch Ihr Denken.«

Wieder folgte kurze Stille.

»Was müssen wir daraus schließen?«, fragte Cameron. »Versucht Mrarl, Einfluss auf mich zu nehmen? Kriecht sie in mich hinein? Könnte es mir ebenso ergehen wie Ganto und den anderen? Verwandle ich mich im Innern in einen Honta?«

»Das muss es nicht zwangsläufig bedeuten, Admiral. Dass sich Ihre Gefühle und Ihre Wahrnehmung verändern, könnte ebenso ein Ergebnis der besonderen Situation sein, des Sturzes hierher in ein dunkles Universum am Ende der Zeit. Zudem waren wir intensiver Strahlung ausgesetzt.«

Cameron überlegte. »Lassen sich von Strahlung verursachte Zellschäden feststellen, irgendwo in meinem Körper?«

»Nein. Allerdings besagt das nicht viel. Die Strahlung könnte dennoch die Veränderung in Ihrem Hirn ausgelöst haben.«

Das genügte Cameron nicht. Er brauchte mehr Informationen, er brauchte Gewissheit.

»Halten Sie das für wahrscheinlich, Hudson?«

»Nein, Admiral«, antwortete der Mikronaut sofort.

»Also wäre es durchaus denkbar, dass Mrarl die Ursache ist …«

»Denkbar wäre das in jedem Fall, Admiral. Immerhin wissen wir, dass die Honta Methoden für die Übernahme von Menschen entwickelt haben.«

Cameron horchte in sich hinein. »Ich bin ich. Und ich bleibe ich.«

Hudson nickte ihm zu.

»Und wir haben die Bombe«, sagte Cameron, wie um sich selbst zu überzeugen. »Wir können sie zünden, wenn die Situation kritisch wird.«

Der Mikronaut nickte erneut.

Cameron blickte wieder ins zentrale Holo und beobachtete, wie die Sterne des Kugelhaufens vorbeiglitten, alles sehr langlebige Rote Zwerge. Einer von ihnen, nur noch eine knappe Stunde Flugzeit voraus, war ihr Ziel. Die Systeme des Angriffsjägers blieben im Minimalmodus – das Schiff war ein Passagier der Skitter-Module, die Kurs und Geschwindigkeit bestimmten.

»Ich würde gerne mit Ihnen über Ihren Bericht hinsichtlich der Ereignisse im Zeitpalast sprechen«, sagte Hudson nach einer Weile. »Allein die Tatsache, dass Sie sich im Zeitpalast der Kamaläa befanden, ist ungewöhnlich genug. Hinzu kommen die Zeitblasen und die Schilderungen der Honta-Königin.«

»Was halten Sie davon?«, fragte Cameron, die Hände auf den Armstützen der Pilotenmulde.

»Mrarls Aussagen sind schwer zu bewerten. Es fehlen konkrete, verifizierbare Daten.«

»Sie könnte lügen.« Über diese Möglichkeit hatte Cameron bereits nachgedacht, bevor er in den Schlaftank gestiegen war. »Es könnte alles eine große Lüge sein.«

»Ja, Admiral.«

»Aber sie könnte auch die Wahrheit sagen.«

»Halten Sie das für möglich, Admiral?«

Cameron ließ sich die Frage durch den Kopf gehen und erkannte die Gefahr: Er *wünschte* sich, dass Mrarl die Wahrheit gesagt hatte, dass es tatsächlich eine Möglichkeit gab, den Krieg »wegzuerzählen«, damit er nie stattgefunden hatte. Wie viel Leid wäre den Menschen erspart geblieben! Aber an Mrarls Erklärungen zu glauben, bedeutete auch, dass er sie unterstützen und dabei helfen musste, den Platz ihres Eibruders einzunehmen und die große Geschichte der Honta neu zu erzählen, wie auch immer. Und dies wiederum bedeutete, sich von ihr instrumentalisieren zu lassen und ihr zu gestatten, ihn vielleicht für eine ganz andere Sache zu benutzen. Eine Lüge, ein Trick, das war nicht nur möglich, sondern sogar wahrscheinlich.

Und doch …

Konnte er die Chance auf Frieden – dass der Krieg gar nicht stattgefunden hatte – unberücksichtigt lassen? Der Mensch hoffte leicht und gern. Oft war es allein die Hoffnung, die ihn am Leben hielt und nicht aufgeben ließ.

Die Hand seiner Mutter, warm und lebendig. Natürlich *hoffte* er, dass es so gewesen wäre, dass all die Menschen auf den von Honta zerstörten und verbrannten Welten nicht gestorben wären und stattdessen ein langes, friedliches Leben gehabt hätten. Doch seine Vernunft sagte ihm, dass man nicht ändern konnte, was geschehen war. Wie sollten Gedanken und das Erzählen einer Geschichte Einfluss auf Raum und Zeit nehmen? Oder stellte er damit die falsche Frage? Verharrte er als lineares Geschöpf zu sehr in seiner eindimensionalen Denkweise? Musste er seine Gedanken biegen und krümmen, wie Mrarl es genannt hatte, um zu verstehen?

»Ich bin mir nicht sicher«, antwortete er ehrlich. »Es klingt gleichzeitig einfach und ungeheuer kompliziert.«

»Was ist mit Ihrem Instinkt, Admiral?«, fragte Hudson. »Was ist mit dem Instinkt des Strategen?«

»Der Mensch in mir hofft«, sagte Cameron. »Der Stratege aber befürchtet einen verborgenen Plan, List und Tücke, wie wir es von den Honta kennen. Und der Soldat in mir wiederum weiß: Wir haben ein Faustpfand. Wir können Mrarl töten, ein Signal genügt.«

»Die Honta-Königin stammt aus einem geheimen Stützpunkt auf Pirontao in der Zirkumferenz«, erinnerte ihn der Mikronaut.

»Die verborgene Basis war über tausend Jahre alt. Mit anderen Worten: Die Königin könnte sich dort bereits befunden haben, noch bevor im Jahr 2251 Terrastandard das erste Hypersignal ausgelöst wurde, das die Honta weckte. Sie wartete dort und ließ sich gefangen nehmen.« Nach einer kurzen Pause fügte Hudson hinzu: »Man könnte meinen, Mrarl hätte auf Sie gewartet.«

»Es könnte auch Zufall sein«, gab Cameron zu bedenken.

»Mrarls Weg führte von Pirontao direkt zu Ihnen und dann hierher. Kann das Zufall sein? Es handelt sich bei ihr um ein nichtlineares Geschöpf, das aus der Zukunft kommt und weiß, was geschehen ist und geschehen wird.«

Sich dieser Frage zu öffnen ... Es bedeutete, in verschlungenen Bahnen zu denken, in ein geistiges Labyrinth einzutreten und zu riskieren, sich darin zu verlieren.

»Wir sollten besser davon ausgehen, dass hinter allem, was die Honta-Königin unternimmt oder sagt, eine bestimmte Absicht steckt«, fuhr Hudson fort. »Sie ließ sich gefangen nehmen und von Ihnen verhören, sie überlebte mit Ihnen die Schlacht beim Abbreviator Ungox Vierzehn, sie überstand – ebenso wie Sie – den Sturz durch den Vortex hierher, zum Ende der Zeit. Was bei Pirontao geschehen ist, verknüpft sie beide miteinander.«

»Und auch Kora«, sagte Cameron. »Sie hat ebenfalls überlebt.«

»Das behauptet die Honta-Königin. Die entscheidende Frage lautet: Welche Rolle spielen Sie – und eventuell auch Kora – in Mrarls Plänen?«

Cameron deutete auf den roten Zielstern im zentralen Holo vor der Pilotenmulde. »Wir werden es herausfinden.«

WIR MÜSSEN GRABEN

Cameron: 38, ∞
Garlomir

73

Trümmer umgaben den Planeten, einziger Begleiter des alten Roten Zwergs fast in der Mitte des Kugelsternhaufens, eine Schale aus den Resten von Satelliten, Raumschiffen, Habitaten und Stationen, die einst viele hundert Kilometer groß gewesen sein mochten.

Cameron überließ die Navigation Hudson und den automatischen Systemen. Auf den Displays und im Holo war zu sehen, wie ein großes Trümmerstück nach dem anderen vorbeiglitt, pockennarbig von Mikrometeoriten, zernarbt und zerkratzt von immer noch existierender kosmischer Strahlung.

Das letzte Skitter-Modul löste die Verbindung und verließ den Angriffsjäger. Sie fügten sich neu zusammen, zu einem eigenen Schiff kleiner als jenes, das sie vor der Schlacht um Ungox Vierzehn gebildet hatten.

»Status?«, fragte Cameron, der ausgestreckt in der Pilotenmulde lag, noch immer in einem Einsatzanzug, aber mit geöffnetem Helm.

»Wir sind energetisch unabhängig.« Hudson hatte sich mit seinem Gravitator auf der Navigationskonsole verankert. »Es gibt keine Signale mehr, die unsere Systeme beeinflussen.«

Cameron blickte auf die Anzeigen. »Es besteht Navigationssynchronisation.«

»Ja, Admiral«, bestätigte der Mikronaut. »Die Honta-Königin bestimmt den Kurs.«

»Wir könnten die Synchronisation aber jederzeit verlassen, richtig?«

»Nichts hält uns fest. Aber es ist durchaus sinnvoll, den Skittern zu folgen.«

Das Holo zeigte, wie sie einer weiteren Trümmerwolke auswichen.

»Die Sensoren registrieren keinerlei Emissionen eines Kampfes in niederen oder höheren Umlaufbahnen«, stellte Cameron fest.

»Nach vierzig oder fünfzig Milliarden Jahren dürfte es auch keine energetischen Spuren von Gefechten mehr geben«, erwiderte Hudson. »Vielleicht sehen wir das Ergebnis von natürlichem Zerfall. Admiral …«

Cameron wandte ein wenig den Kopf und sah Hudson an.

»Sie könnten das Signal senden«, sagte der Mikronaut. »Sie könnten die Bombe zünden. Jetzt. Hier.«

Cameron blickte wieder ins Holo. Die Skitter-Module bildeten eine unregelmäßig geformte Masse mit vielen Kanten und wenigen glatten Flächen. Mit den üblichen Konfigurationen einer Viper oder Natter hatte sie nicht die geringste Ähnlichkeit.

»Mrarl würde sterben«, murmelte er.

»In der Tat, Admiral. Und somit wäre es ihr nicht mehr möglich, irgendeine Art von Einfluss auf uns zu nehmen.«

»Sie sprechen von ›uns‹, aber Sie meinen mich«, erkannte Cameron.

»Es wäre eine Möglichkeit, Admiral«, betonte Hudson. »Wir könnten die Honta-Königin eliminieren und vielleicht sogar einen großen Teil der Skitter zerstören.«

Die letzten großen Trümmer blieben hinter ihnen zurück, während sie sich weiter dem Planeten näherten. Er umkreiste den Roten Zwerg in einer recht engen Umlaufbahn und empfing gerade genug Licht und Infrarotstrahlung von ihm für eine durchschnittliche Oberflächentemperatur knapp über dem Gefrierpunkt von Wasser. In den äquatorialen Bereichen gab es einige Seen und Binnenmeere.

Gelbe und grauweiße Wolken bildeten Spiralen im Norden und Süden. Ansonsten überwogen gelbbraune und graue Töne. Hügel kaum höher als hundert Meter erinnerten an einstige Bergketten, im Lauf der Äonen abgetragen von Erosion. Es war eine alte, öde Welt, ohne Anzeichen von urbanen Zentren.

Auf der Nachtseite fehlten die Lichter von Städten, doch es gab mehrere Wärmequellen. Cameron rejustierte die Sensoren und begann mit einer genaueren Sondierung.

»Dann wären wir allein«, sagte er.

»Wir könnten allein und ungestört nach Kora suchen. Und nach einer Möglichkeit, in unsere Zeit zurückzukehren.«

»In den Krieg.«

»Ja.«

Cameron sah von den Anzeigen auf. »Was empfehlen Sie, Hudson?«

»Ich empfehle, alle Möglichkeiten in Betracht zu ziehen, die uns zur Verfügung stehen.«

Die Schilde des Angriffsjägers glühten in den ersten Ausläufern der dünnen Atmosphäre, die nur wenig Sauerstoff enthielt, nicht genug für Menschen.

»Sie meinen, ich sollte die Bombe zünden?«

»Wir würden damit eine Quelle von Problemen beseitigen.«

»Aber auch die Möglichkeit, gewisse andere Probleme zu lösen«, sagte Cameron. Hudson kannte den Code, theoretisch war er ebenfalls imstande, das Signal für die Zündung der Bombe zu senden. Aber eine Prioritätsanweisung hinderte ihn daran; allein Cameron konnte darüber entscheiden. »Ich ermächtige Sie hiermit, das Signal zu senden, wenn ich nicht mehr dazu in der Lage bin und die Umstände es erfordern.«

Der Mikronaut neigte den silbernen Kopf. »Danke für Ihr Vertrauen, Admiral.«

Ein Darstellungsfilter verbannte das heller werdende Leuchten und Flackern in den Schilden. Der Angriffsjäger und Mrarls improvisiertes Schiff gingen tiefer und flogen auf der Nachtseite des Planeten durch die etwas dichteren Schichten der Atmosphäre.

»Wer auch immer sich auf dem Planeten befindet, er kann uns deutlich am Nachthimmel sehen«, sagte Cameron. »Wir sind heller als Meteoriten.«

»Ich habe bisher keine Lebenszeichen feststellen können«, erwiderte Hudson.

»Bisher haben unsere Sensoren auch nur einen kleinen Teil des Planeten erfasst.« Cameron deutete ins Holo. »Es gibt zwar keine Städte oder andere Anzeichen einer planetaren Zivilisation, wohl aber einige Wärmequellen hier auf der Nachtseite. Eine davon scheint unser Ziel zu sein.«

Die weiß eingeblendete Kurslinie führte zu einem kleinen Wärmefleck im Norden.

Plötzlich tönte Mrarls Knarren aus dem Lautsprecher des Kommunikationssystems. »Bist du bereit, Admiral Cameron?«

»Sind wir am richtigen Ort?«, erwiderte Cameron. »Hier gibt es nichts.«

»Hier gibt es meinen Eibruder«, widersprach Mrarl. »Wir landen gleich.«

Camerons Hände lagen neben den Kontrollen. »Ich folge deinen Navigationssignalen.«

74

»Dies ist Garlomir«, knarrte Mrarl. »Hier bin ich geboren.«

»Viel ist nicht übrig von deiner Heimatwelt.«

Sie standen auf einem Hügel, einst Teil eines hohen Gebirges, das die nördliche Hemisphäre des Planeten vom Pol bis fast zum Äquator durchzogen hatte. Vor ihnen erstreckte sich eine Wüstenlandschaft aus Sand und Staub. Nur wenige Felsen und Steine lagen verstreut, ihre einstigen Kanten von der Zeit geglättet.

Das Skitter-Modul, mit dem die Honta-Königin gelandet war, stand auseinandergeklappt einige Dutzend Meter entfernt und hatte ein großes Orientierungslicht aufsteigen lassen. Es schwebte in einer Höhe von mehreren hundert Metern, wie eine kleine künstliche Sonne an einem dunklen Himmel, der eine Vielzahl von schwach leuchtenden roten Punkten zeigte: die anderen Sterne des Kugelhaufens. Der Schein des Orientierungslichts reichte etwa einen halben Kilometer weit; jenseits davon blieb es stockfinster.

»Was hast du erwartet, Mensch, nach all den Jahrmilliarden?«, erwiderte die Honta-Königin. »Aber er ist hier, mein Eibruder. Und auch deine Kora.«

Meine Kora, dachte Cameron. »Befindet sie sich auf diesem Planeten?«

Mrarl hob die Fühler wie Antennen. Ihr Panzer war nicht mehr glatt, unterschiedlich geformte Objekte steckten darin, dunkel wie die Nacht jenseits des Lichts, vielleicht Ausrüstungsgegenstände. Um den knochigen Hals geschlungen war etwas, das aussah wie eine vielgliedrige Eisenkette, aber offenbar wesentlich leichter war, denn es schien die Bewegungen von Kopf und Fühlern nicht zu behindern. So etwas wie einen Schutzanzug trug Mrarl nicht. Die niedrige Temperatur – hier im hohen Norden von Garlomir lag sie weit unter den Gefrierpunkt von Wasser – und der sehr geringe Sauerstoffanteil der Atmosphäre schienen sie nicht zu beeinträchtigen.

Cameron hörte ihre Stimme erneut nicht nur durch den geschlossenen Helm, von der dünnen Luft zu ihm getragen, sondern auch wieder aus dem Lautsprecher des Kommunikators. Eine Statusanzeige im Helmvisier wies ihn darauf hin, dass auch eine stabile Verbindung zu Hudson an Bord des ebenfalls gelandeten Angriffsjägers bestand.

»Ihren genauen Aufenthaltsort kenne ich nicht.« Mrarls Fühler vollführen kreisende Bewegung. »Noch nicht. Aber sie ist hier, ich bin mir sicher.«

Cameron blickte sich um. Die Sensoren des Angriffsjägers und seines Einsatzanzuges spähten tief in die Finsternis jenseits des Lichtscheins, fanden dort aber nur Ödnis, leblos bis auf Mikroorganismen im kalten Boden und einen Bereich, der etwas wärmer war als die Umgebung.

»Warum hat man sie hierhergebracht?«

»Immer neue Fragen, manchmal wiederholst du auch die alten, und nie bist du mit den Antworten zufrieden, Mensch.« Erneut huschten Farben über Mrarls Panzer und die transparenten Stellen ihres Leibs. »Als Köder hat man sie gesucht und gefunden, in tiefer Vergangenheit, und sie hierhergebracht, zu einer Welt einst prächtig und voller Leben.« Die letzten Worte klangen traurig.

»Ein Köder?«

»Das habe ich gesagt. Die Menschin namens Kora soll benutzt werden.«

Cameron starrte in Garlomirs Nacht. »Wozu?«

Mrarl neigte den Kopf, in ihren Augenringen tanzten kleine Lichter. »Um dich anzulocken.«

Er sah es plötzlich vor sich, so klar und deutlich, als hätte er es aus der Zeit geholt, aus seinen Erinnerungen: das Mädchen an Bord des Kanonenboots, das von Harkonia zur Fregatte *Himalga* geflogen war. Es hatte stumm dagesessen, das Gesicht mit den Sommersprossen feucht von Tränen, ein Kind, das wie er seine Eltern verloren hatte, gerade einmal sechs Jahre alt, mit Grindel als neuem Vater und den Streitkräften der Liga als neue Familie.

»Um mich anzulocken?«, murmelte Cameron.

»Warum wiederholst du die Worte?«, knarrte Mrarl. »Glaubst du, sie bekämen dadurch eine neue Bedeutung? Glaubst du, du könntest verändern, was in ihnen steckt?«

Cameron hörte den eigenen Atem, laut im Helm des Einsatzanzugs. »Wenn die anderen Honta, die ›Entarteten‹, Kora als Köder benutzen wollen, um mich anzulocken … Warum sollte ich für sie wichtig sein? Ich bin nur ein ›kleiner Mensch‹.«

Mrarl neigte den dreieckigen Kopf. »Du bist Teil der Geschichte, die mein Eibruder erdacht und erzählt hat und immer noch erzählt. Und die Menschin ebenso. Der Köder namens Kora ist für dich bestimmt, aber er gilt auch mir. Über dich soll er meinen Weg bestimmen.«

»Admiral?«, tönte eine andere Stimme aus dem Helmlautsprecher.

»Ich höre Sie klar und deutlich, Hudson.«

»Die von mir angelegte und verwaltete linguistische Datenbank ist inzwischen groß genug, um genauere semantische Analysen zu ermöglichen. Die Honta-Königin lügt.«

Auch Mrarl hörte ihn. »Was weiß der kleine Mann von Lüge und Wahrheit?«

»Ich vertraue den Ergebnissen meiner letzten Analyse, Admiral«, beharrte Hudson. »Die Honta-Königin hat Ihnen nicht die ganze Wahrheit gesagt.«

Das lief nicht unbedingt auf eine direkte Lüge hinaus. Aber etwas zu verschweigen, konnte letztendlich Manipulation bedeuten, und das bestätigte Camerons Vermutungen. Mrarl wollte ihn zu bestimmten Handlungen bewegen, mit Andeutungen und Halbwahrheiten. Sie lenkte und steuerte ihn. Aber wohin?

»Ich gebe dir die Möglichkeit, deine Kora zu finden«, knarrte und knirschte Mrarl. »Dazu ist der kleine Mann nicht imstande.« Sie breitete die Flügel aus. »Du kannst mir folgen oder nicht.«

Eigentlich hätte es für sie nicht möglich sein sollen, in der dünnen Luft zu fliegen, aber Mrarl schlug schneller mit ihren langen Schwingen, stieg auf und glitt davon.

Cameron zögerte nur kurz, bevor er seinen Gravitator aktivierte und der Honta-Königin folgte.

75

Das Licht schwebte am dunklen Himmel, es drängte die Nacht vor ihnen zurück und ließ sie hinter ihnen über die karge Landschaft kriechen. Cameron blieb dicht über dem Boden und machte vom Sepia-Effekt seines Einsatzanzugs Gebrauch, um für die Augen eventueller Beobachter unsichtbar zu sein. Dies verbarg ihn jedoch nicht vor Sensoren und anderen Ortungsinstrumenten. Die Tarnkappe hätte zu viel Energie verbraucht, sie blieb für den Kampfeinsatz bestimmt.

»Ich rate Ihnen dringend zu größter Vorsicht, Admiral«, klang die Stimme des Mikronauten aus dem Helmlautsprecher. Er benutzte den kurzen, knappen Kampfcode der Soldaten, damit ihn Mrarl gar nicht oder schwerer verstand. »Es könnte sich um eine Falle handeln.«

Cameron flog etwa zweihundert Meter hinter der Honta-Königin, am Rand der ihm folgenden Nacht. An der vom Licht über ihnen erhellten Landschaft änderte sich kaum etwas. Graubrauner Sand bildete kleine Dünen, die höchsten von ihnen nicht höher als einige Meter, und zwischen ihnen ragten vereinzelt Felsen auf, Überreste erodierter Gebirge. Es wurde kälter, in manchen Bodenmulden glänzte Raureif im Schein des Orientierungslichts.

»Ich bleibe wachsam«, erwiderte Cameron ebenfalls im Kampfcode, der gewöhnliche Sprache auf wenige Silben komprimierte.

»Das genügt vielleicht nicht, Admiral«, gab Hudson zu bedenken.

»Halten Sie sich in Bereitschaft, Hudson.«

»Bestätigt.«

Einige Minuten lang folgte er Mrarl wortlos über die dunkle Wüste von Garlomir und fragte sich, was die Honta-Königin an diesem Ort zu finden hoffte. Ihr Heimatplanet mochte einst eine blühende Welt gewesen sein, aber das lag viele Jahrmilliarden zurück. Hier gab es nur noch den Staub einer immens tiefen Vergangenheit, die alles verschlungen hatte.

»Mrarl«, sendete Cameron, »hörst du mich?«

»Ich höre und sehe noch immer, Mensch«, knarrte es aus dem Helmlautsprecher. »Ich bin nicht taub und blind geworden.«

»Wohin fliegen wir?«

»Fragen und Fragen«, entgegnete Mrarl. »Alte und neue. Und wenn ich antworte, bist du nicht zufrieden mit der Antwort.«

»Wenn dein Ziel so weit entfernt ist ... Warum haben wir dann die Skitter und den Jäger verlassen? Wären wir damit nicht schneller gewesen?«

Mrarl wurde langsamer, die Entfernung zu ihr schrumpfte. »Was ich tue, Mensch, ist nicht ohne Grund.«

»Nenn ihn mir, deinen Grund.«

Cameron beobachtete, wie die Honta zwischen zwei kleinen Hügeln landete, neben einem Felsen etwas größer als die anderen, die bisher im Schein des Orientierungslichts erschienen waren.

»Gewisse Dinge müssen geschehen, damit andere geschehen können.« Mrarl schüttelte ihre Flügel und faltete sie dann. Blaue Töne erschienen an ihren Flanken und verschwanden wieder. »So will es die Geschichte«, fügte sie hinzu. »So will es jede Geschichte.«

»Was bedeutet das für Kora und mich?« Cameron fuhr seinen Gravitator herunter, und seine Stiefel versanken wenige Meter von Mrarl entfernt zwei Zentimeter tief in der pulvrigen Mischung aus Sand und Staub, obwohl Garlomirs Schwerkraft etwas geringer war als die 1-G-Norm.

Das Orientierungslicht kam vom Himmel herab und leuchtete schwächer. Mrarl nahm es mit einer ihrer hinteren Gliedmaßen und ließ es in einem aus ihrem Panzer ragenden zylindrischen Objekt verschwinden.

»Wir sind da«, sagte sie, ohne auf die Frage einzugehen.

Cameron blickte sich um. »Hier gibt es nichts außer Sand und dem Felsen dort.«

»Wieder siehst und hörst du, ohne zu sehen und zu hören«, knarrte Mrarl. »Du siehst ihn, den Eingang, aber du erkennst ihn nicht.« Sie ging zum runden, glatten Felsen, abgeschmirgelt von Jahrmilliarden. »Wir sind hier bei den Sieben Koryphäen. In ihrem Nest bin ich geboren.«

Cameron breitete die Arme aus und ließ sie wieder sinken. »Wo sind die Koryphäen? Wo ist das Nest?«

»Das Nest gibt es längst nicht mehr«, erwiderte Mrarl. »Wenn es nicht von den Entarteten zerrissen wurde, zerfiel es zu Staub, wie alles andere hier oben auf dem Gesicht von Garlomir. Aber die Koryphäen existieren noch, zumindest eine von ihnen.«

Ein Fühler strich wie zärtlich über den Felsen. »Dies ist Krarlrar, eine meiner Siebenmütter. Was deine Augen hier sehen, Mensch namens Admiral Cameron, ist ein Teil ihres Kopfes. Den Rest von ihr, viele deiner Meter groß, hat die Zeit bedeckt, mit Sand, Staub und Vergessen. Krarlrar kannte beide Geschichten, die richtige und die falsche, sie wusste zu unterscheiden und wurde zu Stein, um zu warten.«

»Auf dich?«

»Auf uns am Ende der Zeit«, erwiderte Mrarl. »Krarlrar hat damals gesehen und gehört, so wie ihre sechs Schwestern. Sie wusste, was geschehen würde, könnte und musste. Ihr Blick reichte weit durch die Zeiten und ihre Möglichkeiten, viel weiter als meiner. Aber Krarlrar, Gadr, Lnror, Enpr, Xralkhar, Thulrar und Reinkr, die Sieben Koryphäen – sie waren keine Erzähler, sie dachten nicht in Geschichten und Episoden.«

»Wie soll uns ein Stein weiterhelfen?«, fragte Cameron.

»Er ist hier. Er weist uns den Weg.«

Im Licht der Helmlampe beobachtete Cameron, wie Mrarl die vorderen Gliedmaßen in den weichen Boden bohrte. Ich kann keinen Weg erkennen, wollte er antworten, doch das stimmte nicht ganz, denn er begann zu verstehen.

»Oben ist Garlomir leer und tot«, knarrte Mrarl. »Aber unten, am Fuße der Koryphäen, gibt es Licht, Wärme und genug Luft selbst für dich. Dort gibt es Menschen und Honta. Wir müssen graben.«

IN DER TIEFE

Cameron: 38, ∞

Garlomir

76

Die Dunkelheit des sterbenden Universums umhüllte den freigelegten Kopf der versteinerten Koryphäe. Mrarl grub erstaunlich schnell mit ihren vorderen und mittleren Gliedmaßen und nutzte die hinteren, um sich abzustützen und festzuhalten. Ein großes, breites Loch entstand, direkt neben dem steinernen Kopf, und wurde schnell tiefer. Speichel verklebte die Wände und verhinderte, dass zu viel Sand und Staub nachrutschten.

Zuerst versuchte Cameron, Mrarl zu helfen, aber er begriff schnell, dass er sie nur behinderte. Er folgte ihr in die Tiefe, kletterte an der einen Seite der Grube und wahrte sicheren Abstand zu den Beinen der Honta-Königin.

»Menschen und Honta«, wiederholte er nach einer Weile und sprach laut, damit Mrarl ihn hörte. »Habe ich dich richtig verstanden? Irgendwo unter uns gibt es *Menschen?*«

»Die Letzten deiner Art, hier am Ende der Zeit.« Das Knarren von Mrarls Stimme vermischte sich mit dem Knacken und Knirschen von Gestein und dem Knistern von rieselndem Sand. »Und die Letzten meines Volkes. Entartet, sie alle. Bis auf einige Besucher, die gelegentlich aus den Splittern der Zeit kommen und wieder darin verschwinden, weil sie nicht finden, was sie suchen.«

Die Worte ergaben für Cameron nur wenig Sinn. Vielleicht lag es daran, dass sie einen anderen kulturellen und technologischen Kontext hatten und sich ihre wahre Bedeutung hinter zivilisatorischen Schranken verbarg.

Immer wieder glitt sein Blick zu dem steinernen Koloss, neben dem sich Mrarl durch Sand und Schutt grub.

»Wie kann Krarlrar so groß gewesen sein?« Er erreichte eine besonders steile Stelle, gab das Klettern auf und folgte Mrarl mit Hilfe des Gravitators in die Tiefe. »Du hast erzählt, dass sie zu Stein wurde, um zu warten. Wie kann sie so riesig gewesen sein?«

Mrarl verharrte unter ihm und sah zu ihm hoch. Im Licht der Helmlampe schienen ihre Augenringe zu glühen.

»Sie ist ein Kondensat und hat sich groß gemacht, damit genug von ihr übrig bleibt, um den Weg zu weisen«, erklärte sie. »Nur auf diese Weise konnte die wahrhaft große Krarlrar den Stromschnellen der Zeit widerstehen, ohne von ihnen abgeschliffen zu werden.«

Plötzlicher Ärger erfasste Cameron. »Hör auf damit!«, klickte er. »Du bist intelligent genug zu wissen, dass ich mit solchen Antworten kaum etwas anfangen kann.«

Mrarls dreieckiger Kopf neigte sich fast in der Art eines Menschen von einer Seite zur anderen. »Tatsächlich bin ich bemüht, mich einfach auszudrücken, Mensch. Ich sehe und höre es klar und deutlich, die Zeit und den Raum, die Wege darin, die nicht gerade sind, sondern krumm und verschlungen. Ich kann dem Flüstern der verstreichenden Sekunden und Äonen lauschen, ich betrachte die Möglichkeiten im Schoß der Jahrtausende. Doch dir, Mensch, fehlen die dafür nötigen Augen und Ohren.«

Mrarl sprach schneller, und Cameron musste sich ganz auf die knarrenden und klackenden Worte konzentrieren, die ihn sowohl durch die dünne, kalte Luft als auch aus dem Helmlautsprecher erreichten.

»Was wir im Relikt der Kamaläa gesehen haben, war ein Bild, eine Projektion, der Schatten einer Verbindung in Raum und Zeit. Du hast sie dort gesehen, die Splitter der Zeit, ich habe sie dir gezeigt. Du hast ihre *Schatten* gesehen, im Sekundärraum, im Fluidal, im Zeitpalast der Kamaläa.«

»Zeitblasen, ihr Inhalt unerreichbar …«, murmelte Cameron.

Mrarl hörte ihn. »So unerreichbar wie dein eigener Schatten. Er ist bei dir, er ist dir stets nah, aber ihn packen, ihn ergreifen kannst du nicht. Die Welt ist viel größer und komplexer, als deine Wahrnehmung sie dir vorgaukelt. Darum werdet ihr den Krieg verlieren, darum habt ihr ihn verloren, in tiefster Vergangenheit, als sich die Wellen immer weiter in Zeit und Raum ausgebreitet und mehr von uns erreicht haben, da die Geschichte meines Eibruders weitere Kapitel gewann.«

Die Honta-Königin zischte etwas, das Cameron nicht verstand.

»Du bist wie ein Blinder und Tauber in einer Welt der Sehenden und Hörenden, Admiral Cameron, und doch wunderst du dich darüber, dass andere mehr erkennen und verstehen als du. Wie soll man einem Blinden Farben erklären und dem Tauben die Klänge einer Symphonie? Was du siehst und hörst, Mensch, ist nur ein winziger Ausschnitt der tatsächlichen Welt, die dich umgibt. Was dir vor allem verborgen bleibt, sind die zahlreichen Möglichkeiten, die durch eine geringfügige Veränderung von Wahrscheinlichkeit Realität werden können. Das ist der größte Unterschied zwischen linear und nichtlinear.« Mrarl hob die Fühler und ließ sie kreisen. »Ich drücke mich so einfach wie möglich aus. Es ist nicht meine Schuld, dass du deine Gedanken nicht weit genug verbiegen kannst, um alles zu verstehen.«

Sie begann wieder zu graben, tiefer hinab neben etwas, das Cameron wie eine riesige Statue aus glattem bläulichem Stein erschien. Er beobachtete, wie sie spuckte und klebrige Speichelfäden an die Seiten der Grube strich, damit Staub, Sand und Geröll an Ort und Stelle blieben. Cameron folgte ihr erneut. Er kletterte ohne den Gravitator, um die Ressourcen des Einsatzanzugs zu schonen, und dachte über das nach, was die Honta-Königin gerade gesagt hatte. Oben wurde der Ausschnitt des dunklen Himmels kleiner.

»Eure große Geschichte …«, sagte und sendete er schließlich.

»Die Erzählung des Universums und seiner Geschehnisse …« Er glaubte, die Sprache der Honta gut genug zu beherrschen, um selbst komplizierte Konzepte einigermaßen verständlich zum Ausdruck zu bringen, aber in diesem besonderen Fall schienen Worte einfach nicht zu genügen. »Entscheidet eure Geschichte wirklich darüber, was war, was ist und was sein wird? Wie kann so etwas möglich sein?«

»Ich habe es dir zu erklären versucht, doch du hast nicht verstanden«, erwiderte Mrarl unter ihm. »Vielleicht wirst du später verstehen, wenn wir bei meinem Eibruder sind.«

Es wurde wärmer, als sie weiter in die Tiefe vorstießen, und die Wärmequelle schien sich im Innern der Statue zu befinden, im Innern von Krarlrar. Cameron fragte sich, wie ein lebendes Geschöpf versteinern konnte, um der Zeit standzuhalten, Jahrmillionen und Jahrmilliarden, und vielleicht trotzdem irgendwie am Leben blieb. Ein Kondensat, so hatte Mrarl die Koryphäe genannt. Was genau bedeutete das?

In einer Tiefe von einigen Dutzend Metern hörte Mrarl mit dem Graben auf und wandte sich dem glatten bläulichen Stein zu. Sie betastete ihn mit den Fühlern und ihren vorderen Gliedmaßen, fand eine geeignete Stelle und begann mit den Krallen zu schneiden.

»Du verletzt die Koryphäe«, sagte Cameron und vermutete, dass sie sich irgendwo im Bereich des oberen Rückens befanden. Kopf und Hals ragten über ihnen auf.

»Stein kennt keinen Schmerz«, gab Mrarl zurück. »Die Zeit wird ihn heilen.«

Eine Öffnung entstand, eine Art Klappe. Mrarl zog sie vorsichtig auf.

»Admiral …« Die Stimme des Mikronauten drang aus dem Lautsprecher, so leise, dass Cameron genau hinhören musste. »Die Verbindung wird schlechter. Ich empfange nicht mehr alle Ihre Telemetriesignale.«

Cameron erhöhte die Sendestärke und beobachtete, wie sich Mrarl vorsichtig in die Öffnung schob. »Wir könnten den Kontakt ganz verlieren. Ich habe den Eindruck, dass es noch ein ganzes Stück tiefer hinein in den Planeten geht. Halten Sie sich weiterhin in Bereitschaft, Hudson.«

»Ich habe wichtige Neuigkeiten, Admiral. Es geht um die Ausdehnung des Raums.«

Hudson benutzte nicht mehr den Code. Offenbar war das, was er zu sagen hatte, nicht so vertraulich, dass die Honta-Königin nicht davon erfahren durfte. Oder vielleicht *sollte* Mrarl davon erfahren.

Etwas in der Stimme des Mikronauten ließ Cameron innehalten. Er verharrte dicht über der von Mrarl geschaffenen Öffnung. Die Honta-Königin war inzwischen fast hindurchgeklettert; nur ihre Hinterbeine ragten noch daraus hervor.

»Was ist damit?«, fragte er.

»Die durchschnittlichen Abstände zwischen den Roten Zwergsternen des Kugelsternhaufens sind um mehrere Lichtwochen gewachsen«, berichtete Hudson. »Das deutet darauf hin, dass sich die exponentielle Ausdehnung des Raumes dramatisch beschleunigt hat. Ich gebe zu, dass ich den Vorgang unterschätzt habe. Das große Zerreißen des Raum-Zeit-Kontinuums könnte nicht erst in einigen hunderttausend Jahren erfolgen, sondern schon sehr bald.«

»Wie bald?«

»Schwer zu sagen, Admiral. Vielleicht in einigen tausend Jahren. Oder möglicherweise auch in einigen Monaten. Die Sensoren registrieren bereits Unregelmäßigkeiten bei der Vakuumenergie. Diese Instabilitäten werden in Kürze drastisch zunehmen.«

»Uns bleibt also nicht viel Zeit«, sagte Cameron.

»Uns bleibt weitaus weniger *Zeit*, als zunächst vermutet, Admiral«, betonte Hudson. »Es könnte daran liegen, dass sich der Planet Garlomir und vielleicht der ganze Kugelsternhaufen in einer

Blase befinden, die durch die Zeit reist. Dies wäre eine denkbare Erklärung für die Existenz des Haufens, obwohl fast alle anderen Sterne durch die enorm schnelle Ausdehnung des Raums so weit entfernt sind, dass wir sie nicht mehr sehen.«

77

Im Innern der Statue, der versteinerten Koryphäe, stieg die Temperatur über den Gefrierpunkt von Wasser, und nachdem Mrarl die Öffnung wieder verschlossen hatte, nahm auch der Luftdruck zu.

»Hast du ihn gehört?«, fragte Cameron. »Hast du gehört, was Hudson gesagt hat?«

»Bald wird der kleine Mann nicht mehr zu dir sprechen können, Admiral Cameron«, erwiderte Mrarl und glitt unter ihm durch einen Tunnel, der steil hinab führte. Die Krallen ihrer Gliedmaßen kratzten über die Wände und verhinderten, dass sie in die Tiefe stürzte.

»Weil wir immer tiefer ins Innere des Planeten klettern«, sagte Cameron. »Seine Masse dämpft die Kommunikationssignale und absorbiert sie schließlich ganz.«

»Daran liegt es nicht, zumindest nicht hier. Die Inhibitoren sind der Grund. Sie funktionieren noch, einige von ihnen, ich sehe und höre es. Ich *fühle* es bereits.«

Im Licht der Helmlampe sah Cameron die Fühler der Honta-Königin kreisen.

»Inhibitoren?«, wiederholte er.

Mrarl zwängte sich durch eine besonders enge Stelle. Es knackte in ihrem Rückenpanzer, und einige der darin eingelassenen Gegenstände schabten über die Wände.

»Instrumente, die dafür sorgen, dass andere Instrumente nicht mehr funktionieren«, erklärte die Honta. »Sehr wirkungsvoll, wenn man sie richtig einsetzt. Sie haben uns dabei geholfen, den Krieg zu gewinnen.«

»Und warum sollten sie sich hier befinden, im Innern von Garlomir?« Cameron überprüfte seine Systeme. Der Schildgenerator meldete eine verringerte Leistung.

»Sie sollten nicht, sie sind«, präzisierte Mrarl. »Und wieder hast du Fragen und Fragen.«

»Weil ich nicht durch die Zeit und die Zeiten blicken kann wie du«, entgegnete Cameron ungeduldig. »Weil du mehr weißt als ich!«

Mrarl rutschte und kletterte weiter hinab. Cameron folgte ihr und hielt den Kommunikationskanal offen, damit Hudson hörte, was er sagte und was er von der Honta-Königin empfing.

»Die Inhibitoren kamen hierher, weil die Menschen herkamen.« Mrarl hielt sich an einem Vorsprung fest, drehte den Kopf und sah zu ihm hoch. »Sie fanden einen Weg nach Garlomir, so erzählt mein Eibruder in seiner Geschichte. Sie waren verzweifelt, jene Menschen, sie versuchten, die drohende Niederlage abzuwenden und doch noch den Sieg zu erringen.«

»Wann geschah das?«

»Nach deiner Zeit, Admiral Cameron. Als die inneren Welten brannten, die eures Kerns, als die Wasser des Planeten namens Erde kochten und verdampften, als Asche die Oberfläche vieler Welten bedeckte und Rauch das Licht ihrer Sterne verdunkelte. Das Ende war in Sicht, selbst für eure Augen, aber ihr wolltet nicht aufgeben. So erzählt es Mror, und so ist es geschehen. Einige Menschen suchten und fanden Garlomir, sie brachen auf und kamen hierher, um die Koryphäen und meinen Eibruder zu töten. Vielleicht wussten sie sogar von der großen Geschichte und wollten sie ändern. Oder ...«

Mrarl zögerte.

Cameron kletterte zu ihr und schätzte, dass sie sich inzwischen im unteren Bereich der Statue befanden. »Oder?«, fragte er.

»Oder Mror fügte jene Menschen seiner Geschichte hinzu, um sie interessanter zu machen«, knarrte Mrarl. »Ihr Menschen nennt es … Dramatik. Ein besonderes Kapitel, voller überraschender Wendungen, das mit dem Triumph unseres Volkes endet. Sie kamen hierher, die Menschen, mit Waffen und Ausrüstung für den Kampf, und die Koryphäen schützten sich mit den Inhibitoren. Was auch immer die Menschen mitbrachten, es funktionierte nicht mehr. Und so scheiterte ihr Angriff, die letzte Aktion, und der Krieg war endgültig verloren.«

Cameron dachte daran, was Mrarl zuvor gesagt hatte. »Aber nicht alle von ihnen starben, nicht wahr? Einige der Menschen, die nach Garlomir kamen, überlebten.«

»Der Untergrund ist groß, Admiral Cameron. Selbst deine Augen werden es erkennen. Im Innern bietet Garlomir tausendmal mehr Platz als auf seiner Oberfläche. Wie lange würde es dauern, tausend Welten nach einigen wenigen Überlebenden abzusuchen?«

»Ohne funktionierende Sensoren? Man könnte ewig suchen, ohne sie zu finden. Noch dazu, wenn sich die Gesuchten verstecken.« Eine Warnmeldung erschien in Camerons Helmvisier – der Gravitator wies auf eine Fehlfunktion hin. »Das sind die Menschen, die du vorhin erwähnt hast? Ich meine, ihre Nachkommen?«

»Menschen und Menschen, entartet wie die Nachkommen der Honta.«

Mrarl rutschte durch einen nicht ganz so steilen Tunnel in die Tiefe. Cameron vertraute sich ebenfalls der glatten Schräge an und folgte ihr in einem Abstand von mehreren Metern. Das Licht der Helmlampe strich über Wände, die ein etwas dunkleres Blau zeigten.

»Hudson, hören Sie mich?«

Es rauschte und knisterte im Lautsprecher des Kommunikators.

»Deine Signale erreichen den kleinen Mann nicht mehr«, teilte ihm Mrarl mit. »Ein Inhibitor frisst sie. Er wird auch die Energie deiner Ausrüstung fressen oder sie blockieren. Hast du eine Atemmaske?«

Es befanden sich zwei in den Taschen des Einsatzanzugs. Cameron bestätigte.

»Gut so, Mensch«, knarrte Marl. »Du wirst sie bald brauchen.«

Ihre Stimme erreichte ihn nur noch durch die dichter gewordene Luft und nicht mehr über den Lautsprecher des Kommunikationssystems.

Cameron fragte sich, was geschehen würde, wenn auch die Helmlampe versagte. Mrarl mochte in der Lage sein, sich auch in völliger Finsternis zu orientieren, aber er wäre ohne Licht und Sensoren praktisch hilflos.

Einige Minuten später erreichten sie einen Hohlraum mit ebenem Boden. In Camerons Helmvisier erschienen weitere Fehlermeldungen, die den Schildgenerator und die Lebenserhaltungssysteme betrafen.

Das Licht der Helmlampe zeigte mehrere Öffnungen im Felsgestein. Mrarl drehte sich langsam, sie schien nach dem Weg zu suchen.

»Habe ich das richtig verstanden?«, fragte Cameron. »Dein Eibruder weiß nicht, dass du zu ihm unterwegs bist, um seine falsche Geschichte durch deine richtige zu ersetzen?«

»Er wird es erfahren«, knarrte Mrarl. Sie entschied sich für die größte Öffnung, kroch mit zitternden Fühlern hinein und wirkte plötzlich sehr vorsichtig.

Cameron trat hinter ihr in den Tunnel. »Wäre es möglich, dass auch wir ein solches Kapitel sind? Ich meine ... zusätzliche Dramatik? Könnte es sein, dass dein Eibruder uns ... erdacht hat, um seine Geschichte interessanter zu machen?«

Die Worte klangen selbst für die eigenen Ohren absurd. Man musste die Gedanken sehr verbiegen, um so etwas für möglich zu halten.

»Hast du schon vergessen, was ich dir erklärt habe, Mensch?«, erwiderte Mrarl vor ihm. »Wir befinden uns außerhalb der Geschichte. Und das muss so bleiben, bis wir bei ihm sind, damit Mror nicht versuchen kann, uns aufzuhalten.«

Wenige Minuten später erreichten sie eine Höhle, in der sich das Licht der Helmlampe verlor. Trotzdem herrschte keine völlige Dunkelheit. Matt leuchtende Streifen durchzogen die Wände, wie Adern aus schwachem Licht, flankiert von glitzernden Punkten.

»Lumineszenz«, erklärte Mrarl. »Licht für deine schwachen Augen, Mensch. Geschaffen von Mineralien fressenden Mikroorganismen.«

Auf der gegenüberliegenden Seite der großen Höhle, einige Dutzend Meter entfernt, führte ein schmaler Hang wie eine Rampe in die Tiefe. Dort verdichtete sich das Zwielicht zu neuer Dunkelheit, aus der ein dumpfes Rauschen kam, wie von Wind, der durch die Baumwipfel eines Waldes strich. Rechts und links bemerkte Cameron weitere Tunnel, wie Bogengänge mit ihrer gewölbten Decke. An den Wänden ließen sich mit ein wenig Phantasie die Reste von Gebäuden erkennen.

Er drehte sich um, und das Licht der Helmlampe traf den Sockel der in Garlomirs Fels eingebetteten Statue, die sie gerade verlassen hatten. Zwei Gestalten erhoben sich neben ihr, winzig im Vergleich, zwei Honta, versteinert wie Krarlrar.

Rote Warnsymbole erschienen in Camerons Helmvisier, und die wichtigsten von ihnen betrafen das Lebenserhaltungssystem. Es stand unmittelbar vor dem Totalausfall.

Cameron überprüfte Temperatur und Luftdruck, holte eine der beiden Atemmasken hervor und setzte sie auf, nachdem er den Helm zurückgeklappt hatte.

»Die Rückkehr wird nicht leicht.« Er deutete zur Statue. »Einige der Tunnel und Schächte sind so steil, dass es ohne Hilfsmittel kaum möglich sein wird, nach oben zu klettern.«

»Denk nicht an Rückkehr, Mensch«, knarrte die Honta-Königin. »Denk daran, was vor uns liegt.«

Cameron zeigte durch die Höhle. »Was *liegt* vor uns?«

Mrarl kehrte zur Statue zurück, zur versteinerten Krarlrar, und richtete sich an ihr auf. »Hier bin ich geboren, hier liegen meine Wurzeln. Ich muss mich besinnen, ich muss das alte Nest fühlen, in dem auch Mror geboren wurde.«

Cameron blickte sich um. »Weißt du, wo er sich befindet?«

»Das Nest wird es mir sagen«, erwiderte Mrarl. »Wenn ich lange genug zuhöre.«

Sie streckte die langen Gliedmaßen, dann rührte sie sich nicht mehr.

Cameron beobachtete sie. »Mrarl?«

Er bekam keine Antwort.

Eine Zeitlang wanderte er in der Höhle umher, sah sich im farblosen Zwielicht der Lumineszenz die Gebäudereste an und wagte sich zwanzig oder dreißig Meter weit über den Hang, die Rampe, in Richtung des Rauschens, ohne herauszufinden, woher das Geräusch stammte. Als er zurückkehrte, stand Mrarl noch immer an der Statue, hoch aufgerichtet und reglos, das Licht in den Augenringen verblasst. War es möglich, dass sie irgendwie mit ihrer versteinerten Nestmutter kommunizierte? Wie lange würde das stumme Zwiegespräch dauern?

Cameron setzte sich ein Stück von der Statue entfernt auf einen Felsvorsprung, lehnte den Rücken gegen die Wand und fühlte, wie sich Müdigkeit auf ihn herabsenkte. Die neuromuskuläre Stimulation des Einsatzanzugs funktionierte nicht mehr, ebenso wenig wie die anderen Systeme, vermutlich wegen der Inhibitoren, die Mrarl erwähnt hatte. Er vergewisserte sich, dass die Atemmaske fest auf Mund und Nase saß, schloss die Augen …

… und schlief fast sofort ein.

ICH TRAGE VERANTWORTUNG

Hudson, ∞
Garlomir

78

Verbunden mit den Bordsystemen des gelandeten Angriffsjägers versuchte Hudson immer wieder, den Kommunikationskontakt mit Admiral Cameron zu erneuern. Er veränderte Frequenz und Signalmodulation, aber entweder empfing ihn der Admiral nicht, oder er konnte nicht antworten.

Das konfrontierte Hudson mit einem Dilemma. Er war angewiesen, sich in Bereitschaft zu halten, was sich nicht nur auf die eigene Leistungsfähigkeit und die defensiven und offensiven Systeme des Angriffsjägers bezog, sondern auch auf die Möglichkeit, das Signal für die Zündung der Bombe zu senden, die er selbst implantiert hatte. *Ich ermächtige Sie hiermit, das Signal zu senden, wenn ich nicht mehr dazu in der Lage bin und die Umstände es erfordern.* So lautete die Autorisierung. Doch wie sollte er ohne eine bestehende Kommunikationsverbindung feststellen, ob der Admiral noch imstande war, die Lage objektiv zu beurteilen und gegebenenfalls das Zündsignal zu senden?

Während einige seiner Substrate die Situationsanalyse fortsetzten, waren andere damit beschäftigt, aktuelle Daten auszuwerten. Seit die Honta-Königin und der Admiral in die Tiefe vorgestoßen waren, blieb die energetische Aktivität der Skitter auf einem niedrigen Niveau konstant – es ging keine unmittelbare Gefahr von ihnen aus. Auch die planetaren Wärmequellen blieben unverändert, soweit Hudson das feststellen konnte.

Da es auf der Oberfläche von Garlomir keine Ereignisse gab,

die seine Aufmerksamkeit erforderten, wandte sich Hudson der Untersuchung des Kugelsternhaufens zu. Er rekalibrierte die Sensoren des Angriffsjägers und fand erneut deutliche Hinweise darauf, dass sich die Abstände zwischen den uralten Roten Zwergsternen vergrößerten, und zwar umso schneller, je weiter sie voneinander entfernt waren. Dafür gab es eine einfache Erklärung: Eine größere Entfernung bedeutete, dass es zwischen ihnen mehr Raum gab, der sich ausdehnen konnte. Er suchte nach Anzeichen für eine Zeitblase, doch das, so musste er kurz darauf feststellen, überforderte die Leistungsfähigkeit der Sensoren. Einige Daten legten einen solchen Schluss nahe, denn wie sonst hatte der stellare Kugelhaufen von Bestand bleiben können, während sich der Rest des Universums mit rasender Geschwindigkeit aufblähte? Es musste einen besonderen Einfluss geben, der den Kugelsternhaufen stabilisierte, und Hudson vermutete einen Zusammenhang mit der großen Geschichte der Honta und dem, was sich im Innern des Planeten befand.

Er begann mit Berechnungen, um festzustellen, wann das große Zerreißen begann, wann sich die Inflation der Raum-Zeit, ihre exponentielle Ausdehnung, nicht nur im interstellaren Maßstab bemerkbar machte, sondern auch Sternsysteme, Planeten, ihre Monde und sogar Elementarteilchen erfasste.

Die zunehmende Instabilität bei der Vakuumenergie bot einen besorgniserregenden Hinweis. Bevor sich der Raum so sehr dehnte, dass er riss, würde es zu lokalen Instabilitäten kommen, die vor allem große Massen betrafen, Sterne und ihre Planeten. Garlomir würde brechen, bevor Raum und Zeit brachen. Es drohten ausgeprägte Anomalien, vergleichbar mit denen am Ereignishorizont eines Schwarzen Lochs.

Der kritische Zeitpunkt ließ sich kaum bestimmen. Er hing nicht nur davon ab, wie schnell sich die Ausdehnung des Raums beschleunigte, sondern auch von Veränderungen der lokalen Raum-Zeit, von Garlomirs Schwerkraft und dem entropischen

Gefälle in der Nähe des Planeten. Hudson versuchte es mit vorsichtigen Schätzungen, fügte die entsprechenden Werte einer komplexen Gleichung hinzu und überließ die Berechnung den Substraten. Er selbst bemühte sich ein weiteres Mal um einen Kommunikationskontakt mit dem Admiral, aber seine Signale blieben wieder unbeantwortet. Er empfing nicht einmal mehr die Telemetrie des Einsatzanzugs.

Bei den Wärmequellen stellten die Sensoren plötzlich Veränderungen fest. Einige von ihnen wurden größer und intensiver, andere schrumpften. Hudson fragte sich, ob ein Zusammenhang mit den Aktivitäten von Admiral Cameron und der Honta-Königin bestand.

Schließlich präsentierten die Substrate das Resultat ihrer Analysen. Die Situation im Bereich von Garlomir konnte schon in wenigen Wochen, vielleicht sogar Tagen gefährlich werden. Mit einer Wahrscheinlichkeit von über siebzig Prozent würde es beim Roten Zwerg, den der Planet in einer relativ engen Umlaufbahn umkreiste, zu starken Strahlungsausbrüchen kommen. Garlomirs Kern war längst zur Ruhe bekommen. Es gab also kein nennenswertes Magnetfeld, das in der Lage gewesen wäre, die hochenergetischen Partikelströme koronaler Massenauswürfe abzulenken.

Die Schilde des Angriffsjägers boten einen gewissen Schutz, aber es würde keine vorübergehende Strahlungsaktivität sein, sondern vielmehr der Anfang von etwas viel Größerem. Die Instabilität würde sich auf die planetare Struktur auswirken. Das Ergebnis der Berechnungen prophezeite heftige Beben, die kein noch so gut abgesicherter künstlicher Hohlraum im Innern von Garlomir schadlos überstehen konnte. Letztendlich würde der ganze Planet platzen wie eine überreife Frucht.

Nicht in hunderttausend Jahren. Nicht einmal in tausend. In wenigen Wochen, vielleicht Tagen.

Hudson beobachtete, wie die Nacht zu Ende ging. Die Dunkelheit schwand und wich roter Düsternis, als der Zwergstern aufging, klein am Horizont trotz der geringen Entfernung.

Der Mikronaut dachte erneut über das Dilemma nach, in dem er steckte. Wenn er weiterhin wartete, wurde er seiner Verantwortung nicht gerecht. Mit Passivität verstieß er gegen seine Instruktionen.

Der Brüter des Angriffsjägers war ein einfaches Modell und konnte weder einen Einsatzanzug in der für Hudson passenden Größe herstellen noch miniaturisierte Waffensysteme. Doch alles, was Hudson brauchte, war Teil seines Simulacrum-Körpers. Wichtig waren vor allem die Sensoren, um zum Admiral zu finden, und der integrierte Kommunikator, um mit ihm in Kontakt zu treten – und für das Signal, das die Bombe im Leib der Honta-Königin zündete.

Er verließ den Angriffsjäger, fand nach kurzer Suche das von Honta-Beinen gegrabene Loch und schwebte mit Hilfe des Gravitators in die Tiefe.

WIR SIND AM FALSCHEN ORT

Cameron: 58, 17. April 3283 Terrastandard
Didrak, erdgroßer Mond des Gasriesen Nebosa, Thudoca-System,
71 Lichtjahre von der Erde entfernt

79

Der Schlaf war tief, doch die Gedanken blieben wach. Und obwohl Cameron wusste, dass er schlief, träumte er dennoch.

Er lag in Asche so heiß, dass sie ihm die äußere Schutzschicht des Kampfanzugs verbrannte. Der Himmel brannte, über der zerstörten Stadt regnete es noch immer Feuer. Hinter der Glut und den Flammen am Firmament wölbte sich die nördliche Hemisphäre eines ockergelben Gasriesen mit einem breiten Ring in der Farbe von Bernstein. Nebosa, erinnerte er sich. Im System des Doppelsterns Thudoca, im Kern der Liga, nur einundsiebzig Lichtjahre von der Erde entfernt. Die Welt, in deren heißer Asche er lag, war kein Planet, sondern ein erdgroßer Mond. Der Name fiel ihm ein: Didrak.

Weiter über ihm blitzte es, und eine neue Flamme, heller als die vielen anderen, verschlang ein kleines Schiff, ein Kanonenboot, das vielleicht unterwegs gewesen war, um ihn zu retten.

Aufstehen, Soldat!, dachte Cameron. Der Krieg geht zu Ende, das wissen wir, aber der Kampf ist noch nicht vorbei.

Er erhob sich, die Asche fiel von ihm ab.

Die Angriffs- und Verteidigungssysteme des Kampfanzugs funktionierten nicht mehr. Das Visier des Helms war gesplittert und zeigte keine Daten. Sepia-Effekt und Tarnkappe waren ausgefallen, ebenso Schildgenerator und Gravitator. Deutlich sichtbar für den Feind stand er zwischen den Trümmern.

Er klappte den Helm zurück. Das Donnern und Krachen der Explosionen wich von ihm fort, wie von einem Filter gedämpft. Ein Klicken und Knarren rückte in den Vordergrund.

Cameron drehte sich um.

Einige Meter entfernt hockte ein verletzter Honta, der Panzer rot wie Blut, der dreieckige Kopf giftgrün, die Gliedmaßen gelb wie Schwefel. Seine Ausrüstungsgürtel waren von Sprengprojektilen zerrissen, die biomechanischen Erweiterungen im Panzer zerfetzt. Schleimige, ölige Flüssigkeit tropfte aus dem Leib, wo sich bei einer Königin die Fruchtblase befand.

Cameron griff nach seinem Halfter, doch es war leer. Er hatte den Variator irgendwo in Asche und Staub verloren.

Der Honta richtete halb verbrannte Fühler auf ihn. Erneut klickte und klackte es.

Cameron verstand die Laute. »Wir sterben«, sprach der Honta.

»Nein«, knurrte Cameron. »*Wir* nicht. *Du.*«

Er holte das Vibromesser hervor, das nicht mehr vibrierte, aber immer noch ein Messer war, die Klinge scharf und spitz. Er trat durch die Asche, noch immer heiß unter seinen Stiefeln, und sah kurz an sich herab, als er beim linken Bein eine Behinderung spürte. Dort war das schützende Material des Kampfanzugs aufgerissen, Synth und Keramik der Prothese zeigten sich, von Metallsplittern zerkratzt.

Es war nicht die einzige Verletzung, stellte er fest. Die synthetische Haut der linken Hand hing in halb verkohlten Fetzen, und das Flexmetall darunter hatte sich versteift, die Finger ließen sich kaum mehr krümmen.

Ohne die Autodiagnose des Kampfanzugs konnte er kaum das ganze Ausmaß seiner Verletzungen feststellen, aber er zweifelte nicht daran, dass auch andere Bereiche seines Körpers betroffen waren. Die letzte Detonation in seiner Nähe war stark genug gewesen, dass sie einen Soldaten ohne Prothesen getötet hätte. Eine besondere Ironie der Situation wollte es, dass ihn seine Verwundungen in den vergangenen über vierzig Jahren als Soldat und Offizier in den Vereinten Streitkräften hier auf Didrak vor dem Tod bewahrt hatten.

Er humpelte mehr, als dass er ging, und der Honta wich vor ihm zurück. Aber der Honta war geschwächt und nicht schnell genug. Cameron erreichte ihn und stieß mit dem Messer zu.

Die Klinge glitt über den harten Panzer und hinterließ nur einen kleinen Kratzer darin.

Der Honta knarrte und klickte, aber was immer er auch sprach, Cameron achtete nicht darauf. Sein Blick verengte sich, die Welt schrumpfte, bis sie nur noch den Gegner und ihn enthielt. So war es am besten, so verlor man nicht die Übersicht, so blieb allein die Aufgabe.

Er schätzte die Kraft in den Beinen ab – einige Sensoren in den Prothesen funktionierten noch –, ging in die Hocke und sprang. Eine Sekunde später befand er sich auf dem Rücken des Honta und suchte mit der steifen linken Hand nach Halt. Ein fauliger Geruch, vielleicht von den Wunden seines Gegners, drang ihm in die Nase.

Das Geschöpf unter ihm wandte sich von einer Seite zur anderen, dann nach vorn und nach hinten, doch Cameron gelang es, sich nicht abschütteln zu lassen. Er kroch nach oben, dorthin, wo der Rückenpanzer endete und der Hals begann. Er war ebenfalls geschützt, von sich überlappenden Hornfacetten, jede von ihnen fast so hart wie Stahlkeramik. Aber zwischen Hals- und Rückenpanzer gab es eine schmale Lücke. Sein Adoptivvater Grindel hatte sie einst dem Knaben namens Cameron gezeigt und erklärt, wo und wie man zustoßen musste.

Er fand die Lücke und rammte das Messer hinein, in die kleine weiche Stelle, die auch eine nicht vibrierende Klinge durchbohren konnte. Mit beiden Händen umfasste er das Messer, mit der unverletzt gebliebenen rechten Hand und der steifen linken, drückte die Klinge zur Seite und noch tiefer, schnitt mit ihr durch

Fleisch und Knorpel, während der Honta unter ihm schrie und ihn abzuwerfen versuchte. Er durchtrennte Nerven und Sehnen an den richtigen Stellen, bis die Bewegungen seines Gegners schließlich erlahmten, bis die Beine des Honta einknickten, der giftgrüne dreieckige Kopf in die Asche sank und der muskulöse Leib unter dem Panzer erschlaffte.

Und selbst dann hielt Cameron nicht inne. Er beugte sich nach rechts und links, stieß das Messer in die Halsseiten, sah Schleim aus den Wunden quellen und roch noch mehr fauligen Gestank.

Als sich der Honta nicht mehr rührte, wartete Cameron noch eine halbe Minute, bevor er vom Rücken rutschte, zum großen Kopf wankte, erneut vom Messer Gebrauch machte und die Augenringe durchbohrte.

Dann trat er zurück, zufrieden mit seinem Werk. Es war ein kleiner Sieg in einer großen Niederlage.

80

Die Asche war kalt geworden, und vom Gasriesen Nebosa ragte nur noch ein kleiner Teil des Rings über den Horizont, als ein Angriffsjäger kam und Cameron abholte. Er hatte die Zeit genutzt, um Abschied von seinen Kämpfern zu nehmen, von den Männern und Frauen, die ihn nach Didrak begleitet hatten und die verlorene Welt nie wieder verlassen würden. Die meisten von ihnen waren viel jünger gewesen als er, vierzig oder sogar erst dreißig Jahre. Sie hatten am Anfang ihres Lebens gestanden und es auf Didrak verloren.

Es gab keine anderen Überlebenden, zumindest nicht in den Resten der nahen Stadt. Vor dem Eintreffen des Angriffsjägers verbrachte Cameron mehrere Stunden mit der Suche nach versprengten Honta, die er mit dem Messer töten konnte, und nach Kindern, die ihre Familien verloren hatten und adoptiert werden mussten. Er fand niemanden, er blieb mit sich und seinen Gedanken allein.

An Bord des Angriffsjägers trafen ihn Blicke, fragende Blicke, warum ausgerechnet er überlebt hatte, warum von seinen Einsatzgruppen so oft nur er übrig blieb. Ein Biomechaniker kümmerte sich um seine Verletzungen, ein Mann kaum zwanzig Jahre alt. Er hatte bereits die grauen Hände eines Raumfahrers, aber seine Wangen waren glatt, ohne eine einzige Falte, und in den Augen glänzte die Zuversicht der Jugend.

»Sie hatten Glück, Kommandeur«, sagte er bei einer ersten notdürftigen Reparatur der Prothesen.

»Wieder einmal«, brummte einer der anderen Soldaten, eine Frau Ende zwanzig und bereits ein Veteran.

Cameron betrachtete sein Vibromesser, an dem noch Honta-Schleim klebte. Er reinigte die Klinge nicht, bevor er das Messer in die Ausrüstungstasche steckte, sich an die Wand hinter ihm lehnte, die Augen schloss und seine Beinprothesen dem Mechaniker überließ.

Eine Stunde später erreichte der Jäger die dreihundert Meter große Fregatte *Magellan*, die nach dem Rendezvousmanöver sofort beschleunigte und in den Sekundärraum sprang. Ihr Superpositionator war jedoch nur zu einem Drittel geladen, und entsprechend langsam ließ sie das Thudoca-System hinter sich.

Eine weitere halbe Stunde verging mit Vorbereitungen für die Besprechung. Cameron schälte sich aus dem beschädigten und unbrauchbaren Kampfanzugs, säuberte Prothesen und die Reste seines Körpers und ließ von einem weiteren Biomechaniker die Beweglichkeit der linken Hand wiederherstellen. Dann schlüpfte er in einen Einsatzanzug, aktivierte die neuromuskuläre Stimulation und machte sich auf den Weg zum Konferenzraum, wo die Offiziere bereits auf ihn warteten, unter ihnen Sektoradmiral Kora, verantwortlich für die Verteidigung des inneren Kerns mit der Erde im Zentrum. Dass sie sich an Bord der *Magellan* befand, erstaunte Cameron. Mit der Präsenz eines so hochrangigen Offiziers hatte er trotz der Nähe zur Erde nicht gerechnet.

Er erstattete Bericht und beschränkte sich auf die notwendigen Details.

»Ihre Einsatzgruppe bestand aus achtundfünfzig Soldaten«, sagte ein junger Mann, gerade einmal fünfundzwanzig Jahre alt, und doch trug er die Abzeichen eines Marschalls der Stufe Zwei. Horatio, so hieß er, wie sich Cameron erinnerte, und er stammte von Eden im Gethos-System, dreiundvierzig Lichtjahre von der Erde entfernt. Jene Welt war für Menschen wie ein Paradies gewesen, bis die Honta sie in eine Hölle verwandelt hatten.

Cameron nickte. Achtundfünfzig Männer und Frauen, die Anzahl seiner Jahre.

»Nicht einer von ihnen hat überlebt.«

»Ich habe überlebt«, sagte Cameron.

»Das geschieht nicht zum ersten Mal.«

»Nein«, bestätigte er. »Sonst säße ich nicht hier.« Trotz der neuromuskulären Stimulation fühlte er eine tief in seinem Innern verwurzelte Müdigkeit.

Der junge Horatio auf der anderen Seite des runden Tischs konsultierte ein persönliches Daten-Holo. »Sie wissen, was ich meine, Kommandeur. Von den letzten zehn Einsätzen sind Sie achtmal allein zurückgekehrt. Alle anderen starben.«

»Einige von ihnen habe ich begraben«, sagte Cameron. »Von vielen anderen blieb nichts mehr übrig für ein Grab.«

»Sie sind einmal Admiral gewesen«, wandte sich ein General an ihn, eine Frau nur wenige Jahre älter als Horatio von Eden. An den Namen erinnerte sich Cameron nicht, er wusste nur, dass sie von der Erde stammte. Vielleicht hieß sie Myra.

»Ja, das stimmt«, bestätigte er. »Vor zwanzig Jahren.«

»Und vom Admiral wurden Sie wieder zum Kommandeur.«

Cameron nickte.

»Warum?«

»Um an Kampfeinsätzen teilzunehmen«, antwortete er. »Um den Feind zu vernichten.«

»Mit eigenen Händen?«

Cameron nickte erneut.

»Auf Didrak haben Sie einen Honta getötet«, warf jemand anders ein, ein Mann Mitte vierzig, mit mehr Erfahrung in Augen und Stimme.

»Nicht nur einen.«

»Den letzten brachten Sie tatsächlich mit eigenen Händen um«, sagte der Mittvierziger. Hieß er Ganto? Cameron war nicht sicher, der Name des Offiziers verlor sich in Müdigkeit. »Und mit einem Vibromesser.«

Für einen Moment glaubte Cameron, erneut den fauligen Gestank des Schleims zu riechen, der aus den Wunden gequollen war.

»Es funktionierte nicht mehr.«

»Wie bitte?«

»Das Vibromesser«, erklärte Cameron. »Es vibrierte nicht mehr.«

Die Offiziere am Tisch wechselten Blicke. Bis auf Sektoradmiral Kora. Sie sah ihn an, auf eine seltsame Art und Weise, die etwas in ihm berührte. Nach ihm war sie die älteste Person am Tisch, sie konnte nur wenige Jahre jünger sein als er.

»Sie haben den Honta mit einem defekten Vibromesser getötet?«, vergewisserte sich Horatio ungläubig.

»Es vibrierte nicht mehr«, wiederholte Cameron. »Aber die Klinge war scharf und spitz.«

Der junge Offizier von Eden musterte ihn einige Sekunden lang.

»Bemerkenswert«, murmelte der Offizier, der vielleicht Ganto hieß.

»Sie hätten ihn am Leben lassen sollen, Kommandeur«, sagte Horatio. »Sie hätten ihn unschädlich machen sollen, ohne ihn zu töten. Sie wissen doch, wie wichtig Gefangene für uns sind. Wir hätten den Honta verhören können.«

»Wozu?«, fragte Cameron müde.

»Wozu?« Marschall Horatio wölbte die dünnen Brauen. »Um zu erfahren, wo die Honta demnächst angreifen. Das hätte Ihnen eigentlich klar sein sollen, Kommandeur. Immerhin sind Sie einmal ein guter Stratege gewesen.«

Es war eine seltsame Müdigkeit. Cameron sah die Gesichter und hörte die Worte – er *sah* und *hörte* –, alles war nah und klar, aber er hatte dennoch das Gefühl, dass ihn etwas von den anderen trennte, eine dünne, unsichtbare Barriere mit verschiedenen Arten von Bedeutung auf beiden Seiten.

Er schloss die Augen.

»Wollen Sie hier *schlafen*, Kommandeur?«, fragte Horatio. »Ist das Ihre Vorstellung von einer Einsatzbesprechung?«

Cameron hob die Lider. »Ich habe Bericht erstattet, hier und für das Log. Ich habe geschildert, was wichtig ist, ich habe alle notwendigen Einzelheiten genannt. Aber selbst mit noch so vielen Worten kann ich eine Niederlage nicht in einen Sieg verwandeln.«

Der junge Marschall von Eden setzte zu einer Erwiderung an, doch Cameron kam ihm zuvor.

»Wir brauchen keinen Gefangenen«, sagte er. »Wir wissen, was die Honta planen und wo sie demnächst angreifen. Sie werden über die anderen Welten des Inneren Kerns herfallen und schließlich auch über die Erde. Sie werden auch dort Feuer vom Himmel regnen lassen, bis die Ozeane kochen und verdampfen, bis es auf den Inseln und Atollen nur noch heiße Asche gibt, bis alle Menschen tot sind. Und wir können es nicht verhindern.«

Einige Sekunden lang herrschte Stille.

»Halten Sie unseren Kampf für *sinnlos*, Kommandeur?«, fragte Horatio.

Sektoradmiral Kora stand auf. »Ich glaube, das genügt. Wir

haben erfahren, was wir wissen müssen. Didrak, Nebosa und das ganze Thudoca-System sind verloren. Kommandeur Cameron, Sie kommen mit mir.«

81

Kora führte ihn in ihre Kabine an Bord der *Magellan*, einen schlichten Raum mit einer schmalen Koje und einem kleinen Tisch, der zwei Personen gerade genug Platz bot. Dort saßen sie sich gegenüber, so nahe, dass sie sich berühren konnten.

Persönliche Gegenstände gab es in der Kabine so gut wie keine, bis auf drei Holo-Fotos an der Wand neben dem Tisch. Das erste zeigte ein kleines Kind, drei oder vier Jahre alt, das im hellen Sonnenschein die Augen zusammengekniffen hatte. Das zweite präsentierte eine Heranwachsende in der Uniform der Vereinten Streitkräfte, bereits mit den Abzeichen eines Kommandanten. Ein Dutzend Jahre lag zwischen den beiden Aufnahmen, doch die Ähnlichkeit war unverkennbar. Das kleine Kind lächelte unbeschwert, und etwas von diesem Lächeln hatte sich die Fünfzehn- oder Sechzehnjährige bewahrt, obgleich sie die bittere Erbarmungslosigkeit des Krieges bereits kannte.

Das dritte Bild präsentierte eine Frau Anfang dreißig, mit verblassenden Sommersprossen im Gesicht, das rotblonde Haar kurz. Es war eine ernste Frau, die Camerons Blick aus dem Holo erwiderte, das Lächeln der Kindheit für immer verloren.

Cameron streckte die graue Hand aus und ließ sie wieder sinken, bevor sie das Bild berührte.

»Es ist verblüffend, wie ähnlich Sie ihm sehen«, sagte Sektoradmiral Kora.

»Wen meinen Sie?«

Kora strich mit dem Zeigefinger durch das Holo des Kinds, das sich daraufhin veränderte und einen Mann zeigte, sein Profil. Er stand auf einer Klippe, einige Meter entfernt, und blickte in die Ferne.

Cameron beugte sich vor und glaubte, sein jüngeres Selbst zu erkennen.

»Es war das letzte Mal, dass ich ihn lebend gesehen habe.« Kora sprach langsam und leise. »Wenige Wochen später starb er bei der Schlacht um Ungox Vierzehn.«

»Ich bin ebenfalls dort gewesen«, sagte Cameron. Seine Müdigkeit schwand, etwas vertrieb sie.

»Und jetzt sind Sie hier.«

»Ich habe überlebt.«

Kora deutete auf das Bild. »Er nicht.«

Cameron sah noch einmal hin. Die Ähnlichkeit war frappierend. Das Holo-Bild schien ihn zu zeigen, dreißig Jahre jünger.

»Wer ist er?«, fragte er, die Stimme plötzlich rau.

»Mein Gefährte«, erwiderte Kora sanft. »Mein Partner. Der Vater meiner Tochter. Vielleicht sähe er heute so aus wie Sie, wenn er so alt geworden wäre.«

»Ihre Tochter …«

Diesmal veränderte Kora die Einstellung der Holo-Bilder nicht. Ihre Hände blieben auf dem Tisch, grau wie die von Cameron.

»Miriam«, sagte sie. »Ich habe sie nach Rajor geschickt, dem sechsten Mond des Gasriesen Juma im Owalka-System, weil ich sie dort sicher glaubte.«

»Rajor wurde vor zwei Jahren von den Hontn angegriffen.«

Koras Gesicht blieb unverändert. »Ja. Miriam kam dabei ums Leben.«

»Auf Rajor gab es eine archäologische Forschungsstation, nicht wahr?«

»Sie wissen davon?«

Ich bin dort gewesen, dachte Cameron, überrascht von den eigenen Gedanken. Ich habe dort gearbeitet, in einem anderen Leben. Miriam war meine Tochter.

»Wir sind am falschen Ort«, sagte er leise. »Und in der falschen Zeit.«

»Wie meinen Sie das?«

»Wir gehören nicht hierher. Dies ist die falsche Welt.« Er stand auf, und für einen Moment glaubte er sie zu sehen, die Barriere, die ihn von allem trennte: ein dünner Film mitten in der Luft, eine Membran weniger dick als ein Atom, eine Trennlinie zwischen den Wirklichkeiten. Behutsam streckte er die Hand aus und fürchtete, dass sie auf einen Widerstand stieß.

Sektoradmiral Kora erhob sich ebenfalls und berührte seine Hand, die Fingerspitzen.

»Wer bist du?«, hauchte sie. »Woher kommst du?«

Die Zeit wie ein Ozean, dachte Cameron. Und wir ein Tropfen darin. Oder nur ein Molekül innerhalb eines Tropfens, winzig im Vergleich mit etwas Gewaltigem. Ihm ausgeliefert, seinen Wellen und Strömungen.

»Ich bin …«

Das Sprechen fiel ihm plötzlich schwer, und etwas dämpfte seine Stimme, es fühlte sich fast nach einer Atemmaske an.

»Wir verlieren den Krieg«, brachte er hervor. »Wir *haben* ihn verloren. Unsere Welten sind verbrannt, sie sind öde und leer. So viel Tod, so viel Zerstörung …«

Er hörte ein Rauschen in der Ferne, wie von Wind in hohen Baumwipfeln. Es schien langsam näher zu kommen.

Die Strenge kehrte in Koras Gesicht zurück. »Wenn wir nicht mehr an den Sieg glauben, ist die Niederlage gewiss.«

»Nein, nein.« Cameron sprach schnell, denn er wusste, dass ihm nur noch wenig Zeit blieb. »Ich komme aus der Zukunft, ich weiß, was geschehen wird. Unsere Welten sind gefallen.«

Kora wich zurück. »Es geht Ihnen nicht gut, Kommandeur. Sie brauchen medizinische Hilfe.«

Für wenige Sekunden hatte eine Verbindung zwischen ihnen existiert, aber die war nun zerrissen.

»Wir haben keine Chance«, sagte er niedergeschlagen. »Wir kämpfen gegen einen Feind, der genau weiß, was passieren wird. Und der immer mehr Verstärkung aus der Zukunft bekommt.«

Wellen, dachte er, und vielleicht sprach er den Gedanken laut aus. Wellen im Ozean der Zeit. Sie breiten sich aus, von der Gegenwart in Vergangenheit und Zukunft …

»Kommunikation«, sagte Sektoradmiral Kora.

»Bereitschaft.«

»Ich brauche einen Mediker in meiner Kabine.«

Ein Schleier legte sich vor ihre Gestalt. Der dünne Film, der Cameron von Kora und ihrem Universum trennte, war nicht mehr unsichtbar und wurde dicker. Das Sanfte verschwand aus Koras Gesicht, die Falten fraßen sich tiefer in Stirn und Wangen.

»Nein!«, stieß Cameron hervor. »Ich will nicht weg! Ich will bleiben!«

Doch er schwamm im Ozean der Zeit, er konnte ihn nicht verlassen, eine Welle nahm ihn und trug ihn fort.

82

Das Rauschen, das er bereits in Koras Kabine gehört hatte, wurde lauter, und als Cameron die Augen öffnete, stand er am felsigen Ufer eines Flusses, der durch ein Höhlensystem tief unter der Oberfläche von Garlomir strömte. Er wusste noch immer – oder wieder –, dass er schlief und träumte, aber er konnte Schlaf und Traum nicht verlassen, beide hielten ihn fest umschlungen.

Streifen und Flecken aus Biolumineszenz im Fels über dem Fluss und in den Höhlenwänden sorgten dafür, dass es nicht völlig dunkel war. Es herrschte ein graues Zwielicht, in dem sich kaum Farben erkennen ließen. Cameron lauschte dem Rauschen, blickte über die Wellen des Flusses und stellte fest, dass er sich weiter vorn teilte. Der rechte Arm, ruhig und breit, führte in der

Ferne zu einem Bauwerk, das aussah wie ein ins Riesenhafte gewachsener pyramidenförmiger Bienenstock. Im linken Flussarm, schmal und schnell, tanzten und spritzten die Wellen an Felsen vorbei, bevor er schließlich über die Kante eines Wasserfalls tiefer ins Innere des Planeten stürzte.

Eine Bewegung auf der gegenüberliegenden Seite des Flusses weckte Camerons Aufmerksamkeit. Er sah hin, er *wollte* mehr erkennen, und vielleicht schärfte der Traum seinen Blick, denn plötzlich sah er zwischen den Schatten und Schemen einen Honta, mit langen Beinen und Fühlern, die Flügel halb ausgebreitet. Der Honta kletterte auf einen Felsen, der halb über den Fluss ragte, zwischen den mittleren Gliedmaßen ein eingesponnenes Bündel. Auf dem Felsen breitete er die Flügel ganz aus, schlug mit ihnen und sprang.

Cameron sah ihn plötzlich mit einer Deutlichkeit, wie sie vielleicht nur in einem Traum möglich war: die Fluoreszenz in den Augenringen, ein vages Glitzern in den Flügeln, die das matte Licht der Lumineszenz einfingen, und unter dem Leib ... ein Mensch, eingesponnen in eine Art Kokon, aus dem nur der Kopf herausragte.

Der Honta flog zum rechten Flussarm, das Bauwerk in der Ferne schien sein Ziel zu sein. Er neigte sich zur Seite, und dadurch konnte Cameron das Gesicht des Menschen im Kokon sehen.

Es war ein Gesicht mit Sommersprossen auf Nase und Wangen, mit türkisblauen Augen und umrahmt von rotblondem Haar.

Kora.

Er trat ins kalte Wasser, er wollte laufen oder fliegen wie der Honta, und vielleicht hätte es ihm der Traum gestattet, doch etwas beendete den Schlaf genau an dieser Stelle.

»Kora!«

Cameron fand sich auf dem Felsvorsprung sitzend wieder, nicht weit von der Statue entfernt, an der sich Mrarl aufgerichtet hatte. Sie bewegte sich noch immer nicht und war ebenso reglos wie ihre versteinerte Nestmutter Krarlrar.

Er stand auf und befürchtete für einen Moment, dass die Knie unter ihm nachgaben. Einige kurze Schritte brachten das Vertrauen in die Beine zurück. Er atmete ruhig und gleichmäßig durch die Maske, blickte zu Mrarl und fragte sich, ob er versuchen sollte, sie zu wecken.

Das Rauschen lockte ihn. Cameron wusste jetzt, woher es stammte. Nicht vom Wind in hohen Baumwipfeln, sondern von einem Fluss, der durch ein Höhlensystem im Innern von Garlomir strömte.

Und er wusste auch, wo sich Kora befand.

Er musste keine Entscheidung treffen, sie war bereits getroffen.

Cameron eilte zum Hang, der eine Rampe ähnelte und zum Fluss führte.

KLEINER MANN

Hudson, ∞
Garlomir

83

Auf halbem Weg durch den von der Honta-Königin gegrabenen Schacht lieferten die Sensoren widersprüchliche Daten.

Hudson landete auf einem der runden Felsen, die neben der versteinerten Nestmutter namens Krarlrar aus der Wand ragten, und begann mit einer gründlichen Sondierung. Zuerst hatte es den Anschein, als würden sich unter ihm Hohlräume erstrecken, und aus mindestens einem davon kam Infrarotstrahlung, deutlicher Hinweis auf eine höhere lokale Temperatur. Aber schon wenige Sekunden später schienen die Höhlen zu verschwinden, und die infraroten Emissionen schwächten sich deutlich ab. Außerdem meldete sein Gravitator eine Fehlfunktion, und bei der Verbindung mit den Substraten des Angriffsjägers kam es zu Störungen. Eine Kontaktaufnahme zu Admiral Cameron war weiterhin nicht möglich, und Hudson vermutete, dass seine Systeme demselben Einfluss unterlagen. Etwas beeinträchtigte nicht nur die Signale des Kommunikationssystems und der Sensoren, sondern auch den Energiefluss im Gravitator.

Hudson hätte einen Sturz aus großer Höhe überstanden, ohne größere Schäden befürchten zu müssen, entschied aber trotzdem, auf den Gravitator zu verzichten und stattdessen in die Tiefe zu klettern.

Auf dem Weg nach unten kam es zu schleichenden Fehlfunktionen in mehreren Simulacrum-Systemen. Die Fähigkeit zur Selbstreparatur, ein redundantes Basissystem, konnte nichts dagegen ausrichten, was bestätigte, dass es eine externe Ursache gab. Und deren Auswirkungen wurden stärker, je tiefer er kam.

Hudson verharrte auf einem weiteren runden Stein, vielleicht einem alten Verankerungspunkt für die versteinerte Krarlrar, und dachte über Gegenmaßnahmen nach, um sich zu schützen. Er reduzierte sein energetisches Niveau, damit er nicht zu viel Energie verlor, und deaktivierte die Systeme, die er nicht unbedingt brauchte. Er veränderte die Konsistenz seines Körpers und ließ das Flexmetall erstarren, was ihn zwar ein wenig Mobilität kostete, die Bewegungen von Armen und Beinen aber zuverlässiger machte.

Glücklicherweise unterlag er keinen menschlichen beziehungsweise biologischen Beschränkungen. Er brauchte keinen Sauerstoff für die Atmung. Druckunterschiede spielten kaum eine Rolle für ihn, ebenso wenig Temperaturschwankungen innerhalb eines gewissen Rahmens. Er bedauerte jedoch die Einschränkungen bei der Kognition. Um die Umgebung zu erkennen und Informationen über sie zu gewinnen, benötigte er die Sensoren, deren Daten aber nicht mehr zuverlässig waren.

Er begnügte sich schließlich mit einer Simulation der menschlichen Wahrnehmung. Vielleicht bekam er Hinweise auf die aktuelle Situation, wenn er die Welt mit dem Äquivalent menschlicher Augen sah.

Die Dunkelheit, durch die er kletterte, verwandelte sich allmählich in Düsternis und wurde dann zu einem farblosen grauen Zwielicht, hervorgerufen offenbar von Mikroorganismen, die sich von Mineralien im Felsgestein ernährten. Das schwache Licht erleichterte die Orientierung; Hudson konnte schneller klettern, ohne einen Absturz zu riskieren.

Schließlich erreichte er das Ende der Statue oder vielmehr ihren Anfang, den Sockel, aus dem sie ragte. Dort entdeckte er eine Gestalt, viel kleiner als Krarlrar und nicht versteinert wie die Nestmutter, die vorderen Gliedmaßen gegen den Sockel gestemmt.

Hudson näherte sich vorsichtig und stellte fest, dass auch seine reduzierte Wahrnehmung Fehlfunktionen aufwies. Er hörte ein Rauschen in der Ferne, das manchmal völliger Stille wich, einem Fehlen von Schallwellen, das nicht natürlichen Ursprungs sein konnte. Und gelegentlich flackerte das Bild, das ihm die visuellen Sensoren übermittelten. Er versuchte, die sensorische Datenübertragung zu stabilisieren, und stellte fest, dass sich der externe Faktor mehr als zuvor bemerkbar machte und die internen Energieströme blockierte.

Bei der Gestalt, die dort hoch aufgerichtet an der Statue lehnte, handelte es sich um die Honta-Königin. Erstaunlicherweise reagierte sie nicht auf seine Annäherung, obwohl sie keineswegs tot war – der Körper wies eine höhere Temperatur auf als die Umgebung.

Wo befand sich der Admiral?

Hudson hielt nach Admiral Cameron Ausschau. Er war nirgends zu sehen.

Das Rauschen bewies, dass die Luft dicht genug für Schallwellen war. »Admiral?«, fragte Hudson laut.

Er bekam keine Antwort, und die Honta-Königin rührte sich immer noch nicht. Was war mit ihr geschehen? Was hatte sie erstarren lassen?

Hudson näherte sich ihr und nahm zur Kenntnis, dass die Körpertemperatur der Honta-Königin stieg – ein Hinweis auf ihr kurz bevorstehendes Erwachen?

Woraus auch immer der externe Einfluss bestand, der die Simulacrum-Systeme störte, er wurde stärker. Zwei weitere Schritte, und Hudsons Blickfeld wurde enger, das Rauschen leiser.

Er hielt es für unwahrscheinlich, dass der Admiral die Honta-Königin aus freiem Willen verlassen hatte. Sie war wichtig für ihn, angeblich konnte sie ihn zu Kora führen und vielleicht sogar die Stelle ihres Eibruders einnehmen, um die Geschichte des Universums neu zu erzählen – ein noch immer sehr rätselhafter, absurd erscheinender Vorgang.

Lebte der Admiral noch? Hatte Mrarl ihn beseitigt, um frei zu sein?

Er war nicht da, er konnte das Zündsignal für die Bombe im Körper der Honta-Königin nicht senden.

Hudson dachte an seinen Auftrag. Der Feind musste vernichtet und ausgelöscht werden, das war die oberste Priorität der Vereinten Streitkräfte. Es spielte keine Rolle, wo und wann er sich befand. Lebend stellte Mrarl eine Gefahr dar, erst recht auf - oder in - ihrem Heimatplaneten, und Admiral Cameron schien nicht mehr in der Lage zu sein, irgendeine Art von Kontrolle auf sie auszuüben.

Hudson suchte erneut nach ihm und erhöhte zu diesem Zweck das energetische Niveau der Sensoren. Das Rauschen wurde etwas lauter - die akustischen Charakteristika deuteten auf einen subplanetaren Fluss hin -, aber es ließen sich weder Telemetrie noch menschliche Biosignale registrieren. Der Admiral blieb verschwunden.

Womit wieder die eigene Situation in den Fokus rückte. Hudson begriff die Notwendigkeit einer Entscheidung, und er musste sie schnell treffen, solange er noch imstande war, sie in die Tat umzusetzen. Etwas absorbierte seine Energie und blockierte wichtige Systemfunktionen.

Vielleicht blieben ihm nur noch wenige Sekunden.

Das Rauschen hörte auf. Hudsons Blickfeld schrumpfte zu einem Tunnel, an dessen Ende sich die Honta-Königin bewegte. Sie löste sich aus ihrer Starre und wandte sich ihm zu.

Er traf die Entscheidung und sendete das Zündsignal.

Nichts geschah.

Hudson kontrollierte sein Kommunikationssystem und stellte eingeschränkte Funktionsbereitschaft fest. Das Zündsignal war gesendet worden, wenn auch mit geringer Reichweite.

Er versuchte es noch einmal, mit etwas mehr Energie, aber auch diesmal erfolgte keine Explosion.

Die Honta-Königin bewegte sich nicht mehr langsam, sondern schnell und ragte plötzlich vor ihm auf.

»Glaubst du vielleicht, ich wüsste nichts von deiner Bombe, kleiner Mann?« Es war kein Klicken oder Knarren, das diese spöttische Frage stellte. Mrarl benutzte Worte in Universal, der Gemeinschaftssprache der Liga.

Die Honta-Königin hob eine ihrer vorderen Gliedmaßen.

Hudson wich zurück, aber er war tatsächlich ein kleiner Mann und in seinem eingeschränkten Zustand nicht annähernd schnell genug.

Ein wuchtiger Schlag traf ihn und zertrümmerte den Simulacrum-Körper.

WIR SCHÜTZEN MENSCHEN

Cameron: 38, ∞
Garlomir

84

Der Fluss, grau im schwachen Licht der Lumineszenz, strömte durch ein steiniges Bett, das er über Äonen hinweg in den Fels gegraben hatte. Einige Stunden lang folgte Cameron seinem Lauf und blieb dabei in unmittelbarer Nähe des Ufers, auch wenn es bedeutete, dass er gelegentlich über Felsen klettern musste. Er suchte nach der Stelle, die er im Traum gesehen hatte, nach jenem Ort, an dem sich der Fluss in einen rechten und linken Arm teilte. Doch vielleicht existierte er nur dort, im Traum, in einer falschen Welt, dem Produkt seiner Phantasie. Oder die betreffende Stelle befand sich auf der anderen Seite des Planeten, Tausende von Kilometern entfernt.

An einem mit dem Fluss verbundenen Tümpel machte er Rast, reinigte seine Atemmaske, ohne die zweite zu verwenden, überprüfte die Systeme seines Einsatzanzugs, die von den Inhibitoren blockiert blieben, und fragte sich, ob er den Weg fortsetzen oder umkehren sollte. Was genau hatte ihn bewegt, Mrarl zu verlassen und stundenlang am Fluss entlangzuwandern, auf der Suche nach … Kora? War sie der Grund? Konnte er nach all den Jahren in den Vereinten Streitkräften wirklich so dumm sein, wegen einer einzelnen Person alle militärischen und strategischen Überlegungen über Bord zu werfen und allein aufgrund eigener Wünsche und Hoffnungen zu handeln? Den von ihm ausgebildeten Rekruten hatte er immer wieder eingeschärft, Persönliches wenn nicht ganz zu vergessen, so doch weit, weit in den Hintergrund zu schieben.

Auf das große Bild kam es an, darauf hatte er immer wieder hingewiesen, auch und vor allem als Stratege. Man konnte den Krieg nicht gewinnen, nicht einmal einzelne Kämpfe und Schlachten, indem man das Schicksal von Individuen berücksichtigte. Es mochte eine schmerzhafte Erkenntnis sein, wenn man selbst davon betroffen war: Der Einzelne zählte nicht, oder nur dann, wenn ihm die Umstände eine Schlüsselrolle zuwiesen, wenn er sich an einer Stelle in Raum und Zeit befand, an der wichtige Entscheidungen für die Zukunft getroffen wurden.

Myra fiel ihm ein. Was hatte sie damals gesagt? *Ich fürchte, tief in dir ist etwas taub, Cameron.* Vielleicht stimmte das nicht ganz. Er hatte etwas nachgegeben, das sich dort verbarg, wo Myra Taubheit vermutet hatte. Ein Fehler?

Er war immer noch Admiral und Stratege der Vereinten Streitkräfte. Sein Blick, so sagte er sich, musste vor allem und in erster Linie dem großen Bild gelten.

Als er nachdenklich über den Fluss sah, der nach einigen hundert Metern in der Dunkelheit verschwand, ohne irgendein Anzeichen einer Gabelung, erinnerte er sich an Hudsons Hinweise. In bestimmten Teilen seines Gehirns veränderte sich die organische Struktur, und damit einher ging auch eine Veränderung des Denkens und Fühlens. Cameron versuchte, sich selbst zu betrachten, die eigenen Gedanken und Gefühle objektiv zu beurteilen, doch es gelang ihm nicht, den nötigen Abstand zu gewinnen.

Er aß etwas von den Nahrungskonzentraten, die er in einer Ausrüstungstasche des Einsatzanzugs bei sich führte, und war halb entschlossen, zu Mrarl zurückzukehren, als er eine leise Stimme hörte.

Mehrere Sekunden lang saß er steif und reglos, die rechte Hand aus einem Reflex heraus an den Kontrollen der Sensoren, die nicht mehr funktionierten. Er lauschte, und da war sie wieder, die kleine, leise Stimme, halb verloren im Rauschen des nahen Flusses.

Cameron richtete sich halb auf und spähte über die Felsen am Tümpel hinweg. Nirgends bewegte sich etwas in den Schatten.

Er steckte den angebissenen Proteinriegel ein und schlich am Rand des Tümpels entlang, dorthin, wo er sich wieder mit dem Fluss vereinte. Solange er in unmittelbarer Nähe des Ufers blieb, überlagerte das laute Rauschen alle von ihm verursachten Geräusche.

Kurze Zeit später hörte er es erneut: ein Wimmern, wie von einem weinenden Kind.

Cameron wandte sich vom Ufer ab und kletterte vorsichtig zwischen den Felsen, um sich in eine höhere Position zu bringen, von der aus er einen besseren Überblick hatte. Umgeben von tiefen Schatten hielt er Ausschau.

Das Wimmern wiederholte sich, und diesmal sah Cameron, woher es stammte: von einem kleinen Bündel in einem Kreis aus Steinen mit schwacher Lumineszenz. Das silbergraue Licht reichte gerade, um zu erkennen, dass es sich bei dem Bündel um ein Kind handelte, nicht älter als fünf oder sechs Jahre, nach der Größe zu urteilen. Mit den Armen und Beinen schien etwas nicht zu stimmen, sie ragten dünn und krumm aus einem schmutzigen Tuch, das den Leib bedeckte.

Die Steine bildeten nicht zufällig einen Kreis, das Muster war zu gleichmäßig. Jemand hatte sie so angeordnet und das Kind in die Mitte gelegt.

Ein menschliches Kind.

Cameron beobachtete, wie es mit den Beinen trat, wie die kleinen Hände in leerer, kalter Luft etwas zu greifen versuchten.

Es würde sterben, begriff er. Die Temperatur war noch immer recht niedrig, und das Tuch schien dünn zu sein, es schenkte sicher nicht genug Wärme. Außerdem wirkte das Kind sehr hilflos. Es würde erfrieren. Vielleicht ging sein Leben in diesen Sekunden zu Ende.

Cameron richtete sich auf und begann, in Richtung Ufer zurückzukehren, dorthin, wo das Kind im Steinkreis lag. Es brauchte Hilfe, und er konnte helfen.

Er war erst einige Meter weit gekommen, als er aus dem Augenwinkel eine Bewegung bemerkte. Etwas näherte sich aus den Schatten über dem Fluss, ein geflügeltes Wesen größer als ein Mensch, zunächst nur als dunkler Schemen erkennbar. Dann sah Cameron den dreieckigen Kopf mit den Augenringen, sah die Fühler und Gliedmaßen unter dem gewölbten Rückenpanzer.

Ein Honta.

Und sein Ziel war der Steinkreis mit dem Kind darin.

85

Cameron lief.

Er sprang über Steine hinweg, schwankte und kippte, wenn das Geröll unter ihm nachgab, stützte sich an Felsblöcken ab, setzte über Lücken hinweg, schätzte die Entfernung ab und gelangte zu dem Schluss, dass er das Kind kurz vor dem Honta erreichen würde, wenn er nicht stürzte.

Die Zeit würde nicht genügen, es hochzuheben und in Sicherheit zu bringen. Wenn es am Leben bleiben sollte – und er selbst mit ihm – musste er sich etwas einfallen lassen.

Es schien ein recht kleiner Honta zu sein, wenn die Perspektive nicht täuschte. An die Größe von Mrarl kam er nicht annähernd heran. Cameron schätzte ihn auf eine Länge von nur zwei bis drei Metern und die der Gliedmaßen auf etwa einen Meter.

Aus dem Gedächtnis flüsterte Grindel: *Wir schützen Menschen überall dort, wo wir sie schützen können. Und wir kämpfen überall dort, wo wir kämpfen müssen.*

Der Steinkreis war nur noch wenige Meter entfernt. Und dahinter kam der Honta angeflogen, die Flügel ausgebreitet. Kleine Lichter glühten in den Augenringen.

Das Kind war verstummt, als Cameron den Steinkreis erreichte. Er beugte sich darüber, und es lag still, die krummen Arme und Beine reglos. Zwei große, schiefe Augen sahen zu ihm auf.

Er holte sein Vibromesser hervor und hielt es so, dass der heranfliegende Honta es nicht sehen konnte. Die Klinge blieb scharf und spitz, erinnerte sich Cameron, auch wenn sie hier und jetzt wegen der Inhibitoren ebenso wenig vibrierte wie in seinem Traum.

Das Kind beobachtete ihn stumm.

Die Ruhe des Soldaten erfasste Cameron, die Gewissheit des Kampfes, die Reduktion der Welt auf den Gegner und ihn selbst. Alles andere spielte keine Rolle mehr, das Universum schrumpfte auf einen Durchmesser von wenigen Metern. Er hörte das Knistern der Flügel so deutlich wie mit den Sensoren, er sah aus dem Augenwinkel, wie der Honta die vorderen Gliedmaßen ausstreckte, nach dem Kind und auch nach ihm.

Das Messer ruhte zwischen seinen Fingern, wie eine Erweiterung der Hand. Er musste nicht zielen, er kannte Richtung und Entfernung. Es musste nur den richtigen Zeitpunkt abwarten.

Ein weiterer Flügelschlag …

Und da war er, der Gegner, der Feind, den es zu besiegen galt. Nah genug für die vorderen Gliedmaßen, ihn zu packen und zu zerreißen.

Nah genug für das Messer.

Cameron drehte Klinge und Hand, stieß das Messer zur Seite, während ihn die schiefen Augen des Kinds im Steinkreis stumm beobachteten. Es zitterte nicht mehr, obwohl es frieren musste, die krummen Arme und Beine bewegten sich nicht, es lag völlig reglos.

Ein fauliger Geruch erreichte Cameron durch die Atemmaske, als die Klinge, immer noch scharf und spitz, ihr Ziel erreichte. Mit einem deutlich zu hörenden Knacken und Knirschen bohrte sie sich in den zentralen Augenring des Honta und in die Nervenstränge dahinter.

Der Feind kreischte, und seine vorderen Gliedmaßen zuckten. Eine traf Cameron an der Seite und gab ihm einen heftigen Stoß. Er hielt das Messer fest, fügte der rechten Hand die linke hinzu und hielt die Klinge mit beiden Händen, als der Honta, getragen von seinem eigenen Bewegungsmoment, an ihm vorbeiflog und ihn mitriss, aus dem Steinkreis und fort vom stummen, reglosen Kind.

Der Feind, schwer verwundet, schlug noch einmal mit den Schwingen, als wollte er aufsteigen und Mensch und Messer abschütteln. Ein dünner Flügel streifte Cameron, aber seine Finger blieben um das Heft der Klinge geschlossen.

Er fiel zusammen mit seinem Gegner, Mensch und Honta stürzten einige Meter neben dem Steinkreis zwischen die Felsen. Die Krallen der mittleren und hinteren Gliedmaßen trafen Cameron, doch sie rissen nur die äußere Schutzschicht des Einsatzanzugs auf, ohne Haut und Fleisch darunter zu verletzen.

Der Honta zappelte, er wollte nicht sterben, obschon tödlich verletzt. Er klammerte sich am Leben fest, vielleicht auch am Wunsch nach Rache und Vergeltung, denn seine Krallen suchten nach einer Möglichkeit, den Körper des Menschen zu erreichen.

Das Messer glitt aus dem schleimigen Loch im zentralen Augenring, und Cameron stieß erneut damit zu, in den Hals dicht unter dem dreieckigen Kopf. Aus dem fauligen Geruch wurde ein Gestank, der Cameron trotz seiner Maske den Atem verschlug. Er nahm ihn als Zeichen des Sieges.

Die Krallen kratzten über harten Fels, sie bohrten sich in den Boden zwischen den Steinen und strichen durch leere Luft.

Schließlich blieb der Honta liegen und rührte sich nicht mehr. Unter seinem dreieckigen Kopf bildete sich eine Lache aus öligem Schleim.

Cameron richtete sich auf, das Messer in der rechten Hand. Die Atemmaske war verrutscht, er rückte sie wieder auf Mund und Nase.

Die geschrumpfte Welt wurde wieder größer, auch das Rauschen des Flusses, das ihn von Mrarl fortgelockt hatte, kehrte zurück, und mit neuer, klarer Deutlichkeit zeichneten sich die Bänder und Flecken der Lumineszenz in Felsblöcken ab. Zwischen ihnen lag der Honta, besiegt, die Flügel halb ausgebreitet.

Cameron stand da, die Sinne noch immer scharf wie die Klinge des Messers in seiner Hand. Er beobachtete den Honta und suchte nach Anzeichen von Leben, dazu bereit, den Kampf fortzusetzen.

Doch der Honta rührte sich nicht mehr, er war eindeutig tot.

Cameron atmete ruhiger durch die Maske vor Mund und Nase, und langsam wich die Anspannung aus ihm. Er sah an sich herab. Der Einsatzanzug wies mehrere Löcher auf, aber Cameron selbst war unverletzt. Der Soldat konnte den Kampf fortsetzen, sollte es notwendig werden.

Er drehte sich um, trat zum Steinkreis und betrachtete das Kind. Es steckte noch Leben in ihm, obwohl es sich nicht mehr regte. Cameron verstaute das Messer in der Ausrüstungstasche, bückte sich, schob beide Hände vorsichtig unter das Bündel und hob es hoch.

Das Kind wimmerte wieder. Cameron hielt es behutsam in den Armen. Er sagte nicht »Alles wird gut«, denn das wäre eine Lüge gewesen, es konnte nicht alles gut werden.

Als er den Steinkreis mit dem Bündel in den Armen verließ, teilte sich die Dunkelheit vor ihm. Mehrere Gestalten standen dort, klein, kaum anderthalb Meter groß, in Tücher gehüllt

Cameron hob das Kind. »Wir schützen Menschen überall dort, wo wir sie schützen können.«

JAKO

Cameron: 38, ∞
Garlomir

86

Überlebende, dachte Cameron, als er den Menschen folgte, die es recht eilig zu haben schienen und immer wieder nach oben sahen, in die Dunkelheit über dem Fluss. Nachkommen der Soldaten, die einst aufgebrochen waren, um den verlorenen Krieg auf Garlomir doch noch zu gewinnen.

Auch hier gab es eine Geschichte, die darauf wartete, erzählt zu werden. Eine Geschichte, die sich über einen kolossalen Zeitraum erstreckte, wie auch die anderen, über vierzig, fünfzig und vielleicht noch mehr Jahrmilliarden. Zeit genug für Sterne, um aus Gas- und Staubwolken geboren zu werden und ihr stellares Leben als Novä und Supernovä zu beenden. Zeit genug für Galaxien, miteinander zu kollidieren und zu verschmelzen.

Zeit genug für das Universum, sich so weit auszudehnen, dass es Galaxien zerriss und die Abstände zwischen den Sternen so groß wurden, dass ihr Licht in der kosmischen Dunkelheit verschwand. Dass es nach so enorm langer Zeit noch Menschen auf – oder in – Garlomir gab, war ein Wunder, wenn nicht im Grunde unmöglich. Vielleicht, überlegte Cameron, lag es daran, dass sich der Planet, wenn nicht gar der ganze Kugelsternhaufen, in einem Bereich veränderter Zeit befand.

Es war auch denkbar, dass ein Zusammenhang mit dem Erinnerer, Mrarls Bruder Mror, und den Splittern der Zeit existierte.

Sie waren klein, die fernen Nachfahren jener Soldaten, gerade einmal anderthalb Meter, mit überdimensionierten Augen und

Ohren, angepasst an die dunkle Welt im Innern von Garlomir, die Köpfe haarlos, die weiße Haut fast transparent. Ihre Gliedmaßen wirkten krumm, wenn auch nicht in dem Maße wie bei dem Kind, und die dicken, angeschwollenen Gelenke deuteten auf eine rheumatische Erkrankung hin.

Technisches Gerät irgendeiner Art gehörte offenbar nicht zu ihrer Ausrüstung. Angesichts der Inhibitoren hätten sie auch kaum etwas damit anfangen können.

Einer der Menschen war ihm nahe genug gekommen, um kurz und schnell den Einsatzanzug zu berühren, und anschließend hatte er knurrende, zischende Worte mit den anderen gewechselt. Cameron verstand natürlich nicht, was sie sagten; in all den Jahrmilliarden hatten diese Menschen ihre eigene Sprache entwickelt. Aber zwei Silben wiederholten sich mehrmals. Sie klangen wie »Ja-ko«.

Entartete, so hatte Mrarl die Honta und Menschen hier am Ende der Zeit genannt und damit, wie Cameron vermutete, sowohl den physischen als auch den psychischen Aspekt gemeint. Der Honta, den er getötet hatte, war klein gewesen und, das musste er zugeben, nicht so kräftig wie die Honta-Gegner seiner Zeit. Andernfalls wäre es ihm viel schwerer gefallen, ihn zu besiegen. Vielleicht handelte es sich um eine Rückentwicklung, aufgrund von Isolation und einer stark eingeschränkten genetischen Vielfalt.

Offensichtlich waren auch die Menschen von körperlicher Degeneration betroffen, und Cameron fragte sich, wie es um ihre Psyche bestellt sein mochte. Eins erstaunte ihn sofort: Niemand machte Anstalten, ihm das Kind abzunehmen, es wurde kaum beachtet.

Der ganz vorn zwischen den Felsen am Flussufer kletternde Mann – er schien älter zu sein als die anderen – verharrte plötzlich und hob eine knorrige Hand. Sofort blieben die anderen Menschen ebenfalls stehen und starrten in die Dunkelheit. Mehrere von ihnen hielten etwas bereit, das nach Steinschleudern aussah, und einer holte Pfeil und Bogen unter seinem dicken, umhangartigen Körpertuch hervor.

Einige hundert Meter entfernt teilte sich die Dunkelheit über dem Fluss, und fünf Honta erschienen, nicht viel größer als jener, den Cameron mit dem Messer getötet hatte. Dicht über den grauen Wellen schlugen sie mit den Flügeln, so schnell und kräftig, dass sich das Wasser unter ihnen kräuselte und zu schäumen begann.

Die Menschen zischten und fauchten aufgeregt. Eine junge Frau mit einem Gesicht, in dem sich deutlich die Wangenknochen abzeichneten, deutete auf das Kind in Camerons Armen und knurrte etwas.

Ein Steinkreis mit einem Kind darin, dachte Cameron. Eine Opfergabe? Forderte ihn die bleiche, hohlwangige junge Frau auf, das Kind den Honta zu überlassen?

»Nein«, sagte er laut und deutlich, die Stimme nur ein wenig von der Atemmaske gedämpft. »Wir schützen Menschen. Wir überlassen sie nicht dem Feind.«

Die kleinen Männer und Frauen, die ihm nur bis zur Brust ragten, knurrten und zischten in ihrer Sprache, die er nicht verstand. Das Kind hörte es und wimmerte leise. In einer demonstrativen Geste schlang Cameron schützend die Arme darum.

Der Ältere ganz vorn schnüffelte wie ein Tier, das Witterung aufzunehmen versuchte. Dann fauchte er etwas und huschte überraschend flink und agil zwischen den Felsen davon. Die anderen folgten ihm, und Cameron schloss sich ihnen an. Es entging ihm nicht, dass zwei in seiner Nähe blieben, klein wie die anderen, aber etwas kräftiger gebaut. Wächter?

Er hielt das Kind in den Armen, er legte es nicht ab, denn Menschen mussten geschützt werden, wenn sie geschützt werden konnten. Er war Admiral und Soldat, an erster Stelle Letzteres, er kämpfte für die Menschheit, seit Grindel ihn auf Harkonia adoptiert hatte. Er repräsentierte die Vereinten Streitkräfte der Liga selbst hier, in ferner Zukunft, am Ende der Zeit. Was auch immer die kleinen Menschen zischten und knurrten, er würde das Kind nur loslassen, um das Messer zu ziehen und gegen die heranfliegenden Honta zu kämpfen. Etwas anderes kam nicht in Frage, dafür fand sich kein Platz in seinem Denken und Fühlen.

Nur noch hundert Meter. Der Bogenschütze hielt seinen Bogen bereit, die anderen ihre Steinschleudern. Sie waren ebenfalls sehr flink, sprangen über die Steine zwischen den Felsblöcken und warfen dabei immer wieder Blicke in Richtung der Honta. Mit ihren großen Augen und Ohren sahen und hörten sie vermutlich besser als Cameron, für den es dunkel blieb, wenn auch nicht still. Er hörte das Klacken der Steine, das Zischen und Brummen der fremdartigen Menschen, das Rauschen des Flusses, der nun hinter ihnen zurückblieb, sogar das Knistern der Honta-Flügel.

Der Ältere blieb abrupt stehen, vor einem Stein, der wie eine Tafel aussah. Hinter ihm hielten sich die anderen bereit. Steinschleudern wurden gehoben, ein langer, dünner Pfeil auf die Sehne des Bogens gelegt. Cameron hielt das Kind im linken Arm und langte mit der rechten Hand nach dem Vibromesser.

In den dünnen Armen des älteren Mannes schien mehr Kraft zu stecken, als es den Anschein hatte. Es knirschte, die Steintafel bewegte sich, und eine schmale Öffnung zwischen zwei Felsen wurde sichtbar. Der kleine Mann duckte sich sofort hinein. Die Unbewaffneten folgten ihm unverzüglich, dann auch die Männer und Frauen mit den Steinschleudern. Zwei Bewaffnete, der eine mit einer Schleuder und der Bogenschütze, blieben rechts und links neben der Öffnung stehen, vermutlich dem Eingang einer Höhle, und der mit der Schleuder forderte Cameron mit einer ungeduldigen Geste auf, in die Lücke zwischen den Felsen zu treten.

Für die kleinen Menschen bot sie genug Platz, aber Cameron war ein ganzes Stück größer und musste sich durch den für ihn zu schmalen Durchlass zwängen, die Arme schützend um das still gewordene Kind geschlungen. Hinter ihm wurde der Zugang wieder mit der Steintafel verschlossen.

Dunkelheit umgab Cameron, erfüllt von den zischenden und knurrenden Stimmen der kleinen Menschen. Er wankte durch die Finsternis, das Bündel in seinen Armen vorsichtig an sich gedrückt. Es ging ziemlich steil nach unten, über einen Boden, der teilweise aus lockerem Geröll bestand.

Nach einer Weile erschienen erste matt leuchtende Streifenmuster in den nahen Felswänden, und in ihrem Licht konnte Cameron wenigstens erkennen, wohin er den Fuß setzte. Mehr Stimmen erklangen, von weiteren kleinwüchsigen Menschen in schmalen Nebengängen und kleinen Höhlen, an denen sie vorbeikamen. Einige schlossen sich ihnen an. Andere begnügten sich damit, den großen Cameron mit dem Kind in seinen Armen anzustarren und die beiden Silben zu brummen und zu knurren, die er schon einmal gehört hatte: Ja-ko.

Es wurde wärmer, spürte Cameron, und in dem Zwielicht, hervorgerufen durch Lumineszenz, waren sogar einige blasse Farben zu erkennen, braune und rote Töne an den zurückweichenden Wänden sowie blaue und gelbe Linien, zu Mustern angeordnet, die Cameron nicht zu deuten vermochte. Anders verhielt es sich bei den dünnen roten Strichen an den Wänden, die eindeutig kleine Humanoiden darstellten, die mit Steinschleudern, Speeren und Bögen gegen geflügelte Wesen kämpften, bei denen es sich vermutlich um Honta handelte.

Der lange Gang endete schließlich in einer großen Höhle mit einem Kreis aus glimmenden, leuchtenden Steinen, an dem einige Dutzend der kleinen Menschen saßen. Eine der Gestalten stand auf, eine uralt wirkende Frau, das weiße Gesicht voller Falten, die großen Augen trüb.

Mit kurzen, langsamen Schritten kam sie näher, blieb dicht vor Cameron stehen und blickte zu ihm hoch. Die trüben Augen schienen halb blind zu sein, aber offenbar sah sie genug, denn sie hob ihre schmalen Hände zu dem Bündel in Camerons Armen und sagte etwas, das traurig klang.

Das Kind war gestorben.

87

Zwei jüngere Frauen nahmen das tote Kind und trugen es fort. Cameron sah ihnen nach, bis sie in einem von vielen Tunneln verschwanden, die von der großen Höhle ausgingen.

Die Alte mit den trüben Augen ergriff Camerons Hand, drückte mit ihren dünnen Fingern fest zu und führte ihn zu dem Kreis aus leuchtenden Steinen. Dort bedeutete sie ihm, sich auf einen flachen Stein zu setzen, trat hinter ihn und legte ihm beide Hände auf die Schultern.

Cameron glaubte sich nicht in unmittelbarer Gefahr. Er blieb ruhig sitzen, auch als die Hände schwerer wurden und zudrückten wie zuvor die Finger. Die kleinen Menschen mochten tatsächlich kräftiger sein, als er zunächst angenommen hatte, aber er hielt sich für fähig, mit ihnen fertigzuwerden. Trotzdem blieb er wachsam und die rechte Hand in der Nähe des Messers.

Die Alte begann zu singen, mit rauer, krächzender Stimme, und die anderen Menschen, die Männer, Frauen und Kinder am großen Steinkreis, hörten zu, ohne sich zu bewegen. Das Licht der glühenden Steine gab Cameron Gelegenheit, einen besseren Eindruck von ihnen zu gewinnen. Sie waren alle kahlköpfig, hatten große Augen und Ohren, offenbar das Ergebnis von Anpassungen an ihren subplanetaren Lebensraum. Es gab Missbildungen – manche Augen schienen ein wenig schief zu sein, manche Nasen zu groß, manche Hälse zu kurz –, aber nicht annähernd in dem Ausmaß wie bei dem verstorbenen Kind. Hatte man es deshalb beim Fluss in einen kleinen Steinkreis gelegt und sich selbst überlassen? Weil es zu entstellt gewesen war, *zu* entartet?

Die Alte sang und sang, ihre Stimme wie brechendes Glas, die schmalen Hände schwer auf Camerons Schultern, und langsam veränderte sich etwas. Trotz des Filters in der Atemmaske nahm er einen sonderbaren Geruch wahr, nicht faulig wie der Blutschleim aus einer Honta-Wunde, aber modrig wie von einem nahen Sumpf.

»Ja-ko!«, rief eine der jüngeren Frauen im Steinkreis, und andere wiederholten den Ruf: »Ja-ko!«

Die Hände auf Camerons Schultern wurden leichter, die Finger drückten weniger fest.

»Ja-ko!«, krächzte die Alte und ließ ihn los. »Ja-ko!«

In der Luft lag etwas, ein Gewicht fast so deutlich zu spüren wie zuvor die Hände auf Camerons Schultern, und begleitet wurde es von einem Knistern, das ihn an Honta-Flügel erinnerte.

Seine rechte Hand kroch noch etwas näher zum Messer.

Einige Meter vor ihm in der Mitte des Steinkreises wuchs eine dünne Linie aus dem Boden, weiß wie Schnee. Sie wurde länger und länger, bis sie eine Höhe von etwa drei Metern erreichte. Licht ging von ihr aus, etwas heller als das der Steine.

Finger erschienen in halber Höhe, menschliche Finger, die aus der weißen Linie krochen, eine Lücke in ihr schufen und beide Seiten auseinanderdrückten. Den Fingern folgten Hände und Arme, schließlich die Gestalt eines Menschen, eines Mannes so groß wie Cameron, mit Augen grau wie Stahlkeramik.

»Ich grüße Sie, Cameron«, sagte der Mann auf Universal. »Ich bin Jako.«

ICH EXISTIERE NOCH

Hudson, ∞
Garlomir

88

Die Honta-Königin verließ die Höhle, aus der eine viele Meter hohe Statue ragte, ein versteinertes Geschöpf, das seit Jahrmilliarden wartete. Hinter Mrarl schien die Dunkelheit noch dichter zu werden, und zu hören war nur noch ein fernes Rauschen, das über den Hang kam, der einer Rampe ähnelte.

Auf dem steinigen Boden verstreut lagen die Reste eines zertrümmerten Simulacrums. Einer der kleinen silbernen Brocken zitterte, als wollte er zu neuem Leben erwachen.

Diagnose?

Basissysteme erstreckten sich im molekularen Bereich des Flexmetalls, aus dem das Simulacrum bestand, und Redundanz bedeutete, dass seine Grundkonfiguration in jeder einzelnen Zelle existierte, ausgestattet mit der Fähigkeit, zerstörte oder isolierte Bereiche wiederherzustellen und miteinander zu verbinden. Jede Basiszelle erinnerte sich an das größere Ganze und war bestrebt, es bei Beschädigungen zu erneuern.

Diagnose: Wir sind fragmentiert.

Energie?

Das Basissystem der Selbstreparatur kannte seine Aufgabe: Trotz der Funktionsbeschränkungen mussten wichtige Komponenten zusammengeführt werden. Doch um Einfluss zu nehmen auf die physischen Strukturen des Flexmetalls und für die Herstellung neuer funktionaler Verbindungen benötigte es Energie. Da keine geladenen Energiepakete zur Verfügung standen, begann es damit, der Umgebung Wärme zu entziehen.

Energie: Temperaturpumpe, langsam.

Sensoren?

Zur Grundprogrammierung der Basissysteme gehörte die Notwendigkeit der Informationsgewinnung, damit zwei wichtige Fragen beantwortet werden konnten: Was hat uns beschädigt? Und: Wie lassen sich zukünftige Beschädigungen dieser Art vermeiden? Entsprechende Daten konnten von Sensoren ermittelt werden. Die Basissysteme gaben ihrer Wiederherstellung Priorität.

Sensoren: Werden wiederhergestellt.

Kommunikation?

Die Selbstreparatur wusste, was es wie und wo zu reparieren galt, jede redundante Zelleinheit enthielt entsprechende Informationen. Aber zu einer Situationsanalyse war sie nicht imstande, dafür brauchte sie Substrate, damit die von den wiederhergestellten Sensoren ermittelten Daten möglichst schnell und präzise verarbeitet werden konnten.

Kommunikation: Signaleinheit wird rekonstruiert.

Gedächtnis?

Um die aktuelle Situation zu beurteilen, nachdem sie von den Sensoren festgestellt worden war, benötigten die Basissysteme Informationen darüber, was zu ihr geführt hatte. Sie brauchten Hinweise darauf, wie das Simulacrum mit seiner Umwelt interagiert und welche Gründe es für sein Verhalten gegeben hatte.

Gedächtnis: Memoriale Funktionen müssen wiederhergestellt werden.

Bewegung?

Die umfangreichen Beschädigungen des Simulacrums wiesen darauf hin, dass es sich an einem gefährlichen Ort befunden hatte und vermutlich immer noch befand. Um neue Beschädigungen nach der Wiederherstellung zu vermeiden, musste ein anderer Ort aufgesucht werden, der mehr Sicherheit bot. Für einen Lokationswechsel war jedoch Mobilität erforderlich.

Bewegung: Motorische Funktionen müssen wiederhergestellt werden.

Minuten vergingen, wurden zu einer Stunde und dann zwei. Die Temperatur in der Höhle mit der versteinerten Koryphäe sank, denn die Reparaturfunktion des von Mrarl zerschmetterten Simulacrums benutzte eine rudimentäre Wärmepumpe als Energiequelle. Einzelne silberne Fragmente verflüssigten sich, fanden als kleine Rinnsale zueinander und verschmolzen. Nach und nach entstand ein großer, noch amorpher Klumpen.

Strukturierung?

Die Sensoren meldeten eine nahezu vollständige Wiederherstellung der physischen Integrität. Die Masse war da, die einzelnen Teile waren wieder miteinander verbunden, aber sie brauchten Struktur, damit sie spezielle Funktionen wahrnehmen konnten.

Struktur: Funktionale Spezialisierung.

Eine weitere Stunde verstrich. Der silberne Klumpen zwischen den Steinen auf dem Boden bekam kleine Auswüchse, aus denen Arme, Beine und ein Kopf wurden. Der langsam entstehende Humanoide war etwas kleiner und breiter als zuvor, aber er konnte schließlich aufstehen und die Arme bewegen. Er hatte Mobilität zurückgewonnen und konnte mit einfachen Sensoren hören und sehen. Seiner Datenverarbeitungskapazität blieben enge Grenzen gesetzt, denn es gelang ihm nicht, einen Kontakt mit den Substraten des Angriffsjägers auf der Oberfläche des Planeten herzustellen.

Inhibitoren, erinnerten sich die memorialen Funktionen.

Warnung?

Es gab Vorrichtungen, mit denen sich die Koryphäen tief in Garlomirs Vergangenheit geschützt hatten, als Menschen den Weg hierher fanden, Soldaten mit dem Auftrag, der Menschheit doch noch zu einem Sieg im Kampf gegen die nichtlinearen Honta zu verhelfen. Mit Inhibitoren hatten sich Krarlrar und die sechs anderen Koryphäen vor Waffen geschützt.

Warnung: Die Wiederherstellung darf nicht vollständig sein, der Funktionsumfang muss auf ein Minimum beschränkt bleiben. Andernfalls drohen Systemausfälle.

Identität?

Die im Flexmetall redundant angelegten Basisdaten wiesen auf eine Identität hin, mit der Handlungsspielräume und Befugnisse verknüpft waren. Die Wiederherstellungsfunktionen restaurierten die betreffenden Datenbanken und fanden einen mit »Ich« verknüpften Namen.

Identität: Ich bin Hudson.

Der silberne Humanoide, der kleine Mann, stand still zwischen den Steinen, ein Winzling im Vergleich mit der neben ihm aufragenden riesigen Koryphäe. Er erinnerte sich an die Ursache seiner Beschädigungen: Die Honta-Königin, aus ihrer Starre erwacht, hatte seinen Simulacrum-Körper mit einer ihrer vorderen Gliedmaßen zertrümmert. Er erinnerte sich auch daran, dass sie etwas in sich trug, von ihm selbst eingepflanzt, und es stand in Zusammenhang mit einem wichtigen Auftrag. Er übermittelte seinen memorialen Funktionen eine Prioritätsanweisung.

Erinnerung?

Hier gab es ein Problem. Nicht alle Erinnerungen waren redundant gespeichert, vor Ausfällen und Verlusten geschützt. Manche ließen sich nur durch einen Kontakt mit den Substraten des Angriffsjägers wiederherstellen, und unter den gegenwärtigen Umständen war eine Verbindung nicht möglich. Das neue alte Selbst namens Hudson versuchte herauszufinden, was es mit den von ihm eingepflanzten Objekten im Körper der Honta-Königin auf sich hatte und welche Anweisungen sich darauf bezogen

Erinnerung: In der memorialen Datenbank suchen, den Inhalt sortieren und nach Wichtigkeit ordnen.

Erkenntnis?

Die wichtige Erinnerung, nach der Hudson gesucht hatte, betraf keine klare Anweisung, sondern eine Autorisierung. Sie betraf drei Objekte im Leib der Honta-Königin, Schmerzstimulatoren und eine Bombe. Admiral Cameron hatte ihm die Befugnis erteilt, die Bombe zu zünden, wenn der Admiral nicht selbst dazu in der Lage war und er, Hudson, es für richtig hielt, Mrarl zu töten.

Erkenntnis: Ich habe einen Auftrag.

Nach vier Stunden setzte sich der kleine silberne Humanoide in Bewegung, kletterte im Dunkeln über Steine und entfernte sich von der riesigen versteinerten Koryphäe. Er war sehr langsam, weil die Energieströme in seinem Innern nicht über ein gewisses Niveau steigen durften. Andernfalls drohte ein von den Inhibitoren ausgelöster Systemkollaps.

Am Hang, der weiter in die Tiefe führte und einer Rampe ähnelte, kam er etwas schneller voran. Die neuen Sensoren waren von einer besonders einfachen Art und halfen bei der Orientierung, lieferten ansonsten aber kaum Daten.

Hudson konnte nicht besonders weit sehen und nur schlecht hören. Es ließ sich nicht ausschließen, dass er Gefahren zu spät bemerkte und dadurch riskierte, erneut schwer beschädigt zu werden. Auch aus diesem Grund fasste er einen Entschluss, den er tief in seinen Basissystemen verankerte, damit er auch bei größeren Funktionsstörungen in die Tat umgesetzt wurde.

Die rekonstruierte Signaleinheit war bereit.

Sie sollte das Zündsignal für die Bombe senden, sobald sich die Honta-Königin in Reichweite befand.

FREUNDE

Cameron: 38, ∞
Garlomir

89

Die weiße Linie, die sich mitten im Steinkreis gebildet und geöffnet hatte, wurde breiter und heller, als Cameron einen Schritt vortrat und damit eine andere Welt erreichte. Das weiße Licht umfing ihn und ließ die Höhle mit den kleinwüchsigen Menschen verschwinden.

Er fand sich in einem Raum wieder, der ihm wie ein altertümlicher Salon erschien, eingerichtet mit Möbeln, offenbar aus Synth, das dunklem altem Holz nachempfunden war. Auf der einen Seite ragten Regalschränke mit Datenträgern aller Art, unter ihnen analoge Bücher, bis zur hohen, verzierten Decke. Auf der anderen zeigten sich zweidimensionale gemalte Bilder, die sehr ernst wirkende Männer und Frauen zeigten, mit buntem Haar und Brokatgewändern.

Der Mann namens Jako breitete die Arme aus und lächelte. »Gefällt es Ihnen?«

In der Mitte des Salons stand ein runder Tisch mit mehreren gepolsterten Sesseln. Cameron trat zu einem davon und strich mit den Fingerkuppen über die Rückenlehne. Kein Synth, stellte er fest. Bestanden die Möbel etwa aus echtem Holz?

»Wer sind Sie?«, fragte er. »Und was ist das für ein Ort? Wo befinden wir uns?«

»Meinen Namen habe ich Ihnen bereits genannt. Ich bin Jako.« Der Mann lächelte erneut und ging zum Fenster hinter dem runden Tisch. »Wie wär's mit etwas frischer Luft, Cameron? Übrigens, hier brauchen Sie Ihre Atemmaske nicht.« Er öffnete das Fenster, und herein strömte nach Meer und Salz riechende Luft. Der Mann stand dort, schloss die Augen und atmete tief durch. »Ah. Wundervoll, nicht wahr?« Er winkte. »Kommen Sie, Cameron, kommen Sie. Hier gibt es nichts zu befürchten.«

Cameron trat langsam um den Tisch herum. Der Mann war so groß wie er selbst, schien jedoch ein paar Jahre älter zu sein, etwa Mitte vierzig. Er hatte kurzes dunkles Haar, und in seinem Gesicht stimmten die Proportionen: die Stirn nicht zu flach, Augen und Nase nicht zu groß, der Mund eine gerade Linie.

Er trug eine Hose-Jacke-Kombination fast im gleichen Grau wie seine Augen, aber es schien keine gewöhnliche Kleidung zu sein, denn bei ihren Details – zum Beispiel bei Knöpfen und Knopflöchern der Jacke und bei den Mustern des Hosenstoffs – kam es immer wieder zu subtilen Veränderungen. Ein minimalistischer Sepia-Effekt?

Im Salon war es so warm, dass Cameron die etwas kühlere Luft als angenehm empfand. Er nahm die Atemmaske ab und steckte sie in die Ausrüstungstasche.

Er hörte ein Rauschen, und als er beim Fenster ankam, sah er, dass es nicht von einem Fluss stammte, sondern von einem bis zum fernen Horizont reichenden grünblauen Meer. Das Haus mit dem Salon stand auf einer Klippe. Unten, dreißig oder vierzig Meter entfernt, rollten Wellen und brachen sich an Felsen.

Cameron blickte nach oben. Ein wolkenloser blauer Himmel wölbte sich über Meer und Klippe, erhellt nicht von einem Roten Zwerg, sondern von einem gelbweißen Stern.

»Ich komme oft hierher«, erzählte Jako in einem jovialen Tonfall. »Weil ich das Meer und die Abgeschiedenheit liebe. Manchmal lese ich eins der alten Bücher dort.« Über die Schulter hinweg zeigte er mit dem Daumen auf die Regalschränke. »Oder ich sitze draußen auf der Terrasse und denke nach, über die Zeit, den Kosmos und das Leben. Nachts ist der Ausblick noch viel eindrucksvoller. Der Orionnebel nimmt mehr als die Hälfte des Himmels ein, in klaren Nächten kann man ihn in seiner ganzen bunten Pracht bewundern.«

»Der Orionnebel«, wiederholte Cameron leise.

»O ja, hier und *jetzt* gibt es ihn noch«, sagte Jako versonnen. »Nur etwas mehr als tausend Lichtjahre trennen uns von der Erde, und das Universum ist voller Sterne und Galaxien. An diesem Ort schreiben wir das Jahr 2250, soweit ich das feststellen konnte. Das Artefakt auf Pluto im Sol-System wurde noch nicht geöffnet, das erste Hypersignal noch nicht ausgelöst. Die Menschen sind noch voller Hoffnung und glauben an eine große Zukunft in der Milchstraße. Sie ahnen nicht, dass ihnen die Zukunft einen Krieg bringen wird, den sie schließlich verlieren werden. Und die Antwort auf die Frage, die Sie mir jetzt stellen wollen, lautet Nein.«

Cameron sah ihn an und schwieg.

»Sie möchten vermutlich wissen, ob es möglich ist, zum Pluto zu fliegen und die Öffnung des Artefakts zu verhindern«, fuhr Jako fort. »Ich habe keine Möglichkeit dazu gefunden. Aber – und da will ich ganz ehrlich sein – ich habe auch nicht sehr intensiv danach gesucht.« Er seufzte, doch es klang alles andere als schwermütig. »Was vielleicht daran liegt, dass ich mit meiner Situation recht zufrieden bin. Ich meine, ich bin nicht annähernd so schlimm dran wie die Menschen, denen Sie in den Höhlen von Garlomir begegnet sind.«

Es gab viele Fragen, die Cameron stellen wollte, und eine von ihnen lautete: »Wer sind Sie?«

Der Mann lächelte erneut. »Meinen Namen kennen Sie bereits. Ich bin Jako, Reisender in Zeit und Raum. Ich bin zehntausend Jahre alt. Oder vielleicht auch hunderttausend oder eine Million, ich erinnere mich nicht genau.«

90

Jakos Kleidung veränderte sich wieder. Die Jacke bekam einen zusätzlichen Knopf, das dünne und dezente Streifenmuster der Hose erhielt weitere Linien. Auch Kopf und Gesicht zeigten Veränderungen. Cameron beobachtete, wie sich einige helle Streifen im dunklen Haar bildeten, die Wangen etwas voller wurden und die Augen einen anthrazitfarbenen Ton gewannen.

Der Mann deutete durch den Salon. »Wenn Sie wissen möchten, ob ich dieses Haus gebaut habe ...« Er schüttelte den Kopf. »Nein, ich habe es gefunden. Ich nehme an, es stammt von einem meiner Vorgänger. Inzwischen haben Sie sicher von den Soldaten gehört, die damals – beziehungsweise in weiter, weiter Zukunft, von diesem Ort aus gesehen – nach Garlomir kamen, in einem letzten, verzweifelten Versuch, doch noch einen Sieg gegen die Honta zu erringen. Einige von ihnen müssen den Weg gefunden haben, den auch ich fand. Ob sie so alt wurden wie ich, weiß ich leider nicht. Es könnte durchaus sein, dass der eine oder andere von ihnen Freundschaft mit einem der Helfer schloss, so wie ich. Wie dem auch sei, ich habe nach ihnen gesucht, sie aber nicht gefunden. Vielleicht gibt es irgendwo einen Mechanismus, der verhindert, dass ich ihnen begegne.«

»Die Inhibitoren ...«, begann Cameron.

»Ja, könnte sein«, unterbrach ihn Jako. »Die von den Koryphäen installierten Inhibitoren, die Waffen und Ausrüstung jener Soldaten neutralisiert haben. Ich nehme an, sie wirken sich auch in den Welten abseits von Garlomir aus.«

»Sie nehmen es an?«, erwiderte Cameron. »Wenn Sie wirklich eine Million Jahre alt sind, hatten Sie dann nicht Zeit genug, es herauszufinden? Und wie konnten Sie so alt werden?«

»Es wäre auch denkbar, dass es in der Geschichte des Erzählers keinen Platz für Begegnungen mit meinen Vorgängern gibt«, sagte Jako. »Solche Möglichkeiten lassen sich nie ganz ausschließen.

Manche Welten könnten wie Kapitel und Episoden sein, die der Erzähler zwar in Erwägung gezogen, seiner großen Geschichte aber nicht oder vielleicht noch nicht hinzugefügt hat. Was mein Alter betrifft … Allein hätte ich es sicher nicht geschafft, so alt zu werden, ob hunderttausend Jahre oder eine Million. Die Freundschaft hat mir geholfen.«

»Die Freundschaft«, murmelte Cameron. So jovial und freundlich sich Jako auch gab, in seinen Augen lag etwas Fremdartiges, ein kalter, scharfer Beobachter, der alles sah und hörte, wie es Mrarl vielleicht genannt hätte. Ein berechnendes, kalkulierendes Etwas, das sich eine menschliche Maske gegeben hatte.

Jako war kein gewöhnlicher Mensch, wenn er denn überhaupt ein Mensch war, das hatte Cameron sofort gespürt und erkannt. Für einen von den Honta Übernommenen hielt er ihn nicht, aber es gab etwas anderes in ihm, das über seine menschliche Natur hinausging, etwas, das ihn unberechenbar machte. Sein Lächeln war falsch, die Freundlichkeit Tarnung. Der Stratege in Cameron vermutete verborgene Pläne, und der Soldat erhöhte seine Wachsamkeit.

»Ein Mensch allein«, sagte Jako in dozierendem Ton, »kann nicht so lange leben wie ich. Und selbst wenn er es könnte, er wäre nicht imstande, die Türen zu so vielen Welten zu öffnen, wie ich besucht habe. Es waren Hunderte, Tausende, vielleicht noch viel mehr. Für all das braucht man einen guten, mächtigen Freund.«

»Wo ist er, Ihr Freund?«, fragte Cameron, die rechte Hand wieder in der Nähe des Vibromessers. »Zeigen Sie ihn mir!«

»Sie möchten ihn sehen?«

»Ja!«

Jako breitete die Arme aus. »Er war die ganze Zeit über hier! Er befand sich die ganze Zeit über direkt vor Ihren Augen!«

Die Jackenärmel verwandelten sich in graubraune Hautlappen. In der Mitte öffnete sich die Jacke und gab den Blick frei auf eine schmale, schneeweiße menschliche Brust, durchsetzt von dünnen Linien rot wie Blut. Im Gesicht metamorphierte die menschliche Haut zu elfenbeinfarbenen Schuppen, und in den Augen trat der fremde Beobachter deutlicher hervor, sein Blick geduldig wie der eines Reptils.

»Genug gesehen, *Cam?*«, fragte Jako.

Cameron dachte plötzlich an Esmine, die die Welt in sich getragen hatte, ihre Welt. Durch die Aufnahme lokaler DNS in ihr Genom war die kollektive Intelligenz der miteinander verbundenen Möbiusbäume von Boska zu einem Teil ihrer physischen und psychischen Existenz geworden. Ähnlichen Phänomenen war Cameron auf anderen Welten begegnet, die er im Auftrag des strategischen Korps aufgesucht hatte. Menschen waren über ihre menschliche Natur hinausgewachsen und zu Angepassten geworden, die in Symbiose mit fremden Lebensformen existierten.

Jako war in ein Geschöpf gehüllt, das über die Fähigkeit verfügte, seine Zellstruktur zu verändern und die Beschaffenheit anderer Materieformen nachzuahmen. Die roten Streifen, die sich auf der Brust gezeigt hatten, deuteten auf eine direkte Verbindung mit dem Wirtskörper hin.

Wie viel von dem einstigen Menschen war in der Symbiose übrig geblieben?, fragte sich Cameron, doch dann rückte etwas anderes in den Vordergrund.

»Wie haben Sie mich eben genannt?«

Jako lächelte. »Sie suchen jemanden, nicht wahr? Einen Menschen. Eine Frau, die Sie Cam genannt hat. Wenn ich mich nicht sehr irre, tragen Sie etwas bei sich, das von ihr stammt.«

Cameron fühlte plötzlich die Präsenz des Memo-Medaillons, das er seit damals immer bei sich trug.

»Möchten Sie Kora sehen?«, fragte Jako mit dem fremden Kalkül in seinen Augen.

Cameron nickte. »Ja«, sagte er, die Stimme plötzlich rau. »Bringen Sie mich zu ihr.«

91

Gewebelappen und Schuppen verwandelten sich wieder in Haut und Kleidung. Jako schloss das Fenster und ging mit langen Schritten am Tisch vorbei zu einer schmalen Tür neben einem Regalschrank. Sie wies ein mechanisches Schloss auf, bemerkte Cameron, außerdem eiserne Beschläge mit Schriftzeichen, von denen einige vage vertraut wirkten, denn sie ähnelten Universalsymbolen. Jako drehte den Schlüssel, öffnete die Tür, und helles Licht strömte ihnen entgegen.

»Ein Übergang«, erklärte Jako. »Ein Zugang, ein Tor, was auch immer. Kommen Sie, Cameron.« Er winkte.

Cameron zögerte vor dem warmen weißen Licht, in dem sich die Konturen eines anderen Raums abzeichneten. »Woher kennen Sie meinen Namen? Woher wissen Sie von Kora?«

»Ich habe Sie gesehen«, antwortete Jako in einem fast fröhlichen Ton. »Ich habe Sie beobachtet. Ich bin Jako, Reisender in Zeit und Raum.«

»Sie können sehen und beobachten, was in verschiedenen Zeiten geschieht?«, fragte Cameron.

»Ich zeige es Ihnen.« Jako winkte erneut. »Kommen Sie.«

Und damit trat er ins Licht und verschwand.

Cameron zögerte noch zwei oder drei Sekunden länger, bevor er ihm folgte. Etwas erfasste ihn und *zog*, und plötzlich befand er sich an einem anderen Ort, in einem großen Gewölbe, die hohe Decke von Säulen gestützt. In unregelmäßigen Abständen ragten rechteckige Blöcke aus dem Boden, wie Sarkophage mit Wänden aus Glas. Sie enthielten eine trübe Flüssigkeit in der Farbe von Grünspan, und darin schwamm etwas.

Jako näherte sich einem der Behälter. »Ich weiß nicht genau, wo und wann sich dieser Ort befindet, aber die verschlungenen Pfade der Zeit führen mich immer wieder hierher zurück.«

Er lächelte wieder und breitete die Arme aus. In der rechten

Hand hielt er einen Gegenstand, einen Stern aus dunklem Metall.

»Wo ist Kora?«, fragte Cameron.

Das Lächeln verschwand. »Nicht so ungeduldig. Bestimmte Wege müssen beschritten werden, auch wenn sie manchmal ein Umweg sind. Als Stratege der Vereinten Streitkräfte sollten Sie eigentlich wissen, dass man seine Ziele nicht immer direkt erreicht.« Er blieb neben einem der Behälter stehen und deutete hinein. »Hier schwimmen sie, die kleinen Helfer, und warten auf Freundschaft.«

Cameron näherte sich vorsichtig. Bewegung kam in die grünliche Flüssigkeit, die den Behälter zu drei Vierteln füllte.

»Es ist ganz einfach.« In Jakos Gesicht zeigte sich nicht mehr die Spur eines Lächelns. Das Fremde in seinen Augen glänzte kalt. »Nehmen Sie einen der Freunde, den Rest erledigt er. Vielleicht genügt es sogar, die Hand ins Bad zu strecken.«

Cameron trat noch einen Schritt näher und sah wurmartige Geschöpfe, grau wie Granit und etwa so lang und dick wie ein menschlicher Arm. Sie wanden sich träge, ohne erkennbare Sinnesorgane. Aber als Jako die Hand über den Rand des Behälters hielt, reagierten sie darauf, indem sie nach oben schwammen.

»Natürlich müssen Sie vorher das Ding ausziehen.« Jako deutete auf den lädierten Einsatzanzug mit seinen Rissen und Löchern. »Viel anfangen lässt sich damit ohnehin nicht mehr.«

Plötzlich knackte es im Lautsprecher des Helms, den Cameron zurückgeklappt in seinem Nacken trug. Er zog ihn wieder auf, um besser lauschen zu können, ließ das Visier aber hochgeklappt. Für ein oder zwei Sekunden hörte er das Knistern und Knacken von Statik. Ließ der Einfluss der Inhibitoren an diesem Ort nach? Wenn das tatsächlich der Fall war, welche Systeme des Einsatzanzugs konnten ihre Funktion wiederherstellen?

»Worauf warten Sie, Cameron?«, fragte Jako mit einer gewissen Schärfe in der Stimme.

»Was hat es mit diesen Geschöpfen auf sich?« Cameron ließ den Helm auf, klappte auch das Visier nach unten und versuchte, die Systeme des Einsatzanzugs zu reaktivieren.

»Es sind Freunde, habe ich das nicht bereits erklärt? Sie heilen Verletzungen, sie verbessern die Wahrnehmung, sie verlängern das Leben, o ja, sie machen es viel, *viel* länger, und sie helfen dabei, das schwere Gewicht der zahlreichen Jahre zu tragen. Ein solcher Freund ist immer da, wenn man ihn braucht.«

Cameron fragte sich, wer zu ihm sprach, der Mensch namens Jako oder das fremde Wesen, das ihn aus seinen Augen ansah.

»Sie wollten mich zu Kora bringen«, sagte er. Die Anzugsysteme reagierten nicht, der Helmlautsprecher war wieder stumm, das Visier zeigte keine Daten.

»Es ist ganz einfach ...«, begann Jako erneut.

Cameron trat einen Schritt zurück, die rechte Hand an der Ausrüstungstasche mit dem Vibromesser. Der Variator war vermutlich noch immer nutzlos.

»Kora«, sagte er. »Bringen Sie mich zu ihr.« Dann fügte er hinzu: »Wir kehren später hierher zurück, damit ich einen Freund auswählen kann.«

Eine wellenförmige Bewegung ging durch das Gesicht des Mannes, der von sich behauptete, vielleicht eine Million Jahre oder noch älter zu sein. Sie erfasste auch Jacke und Hose und veränderte die Struktur der scheinbaren Kleidung.

»Sie wissen nicht, was Sie versäumen«, entgegnete Jako leise.

Cameron schwieg und wartete.

Jako wandte sich von dem Behälter mit den wurmartigen Wesen ab, hob das sternförmige Objekt in seiner Hand und drehte es zwischen den Fingern, woraufhin eine weiße Linie zwischen zwei Säulen entstand. Er schob die freie Hand hinein und zog die weiße Linie auseinander. Licht gleißte ins Gewölbe mit den sarkophagartigen Behältern, so hell, dass Cameron geblendet die Augen zusammenkniff.

Diesmal trat Jako ohne ein Wort ins weiße Strahlen, und Cameron folgte ihm sofort.

92

Ein Funkeln und Glitzern umgab Cameron, nicht annähernd so grell wie zuvor das weiße Licht. Doch es blieb ohne Gestalt, ohne Konturen, ohne die klaren Umrisse eines neuen Orts.

»Es tut mir leid«, tönte eine Stimme aus dem matten Leuchten, das ihn ganz umschloss. »Ja, es tut mir aufrichtig leid. Ich bedauere, was ich tun muss. Nach all der Zeit wäre menschliche Gesellschaft sehr angenehm gewesen. Aber Sie sind ein Störfaktor, Admiral Cameron. Ich habe es in den Splittern gesehen, ich habe immer wieder Hinweise darauf gefunden. Sie hätten einen Freund akzeptieren sollen, dann wäre alles einfacher gewesen.«

»Splitter?«, wiederholte Cameron und drehte den Kopf von einer Seite zur anderen. Wohin er den Blick auch richtete, überall schimmerte es, an manchen Stellen mehr als an anderen. »Sie meinen die Splitter der Zeit.«

»Was sonst?«, erwiderte Jakos Stimme. »Die verschlungenen Pfade, von denen ich gesprochen habe.«

Cameron versuchte, den Ursprung der Stimme zu lokalisieren. Sie schien von überall zu kommen.

»Ich bin durch Zufall hineingeraten«, erklärte Jako. »Wie und wann, daran erinnere ich mich nicht mehr. Vielleicht war es eine zu schwere Erinnerung, von deren Last mich der Freund befreit hat. Nun, andere starben. Die Nachfahren der Soldaten, die einst nach Garlomir gekommen sind, fielen den Honta zum Opfer oder verirrten sich in den Zeiten und Räumen des Erzählers. O ja, ich weiß auch von ihm, und ich sehe die von ihm gesponnenen Fäden, wie sie durch die Raum-Zeit reichen und manchmal Knoten und Knäuel bilden. Ich sehe sie mit den Augen des Freunds. Er könnte sie anders erzählen, seine große Geschichte. Darum geht es Ihnen, nicht wahr? Deshalb sind Sie hier.«

»Wo ist Kora?«, fragte Cameron.

»Ich kenne beide Geschichten, die alte wie die neue«, fuhr Jako fort, ohne auf die Frage einzugehen. »Ich kann zwischen ihnen wechseln, ich kann die Welten und Zeiten besuchen, die mir gefallen, der Kompass zeigt mir den Weg. Wussten Sie, dass die Menschen damals, nach der Zerstörung der Erde, in die Große Magellansche Wolke flohen? Sie hofften, dort Welten zu finden, die von den Honta verschont blieben. Sie hatten nicht begriffen, dass sie Teil einer Geschichte waren und dass die Honta wussten, was geschehen würde. Wohin die Überlebenden auch flohen, der Feind folgte ihnen. Es gab kein Entrinnen.«

Cameron dachte daran, was Mrarl ihm erzählt hatte. Es gab eine Chance, eine letzte kleine Chance. Vorausgesetzt, die Honta-Königin hatte ihm die Wahrheit gesagt. Es fiel ihm noch immer schwer zu glauben, dass das Erzählen einer Geschichte, auf welche Art auch immer, direkten Einfluss auf die Realität des Universums haben konnte. Man brauchte einen nichtlinearen Verstand, um es zu verstehen, darauf hatte Mrarl immer wieder hingewiesen, aber ihre wirr und abstrus klingenden Worte konnten Teil eines Plans sein, argwöhnte der Soldat und Stratege.

»Sie denken jetzt daran, was Ihnen die Honta-Königin erzählt hat, mit der Sie nach Garlomir kamen, nicht wahr?«, tönte es aus dem Glanz um ihn herum. »Sie hoffen, die große Geschichte verändern, den Krieg wegerzählen zu können. Aber davon wäre auch mein Leben betroffen. Das Leben von Jako und seinem Freund.«

Cameron trug weiterhin den Helm, auch wenn sich auf dem Visier weiterhin keine Daten zeigten. Im Notfall hätte er ihn nicht vor dem Erstickungstod oder giftigen Gasen geschützt, denn Luft drang durch die Löcher und Risse seines Schutzanzugs, Luft, die offenbar genug Sauerstoff enthielt. Er stand auf etwas Festem, obgleich er unter den Stiefeln des Einsatzanzugs nur Leere erblickte.

»Manche Welten sind zugänglich, man kann sie betreten und anfassen«, sprach Jako, dessen Stimme noch immer aus dem glitzernden Nichts kam. »Andere sind nur Bilder, man kann sie betrachten, mehr nicht. Vielleicht hat es etwas mit der Intensität der Geschichte zu tun, ich weiß es nicht. Oder ich habe es vergessen.« Die Stimme veränderte sich. »An manche Dinge erinnere ich mich nicht, vielleicht deshalb, weil in meinem Gedächtnis einfach nicht genug Platz ist. Ich kann reisen, Cameron. Ich kann reisen, fühlen und schauen. Und was noch wichtiger ist: Ich behalte immer die Orientierung, ich verirre mich nie. Das Universum steht mir offen, mit all seinen Zeiten und Möglichkeiten. Was kann man sich mehr wünschen? Es ist ein Leben, das mir gefällt. Ich möchte es weiterführen, noch einmal eine Million Jahre. Oder noch viel länger. Ich möchte am Leben *bleiben.*«

Cameron begann zu verstehen. »Sie denken an sich.«

»Natürlich denke ich an mich. Dies ist *mein* Leben. Ich möchte es nicht verlieren.«

»Sie stellen Ihr Leben über das Schicksal der ganzen Menschheit?«

Im weißen Funkeln erschienen dünne Linien, und für einige wenige Sekunden bildeten sie die Umrisse eines Gesichts. Das Joviale und Freundliche war ganz daraus verschwunden.

»Ich bin unsterblich, Cameron. Haben Sie eine Vorstellung davon, was das bedeutet? Emotional und intellektuell? Vielleicht könnte ich nicht einmal durch Selbstmord sterben. Der Freund bewahrt mich vor dem Tod.«

Das Gesicht verschwand wieder. Das Schimmern trübte sich ein wenig, und Cameron gewann den Eindruck von Bewegung.

»Viele, viele Jahre lang habe ich nach der Heimatwelt der Freunde gesucht«, erklang Jakos Stimme. »In der Milchstraße und ihren Satellitengalaxien, vor allem in der Großen Magellanschen Wolke,

Zuflucht der damaligen Überlebenden. In den ersten Jahrtausenden nach dem Exodus, wie die Menschen die Flucht der Überlebenden des Krieges nannten, bin ich auf Klondar, Muab, Desenza und Karatoa gewesen, den wichtigsten neuen Welten der Geflohenen. Nicht einer der dortigen Menschen bekam Gelegenheit, Freundschaft zu schließen, aber in den Datenbanken der Flüchtlinge erhoffte ich mir Hinweise auf seltsame ›Infektionen‹ oder neue ›Angepasste‹, über Menschen, die länger lebten als andere.«

Cameron wartete und beobachtete die Veränderungen im Schimmern. Das Gefühl von Bewegung wurde noch deutlicher.

»Ich habe sogar bei den Denkern gesucht, die nicht wahrhaben wollen, dass ihre Gedanken von der Geschichte abhängig sind«, erzählte Jako. »Aber auch dort fand ich keine Spuren.«

Stille folgte den letzten Worten.

»Und dann?«, fragte Cameron schließlich.

»Oh, verzeihen Sie, Cameron.« Jakos Stimme klang tatsächlich entschuldigend. »Ich musste den richtigen Weg finden, was trotz Kompass nicht ganz einfach ist. Es tut mir leid, Ihre Geduld so sehr auf die Probe zu stellen, aber wir sind gleich da.«

»Wo sind wir gleich?«, fragte Cameron.

Ein kurzes Lachen ertönte aus dem weißen Glanz. »Lassen Sie sich überraschen. Ich habe einen Ort gewählt, den Sie gut kennen. Nun, was die Freunde betrifft ... Es ist eine interessante Geschichte innerhalb der weitaus größeren, nur eine winzige Episode. Durch Zufall fand ich am Rand der Großen Magellanschen Wolke einen eher unwirtlichen Planeten mit einem gestrandeten Flüchtlingsschiff. Es gab Überlebende, und raten Sie mal, wem einige jener Menschen ihr Überleben verdankten?«

Cameron hörte stumm zu und versuchte, den subtilen Veränderungen im Schimmern einen Hinweis darauf zu entnehmen, wohin ihn Jako brachte.

»Genau, den Freunden«, sprach Jako. »Es gab einige von ihnen auf dem abgelegenen Planeten, der Tegali hieß, wenn ich mich richtig erinnere. Und es gab dort auch Hinterlassenschaften der Xon, einer galaktischen Hochkultur, die ihre Blütezeit eine Million Jahre vor der Menschheit erlebte, wie Sie zweifellos wissen. Ich fand heraus, dass es die Xon waren, die die Freunde erschaffen hatten, vielleicht in der Hoffnung, dadurch länger zu leben und den Untergang ihrer Zivilisation zu verhindern. Aber etwas ging schief. Sie starben, sie alle.«

Die Xon, dachte Cameron. Er erinnerte sich an seine Tochter Miriam und eine Partnerin namens Myra.

Wieder bildeten sich Linien im weißen Funkeln. Die Umrisse von Gebäuden?

»Ein versprengtes Schiff der Vereinten Streitkräfte fand Tegali und rettete die Überlebenden«, setzte Jako seine Schilderungen fort. »Es brachte Informationen über die Freunde zum Oberkommando und dem strategischen Korps, und ich nehme an, dass sie dazu beitrugen, einen besonderen Plan zu entwickeln. Sehen Sie, wie sich der Kreis schließt, Cameron?«

Dessen Blick galt den Linien, und er stellte fest, dass das Gefühl von Bewegung langsam schwand.

»Einige der Soldaten, die nach Garlomir aufbrachen, zum Erzähler, wurden mit Freunden versehen«, erklang wieder Jakos Stimme. »Nicht alle von ihnen vertrugen es gut. Einige starben, für die Freundschaft ebenso ungeeignet wie die Nachkommen der Soldaten, die Sie in den Höhlen von Garlomir kennengelernt haben. Es sind bedauernswerte Geschöpfe, im wahrsten Sinne des Wortes in der Zeit verloren. Ich helfe ihnen, so gut es geht, und ich fürchte, inzwischen bin ich fast so etwas wie eine Gottheit für sie. Oh, ich habe versucht, sie mit den Freunden vertraut zu machen, aber in ihrem Fall bedeutet es nicht Leben, sondern Tod. Sie, Cameron, Sie wären geeignet, da bin ich mir sicher. Die anderen Soldaten, bei denen die Freundschaft gelang … Ach, einige verloren den Verstand. Einen von ihnen habe ich getroffen, in seiner kleinen Welt, durch die er seit Äonen vagabundiert, ohne sterben zu können, seine Gedanken wirr, das Gedächtnis leer. Zwei oder drei weitere sind verschwunden. Ich habe Spuren von ihnen gefunden, aber ich weiß nicht, was aus ihnen geworden ist. Das Universum ist kolossal groß, mit Welten ohne Zahl. Ich nehme an, irgendwo fanden sie eine, die ihnen gefiel, und beschlossen, dort ihr langes Leben zu verbringen, ohne den Krieg.«

Kein Soldat würde so etwas tun, dachte Cameron. »Warum erzählen Sie mir das alles?«

»Um Ihnen eine Vorstellung davon zu vermitteln, worauf Sie verzichten«, antwortete Jako. »Wünschen Sie sich nicht Frieden und ein langes Leben? Sie könnten beides bekommen. Denken Sie darüber nach, ich gebe Ihnen Gelegenheit dazu. Eben habe ich einen Kreis erwähnt, der sich schließt. Hier ist noch einer für Sie persönlich. Denken Sie nach, überlegen Sie gut. Vielleicht kehre ich später noch einmal zu Ihnen zurück, für den Fall, dass Sie Ihre Meinung ändern.«

Das weiße Schimmern wich Bäumen und Büschen, einem nahen Fluss, sein ruhig fließendes Wasser in der Farbe von Türkis. Einfache Häuser aus Synth erhoben sich unweit des Ufers, die Vorboten einer nahen Stadt.

Cameron stand im wadenhohen Gras, noch immer in seinem beschädigten Einsatzanzug, und beobachtete mehrere Kinder, die am Fluss spielten, unter ihnen ein Junge, der vertraut wirkte.

Die anderen Kinder bemerkten Cameron nicht, obwohl er nur wenige Meter entfernt stand, sie schienen ihn nicht zu sehen. Der Knabe aber, etwa sieben Jahre alt, blickte von den bunten Steinen auf, die er am Flussufer zu einem sternförmigen Muster angeordnet hatte, und Erstaunen zeigte sich in seinem glatten Gesicht. Er öffnete den Mund, um etwas zu sagen, doch plötzlich ertönte von einem der Häuser die Stimme einer Frau.

»Cameron!«, rief sie. »Komm her, Cam, komm zu mir!«

Der Junge sprang auf und lief, aber Cameron wusste, dass er nicht schnell genug sein würde.

Er befand sich auf Harkonia des Jahres 3233 Terrastandard. Dies waren die letzten Minuten vor dem verheerenden Angriff der Honta. Er hatte gerade sich selbst und seine Mutter gesehen.

EINE WELT BRENNT

Cameron: 38, 12. Februar 3233 Terrastandard

Harkonia im Anka-System, 8714 Lichtjahre von der Erde entfernt

93

Die Welt brannte, der Himmel stand in Flammen, das Wasser des nahen Flusses war verdampft.

Cameron stand in heißer Asche, die ihn nicht erreichen, nicht verbrennen konnte. Er sah, wie Häuser und Menschen dem Feuer zum Opfer fielen, das Honta-Schiffe vom Firmament regnen ließen. Das grelle Licht von Explosionen traf seine Augen, ohne sie zu blenden, und er hörte ihr gewaltiges Donnern, ohne taub zu werden. Zu Passivität verurteilt, wurde er Zeuge, wie eine ganze Welt starb.

Es kostete ihn viel Willenskraft, sich zu bewegen. Er musste sich ganz darauf konzentrieren, einen Fuß vor den anderen zu setzen.

Es blieben keine Abdrücke in Staub und Asche zurück, er hinterließ keine Fußspuren, obwohl er etwas unter den Stiefeln spürte, das ihnen Halt gab.

Langsam näherte er sich dem Jungen, den er zuvor am Fluss gesehen hatte. Er hockte neben den Resten der großen Statue, die an die Besiedlung von Harkonia vor fünfhundert Jahren erinnerte, während hinter ihm die Häuser der Stadt in funkenstiebender Glut versanken.

Der Knabe schien nicht zu begreifen, was um ihn herum geschah. Er hielt eine heiße, verbrannte Hand und starrte ins Leere.

Cameron erinnerte sich an damals, an das andere, sieben Jahre junge Leben. Er erinnerte sich daran, die Hand seiner Mutter gehalten zu haben, obwohl sie ihm die Finger versengte. Und er erinnerte sich daran, eine seltsame Gestalt gesehen zu haben: einen Soldaten in einem zerrissenen, löchrigen Einsatzanzug. Er erinnerte sich daran, dass er still dagestanden hatte, jener Mann, ein stummer Beobachter umgeben von Chaos, das Gesicht unter dem Helmvisier verborgen.

Er erinnerte sich auch, dass eine zweite Gestalt erschienen war, nicht reglos wie die erste, ein Soldat mit einem großen Variator in der Hand, ein Kommandant der Vereinten Streitkräfte.

Diese zweite Gestalt näherte sich nun, trat auf den Jungen zu, und Cameron bemerkte, dass er selbst stehen geblieben war, wie erstarrt dastand.

Am Horizont gleißte es, und es folgte das Donnern einer Explosion, so heftig, dass der Boden erzitterte und sich ein weiteres Stück aus der Gedenksäule löste. Cameron sah und hörte die Explosion, ohne das von ihr ausgelöste Beben zu spüren.

Der Soldat im Kampfanzug, ein Kommandant, sprach mit dem Jungen, er forderte ihn auf, die verbrannte Hand seiner Mutter loszulassen.

Camerons Lippen bewegten sich, als er die Worte hörte.

»Wie heißt du, Junge?«, fragte der Soldat.

»Cameron«, antwortete der Knabe und deutete in die Rauchschwaden. »Wer ist das dort?«

Ich bin du, dachte Cameron, ergriffen von dem besonderen Moment. Du bist ich.

Der Mann im Kampfanzug wandte kurz den Kopf, der große Variator noch immer schussbereit in der Hand. »Wir sind allein, Junge. Hier lebt niemand mehr. Ich bin Kommandant Grindel. Du bist jetzt mein Sohn.«

94

Grindel brachte den Knaben fort. Für den jungen Cameron ging ein Leben zu Ende, und ein neues in den Streitkräften begann. Der ältere Cameron erinnerte sich, während er noch immer in der heißen Asche stand, umwogt vom Rauch der niedergebrannten Häuser, und beobachtete, wie der Angriffsjäger mit Grindel und seinem einunddreißig Jahre jüngeren Selbst an Bord aufstieg, immer kleiner wurde und am brennenden Himmel verschwand.

Schließlich hatte er genug gesehen. Er räusperte sich und sagte laut: »Bringen Sie mich zurück, Jako.«

Flammen zischten und fauchten zwischen den Häuserruinen. Blitze flackerten am Himmel. Donnergrollen kam aus der Ferne. Wind wehte Rauch durchs trockene Flussbett.

»Hören Sie mich, Jako?«

Asche und Staub umwirbelten Cameron. Er roch den Tod und die Zerstörung darin, aber er war nicht Teil davon, sondern nur ein Beobachter, ohne Einfluss auf das Geschehen und ohne davon berührt zu werden.

Er wollte sich abwenden von der verbrannten Hand, die einige Meter entfernt neben den Resten der Gedenksäule lag. Er wollte zu den Ruinen und nachsehen, ob noch mehr von seiner Mutter übrig war. Doch die Beine rührten sich nicht.

Cameron konzentrierte sich, er bot seine ganze Willenskraft auf, und schließlich gelang es ihm, sich in Bewegung zu setzen. Er schritt durch den Rauch, vorbei an den verkohlten Gerippen von Bäumen, in deren Schatten er einst gespielt hatte, vorbei an zerrissenen und zerschmetterten Mauern. Er suchte zwischen rußgeschwärzten Steinen, ohne menschliche Überreste zu finden. Von seiner Mutter war nur die verbrannte Hand übrig, die der Knabe namens Cameron gehalten hatte, sonst nichts.

Außerhalb der Stadt blieb er neben einer zerstörten Brücke stehen und verbrachte einige Minuten mit dem Versuch, die Systeme seines Einsatzanzugs zu reaktivieren. Einmal glaubte er, ein Knacken im kleinen Lautsprecher des Kommunikationssystems zu hören, aber ganz sicher war er nicht – vielleicht stammte das Geräusch vom abkühlenden Gestein im nahen Flussbett.

»Jako!«, rief er. »Lassen Sie uns reden!«

Nur der Wind antwortete ihm, ein heißes Zischen.

Wo genau befand er sich? Cameron ging in die Hocke und betastete den Boden. Seine Finger berührten die Asche und den Staub, auch das Gestein darunter, hinterließen aber keine Abdrücke. Er sah und hörte Harkonia, er verfolgte die Ereignisse so, wie sie sich damals zugetragen hatten, aber er war nicht *hier*, zumindest nicht ganz. Etwas stimulierte seine Sinne, seine Wahrnehmung, und auch der Knabe hatte ihn gesehen, nicht aber Grindel, und er selbst hinterließ keine Spuren. Vielleicht war er mehr Geist als Körper.

Warum hatte ihn Jako hierhergebracht? Um ihn mit seiner Vergangenheit zu konfrontieren? Um ihn zur »Einsicht« zu bringen und ihn umzustimmen, doch noch einen »Freund« zu akzeptieren?

Während sein Blick über die zerstörte Stadt strich, dachte er über die besondere Tragik der Situation nach. Die Xon hatten damals versucht, ihren Untergang zu verhindern, indem sie spezielle Symbionten entwickelten, die ihnen Unsterblichkeit geben sollten. Vielleicht hatten sie genau damit das Schicksal ihrer Hochkultur besiegelt. Sie verschwanden, sie starben aus, aber einige ihrer Hinterlassenschaften blieben, darunter die »Freunde«, wie Jako sie nannte.

Eine Million Jahre später stießen überlebende Menschen aus der Milchstraße in der Großen Magellanschen Wolke auf die Symbionten, und in den Resten der Vereinten Streitkräfte beschloss man, Soldaten damit auszustatten und nach Garlomir zu schicken, zum großen Erzähler der Honta, um die endgültige Niederlage abzuwenden und der Menschheit noch eine Chance zu geben.

Doch der Versuch war gescheitert, wie eine Million Jahre zuvor bei den Xon. Übrig geblieben waren die kleinwüchsigen Höhlenbewohner, entfernte Nachfahren der Soldaten, und Jako, unsterblicher Reisender in Raum und Zeit. Ihm gefiel sein Leben, behauptete er. Offenbar liebte er es, neue Welten zu entdecken und zu erkunden, geschützt von seinem Freund.

Und vielleicht beherrscht von ihm. Cameron hatte das Fremde in seinen Augen gesehen, das kalte Kalkül. Beide wollten am Leben bleiben, Jako und sein Freund. Beide wollten das Leben fortführen, das sie über Jahrhunderttausende hinweg geführt hatten. Ihnen lag nichts daran, die große Geschichte der Honta zu ändern, so dass der Krieg nie stattgefunden hatte – falls so etwas tatsächlich möglich war. Es hätte bedeutet, dass sie gar nicht existierten.

Deshalb befand sich Cameron auf Harkonia, in seiner Vergangenheit. Nicht weil er es sich hier in Bezug auf den Freund anders überlegen sollte – Harkonia war als Gefängnis für ihn gedacht, darum ging es Jako. Er wollte sicherstellen, dass Cameron keine Gefahr für ihn darstellte, dass er keine Gelegenheit bekam, etwas an seinen Lebensumständen zu ändern. Alles sollte bleiben, wie es war.

Mehrere Vipern und Nattern der Honta kamen vom Himmel herab. Einzelne Skitter-Module lösten sich von den Schiffen, und nur wenige Kilometer entfernt begann der Feind mit dem Bau eines Stützpunkts.

Cameron fragte sich, wie lange er ohne einen direkten physischen Zugang zu Harkonia überleben konnte. Er musste essen und trinken, und die Vorräte des beschädigten Einsatzanzugs waren begrenzt. Länger als einige Tage würde er in seinem gegenwärtigen Zustand vermutlich nicht durchhalten, und das bedeutete, dass er so schnell wie möglich einen Weg zurück finden musste.

Aber *gab* es einen Weg zurück? Er hatte keinen »Kompass« und wusste auch nicht, wo und wie er sich einen beschaffen konnte.

Mit langsamen, von Willenskraft bestimmten Schritten kehrte er dorthin zurück, wo der junge Cameron am Flussufer bunte Steine zu einem Muster angeordnet hatte. Er fand den Platz, Staub und Asche hatten ihn nicht ganz zugedeckt. Kleine Steine, vom Wasser rund geschliffen, bildeten einen Stern.

Jakos Kompass hatte ähnlich ausgesehen. Gab es einen Zusammenhang? Aber selbst wenn einer existierte, wie sollten ihm zu einem Stern angeordnete Steine in glasiertem Sand den Weg weisen?

Cameron strich mit den Fingern darüber und fühlte glatte Härte, war aber nicht sicher, ob er die Steine wirklich berührte.

Ein Schatten strich über ihn hinweg, geschaffen von einem langsam fliegenden Skitter. Das dunkle, kantige Fragment eines Raumschiffs landete einige hundert Meter entfernt, und Cameron sah Honta daraus hervorkommen, die damit begannen, sich in den immer noch heißen Boden zu graben.

Ein Nest, dachte er. Sie beginnen, ein Nest anzulegen.

Er wandte sich ab und ging am Ufer des ausgetrockneten Flusses entlang, jeder langsame Schritt ein Kraftakt des Willens. Um ihn herum schwand langsam das Licht. Ging der Tag zu Ende, oder wurde es dunkel, weil große Aschewolken in den oberen Schichten der Atmosphäre Amkas Licht filterten?

Etwas stieg aus seinem Gedächtnis, ein Licht, das er damals als Knabe auf dem Planeten gesehen hatte, als das Kanonenboot mit ihm und den anderen Kindern zur Fregatte *Himalga* geflogen war. Ein Licht, hell wie ein Stern, aber nicht über Harkonia, sondern auf der Oberfläche. Ein zweites großes Feuer hatte zu brennen begonnen, vielleicht noch größer und heißer als das erste – eine Planetenbombe, die verhindern sollte, dass die Honta Stützpunkte und Nester auf Harkonia errichteten.

Etwas regte sich zwischen Camerons Gedanken, vielleicht der Anfang einer Idee.

Energie, dachte er. Genug Energie, um Raum und Zeit zu zerreißen, wenn auch nur für eine Sekunde oder weniger und an einem eng begrenzten Ort. Konnte das die Lösung sein, ein Ausweg?

Cameron orientierte sich, mit den Ruinen der Stadt als Ausgangspunkt, und stapfte durch das beginnende Zwielicht. Wann war die Planetenbombe damals abgeworfen worden? Er suchte in seinem Gedächtnis und glaubte, die Antwort gefunden zu haben. Einige Stunden nach der Begegnung mit Grindel. Sie hatten zunächst einen Lazarettkreuzer hoch über Harkonia aufgesucht, denn viele der anderen geretteten Kinder waren verletzt gewesen und hatten behandelt werden müssen. Er erinnerte sich daran, dass er das helle Licht von Bord des Kanonenboots aus gesehen hatte, nach Verlassen des Kreuzers und auf dem Weg zur *Himalga*.

Einige Stunden, dachte er. Vier oder fünf. Vielleicht sechs. Höchstens. Und die Entfernung?

Am Horizont fielen Honta-Schiffe vom Himmel, wurden langsamer und landeten vor den Bergen, die im Feuer ihre hohen Gipfel verloren hatten. Ein Konstrukt entstand dort, so schnell, dass man zusehen konnte, wie es wuchs.

Welchen Ort hatten Grindel und seine Vorgesetzten für die Zündung der Planetenbombe gewählt? Cameron stellte sich vor, aus welchem Blickwinkel sie die damalige Situation gesehen hatten. Besonders sinnvoll war der Einsatz eines Planetenfressers in einer Region, wo er *sofort* wichtige Einrichtungen des Feindes vernichtete, bevor er die ganze Welt in eine glühende Kugel verwandelte.

Die in rasantem Bau befindliche Anlage vor den Bergen – weit und breit schien es kein lohnenderes Ziel zu geben.

Energie. Genug Energie für einen örtlich und zeitlich begrenzten Riss in der Raum-Zeit. Vielleicht war ein solcher Riss auch gar nicht nötig. Cameron steckte bereits in so etwas wie einer temporalen Lücke, die ihn zu einem Beobachter machte, nicht ganz *hier* und nicht ganz bei Jako. Vielleicht genügte ein kleiner energetischer Stoß, um ihn dorthin zurückkehren zu lassen, woher er kam.

Schneller!, befahl er seinen Beinen. Schneller!

Die Schritte wurden länger.

95

Das Marschieren ermüdete, und die Zeit – die durch Beobachtung seiner Umgebung geschätzte Zeit – verging zu schnell. Zwei Stunden, drei, dann vier. Grindel, der Knabe Cameron und die anderen Kinder befanden sich irgendwo weit über Harkonia in einem Lazarettkreuzer, den sie bald verlassen würden. Vielleicht erst in einer weiteren Stunde oder in wenigen Minuten. Cameron wusste es nicht genau.

Er musste ständig konzentriert bleiben und Willenskraft aufwenden, für jeden einzelnen Schritt, und daraus erwuchs eine Anstrengung, die ihn immer mehr erschöpfte. Manchmal merkte er, wie seine Lider sanken und die Gedanken abdrifteten, wie der Körper langsamer wurde, weil er sich nach einer Rast sehnte. Doch er riss sich zusammen und konzentrierte sich auf das Ziel, wie er es damals als Rekrut bei Grindel gelernt hatte.

Es wurde dunkler, ein farbloses Grau senkte sich herab, durchdrungen von Lichtern bei der Honta-Anlage. Er sah, wie Skitter landeten und wieder starteten, er beobachtete einzelne Honta beim Flug. Einer von ihnen glitt direkt über ihn hinweg, und Cameron duckte sich und verharrte, obwohl er ziemlich sicher war, dass ihn der Feind nicht sehen konnte.

Der Knabe hingegen hatte ihn gesehen. Er erinnerte sich daran, damals die seltsame Gestalt im Einsatzanzug angestarrt zu haben, und vor wenigen Stunden hatte er den Blick des Jungen gespürt. Wenn er nicht ganz im Hier weilte, wie hatte der siebenjährige Cameron ihn sehen können? Weil eine besondere Verbindung zwischen ihnen existierte? Weil sie letztendlich ein und dieselbe Person waren?

Als der Honta verschwunden war, setzte sich Cameron wieder in Bewegung. Ein mühsamer Schritt. Und dann noch einer. Und danach ein weiterer. Wo genau würde die Planetenbombe fallen? Nahe genug bei der Anlage, um sie bei der Initialzündung zu zerstören, bevor sich der Atombrand auf Harkonia ausbreitete und den ganzen Planeten fraß. Befand er sich bereits in ihrem Wirkungsbereich? Irgendetwas sagte ihm, dass die nukleare Kettenreaktion, die sich durch die planetare Kruste ausbreiten würde, nicht für eine Rückkehr genügte. Er brauchte mehr Energie für den Stoß durch Zeit und Raum.

Und wenn es zu viel war? Wenn die Zündung des Planetenfressers so viel destruktive Kraft freisetzte, dass es ihn verbrannte, obwohl er kaum mehr als ein Geist auf dieser Welt und in dieser Zeit war? Oder wenn Jako Mittel und Wege kannte, seine Rückkehr zu verhindern?

Es konnte nicht mehr lange dauern, es war nur noch eine Frage von Minuten. Und Cameron war zu erschöpft, um sich weiterzuschleppen.

In Asche und Staub blieb er stehen, die Ausläufer der von den Honta erbauten Anlage nur wenige hundert Meter entfernt, und blickte zum Himmel hoch. Sterne waren nicht zu sehen, sie blieben hinter Wolken voller Rußpartikel verborgen.

Ein kleines Blitzen am dunklen Firmament weckte seine Aufmerksamkeit.

Zuerst dachte er, dass es ein weiteres Honta-Schiff ankündigte, eine Viper oder Natter, aber der glühende Punkt wurde kaum größer und zog einen dünnen Schweif hinter sich her, während er fiel, wie ein Meteorit, der nicht sofort in den dichteren Schichten der Atmosphäre verglühte.

Da war sie, die Bombe, die einen ganzen Planeten zerstören würde.

Sie fiel wie ein Funken des viel größeren Feuers, das sie entfachen würde, und die Honta unternahmen nichts dagegen. Sie versuchten nicht, die Bombe mit Impulsern oder Deformatoren zu vernichten. Sie beschränkten sich darauf, ihre neu errichtete Anlage mit einem deutlich sichtbaren, violett leuchtenden Kraftfeld zu schützen. Cameron befand sich gerade außerhalb davon.

Müde stand er da und beobachtete, wie der Schweif des falschen Meteoriten kürzer wurde und der glühende Punkt etwas größer. Ein Pfeifen lag in der Luft, wurde lauter …

… und verwandelte sich in ein Donnern, das ganz Harkonia zu erschüttern schien. Der Himmel war nicht mehr dunkel, er gleißte heller als im Schein eines nahen Sterns. Eine Lanze aus Millionen Grad heißem Plasma stieß in den felsigen Leib des Planeten, und eine Feuerwalze rollte über seine Oberfläche.

Cameron nahm sie mit ausgebreiteten Armen in Empfang.

DIE SPLITTER DER ZEIT

Cameron: 38, ∞
Welten ohne Zahl

96

Etwas packte Cameron und riss ihn fort.

Hitze umgab ihn, und für einen Moment befürchtete er zu verbrennen. Aber sie ließ schnell nach und wich einem seltsam tauben Gefühl, das ihn veranlasste, argwöhnisch an sich herabzusehen.

Die Beschädigungen des Einsatzanzugs beschränkten sich nicht mehr nur auf Risse und Löcher. Er war teilweise verbrannt, und als Cameron die Beine bewegte, lösten sich mehrere Synth-Fetzen. Sie schwebten davon, leichter als welke Blätter im Wind, und verschwanden in einem weißen Nebel so dicht, dass die Sichtweite nur wenige Meter betrug.

»Jako!«, rief Cameron. »Hören Sie mich?«

Lebe ich noch?, dachte er und hob die Hände. Die dünnen, mit haptischen Sensoren ausgestatteten Handschuhe existierten nicht mehr. Er betrachtete graue Finger, an denen Ruß und Asche klebten, bewegte sie, und das taube Gefühl wiederholte sich.

Wenn er sich die Frage stellte, ob er noch lebte, konnte er nicht tot sein. »Holen Sie mich zurück, Jako!«, rief er in den weißen Nebel.

Keine Antwort.

Ein leises Knistern drang an seine Ohren, wie von kleinen elektrischen Entladungen. Etwas geschah, er spürte es, etwas veränderte sich um ihn herum, etwas *kam näher*.

Die Hand des Soldaten griff nach dem Variator, doch die Waffe war nicht mehr da, das Halfter halb zerrissen. Die grauen, rußigen Finger fanden das Vibromesser, das nicht mehr vibrierte, dessen Klinge aber noch immer spitz und scharf war, erinnerte er sich.

Wir verteidigen uns, tönte Grindels Stimme aus der Vergangenheit. Solange noch Leben in uns steckt, geben wir den Kampf nicht auf.

So hatte er es seine Söhne und Töchter gelehrt, auch den jungen Cameron.

Der vom Rekruten zum Admiral gewordene Cameron schloss die Augen, sammelte seine Gedanken und hob die Lider. Der Kampf war noch nicht zu Ende. Er ging *nie* zu Ende, es gab immer nur kurze Pausen, ein Atemholen vor der nächsten Schlacht.

Im weißen Nebel glitzerte etwas.

Cameron hielt das Messer bereit. Im weißen Funkeln entstanden keine Linien wie zuvor, es bildeten sich nicht die Umrisse von Gebäuden. Stattdessen sah er zahllose winzige Objekte, schimmernd und glitzernd wie Eisstaub in kalter Luft. Als sie näher kamen, wurden sie etwas größer, mehrere Millimeter oder einige wenige Zentimeter, und formten eine dichte Wolke, die Cameron auf allen Seiten umgab.

Das Knistern gewann an Intensität, ähnelte dem Rauschen eines Flusses. Einige der Objekte schwebten näher, und Cameron stellte fest, dass sie wie Fragmente eines Spiegels aussahen, die Bilder von fernen Orten zeigten.

Er begriff plötzlich, was er sah.

Die Splitter der Zeit.

Das Knistern und Rauschen ... Es setzte sich aus zahllosen Stimmen zusammen, die aus den Splittern kamen, jeder von ihnen ein besonderer Ort in Zeit und Raum. Cameron glaubte, sie verstehen zu können, wenn er sich auf sie konzentrierte, und er fragte sich, wie das möglich war.

Du musst sehen und hören, flüsterte Mrarl aus seinem Gedächtnis oder vielleicht von einem der kleinen spiegelnden Fragmente. Du musst *verstehen.*

Cameron *begann* zu verstehen.

Ihm wurde klar, dass Mrarl ihn vorbereitet hatte, damit er die Bestandteile der Geschichte sehen und hören konnte. Hudson hatte es frühzeitig erkannt: strukturelle Veränderungen erst in der paarigen Amygdala, dann auch in Okzipitallappen und Gyrus cinguli. Betroffen waren die Verarbeitung visueller Impulse, das Sehzentrum des Gehirns, das limbische System mit den Lern- und Gedächtnisprozessen sowie Gefühle.

Sie hatte ihm etwas eingepflanzt, die Honta-Königin, so wie auch ihr etwas eingepflanzt worden war, in seinem Auftrag. Mrarl hatte sein Gehirn verändert, sein Denken und Fühlen, damit er sah und hörte, damit er *verstand.* Und er hatte ihr etwas gegeben, das ihren Körper zerreißen und zerfetzen, sie töten konnte.

Cameron drehte sich langsam in der Wolke aus glitzernden Splittern. Es mussten viele Millionen oder Milliarden sein, jeder Einzelne von ihnen eine Welt in einer bestimmten Zeit. Er *wusste* es plötzlich, das Wissen stieg in ihm auf. Was er hier sah und hörte, war die große Geschichte der Honta mit all ihren Verzweigungen, mit all ihren Kapiteln und Episoden, teilweise vom Erzähler – Mrarls Eibruder Mror – verworfen, aber dennoch existent.

Eine Dimension aus Möglichkeiten und Alternativen, das wahre Multiversum, unendlich und mit unendlicher Mannigfaltigkeit.

Wie sollte man sich in einem so gewaltigen Labyrinth orientieren? Wie sollte man unter unendlich vielen Möglichkeiten die eine finden, die man suchte?

Cameron schob das Vibromesser in die Ausrüstungstasche, hob die Hand und streckte sie den Splittern der Zeit entgegen. Sie bewegten sich, sie reagierten auf die grauen Finger und tanzten an den Fingerkuppen. Sie schienen noch heller zu glitzern und zu schimmern, und plötzlich erkannte er Strukturen in dem Glanz, Muster, die den Weg wiesen, wenn man sie zu deuten wusste.

Wie hatte Mrarl es angestellt?, fragte sich Cameron. Wie hatte sie Einfluss auf sein Gehirn genommen und es verändert? Und was noch wichtiger war: Was wollte sie damit bezwecken? Sie hatte gewollt, dass er *sah und hörte,* dass er Einblick in die große Geschichte bekam, dass er sich sogar in ihr orientieren konnte. Warum?

Cameron stand nicht mehr, er schwebte, er flog langsam durch die Wolke aus Splittern, ohne dass sie ein Ende nahm. Sie teilte sich vor ihm, manche Fragmente leuchtend hell wie Wegweiser, als wollten sie ihm etwas zeigen.

Vorsichtig ergriff er einen der Splitter und sah ... Jako. Er befand sich an Bord eines Raumschiffs, eines Mutterschiffs der Vereinten Streitkräfte. Es war die *Wega,* Schwesterschiff der *Antares,* die ausgerechnet beim Wega-System verlorengegangen war. Dort stand er im Hangar, neben einer Schar Soldaten und in der Nähe eines großen, halb hohen Behälters, der den Platz eines Angriffsjägers einnahm: Jakob Peres Zuga, Kommandeur der Vereinten Streitkräfte, etwas jünger als der Mann, dem Cameron begegnet war, das Haar dunkel, in den Augen nichts Fremdes, nur ernste Entschlossenheit. Ein Mann mit einem wichtigen Auftrag.

Zwei Admiräle traten vor und öffneten den Behälter. Ein Mediker folgte ihnen mit einem Bot, der über mehrere Greifarme verfügte. Einen streckte er in den Behälter, und als er wieder zum Vorschein kam, hielt die mechanische Hand ein wurmartiges Geschöpf.

So hatten die Reste von Oberkommando und strategischem Korps entschieden: Die neu entdeckten Symbionten sollten Jakob Peres Zuga und den Soldaten seiner Einsatzgruppe besondere Widerstandsfähigkeit geben und sie in die Lage versetzen, Garlomir zu erreichen, ins Zentrum der Honta-Macht vorzustoßen und den großen Erzähler zu töten.

Camerons Finger bewegten sich, er änderte seine Flugrichtung, und neue Splitter schwebten ihm entgegen, genau jene, die er sehen wollte. Er verfolgte den Weg der Gruppe, vom brennenden, zerstörten Kern der Liga durch den Perseus-Arm der Galaxis, über Minerva, Plakon, Enrakis und die anderen Welten des Konsekutiven Bundes – im Jahr 2601, noch während der Ära der Solaren Union, von sieben unabhängigen Sonnensystemen gegründet – bis hin zu den Zwillingswelten Joukka und Joluna, zwei kalten erdgroßen Planeten, die um ein gemeinsames Schwerkraftzentrum kreisten, in einem System aus drei Roten Zwergen, eines G-Sterns und eines Blauen Riesen, ganz am Ende des Spiralarms gelegen, direkt am Rand der großen intergalaktischen Leere. Die Gravitationsgezeiten in jenem System, Quintus genannt, waren überaus komplex, die genaue Bahn der Zwillingswelten ließ sich kaum berechnen. Einige Einsiedler hatten sich dort niedergelassen, Menschen, die Schnee und Eis liebten und die Gesellschaft anderer Menschen mieden, aus welchen Gründen auch immer. Außerdem gab es dort wissenschaftliche Forschungsstationen und einen Stützpunkt der Vereinten Streitkräfte.

Cameron hatte das Quintus-System nie besucht, wusste aber, dass es als künstlich galt, geschaffen vermutlich von den mythischen Xon. Was vielleicht auch für die Brücken in der Nähe galt. Das technische Korps der Liga hatte dort die experimentellen Sigma-Abbreviatoren geschaffen, nicht für den zivilen Dienst bestimmt. Von dort aus erfolgte der große Sprung nach Garlomir.

Cameron beobachtete, wie sie ihr Ziel erreichten, die tapferen, zu allem entschlossenen Männer und Frauen. Wie sie auf die Inhibitoren der Sieben Koryphäen trafen und plötzlich feststellen mussten, dass ihre Waffen und Instrumente nicht mehr funktionierten.

Warum hatte der Feind die Sigma-Abbreviatoren nie angegriffen?, überlegte Cameron, während er das Geschehen beobachtete, durch Jahrmilliarden davon getrennt. Hatten die Honta darauf verzichtet, damit die Einsatzgruppe nach Garlomir gelangen konnte? Mit seinem neuen Blick stellte er sich die Ereignisketten wie die Fäden eines Spinnennetzes vor, das durch Zeit und Raum reichte, bestimmt für nichtlineare Geschöpfe, nicht für Menschen, die nur eine Zeit und einen Raum sahen, ohne die unzähligen Möglichkeiten daneben, rechts, links, oben, unten und dazwischen. Die Stimme des Erzählers konnte das Mögliche austauschen und der Raum-Zeit dadurch eine andere Gestalt geben. Jakob Peres Zuga und die anderen verfingen sich in dem Netz. Ohne Waffen konnten sie nicht kämpfen, sie mussten fliehen, und bei der Flucht gerieten sie in die Splitter der Zeit.

Vielleicht war es eine Falle. Eine Geschichte innerhalb einer kleinen Geschichte, eine Laune von Mror.

Cameron sah, welche Wege sie durch die Welten nahmen. Er sah, wie die Soldaten starben, weil sie der toxischen Verbindung mit den Symbionten erlagen, die eine Million Jahre zuvor die Xon ausgelöscht hatten. Kaum jemand ertrug die »Freundschaft« auf Dauer. Einige Männer und Frauen verschwanden auch, jene, die sich angeblich irgendwo niedergelassen hatten, um ihr langes Leben ohne den Krieg zu verbringen.

Aber das war eine Lüge. Es gab kein langes Leben. Jedenfalls keins, das sich über Jahrtausende oder gar Jahrhunderttausende erstreckte.

Aus Jakob Peres Zuga, Kommandeur der Vereinten Streitkräfte, wurde Jako, Reisender in Zeit und Raum. Er starb nicht durch den Symbionten, doch die Verbindung war auch bei ihm toxisch, sie raubte ihm nach und nach den Verstand. Er glaubte, uralt zu sein, vielleicht eine Million Jahre, aber Cameron sah seinen Weg, die einzelnen Stationen seiner Reise durch die Welten. Jako, verloren im Wahn, hatte tatsächlich länger gelebt als ein gewöhnlicher Mensch, aber nicht mehr als einige Jahrhunderte.

Cameron sah auch seine Zukunft, den plötzlich einsetzenden physischen Zerfall, den der Symbiont nicht verhindern konnte. Er sah ihn in einer der wenigen Oasen in den weiten Wüsten von Jolafor, wie er schwach und plötzlich gealtert in einen Tümpel mit trübem Wasser kroch, wie sich sein Körper auflöste und der »Freund« die zerfallende organische Masse nutzte, um sich zu teilen und mehr zu werden.

Es war eine Möglichkeit und vielleicht die wahrscheinlichste. Eine andere bestand darin, dass er irgendwann die Orientierung verlor, obwohl er über einen Kompass verfügte, und im Nichts endete.

Wo befand sich Jako?, überlegte Cameron, erfüllt von einer sonderbaren Ruhe inmitten der Myriaden Splitter. Welche Möglichkeiten standen ihm zur Verfügung? Konnte er etwas gegen ihn, Cameron, unternehmen?

Graue Hände bewegten sich inmitten des Funkelns und Glitzerns ... und fanden einen Mann groß wie er selbst, scheinbar Mitte vierzig, mit dunklem Haar und einem Gesicht, in dem die Proportionen von Stirn, Augen und Nase stimmten. Ein Reisender vor allem durch die Zeit, aufgebrochen vor vielen Jahrmilliarden, damals, als es noch Menschen gegeben hatte, als die letzten Überlebenden aus der Milchstraße in die Große Magellansche Wolke geflohen waren. Jako, ebenfalls ein Opfer des Krieges, auf seine eigene Art und Weise.

Er ging über weißen Sand, ein grünblaues Meer auf der einen Seite und die grüne Mauer dichter Vegetation auf der anderen. Er ging langsam, die Augen geschlossen, das warme Licht eines gelben Sterns im Gesicht.

»Ich sehe dich«, murmelte Cameron. »Ich höre dich.«

Der Mann blieb stehen, doch der Umhang, den er trug, blieb in Bewegung. Es war nicht der Wind, der ihn bewegte. Der Freund regte sich, vielleicht spürte er etwas.

»Bleib, wo du bist«, sagte Cameron leise. »Halte dich von Jolafor fern. Vielleicht bekommst du dadurch einige zusätzliche Jahre.«

Er nahm den Splitter, in dem er Jako sah und hörte, er nahm ihn vorsichtig und hielt ihn behutsam zwischen grauen Fingerspitzen, bevor er ihn abseits der anderen losließ und beobachtete, wie er allein davonschwebte, ohne Verbindung zu den übrigen.

Es war einfach, wenn man wusste, worauf es ankam.

Auf dem weißen Strand von Morottna, zweiter Planet des Teka-Systems, im Jahr 2412 Terrastandard – in dem Jahr, als die polymorphen Yrrmani entdeckt worden waren –, holte Jako seinen Kompass hervor, der fast genauso aussah wie das Muster der Steine, die ein siebenjähriger Knabe namens Cameron in den Sand eines Flussufers gelegt hatte. Er hob und drehte ihn, aber nichts geschah. Er stand weiterhin auf dem weißen Strand, das Meer auf der einen und der Wald auf der anderen Seite.

Jako ließ seinen Kompass fallen, hob den Kopf und blickte zum Himmel hoch, als vermutete er Cameron irgendwo zwischen den wenigen Wolken. Er rief etwas, aber Cameron hörte nicht mehr hin. Er schob den betreffenden Splitter noch etwas weiter von sich und beobachtete, wie dieser allein zwischen den anderen verschwand.

Eine kleine Geschichte, fast zu Ende erzählt. Eine winzige Episode – und doch ein ganzes langes Menschenleben.

Cameron schloss erneut die Augen, als könnte er dadurch mehr sehen. Als er sie wieder öffnete, näherte sich ein anderer Splitter, vielleicht allein vom Wunsch herbeigerufen.

Er betrachtete ihn, strich den flexiblen Helm zurück, dessen Visier ohnehin keine Daten zeigte und dessen Lautsprecher stumm war, griff unter den Kragen des Einsatzanzugs und zog am dünnen Halsband. Zum Vorschein kam ein silbernes Memo-Medaillon, das er vor vielen Jahren geschenkt bekommen hatte, damals ohne zu verstehen, was es bedeutete.

Mit dem grauen Daumen strich er darüber und sah, wie Koras Gesicht auf der einen Seite erschien und seins auf der anderen, beide jung. Koras Lippen bewegten sich, und sie sagte leise, nur für ihn: »Ich bin bei dir.«

Für einen Moment oder auch zwei hielt er das Medaillon in der

Hand. Dann schob er es zurück unter den Kragen des Einsatzanzugs und nahm den Splitter entgegen, der nur eine Armeslänge entfernt wartete. Cameron wusste, was die winzige spiegelnde Fläche zeigte: eine Flussgabelung, links mit einem Wasserfall und rechts mit einem Bauwerk wie ein ins Riesenhafte gewachsener pyramidenförmiger Bienenstock. Die Pyramide, ihre Außenflächen nicht glatt, sondern voller Stufen und Vertiefungen, kam näher.

Dort ruhte Mror, umsorgt von den Honta seines großen Nestes, und erzählte die Geschichte.

Und dort befand sich Kora, gefangen in einem Honta-Kokon.

Ein Köder, wie Mrarl behauptet hatte. Um ihn anzulocken.

Cameron wusste noch immer nicht, warum er so wichtig sein sollte, dass Mror diesen Teil der Geschichte erzählte, die ihn voller dramatischer Wendungen hierhergeholt hatte, nach Garlomir am Ende der Zeit. Er wusste nicht, welche Rolle er spielen sollte, nicht einmal die Splitter konnten es ihm zeigen.

Aber er wusste: Er war kein gewöhnlicher Mensch mehr. Was auch immer die Honta-Königin Mrarl, Eischwester des Erzählers, mit ihm gemacht hatte: Er *sah* und *hörte*, er hatte begonnen zu verstehen.

Er verstand genug, um zu wissen, was getan werden musste.

Er würde Kora befreien. Nicht nur aus dem Kokon. Er würde sie aus Mrors Geschichte nehmen und sich selbst ebenfalls. Beide gemeinsam würden sie eine *neue* Geschichte erzählen, ihre eigene, unabhängig von nichtlinearen Honta-Gedanken, ohne die unberechenbaren Winde des Krieges.

Cameron hielt den Splitter in der offenen Hand und ließ ihn größer werden.

Groß genug, um hineinzuschlüpfen.

97

Links schäumte und spritzte der Fluss über Felsen und stürzte schließlich über den Rand der Klippe in Garlomirs finstere Tiefen. Rechts strömte er ruhig und breit, zu dem pyramidenförmigen Bauwerk, das aus Tausenden von Waben bestand: Mrors Nest, Zentrum der Honta-Macht.

Cameron verharrte zwischen den Felsen.

Honta kletterten aus den Waben, breiteten ihre Flügel aus und flogen dicht über den Fluss hinweg. Sie alle waren klein, nicht länger als zwei oder drei Meter. Entartete, wie Mrarl sie genannt hatte. Ihre Vorfahren mochten vor Dutzenden Jahrmilliarden den Krieg gewonnen haben, aber auch sie waren Überlebende, wie die kleinwüchsigen Menschen, die Jako für einen Gott hielten. Niemand von ihnen konnte die Zeit betrügen, auch wenn sie für Garlomir und den Kugelsternhaufen, vermutlich den letzten seiner Art im ganzen Universum, eine besondere Rolle spielte.

Cameron trug wieder die Atemmaske, den Helm im Nacken zusammengefaltet. Er setzte sich in Bewegung, schlich am Ufer entlang, sein Einsatzanzug halb verbrannt. Er mied die Stellen heller Lumineszenz, blieb im Dunkeln, in der rechten Hand das Messer, das zwar nicht mehr vibrierte, dessen Klinge aber noch immer spitz und scharf war. Er wusste, wohin er den Fuß setzte, er sah es genau, trotz der Dunkelheit, die ihn schützte, und er hörte das Klicken und Knarren der Honta-Stimmen selbst aus großer Entfernung.

Er hörte auch noch etwas anderes: ein seltsames Knistern, das aus dem Boden kam, manchmal begleitet von einem Brodeln aus dem Fluss und einem fernen Grollen vielleicht aus großer Tiefe. Staub rieselte von hohen Felsen, kleine Steine lösten sich. Die Vibrationen und Erschütterungen dauerten einige Sekunden, dann kehrte wieder Ruhe ein.

Cameron schlich weiter. Die Atemmaske vor Mund und Nase

gab ihm genug Sauerstoff, Entschlossenheit gab ihm genug Kraft. Immer näher kam er dem großen Bauwerk, der pyramidenförmigen Wabenstruktur, neben der andere Gebäude aufragten, die Reste von ihnen. Wie viel wussten diese Honta, ebenso »entartet« wie die fernen Nachfahren der menschlichen Soldaten? Waren sie noch imstande, so zu sehen und zu hören wie Mrarl, wie der Feind im großen, langen Krieg? Hatten sie sich ihre nichtlineare Natur bewahrt, die ihnen einen Blick über die Zeiten und Räume gewährte? Wussten sie, was geschehen war und geschehen würde?

Niemand stellte sich ihm entgegen. Es schwärmten keine Honta aus, um ihn abzufangen und zu überwältigen. Oder um ihn zu töten. Es wurde, soweit er das feststellen konnte, kein Alarm ausgelöst. Gab es Warnsensoren, stumme, geduldige Wächter, die nach Eindringlingen Ausschau hielten? Existierten verborgene Sicherheitseinrichtungen, die Menschen daran hindern sollten, die Wabenpyramide zu erreichen?

Zwischen einigen aufragenden Felsen am Ufer des ruhigen Flussarms hielt Cameron inne, das Messer noch immer in der rechten Hand. Ein Köder, erinnerte er sich. Kora sollte ihn anlocken. Erneut fragte er sich nach dem möglichen Grund dafür, und wieder fand er keine Antwort. Spielte er tatsächlich eine besondere Rolle im großen Muster der Ereignisse, die sich über Jahrmilliarden erstreckten? War es nicht vermessen, so etwas zu glauben, lief es nicht auf grenzenlose Selbstüberhöhung hinaus? Warum sollte ausgerechnet er wichtig sein für die Geschehnisse, die den Krieg und die *Zukunft des Universums* bestimmten? Es war vollkommen absurd anzunehmen, dass eine einzelne Person inmitten eines so riesigen, unermesslichen Ereignisozeans von zentraler Bedeutung sein sollte.

Es sei denn …

Cameron duckte sich etwas tiefer zwischen die Felsen am Fluss, als sich unten in der Pyramide einige Waben öffneten und kleine Honta zum Vorschein kamen. Sie schlugen mit ihren Flügeln und glitten wie zuvor die anderen über den Fluss dahin. Mit welcher Aufgabe, mit welchem Ziel? Handelte es sich um Wächter? Waren sie beauftragt, nach ihm zu suchen?

Es sei denn …

Es gab eine Möglichkeit. Einen Plan, der Cameron eine zentrale Rolle gab, ihn sogar zum Dreh- und Angelpunkt des Geschehens machte. Die Honta wussten davon, wenn sie noch durch Zeit und Raum sahen. Und er wusste, dass sie davon wussten, was ihm vielleicht einen kleinen Vorteil einbrachte.

Er würde versuchen, den großen Erzähler zu töten, Mror, Mrarls Eibruder, der die »falsche Geschichte« erzählte. Der Krieg musste endlich aufhören, wenigstens hier, am Ende der Zeit. Möglicherweise gab es sogar … Rückwirkungen, nichtlineare Wellen, die sich durch Zeit und Raum ausbreiteten, von der fernen Zukunft in die Vergangenheit.

Eine neue Mission, ein Ziel – das Leben des Erzählers beenden, mit dem Messer, wenn es nicht anders ging. Ein letzter Kampf für den zum Admiral gewordenen Soldaten. Was hatte Grindel gesagt? *Wir kämpfen überall dort, wo wir kämpfen müssen.*

Cameron wartete, bis die Honta in der Ferne verschwunden waren, bevor er den Schutz der Felsen verließ, in der Hand das Messer, das ein letztes Mal töten sollte.

98

Natürlich gab es keine Brücken, die über den breiten Flussarm führten, Honta brauchten so etwas nicht. Auf der Suche nach einem Übergang blieb Cameron nichts anderes übrig, als sich wieder ein Stück weit von der Wabenpyramide zu entfernen, bis er schließlich eine Stelle fand, wo das Wasser flach genug war, um hindurchzuwaten.

Cameron rutschte auf einem Stein mitten im Fluss aus und fiel.

Stechender Schmerz zuckte durch Schulter und Knie, aber der Soldat achtete nicht darauf, er kam sofort wieder auf die Beine und ging weiter. Es ertönte kein Alarm, nur das Rauschen des Wassers begleitete ihn zur anderen Seite, wo er sich in die Lücke zwischen zwei Felsen zwängte und horchte.

Nichts regte sich um ihn herum, niemand schien ihn bei der Flussüberquerung beobachtet zu haben, obwohl der Fluss vom Pyramidenbau aus gut zu überwachen war. Vorsichtig tastete er Bein und Schulter ab, um herauszufinden, ob er sich verletzt hatte. Aus dem stechenden wurde ein dumpfer Schmerz, und nichts schränkte seine Bewegungen ein.

Und er musste in Bewegung bleiben, wenn er im nassen Einsatzanzug nicht frieren wollte. Geduckt schlich er an einer Felswand entlang, die nur einige wenige dünne Mineralienadern mit Lumineszenz enthielt. Das verhaltene Knacken und Knirschen kleiner Steine unter seinen Stiefeln klang fast wie die Honta-Sprache.

Immer wieder sah er zur Pyramide auf, doch die Waben blieben geschlossen, es brachen keine weiteren Honta zu einem Flug über den Fluss auf.

Der Feind wusste, dass er kam. Aber wusste er auch um das Wie und Wo Bescheid? Kannte er jeden Schritt, jedes Detail? Ruhten die ganze Zeit über wissende Honta-Blicke auf ihm, was er auch tat, wohin er sich auch wandte?

Niemand versuchte, ihn aufzuhalten.

Der große Pyramidenbau war das Ziel. In seiner Mitte, umgeben von schützenden Waben, erzählte Mror seine große Geschichte, daran zweifelte Cameron nicht. Er hatte ihn gesehen, in einem der winzigen Splitter, die Spinne im Netz, das sich Jahrmilliarden durch Zeit und Raum erstreckte.

Ich krieche über einen der Fäden, dachte Cameron, als er sich der Pyramide näherte. Ich lasse ihn erzittern, den Faden, so vorsichtig ich auch bin, und die kleine Vibration verrät mich der

Spinne. Aber ich weiß auch, dass sie von mir weiß, und ich bin nicht wehrlos.

Er erreichte die Pyramide und berührte ihre warme Mauer aus rauem, porösem Gestein. Er legte beide Hände darauf, die freie linke und die rechte mit dem Messer. Kora – wo befand sie sich? Wohin hatte man sie gebracht? Vielleicht trennten ihn nur wenige Wände von ihr.

Kora, der Köder. Er hätte ihn ignorieren können, und vielleicht wäre das besser gewesen. Vermutlich rechnete der Feind nicht mit einem sofortigen, unmittelbaren Angriff auf das Zentrum seiner Macht. Aber Grindel hatte seine Kinder und Rekruten nicht nur gelehrt, immer und unter allen Umständen zum Kampf bereit zu sein. Ebenso wichtig war, Menschen zu helfen, wo ihnen geholfen werden konnte. Wer dieses Gebot missachtete, verletzte einen Teil seiner Soldatenpflicht, und das kam gerade Kora gegenüber nicht in Frage.

Ich bin gleich bei dir, dachte Cameron. Er konzentrierte sich und fühlte sie nahe, die Splitter der Zeit. Einer hatte ihn hierhergebracht, ein anderer konnte ihm zeigen, wo sich Kora befand.

Er nahm die linke Hand von der Mauer, hielt sie offen und gerade und stellte sich den Funkenschwarm vor, das Schimmern und Glitzern. Ein Licht entstand über der Handfläche, von der das Flusswasser den Ruß gewaschen hatte, und leuchtete so hell, dass Cameron Entdeckung befürchtete und die Hand schloss.

Sofort kehrte die Dunkelheit zurück. Cameron wartete einige Sekunden, bevor er die linke Hand wieder öffnete, langsam und vorsichtig. Aus dem Licht wurde ein Splitter wie von einem Spiegel und zeigte ihm Kora, von klebrigen Fäden umhüllt, die nur den Kopf unberührt ließen. Er sah genauer hin ...

Etwas störte seine Konzentration, und das Licht verschwand. Mit einem dumpfen Knacken und Knirschen öffnete sich wenige Meter entfernt eine Wabe, und ein Honta streckte die vorderen Gliedmaßen nach draußen.

Cameron erstarrte, eine vage Silhouette in der Dunkelheit. Kälte kroch in den nassen, zerrissenen Einsatzanzug. Durch die Atemmaske schien er plötzlich nicht mehr genug Luft zu bekommen.

Den vorderen Gliedmaßen folgten die Fühler, und sie neigten sich in Camerons Richtung.

Er beugte die Knie, bereit für den Sprung, das Messer nach vorn gerichtet. Die Welt schien wieder zu schrumpfen, bis sie nur noch ihn und den Gegner enthielt, einen Honta nicht größer als die anderen, nur zwei oder drei Meter, aber dennoch stärker als ein Mensch. Cameron musste ihn überraschen, ihm zuvorkommen, nur dann hatte er eine Chance.

Ein Schatten flog aus der Finsternis heran, groß und massiv, so plötzlich, dass Cameron, der besser sah als zuvor, ihn erst im letzten Augenblick bemerkte. Ein Honta landete zwischen ihm und der offenen Wabe, eine Königin mit ungelegten Eiern in ihrer Fruchtblase. Eins ihrer Beine stieß den kleineren Artgenossen ins Innere der Pyramide zurück, ein anderes neigte sich Cameron entgegen.

»Mrarl?«, klickte er verblüfft, das Messer noch immer gehoben.

»Es tut mir leid, Mensch«, knarrte die Honta-Königin. »Dies wird dir nicht gefallen.«

Das Bein traf Cameron an der Seite des Kopfes. Dunkelheit verschluckte ihn.

NICHT SCHNELL GENUG

Hudson, ∞
Garlomir

99

Nach dem Hang, der einer Rampe ähnelte, kam Hudson nur sehr langsam voran. Das Geröll am Ufer des subplanetaren Flusses zwang ihn zum Klettern, was Energie kostete. Sein Gravitator wäre dabei ungemein hilfreich gewesen, aber seine Selbstreparaturfunktion war noch damit beschäftigt, ihn wieder vollständig wiederherzustellen.

Immer wieder musste Hudson innehalten und die improvisierte Wärmepumpe als Energiequelle nutzen, um die Akkumulatoren zu laden. Wobei er nicht über ein bestimmtes Niveau hinausgehen durfte, damit seine Systeme vor einem Funktionsausfall durch den Einfluss der Inhibitoren geschützt blieben. Orientierung, Bewegung, Situationsanalyse – alles unterlag erheblichen Beschränkungen. Er konnte nicht annähernd so schnell und gründlich denken, wie es notwendig gewesen wäre.

Eins aber war ihm klar: Je mehr Zeit verging, desto größer wurde die Wahrscheinlichkeit, dass er zu spät eintraf, um seinen letzten Auftrag zu erfüllen.

Wohin auch immer Admiral Cameron und die Honta-Königin verschwunden waren … Hudson begriff, dass er eine Möglichkeit finden musste, schneller zu ihnen zu gelangen.

Als er während einer weiteren Pause für die Energiegewinnung darüber nachdachte, registrierten seine haptischen Sensoren ein Zittern im Boden, eine allgegenwärtige, die gesamte Umgebung betreffende Vibration.

Innerhalb weniger Sekunden wurden daraus so heftige Erschütterungen, dass das Wasser des nahen Flusses zu schäumen begann und sich der Felsen, neben dem Hudson angehalten hatte, zur Seite neigte. Es gelang dem Mikronauten gerade noch rechtzeitig, seinem Fall mit einem raschen Sprung auszuweichen.

Er verharrte zwischen zwei zitternden runden Steinen und versuchte zu ergründen, was geschah. Auf Garlomir gab es seit Äonen keine tektonische Aktivität mehr, es konnte also kein Erdbeben gewesen sein.

Bei der Suche in den restaurierten Datenspeichern stieß er auf die Ergebnisse von Messungen, die die Ausdehnungsgeschwindigkeit des Universums betrafen. Er erinnerte sich an seine erste Annahme, dass das große Auseinanderreißen erst in einigen hunderttausend Jahren Terrastandard erfolgen würde. Dann war ihm aufgefallen, dass die Abstände der Sterne des Kugelhaufens zunahmen, was auf eine extreme Beschleunigung der Ausdehnung hindeutete. Er hatte neue Berechnungen vorgenommen und war dabei zu dem Schluss gelangt, dass sich die endgültige Katastrophe – die Auflösung fester Materie und sogar ihrer Atome – nicht erst in hunderttausenden Jahren anbahnte, sondern bereits in wenigen Jahren, vielleicht sogar in Monaten oder Wochen.

Hudson sammelte neue Daten, so gut das mit den wiederhergestellten Sensoren und begrenzter Energie möglich war. Bei ihrer Analyse reifte die Erkenntnis in ihm heran, dass der große Riss bereits begonnen hatte. Es blieben nicht einmal mehr Monate oder Wochen, sondern nur noch Tage, vielleicht Stunden.

Er dachte darüber nach, während die Erschütterungen und Vibrationen, Vorboten von etwas viel Gewaltigerem, allmählich nachließen.

Das Universum starb. Die Expansion des Raums nahm solche Ausmaße an, dass es die Sterne und Planeten des bisher stabil gebliebenen Kugelhaufens zerfetzen würde. Nicht einmal die Atome würden der explosiven Ausdehnung standhalten.

Das Ergebnis: ein immenses, kolossales Nichts, in dem nicht einmal mehr Vakuumenergie existierte, eine dunkle Leere ohne Inhalt. Und selbst dieses Nichts würde schließlich zerreißen – und mit ihm die Zeit.

Und danach?, fragte sich Hudson. Sofort erkannte er die Absurdität des Gedankens, denn wenn es keine Zeit mehr gab, hatte es keinen Sinn, über ein Danach zu spekulieren.

Die Ladung der Akkumulatoren genügte nicht, um den Weg fortzusetzen. Hudson musste weiter warten, während die Wärmepumpe Energie sammelte, und verbrachte die Wartezeit mit Überlegungen und Berechnungen.

War die Beschleunigung der Expansion inhärent, lag sie im Vorgang der Ausdehnung selbst begründet? Es ließ sich nicht ganz ausschließen, fand Hudson, obwohl sich bei den Messungen und Analysen kein physikalischer Faktor ergeben hatte, der als Erklärung in Frage kam. Welchen anderen Grund konnte es geben?

Wollte der Erzähler seine große Geschichte zu Ende bringen? Es erschien Hudson noch absurder als zuvor die Frage nach dem Danach ohne Zeit. Gedanken und Worte konnten durchaus Einfluss auf die Realität nehmen, wenn sie von handelnden Individuen in die Tat umgesetzt wurden. Doch in dem Fall existierte eine klare, logische Verknüpfung von Ursache und Wirkung. Aber wie sollten Gedanken oder Worte ohne Taten die Wirklichkeit bestimmen und verändern, ohne irgendeine Art von physischer Einwirkung?

Schließlich meldeten die Akkumulatoren ausreichend Ladung, und sofort setzte Hudson seinen Weg fort. Am Flussufer entlang eilte er von Stein zu Stein, zwängte sich durch Lücken zwischen Felsbrocken und vermied Klettern, wo er es vermeiden konnte, weil es mehr Energie benötigte.

Wieder kam er viel zu langsam voran. Dieses Problem, erkannte er, erforderte seine volle Aufmerksamkeit, zumal der Zeitfaktor eine noch größere Rolle spielte als bisher angenommen.

Welche Möglichkeiten gab es, schneller voranzukommen?

Hudson blieb am Flussufer stehen und fragte sich, ob er schwimmen sollte oder ob es möglich war, ein Boot zu bauen. Aber wie, aus welchen Materialien?

Einige hundert Meter entfernt kam ein Honta aus der Dunkelheit und flog dicht über dem Fluss stromaufwärts. Hudson beobachtete ihn, versteckt hinter einem Stein, und plötzlich hatte er eine Idee, das Ergebnis einer schnellen Datenkorrelation.

Er trat hinter dem Stein hervor, bis zur Wassergrenze, hob dort beide Arme, winkte und rief: »Ich bin hier! Ich bin hier!«

Die Worte blieben für den Honta natürlich sinnlos, er konnte sie nicht verstehen. Es genügte, wenn er sie hörte, wenn er die Schallwellen registrierte.

Das geflügelte Wesen änderte den Kurs und kam direkt auf ihn zu.

Hudson veränderte die Konsistenz der äußeren Schichten seines Flexmetall-Körpers, sicherte die internen Systeme und ließ die Arme sinken. Wenige Sekunden später war der Honta heran und packte ihn mit den ausgestreckten vorderen Gliedmaßen. Krallen bohrten sich ihm in die weich gewordenen Hautschichten und hoben ihn hoch.

Hudson ließ es mit sich geschehen, in der Hoffnung, dass ihn der Honta dorthin trug, wo sich Admiral Cameron und die Honta-Königin befanden.

ICH BIN BEI DIR

Cameron: 38, ∞
Garlomir

100

Das Klicken und Klacken von Honta-Beißkiefern weckte Cameron aus einer Bewusstlosigkeit, die wie ein tiefer Schlaf gewesen war. Er fühlte sich von etwas umschlungen, und als er die Augen öffnete, erkannte er, dass er in einem Kokon aus klebrigen weißen Fäden steckte.

Er sah noch mehr: Dutzende von kleinen Honta, die Mrarl auf allen Seiten umgaben. Sie hielt ihn zwischen zwei der mittleren Gliedmaßen, direkt unter ihrem gepanzerten Leib, in unmittelbarer Nähe der transparenten Stelle, hinter der sich die Fruchtblase mit den ungelegten Eiern abzeichnete. Mrarl stapfte durch Räume mit schiefen Böden und Wänden voller abstrakter Symbole, begleitet von den kleinen Honta, die sehr aufgeregt wirkten.

Cameron bewegte Arme und Beine. Die Fäden, mit denen er umschlungen war, gaben einige wenige Zentimeter weit nach. Mit genug Zeit wäre er vielleicht in der Lage gewesen, sich zu befreien.

»Was hast du vor?«, klickte und krächzte er. »Wohin bringst du mich?«

»Sei still, Mensch!«, knarrte Mrarl. »Du hast noch nicht genug gesehen und gehört.«

Die knarrenden Stimmen der kleinen Honta wurden noch lauter. Cameron verstand sie nicht, zu viel Zeit war vergangen, die Honta-Sprache hatte sich ebenso verändert wie die der Menschen. Aber Mrarl schien einen Sinn in den Lauten zu erkennen, denn sie antwortete mit einem Farbenspiel auf ihrem Panzer, mit Bewegungen der langen Fühler und einem wiederholten Klacken, dass die anderen Stimmen übertönte.

Cameron versuchte, sich auf die Splitter der Zeit zu konzentrieren, doch vor dem inneren Auge sah er nur einen diffusen glitzernden Nebel, ohne einzelne Fragmente. Übte Mrarl erneut Einfluss auf ihn aus? Blockierte sie, was sie selbst in seinem Gehirn verändert hatte?

Wilde Gedanken zogen ihm durch den Kopf. Das Gebäude seiner Pläne und Absichten stürzte ein, es wurde zu einem Haufen Schutt in Asche und Staub. Eine bittere Erkenntnis kam ihm: Hudson hatte recht gehabt mit seinen Warnungen in Bezug auf Mrarl.

Behutsam setzte er seine Versuche fort, sich aus dem Kokon zu befreien. Einige der Fäden gaben etwas mehr nach, die rechte Hand, die noch immer das Messer hielt, bekam etwas Bewegungsspielraum. Er begann damit zu schneiden …

»Hör auf damit, Mensch!«, zischte Mrarl, während sie einen großen, vieleckigen Durchgang passierten. Licht strömte ihnen entgegen, die Dunkelheit wich weiter zurück. »Behindere mich nicht.«

»Wobei soll ich dich nicht behindern?«, brachte Cameron hervor und spürte, dass die scharfe Klinge einen klebrigen Faden durchtrennte.

Zwei etwas größere Honta versperrten den Weg. Cameron sah, dass sie Instrumentengürtel trugen, mit Taschen und Schlaufen, in denen Gegenstände steckten. Der eine holte einen schwarzen Stab hervor und klickte etwas.

Mrarl richtete sich vor dem anderen Honta auf, wodurch Cameron schwerer erkennen konnte, was vor ihnen geschah. Er drehte den Kopf und beobachtete, wie Mrarl den Stab mit einem Vorderbein beiseiteschlug. Ihr dreieckiger Schädel neigte sich von einer Seite zur anderen, die Augenringe glühten.

Die beiden Honta, Wächter oder Soldaten, duckten sich und gaben den Weg frei.

»Verhalte dich ruhig,«, zischte Mrarl ihrem Gefangenen zu. »Warte ab.«

Cameron schnitt weiter. Ein zweiter Kokonfaden löste sich.

Mrarl schob sich mit einem erneuten lauten Knarren an den beiden Wächtern vorbei und setzte ihren Weg durch einen kurvenreichen Tunnel fort, der den kleinen Honta genug Platz bot, um darin zu fliegen.

»Hör auf zu schneiden, hör auf zu zappeln!«, zischte die Honta-Königin. »Ich sehe und höre noch immer viel mehr als du. Und ich verstehe mehr. Ich habe verstanden, dass du ohne meine Hilfe jetzt gefangen oder vielleicht sogar tot wärst. Ich habe es gesehen, in einer der Möglichkeiten. Deshalb bin ich hier.«

Das Messer, spitz und scharf auch ohne die von den Inhibitoren blockierte Vibration, hielt nicht inne, es schnitt und schnitt. »Was hast du vor?«, fragte Cameron erneut. Das Licht, stellte er fest, stammte von Leuchtringen an Wänden und Decke. Offenbar waren sie Honta-Augen nachempfunden.

»Uns bleiben nur wenige Minuten deiner Zeit«, knarrte Mrarl. So breit und hoch der Tunnel auch sein mochte, sie konnte nicht darin fliegen, dafür war sie zu groß. Aber sie stapfte schnell, mit Beinen, deren Gelenke knackten. »Je weniger du fragst, je weniger ich erklären muss, je weniger du mich ablenkst, desto besser. Er weiß, dass wir hier sind, mein Eibruder, der die falsche Geschichte erzählt. Er wird auch wissen, was wir vorhaben und was geschehen könnte. Deshalb müssen wir schnell sein. Damit er keine Gelegenheit erhält, uns mit einer Änderung seiner Geschichte aufzuhalten.« Mrarl senkte den Kopf so weit, dass sie ihn ansehen konnte. »Du musst bereit sein, kleiner Mensch.«

Die Klinge zerschnitt den nächsten Faden. »Bereit wozu?«

Eine der mittleren Gliedmaßen knickte in der Mitte. Ihr Ende erreichte Cameron.

»Weißt du es nicht?«, erwiderte die Honta-Königin. »Hast du es noch immer nicht verstanden?«

Der nächste Faden gab nach, doch das nützte Cameron kaum etwas. Die geknickte Gliedmaße übte so starken Druck auf ihn aus, dass er kaum genug Luft bekam.

»Ich ersticke!«

»Hör auf zu schneiden!«

Die rechte Hand drehte das Messer ins Leere.

Der Druck ließ nach, und Cameron schnappte hinter der Atemmaske nach Luft.

»Wir sind gleich da«, knarrte Mrarl. Einige kleine Honta erschienen vor ihnen und machten der Königin sofort Platz. »Wir sind gleich da. Dann kannst du tun, was getan werden muss.«

»Kannst du dich nicht endlich einmal klar ausdrücken?«, knurrte Cameron.

»Wir sind *hier*, ist das klar genug?« Mrarl verharrte in einem runden Raum mit Dutzenden von kleinen Honta an den Wänden. Über ihnen leuchteten Ringe so hell, dass sie alle Schatten vertrieben. »Die Maske zum Atmen brauchst du nicht mehr. An diesem Ort gibt es auch für dich genug Luft.«

Mrarl setzte Cameron ab. Die geknickte Gliedmaße, die ihn eben noch an den Panzer gedrückt hatte, strich über den Kokon, und eine Kralle ebenso scharf wie das Messer zerschnitt die Fäden.

»Und jetzt, Mensch – *schnell!*«

Cameron stand ohne Atemmaske auf und fühlte erneut ein Zittern im Boden unter seinen Füßen. In der Mitte des Raums, auf einem Podest, lag eine menschliche Gestalt, eine Frau mit rotblondem Haar und Sommersprossen auf Nase und Wangen.

Kora.

101

Die Honta an den Wänden des großen runden Raums klickten mit den Beißkiefern und schlugen die vorderen Gliedmaßen mit lautem Klacken aneinander. Es klang nach Protest, vielleicht auch nach Zorn, aber was auch immer damit zum Ausdruck gebracht werden sollte, Cameron hörte es nur als unwichtiges Geräusch im Hintergrund.

Er lief zum Podest in der Mitte, das Messer in der rechten Hand keine Waffe mehr, sondern ein Werkzeug der Befreiung. Er schnitt die Fäden durch, einen nach dem anderen, so schnell wie möglich und gleichzeitig sehr vorsichtig. Die stumpfe Seite der Klinge strich über Koras dunkelblaue Uniform der Abteilung Neun, während sich die andere Kante, noch immer scharf, durch den Kokon arbeitete.

»Cam?«, erklang eine Stimme.

Kora hatte die Augen geöffnet, so türkisblau, wie er sie in Erinnerung hatte. Für einen Moment kam ihm der Moment unwirklich vor, wie das Bild eines Traums, wie ein Wunsch, der für ein oder zwei Sekunden die Realität besiegte.

»Ich bin bei dir«, sagte er und schnitt und schnitt.

Kora wandte den Kopf von einer Seite zur anderen und blickte zu den Wänden, wo das Klacken und Fauchen der Honta noch lauter wurde.

Mrarl antwortete mit einem Knarren und Klicken, das alles übertönte. Sie gestikulierte mit den vorderen Gliedmaßen und ließ die Fühler kreisen, trat dabei langsam um das Podest herum, um die kleineren Honta auf Abstand zu halten.

»Schnell!«, drängte sie. »Schnell, er weiß von uns!«

Die letzten Fäden … Cameron zerschnitt sie und zog die klebrige Masse von der Uniform, die kaum in einem besseren Zustand war als sein Einsatzanzug. Kora schwang die Beine über den Rand des Podests, zögerte und hob eine Hand zum Kopf.

Cameron half ihr beim Aufstehen und bemerkte aus dem Augenwinkel, wie mehrere kleine Honta versuchten, die Mitte des Raums zu erreichen. Mrarl trieb sie zurück.

»Ich hätte da einige Fragen«, sagte Kora und schwankte ein wenig.

»Kann ich mir denken. Die Antworten müssen warten.« Cameron sah, wie sie nach ihrem leeren Waffengürtel tastete. Er hob sein Messer. »Wir haben nur das hier.«

Der Nebel verschwand aus ihren Augen, sie schüttelte die Benommenheit ab. Ernst erwiderte sie seinen Blick. »Hoffentlich genügt es.«

DER ERZÄHLER

Cameron: 38, ∞

Garlomir

102

Es gab so viel zu berichten, so viel zu erklären, und es gab zu wenig Zeit dafür.

Cameron sprach schnell, im Kampfcode der Vereinten Streitkräfte, der weniger Worte und Silben erforderte, und Kora hörte ihm zu, während sie einen Proteinriegel aus seinem Notvorrat verschlang. Sie brauchte auch Wasser, sie hatte Durst, aber das musste warten – der Recycler von Camerons zerrissenem und halb verbranntem Einsatzanzug enthielt keine Flüssigkeit mehr.

»Am Ende der Zeit«, sagte sie zwischen zwei Bissen. »Das Universum stirbt.«

»Die Expansion reißt Raum und Zeit auseinander. Aber wir leben«, betonte Cameron. »Und wir können etwas tun.«

»Wir kämpfen«, bekräftigte Kora. »Überall dort, wo wir kämpfen müssen.«

Sie saßen auf dem Rücken der Honta-Königin, die durch steile Tunnel stapfte, gerade breit und hoch genug für sie. Wenn Wände und Decke zurückwichen, breitete sie die Flügel aus und flog. Dann mussten sich Cameron und Kora mit beiden Händen auf ihrem Panzer festhalten und selbst mit den Füßen nach Halt suchen, um nicht abgeworfen zu werden. Kleine Honta folgten ihnen mit lautem Klicken und Klacken oder erwarteten sie in größeren Räumen und Sälen. Sie versuchten sogar, Mrarl aufzuhalten, doch der Königin gelang es immer wieder, sie zu verscheuchen, mit schier ohrenbetäubend lautem Knarren und drohend gestreckten vorderen Gliedmaßen.

»Haben sie Waffen?«, fragte die neben Cameron auf Mrarls Panzer kauernde Kora. Sie war hellwach, ihre Blicke huschten umher auf der Suche nach Gegnern und Gefahren. So hatten sie es damals beide gelernt: Wachsamkeit und Bereitschaft, immer so gut wie möglich auf alles vorbereitet sein. Nur so konnte ein Soldat überleben, um den Kampf fortzusetzen.

»Keine sehr leistungsfähigen«, antwortete Cameron.

Sie sprachen noch immer im Kampfcode und mussten sich erneut ducken, als Mrarl einmal mehr die langen Flügel ausbreitete und durch mehrere große Räume flog, in denen die Reste alter, längst nicht mehr funktionierender Aggregate aufragten. Es folgte ein breiter, recht steil nach unten führender Schacht. Cameron versuchte, die Orientierung zu bewahren. Mrarls Ziel schien sich nicht in, sondern ein ganzes Stück unter der Pyramide zu befinden.

»Steinschleudern«, sagte Kora. »Speere. Pfeile. Etwas in der Art.«

Cameron nickte ihr zu. »Wir sollten darauf gefasst sein, dass Mrarl die Autorität verliert, dass die kleinen Honta, die Entarteten, nicht mehr den Weg freigeben und beschließen, uns aufzuhalten.«

Sie sanken in die Tiefe, sie fielen fast. Die Königin schlug schneller mit ihren Flügeln.

»Cam …«

»Ich bin hier«, sagte er. »Ich bin bei dir.« Die Worte fühlten sich gut an.

»Hältst du es für möglich?«

»Die Geschichte?«

»Es klingt verrückt genug, dass ein Honta die Geschichte des Universums erzählt und sie dadurch, mit dem Akt des Erzählens, Wirklichkeit werden lässt. Aber …« Kora lag flach auf Mrarls Rückenpanzer, die Finger in Lücken zwischen Panzerplatten. Sie drehte den Kopf und sah ihn an. »Glaubst du wirklich, dass wir die Geschichte ändern, den Krieg ... *ungeschehen* machen können?«

»Mrarl glaubt es. Sie will den Platz ihres Eibruders einnehmen und die richtige Geschichte erzählen.«

»Und dann hat der Krieg nie stattgefunden?«

»Er hätte nie stattfinden sollen.« In Koras Augen sah Cameron den eigenen Zweifel, den eigenen Argwohn. Er fügte hinzu: »Vielleicht ist es tatsächlich möglich. Es lohnt jede Anstrengung, jede Mühe.«

»Und was, wenn ...« Kora verlor fast den Halt, denn die Königin neigte sich abrupt zur Seite und flog eine scharfe Kurve. Mit aller Kraft krallte sich Kora fest. »Und was, wenn es Mrarl einfach nur darum geht, ihren Bruder zu ersetzen? Wenn sie es auf seine Macht abgesehen hat?«

Cameron hatte auch darüber schon nachgedacht. Wie hatte Hudson gesagt? Es gab immer Möglichkeiten. Für einen Moment fragte er sich, was aus dem Mikronauten geworden war.

»Wenn auch nur eine kleine Chance besteht ...«

»Ja«, sagte Kora. »Ja.«

Sie sah und hörte, dachte Cameron. Sie verstand. Vielleicht verstand sie viel schneller als er, obwohl ihr weitaus weniger Zeit geblieben war, alles zu verarbeiten.

Mrarl flog durch einen weiteren Tunnel und hob den Kopf. »Gleich«, knarrte sie. »Wir sind gleich da.«

Es wurde heller. Das Licht stammte schon seit einer ganzen Weile nicht mehr nur von Lumineszenz im Felsgestein, sondern von Leuchtstreifen, die manchmal zu komplexen Mustern angeordnet waren. Vielleicht empfingen sie niederenergetische Elektrizität, unbeeinflusst von den Inhibitoren. Oder es fanden chemische Reaktionen in ihnen statt, die einen Photonenstrom erzeugten, genug Energie für das Wachstum von Sauerstoff produzierenden Zellkolonien, die eine dicke Schicht an Wänden und Decke bildeten.

Mrarl zog ihre Flügel ein wenig ein, als der Tunnel schmaler wurde, und streckte sie erneut, als er in eine Höhle führte, deren Durchmesser Cameron auf mindestens fünfhundert Meter schätzte. Ihre Wände, von Nischen und Alkoven durchzogen, wölbten sich einer hohen Decke entgegen, an der mehrere große leuchtende Kugeln hingen. Ihr Schein fiel auf die silberweißen Stränge eines riesigen Gespinstes, das sich durch die ganze Höhle zog, bestehend aus Dutzenden von dicken Strängen, die vom Boden, den Wänden und auch der Decke ausgingen.

Sie trafen sich in der Mitte der Höhle, bei einem Honta größer als Mrarl. Etwa zehn Meter war er lang, steckte in einer Art Blase und wirkte wie aufgebläht. Nur noch einige verkümmerte Reste erinnerten an die langen Flügel, die er einst gehabt hatte, Rückenpanzer und Flanken zeigten nur noch matte Farben, die dünnen Gliedmaßen wirkten zerbrechlich.

Die langen, filigranen Fühler waren weit nach vorn gestreckt und mit zwei dicken Strängen des Gespinstes verbunden. Die Augenringe enthielten keine Fluoreszenz mehr, was vielleicht darauf hindeutete, dass der große Honta erblindet war. Aber über die Fühler nahm er Vibrationen wahr und wusste, dass sich ihm jemand näherte. Er neigte den dreieckigen Kopf und öffnete die Kiefer.

Mror, Mrarls Eibruder, Erzähler der falschen Geschichte.

In den Nischen und Alkoven in den gewölbten Wänden, in den Öffnungen in der hohen Decke, in den Tunneln, die in die große Höhle mit dem Erzähler führten ... Überall wimmelte es von kleinen Honta, und sie drängten sich aneinander, als wollten sie sich gegenseitig wärmen. Einige von ihnen stimmten eine Art klickenden und klackenden Gesang an. Andere kletterten über die Stränge zum großen Honta in der Höhlenmitte und brachten ihm etwas, das sirupartige Nahrung zu sein schien.

»Honig«, murmelte Cameron.

Kora wusste, was er meinte. »Die Bienen auf der Erde.«

Wo ich dich gesehen habe, dachte Cameron. Wo du verschwunden bist. »Die kleinen Honta, sie ernähren den Erzähler.«

»Wir sind da«, erklärte Mrarl mit einem plötzlichen Knarren und flog am Gespinst vorbei zur anderen Seite der Höhle.

»Und jetzt?«, wandte sich Cameron an sie. »Wie willst du vorgehen? Wie willst du den Platz deines Eibruders einnehmen? Wie kann ich dir dabei helfen?«

»Zwei Dinge«, antwortete Mrarl. »Zwei Schritte, einer nach dem anderen.«

Sie landete vor einer Öffnung in der Wand, die nicht in einen Tunnel führte, sondern in einen Raum mit Maschinen, von denen einige noch in einem guten Zustand schienen. Mehrere kleine Honta mit an ihrem Leib befestigten Werkzeugtaschen stellten sich ihr in den Weg. Ungeduldig stieß die Honta-Königin den ersten von ihnen mit einem Vorderbein beiseite. Dann senkte sie den Kopf und zischte und spuckte.

Die anderen Honta wichen zurück.

Cameron und Kora hockten noch immer auf Mrarls Rücken. Kora wagte es, sich ein wenig aufzurichten. »Was geschieht jetzt?«, fragte sie. »Was sind das für Anlagen?«

Mit den beiden Menschen auf ihrem Panzer stapfte Mrarl zu mehreren Geräteblöcken, die einen Halbkreis bildeten, richtete sich vor ihnen halb auf und trat mit einer vorderen Gliedmaße zu. Krachend zerbarst hartes graues Material, vielleicht Kunststoff oder gar Metall, doch es splitterte wie Glas. Immer wieder trat Mrarl zu, bis ein dumpfes Summen, das den Raum durchzogen hatte, nicht mehr zu hören war.

»Die Inhibitoren?«, klickte Cameron.

»Du siehst und hörst mehr als zuvor.« Mrarl drehte sich mit ihren beiden Passagieren um und kehrte in die viel größere Höhle zurück. Noch immer kletterten und krochen kleine Honta über die Stränge, um dem Erzähler in der Mitte des Gespinstes Nahrung zu bringen oder seinen aufgeblähten Leib zu pflegen. »Ja, die Inhibitoren. Der erste Schritt ist getan.«

Cameron überprüfte die Systeme des Einsatzanzugs. Sie ließen sich nicht reaktivieren, nicht einmal die Kommunikation. »Was nützt es uns, dass du die Inhibitoren außer Gefecht gesetzt hast? Wir haben keine Waffen und Werkzeuge!«

Ein Pfiff erklang, ein durchdringendes Geräusch, das in Camerons Ohren schmerzte. Aus dem Augenwinkel sah er, wie Kora eine Grimasse schnitt.

»Was ist das, ein Alarm?«, klickte Cameron so laut wie möglich. »Warum hast du die Inhibitoren zerstört? Was hat das alles für einen Sinn?«

Die Honta-Königin zischte und fauchte etwas, das ihren kleineren Artgenossen galt, die ihr erneut entgegendrängten. Waffen irgendeiner Art konnte Cameron bei ihnen nicht entdecken, aber besonders freundlich wirkten sie nicht. Allem Anschein nach wollten sie Mrarl den Zugang zum Gespinst verwehren.

Die Königin richtete sich halb auf, was Cameron und Kora zwang, sich erneut an ihrem Rückenpanzer festzuklammern. Sie ließ ihre Fühler kreisen, hob drohend die vorderen Gliedmaßen. Und sie drehte sich ein wenig zur Seite, damit die kleineren Honta ihre Fruchtblase mit den Eiern sahen.

Mrarl bahnte sich einen Weg durch die Menge, stieß ein paar Übereifrige beiseite und schlug mit lautem Klacken ihre Beine aneinander. Schließlich erreichte sie einen silberweißen Strang und begann zu klettern.

Es wurde wärmer, und die Luft bekam einen modrigen Geruch, wie von verwelkendem Laub.

Cameron blickte zurück, während Mrarl immer höher kroch. Unten, am Rand des Gespinstes, versammelten sich immer mehr kleine Honta. Eine brodelnde vielbeinige Masse wurde daraus, ein Wald aus zornig winkenden Fühlern und leuchtenden Augenringen. Einige der kleinen Honta folgten Mrarl oder krochen über andere Stränge, um sie überholen.

Oben, in der Mitte der großen Höhle, ruhte Mror in der Blase und erzählte seine Geschichte des Universums, zu der ein verheerender Krieg in der Milchstraße gehörte. Noch immer ertönten Pfiffe, schmerzhaft still und laut.

Cameron versuchte erneut, seinen Kommunikator zu aktivieren, doch keins der Anzugsysteme reagierte. Die Zerstörung der Inhibitoren bewirkte zumindest für ihn nicht den geringsten Unterschied.

»Was können wir tun?«, fragte Kora neben ihm. »Wie können wir helfen?«

»Ich weiß es nicht«, antwortete Cameron und dachte an die Hinweise darauf, dass er bei diesen Ereignissen eine wichtige Rolle spielen würde. Mrarl wollte den Platz ihres Eibruders einnehmen und eine neue Geschichte erzählen, die *richtige* Geschichte, ohne den Krieg. Und er, Cameron, Waise von Harkonia und Admiral der Vereinten Streitkräfte, sollte ihr dabei helfen. Deshalb hatte die Honta-Königin in tiefer Vergangenheit auf ihn gewartet. Deshalb hatte sie sein Gehirn verändert, damit er die Splitter der Zeit sah und hörte, damit er sie verstand und sich zwischen ihnen zurechtfand. Das alles deutete tatsächlich darauf hin, dass ihm eine besondere Rolle zukam.

Diese Gedanken gingen ihm durch den Kopf, während er auf Mrarls Rückenpanzer mehr lag als saß und sie immer höher kletterte am zitternden, bebenden Strang, ihrem Eibruder entgegen, der nur träge die dünnen Beine bewegte, wie bei einer vorsichtigen Wanderung auf dünnem Eis.

»Ich weiß es nicht!« Er rief die Worte wie in Erwartung eines Echos, das ihm Antwort gab. Und er klickte: »Mrarl, erklär mir endlich, was wir tun sollen!«

»Augen und Ohren, Mensch«, knarrte die Königin. »Du hast sie gesehen, die Splitter. Du hast sie gehört. Du hast begonnen zu verstehen. Doch du musst noch mehr verstehen. Und das wirst du, bald. Was geschieht und geschehen soll, muss zusammengefügt werden.«

Zwei etwas größere Honta erwarteten sie einige Meter unter der Blase mit Mror. Den ersten stieß Mrarl mit einem kräftigen Tritt eines Vorderbeins beiseite – der Honta fiel und breitete seine Flügel aus, um den Sturz abzufangen. Der andere hielt sich besser am Strang fest und streckte Mrarl seine Gliedmaßen wie lange Stacheln entgegen.

Doch auch davon ließ sich die Königin nicht aufhalten. Sie zog den dreieckigen Kopf ein, zog ihn zwischen die harten Platten des Rückenpanzers. Cameron hörte das Kratzen und Quietschen von Krallen, die keine weiche Stellen fanden, in die sie sich bohren konnten. Er duckte sich, ebenso wie Kora neben ihm, und entging nur knapp einer über ihn hinwegstreichenden Honta-Klaue.

Mrarl schlug oder trat nicht. Stattdessen stemmte sie sich mit der ganzen Masse ihres größeren Körpers dem kleineren Honta entgegen, der dadurch nach oben geschoben wurde, bis er mit dem Hinterleib gegen die Blase des Erzählers stieß. Um sie nicht zu beschädigen, ließ er los und fiel wie zuvor der andere Honta.

Der Weg war frei.

Aber Mrarl verharrte dicht unter der Blase ihres Eibruders.

»Und jetzt?«, fragte Kora.

»Und jetzt?«, wandte sich Cameron an die Königin.

Mrarl hob ihre mittleren Gliedmaßen, wölbte sie Kora und Cameron entgegen und drückte sie beide an ihren Rückenpanzer.

»Jetzt warten wir«, knarrte sie.

DER LETZTE AUFTRAG

Hudson, ∞
Garlomir

103

Die haptischen Sensoren funktionierten mit minimaler Energie und vermittelten nicht das Äquivalent von Schmerz, sondern Daten, die Kontakte mit Substanzen und Gegenständen betrafen.

Hudson hatte ihre Empfindlichkeit reduziert, um nicht zu viele Alarmmeldungen zu empfangen, aber trotzdem mangelte es nicht an warnenden Hinweisen. Sie teilten ihm mit, dass sich die Krallen des Honta, der ihn trug, zu tief in eine weich und amorph gestaltete Epidermis bohrten, was die Funktionen der internen Systeme bedrohte.

Während des Flugs über den Fluss machte sich Hudson daran, seine Interna zu schützen, indem er den äußeren Schichten seines Körpers mehr Festigkeit gab und die Krallen ein wenig zurückdrängte.

Das merkte der Honta und fürchtete offenbar, seine Beute zu verlieren, weshalb er noch fester zugriff. Hudson schirmte daraufhin seine wichtigsten Systeme besser ab, vor allem die rekonstruierte Signaleinheit, damit ihre Integrität gewahrt blieb.

Voraus geriet ein pyramidenartiges Bauwerk in Sicht, bestehend aus zahlreichen wabenartigen Strukturen. Der Honta flog darauf zu und ging etwas tiefer. Eine der Öffnungen ganz unten schien sein Ziel zu sein.

Hudson nahm eine rasche Situationsanalyse vor und berechnete die Wahrscheinlichkeiten für verschiedene Szenarien. Den höchsten Wert erzielte die Möglichkeit, dass man ihn für ein wichtiges Artefakt hielt, das genauer untersucht werden musste, woraus folgte, dass nach wie vor keine unmittelbare Zerstörungsgefahr bestand. Man würde ihn vermutlich zu einem Ort bringen, an dem eine genaue Untersuchung stattfinden konnte. Dass dort eine Verständigung möglich war, bezweifelte Hudson. Aber vielleicht erhielt er Gelegenheit, wichtige Informationen zu sammeln und herauszufinden, wo sich Admiral Cameron und die Honta-Königin aufhielten.

Es bestand durchaus das Risiko von Schäden und Defekten, das ließ sich nicht vermeiden. Hudson legte detaillierte redundante Anweisungen in seinen Selbstreparatursystemen ab, mit Prioritäten bei der Wiederherstellung wichtiger Funktionen. Die höchste davon hatte die Signaleinheit – er musste in der Lage sein, das Zündsignal zu senden.

Der Honta trug ihn durch die Öffnung ins Innere der großen, aus einer Vielzahl von Waben bestehenden Pyramide und flog mit etwas reduzierter Geschwindigkeit durch Tunnel und Räume. Die Sensoren übermittelten Hudson neue ambientale Daten: Die Temperatur stieg, und die Luft enthielt mehr Sauerstoff, genug für die Atmung von Menschen, was die Überlebenschancen des Admirals erhöhte. Hinzu kamen energetische Emissionen gerade unterhalb der Inhibitionsschwelle. Offenbar gingen sie von Lichtquellen aus, in deren Schein Photosynthese betreibende Zellkulturen wuchsen, was den gestiegenen Sauerstoffanteil der Luft erklärte.

Hudson fügte die Sensordaten zu einer Übersicht zusammen, die es ihm gestattete, ihren Weg in Relation zur Umgebung zu verfolgen. Erst ging es weiter ins Innere des Pyramidenbaus, der sehr alt zu sein schien, dann durch fast vertikale Schächte hinab in die Tiefe, umschwärmt von zahlreichen Honta. Es wurden immer mehr, so viele, dass eine sichere Navigation kaum mehr möglich war.

Was den Honta, der Hudson trug, schließlich veranlasste, etwa hundert Meter unter der Pyramide in einem Raum zu landen, in dessen offenen Waben Larven lagen. Mit klickenden, klackenden und knarrenden Lauten verständigte er sich mit seinen Artgenossen, fügte der verbalen Kommunikation sich verändernde Körperfarben und Bewegungen von Fühlern und Gliedmaßen hinzu. Hudson nahm es zur Kenntnis, ohne den Mitteilungscode der Honta entschlüsseln zu können, dazu reichte seine Verarbeitungskapazität bei weitem nicht aus. Er bedauerte es sehr, denn dadurch blieb ihm der Zugang zu einer wichtigen Informationsquelle verwehrt.

Die Krallen hielten ihn noch immer fest. Natürlich hätte er sich jederzeit durch eine weitere strukturelle Veränderung der äußeren Körperschichten befreien können, doch es wäre kaum möglich gewesen, den Honta zu entkommen, denn er musste sein energetisches Niveau so niedrig wie möglich halten, was eine starke Begrenzung seiner motorischen Funktionen bedeutete. Er konnte sich nur langsam bewegen, Laufen oder schnelles Klettern kamen nicht in Frage. Die Reparaturfunktion hatte inzwischen den Gravitator wiederhergestellt, aber es stand nicht genug Energie für einen Flug zur Verfügung, den die Inhibitoren vermutlich ohnehin unmöglich gemacht hätten.

Abwarten erschien ihm die beste Option. Daten sammeln, auswerten, die Situation analysieren, bis sich eine Gelegenheit zu konkretem Handeln bot.

Überraschenderweise wandten sich die vielen Honta, die den Neuankömmling in Empfang genommen hatten, nun von ihm ab und krabbelten und flogen an den offenen Waben vorbei in einen breiten Tunnel, der offenbar noch etwas weiter in die Tiefe führte.

Der Honta mit dem Mikronauten in seinen Krallen breitete seine Flügel aus, stieg wieder auf und folgte den anderen. Er schien es eilig zu haben.

Plötzlich geschah etwas, das eine noch größere Überraschung war. Eine Energiepatrone, die zur technischen Ausstattung seines

Flexmetall-Körpers gehörte, meldete Hudson eine Ladung von siebenundzwanzig Prozent. Das war nicht viel. Unter normalen Umständen hätte ihn ein solcher Hinweis veranlasst, den Energiebedarf seiner Systeme zu reduzieren und eine baldige Wiederaufladung auf die Prioritätenliste zu setzen. Aber es handelte sich um weitaus mehr Energie, als ihm bisher zur Verfügung gestanden hatte.

Langsam und vorsichtig verbesserte er die Leistungsfähigkeit seiner Sensoren und fuhr die internen Systeme hoch. Das energetische Niveau stieg, ohne dass sich ein begrenzender Einfluss bemerkbar machte.

Hudson folgerte daraus, dass die Inhibitoren deaktiviert oder ausgefallen waren.

Daraus ergaben sich neue Möglichkeiten.

Er recycelte die ineffiziente Wärmepumpe, die ihn bisher mit Notenergie versorgt hatte, zapfte die Ladung der Energiepatrone an und begann mit einer neuen Situationsanalyse.

Kommunikation: Das Kommunikationssystem funktionierte, es meldete volle, uneingeschränkte Funktionsbereitschaft. Dennoch konnte weiterhin keine Verbindung mit Admiral Cameron oder dem Angriffsjäger auf der Oberfläche von Garlomir hergestellt werden.

Rekonstruierte Signaleinheit: Ihr Leistungspotenzial war gestiegen. Hudson verband sie mit dem Kommunikator.

Priorität: An seiner Mission, am letzten Auftrag, änderte sich nichts. Wenn er die Honta-Königin fand, musste Hudson die Bombe in ihr zünden, sofern der Admiral dazu nicht imstande war und keine anderweitigen Anweisungen erteilen konnte.

Bewegungs- und Aktionsfreiheit: Um den letzten Auftrag zu erfüllen, musste er sich frei bewegen und agieren können. Der Honta, den er als Transportmittel benutzt hatte, hielt ihn noch immer fest, die Krallen waren noch immer tief in seine äußeren Körperschichten gebohrt. Mit der zusätzlichen Energie wäre es ihm möglich gewesen, sich sofort aus dem Griff zu befreien, zu laufen und flink zu klettern. Aber in welche Richtung sollte er sich wenden?

Diese Frage brachte Hudson zum nächsten Punkt:

Ortung: Er vergrößerte das Funktionsspektrum seiner Sensoren, stellte ihnen mehr Energie zur Verfügung und leitete eine umfassende Sondierung ein.

Eins der ersten Ergebnisse bestand aus Daten, die auf zunehmende Instabilität in der planetaren Kruste von Garlomir hinwiesen. Vibrationen und Erschütterungen wiederholten sich und wurden heftiger. Während des Flugs spürte man nichts, deshalb hatte Hudson es bisher nicht bemerkt, aber die kritische Phase rückte immer näher.

Das zweite Resultat betraf eine Wärmequelle, nicht weiter als dreihundert Meter entfernt. Dort gab es Energieströme, und allem Anschein nach waren die vielen Honta genau dorthin unterwegs.

Orientierung: Dieser Punkt stand in unmittelbarem Zusammenhang mit dem vorherigen. Die Wärmequelle mit den Energieströmen stellte ein wahrscheinliches Ziel dar. Daraus ergaben sich zwei Möglichkeiten: Entweder entschied Hudson, sich aus dem Griff der Krallen zu lösen und den Weg allein fortzusetzen, oder er ließ sich weiterhin tragen, da sich der Honta, der ihn festhielt, all den anderen angeschlossen hatte, die zur Wärmequelle unterwegs waren.

Hudson wählte die zweite Möglichkeit, weil er es noch immer für angebracht hielt, sparsam mit seiner Energie umzugehen. Und weil er vermeiden wollte, mehr Aufmerksamkeit auf sich zu ziehen. Er blieb reglos, ohne seine Haut zu verändern und die Krallen abzustoßen, doch er fuhr heimlich mit der Sondierung fort.

Die Sensoren erweiterten seinen Wahrnehmungshorizont: Er sah die Schächte, Tunnel und Räume unter der Pyramide, die Verbindungen zwischen ihnen, ein uraltes Netzwerk, das tief in den Planeten reichte und zu einem großen Teil gar nicht mehr benutzt wurde. Und er sah einen großen Raum nicht weit voraus, eine Höhle mit einem Durchmesser von mehr als fünfhundert Metern. Dort befand sich die Wärmequelle, dort trafen sich die georteten Energieströme.

Der ihn tragende Honta flog so dicht über seine Artgenossen hinweg, dass Hudson mit den Beinen Rückenpanzer und nach oben gerichtete Fühler berührte. Er zog die Beine an, ohne den Griff der Krallen zu beeinträchtigen, und verbesserte die Auflösung der Sensoren mit ein wenig mehr Energie.

Die ermittelten Daten präsentierten eine vertraute Biosignatur in der Höhle direkt voraus – Admiral Cameron befand sich dort, noch dazu in der Gesellschaft eines zweiten Menschen!

Zwei weitere signifikante biologische Signaturen betrafen größere Honta. Einer von ihnen konnte Mrarl sein, vermutete Hudson.

In der Höhle lag die Temperatur ein ganzes Stück über dem Gefrierpunkt von Wasser, was zum einen auf die Energieströme zurückzuführen war und zum anderen auf die Präsenz der vielen kleinen Honta, die sich vor einem riesigen Gespinst zusammendrängten und über seine Stränge krabbelten. In der Mitte sah Hudson mit den visuellen Sensoren eine Blase, die einen besonders großen Honta enthielt. Er war noch ein ganzes Stück größer als die Königin.

Mrarl befand sich direkt unter der Blase und hielt zwei Menschen auf ihrem Rückenpanzer fest. Admiral Cameron und seine Begleiterin, vermutlich Kora, befanden sich in ihrer Gewalt!

Damit waren alle Voraussetzungen erfüllt. In seiner gegenwärtigen Situation konnte der Admiral nicht den Befehl für die Zündung der Bombe geben, und Mrarl stellte ganz offensichtlich eine Gefahr für ihn und die Frau an seiner Seite dar.

Hudson handelte.

Er veränderte die Beschaffenheit seiner Epidermis, gab ihr eine feste Struktur und an einigen bestimmten Stellen scharfe Kanten.

Krallen brachen, der Honta fauchte.

Hudson fiel.

Dicht über den anderen kleinen Honta auf dem Höhlenboden fing er seinen Sturz mit dem Gravitator ab, gab ihm mehr Energie, stieg auf und sendete das Zündsignal.

DAS ENDE EINER KÖNIGIN

Cameron: 38, ∞
Garlomir

104

Mrarl drückte so fest zu, dass Cameron kaum Luft bekam. Er hatte den Kopf zur Seite gedreht und sah, wie sich Koras Gesicht verfärbte – ihre Atemnot schien noch größer zu sein als seine.

Die Honta-Königin bewegte sich am Strang, sie neigte den Körper, so dass ihre Flanke zur Blase des Eibruders zeigte. Der Rückpanzer kippte, fort von dem größeren Honta direkt über ihnen.

Es war ein kompliziertes Manöver. Mehrmals veränderte Mrarl den Griff ihrer Gliedmaßen, bis sie offenbar glaubte, die richtige Position gefunden zu haben. Cameron konnte Mror, der in seiner Blase die Geschichte des Universums erzählte, nicht mehr sehen.

»Hör mir zu, Mensch«, knarrte Mrarl. Die Gliedmaße, mit der sie Cameron und Kora an ihren Panzer presste, schien noch fester zuzudrücken. »Der Moment ist gekommen. Du musst mehr sehen und hören als jemals zuvor in deinem kurzen Leben. Du musst mehr verstehen, als ein gewöhnlicher Mensch verstehen kann.«

»Ich … ersticke.«

»Du wirst leben«, ließ ihn Mrarl wissen. »Du musst leben. Eine Aufgabe wartet auf dich.«

»Lass mich los!«, klickte Cameron mühsam. »Lass *uns* los!«

Tief unten am Höhlenboden, am Rand des Gespinstes, kamen immer mehr der kleinen Honta zusammen. Sie vereinten sich zu einer brodelnden Masse, die an den weißen Strängen empordrängte.

Inmitten der Menge aus dreieckigen Köpfen, kreisenden Fühlern und seltsam bunten Rückenpanzern zeigte sich für einen Moment ein silbernes Etwas.

»Hör zu, Mensch!«, knarrte Mrarl erneut. »Ich muss sterben, aber du musst leben!«

»Was?«, stieß Cameron hervor. Er versuchte, einen Arm freizubekommen, damit er Kora helfen konnte. Ihr Gesicht war dunkel geworden, die Augen groß. Sie konnte nicht atmen.

»Du sollst zuhören, Admiral Cameron!«, fauchte Mrarl. Sie begann zu zittern, Cameron spürte es. »Hör besser zu als jemals zuvor in deiner Existenz. Ich werde sterben. Die Bombe, die mir in deinem Auftrag eingepflanzt wurde, explodiert gleich.«

»Aber ...«

»Sei still! Die Bombe wird explodieren, denn er ist hier, der kleine Mann, und er wird seinen letzten Auftrag erfüllen. Er wird sehen, dass du dich in meiner Gewalt befindest, und er kann das Signal senden, weil die Inhibitoren nicht mehr funktionieren.«

Warum?, wollte Cameron fragen. Und: Welchen Sinn hat das? Doch diesmal schwieg er, ohne den Versuch aufzugeben, seinen Arm zu befreien. Kora, dem Ersticken nah, schien etwas sagen zu wollen, aber sie brachte keinen Ton hervor.

»Eine Seite meines Körpers ist weich, die andere hart«, fuhr Mrarl fort. »Die weiche Seite mit den Schnittwunden – als ob ich sie nicht bemerkt hätte! – zeigt zur Blase meines Eibruders. Die Wucht der Explosion wird sich vor allem dort bemerkbar machen. Sie wird nicht nur mich innerlich zerreißen, sondern auch die Blase zerstören und meinen Bruder töten. Wenn er nicht stirbt, kleiner Mensch ... Du hast das Messer.«

Kora starb. Cameron sah es in ihrem Gesicht, in ihren Augen. Und unten, im Honta-Gewimmel, erwies sich das silberne Etwas als zwanzig Zentimeter großer Humanoide aus glänzendem Flexmetall.

Der Kommunikator funktionierte nicht, Cameron konnte dem Mikronauten keine neuen Anweisungen erteilen. Und es hatte keinen Sinn zu rufen. Die Entfernung war zu groß, das Klicken und Klacken all der Honta viel zu laut.

Deshalb hatte Mrarl die Inhibitoren zerstört, begriff er. Damit Hudson das Zündsignal für die Bombe senden konnte. Damit die Explosion die Blase ihres Eibruders zerriss und ihn tötete. Sie opferte sich selbst, um ihr Ziel zu erreichen.

Ihr Ziel?

Hier gab es ein großes Aber.

Wenn Mror starb, endete seine große Geschichte des Universums hier und jetzt, an diesem Ort, am Ende der Zeit. Und wenn Mrarl seine Geschichte nicht neu erzählen konnte, wie sollte es dann einen Kosmos geben oder jemals gegeben haben, in dem der Krieg nie stattgefunden hatte? Genügte es, das Leben des Erzählers zu beenden, um das Erzählte verschwinden zu lassen?

Cameron war plötzlich sicher, einen wichtigen Punkt übersehen zu haben.

Neben ihm schloss Kora die Augen. Die Lider, schwer geworden, sanken herab. Lebte sie noch? War sie bereits tot?

»Lass Kora frei!«, stieß er hervor.

»Du musst leben, kleiner Mensch!«, zischte Mrarl. »Hörst du? Siehst du? Verstehst du? Wenn die Bombe explodiert, wird sich mein Griff lockern. Du musst dich festhalten, wenn du nicht in die Tiefe stürzen willst. Und das willst du nicht, das darfst du nicht.«

Cameron bekam den Arm frei und streckte ihn sofort nach Kora aus.

Im gleichen Augenblick explodierte die Bombe.

105

Es krachte nicht, das Klicken und Klacken der vielen Honta tief unten hallte noch immer laut durch die Höhle, ohne von anderen Geräuschen übertönt zu werden. Cameron hörte die Explosion nur deshalb, weil er ihr sehr nahe war: ein Grollen wie aus den Tiefen eines Vulkans kurz vor der Eruption.

Die Honta-Königin blähte sich auf, es knackte in ihrem Rückenpanzer, Risse entstanden. Die der Blase im Zentrum des Gespinstes zugewandte Seite platzte, und dann kam es tatsächlich zu einer Eruption. Ein heißer Brei aus zerfetzten inneren Organen, zerkochtem Muskelgewebe und zertrümmerten Knochen spritzte mit hohem Druck der Blase des Erzählers entgegen, und für einen Moment hatte es den Anschein, als könnte sie standhalten. Doch dann verfärbte sie sich und riss, und der heiße Strahl aus Mrarls Körperinnern traf den ungeschützten Unterleib des Erzählers.

Der auf Cameron lastende Druck verschwand plötzlich. Er schnappte nach Luft, fiel und suchte aus einem Reflex heraus mit der linken Hand nach Halt. Die rechte hielt noch immer das Messer, ein Soldat ließ seine Waffe nicht einfach los. Er bekam etwas zu fassen, rutschte ab, griff erneut zu und klammerte sich fest, während er gierig atmete und gegen die Schwäche ankämpfte.

»Kora«, krächzte er.

Er hörte die eigene Stimme kaum, so laut war das Klicken und Klacken, das Zischen und Fauchen der Honta unten in der Höhle. Er sah sich um, mit der linken Hand an einem klebrigen Strang des Gespinstes, hielt nach Kora Ausschau, doch seine Blicke fanden sie nicht.

Körperteile von Mrarl fielen an ihm vorbei in die Tiefe. Ein Bein streifte Cameron, eine Kralle hinterließ einen langen Riss im lädierten Einsatzanzug.

»Kora!«, rief Cameron und dachte: Wir lassen niemanden zurück. So hatte er es damals von Grindel gelernt, so hatten sie es beide von ihm gelernt.

Ein leises Knarren erreichte seine Ohren durch den Lärm. »Kleiner Mensch …«

Cameron sah nach oben. Mrarl hing noch immer dicht unter

der offenen Blase ihres Eibruders, die eine Seite ihres Körpers zerfetzt und halb leer, mehrere Beine abgerissen, ihr Rückenpanzer geborsten. Aber die Honta-Königin war nicht tot, noch nicht.

Ihre Fühler kreisten, der dreieckige Kopf schwang herum.

»Komm her, kleiner Mensch«, knarrte Mrarl gerade laut genug. »Komm zu mir …«

Cameron blickte nach unten, aber natürlich konnte er Kora in der wimmelnden Masse der zahllosen Honta nicht ausmachen. Sie war gestürzt, aus einer Höhe von mehreren hundert Metern. Selbst wenn sie nicht auf hartes Felsgestein geprallt war, sondern auf die Rückenpanzer der Honta, einen solchen Sturz konnte man nicht überleben.

»Komm zu mir, wenn du leben willst«, hörte er Mrarl knarren, »und wenn deine Kora leben soll!«

Letzteres gab den Ausschlag, ließ nicht nur den Soldaten reagieren, sondern auch den Menschen Cameron. Er kletterte an dem von Schleimblut glitschigem Strang nach oben, erreichte die Honta-Königin, bohrte seine Finger in die breiten Risse zwischen den Panzerplatten ihres Rückens und zog sich weiter hoch, am Rand des großen, klaffenden Lochs in ihrer Flanke entlang. Etwas Öliges tropfte auf ihn herab und veranlasste ihn, kurz den Blick zu heben. Mror, ein ganzes Stück größer als Mrarl, wand sich schwerverletzt in den Resten der Blase. Seine Fühler hatten den Kontakt zu den Gespinststrängen verloren.

Schleim und Blut strömten aus mehreren Wunden, die Kiefer des großen Kopfes waren geöffnet. Doch nicht ein Laut kam aus dem offenen Mund, und die blinden Augenringe blieben ohne Fluoreszenz. Aber auch in Mror steckte noch Leben, vielleicht sogar mehr als in Mrarl.

Cameron fragte sich, was in diesen Momenten mit Mrors Geschichte geschah, ob sie immerzu erzählt werden musste, damit sie real blieb. Vielleicht verschwanden in diesem Augenblick Teile der großen Geschichte, weil der Erzähler sie nicht mehr erzählte.

Cameron erreichte Mrarls Kopf. »Ich bin bei dir«, krächzte er und dachte, dass diese Worte eine andere Bedeutung verdienten.

»Ich sterbe, Mensch«, knarrte die Honta-Königin. »Ich kann nicht den Platz meines Bruders einnehmen. Ich kann die falsche Geschichte, die er so lange erzählt hat, nicht durch die richtige ersetzen.«

»Aber …«

»Schon wieder! Unterbrich mich nicht!« Mrarl erbebte am ganzen Leib. Cameron hielt sich an ihrem Hals fest. »Du musst meinen Platz einnehmen …«

»Was?«, entfuhr es ihm.

»So war es von Anfang an vorgesehen.« Das Klacken und Knarren wurde leiser. Cameron beugte sich näher zum Kopf. »Deshalb habe ich so lange gewartet, noch vor deiner Zeit. Deshalb habe ich dich verändert. Ich habe den Weg gesehen und beschritten. Ich habe die Stimmen der Zeit gehört und mich von ihnen leiten lassen. Hier sind wir nun. Mein Weg ist zu Ende, deiner beginnt.«

»Ich weiß überhaupt nicht, wie …«

Mrarl versuchte, den Kopf zu drehen. Die Anstrengung führte zu neuen Konvulsionen. Über ihr streckte Mror seine zitternden Gliedmaßen.

»Er lebt noch«, knarrte Mrarl mit letzter Kraft. »Aber er darf nicht am Leben bleiben. Du musst ihm den Rest davon nehmen, bevor die anderen Honta kommen, um seine Wunden zu heilen. Er muss sterben, er muss mir in den Tod folgen. Und dann nimmst du seinen Platz ein. Du bist vorbereitet. Ich habe getan, was ich konnte, kleiner Mensch, und das muss genügen.«

Ein neuer Laut folgte dem Knarren. Es klang fast nach einem menschlichen Röcheln.

»Du hast angefangen, zu sehen und zu hören«, fuhr Mrarl mühsam fort, während ihr aufgerissener Leib heftiger zuckte. »Du hast begonnen zu verstehen. Den Rest des Weges musst du ohne mich gehen.«

Cameron kroch noch etwas näher und achtete nicht auf den Gestank.

»Wie?«, fragte er erneut. »Ich weiß nicht, wie man eine solche Geschichte erzählt!«

»Bring die Splitter zusammen, vereine sie, lass neu entstehen, was von Mror zerbrochen wurde, heile die Wunden der Wirklichkeit und erzähle deine Geschichte. Kleiner Mensch ...« Ein Augenring war nah. Cameron sah, wie die Fluoreszenz darin verblasste. »In deiner Geschichte kannst du Kora neues Leben geben, Admiral Cameron.« Ein Bein löste sich vom Strang. Mrarl begann zu rutschen. »Ich kann mich nicht mehr halten. Verlass mich, klettere nach oben!«

Cameron griff nach dem Strang und richtete sich halb auf. »Mrarl ...«

Die Honta-Königin hörte ihn nicht mehr, sie starb und fiel.

106

Er sah ihr nach, die linke Hand fest um den glitschigen Strang geschlossen, in der rechten das Messer, und beobachtete, wie sie in die Tiefe stürzte, wie unter ihr die kleinen Honta beiseitewichen, wie sie zwischen ihnen auf den felsigen Boden prallte und der Rückpanzer barst.

Die Pfiffe und das laute Klacken dauerten an. Dutzende von Honta krochen an den Strängen des Gespinstes empor. Sie hatten zwei Ziele: den schwerverletzten Erzähler, dessen Wunden dringend behandelt werden mussten, und den Menschen, der ihn bedrohte.

Cameron kletterte nach oben. Mit beiden Händen zog er sich am Strang entlang, das Messer zwischen den Zähnen, durch die schleimigen Reste der Blase, die den Erzähler geschützt hatte, vorbei an seinen zuckenden, tretenden Beinen. Mror schien zu ahnen, dass sich ihm Gefahr näherte, sein Kopf wandte sich Cameron zu, obwohl die Augenringe nicht das Licht des Sehens enthielten. Der Mund öffnete sich, aber wieder blieb es still. Mrarls Eibruder schien nicht nur blind, sondern auch stumm zu sein.

Jedoch nicht taub. Er hörte Cameron, er wand sich fort von ihm, streckte die Fühler den sich nähernden kleinen Honta entgegen.

Aber so sehr sie sich auch beeilten, sie waren nicht schnell genug, sie konnten nicht rechtzeitig eintreffen, um ihm zu helfen.

Cameron schob sich zwischen die vorderen Gliedmaßen, die Mror nicht weit genug krümmen und biegen konnte, um ihn zu ergreifen. Er zog sich am Hals hoch, und dicht unter dem Kopf, in unmittelbarer Nähe der Beißkiefer, nahm er das Messer aus dem Mund und wieder in die rechte Hand. Die Klinge war nicht nur scharf und spitz, ohne die Inhibitoren vibrierte sie auch auch wieder. Er hielt sie bereit und fixierte seinen Blick auf den zentralen Augenring.

Die nächsten kleinen Honta trennten noch fünfzig Meter vom Erzähler, als Cameron die Seite des Kopfes erreichte. Der große Augenring befand sich direkt vor ihm.

»Du hast den Krieg gedacht und erzählt«, klickte Cameron. »Du hast unsägliches Leid geschaffen, millionen- und milliardenfach. Dafür hast du eine viel härtere Strafe verdient, als es der Tod für dich sein könnte.«

Er stieß das Messer mitten in den zentralen Augenring, drückte zu, bis die Klinge bis zum Heft in der Wunde steckte. Und dann drehte er das Messer und schnitt.

Mror blieb seltsam stumm. Er zuckte und bebte, die Beine traten nach Cameron, ohne ihn zu erreichen, und dann starb er und fiel.

Cameron fiel mit ihm, zumindest einige Meter. Er ließ das im Augenring steckende Messer los, er brauchte es nicht mehr, und streckte beide Hände nach den Resten der Blase aus. Sie ergriffen dünne Fäden, die sich dehnten, ohne zu reißen. Er folgte dem toten Erzähler nicht in die Tiefe, vorbei an den zischenden, fauchenden und heulenden Honta, von denen keiner schnell genug gewesen war, um Mror zu retten.

Sein Aufprall tief unten war so heftig, dass Cameron ihn trotz der Honta-Kakophonie hörte. Und er fühlte ihn auch: eine Erschütterung, die durch die ganze Höhle ging und die Gespinststränge schüttelte.

Das Zittern und Beben hörte nicht auf, der Todeskampf des Erzählers schien anzudauern und sich mit stärker werdenden Vibrationen auf die ganze Höhle zu übertragen.

Cameron kletterte nach oben, an dünnen Fäden, und hielt dort inne, wo Mror gelegen hatte, zwischen den dicken Strängen in der Mitte des Gespinstes. Dort verharrte er, die Hände feucht vom Blutschleim des Erzählers, dem er den Rest seines Lebens genommen hatte, den Kopf voller wirrer Gedanken.

Die kleinen Honta an den Strängen, sie kletterten nicht mehr. Das schrille Pfeifen und ohrenbetäubend laute Klicken und Klacken hörte auf. Stille breitete sich in der Höhle aus.

Die Vibrationen ließen nach.

Die Welt, so schien es, hielt den Atem an.

Cameron hob die Hände und betrachtete sie. Kleine Funken bildeten sich dicht über ihnen, stiegen auf und bildeten eine Wolke.

Kora ist tot, dachte er, aber sie kann wieder leben. Ich kann ihr neues Leben geben.

Er blickte sich um und begriff, dass er die Welt mit anderen Augen sah, dass er das, was in ihr lebte und sich bewegte, mit anderen Ohren hörte.

Er bemerkte einen kleinen silbernen Humanoiden, der unten zwischen den reglosen Honta aufstieg und sich getragen von einem Gravitator näherte. Hudson. Er hatte die Bombe gezündet, er war damit eins der letzten Glieder in der langen, von Mrarl geplanten Ereigniskette.

Das letzte bin ich, dachte Cameron. Ich sehe und höre, ich verstehe mehr, als ich jemals für möglich gehalten hätte.

Hudson rief ihm etwas zu. Cameron vernahm die Worte und wusste, was sie bedeuteten, aber sie waren nicht mehr wichtig. Was hatte Mrarl gesagt? *Bring die Splitter zusammen, vereine sie, lass neu entstehen, was von Mror zerbrochen wurde, heile die Wunden der Wirklichkeit und erzähle deine Geschichte.*

Er betrachtete die Wolke aus Funken, aus winzigen schimmernden Partikeln, den Splittern der Zeit.

Jetzt.

Hier.

Er sah und hörte.

In seinem Kopf bewegte sich etwas, das auf diesen Moment gewartet hatte, und nahm seine Gedanken sanft wie eine streichelnde Hand.

Cameron begann damit, die Splitter der Zeit zusammenzufügen.

DER BEGINN EINES ERZÄHLERS

Cameron: 38, ∞
In den Splittern der Zeit

107

Die Welt brach, auseinandergerissen von der immens beschleunigten Expansion des Raums. Aber sie zerbrach langsam, zumindest für Cameron in den Resten von Mrors Blase, wie schon einmal umgeben von den Splittern der Zeit.

Er befand sich an einem Ort mit anderen physikalischen Gesetzen, mit anderen Ereignisregeln, und er begann sie zu verstehen, während er das Schimmern der zahllosen Splitter betrachtete. Fragmente von Welten und Möglichkeiten, von Räumen und Zeiten, viele von ihnen wie Saatkörner, die nie Gelegenheit erhalten hatten, zu keimen, zu wachsen und ihr ganzes Potenzial zu entfalten.

Seine Gedanken bewegten sich in neuen Bahnen, gesteuert von den Veränderungen im Gehirn. Mrarl hatte ihn vorbereitet, und ihr war klar gewesen, worauf es ankam. Sie hatte dafür gesorgt, dass sich ihm, dem kleinen Menschen, dem Abkömmling einer linearen Spezies, die nichtlinearen Gedankenräume eines Honta öffneten.

Für einen Augenblick inmitten zäher, öliger, langsam fließender Zeit erschrak Cameron und fragte sich, wie viel Mensch er noch war und wie viel Honta von ihm Besitz ergriff. Aber spielte das eine Rolle? Es kam nicht darauf an, was er war, sondern *wer* er war.

Und was er tun konnte.

Es war einfach, wenn man wusste, worauf es ankam.

Cameron streckte die Hand aus, und ein Funke schwebte ihm entgegen, wurde dabei etwas größer, wie zum kleinen Stück eines zerbrochenen Spiegels. Er ergriff ihn vorsichtig, hielt ihn behutsam zwischen Daumen und Zeigefinger und sah und hörte …

… den weißen Strand von Morottna, zweiter Planet im Teka-System, das Rauschen der Wellen und den Wind. Er fühlte die Wärme des Sonnenscheins, er roch den Duft von Vegetation und Meer. Und er beobachtete den Mann, der im Jahr 2467 Terrastandard, fünfundfünfzig Jahre nachdem er ihn zum letzten Mal gesehen hatte, über den Strand eilte, aufgeregt und voller Hoffnung, weil er in der Ferne ein zur Landung ansetzendes Raumschiff sah.

Jako lebte noch, natürlich, sein Freund ließ ihn nicht sterben. Er ließ ihn auch nicht altern oder nur sehr wenig: Der über ein halbes Jahrhundert ältere Jako unterschied sich nicht von seinem jüngeren Selbst, dem Cameron begegnet war.

Eine kleine falsche Geschichte in einer viel größeren, die ebenfalls falsch war, voller Leid, voller Blut und Tränen, gedacht und erzählt von Mrarls Eibruder. Die Geschichte existierte noch, sie erstreckte sich über viele Jahrmilliarden durch Raum und Zeit. Eine Zukunft hatte sie nicht, sie endete mit Mrors Tod. Sie endete hier auf Garlomir, am Ende der Zeit, in einem zerreißenden, zerbrechenden Universum.

Sie endete, aber in der Vergangenheit blieb sie von Bestand. Was Mror erzählt hatte, war die Geschichte des Universums, mit all seinen Kapiteln und winzigen Episoden auf Welten noch zahlreicher als die Sandkörner des weißen Strands, über den Jako eilte, dem landenden Raumschiff entgegen. In einigen Stunden würde er es erreichen, und dann geriet sein Freund in Kontakt mit anderen Menschen.

Das durfte nicht geschehen.

Was mit den Xon passiert war, durfte sich nicht wiederholen.

Cameron konnte entscheiden, was geschah und was nicht. Es lag keine Größe in diesem Gedanken, kein Ego, sondern einzig und allein das Streben nach Plausibilität und *Richtigkeit.* Alles gehörte an seinen Platz, alles musste stabil sein, damit sich das Leben im Universum ausbreiten und *in Frieden existieren* konnte.

Cameron versuchte, sich Menschenwelten ohne den Krieg vorzustellen, und erstaunlicherweise fiel es ihm nicht schwer. Er dachte an die Reise mit Myra zurück, an die Erde und andere Kernwelten, deren Bewohner den Krieg damals nur aus Erzählungen und Berichten gekannt hatten, nicht aus eigener Erfahrung. Ein friedliches Leben, ohne Feuer, das vom Himmel fiel, alles Lebendige tötete, Städte zerstörte und nur Staub und Asche hinterließ.

Er fühlte sie wieder, die heiße Hand seiner Mutter, die er damals festgehalten hatte. Ein Leben von vielen, auf Harkonia ausgelöscht, weil Mror einen Krieg erdacht und erzählt hatte. Das Sterben dauerte an, denn die Vergangenheit existierte, sie konnte Gegenwart und Zukunft sein, es kam allein auf die Perspektive an.

Mrors Geschichte musste nicht nur *hier* enden, auf dem Planeten namens Garlomir, sondern *überall,* auch in der Vergangenheit, in allen Zeiten und Räumen. Sie musste zerbrechen wie Garlomir, wie das Universum, auseinandergerissen von seiner Expansion. Sie musste in Splitter zerfallen, die nie wieder zusammengesetzt werden konnten, von niemandem!

Hudson schwebte neben den Resten der Blase, reglos wie die kleinen Honta. Heftige Erschütterungen hatten das Felsgestein der Höhlendecke bersten lassen, aber die Brocken fielen nicht, sie hingen neben den Strängen des Gespinstes. Es herrschte die Stille von gefrorener Zeit.

Es war einfach, wenn man wusste, worauf es ankam, flüsterte es in Cameron. Sein Blick galt dem silbernen Mikronauten, der sich mehr Denkfähigkeit mit mehr Substraten gewünscht hatte, vielleicht einen Platz bei den Denkern, den unabhängigen Maschinenintelligenzen. Auch hier gab es eine Geschichte, winzig im Vergleich mit der großen, aber wichtig für ihre Protagonisten. Warum sollte Hudsons Wunsch nicht in Erfüllung gehen?

Camerons Blick glitt weiter, nach unten. Irgendwo inmitten der reglosen Honta lag Kora, ihr Leib vom Aufprall zerschmettert. Er *sah und hörte* auch sie. Er sah die Tränen des Mädchens an Bord eines Kanonenboots, und er hörte ihre leise Stimme aus dem Medaillon, wie sie nur für ihn sagte: »Ich bin bei dir.«

Hier konnte er Kora nicht ins Leben zurückholen. Doch ihr Tod musste nicht endgültig sein. Und all die anderen Menschen, die im Krieg gestorben waren, jeder von ihnen konnte leben.

Cameron schloss kurz die Augen, vielleicht um noch besser zu sehen. Die Aufgabe war gewaltig, und er war nur ein kleiner Mensch. Aber auch kleine Menschen konnten viel bewirken.

Er *sah* mit geschlossenen Augen Mrors Geschichte, mit allen ihren Kapiteln und Episoden, nahm sie mit den Händen seines Geistes …

… und zerriss sie!

Er *hörte* sie brechen, ein lautes Klirren wie von zerspringendem Glas.

Dann griff er nach der anderen Geschichte, nach ihren Splittern der Zeit, fügte zusammen, was zusammengehörte, und erzählte seine eigene Geschichte.

EPILOG

EIN ARTEFAKT

Cameron: 43, 17. November 3269 Terrastandard
Rajor, 6. Mond des Gasriesen Juma im Owalka-System,
718 Lichtjahre von der Erde entfernt

Der Himmel war voller Sterne. Ihr Licht verblasste ein wenig, als sich im Osten der Rand eines Giganten über den Horizont schob: der Gasriese Juma, den Rajor als sechster Mond umkreiste. Ein himmlisches Ballett schien zu beginnen.

Eine Zeitlang beobachtete Cameron den stummen Tanz, der sich jeden Tag und jede Nacht wiederholte, seit Jahrmillionen. Eine tiefe Harmonie kam darin zum Ausdruck, fand er, ein gut ausbalancierter Frieden. Alles war genau aufeinander abgestimmt, alles passte perfekt zusammen.

Er senkte den Blick und betrachtete seine Hände, gebräunt vom Sternenlicht zahlreicher Welten. Er wunderte sich ein wenig, denn sie hatten einmal anders ausgesehen.

»Wir haben etwas gefunden, Cam!«, rief jemand.

Er blinzelte, schob seine Verwunderung beiseite und sah eine Frau, ihr Haar rotblond, das Gesicht voller Sommersprossen. Der beigefarbene Werkzeugoverall nahm ihrer schlanken Gestalt die klaren Linien.

Er blickte sich um, als sähe er die Umgebung zum ersten Mal: die Ausgrabungsstätte mit ihren vielen Tunneln und Höhlen, von Bots tief in den steinigen Boden gegraben; die aus Synth und gebrüteten Teilen errichteten Wohn- und Werkzeughütten; dahinter der dunkle Buckel des Schildgenerators, der eine energetische Kuppel über dem Tal schuf und damit vor der dünnen Atmosphäre aus Methan und Ammoniak des kalten marsgroßen Monds schützte.

Die Frau erreichte ihn. »Stimmt was nicht?«

Er sah sie an, betrachtete das Gesicht, das er seit fast vierzig Jahren kannte, seit sie sich als Kinder auf Harkonia im fernen Amka-System kennengelernt hatten.

Kora.

Cameron lächelte. Etwas veranlasste ihn, die rechte Hand zu heben – gebräunt, nicht grau –, und seine Fingerspitzen berührten Koras Wange.

Sie hob die eigene Hand und hielt seine, für zwei oder drei Sekunden.

»Was ist?«, fragte sie.

Als er die Hand sinken ließ, sah er an der Spitze des Zeigefingers einen kleinen Funken. Er wurde etwas größer, bis er aussah wie der Splitter eines zerbrochenen Spiegels, doch es dauerte nur einen Moment, dann verschwand er.

»Was ist?«, fragte Kora erneut.

»Nichts«, antwortete Cameron und fragte sich, ob er den Funken wirklich gesehen hatte. »Es ist alles in Ordnung. Was habt ihr gefunden?«

»Komm, ich zeig es dir.«

Sie führte ihn zum nächsten Graben, vorbei an einem Bot mit großem Schaufelwerk und eine Synth-Treppe hinunter. Die Mauern im Graben waren nicht eine Million Jahre alt wie die bisher entdeckten Hinterlassenschaften der Xon, sondern nur etwa sechshunderttausend.

An einer Stelle, die er selbst vor wenigen Tagen freigelegt hatte, blieb Cameron stehen und legte die Hand auf ein glattes Wandstück. Eine Erinnerung erwachte in ihm.

»Weißt du noch?«, fragte er.

Kora trat an seine Seite. »Muamar.«

»Die Kathedrale der Xon, die beiden Figuren. Ich habe die Hand auf den Sockel gelegt, so wie jetzt, und daraufhin haben sie sich bewegt.«

»Wie könnte ich das vergessen?«, erwiderte Kora sanft.

Cameron folgte ihr durch den Graben, dorthin, wo ihre Tochter Esmine zwischen den Ruinen saß. Sie wirkte selbst in ihrem Arbeitsoverall zart und bearbeitete etwas mit einem Vibropinsel.

»Das hier ist einzigartig«, sagte Esmine, neunzehn Jahre alt und auf der Erde geboren. »So etwas wurde nie zuvor bei Xon-Ruinen gefunden. Auf der Erde wird man begeistert sein!«

Sie meinte das TAI, das Terranische Archäologische Institut, das sie nach Rajor geschickt hatte.

Esmine legte den Vibropinsel beiseite, ergriff vorsichtig eine elfenbeinfarbene Statue groß wie eine menschliche Hand und reichte sie ihrem Vater. Cameron nahm sie behutsam entgegen und drehte sie langsam, von plötzlichem Unbehagen erfasst.

»Vielleicht handelt es sich um die Darstellung eines Xon«, sagte Esmine aufgeregt. »Das geheimnisvolle Volk, das vor einer Million Jahren ausstarb, bekommt endlich Gestalt.«

Die Statue zeigte ein libellenartiges Wesen mit Fühlern, Augenringen, einem Rückenpanzer und mehreren Beinpaaren.

Cameron fühlte, wie seine Finger kalt wurden.

»Ich habe unsere Sensoren darauf angesetzt«, fügte Esmine hinzu. »Im Innern der Statue befindet sich etwas. Wenn wir herausfinden, wie sie sich öffnen lässt …«

»Nein!« Camerons kalte Hand hatte sich fest um die Statue geschlossen. Er lockerte den Griff, damit die Statue nicht zerbrach und preisgab, was sich in ihrem Innern befand. »Wir legen sie dorthin zurück, wo du sie gefunden hast, Esmine. Besser noch: Wir vergraben sie so tief wie möglich, damit sie nie von jemand anders gefunden und geöffnet werden kann.«

ANHANG

PERSONENVERZEICHNIS

Alphabetisch gelistet:

Cameron: Im Jahr 3226 Terrastandard auf Harkonia im Amka-System geboren, 8714 Lichtjahre von der Erde entfernt. Überlebt als Waise den Angriff der Honta im Jahr 3233. Kommandant Grindel von den Vereinten Streitkräften der Liga findet Cameron und adoptiert ihn und andere überlebende Kinder, wie es der militärischen Tradition entspricht. Es bedeutet, dass für Cameron der Weg als Rekrut und Soldat in den Streitkräften vorgezeichnet ist.

Esmine: Eine Angepasste auf Boska, einer Welt in der Zirkumferenz, mehr als 10000 Lichtjahre von der Erde entfernt. Bei einem Angriff der Honta wird sie verletzt, und der erst einundzwanzig Jahre alte Cameron adoptiert sie den Traditionen der Streitkräfte gemäß.

Ganto: Im Jahr 3226 Terrastandard auf Harkonia im Amka-System geboren. Im gleichen Alter wie Cameron. Überlebt als Waise den Angriff der Honta im Jahr 3233. Im Jahr 3242 wird er zusammen mit Oberon nach Faidal versetzt, auf den 2. Planeten des Chotski-Systems im Orion-Arm, bekannt für seine intelligenten Steinwesen, die Mentalisten. Dort gerät er bei einem Gefecht in die Gefangenschaft der Honta und wird von ihnen verschleppt.

Gathos, Admiral: Mitglied des Oberkommandos der Vereinten Streitkräfte der Liga. Ein kühler Rechner. Am 29. Oktober 3260 nimmt er an Bord des Mutterschiffs *Antares* an einer Besprechung von Oberkommando und strategischem Korps teil.

Grindel: Kommandant in den Vereinten Streitkräften der Liga, als die Honta im Jahr 3233 Harkonia im Amka-System angreifen. Findet überlebende Kinder und adoptiert sie als Offizier, wie es der militärischen Tradition entspricht. Wird zu ihrem Vater und Ausbilder. Im Jahr 3238 zum Kommandeur befördert. Ein ernster und grimmiger Mann, der aber auch sanft und verständnisvoll sein kann. Ein Narbengeflecht durchzieht sein Gesicht.

Helenia, Marschall: Offizierin der Abteilung Neun. Am 29. Oktober 3260 nimmt sie an Bord des Mutterschiffs *Antares* an einer Besprechung von Oberkommando und strategischem Korps teil.

Hudson: Ein Mikronaut, Simulacrum der Denksubstrate des schweren Kreuzers *Splenda*. Er begleitet Admiral Cameron und wird zu seinem Ratgeber.

Ivanna, Marschall: Oberbefehlshaberin der Vereinten Streitkräfte im Owal-System, 849 Lichtjahre von der Erde entfernt. Am 29. März 3243 nimmt sie an einer Einsatzbesprechung im Orbiter über Karunna teil, zusammen mit Sektoradmiral Son-Sonis, General Lujana und anderen hochrangigen Offizieren.

Karamosch, Admiral: Mitglied des strategischen Korps der Vereinten Streitkräfte der Liga. Greisenhaft, über 80 Jahre alt, verfügt aber über einen messerscharfen Verstand. Am 29. Oktober 3260 nimmt er an Bord des Mutterschiffs *Antares* an einer Besprechung von Oberkommando und strategischem Korps teil.

Kora: Im Jahr 3227 Terrastandard auf Harkonia im Amka-System geboren, 1 Jahr jünger als Cameron. Überlebt als Waise den Angriff der Honta im Jahr 3233. Bei der Ausbildung in den Streitkräften zeigt sie Talent für den Umgang mit Simulacren.

Lujana, General: Befehlshaberin der planetaren Streitkräfte von Karunna im Owal-System, 849 Lichtjahre von der Erde entfernt. Am 29. März 3243 nimmt sie an einer Einsatzbesprechung im Orbiter über Karunna teil, zusammen mit Sektoradmiral Son-Sonis, Marschall Ivanna und anderen hochrangigen Offizieren. Am 29. Oktober 3260 befindet sie sich an Bord des Mutterschiffs *Antares*, wo sich Angehörige von Oberkommando und strategischem Korps zu einer Konferenz treffen.

Melkom: Im Jahr 3223 Terrastandard auf Harkonia im Amka-System geboren. 3 Jahre älter als Cameron. Überlebt als Waise den Angriff der Honta im Jahr 3233. Von Grindel zum Junior-Kommandanten der Rekrutengruppe befördert. Schließt mit Cameron einen besonderen Freundschaftspakt, »für immer«. Beginnt nach der Ausbildung mit einer Laufbahn bei den technischen Spezialisten der Streitkräfte und wird mit nur 20 Jahren einer ihrer jüngsten Kommandanten.

Mrarl: Eine Königin der Honta.

Myra, Soziologin. Cameron lernt Myra im Jahr 3257 kennen, während seiner Inspektionsreise durch die Liga. Sie untersucht die Entwicklung der unterschiedlichen menschlichen Gesellschaften und zeigt ihm die Erde. 2 Jahre lang sind sie ein Paar, bis 3259.

Oberon: Im Jahr 3225 Terrastandard auf Harkonia im Amka-System geboren. 1 Jahr älter als Cameron. Überlebt als Waise den Angriff der Honta im Jahr 3233. Still und schweigsam, wirkt immer ein wenig traurig. Im Jahr 3242 wird Oberon nach Faidal versetzt, auf den 2. Planeten des Chotski-Systems im Orion-Arm, bekannt für seine intelligenten Steinwesen, die Mentalisten. Dort stirbt er bei einem Angriff der Honta in der Drei-Finger-Schlucht.

Palmi: Im Jahr 3229 Terrastandard auf Harkonia im Amka-System geboren. 3 Jahre jünger als Cameron. Überlebt als Waise den Angriff der Honta im Jahr 3233. Ist zunächst spindeldürr. Betreibt Krafttraining und beschließt, wie Cameron schon mit 14 und nicht erst mit 16 Jahren die Prüfung abzulegen und gegen einen gefangenen Honta zu kämpfen. Aber er verliert den Kampf und wird neben Qurek auf dem Ehrenfriedhof von Luton (7. Mond des Gasriesen Jovva im Esmerald-System) begraben.

Porteus: Eine Maschinenintelligenz, ein »Denker«. Porteus ist über 1000 Jahre alt. Seine Existenz geht bis auf das Ende des 21. Jahrhunderts zurück, als sich starke Künstliche Intelligenz mit Eigenbewusstsein zu echter Maschinenintelligenz entwickelte. Er hat dem strategischen Korps der Vereinten Streitkräfte der Liga seine Mitarbeit angeboten und steht auch dem Oberkommando als Berater zur Verfügung. Am 29. Oktober 3260 nimmt er an Bord des Mutterschiffs *Antares* an einer Besprechung von Oberkommando und strategischem Korps teil.

Qurek: Im Jahr 3224 Terrastandard auf Harkonia im Amka-System geboren. 2 Jahre älter als Cameron. Überlebt als Waise den Angriff der Honta im Jahr 3233. Er mag Cameron nicht, tritt 3240 einen Tag nach ihm die Prüfung an und stirbt an den Folgen des rituellen Kampfes gegen einen gefangenen Honta.

Rael, Admiral: Mitglied des Oberkommandos der Vereinten Streitkräfte der Liga. Ein kluger, freundlicher Mann, dazu bereit, persönliche

Risiken einzugehen. Am 29. Oktober 3260 nimmt er an Bord des Mutterschiffs *Antares* an einer Besprechung von Oberkommando und strategischem Korps teil.

Reiroka, Sektoradmiral: Befehlshaber der Vereinten Streitkräfte der Liga im Ortmann-Cluster, Zirkumferenz, 4401 Lichtjahre von der Erde entfernt. Gehört dem Oberkommando an. Ein großer, fülliger Mann, der mit seinen halb geschlossenen Augen oft gelangweilt wirkt. Am 29. Oktober 3260 nimmt er an Bord des Mutterschiffs *Antares* an einer Besprechung von Oberkommando und strategischem Korps teil.

Son-Sonis, Sektoradmiral: Stammt von der Erde, hat schneeweißes Haar und Augen mit roten Mikroerweiterungen. Am 29. März 3243 nimmt er als ranghöchster anwesender Offizier an einer Einsatzbesprechung im Orbiter über Karunna teil, dem 3. Planeten des Owal-Systems, 849 Lichtjahre von der Erde entfernt.

Thosil: Camerons Adjutant nach seiner Beförderung zum Admiral. Geboren im Jahr 3245.

Tjuscha: Im Jahr 3228 Terrastandard auf Harkonia im Amka-System geboren, 2 Jahre jünger als Cameron. Überlebt als Waise den Angriff der Honta im Jahr 3233. Legt im Jahr 3244 die Prüfung auf Luton, dem 7. Mond des Gasriesen Jovva im Esmerald-System, als letztes Mitglied der aus Cameron, Kora, Oberon, Melkom, Ganto, Qurek und Palmi bestehenden Rekrutengruppe ab.

Varro: Codename eines hochrangigen Offiziers der Abteilung Neun, der am 29. März 3264 den Abbreviator Ungox Vierzehn in der Zirkumferenz erreicht.

Zettra: Befehlshaberin des schweren Kreuzers *Splenda*. 71 Jahre alt, vorsichtig und klug. Wurde bei einem Angriff der Honta auf Storoka in der Zirkumferenz schwer verwundet und trägt Prothesen. Die rechte Hälfte ihres Gesichts besteht aus Synth.

HISTORISCHE ÜBERSICHT

2030–2099: Die »Zeit der 4 apokalyptischen Reiter«. Nicht zuletzt durch den Klimawandel kommt es zu Hungersnöten, Pandemien und Kriegen, die Millionen Menschen den Tod bringen. Wissenschaft wird als Ursache aller Probleme verdammt, Unvernunft und Irrationalität breiten sich aus. Apokalyptiker prophezeien das baldige Ende der Menschheit.

2039: Die ersten Menschen erreichen einen anderen Planeten, den Mars.

2044: Der erste voll funktionsfähige Fusionsreaktor geht ans Netz. Man arbeitet mit Hochdruck daran, die neue Technik global einzusetzen, um die Emission von Treibhausgasen weiter zu reduzieren und dem Klimawandel entgegenzuwirken.

2046: Künstliche Intelligenz entwickelt Eigenbewusstsein.

2048–2059: Es finden mehrere Flüge zum Mars statt, um den Aufbau einer bemannten Station voranzutreiben, die zu einer Stadt werden soll. Fusionsenergie wird für neue Antriebe verwendet, die höhere Geschwindigkeiten ermöglichen.

2049–2053: Der Asiatische Krieg. Der Taiwan-Konflikt eskaliert zu einem Krieg, der ganz Asien erfasst. Es kommt zu einem begrenzten Einsatz von Atomwaffen. Die Welt steht am Rand des Untergangs. In zahlreichen Staaten finden von den Apokalyptikern angezettelte Aufstände statt.

2054–2056: Eine neue SARS-Epidemie breitet sich im verwüsteten Asien aus, erfasst als Pandemie die ganze Welt und tötet mehr Menschen als der Asiatische Krieg. Der erst vom Krieg und dann der neuen Pandemie angerichtete Schaden ist so groß, dass es zu einer katastrophalen globalen Rezession kommt.

2057–2080: Große Rezession. Das Weltwirtschaftssystem bricht zusammen. Arbeitslosigkeit, Elend und Hunger sind die Folge.

2077: Fossilienfunde auf dem Mars deuten darauf hin, dass das irdische Leben und damit auch der Mensch vom Roten Planeten stammen könnte.

2081 (ab): Der Klimawandel wird zur Klimakatastrophe. Millionen von Menschen fliehen aus den Tropen, in den Subtropen schreitet die Desertifikation voran. Extremwetterereignisse wie Überschwemmungen, Dürreperioden, Orkane usw. häufen sich. In Grönland wird großflächig Wein angebaut. In Deutschland liegen weite Küstenabschnitte und die Stadt Hamburg unter dem Meeresspiegel.

2083: Künstliche Intelligenz mit Eigenbewusstsein entwickelt sich zu »Denkern«. Sie bieten den Menschen ihre Hilfe bei der Überwindung aller Krisen an und verlangen dafür Unabhängigkeit und volles Personenrecht.

2085: Die UNO weicht dem CIC, dem Council of International Cooperation, dem »Rat für internationale Zusammenarbeit«.

2100–2119: Die beiden Zäsur-Jahrzehnte, die eine Zeitenwende einläuten. Mit neuer Klimatechnik gelingt es, die Konzentration von Treibhausgasen in der Atmosphäre auf das vorindustrielle Zeitalter zu senken. Gentechnologische Durchbrüche besiegen zahlreiche Krankheiten und ermöglichen Transhumane, genetisch und technisch optimierte Menschen. Die Weltwirtschaft erholt sich. Der aus der Not geborene »Rat für internationale Zusammenarbeit« wird nach und nach zur Weltregierung. Die Nationalstaaten verlieren an Bedeutung. Auf dem Mars entstehen weitere Forschungsstationen, die sich binnen weniger Jahrzehnte zu Städten entwickeln. Erste Menschen besuchen das äußere Sonnensystem und entdecken einfache Lebensformen in den subglazialen Ozeanen der Eismonde von Jupiter und Saturn.

2120–2300: Die beiden Jahrhunderte des »Terranischen Primats«. Die Menschheit breitet sich im Sonnensystem aus, auch um ihr Überleben als Spezies zu sichern – der Asiatische Krieg und die Klimakatastrophe waren zwei sehr ernste Warnungen. Die Erde bleibt Verwaltungszentrum der »solaren Menschheit«.

2145–2161: Die Denker schließen sich in Denksphären zusammen. Es entstehen kollektive Maschinenintelligenzen, die eigene technologische Forschungsprogramme betreiben.

2237: Entdeckung eines außerirdischen Artefakts auf Pluto. Es beweist die Existenz von extrasolarem intelligentem Leben.

2238–2300: Denker und Menschen arbeiten gemeinsam am Projekt Interstellar. Erste Raumschiffe sollen zu den nächsten Sternen geschickt werden.

2251: Der Versuch, das auf Pluto gefundene extrasolare Artefakt zu öffnen, führt zu einem starken Energieausbruch, der das Artefakt zerstört. Jahrhunderte später wird klar: Es wurde ein Hypersignal gesendet, das Soldaten der Honta aus ihrem Bereitschaftsschlaf weckte.

2277: Die »Vereinigung der Kirchen«. Es entsteht das »Unika«, das alle Religionen in sich vereint, zur neuen Hauptkirche und damit zur zentralen Philosophie der Menschheit wird. Damit gehören Religionskriege und blutige fundamentalistische Auseinandersetzungen endgültig der Vergangenheit an.

2301–2700: Die Blütezeit der Solaren Union. Mit Hilfe der Denker entwickelt die Menschheit den »Superpositionator«, auch »Supo« genannt, ein Triebwerk, das Raumschiffen gestattet, in einer »Sekundärraum« oder »Fluidal« genannten Zwischendimension Geschwindigkeiten jenseits der des Lichts zu erreichen. Die Besiedlung extrasolarer Sternsysteme beginnt. Die Erde verliert ihren hegemonialen Status. Regierung der Solaren Union ist der Ministerrat, gewählt von den Delegierten aller besiedelten Planeten (jeweils 2) und Monde (jeweils 1).

2345: Die Solare Union besteht aus 13 besiedelten Welten in 7 Sternsystemen. In der Trümmerscheibe von Epsilon Eridani werden Reste einer extrasolaren Zivilisation gefunden.

2355: Entdeckung der Glurba, der ersten intelligenten Spezies außerhalb des Sonnensystems. Die Entwicklungsstufe der Glurba ist vergleichbar mit dem späten Mittelalter der Erde.

2389: Der Klipper *Poseidon* geht 75 Lichtjahre von der Erde entfernt im Sekundärraum verloren. Die Suche nach dem Schiff bleibt erfolglos. An Bord befand sich die Ministerratspräsidentin der Solaren Union.

2412: Entdeckung der polymorphen Yrrmani, einer intelligenten Spezies, die interplanetare Raumfahrt betreibt. Ihre Träume locken Menschen an, die nach übersinnlichen Erfahrungen suchen.

2433–2470: In mehreren Sternsystemen finden menschliche Kolonisten und Forscher die Hinterlassenschaften der Xon, einer galaktischen Hochkultur, die vor etwa 1 Million Jahren unterging.

2499: Entdeckung einer Dyson-Sphäre, die den Xon zugeschrieben wird. In der Sphäre stoßen Forscher auf ein Artefakt ähnlich dem, das im Jahr 2237 auf Pluto gefunden wurde. Der Kontakt damit löst nicht nur ein weiteres Hypersignal aus, sondern auch einen Atombrand, der sich durch die Dyson-Sphäre der Xon frisst.

2501: Forschungsschiffe der Denker finden defekte Von-Neumann-Sonden. Es ist der erste Hinweis auf die Existenz extrasolarer Maschinenzivilisationen.

2559: Transhumane verbinden sich mit den Mentalisten von Faidal. Es entsteht das »Interkosmika«, eine Philosophie, die die ethischen und moralischen Prinzipien der menschlichen Einheitskirche Unika auf ein neues Niveau hebt, Vergeistigung propagiert und das Universum zu erklären versucht.

2579: Erste Begegnung mit den Zirra, einer geheimnisvoll bleibenden, aber offenbar sehr hoch entwickelten Spezies mit überlegener Technik. Ihre Raumschiffe sehen aus wie Kristalle. Die Zirra sind sehr scheu und meiden Kontakte.

2600: Die Solare Union besteht aus 179 besiedelten Welten in 81 Sternsystemen. 399 Lichtjahre trennen die am weitesten entfernte Kolonie von der Erde.

2615: Erster Kontakt mit Plasmoiden, Lebensformen in stellarem Plasma.

2647: Erkundungssonden der Denker finden den Zeitpalast der Kamaläa im Sekundärraum.

2691: Entwicklung des Abbreviators. Damit wird es möglich, innerhalb kurzer Zeit weitaus größere interstellare Entfernungen zurückzulegen als mit den bisher verwendeten Superpositionatoren. Praktisch alle Sternsysteme der Milchstraße rücken in Reichweite von Raumschiffen der Solaren Union.

2701–3100: Die Zeit der »Drift«. Mit Hilfe der Abbreviatoren stößt die Menschheit immer tiefer ins interstellare All vor, Tausende von Lichtjahren weit. Entfernungen spielen kaum noch eine Rolle. Wo keine Brücken für die Abbreviatoren existieren, können Superpositionatoren für kürzere Flüge eingesetzt werden. Die Zahl der von Menschen erreichten Sternsysteme und besiedelten Welten steigt sprunghaft. Eine unkontrollierte, von keiner zentralen Instanz überwachte Expansion findet statt, Menschen siedeln auf Tausenden Planeten und Monden. Die Solare Union bleibt auf den »Kern« beschränkt, der alle Welten bis zu einer Entfernung von etwa 400 Lichtjahren von der Erde umfasst. Darauf folgt die »Schale« mit Sternsystemen bis zu einer Entfernung von etwa 3000 Lichtjahren. Alles jenseits davon ist die »Zirkumferenz«, mit Distanzen von bis zu 40000 Lichtjahren und mehr. Einige abgelegene Kolonien erklären ihre Unabhängigkeit. Transhumane gehen Verbindungen mit lokalen Lebensformen ein, wie zum Beispiel mit den Medusen von Aquaria. Sie wachsen gewissermaßen über ihre menschliche Natur hinaus.

2708: Einige Denker nutzen die von ihnen mitentwickelte neue Technik der Abbreviatoren, um sich auf den Weg ins galaktische Zentrum zu machen. Sie folgen damit den Spuren früher Maschinenzivilisationen und suchen eine Antwort auf die Frage, warum sich Maschinenintelligenz nicht in der ganzen Milchstraße ausgebreitet hat.

2721: Erste Schläfer der Honta erwachen in einer ihrer Bastionen. Ihr Auftrag: Sie sollen herausfinden, was es mit den Hypersignalen auf sich hat.

2733: Entdeckung der Sonneningenieure von Tohai.

2741: Besiedlung von Harkonia im Amka-System. Zirkumferenz, 8714 Lichtjahre von der Erde entfernt.

2745–2850: In der Zirkumferenz gibt es keine zentrale Administration der zahlreichen Menschenwelten, nur lockere Allianzen zwischen einzelnen Sternsystemen. Immer wieder reißen Kontakte zu einzelnen Welten ab. Nach und nach stellt sich heraus, dass die dortigen Niederlassungen von einem unbekannten Feind angegriffen und vernichtet wurden.

2851–3100: Die Honta folgen den Brückenverbindungen und Sekundärraumspuren zu den von Menschen bewohnten Welten. Zuerst ist nur die Zirkumferenz betroffen, und die Angriffe erfolgen in großen zeitlichen Abständen. Als nach und nach auch Sternsysteme in der Schale betroffen sind, wird das Ausmaß der Gefahr deutlich. Lokale Bündnisse entstehen, um wirkungsvoll Gegenwehr zu leisten. Die Suche nach dem Feind beginnt. Wer sind die Honta? Warum greifen sie Menschen an? Wo befinden sich ihre Heimatwelten?

3101–3233: Die Liga entsteht, ein Verteidigungsbündnis aller Menschenwelten im Kampf gegen die Honta. Es besteht aus 21371 besiedelten Welten (Planeten und Monde) in 8750 Sternsystemen, die meisten von ihnen in Kern, Schale und Zirkumferenz. Die Menschheit begreift, dass ihre Existenz auf dem Spiel steht.

3226: Cameron wird auf Harkonia geboren.

3233: Die Honta greifen Harkonia an. Cameron verliert seine Eltern und wird von Grindel gerettet. Beginn der Handlung von »Splitter der Zeit«.

MILITÄRISCHE RAUMSCHIFFTYPEN DER VEREINTEN STREITKRÄFTE DER LIGA

Nach Größe gelistet:

Angriffsjäger: **Reichweite:** maximal 20 Astronomische Einheiten (AE), hauptsächlich für Einsätze innerhalb von Sternsystemen vorgesehen. **Größe:** 20–40 Meter. **Besatzung:** 2 Personen. **Antrieb:** Plasmatriebwerk. **Autonomie:** 1 Woche. **Bewaffnung:** 1 Plasmakanone oder 1 Pulsator, je nach Ausführung; 1 Gravitationskatapult für den Einsatz autonomer und intelligenter Raketen.

Kanonenboot: **Reichweite:** maximal 20 Astronomische Einheiten (AE), hauptsächlich für Einsätze innerhalb von Sternsystemen vorgesehen. **Größe:** 60 Meter. **Besatzung:** 30 Personen, davon 26 Soldaten für den externen Einsatz. **Antrieb:** Plasmatriebwerk. **Autonomie:** 2 Wochen. **Bewaffnung:** 3 Plasmakanonen oder 1 Pulsator; 1 Gravitationskatapult für den Einsatz autonomer und intelligenter Raketen.

Waffenplattform: **Reichweite:** maximal 5 Astronomische Einheiten (AE), hauptsächlich für Einsätze in planetaren Umlaufbahnen vorgesehen. **Größe:** 100–200 Meter. **Besatzung:** keine, automatischer Betrieb. **Antrieb:** Plasmatriebwerk. **Autonomie:** nahezu unbegrenzt. **Bewaffnung:** 1 Plasmakanone oder 1 Pulsator, je nach Ausführung; 1 Gravitationskatapult für den Einsatz autonomer und intelligenter Raketen.

Fregatte: **Reichweite:** maximal 30 Lichtjahre ohne Wiederaufladung der Superpositionatoren. **Größe:** 300 Meter. **Besatzung:** 45 Personen, davon 30 Soldaten für den externen Einsatz (Infanterie). **Antrieb:** 1 Superpositionator (interstellar, maximale Geschwindigkeit im Sekundärraum: 3 Lichtjahre pro Tag), 1 Plasmatriebwerk (interplanetar). **Autonomie:** 2 Monate. **Bewaffnung:** 5 Plasmakanonen, 2 Pulsatoren, 2 Gravitationskatapulte für den Einsatz autonomer und intelligenter Raketen, 1 Frakturator, 40 Simulacren, außerdem Planetenbomben (Planetenfresser) und Orbitalminen.

Korvette: **Reichweite:** maximal 40 Lichtjahre ohne Wiederaufladung der Superpositionatoren. **Größe:** 400 Meter. **Besatzung:** 70 Personen, davon 50 Soldaten für den externen Einsatz (Infanterie). **Antrieb:** 1 Superpositionator (interstellar, maximale Geschwindigkeit im Sekundärraum: 3 Lichtjahre pro Tag), 1 Plasmatriebwerk (interplanetar). **Autonomie:** 3 Monate. **Bewaffnung:** 5 Plasmakanonen, 2 Pulsatoren, 2 Gravitationskatapulte für den Einsatz autonomer und intelligenter Raketen, 1 Frakturator, 60 Simulacren, außerdem Planetenbomben (Planetenfresser) und Orbitalminen.

Karavelle: **Reichweite:** maximal 60 Lichtjahre ohne Wiederaufladung der Superpositionatoren. **Größe:** 550 Meter. **Besatzung:** 70 Personen, davon 50 Soldaten für den externen Einsatz (Infanterie). **Antrieb:** 1 Superpositionator (interstellar, maximale Geschwindigkeit im Sekundärraum: 3,5 Lichtjahre pro Tag), 1 Plasmatriebwerk (interplanetar). **Autonomie:** 4 Monate. **Bewaffnung:** 5 Plasmakanonen, 2 Pulsatoren, 2 Gravitationskatapulte für den Einsatz autonomer und intelligenter Raketen, 1 Frakturator, 60 Simulacren, 10 Angriffsjäger, 1 Kanonenboot, 1 Waffenplattform, außerdem Planetenbomben (Planetenfresser) und Orbitalminen.

Kreuzer, leichter: **Reichweite:** maximal 70 Lichtjahre ohne Wiederaufladung der Superpositionatoren. **Größe:** 700 Meter. **Besatzung:** 100 Personen, davon 70 Soldaten für den externen Einsatz (Infanterie und Spezialisierte). **Antrieb:** 1 Superpositionator (interstellar, maximale Geschwindigkeit im Sekundärraum: 4 Lichtjahre pro Tag), 1 Plasmatriebwerk (interplanetar). **Autonomie:** 6 Monate. **Bewaffnung:** 8 Plasmakanonen, 4 Pulsatoren, 2 Gravitationskatapulte für den Einsatz autonomer und intelligenter Raketen, 1 Frakturator, 80 Simulacren, 10 Angriffsjäger, 2 Kanonenboote, 2 Waffenplattformen, außerdem Planetenbomben (Planetenfresser) und Orbitalminen.

Kreuzer, schwerer: **Reichweite:** maximal 120 Lichtjahre ohne Wiederaufladung der Superpositionatoren. **Größe:** 800 Meter. **Besatzung:** 100 Personen, davon 70 Soldaten für den externen Einsatz (Infanterie und Spezialisierte). **Antrieb:** 2 Superpositionatoren (interstellar, maximale Geschwindigkeit im Sekundärraum: 5 Lichtjahre pro Tag), 2 Plasmatriebwerke (interplanetar). **Autonomie:** 8 Monate. **Bewaffnung:** 8 Plasmakanonen, 4 Pulsatoren, 3 Gravitationskatapulte für den Einsatz autonomer und intelligenter Raketen, 2 Frakturatoren, 1 Geißel, 200 Simulacren, 15 Angriffsjäger, 4 Kanonenboote, 3 Waffenplattformen, außerdem Planetenbomben (Planetenfresser) und Orbitalminen.

Zerstörer: **Reichweite:** maximal 120 Lichtjahre ohne Wiederaufladung der Superpositionatoren. **Größe:** 1300 Meter. **Besatzung:** 300 Personen, davon 260 Soldaten für den externen Einsatz (Infanterie und Spezialisierte). **Antrieb:** 2 Superpositionatoren (interstellar, maximale Geschwindigkeit im Sekundärraum: 6 Lichtjahre pro Tag), 2 Plasmatriebwerke (interplanetar). **Autonomie:** 8 Monate. **Bewaffnung:** 8 Plasmakanonen, 8 Pulsatoren, 8 Gravitationskatapulte für den Einsatz autonomer und intelligenter Raketen, 4 Frakturatoren, 2 Geißeln, 500 Simulacren, 20 Angriffsjäger, 10 Kanonenboote, 10 Waffenplattformen, außerdem Planetenbomben (Planetenfresser) und Orbitalminen. **Sonderausstattung:** 1 militärischer Brüter für die Produktion von Waffensystemen und kleinen Schiffen.

Schlachtschiff: **Reichweite:** maximal 300 Lichtjahre ohne Wiederaufladung der Superpositionatoren. **Größe:** 2100 Meter. **Besatzung:** 900 Personen, davon 800 Soldaten für den externen Einsatz (Infanterie und Spezialisierte). 8000 Hyperschlafzellen für den Transport von Reservisten. **Antrieb:** 4 Superpositionatoren (interstellar, maximale Geschwindigkeit im Sekundärraum: 6 Lichtjahre pro Tag), multiples Plasmatriebwerk (interplanetar). **Autonomie:** 8 Monate. **Bewaffnung:** 4 Plasmakanonen, 10 Pulsatoren, 5 Gravitationskatapulte für den Einsatz autonomer und intelligenter Raketen, 5 Frakturatoren, 1 Geißel, 1000 Simulacren, 30 Angriffsjäger, 10 Kanonenboote, 10 Waffenplattformen, außerdem Planetenbomben (Planetenfresser) und Orbitalminen. **Sonderausstattung:** 1 militärischer Brüter für die Produktion von Waffensystemen und kleinen Schiffen.

Träger: **Reichweite:** maximal 400 Lichtjahre ohne Wiederaufladung oder Austausch der Superpositionatoren. **Größe:** 5500 Meter. **Besatzung:** 4000 Personen, davon 3200 Soldaten für den externen Einsatz (Infanterie und Spezialisierte). 15000 Hyperschlafzellen für den Transport von Reservisten. **Antrieb:** Multiple Superpositionatoren (interstellar, maximale Geschwindigkeit im Sekundärraum: 4 Lichtjahre pro Tag), multiples Plasmatriebwerk (interplanetar). **Autonomie:** 24 Monate. **Bewaffnung:** 25 Plasmakanonen, 30 Pulsatoren, 20 Gravitationskatapulte für den Einsatz autonomer und intelligenter Raketen, 10 Frakturatoren, 10 Geißeln, 20000 Simulacren, 100 Angriffsjäger, 80 Kanonenboote, 60 Waffenplattformen, 30 Fregatten, Korvetten oder Karavellen, außerdem Planetenbomben (Planetenfresser) und Orbitalminen. **Sonderausstattung:** 3 militärische Brüter für die Produktion von Waffensystemen und kleinen Schiffen, 1 Brüter für die Produktion von Simulacren. Träger benötigen aufgrund ihrer Ausmaße besonders große Abbreviatoren, um Flugziele jenseits ihrer Supo-Reichweite von 400 Lichtjahren zu erreichen.

Mutterschiff: Das größte Schiff der Vereinten Streitkräfte, kann eine ganze Einsatzflotte transportieren. **Reichweite:** maximal 400 Lichtjahre ohne Wiederaufladung oder Austausch der Superpositionatoren. **Größe:** 12.100 Meter. **Besatzung:** 9000 Personen, davon 8000 Soldaten für den externen Einsatz (Infanterie und Spezialisierte). 25000 Hyperschlafzellen für den Transport von Reservisten. **Antrieb:** Multiple Superpositionatoren (interstellar, maximale Geschwindigkeit im Sekundärraum: 4 Lichtjahre pro Tag) multiples Plasmatriebwerk (interplanetar). **Autonomie:** 24 Monate. **Bewaffnung:** 25 Plasmakanonen, 30 Pulsatoren, 20 Gravitationskatapulte für den Einsatz autonomer und intelligenter Raketen, 10 Frakturatoren, 10 Geißeln, 30000 Simulacren, 150 Angriffsjäger, 100 Kanonenboote, 100 Waffenplattformen, 100 Fregatten, Korvetten und Karavellen (oder 60 Fregatten, Korvetten und Karavellen sowie 4 Zerstörer und 2 Schlachtschiffe), außerdem Planetenbomben (Planetenfresser) und Minenschwärme. **Sonderausstattung:** 5 militärische Brüter für die Produktion von Waffensystemen und kleinen Schiffen, 2 Brüter für die Produktion von Simulacren. Mutterschiffe benötigen wie Träger aufgrund ihrer Ausmaße besonders große Abbreviatoren, um Flugziele jenseits ihrer Supo-Reichweite von 400 Lichtjahren zu erreichen.

ZIVILE RAUMSCHIFFTYPEN DER LIGA

Nach Größe gelistet:

Pinasse: **Reichweite:** maximal 8 Astronomische Einheiten (AE). **Größe:** 30 Meter. **Besatzungsmitglieder:** 2. **Passagiere:** 40. **Antrieb:** 1 leichtes Plasmatriebwerk, für den Flugverkehr innerhalb eines Sternsystems bestimmt. **Autonomie:** 12 Tage.

Piroge: **Reichweite:** maximal 20 Astronomische Einheiten (AE). **Größe:** 60 Meter. **Besatzungsmitglieder:** 4. **Passagiere:** 100. **Antrieb:** 1 leichtes Plasmatriebwerk, für den Flugverkehr innerhalb eines Sternsystems bestimmt. **Autonomie:** 20 Tage.

Barkasse: **Reichweite:** maximal 30 Astronomische Einheiten (AE). **Größe:** 120 Meter. **Besatzungsmitglieder:** 6. **Passagiere:** 500. **Antrieb:** 1 Plasmatriebwerk, für den Flugverkehr innerhalb eines Sternsystems bestimmt. **Autonomie:** 30 Tage.

Klipper: Kurzstreckenschiff. **Reichweite:** maximal 15 Lichtjahre ohne Wiederaufladung der Superpositionatoren. **Größe:** 200 Meter. **Besatzungsmitglieder:** 15. **Passagiere:** 2000. **Antrieb:** 1 Superpositionator (interstellar, maximale Geschwindigkeit im Sekundärraum: 3 Lichtjahre pro Tag), 1 Plasmatriebwerk (interplanetar). **Autonomie:** 20 Tage.

Kraier: Mittelstreckenschiff. **Reichweite:** maximal 100 Lichtjahre mit 1 Wiederaufladung der Superpositionatoren. **Größe:** 100 Meter. **Besatzungsmitglieder:** 60. **Passagiere:** 5000. **Antrieb:** 1 Superpositionator (interstellar, maximale Geschwindigkeit im Sekundärraum: 4 Lichtjahre pro Tag), 2 Plasmatriebwerke (interplanetar). **Autonomie:** 40 Tage.

Brigg: Langstreckenschiff, sehr schnell. **Reichweite:** maximal 400 Lichtjahre mit 2 Wiederaufladungen der Superpositionatoren. **Größe:** 1100 Meter. **Besatzungsmitglieder:** 150. **Passagiere:** 15000. **Antrieb:** 2 Superpositionatoren (interstellar, maximale Geschwindigkeit im Sekundärraum: 9 Lichtjahre pro Tag), 2 Plasmatriebwerke (interplanetar). **Autonomie:** 70 Tage.

WAFFEN UND WAFFENSYSTEME DER VEREINTEN STREITKRÄFTE DER LIGA

Nach Wirkung gelistet:

Variatoren: Handwaffe mit verschiedenen Anwendungsmöglichkeiten, umschaltbar zwischen Energiestrahlen, kinetischen Geschossen und Mikroraketen.

Nanobots: Winzige Roboter, mit dem bloßen Auge und für gewöhnliche Sensoren nicht erkennbar. Nanomaschinen können in gegnerische technische Anlagen wie planetare Stützpunkte, Raumstationen oder Schiffe eindringen und ihre Systeme lahmlegen.

Plasmagewehre: Eine schwere Handwaffe, für gewöhnlich mit Mikrogravitatoren ausgestattet, die den Umgang damit erleichtern. Plasmagewehren liegen dieselben technischen Prinzipien zugrunde wie der Plasmakanone.

Orbital- und Raumminen: Sprengfallen in der Umlaufbahn eines Planeten oder im interplanetaren Raum. Minen warten passiv auf die Annäherung gegnerischer Objekte oder suchen aktiv nach Zielen.

Plasmakanonen: Eine Weiterentwicklung von Lasern und Masern. Plasmakanonen verwenden gebündelte hochenergetische Strahlung und lassen sich auf sehr wirkungsvolle Weise gegen stationäre und bewegliche Ziele einsetzen.

Raketen: Von Raumschiffen, Waffenplattformen und Orbitalstationen eingesetzte Raketen benötigen Gravitationskatapulte für den Start. Sie haben eine Autonomie von mehreren Tagen und sind in der Lage, Ziele eigenständig zu finden. Raketen mit multiplen Gefechtsköpfen können wesentlich mehr Schaden anrichten als Plasmakanonen oder Minen.

Pulsator: Pulsatoren sind Energiewaffen wie Plasmakanonen, können aber auch mehrfach gestaffelte Schutzschilde durchdringen und größere Ziele zerstören. Nur sehr starke elektromagnetische Felder (EM-Barrieren) bieten Schutz vor Pulsatoren.

Planetenbomben: Sprengkörper zum Einsatz auf Planeten und Monden. Die wirkungsvollste Waffe dieser Art ist der »Planetenfresser«, eine Bombe, die einen unlöschbaren planetaren Atombrand auslöst.

Frakturator: Eine einfache Form dieser Waffe ist der Desintegrator. Ungeschützte Ziele werden »frakturiert«, sie verlieren ihre atomaren Bindungskräfte und zerfallen. Frakturatoren brauchen fast ebenso viel Energie wie Geißeln.

Geißel: Die stärkste Waffe der Vereinten Streitkräfte. Geißeln benötigen sehr viel Energie, und ihr Einsatz ist nur bei großen Zielen sinnvoll, da eine punktgenaue Ausrichtung nicht möglich ist. Mit eigenen kleinen Superpositionatoren transferieren Geißeln Antimaterie. Dadurch kommt es im Zielbereich zur »Annihilation«, zur gleichzeitigen Auslöschung von Materie und Antimaterie.

RAUMSCHIFFTYPEN DER HONTA

Raumschiffe der Honta haben keine einheitliche Form und bestehen aus zahlreichen rekonfigurierbaren Modulen, deren Eigenschaften von der jeweiligen Kombination abhängen. Sie werden auch »Schwarmschiffe« genannt. In den meisten Fällen bestehen die Einzelmodule aus »Skitter«, einem synthetischen Material mit variabler atomarer und molekularer Struktur. Die Vereinten Streitkräfte der Liga unterscheiden sieben Kategorien von Honta-Schiffen nach ihren energetischen Signaturen. Unbekannt bleibt, ob bei den Honta Unterschiede zwischen zivilen und militärischen Schiffen existieren.

Nach Kampfkraft gelistet:

Viper: **Größe**: etwa 100 Meter. **Reichweite**: mehr als 300 Lichtjahre. **Besatzung**: bis zu 25 Individuen. **Antrieb**: Supla (interstellar) und Gravitationsmotoren (interplanetar). **Autonomie**: unbekannt. **Bewaffnung**: je nach Konfiguration mehrere Deformatoren und Destruktoren. **Kampfkraft**: vergleichbar mit der einer Karavelle. **Geschwindigkeit**: vermutlich bis zu 5 Lichtjahre pro Tag.

Natter: **Größe**: etwa 200 Meter. **Reichweite**: mehr als 300 Lichtjahre. **Besatzung**: bis zu 100 Individuen. **Antrieb**: Supla (interstellar) und Gravitationsmotoren (interplanetar). **Autonomie**: unbekannt. **Bewaffnung**: je nach Konfiguration mehrere Deformatoren und Destruktoren. **Kampfkraft**: vergleichbar mit der eines schweren Kreuzers. **Geschwindigkeit**: vermutlich bis zu 5 Lichtjahre pro Tag.

Kobra: **Größe**: etwa 400 Meter. **Reichweite**: mehr als 300 Lichtjahre. **Besatzung**: bis zu 300 Individuen. **Antrieb**: Supla (interstellar) und Gravitationsmotoren (interplanetar). **Autonomie**: unbekannt. **Bewaffnung**: je nach Konfiguration bis zu 30 Deformatoren und Destruktoren.

Kampfkraft: vergleichbar mit der eines Zerstörers. **Geschwindigkeit:** sehr schnell, vermutlich bis zu 10 Lichtjahre pro Tag.

Python: **Größe:** etwa 1000 Meter. **Reichweite:** mehr als 300 Lichtjahre. **Besatzung:** bis zu 1000 Individuen. **Antrieb:** Duo-Supla (interstellar) und Gravitationsmotoren (interplanetar). **Autonomie:** unbekannt. **Bewaffnung:** je nach Konfiguration bis zu 100 Deformatoren und Destruktoren sowie mehrere Nuller. **Kampfkraft:** vergleichbar mit der eines Schlachtschiffs. **Geschwindigkeit:** sehr schnell, vermutlich bis zu 15 Lichtjahre pro Tag.

Boa: **Größe:** etwa 7000 Meter. **Reichweite:** mehr als 900 Lichtjahre. **Besatzung:** bis zu 15000 Individuen. **Antrieb:** Tri-Supla (interstellar) und Gravitationsmotoren (interplanetar). **Autonomie:** unbekannt. **Bewaffnung:** je nach Konfiguration bis zu 80 Deformatoren und Destruktoren sowie mehrere Nuller. Befördert Module für die Konfiguration von 20 x Viper, 20 x Natter, 10 x Kobra, 3 x Python und 2 x Taipan. **Kampfkraft:** vergleichbar mit der eines Trägers. **Geschwindigkeit:** vermutlich bis zu 20 Lichtjahre pro Tag.

Anakonda: **Größe:** etwa 15000 Meter. **Reichweite:** mehr als 100 Lichtjahre. **Besatzung:** bis zu 1000 Individuen. **Antrieb:** 2 x Tri-Supla (interstellar) und Gravitationsmotoren (interplanetar). **Autonomie:** unbekannt. **Bewaffnung:** je nach Konfiguration bis zu 200 Deformatoren und Destruktoren, 10 Nuller. Befördert Module für die Konfiguration von 30 x Viper, 30 x Natter, 20 x Kobra, 5 x Python und 5 x Taipan. **Kampfkraft:** vergleichbar mit der eines Mutterschiffs. **Geschwindigkeit:** sehr schnell, vermutlich bis zu 20 Lichtjahre pro Tag.

Taipan: Das schnellste und gefährlichste Schiff der Honta. **Größe:** etwa 700 Meter. **Reichweite:** mehr als 500 Lichtjahre. **Besatzung:** bis zu 500 Individuen. **Antrieb:** Tri-Supla (interstellar) und Gravitationsmotoren (interplanetar). **Autonomie:** unbekannt. **Bewaffnung:** je nach Konfiguration bis zu 50 besonders leistungsfähige Deformatoren und Destruktoren, 5 Nuller und eine unbekannte Anzahl von Mikrosingularitäten. **Kampfkraft:** vergleichbar mit der von mehreren Schlachtschiffen. **Geschwindigkeit:** sehr schnell, vermutlich bis zu 40 Lichtjahre pro Tag.

BEKANNTE WAFFENTYPEN DER HONTA

Nach Wirkung gelistet:

Impulser: Handwaffe, verwendet einzelne Energieimpulse, die im Abstand weniger Nanosekunden aufeinander folgen, jeder von ihnen mit einer anderen Frequenz. Schilde müssen speziell angepasst werden, um Impulsern standzuhalten.

Deformatoren: Verändern das Raum-Zeit-Gefüge und bewirken superstarke fluktuierende Gravitationsfelder, die das Ziel deformieren und zerreißen.

Destruktoren: Eine Waffe, die Antimaterie verwendet und der Geißel ähnelt, sich aber weitaus präziser einsetzen lässt.

Nuller: Vielleicht eine Weiterentwicklung oder Abwandlung des Deformators. Nuller verändern die Struktur des Raum-Zeit-Gefüges und versetzen das Ziel in Nullzeit – es verschwindet aus dem Primärraum. Was mit ihm geschieht, ist unbekannt.

Mikrosingularitäten: Winzige Schwarze Löcher, die elektromagnetische Barrieren und Schilde aller Art durchdringen können.

RÄNGE IN DEN VEREINTEN STREITKRÄFTEN DER LIGA

Aufsteigend gelistet:

Soldat: Einfacher Kämpfer, Infanterist oder Spezialist mit verschiedenen Verdienststufen: V1-V9. Stufe 1 ist die niedrigste, Stufe 9 die höchste. Ab Stufe 5 nehmen Soldaten auch die Aufgaben von Offizieren wahr und gelten als »Bekkta«.

Kommandant: Befehlshaber eines Trupps, bestehend aus maximal 100 Soldaten.

Kommandeur: Befehlshaber einer Einsatzgruppe, bestehend aus maximal 5000 Soldaten bzw. 50 Trupps.

General, Stufe 1 bis 4: Befehlshaber planetarer Streitkräfte, Land und See.

Marschall, Stufe 1 bis 2: Oberbefehlshaber aller Streitkräfte eines Sternsystems.

Admiral, Stufe 1 bis 4: Befehlshaber interplanetarer und interstellarer Streitkräfte.

Sektoradmiral: Oberbefehlshaber aller interplanetaren und interstellaren Streitkräfte eines bestimmten Raumsektors.

GLOSSAR

Abbreviatoren: Im Jahr 2691 entwickelte Technik, die es Raumschiffen ermöglicht, *Brücken* zu benutzen und somit große interstellare Entfernungen in kurzer Zeit zurückzulegen.

Abteilung Neun: Nachrichtendienst der *Vereinten Streitkräfte* der *Liga*.

Admiral: Siehe »Ränge in den Vereinten Streitkräften der Liga«.

Akademie der Wissenschaften: Eine Dachorganisation für wissenschaftliche Institute auf der Erde.

Akkumulatoren: Geräte für die Speicherung von Energie, die *Superpositionatoren* für den Flug eines Raumschiffs durch den *Sekundärraum* benötigen.

Amarok: Eine Wolkenstadt in der oberen Atmosphäre des warmen Gasriesen *Quinton* im System des Roten Zwergsterns *Yburk*.

Ambientaltank: Ein Behälter, in dem die besonderen Umweltbedingungen unterschiedlicher Welten simuliert werden können.

Amka-System: Sternsystem mit dem Planeten *Harkonia*, Heimatwelt von *Cameron*, 8714 Lichtjahre von der Erde entfernt.

Amygdala-Signatur: Bei Menschen ein deutlicher Hinweis auf eine Honta-*Infektion*. Gemeint ist ein schwaches mentales Signal, das ausschließlich bei Infizierten gemessen wird und vielleicht ihre *Synchronisierung* ermöglichen soll.

Angepasste: An die besonderen Umweltbedingungen extraterrestrischer Welten angepasste Menschen. Zur Zeit der Handlung des Romans wird dieser Begriff nur noch für die menschlichen Bewohner von Extremwelten verwendet.

Angriffsjäger: Siehe »Militärische Raumschifftypen der Vereinten Streitkräfte der Liga«.

Antares: Ein *Mutterschiff* der *Vereinten Streitkräfte* der *Liga*, gut 12 Kilometer groß. Die *Antares* gehört zur *Zweiten Strategischen Reserve*.

Anthor: Ein Gasriese im *Julphor-System*, 662 Lichtjahre von der Erde entfernt. Anthors 14. Mond heißt *Ophiucha*, dort gibt es eine wissenschaftliche Basis der *Abteilung Neun*.

Aquaria: Eine Meereswelt, auf der sich *Transhumane* mit intelligenten Medusen verbinden.

Aralusa-System: Ein Sternsystem in der *Zirkumferenz*, 14346 Lichtjahre von der Erde entfernt. 4. Planet des Aralusa-Systems ist *Pirontao*.

Arasi-System: Sternsystem im *Kern* der *Liga*, 89 Lichtjahre von der Erde entfernt. 3. Planet des Arasi-Systems ist *Erebus*.

Asynchronität: Auffällige Verhaltensunterschiede zwischen *Honta*-Gruppen und Einheiten ihrer Streitkräfte, vermutlich hervorgerufen durch mangelnde *Synchronisation* von *Königinnen*.

Atmosphärenschild: Ein Kraftfeld, das bei geöffnetem Hangar ein Entweichen der Atemluft ins All verhindert.

Aufbereiter: Ein Recyclinggerät, das gebrütete Materie (siehe *Brüter*) in *Basismasse* zurückverwandelt.

Barkasse: Siehe »Zivile Raumschifftypen der Liga«.

Basismasse: Rohmaterial für *Brüter*.

Behandlungstank: Ein Behälter für medizinische Behandlung, bestimmt vor allem für schwerverletzte Patienten.

Bekkta: Siehe »Ränge in den Vereinten Streitkräften der Liga«.

Berel-System: Sternsystem in der *Zirkumferenz*, 11209 Lichtjahre von der Erde entfernt. 4. Planet des *Berel-Systems* ist *Nembrosch*, in dessen Nähe sich der *Abbreviator Ungox Vierzehn* befindet.

Beteigeuze: Ein *Mutterschiff* der *Vereinten Streitkräfte* der *Liga*, gut 12 Kilometer groß. Die *Beteigeuze* gehört zur Dritten Strategischen Reserve.

Boska: Eine Welt in der *Zirkumferenz*, mehr als 10000 Lichtjahre von der Erde entfernt. Dort gibt es eine planetare Intelligenz mit *Möbiusbäumen*.

Bots: Bezeichnung für Roboter aller Art.

Brigg: Siehe »Zivile Raumschifftypen der Liga«.

Brücken: Knotenpunkte im All, Zonen »dünner« Raum-Zeit. Dort können *Abbreviatoren* für den Transfer von Raumschiffen über große interstellare Distanzen eingesetzt werden.

Brüter: Geräte und Maschinen, die mit Hilfe von *Rezepte* genannten Programmen aus *Basismasse* gewünschte Materialien und Produkte herstellen. Brüter können für die Produktion von Ersatzteilen und Lebensmitteln verwendet werden.

Cahib: Ein Planet in der *Zirkumferenz*, 10187 Lichtjahre von der Erde entfernt. Die *Vereinten Streitkräfte* der *Liga* nutzen Cahibs Wüsten für die Ausbildung von Rekruten.

Caller: Kommunikationsgerät, das Signale durch den *Sekundärraum* schicken und von dort empfangen kann. Caller werden hauptsächlich von *Fluidal-Schiffen* verwendet und ermöglichen nahezu verzögerungsfreie Kommunikation über relativ kurze interstellare Distanzen.

Cameron: Geboren 3225 *Terrastandard*. Hat als Kind den Angriff der *Honta* auf *Harkonia* überlebt.

Cassiopeia: Eine *Fregatte* der *Vereinten Streitkräfte* der *Liga*. Dieses Schiff brachte *Cameron* am 29. März 3243 nach *Karunna* im *Owal-System.*

Chotski-System: Ein Sternsystem im Orion-Arm der Milchstraße, 719 Lichtjahre von der Erde entfernt. Der 2. Planet ist *Faidal,* Heimat der *Mentalisten* und Ursprungsort des *Interkosmika.*

Chrono: Chronometer, Uhr, Zeitmesser.

Coriander: Einziger Planet des *Xabron-Systems,* 401 Lichtjahre von der Erde entfernt. Coriander ist mit einer Großwerft ein wichtiger Flottenstützpunkt der *Vereinten Streitkräfte.* Nur wenige Astronomische Einheiten von Coriander entfernt befindet sich einer der 7 größten und leistungsfähigsten *Abbreviatoren* der *Liga,* mit direkter Verbindung zur Erde.

Cua-Nebel: Eine Gas- und Staubwolke, nur wenige Lichtjahre vom *Xantia-System* entfernt. Im Cua-Nebel gibt es mehrere Dunkelwelten, darunter *Kalawitt Neunzehn.*

Dallma: Eine der 3 Welten bei den *Orionischen Säulen,* auf denen die *Luminaren* leben. 899 Lichtjahre von der Erde entfernt.

Deformator: Siehe »Bekannte Waffentypen der Honta«.

Demeter-System: Sternsystem im *Kern* der *Liga,* 302 Lichtjahre von der Erde entfernt. Der 4. Planet des Demeter-Systems ist *Muamar.*

Deneb: Ein *Mutterschiff* der *Vereinten Streitkräfte* der *Liga,* gut 12 Kilometer groß. Die *Deneb* gehört zur Siebten Flotte.

Denker: Weiterentwicklung von künstlicher Intelligenz zu echter Maschinenintelligenz. Denker schließen sich manchmal zu Kollektiven zusammen, sogenannten *Denksphären.* Dadurch entstehen gemeinschaftliche Maschinenintelligenzen, die eigene technologische Forschungsprogramme betreiben.

Denksphäre: Ein Zusammenschluss von *Denkern* zu einer gemeinschaftlichen Maschinenintelligenz.

Denksubstrate: Physische Grundlage (Prozessoren, Speichermodule etc.) von künstlicher Intelligenz und *Denkern*.

Desenza: Planet in der *Großen Magellanschen Wolke*. Auf Desenza ließen sich Menschen aus der Milchstraße nieder, auf der Flucht vor dem Krieg und den siegreichen *Honta*. Siehe auch *Exodus*.

Desintegrator: Eine einfache Form der *Geißel*. Siehe »Waffen und Waffensysteme der Vereinten Streitkräfte der Liga«.

Destruktor: Siehe »Bekannte Waffentypen der Honta«.

Detektor, memorialer: Siehe *Traummaschine*.

Didrak: Ein erdgroßer Mond des Gasriesen *Nebosa* im Doppelsternsystem *Thudoca*, 71 Lichtjahre von der Erde entfernt. Im Jahr 3283 Terrastandard zerstörten die *Honta* alle Städte und Basen der *Vereinten Streitkräfte* auf Didrak.

Digit: Kommunikationsgerät, das Signale mit Hilfe von *Abbreviatoren* über *Brücken* versendet und verzögerungsfreie Kommunikation über große interstellare Entfernungen ermöglicht, allerdings nur von Brücke zu Brücke bzw. zwischen Schiffen, die sich in der Nähe von Abbreviatoren befinden.

Dobor: Ein *Zerstörer* der *Vereinten Streitkräfte* der *Liga*, stationiert beim *Abbreviator Triax Neunzehn*, 377 Lichtjahre von der Erde entfernt.

Drei-Finger-Schlucht: Eine Schlucht auf dem Planeten *Faidal* im *Chotski-System*, 719 Lichtjahre von der Erde entfernt. *Oberon* fiel dort im Kampf gegen die *Honta*.

Eden: 2. Planet des *Gethos-Systems*, 43 Lichtjahre von der Erde entfernt. Eine für Menschen paradiesische Welt.

Eden: 2. Planet des *Helios-Systems* am Rand des *Großen Grabens* im *Scutum-Centaurus-Arm*, 15131 Lichtjahre von der Erde entfernt. Dort begegnen sich *Cameron* und *Myra*.

Eibruder: Bei den *Honta* Bezeichnung für einen Zwilling: aus demselben Ei geboren, ein Eibruder oder eine Eischwester.

EM-Barrieren: Starke elektromagnetische Felder zum Schutz vor *Pulsatoren*.

Enpr: Auf *Garlomir* eine der *Sieben Koryphäen* der *Honta*. In ihrem Nest wurde die Honta-*Königin Mrarl* geboren.

Enrakis: Eine Welt des *Konsekutiven Bundes*, wichtiger Flottenstützpunkt der *Vereinten Streitkräfte* der *Liga*.

Enzyklopädie des Menschseins: Arbeitstitel des großen Werks, an dem die Soziologin *Myra* seit vielen Jahren arbeitet. Darin untersucht sie die unterschiedlichen menschlichen Gesellschaften auf den Welten von *Kern, Schale* und *Zirkumferenz.*

Equilibrator: Ein Aggregat der *Honta,* das bei schnellen Flügen durch den Sekundärraum (siehe *Supla*) für Stabilität sorgt.

Erebus: 3. Planet des *Arasi-Systems,* 89 Lichtjahre von der Erde entfernt. Erebus gehört zu den ältesten von Menschen besiedelten Welten und wird im Dezember 3260 Terrastandard von den *Honta* angegriffen.

Erinnerer: Ein *Honta,* der sich an alle Einzelheiten der großen Geschichte seines Volkes erinnert und sie weitererzählt.

Erzähler: Siehe *Erinnerer.*

Esmerald-System: Sternsystem in der *Zirkumferenz,* 4109 Lichtjahre von der Erde entfernt. Im Esmerald-System gibt es einen warmen Gasriesen namens *Jovva* in mittlerer Distanz vom Zentralgestirn. Jovvas 7. Mond *Luton* ist erdgroß und von Menschen besiedelt.

Esmine: Ein Mädchen auf *Boska,* eine *Angepasste,* die sich mit der planetaren Intelligenz verbunden hat.

Exodus: Bezeichnung für die Flucht der überlebenden Menschen vor den siegreichen *Honta.* Sie ließen sich in der *Großen Magellanschen Wolke* nieder, auf Welten wie *Klondar, Muab, Desenza* und *Karatoa.*

Exorbitant: Ein 700 Meter großer *leichter Kreuzer* der *Vereinten Streitkräfte* der *Liga.*

Faemir-System: Sternsystem in der *Schale,* 998 Lichtjahre von der Erde entfernt. 4. Planet des Faemir-Systems ist *Utthammer,* ein wichtiger Flottenstützpunkt der *Vereinten Streitkräfte.*

Faidal: 2. Planet im *Chotski-System,* im Orion-Arm der Milchstraße gelegen, 719 Lichtjahre von der Erde entfernt. Heimat der *Mentalisten.*

Flexmetall: Flexibles, elastisches Metall, das oft für *Simulacren* aller Art verwendet wird.

Fluidal-Schiffe: Raumschiffe, die durch das *Fluidal* bzw. durch den *Sekundärraum* fliegen.

Fluidal: Das Fluidal, auch *Sekundärraum* genannt, ist eine Art Zwischendimension, in der relativ zum Primärraum Geschwindigkeiten über der des Lichts möglich sind.

Frakturator: Siehe »Waffen und Waffensysteme der Vereinten Streitkräfte der Liga«.

Fregatte: Siehe »Militärische Raumschifftypen der Vereinten Streitkräfte der Liga«.

Freund: *Jakos* Bezeichnung für den Symbionten, der ihm Unsterblichkeit verleiht.

Fulmia-System: Sternsystem in der *Zirkumferenz*, 11212 Lichtjahre von der Erde entfernt. 6. Planet des Fulmia-Systems ist *Storoka*.

G-Norm: Bezeichnung für die Normschwerkraft. 1 G-Norm entspricht der Schwerkraft am Äquator der Erde.

Gadr: Auf *Garlomir* eine der *Sieben Koryphäen* der *Honta*. In ihrem Nest wurde die Honta-*Königin Mrarl* geboren.

Ganto: Geboren 3226 *Terrastandard*. Hat als Kind den Angriff der *Honta* auf *Harkonia* überlebt.

Garlomir: *Honta*-Name des Planeten, auf dem die *Königin Mrarl* aus dem *Nest* der *Sieben Koryphäen* geschlüpft ist.

Garmatos-System: Sternsystem in der *Schale*, 1219 Lichtjahre von der Erde entfernt. 3. Planet des Garmatos-Systems ist *Ibrakk*, ein wichtiger Flottenstützpunkt der *Vereinten Streitkräfte*.

Gathos: *Admiral* vom Oberkommando der *Vereinten Streitkräfte* der *Liga*.

Geburtsnest: Das Nest, in dem *Honta* geboren werden, gebaut und gehütet von mehreren *Nestmüttern*.

Geißel: Siehe »Waffen und Waffensysteme der Vereinten Streitkräfte der Liga«.

Geminus-System: Ein 857 Lichtjahre von der Erde entferntes Sternsystem. Der 4. Planet namens *Poseidon* beherbergt einen Stützpunkt der *Vereinten Streitkräfte* der *Liga*. Dorthin fliegen die *Iraklion* und die *Sirkan* nach der Niederlage im *Owal-System*.

Gemmeron: 4. Planet des *Zosa-Systems* in der *Schale*, 2312 Lichtjahre von der Erde entfernt.

General: Siehe »Ränge in den Vereinten Streitkräften der Liga«.

General: Siehe »Ränge in den Vereinten Streitkräften der Liga«.

Gethos-System: Ein 43 Lichtjahre von der Erde entferntes Sternsystem. 2. Planet ist *Eden*, eine für Menschen paradiesische Welt. Von dort stammt Marschall *Horatio*.

Glurba: Die erste von Menschen außerhalb des Sonnensystems entdeckte intelligente Spezies. Ihre Entwicklungsstufe ist vergleichbar mit dem späten Mittelalter der Erde.

Golka: 2. Planet des Roten Zwergs *Thogais*, 55 Lichtjahre von der Erde entfernt. Golka wird im Dezember 3260 Terrastandard von den *Honta* angegriffen.

Graue Truppen: So nennt man in der *Liga* die Streitkräfte am Rand des *Kerns* wegen ihrer grauen Uniformen. Die Aufgabe der Grauen Truppen besteht darin, den Kernbereich zu schützen und zu verteidigen, das Zentrum der Menschheit.

Gravitationsmotor: Ein Gerät, das ein lokales Schwerkraftfeld erzeugt. Leistungsfähiger als ein *Gravitator*.

Gravitationsmotoren: Für interplanetare Distanzen bestimmtes Triebwerk der *Honta*.

Gravitator: Ein Gerät, das ein lokales Schwerkraftfeld erzeugt.

Grindel: Kommandant in den *Vereinten Streitkräften* der *Liga*. Rettet neunundfünfzig Kinder von *Harkonia*, unter ihnen *Cameron* und *Kora*.

Große Magellansche Wolke: Eine Satellitengalaxis der Milchstraße, etwa 163000 Lichtjahre von dieser entfernt.

Großer Graben: Eine fast 1000 Lichtjahre lange und 40 Lichtjahre breite Zone des *Scutum-Centaurus-Arms* der Milchstraße, in der es vergleichsweise wenige Sterne gibt.

Hares: Ein *leichter Kreuzer* der *Vereinten Streitkräfte* der *Liga*. Am 26. Oktober 3260 bringt er zwei menschliche Gefangene zum *Mutterschiff Antares*, das seinen Transit im interstellaren Leerraum beim Neungestirn unterbrochen hat.

Harkonia: *Camerons* Heimatplanet bei den *Toren des Sagittarius*.

Harkonia: Heimatwelt von *Cameron* im Amka-System, 8714 Lichtjahre von der Erde entfernt.

Helenia: *Marschall* der *Abteilung Neun*.

Helios-System: Ein Sternsystem der *Zirkumferenz*, beim *Großen Graben* im *Scutum-Centaurus-Arm*, 15131 Lichtjahren von der Erde entfernt. *Eden*, der 2. Planet des *Helios-Systems*, ist von Menschen bewohnt.

Hellbard-System: Sternsystem im *Kern* der *Liga*, 74 Lichtjahre von der Erde entfernt. Zum Hellbard-System gehört der warme Gasriese *Turamah*.

Herrenda: 4. Planet im *Thobrum-System, Zirkumferenz*, 9677 Lichtjahre von der Erde entfernt. Im Juni 3254 untersucht Cameron dort die Reste einer zerstörten Honta-Basis.

Himalga: Eine *Fregatte* der *Vereinten Streitkräfte* der *Liga*. Sie nimmt den von *Harkonia* geretteten siebenjährigen *Cameron* auf.

Himmlische Augen: Bezeichnung für zwei Sterne in einer Gaswolke namens *Himmlische Pforte*, 2994 und 2996 Lichtjahre von der Erde entfernt. Die Astrophysiker der *Liga* gehen davon aus, dass beide Sterne, zwei Blaue Riesen, in den nächsten 100000 Jahren als Supernovae explodieren werden.

Himmlische Pforte: Eine Gaswolke am Rand der *Schale*, 2993 Lichtjahre von der Erde entfernt. Sie sieht aus wie ein leuchtendes Portal. In ihrem Innern strahlen zwei Blaue Riesen, die *Himmlischen Augen*.

Honta: Extrasolare intelligente Spezies und Feind der Menschheit. Zu Beginn der Handlung führen die *Vereinten Streitkräfte* der *Liga* seit mehr als 100 Jahren Krieg gegen die Honta.

Horas: Ein Truppentransporter der *Vereinten Streitkräfte*, der Anfang April 3243 3000 Soldaten nach *Karunna* im *Owal-System* brachte.

Horatio: Marschall der *Vereinten Streitkräfte* der *Liga*, im Jahr 3283 erst 25 Jahre alt. Horatio stammt von *Eden* im *Gethos-System*, 43 Lichtjahre von der Erde entfernt.

Hudson: Ein Simulacrum. Siehe *Mikronauten*.

Hyperschlaf: Ein mit Hibernation vergleichbarer Zustand, in dem der Stoffwechsel stark reduziert ist. Manchmal werden Soldaten der *Vereinten Streitkräfte* beim Transport über große interstellare Distanzen in den Hyperschlaf versetzt, damit sie keine Ressourcen des Schiffes beanspruchen und weniger Platz benötigen.

Hyperschlafzellen: Behälter für den *Hyperschlaf*.

Hypersignal: Als im Jahr 2251 das auf Pluto entdeckte extrasolare Artefakt geöffnet wird, kommt es zu einem Hypersignal, das Soldaten der *Honta* aus ihrem Bereitschaftsschlaf weckt.

Ibrakk: 3. Planet des *Garmatos-Systems*, 1219 Lichtjahre von der Erde entfernt. Ibrakk ist mit einer Großwerft ein wichtiger Flottenstützpunkt der *Vereinten Streitkräfte*. Nur wenige Lichtminuten unterhalb der Ekliptik des Garmatos-Systems befindet sich einer der 7 größten und leistungsfähigsten *Abbreviatoren* der *Liga*.

Icara: *Marschall*, Befehlshaberin der *Antares* und der *Zweiten Strategischen Reserve* der *Vereinten Streitkräfte* der *Liga*.

Impulser: Siehe »Bekannte Waffentypen der Honta«.

Infektion: Bezeichnung der Übernahme von Menschen durch Honta. Prionen und RNA-Viren übertragen spezielles genetisches Material auf die betreffenden Menschen. Infizierte können von einer *Königin* synchronisiert werden und sind mittels ihrer *Amygdala-Signatur* identifizierbar.

Inhibitoren: Bei den *Honta* Vorrichtungen, die elektromagnetische Felder neutralisieren und Energie absorbieren. Dadurch kann die Funktion von Geräten aller Art eingeschränkt oder ganz blockiert werden.

Innenwelten: Bezeichnung für die zentralen Welten des *Kerns* der *Liga*. Oft ist damit eine maximale Entfernung von 100 Lichtjahren von der Erde gemeint.

Interkosmika: Eine durch die Verbindung von *Transhumanen* mit den *Mentalisten* von *Faidal* entstandene Philosophie, die die ethischen und moralischen Prinzipien der menschlichen Einheitskirche *Unika* auf ein neues Niveau hebt, Vergeistigung propagiert und das Universum zu erklären versucht.

Iraklion: Eine *Karavelle* der *Vereinten Streitkräfte* der *Liga*. Dieses Schiff brachte *Grindel* und *Kora* am 29. März 3243 nach *Karunna* im *Owal-System*.

Ivanna: Marschall und Oberbefehlshaberin der Streitkräfte des *Owal-Systems*.

Jako: Ein unsterblicher Reisender in den »Splittern der Zeit«.

Jakob Peres Zuga: Vollständiger Name von *Jako*, *Kommandeur* in den *Vereinten Streitkräften* der *Liga*, stationiert an Bord des *Mutterschiffs Wega*.

Jolafor: Eine Wüstenwelt in den Splittern der Zeit.

Joluna: Ein erdgroßer kalter Planet im *Quintus*-System, von Einsiedlern bewohnt. Joluna ist eine der beiden Zwillingswelten *Joukka*-Joluna und kreist zusammen mit der anderen um ein gemeinsames Schwerkraftzentrum.

Joukka: Ein erdgroßer kalter Planet im *Quintus*-System, von Einsiedlern bewohnt. Joukka ist eine der beiden Zwillingswelten Joukka-*Joluna* und kreist zusammen mit der anderen um ein gemeinsames Schwerkraftzentrum.

Jovva: Warmer Gasriese im *Esmerald-System*, 4109 Lichtjahre von der Erde entfernt. Der 7. Mond von Jovva ist erdgroß und heißt *Luton*.

Jullma: Ein *Klipper*. Damit beginnt *Myras* und *Camerons* Reise zur Erde.

Julphor-System: Sternsystem in der *Schale,* 662 Lichtjahre von der Erde entfernt. Das Julphor-System enthält den Gasriesen *Anthor.*

Juma: Gasriese im *Owalka-System,* 718 Lichtjahre von der Erde entfernt. Auf *Rajor, Jumas* 6. Mond, gibt es Hinterlassenschaften der *Xon.*

Kalawitt Neunzehn: Eine Dunkelwelt im *Cua-Nebel,* wenige Lichtjahre vom *Xantia-System* in der *Zirkumferenz* entfernt.

Kamala: Einziger Planet des Tristerns *Minsta* im galaktischen Halo. Er verfolgt eine sehr komplizierte Bahn, die immer wieder zu erheblichen klimatischen Veränderungen führt.

Kamaläa: Eine rätselhafte intelligente Spezies, die einen *Zeitpalast* im *Sekundärraum* erbaute. Offenbar stammt sie von *Kamala,* dem einzigen Planeten eines Tristerns im galaktischen Halo.

Kamax Sieben: Ein *Abbreviator* im *Kern* der *Liga,* 219 Lichtjahre von der Erde entfernt.

Kampfcode: Aus zahlreichen Kürzeln bestehende Sprache der Soldaten und Offiziere der *Vereinten Streitkräfte,* wird vor allem bei Kampfeinsätzen verwendet.

Kanonenboot: Siehe »Militärische Raumschifftypen der Vereinten Streitkräfte der Liga«.

Karamosch: Admiral, Befehlshaber des *strategischen Korps* der *Vereinten Streitkräfte* der *Liga.*

Karatoa: Planet in der *Großen Magellanschen Wolke.* Auf Karatoa ließen sich Menschen aus der Milchstraße nieder, auf der Flucht vor dem Krieg und den siegreichen *Honta.* Siehe auch *Exodus.*

Karavelle: Siehe »Militärische Raumschifftypen der Vereinten Streitkräfte der Liga«.

Karunna: 3. Planet des *Owal-Systems,* 819 Lichtjahre von der Erde entfernt und damit dem *Kern* recht nahe. Durch eine Veränderung der Umlaufbahn vergrößerte sich die Entfernung zum Zentralgestirn, wodurch Karunna zur Eiswelt wurde. Im Jahr 3243 versuchen die *Honta,* dort ein Nest zu bauen, vermutlich mit der Absicht, den *Kern* der *Liga* und womöglich die Erde anzugreifen.

Kathedrale von Muamar: Auf *Muamar,* dem 4. Planeten des *Demeter-Systems,* die Ruine eines aus Felsgestein errichteten Gebäudes, das den *Xon* zugeschrieben wird.

Kern: Der Innenbereich der *Solaren Union* (bis zum Jahr 3100) bzw. der *Liga* (ab 3100). Alle von Menschen besiedelten Sternsysteme, die bis 400 Lichtjahre von der Erde entfernt sind.

Klipper: Siehe »Zivile Raumschifftypen der Liga«.

Klondar: Planet in der *Großen Magellanschen Wolke*. Auf Klondar ließen sich Menschen aus der Milchstraße nieder, auf der Flucht vor dem Krieg und den siegreichen *Honta*. Siehe auch *Exodus*.

Kommandant: Siehe »Ränge in den Vereinten Streitkräften der Liga«.

Kommandeur: Siehe »Ränge in den Vereinten Streitkräften der Liga«.

Kommandostand: Brücke beziehungsweise Zentrale eines Raumschiffs oder einer Raumstation.

Komposit: Bezeichnung für Verbundstoffe aller Art.

Königin: In den *Vereinten Streitkräften* der *Liga* Bezeichnung für *ein Honta*-Individuum, das Eier legen und als Zentrum und Kontrollorgan einer hochgefährlichen Schwarmintelligenz fungieren kann.

Konsekutiver Bund: Von 7 unabhängigen Sonnensystemen im Jahr 2601 gegründet, zur Zeit der Solaren Union. Zum Konsekutiven Bund gehören unter anderem die Planeten Enrakis, Minerva und Plakon, die Jahrhunderte später, zur Zeit der Liga, zu wichtigen Stützpunkten der Vereinten Streitkräfte werden.

Kora: Geboren 3227 *Terrastandard*. Hat als Kind den Angriff der *Honta* auf *Harkonia* überlebt.

Korvette: Siehe »Militärische Raumschifftypen der Vereinten Streitkräfte der Liga«.

Kradoi: Ein Raumsektor der *Zirkumferenz*. Dort befürchtet das Oberkommando der *Vereinten Streitkräfte* der *Liga* einen Großangriff der *Honta*.

Kraier: Siehe »Zivile Raumschifftypen der Liga«.

Krarlrar: Auf *Garlomir* eine der *Sieben Koryphäen* der *Honta*. In ihrem Nest wurde die Honta-*Königin Mrarl* geboren.

Kreuzer: Siehe »Militärische Raumschifftypen der Vereinten Streitkräfte der Liga«.

Kritische Distanz: Ein *Abbreviator* sollte weit genug von Planeten entfernt sein, um die Lebensformen auf ihnen nicht durch energetische Emissionen und lokale Destabilisierungen der Raum-Zeit zu gefährden. Als kritische Distanz gilt eine Entfernung von 1 Lichtminute (18 Millionen Kilometer).

Kritische Masse: Die Masse von *Skitter*-Modulen, die für eine erfolgreiche Rekomposition eines *Honta*-Raumschiffs erforderlich ist.

Kwix-Aromen: Unterschiedliche *Kwix*-Arten, die dem Benutzer mittels biochemischer neuronaler Stimulation spezialisierte Kenntnisse vermitteln.

Kwix-Kompetenz: Von der Droge *Kwix* vermitteltes Wissen. Dabei werden *Kwix-Aromen* verwendet.

Kwix: Eine Droge, die physische und psychische Leistungssteigerung bewirken und dem Benutzer durch biochemische Hirnstimulation zusätzliches Wissen (siehe *Kwix-Kompetenz*) vermitteln kann.

Lanza: Interstellare Raumstation und Verwaltungszentrum des *Abbreviators Triax Neunzehn*, im *Kern* der *Liga*, 377 Lichtjahre von der Erde entfernt.

Lasko, General: Auf *Temeran* im *Xantia-System* ein Offizier der *Vereinten Streitkräfte* der *Liga*. Wurde von den *Honta* infiziert (siehe *Infektion*).

Leuchtkriecher: Eine Lebensform auf *Nembrosch* im *Berel-System*.

Liga: Ab 3100 Nachfolger der *Solaren Union*. Das Bündnis aller Menschenwelten im Kampf gegen die *Honta*.

Linanka-System: Sternsystem in der *Schale* der *Liga*, 889 Lichtjahre von der Erde entfernt. 7. Planet des Linanka-Systems ist *Torinth*, ein wichtiger Flottenstützpunkt der *Vereinten Streitkräfte*.

Lnror: Auf *Garlomir* eine der *Sieben Koryphäen* der *Honta*. In ihrem Nest wurde die Honta-*Königin Mrarl* geboren.

Lolkonianischer Ring: Eine mehrere Lichtjahre durchmessende ringförmige Gaswolke, 14 Lichtjahre von *Luton* im *Esmerald-System* entfernt.

Lujana: *General* und Befehlshaberin der planetaren Streitkräfte von *Karunna* im *Owal-System*.

Luminare: *Transhumane* auf drei Welten bei den *Orionischen Säulen*. Sie haben ihren Metabolismus so verändert, dass sie Photosynthese betreiben und Strahlung als Nahrung verwenden können.

Luton: 7. Mond des Gasriesen *Jovva* im *Esmerald-System, Zirkumferenz*, 4109 Lichtjahre von der Erde entfernt. Einst von Menschen besiedelt. Im Jahr 3185 wurde die menschliche Kolonie auf Luton von den *Honta* überfallen und zerstört.

Lyrka: Ein Experimentalschiff der *Vereinten Streitkräfte* der *Liga*, das im Juni 3254 bei einem Testflug im *Fluidal* verlorenging. An Bord befand sich Triebwerksspezialist *Melkom*.

Magea: Eine *Fregatte* der *Vereinten Streitkräfte* der *Liga*.

Magellan: Eine *Fregatte* der *Vereinten Streitkräfte* der *Liga*.

Marschall: Siehe »Ränge in den Vereinten Streitkräften der Liga«.

Maschinenintelligenz: Siehe *Denker*.

Mediker: Arzt oder Sanitäter.

Medobett: Ein medizinisches Behandlungsbett, ausgestattet mit allen notwendigen Anschlüssen und Interfacesystemen.

Memo-Medaillon: Eine kleine silberne Scheibe, in der Daten gespeichert werden können. Wird oft als Andenken oder Talisman verwendet.

Mentalisten von Faidal: Intelligente Steinwesen auf dem Planeten *Faidal* im *Chotski-System*. Sie werden Jahrmillionen alt und arbeiten seit der Bewusstwerdung an einem Denkkonstrukt, das die Existenz des Universums erklären soll. *Transhumane* verbanden sich mit ihnen, und dadurch entstand die neue Philosophie des *Interkosmika*.

Mikronaut: Mikronauten sind bis zur zwanzig Zentimeter große Berater und Helfer, gewissermaßen *Simulacren* einer KI bzw. eines *Denkers*.

Mikrosingularitäten: Siehe »Bekannte Waffentypen der Honta«.

Minen: Siehe »Waffen und Waffensysteme der Vereinten Streitkräfte der Liga«.

Minerva: Eine Welt des *Konsekutiven Bundes*, wichtiger Flottenstützpunkt der *Vereinten Streitkräfte* der *Liga*.

Minsta: Tristern im galaktischen Halo mit einem Planeten namens *Kamala*. Von dort stammen vermutlich die Kamaläa, die im *Sekundärraum* einen *Zeitpalast* errichteten.

Möbiusbäume: Große, miteinander verbundene Bäume auf *Boska*, Teil einer planetaren Intelligenz, mit der einige *angepasste* Menschen, unter ihnen *Esmine*, eine Verbindung eingegangen sind.

Morgentau: Eine Welt in der *Zirkumferenz*, zeitweilig von den *Honta* besetzt. *Cameron* beobachtete dort den Gefechtsverlauf, um die Strategie des Feindes zu erkennen.

Morottna: 2. Planet des *Teka-Systems* in der *Zirkumferenz*. Eine Ozeanwelt mit zahlreichen Inseln und Atollen.

Mrarl: Eine *Königin* der *Honta*. Stammt von *Garlomir* und aus dem *Nest* der *Sieben Koryphäen*.

Mror: Ein *Erinnerer* und *Erzähler* der *Honta* und *Eibruder* von *Mrarl*.

Muab: Planet in der *Großen Magellanschen Wolke*. Auf Muab ließen sich Menschen aus der Milchstraße nieder, auf der Flucht vor dem Krieg und den siegreichen *Honta*. Siehe auch *Exodus*.

Muamar: 4. Planet des *Demeter-Systems* im *Kern* der *Liga*, 302 Lichtjahre von der Erde entfernt. Auf Muamar gibt es Hinterlassenschaften der *Xon*, insbesondere eine *Kathedrale*.

Murtania: Ein Raumsektor der *Zirkumferenz*. Dort befürchtet das Oberkommando der *Vereinten Streitkräfte* der *Liga* einen Großangriff der *Honta*.

Mutterschiff: Siehe »Militärische Raumschifftypen der Vereinten Streitkräfte der Liga«.

Myra: Eine Soziologin von der Erde, der *Cameron* auf *Eden* im *Helios-System* begegnet. Sie reist seit zehn Jahren durch die *Zirkumferenz* und untersucht die verschiedenen Formen menschlicher Gesellschaften für ihr Werk *Enzyklopädie des Menschseins*.

Nebosa: Ein Gasriese im System des Doppelsterns *Thudoca*, *Kern* der *Liga*, 71 Lichtjahre von der Erde entfernt.

Nembrosch: 4. Planet des Roten Zwergs *Berel*, 11209 Lichtjahre von der Erde entfernt. In *kritischer Distanz* von wenigen Millionen Kilometern befindet sich der Abbreviator *Ungox Vierzehn*.

Nestmutter: Bei den *Honta* Bezeichnung für eine Hüterin eines *Geburtsnestes*.

Neungestirn: Eine besondere Sternenkonstellation in der *Zirkumferenz*, 4233 Lichtjahre von der Erde entfernt. Das Neungestirn besteht aus acht Sternen unterschiedlicher Spektralklassen, die ein Schwarzes Loch mit drei Sonnenmassen umkreisen.

Nubis: Eine der 3 Welten bei den *Orionischen Säulen*, auf denen die *Luminaren* leben. 899 Lichtjahre von der Erde entfernt.

Nuller: Siehe »Bekannte Waffentypen der Honta«.

Numox Eins: Einer der wichtigsten *Abbreviatoren* der *Zirkumferenz*, 10 Lichtminuten oberhalb der Ekliptik des *Yburk-Systems*.

Oberon: Geboren 3225 *Terrastandard*. Hat als Kind den Angriff der *Honta* auf *Harkonia* überlebt.

Ophiucha: 14. Mond des Gasriesen *Anthor* im *Julphor-System*, 662 Lichtjahre von der Erde entfernt. Auf Ophiucha gibt es eine wissenschaftliche Basis der *Abteilung Neun*.

Orbiter: Bezeichnung für Orbitalstationen beziehungsweise Raumstationen in der Umlaufbahn eines Planeten oder Monds. Bei den *Vereinten Streitkräften* der *Liga* gibt es Standardmodelle, die in kurzer Zeit von *Bots* konstruiert werden können.

Orion-Arm: Ein Spiralarm der Milchstraße.

Orionische Säulen: Gaswolken im Sternbild des Orion, 899 Lichtjahre von der Erde entfernt. Dort leben die *Luminaren: Transhumane*, die ihren Metabolismus so verändert haben, dass sie Photosynthese betreiben und Strahlung als Nahrung verwenden können.

Ortmann-Cluster: Ein Sternhaufen in der *Zirkumferenz*, bestehend aus etwa 2000 Sternen und 119 von Menschen bewohnten Welten, 4401 Lichtjahre von der Erde entfernt.

Owal-System: Ein 849 Lichtjahre von der Erde entferntes Sternsystem. Der 3. Planet namens *Karunna* wurde durch eine Änderung seiner Umlaufbahn zur Eiswelt. Im Jahr 3243 versuchten die *Honta*, dort ein Nest zu bauen, vielleicht für einen Angriff auf den *Kern* der *Liga* und die Erde.

Owalka-System: Ein Sternsystem in der *Schale*, 718 Lichtjahre von der Erde entfernt. Auf *Rajor*, dem 6. Mond des Gasriesen *Juma*, wurden Hinterlassenschaften der *Xon* gefunden.

Palmi: Geboren 3229 *Terrastandard*. Hat als Kind den Angriff der *Honta* auf *Harkonia* überlebt.

Pandao: Eine Welt in der *Zirkumferenz*, zeitweilig von den *Honta* besetzt. *Cameron* beobachtete dort den Gefechtsverlauf, um die Strategie des Feindes zu erkennen.

Perseus-Arm: Ein Spiralarm der Milchstraße.

Pherana: Heimatwelt von *Admiral Rael*, Mitglied des Oberkommandos der *Vereinten Streitkräfte* der *Liga*. 4. Planet des *Urraka-Systems*, 19 Lichtjahre von der Erde entfernt.

Pinasse: Siehe »Zivile Raumschifftypen der Liga«.

Piroge: Siehe »Zivile Raumschifftypen der Liga«.

Pirontao: 4. Planet des *Aralusa-Systems*, *Zirkumferenz*, 14346 Lichtjahre von der Erde entfernt. Im Jahr 3264 wird auf Pirontao eine geheime Basis der *Honta* entdeckt.

Plakon: Eine Welt des *Konsekutiven Bundes*, wichtiger Flottenstützpunkt der *Vereinten Streitkräfte* der *Liga*.

Plasmakanone: Siehe »Waffen und Waffensysteme der Vereinten Streitkräfte der Liga«.

Plasmoiden: Lebensformen in stellarem Plasma.

Plexos Sieben: Ein *Abbreviator*, 6 Lichtjahre vom *Owal-System* und 845 Lichtjahre von der Erde entfernt.

Ploita-System: Sternsystem in der *Schale* der *Liga*, 2991 Lichtjahre von der Erde entfernt, mit dem Planeten *Uxor*, auf dem *Cameron* als Rekrut ausgebildet wird.

Porteus: Ein *Denker* im *strategischen Korps* der *Vereinten Streitkräfte* der *Liga*, über 1000 Jahre alt. Seine Existenz geht angeblich bis auf das Erwachen der ersten echten Maschinenintelligenz gegen Ende des 21. Jahrhunderts zurück.

Poseidon: 4. Planet des *Geminus-Systems*, 857 Lichtjahre von der Erde entfernt. Dorthin fliegen die *Iraklion* und die *Sirkan* nach dem Desaster im *Owal-System* im April 3243.

Poseidon: Ein *Klipper*, der im Jahr 2389 im Sekundärraum verschwand. An Bord befand sich die Ministerratspräsidentin der *Solaren Union*.

Primärraum: Der Weltraum, wie wir ihn kennen, das normale Raum-Zeit-Kontinuum, in dem nichts schneller sein kann als das Licht.

Proxima Centauri: Sonnennächster Stern, nur 4,2 Lichtjahre entfernt. Ein lichtschwacher Roter Zwerg. In der Nähe von Proxima Centauri gibt es einen *Abbreviator*.

Pulsator: Siehe »Waffen und Waffensysteme der Vereinten Streitkräfte der Liga«.

Quinton: Warmer Gasriese im System des Roten Zwergsterns *Yburk* in der *Zirkumferenz*, 4124 Lichtjahre von der Erde entfernt.

Quintus: Ein vermutlich von den *Xon* geschaffenes System aus 3 Roten Zwergen, 1 G-Stern und einem Blauen Riesen. Im Quintus-System, ganz am Ende des *Perseus-Arms* der Milchstraße gelegen, gibt es die Zwillingswelten *Joukka* und *Joluna*.

Qurek: Geboren 3224 *Terrastandard*. Hat als Kind den Angriff der *Honta* auf *Harkonia* überlebt.

Rael: *Admiral* vom Oberkommando der *Vereinten Streitkräfte* der *Liga*.

Rajor: 6. Mond des Gasriesen *Juma* im *Owalka-System*. Auf Rajor wurden Hinterlassenschaften der *Xon* gefunden.

Raketen, schlafende: Inaktive intelligente Raketen, die *Abbreviatoren* im Umkreis von bis zu mehreren Lichttagen bewacht.

Raketen: Siehe »Waffen und Waffensysteme der Vereinten Streitkräfte der Liga«.

Rakon: Ein Planet in der *Zirkumferenz*. *Kora* erzielt dort mit von ihr kommandierten *Simulacren* einen großen Erfolg gegen eine Streitmacht der *Honta*.

Regulus: Ein *Mutterschiff* der *Vereinten Streitkräfte* der *Liga*, gut 12 Kilometer groß. Die *Regulus* gehört zur Ersten Flotte.

Reinkr: Auf *Garlomir* eine der *Sieben Koryphäen* der *Honta*. In ihrem Nest wurde die Honta-*Königin Mrarl* geboren.

Reiroka: *Sektoradmiral* des *Ortmann-Clusters* der *Vereinten Streitkräfte* der *Liga*.

Rekomposition: Die *Skitter*-Module eines Raumschiffs der *Honta* können sich nach schweren Schäden restrukturieren und zu einem neuen Schiff zusammenfügen. Diesen Vorgang nennt man Rekomposition.

Rezepte: Programme für *Brüter*.

Sagittarius-Arm: Ein Spiralarm der Milchstraße.

Schale: Der mittlere Bereich der *Solaren Union* (bis zum Jahr 3100) bzw. der *Liga* (ab 3100). Alle von Menschen besiedelten Sternsysteme, die zwischen 400 und 3000 Lichtjahre von der Erde entfernt sind.

Schlachtschiff: Siehe »Militärische Raumschifftypen der Vereinten Streitkräfte der Liga«.

Scutum-Centaurus-Arm: Ein Spiralarm der Milchstraße.

Sektoradmiral: Siehe »Ränge in den Vereinten Streitkräften der Liga«.

Sekundärraum: Siehe *Fluidal*.

Sepia-Effekt: Ein Tarneffekt von militärischen Kampfanzügen, hervorgerufen von aktivierbaren Chromatophoren. Getarnt werden nur die vom Kampfanzug bedeckten Körperteile. Alles andere bleibt sichtbar.

Serenia: Seenlandschaft auf *Eden* im *Helios-System*.

Sieben Koryphäen: Die *Königin* der *Honta Mrarl* stammt aus dem *Nest* der Sieben Koryphäen. Sie ist also eine von sieben Königinnen, aus denen das Oberkommando der Honta besteht.

Siebenmütter: Andere Bezeichnung für die *Sieben Koryphäen* der *Honta* auf *Garlomir. Mrarl* ist in ihrem Nest geboren.

Sigma-Abbreviatoren: Experimentelle Abbreviatoren ganz am Ende des *Perseus-Arms* der Milchstraße. Die Sigma-Abbreviatoren wurden nie von den *Honta* angegriffen.

Simulacren: Künstliche Körper, hauptsächlich eingesetzt für den Bewusstseinstransfer. Soldaten können mit Simulacren ihre Kampfkraft erhöhen, ohne sich direkt in Gefahr zu begeben.

Sirius: Ein Doppelsternsystem, 8,6 Lichtjahre von der Erde entfernt. Im Sirius-System leben *Transhumane,* die ihre eigene genetische Vielfalt mit dem Genom halb intelligenter Schmetterlingswesen erweitert haben.

Sirkan: Ein Truppentransporter, der Ende März 3243 3000 Soldaten nach *Karunna* im *Owal-System* bringt.

Skir: Für die *Honta* eine Kraft gebende »Essenz des Lebendigen«.

Skitter: Ein synthetisches Material der *Honta* mit variabler atomarer und molekularer Struktur.

Soffista-System: Ein Sternsystem in der *Zirkumferenz,* 4142 Lichtjahre von der Erde entfernt.

Sol-System: Das Sonnensystem mit der Erde.

Solare Union: Von 2301 bis 2700 Zusammenschluss aller von Menschen bewohnten Welten innerhalb und außerhalb des Sonnensystems.

Soldat: Siehe »Ränge in den Vereinten Streitkräften der Liga«.

Son-Sonis: *Sektoradmiral* der *Vereinten Streitkräfte,* stammt von der Erde.

Sonneningenieure von Tohai: Intelligente *Plasmoiden,* die die energetischen Strukturen ihres Heimatsterns *Tohai* den eigenen Bedürfnissen angepasst haben.

Sonora: *Fregatte* der *Abteilung Neun.* Sie bringt *Varro* zum *Abbreviator Ungox Vierzehn.*

Spektralsignatur: Bezeichnung für das individuelle Spektrum eines Sterns, ebenso einzigartig wie ein Fingerabdruck. Spektralsignaturen erleichtern die Navigation.

Splenda: Ein *schwerer Kreuzer* der *Vereinten Streitkräfte* der *Liga.* Im Dezember des Jahres 3260 steht er *Cameron* beim *Abbreviator Triax Neunzehn* zur Verfügung.

Spreu-Lenker: Soldaten der *Vereinten Streitkräfte* der *Liga*, die eine aus mehreren *Simulacren* bestehende *Spreu* bei einem Einsatz gegen die *Honta* kommandieren.

Spreu: Der gleichzeitige Einsatz mehrerer *Simulacren*.

Stahlkeramik: Ein hartes und sehr widerstandsfähiges Material.

Storalf-System: Sternsystem im *Kern* der *Liga*, 68 Lichtjahre von der Erde entfernt. 4. Planet des Storalf-Systems ist *Zathura*.

Storoka: 6. Planet des *Fulmia-Systems*, 11212 Lichtjahre von der Erde entfernt. Auf Storoka gibt es ein Versorgungslager der *Vereinten Streitkräfte* der *Liga*.

Strategiekommission: Diese Kommission leitet das *strategische Korps* der *Vereinten Streitkräfte* der *Liga*.

Strategisches Korps: Eine Abteilung der *Vereinten Streitkräfte* der *Liga*, die sich mit mittel- und langfristigen Planungen des Kampfs gegen die *Honta* befasst. Geleitet wird das strategische Korps von der *Strategiekommission*.

Superpositionator: Ein zu Beginn des 24. Jahrhunderts entwickeltes Triebwerk, mit dem Raumschiffe im *Sekundärraum* Überlichtgeschwindigkeit erreichen können. Der Begriff geht auf das »Superpositionsprinzip« (Überlagerung zweier gleicher physikalischer Größen) zurück. Im Vergleich mit *Abbreviatoren* ist die Reichweite sehr begrenzt. Superpositionatoren benötigen viel Energie und müssen nach einigen Dutzend Lichtjahren neu aufgeladen werden, was je nach Ausführung und Abnutzung Tage oder Wochen dauern kann.

Supla: Mit *Superpositionatoren* vergleichbares Triebwerk der *Honta*, sehr leistungsfähig und mit höherer Reichweite.

Synchronisation: Wenn *Honta* »synchronisiert« sind, d.h. mit einer ihrer *Königinnen* verbunden, werden sie als Teil einer Schwarmintelligenz noch gefährlicher.

Synchronisiert: Siehe *Synchronisation*.

Synth: Synthetisches Material für zahlreiche Verwendungszwecke.

Tamburin: Ein *schwerer Kreuzer* der *Vereinten Streitkräfte* der *Liga*. Im Jahr 3253 suchte er einige Dutzend Lichtjahre über dem *Perseus-Arm* der Milchstraße nach *Brücken* für neue *Abbreviatoren*. *Tjuscha* gehörte zur Besatzung der *Tamburin*.

Tarnfeld: Wird von einem *Tarnkappe* genannten Gerät erzeugt und macht den Anwender unsichtbar.

Tarnkappe: In den *Vereinten Streitkräften* der *Liga* Bezeichnung für ein Gerät, das ein *Tarnfeld* erzeugt und den Träger damit unsichtbar macht.

Tegali: Ein abgelegener Planet in der Großen Magellanschen Wolke mit Hinterlassenschaften der *Xon*. Dort strandete ein Schiff mit Flüchtlingen aus der Milchstraße. Siehe auch *Exodus*.

Teka-System: Ein Sternsystem in der *Zirkumferenz*, 7219 Lichtjahre von der Erde entfernt. Der 2. Planet des Teka-Systems heißt *Morottna*.

Temeran: 4. Planet des *Xantia-Systems*, 9932 Lichtjahre von der Erde entfernt. Eine kalte Supererde.

Terranisches Archäologisches Institut: Das TAI gehört zur *Akademie der Wissenschaften* auf der Erde und betreibt archäologische und xenoarchäologische Forschungen auf Welten in *Kern*, *Schale* und *Zirkumferenz*.

Terrastandard: Allgemeine Zeitrechnung auf allen von Menschen besiedelten Welten, nach dem Beispiel des irdischen Kalenders. Daneben gibt es eine Vielzahl von lokalen Zeitrechnungen.

Thobrum-System: Ein Sternsystem der *Liga* in der *Zirkumferenz*, 9677 Lichtjahre von der Erde entfernt. Der 4. Planet heißt *Herrenda*. Dort untersucht *Cameron* im Juni 3254 die Reste einer zerstörten *Honta*-Basis.

Thogais-System: Sternsystem im *Kern* der *Liga*, 55 Lichtjahre von der Erde entfernt. 2. Planet des Thogais-Systems ist *Golka*.

Thosil: *Camerons* Adjutant nach seiner Beförderung zum *Admiral*.

Thudoca: Ein Doppelstern im *Kern* der *Liga*, 71 Lichtjahre von der Erde entfernt. Zum Sternsystem *Thudoca* gehört der Gasriese Nebosa, dessen siebter erdgroßer Mond namens *Didrak* von Menschen besiedelt ist.

Thulrar: Auf *Garlomir* eine der *Sieben Koryphäen* der *Honta*. In ihrem Nest wurde die Honta-*Königin Mrarl* geboren.

Thuma: Ein Irrläufer am Rand der *Schale*, 2998 Lichtjahre von der Erde entfernt. Gravitationelle Wechselwirkungen haben den Planeten Thuma vor Jahrmillionen aus seinem ursprünglichen Sternsystem katapultiert, und seitdem treibt er allein durch den interstellaren Raum.

Tjuscha: Geboren 3228 *Terrastandard*. Hat als Kind den Angriff der *Honta* auf *Harkonia* überlebt.

Tohai: Stern unweit des galaktischen Zentrums, Heimat der *Sonnen-ingenieure*.

Toleman: Eine der 3 Welten bei den *Orionischen Säulen*, auf denen die *Luminaren* leben. 899 Lichtjahre von der Erde entfernt.

Tonka: Ein *Transhumaner* von *Kalawitt Neunzehn*. Wurde von den *Honta* infiziert (siehe *Infektion*).

Tore des Sagittarius: Eine aus acht Sternen bestehende Konstellation im Sternbild des Schützen (Sagittarius), 2404 Lichtjahre von der Erde entfernt.

Torinth: 7. Planet des *Linanka-Systems* in der *Schale* der *Liga*, 889 Lichtjahre von der Erde entfernt. Ein kalter Gasriese mit 64 Monden, von denen 47 als Rohstofflager für mehrere Großwerften der *Vereinten Streitkräfte* dienen. Wenige Lichtstunden von Torinth entfernt befindet sich einer der 7 größten und leistungsfähigsten *Abbreviatoren* der *Liga*.

Träger: Siehe »Militärische Raumschifftypen der Vereinten Streitkräfte der Liga«.

Transhumane: Genetisch oder technisch optimierte Menschen. Angepasste sind in vielen Fällen Transhumane.

Transitionsschock: Bei *Supla*-Flügen im *Sekundärraum* bzw. *Fluidal* eine Schockwelle, die den ungeschützten Verstand gefährdet, wenn sie nicht von einem *Equilibrator* gedämpft wird.

Traummaschine: Eigentliche Bezeichnung: *memorialer Detektor*. Ein Gerät, das Erinnerungen aus dem Gedächtnis eines schlafenden Bewusstseins extrahieren und auswerten kann.

Triax Fünf: Ein *Abbreviator* im *Kern* der *Liga*, 347 Lichtjahre von der Erde entfernt.

Triax Neunzehn: Ein *Abbreviator* im *Kern* der *Liga*, 377 Lichtjahre von der Erde entfernt.

Tullpa: Eine Welt in der *Zirkumferenz*, zeitweilig von den *Honta* besetzt. *Cameron* beobachtete dort den Gefechtsverlauf, um die Strategie des Feindes zu erkennen.

Turamah: Warmer Gasriese im *Hellbard-System*, 74 Lichtjahre von der Erde entfernt. Turamah hat 34 Monde, und auf 7 von ihnen gibt es Niederlassungen von Menschen. Im Dezember 3260 Terrastandard wird Turamah von den *Honta* angegriffen.

Unabhängige: Unabhängige Menschenwelten, die sich nicht der *Liga* im Kampf gegen die *Honta* angeschlossen haben.

Ungox Vierzehn: Ein *Abbreviator* in der *Zirkumferenz* der *Liga*, 11209 Lichtjahre von der Erde entfernt.

Unika: Hauptkirche bzw. zentrale Philosophie der Menschheit.

Universal: Die am weitesten verbreitete Sprache in der *Liga*.

Urraka-System: Sternsystem im *Kern*, 19 Lichtjahre von der Erde entfernt. 4. Planet des Urraka-Systems ist *Pherana*.

Utthammer: 4. Planet des *Faemir-Systems*, 998 Lichtjahre von der Erde entfernt. Utthammer ist mit 2 Großwerften ein wichtiger Flottenstützpunkt der *Vereinten Streitkräfte*. Am Rand des Faemir-Systems befindet sich einer der 7 größten und leistungsfähigsten *Abbreviatoren* der *Liga*.

Uxor: Ein Planet im *Ploita-System* am Rand der *Schale*, 2991 Lichtjahre von der Erde entfernt. Dort finden *Simulacrum*-Übungen statt.

Varro: Codename für einen hochrangigen Offizier der *Abteilung Neun*.

Vereinte Streitkräfte: Die militärische Streitmacht der *Liga*, manchmal auch »Faust der Liga« genannt.

Vibromesser: Messer mit ultraschnell vibrierender Klinge. Bei richtiger Kalibrierung kann ein Vibromesser sogar *Stahlkeramik* durchschneiden.

Vibropinsel: Arbeitswerkzeug von Archäologen.

Visi: Siehe *Visualisator*.

Visualisator: Auch *Visi* genannt. Ein Sondierungsgerät für den gesamten elektromagnetischen Bereich, nicht nur den für menschliche Augen sichtbaren Teil des Spektrums. Wesentlich leistungsfähiger als etwa ein Feldstecher.

Vize: Stellvertreter, insbesondere eines Befehlshabers in den *Vereinten Streitkräften* der *Liga*.

Vizza: Ein Irrläufer, ein Planet ohne Stern, allein im interstellaren Raum, wenige Lichtmonate vom *Lolkonianischen Ring* entfernt.

Waffenplattform: Siehe »Militärische Raumschifftypen der Vereinten Streitkräfte der Liga«.

Wega: Ein Mutterschiff der *Vereinten Streitkräfte* der *Liga*, Schwesterschiff der *Antares*.

Xabron-System: Sternsystem in der *Schale*, 401 Lichtjahre von der Erde entfernt. Einziger Planet des Xabron-Systems ist *Coriander*, ein wichtiger Flottenstützpunkt der *Vereinten Streitkräfte*.

Xantia-System: Sternsystem in der *Zirkumferenz*, 9932 Lichtjahre von der Erde entfernt. Der 4. Planet des *Xantia-Systems* heißt *Temeran* und ist eine von Menschen bewohnte Supererde.

Xon: Eine intelligente Spezies, deren galaktische Hochkultur vor etwa 1 Million Jahre unterging.

Xralkhar: Auf *Garlomir* eine der *Sieben Koryphäen* der *Honta*. In ihrem Nest wurde die Honta-*Königin Mrarl* geboren.

Yammawa: Ein Raumsektor der *Zirkumferenz*. Dort befürchtet das Oberkommando der *Vereinten Streitkräfte* der *Liga* einen Großangriff der *Honta*.

Yburk: Roter Zwergstern in der *Zirkumferenz*, 4124 Lichtjahre von der Erde entfernt. Zum Yburk-System gehört der warme Gasriese *Quinton* mit der Wolkenstadt *Amarok*.

Yrrmani: Im Jahr 2412 entdeckte intelligente Spezies. Die polymorphen Yrrmani betreiben interplanetare Raumfahrt. Ihre Träumer locken Menschen an, die nach übersinnlichen Erfahrungen suchen.

Zathura: 4. Planet des *Storalf-Systems*, 68 Lichtjahre von der Erde entfernt. Zathura gehört zu den ältesten von Menschen besiedelten Welten und wird im Dezember 3260 Terrastandard von den *Honta* angegriffen.

Zeffra: Befehlshaberin des *schweren Kreuzers Splenda*. 71 Jahre alt, vorsichtig und klug. Wurde bei einem Angriff der Honta auf *Storoka* in der *Zirkumferenz* schwer verwundet.

Zeitpalast: Ein Konstrukt im *Sekundärraum*, erschaffen von den *Kamaläa*. Vielleicht ein Kunstwerk.

Zerstörer: Siehe »Militärische Raumschifftypen der Vereinten Streitkräfte der Liga«.

Zirkumferenz: Der Außenbereich der *Solaren Union* (bis zum Jahr 3100) bzw. der *Liga* (ab 3100). Alle von Menschen besiedelten Sternsysteme, die weiter als 3000 Lichtjahre von der Erde entfernt sind.

Zirra: Eine geheimnisvolle intelligente Spezies. Zur ersten Begegnung mit ihnen kam es im Jahr 2579. Ihre Raumschiffe sehen aus wie Kristalle und sind offenbar mit überlegener Technologie ausgestattet. Niemand weiß, aus welchem Sternsystem die Zirra stammen. Sie sind sehr scheu und meiden Kontakte.

Zosa-System: Sternsystem in der *Schale* der *Liga*, 2312 Lichtjahre von der Erde entfernt. 4. Planet des Zosa-Systems ist *Gemmeron*.

Zweite Strategische Reserve: Eine Flotte der *Vereinten Streitkräfte* der *Liga,* bestehend aus dem Mutterschiff *Antares,* 2 *Zerstörern,* 3 *schweren Kreuzern,* 3 *leichten Kreuzern* und 7 *Karavellen.* Die Zweite Strategische Reserve hält sich beim *Ortmann Cluster* in der *Zirkumferenz* in Bereitschaft.

KONTAKT MIT DEM AUTOR

Das Schreiben ist einsam. Oder auch nicht, wie man's nimmt: Als Autor taucht man ein in andere Welten, schlüpft in die Haut anderer Personen, agiert und spricht mit ihnen. Man freut sich mit den Romanfiguren und leidet manchmal auch mit ihnen, man nimmt teil an ihrem (fiktiven) Leben.

Ihr Leben, liebe Leserinnen und Leser, ist real. Lassen Sie mich ein klitzekleines Stück daran teilhaben, indem Sie mir schreiben, wie Ihnen der Roman gefallen hat.

- Schreiben Sie eine E-Mail an autor@andreasbrandhorst.de
- Besuchen Sie meine Webseite: www.andreasbrandhorst.de
- Oder meinen Facebook-Account: https://www.facebook.com/andreas.brandhorst.autor/
- Bei Instagram erreichen Sie mich unter: https://www.instagram.com/andreas.brandhorst/
- Bei Twitter bin ich hier zu finden: https://twitter.com/andbrandhorst
- Und bei MeWe: https://mewe.com/p/andreasbrandhorst

Ich würde mich freuen, von Ihnen zu hören.